# DÉLIVRANCE

# Jussi Adler-Olsen

# DÉLIVRANCE

## La troisième enquête du département V

ROMAN

*Traduit du danois
par Caroline Berg*

## Albin Michel

*Je dédie ce livre à mon fils, Kes*

# PROLOGUE

Il y avait maintenant trois jours qu'ils étaient là et leurs vêtements étaient imprégnés d'une odeur de goudron et d'algues. Sous le plancher du hangar à bateaux, une substance épaisse faite de glace à demi fondue clapotait doucement contre les pilotis, et leur rappelait des jours plus heureux.

Il se redressa de son lit de vieux journaux et se pencha jusqu'à ce qu'il puisse apercevoir le visage de son petit frère qui, même dans son sommeil, avait l'air d'avoir froid et d'avoir mal.

Dans quelques instants il allait se réveiller et jeter autour de lui un regard désorienté. Il sentirait les sangles de cuir serrées autour de ses poignets et de sa taille. Il entendrait le bruit de la chaîne qui l'entravait. Il verrait les bourrasques de neige et la lumière du jour passer à travers les rondins goudronnés des murs. Puis il se mettrait à prier.

Il avait vu le désespoir jaillir dans les yeux de son frère un nombre incalculable de fois. Et ses lèvres avaient quémandé la grâce de Jéhovah à maintes et maintes reprises sous l'adhésif puissant qui lui fermait la bouche.

Ils savaient pourtant tous deux que Jéhovah ne leur accorderait pas sa clémence, car ils avaient bu du sang. Le sang que leur bourreau avait versé goutte après goutte dans un verre d'eau. De l'eau qu'il les avait fait boire avant de leur dire ce qu'elle contenait. Ils avaient bu de l'eau mélangée au sang interdit et ils étaient bannis pour toujours. Et leur honte était plus insupportable encore que leur soif.

« Que va-t-il faire de nous ? » lui demandait son cadet des yeux. Comment répondre à sa question muette ? Tout ce qu'il savait, parce que son instinct le lui disait, c'est que leur fin était proche.

Il s'allongea pour examiner, malgré la faible luminosité, le local dans lequel on les avait enfermés, son regard s'arrêtant sur chaque centimètre des solives du plafond et sur chaque toile d'araignée. Il prit note mentalement de chaque aspérité et de chaque interstice. Répertoria les pagaies, les rames pourries mises au rebut et les filets de pêche moisis qui ne serviraient plus jamais à attraper un poisson.

C'est ainsi qu'il découvrit la bouteille. Un rayon de soleil vint frapper le verre blanc légèrement bleuté et l'éblouit.

Elle était tout près et pourtant inaccessible. Elle était juste derrière son dos, coincée entre deux des grosses lattes de bois dont était fait le sol du hangar.

Il inséra ses doigts gelés dans l'interstice entre les planches et tenta de saisir la bouteille par le col. Dès qu'il l'aurait dégagée, il la casserait, et avec un bout de verre il scierait la lanière de cuir qui emprisonnait ses mains. Quand cette première sangle aurait cédé, il se débrouillerait malgré ses doigts engourdis pour détacher la boucle de la ceinture qui immobilisait ses bras dans son dos. Il arracherait l'adhésif de sa bouche, se tortillerait jusqu'à débarrasser son torse et ses jambes de tous leurs liens. Aussitôt que la chaîne fixée aux sangles de cuir ne le retiendrait plus, il courrait libérer son petit frère. Il le prendrait dans ses bras et le serrerait très fort jusqu'à ce qu'ils s'arrêtent tous les deux de trembler.

Ensuite il se servirait du tesson comme d'une gouge pour rogner le bois autour de la porte et démonter les charnières. Et si par malheur la voiture revenait avant qu'il ait fini, il attendrait l'arrivée de l'homme. Il se cacherait derrière la porte, la bouteille cassée à la main. Voilà ce qu'il allait faire.

Il se pencha en avant, joignit ses mains glacées dans son dos et pria Dieu de lui pardonner ses mauvaises pensées.

Et puis, il se remit à gratter la fente du parquet autour de la bouteille pour la libérer. Il gratta tant et si bien que la bouteille finit par basculer légèrement et qu'il put refermer ses doigts autour du goulot.

Il tendit l'oreille.

Était-ce un bruit de moteur qu'il entendait ? Oui. Ce devait être un moteur puissant – une grosse voiture. Approchait-elle ou bien passait-elle simplement sur une route à proximité ?

Le bruit sembla s'amplifier pendant quelques secondes. Il se mit à tirer avec tant de fébrilité sur la bouteille que ses phalanges craquèrent. Mais le bruit s'atténua à nouveau. Peut-être ce son sifflant et bourdonnant provenait-il d'une éolienne ? Ou d'autre chose. Il ne savait pas.

Il souffla doucement par les narines afin de former un petit nuage de vapeur autour de son visage. Pour l'instant, il n'avait pas peur. Il lui suffisait de penser à Jéhovah et à son infinie bonté pour se sentir rassuré.

Il serra les lèvres et continua. Quand la bouteille fut enfin libre, il la cogna aussi fort qu'il put contre le plancher. Son petit frère leva brusquement la tête et regarda partout autour de lui comme un moineau effrayé.

Il tapa encore et encore. Il avait du mal à donner de la force à ses coups avec les mains liées derrière le dos. C'était une tâche terriblement difficile. Quand finalement ses doigts,

engourdis par l'effort et le froid, lâchèrent le col de la bouteille, il se retourna et la contempla, les yeux vides d'expression, cependant que la poussière retombait tranquillement sur
le sol du local exigu.

Il ne parviendrait pas à la casser. C'était tout bonnement
impossible. Il était incapable de casser une simple bouteille.
Était-ce à cause du sang qu'ils avaient bu ? Jéhovah les avait-
il abandonnés ?

Il tourna les yeux vers son frère qui s'enveloppait à nouveau
dans sa couverture avec des gestes infiniment lents et se recou-
chait sans rien dire. Sans même essayer de marmonner
quelque chose derrière son bâillon.

Il mit un certain temps à rassembler ce dont il avait besoin.
Le plus difficile était de s'étirer suffisamment au bout de sa
chaîne pour atteindre de la pointe des doigts les coulées de
goudron entre les voliges du plafond. Le reste était à portée
de main : la bouteille, l'écharde arrachée à une latte du plancher, le papier sur lequel il était assis.

Il enleva une chaussure et s'entailla la paume si profondément avec le morceau de bois que ses yeux s'emplirent de
larmes malgré lui. Ensuite il fit couler le sang sur le cuir lisse
du soulier. Il arracha un gros morceau de papier de son matelas de fortune, trempa le bout de l'écharde dans le sang et
se tourna autant que le lui permettait l'entrave et juste assez
pour voir ce qu'il écrivait derrière son dos. Il expliqua du
mieux qu'il put, d'une écriture minuscule, l'étendue de leur
misère. Puis il signa la lettre, l'enroula et la glissa dans la
bouteille.

Il enfonça soigneusement une boule de goudron dans le
goulot. Quand il eut achevé sa tâche, il se retourna plusieurs
fois pour vérifier que tout était en ordre.

Mais soudain il entendit à nouveau le bruit sourd d'un moteur. Cette fois, il n'y avait aucun doute possible. Il jeta un regard douloureux à son frère puis il s'étira le plus loin possible vers la paroi du hangar et le rai de lumière qui filtrait à travers, le seul endroit où il y avait une brèche assez large pour faire passer la bouteille.

La porte s'ouvrit brutalement et une ombre compacte pénétra dans la pièce, accompagnée d'une bourrasque de flocons de neige.

Silence.

Et plouf.

Une bouteille tomba dans l'eau.

# 1

Carl s'était déjà réveillé plus en forme que ce matin-là.

Le premier message que lui envoya son organisme fut un geyser d'acide montant dans son œsophage. Quand il ouvrit les yeux pour se mettre en quête d'un récipient quelconque pour accueillir les éventuels débordements, il découvrit un visage de femme aux traits brouillés, bavant légèrement sur l'oreiller d'à côté.

Merde, c'est Sysser, se dit-il en essayant désespérément de se rappeler quelle autre connerie il avait pu faire la veille. De toutes ses connaissances, il avait fallu que ça tombe sur Sysser, la fumeuse invétérée qui habitait deux maisons plus loin. La volubile et bientôt retraitée femme à tout faire de la mairie d'Allerød.

Une horrible pensée lui traversa l'esprit. Il souleva très lentement la couette, pour constater avec soulagement qu'au moins, il n'avait pas retiré son caleçon.

« Merde », dit-il à voix haute cette fois, en enlevant de son torse la main maigre de Sysser. Il n'avait pas eu une gueule de bois pareille depuis l'époque où Vigga vivait encore avec lui.

« Pas de détails, s'il vous plaît », dit-il en croisant Morten et Jesper dans la cuisine. « Dites-moi juste ce que la dame qui est là-haut fout dans mon lit.

– La dondon pesait une tonne », lui répondit son beau-fils, tout en buvant son jus d'orange à même le carton. La prescience de Nostradamus n'allait pas assez loin dans le temps pour prédire le jour où ce garçon saurait se servir d'un verre.

« Je suis désolé, Carl, ajouta Morten. Elle n'arrivait pas à trouver la clé de chez elle, et comme toi, tu étais déjà dans les bras de Morphée, je me suis dit que... »

C'est la dernière fois de ma vie que je participe à un barbecue organisé par Morten, se promit Carl en jetant un coup d'œil au lit où reposait Hardy dans le living.

Depuis quinze jours que son ancien coéquipier vivait avec eux, l'atmosphère de la maison avait subi un changement radical. Pas seulement parce que le lit d'hôpital modulable occupait le quart de la surface du salon et occultait partiellement la vue sur le jardin, ni parce que Carl était incommodé par la vue du pied à perfusion ou par les poches remplies d'urine, ni même parce que le corps totalement paralysé d'Hardy produisait un flux constant de gaz nauséabonds. Ce qui changeait tout, c'était le sentiment de culpabilité que sa présence provoquait chez Carl. Une culpabilité due au fait que lui, il avait encore l'usage de ses deux jambes et la possibilité d'aller où il voulait quand il voulait. Et le sentiment de devoir constamment compenser cet avantage. Être là pour Hardy. Faire tout ce qui était en son pouvoir pour son ami tétraplégique.

« Ne t'inquiète pas », lui avait dit Hardy, comme s'il avait pu lire dans sa tête, quand ils avaient pesé les avantages et les inconvénients de le sortir de la clinique du dos à Hornbæk. « Ici, il se passe parfois des semaines sans que je voie ta gueule. Tu ne crois pas que je vais être capable de me passer de toi quelques heures si je viens habiter chez toi ? »

Le problème est que même quand Hardy somnolait bien tranquillement dans son coin sans déranger personne, il était là. Dans les pensées de tout le monde, dans l'organisation de leurs journées, dans certains mots qu'il fallait désormais trier avant de les prononcer à voix haute. C'est épuisant. Et un foyer n'est pas un endroit où l'on rentre pour se fatiguer.

Et puis il y avait les détails pratiques. Le linge, les draps à changer, les manipulations de l'énorme corps d'Hardy, les courses, les échanges avec ses infirmières et les services administratifs, la cuisine. Enfin, ça, c'était Morten qui s'en chargeait, mais il y avait tout le reste.

« Tu as bien dormi, mon vieux ? » demande-t-il à Hardy prudemment, en s'approchant de son lit.

Son ancien coéquipier ouvre les yeux et sourit. « Alors, ça y est ? Fini les vacances ? Retour au turbin, Carl ! Les deux semaines sont finies. C'est passé rudement vite, dis donc ! Mais rassure-toi, Morten et moi, on va s'en sortir comme des chefs. Tu salues les collègues pour moi, d'accord ? »

Carl hocha la tête. Se dit que ça devait être terrible d'être dans la peau d'Hardy. Ah, si seulement il pouvait prendre sa place ne serait-ce que pour une journée.

Et donner à Hardy la possibilité de retrouver une vie normale juste pour vingt-quatre heures.


À part les policiers d'astreinte à l'accueil, Carl ne rencontra pas âme qui vive. L'hôtel de police était désert. Le couloir sous les arcades, gris et rébarbatif.

« Qu'est-ce qui se passe ici, putain ? » gueula-t-il en arrivant dans la cave.

Il s'attendait à un accueil enthousiaste, ou au moins aux relents de la mixture mentholée et gluante qu'Assad appelait du thé, ou à une version sifflée des grands classiques interprétée par Rose, mais c'est un silence de mort qui l'attendait au sous-sol. Est-ce que tout le monde avait abandonné le navire pendant le bref congé qu'il avait pris pour s'occuper de l'installation d'Hardy ?

Il entra dans le cagibi de son assistant et regarda autour de lui, perplexe. Plus de photo de ses vieilles tantes, plus de tapis de prière, ni de boîtes pleines de douceurs orientales. Même les néons du plafond étaient éteints.

Il traversa le couloir et alluma le plafonnier de son bureau. Les pénates rassurants dans lesquels il avait résolu trois affaires et en avait classé deux. Le havre de paix que l'interdiction de fumer dans les locaux publics avait épargné, et où les dossiers anciens qui étaient la spécialité du département V étaient sagement empilés en trois tas impeccablement triés selon un système infaillible élaboré par lui-même.

Il se figea à la vue d'une table de travail d'une propreté irréprochable et qu'il n'avait jamais vue auparavant. Pas un grain de poussière. Pas la moindre encoche sur le plateau. Pas une seule feuille A4 couverte d'une écriture serrée sur laquelle poser ses jambes fatiguées avant de la froisser et de la jeter à la corbeille. Une tornade blanche semblait avoir nettoyé les lieux.

« Rose ! » appela-t-il aussi fort que possible.

Mais sa voix résonna inutilement à travers le sous-sol.

Il était seul au monde. Le dernier homme vivant de la planète, un coq privé de poules. Un roi prêt à donner son royaume pour un cheval.

Il saisit le combiné du téléphone et composa le numéro de poste de Lis au deuxième, à la brigade criminelle.

On décrocha au bout de vingt-cinq secondes.

« Secrétariat du département A, j'écoute », répondit son interlocutrice.

Il reconnut Mme Sørensen, son ennemie jurée au sein de la police. La louve Ilse en personne.

« Bonjour, madame Sørensen », dit-il de sa voix la plus suave. « Je suis tout seul au sous-sol, telle une âme en peine. Pouvez-vous me dire ce qui se passe ? Est-ce que par hasard vous auriez une idée de l'endroit où se trouvent Assad et Rose ? »

Moins d'un millième de seconde plus tard, la mégère lui avait raccroché au nez.

Il se leva et mit le cap sur le bureau de Rose au bout du couloir. Peut-être trouverait-il chez elle la solution de l'énigme de la disparition des dossiers. L'idée semblait cohérente jusqu'à ce qu'il remarque la bonne dizaine de panneaux d'affichage dont on avait tapissé la cloison entre la porte d'Assad et celle de Rose. Et sur ces dix panneaux étaient suspendus tous les dossiers qui, il y a deux semaines encore, étaient posés sur son bureau.

La présence d'un escabeau en bois de mélèze jaune vif révélait l'endroit où l'on avait accroché la dernière affaire. Une de celles qu'ils avaient dû classer sans suite. La deuxième de suite qu'ils n'avaient pas pu résoudre.

Carl recula d'un pas pour avoir une vue d'ensemble sur l'enfer de paperasses. Qu'est-ce que ses dossiers fichaient sur ce mur ? Rose et Assad avaient perdu la tête, ou quoi ? Il comprenait mieux pourquoi ils avaient disparu tous les deux.

Ils n'avaient tout simplement pas osé rester.

Au deuxième étage, c'était la même chose. Pas un chat dans les bureaux. Même le comptoir derrière lequel trônait habituellement Mme Sørensen était vide. Le bureau du chef de la criminelle, idem, celui de son adjoint, pareil, le réfectoire, la salle de réunion. Il n'y avait personne nulle part.

Merde, se dit-il. Est-ce qu'il y avait eu une alerte à la bombe ? Ou bien la réforme de la police avait-elle abouti à ça ? On avait viré la totalité des effectifs, et mis les locaux en vente ? Est-ce que la nouvelle soi-disant ministre de la Justice avait pété un plomb ? Est-ce que tout le monde était devenu fou pendant son absence ?

Il se gratta la nuque, décrocha un téléphone et appela le gardien à l'entrée.

« Salut, c'est Carl Mørck, là. Où est-ce qu'ils sont tous ?

– Presque tout le monde est dans la salle des commémorations.

– La salle des commémorations ? Le 19 septembre n'est que dans six mois ! Qu'est-ce qu'ils foutent là-bas ? Ce n'est pas en mémoire de la déportation des policiers danois en tout cas !

– La directrice de la police avait des choses à dire aux différents départements sur les réajustements suite à la réforme. Désolé de ne pas t'avoir prévenu tout à l'heure, Carl. Je croyais que tu étais au courant.

– Mais enfin, je viens d'avoir Mme Sørensen au bout du fil.

– Elle a dû mettre un transfert d'appel sur son numéro de portable. »

Carl secoua la tête. Ils étaient tous devenus cinglés et une fois de plus, le ministère avait eu le temps de tout mettre sens dessus dessous pendant qu'il avait le dos tourné.

Il se perdit dans la contemplation du fauteuil moelleux et confortable du chef de la criminelle. Voilà un endroit au moins où il pourrait fermer les yeux sans témoin.

Il se réveilla dix minutes plus tard, la main de l'adjoint Lars Bjørn sur l'épaule et les yeux ronds et rieurs d'Assad à dix centimètres de son visage.

Fini la tranquillité.

« Viens, Assad », dit-il en s'extirpant du fauteuil. « Toi et moi on va descendre décrocher tous ces dossiers du mur, tu m'entends ? Où est passée Rose ? »

Assad secoua la tête. « Non, Chef, on ne peut pas faire ça, alors. »

Carl rentra sa chemise dans son pantalon. Qu'est-ce qu'il était en train de lui raconter ? Bien sûr qu'ils pouvaient faire ça. C'était quand même à lui de décider comment il voulait organiser le travail de son propre département ?

« Allez, dépêche-toi. Et va me chercher Rose. TOUT DE SUITE ! »

– Le sous-sol est condamné, dit l'adjoint Lars Bjørn. Les canalisations en amiante floqué doivent être remplacées. L'inspection du travail est passée. Il n'y a rien à faire. C'est comme ça. »

Assad acquiesça. « Oui, c'est comme ça. On a été obligés de déménager à l'étage et on n'est pas très bien dans le nouveau bureau. Mais on vous a trouvé un bon fauteuil », ajouta-t-il comme si ça pouvait être une consolation. « On ne sera que tous les deux parce que ça ne plaisait pas à Rose. Alors elle a prolongé son week-end. Mais elle va revenir cet après-midi. »

Carl ne se serait pas senti plus mal si on lui avait donné un coup de pied dans les testicules.

## 2

Elle était restée sans bouger, à regarder brûler les bougies sur la table, jusqu'à ce qu'elles s'éteignent et qu'elle soit plongée dans l'obscurité. Il la laissait souvent toute seule mais jusque-là, il n'avait jamais disparu le jour de leur anniversaire de mariage.

Elle poussa un soupir et se leva. Depuis quelque temps déjà, elle avait cessé de l'attendre debout près de la fenêtre. Elle ne passait plus des heures à écrire son nom dans la buée que formait son haleine sur la vitre.

On n'avait pourtant pas manqué de la mettre en garde quand elle l'avait rencontré. Sa meilleure amie avait émis de sérieux doutes, et sa mère lui avait déconseillé sans prendre de gants de s'engager avec lui. Il était trop vieux pour elle. Il y avait quelque chose de cruel dans ses yeux. On ne pouvait pas lui faire confiance. Il était fuyant et insaisissable.

C'est pour ça qu'elle ne voyait plus sa mère et qu'elle avait également perdu de vue sa meilleure amie. Et maintenant que son besoin de parler à quelqu'un était devenu plus impérieux que jamais, sa tristesse était d'autant plus grande. À qui pourrait-elle se confier ? Elle n'avait plus personne.

Elle regarda les pièces impeccablement propres de sa maison et serra les lèvres tandis que les larmes lui montaient aux yeux.

Puis elle entendit le bébé se réveiller et se ressaisit. Essuya le bout de son nez du revers de la main, et inspira profondément.

Si son mari la trompait, il ne fallait plus qu'il compte sur elle.

Il y avait d'autres poissons dans l'océan.

Il entra dans la chambre si discrètement que seule son ombre sur le mur lui révéla sa présence. Épaules larges et poitrail puissant. Il s'allongea près d'elle et l'attira contre sa peau chaude et nue sans dire un mot.

Elle s'attendait à ce qu'il l'abreuve de paroles tendres et d'excuses soigneusement préparées. Elle craignait de sentir sur lui le parfum d'une autre et de percevoir dans les phrases qu'il lui dirait les petites hésitations qui trahissent la mauvaise conscience, mais au lieu de cela, il la prit fougueusement dans ses bras et lui arracha sa chemise de nuit avec passion. Son visage était éclairé par la lumière de la lune et elle fut immédiatement submergée d'un désir qui effaça les longues heures d'attente, le chagrin, les inquiétudes et les doutes.

Il y avait six mois qu'il ne lui avait pas fait l'amour.

Il était temps.

« Je pars en voyage pendant quelque temps, ma chérie », lui annonça-t-il sans préambule au petit-déjeuner, tout en caressant la joue du petit.

Comme ça, distraitement, comme si la nouvelle n'avait pas d'importance.

Elle fronça les sourcils et pinça les lèvres pour retenir la question inéluctable, posa sa fourchette et regarda fixement les restes d'œufs brouillés et les fragments de bacon qui maculaient son assiette. La nuit avait été longue. Elle en gardait le souvenir dans son bas-ventre légèrement meurtri. Elle était repue de caresses et de regards tendres, et elle avait perdu toute notion de temps et d'espace. Tout cela disparut en un instant. Le soleil pâle du mois de mars envahit brusquement la cuisine comme un hôte indésirable, éclairant de sa lumière l'implacable réalité : son mari l'abandonnait. Une fois encore.

« Pourquoi est-ce que tu ne peux pas me raconter ce que tu fais, je suis ta femme quand même ! Je te promets que je ne le dirai à personne », dit-elle.

Son mari cessa de manger, ses couverts en suspens au-dessus de son assiette. Ses yeux s'assombrirent.

« C'est vrai, poursuivit-elle. Combien de temps vais-je attendre cette fois-ci pour que tu sois de nouveau comme cette nuit ? Est-ce que je dois encore me préparer à n'avoir aucune idée de ce que tu fais, ni d'où tu es ? De toute façon, quand tu es là, tu es tellement ailleurs que tu pourrais aussi bien être absent ! »

Son regard la cloua sur place. « Est-ce que je ne t'ai pas toujours dit que je ne pouvais pas te parler de mon travail ?

– Si, mais...

– Alors, le sujet est clos. »

Il posa sa fourchette et son couteau dans son assiette et se tourna vers leur fils avec ce qui pouvait être pris pour un sourire.

Elle se força à respirer calmement, mais à l'intérieur, le désespoir l'envahissait peu à peu. Il avait raison. Longtemps avant qu'ils se marient, il lui avait fait comprendre qu'il avait des occupations qu'il ne pouvait pas divulguer. Il lui avait peut-être parlé de services secrets, elle ne se souvenait pas bien. Mais à sa connaissance, les gens qui travaillent pour les services secrets ont tout de même une vie à peu près normale en dehors de leur activité professionnelle. Sauf si les agents secrets en question passent une partie de leur temps libre à pratiquer l'adultère par exemple. Dans son monde à elle, c'était la seule explication possible.

Elle débarrassa la table en se demandant si elle allait lui poser un ultimatum tout de suite. Prendre le risque de déclencher sa colère, qu'elle redoutait sans avoir eu encore à en subir la violence.

« Je te revois quand ? » lui demanda-t-elle.

Il lui sourit. « Je pense être de retour mercredi prochain. En général, ça me prend entre huit et dix jours.

– Parfait. Tu seras rentré à temps pour ton tournoi de bowling », lui fit-elle remarquer, acide.

Il se leva et l'enlaça par-derrière, pressa son dos contre son large torse, posa les mains sur ses seins. D'habitude, quand il posait sa tête sur son épaule, cela la faisait toujours frémir d'émotion. Cette fois, elle s'écarta de lui.

« Oui, dit-il. Je serai là bien avant le début du tournoi. Et nous aurons tout le temps de reprendre la partie que nous avons commencée cette nuit. N'est-ce pas, ma chérie ? »

Quand il fut parti, et que le bruit du moteur de sa voiture se fut évanoui, elle resta un long moment les bras croisés et le regard dans le vide. La solitude était une chose. Savoir pourquoi on était réduit à cette solitude en était une autre. Les chances de révéler au grand jour l'infidélité d'un homme comme son mari étaient infimes, elle le savait, sans avoir jamais essayé. Son terrain de chasse était vaste, et c'était un homme prudent, tous les détails de leur existence le prouvaient. Tous les contrats d'assurance qu'il contractait, sa façon de vérifier sans cesse le verrouillage des portes et des fenêtres, ses bagages, les tables de la maison dont il exigeait qu'elles soient toujours impeccables, jamais de papiers ou de bons de caisse dans ses poches ou dans ses tiroirs. Son mari était un homme qui ne laissait aucune trace derrière lui. Même son odeur s'évanouissait quelques minutes après qu'il avait quitté une pièce. Comment pourrait-elle découvrir une quelconque liaison à moins d'engager un détective privé, et où trouverait-elle l'argent pour le payer ?

Elle avança sa lèvre inférieure et souffla lentement de l'air chaud sur son visage. Un tic à elle, chaque fois qu'elle était sur le point de prendre une décision importante. Avant d'aborder les obstacles les plus difficiles quand elle faisait du concours hippique, avant de choisir sa robe quand elle avait fait sa confirmation. Avant de dire oui et avant de sortir dans la rue pour voir si la vie avait quelque chose d'autre à lui offrir en cette matinée de printemps.

## 3

En un mot comme en cent, l'énorme et jovial sergent David Bell adorait se la couler douce en regardant les vagues se briser au pied des falaises. C'est ici, à John O'Groats, à l'extrême nord-est de l'Écosse, dans ces Highlands où le soleil brille moitié moins qu'ailleurs mais d'une luminosité deux fois plus belle, que David était né et ici qu'il mourrait quand son heure serait venue.

David était dans son élément au bord d'un océan déchaîné. Pourquoi devrait-il perdre son temps seize miles plus au sud, enfermé dans un bureau du commissariat de police de Bankhead Road ? Non, décidément, la morne ville portuaire de Wick n'était pas sa tasse de thé et il ne s'en était jamais caché.

Et ses supérieurs ne manquaient pas de lui refiler le bébé dès que ça chauffait un peu dans ces régions septentrionales. David s'y rendait dans une voiture de service et menaçait les fauteurs de trouble de leur envoyer un inspecteur d'Inverness, ce qui suffisait en général à les calmer. Dans ces coins-là, les gars préféraient encore qu'on verse une larme de pisse de cheval dans leur Orkney Skull Splitter[1] plutôt que de voir des

_____

1. Bière écossaise rousse au goût fort et fruité. (*Toutes les notes sont de la traductrice.*)

types de la ville mettre le nez dans leurs affaires. Ils avaient déjà assez de touristes avec ceux qui prenaient le bac depuis Orkney.

Quand il avait fini de régler le problème, David Bell allait voir les vagues, et cette occupation lui prenait un temps considérable.

Sans cette propension à la contemplation, qui était devenue la marque de fabrique de David Bell, la bouteille aurait probablement atterri au diable Vauvert. Mais vu que le sergent se trouvait justement là, dans son uniforme fraîchement repassé, les cheveux au vent et la casquette posée à côté de lui, c'est à lui qu'on l'avait remise.

Ainsi soit-il.

La bouteille était restée coincée dans les mailles d'un filet, et bien que le temps l'ait considérablement patinée, un léger scintillement avait attiré l'attention du plus jeune membre d'équipage du chalutier *Brew Dog*, et le jeune homme avait tout de suite remarqué qu'elle n'était pas une bouteille comme les autres.

« Fous-moi ça à la baille, Seamus », avait crié le skipper en voyant la lettre à l'intérieur. « Ça porte la poisse, ce genre de truc. Chez les marins, on pense que le diable est enfermé dans l'encre de la lettre et qu'il attend qu'on le libère. Tu vas devoir apprendre toutes nos superstitions, petit gars ! » Mais le jeune Seamus ne les connaissait pas encore et décida de rapporter la bouteille à David Bell.

Quand le sergent rentra enfin au commissariat de Wick, l'un des ivrognes du coin venait de détruire deux bureaux et ses collègues commençaient à avoir les bras en compote à essayer de le contenir. Ce qui fit que Bell enleva son blouson un peu vite et que la bouteille tomba par terre. Du coup, il dut la ramasser et la poser sur le rebord de la fenêtre pour ne pas se prendre les pieds dedans quand il sauta à califourchon sur le poitrail du crétin imbibé afin de lui couper la chique. Mais comme souvent quand on s'attaque à l'un de ces authentiques descendants de Vikings qui peuplent le comté de Caithness, il faut s'attendre à du répondant. Le soûlard lui envoya un tel coup de boule dans la caboche que tout souvenir de la bouteille s'effaça derrière les trente-six chandelles qui dansèrent devant ses yeux et les signaux de douleur de son système nerveux.

Pour toutes ces raisons, la bouteille passa un long moment, et même un très long moment, au bord d'une fenêtre en plein soleil. Personne n'y fit attention et personne ne s'inquiéta du fait que la lettre qu'elle contenait risquait fort d'être endommagée par la lumière et par la condensation qui ne manqua pas de se former sur la paroi interne du verre.

Personne ne prit la peine de lire la série de lettres à demi effacées en tête du message, et personne ne se demanda pourquoi quelqu'un avait écrit un jour : AU SECOURS.

La bouteille ne se trouva à nouveau en contact avec une main humaine que le jour où un connard qui s'insurgeait contre le bien-fondé d'une contravention pour stationnement interdit se vengea en envoyant un virus dans le réseau intranet du commissariat de police de Wick. Quand ce genre de choses se produisait, on faisait appel à l'experte en cybercriminalité Miranda McCulloch. Quand un pédophile cryptait ses saloperies, ou qu'un hacker dissimulait les traces de ses transactions informatiques, ou encore lorsqu'un gérant de société pensait camoufler une faillite frauduleuse en écrasant son disque dur, elle était la divinité devant laquelle on venait se prosterner.

On installa Miranda McCulloch dans un bureau où tout le personnel frisait la dépression nerveuse et on la traita comme si elle était la reine en personne. La thermos de café n'eut jamais le temps de tiédir avant d'être à nouveau remplie de café chaud, on entrouvrit les fenêtres pour qu'elle ait juste assez d'air mais pas trop et on régla le transistor sur Radio Scotland. On pouvait dire que Miranda McCulloch était une femme qui savait se faire apprécier à sa juste valeur.

À cause du mouvement des rideaux occasionné par le courant d'air, elle remarqua la bouteille dès son arrivée.

Quelle jolie petite bouteille, se dit-elle. Et tout en se plongeant dans les colonnes rébarbatives de codes chiffrés, elle se demanda pourquoi il y avait une zone plus sombre à l'intérieur. Ce ne fut que le troisième jour, quand elle jugea avoir accompli sa tâche de façon satisfaisante et qu'elle eut déterminé quel type de virus il faudrait s'attendre à rencontrer dans l'avenir, qu'elle s'approcha de la fenêtre pour examiner la bouteille. Elle pesait beaucoup plus lourd qu'on n'aurait cru. Et elle était chaude.

« Qu'est-ce qu'il y a dedans ? » demanda-t-elle à la secrétaire la plus proche. « C'est une lettre ?

— Je ne sais pas, répondit l'autre. C'est une bouteille que David Bell a posée là un jour. Je crois que c'était pour rire. »

Miranda leva la bouteille à la lumière. On aurait dit qu'il y avait des lettres tracées sur la feuille. Mais c'était difficile à voir à cause de la condensation sur la paroi intérieure du verre.

Elle la contempla longuement et demanda : « Où se trouve ce David Bell en ce moment ? Il est d'astreinte ?

— Non, je regrette », répondit la secrétaire en secouant la tête. « David est mort il y a à peu près deux ans. Il était sorti patrouiller en dehors de la ville. On nous avait signalé un délit de fuite et ça a mal tourné. Un sale coup ! David était un chic type. »

Miranda hocha distraitement la tête. Elle n'avait pas vraiment écouté ce que lui avait dit son interlocutrice. Elle était certaine à présent qu'il y avait quelque chose d'inscrit sur le papier, mais elle avait remarqué un autre détail. Il y avait un résidu au fond de la bouteille.

En regardant attentivement à travers le verre dépoli, la masse sombre coagulée ressemblait à du sang.

« Vous croyez que je peux l'embarquer ? À qui pourrais-je demander l'autorisation ?

– Allez voir Emerson. Ils ont fait équipe, David et lui, pendant quelques années. Il n'y verra probablement aucun inconvénient. » La secrétaire se tourna vers le couloir et cria à faire vibrer les vitres : « Eh ! Emerson ! Tu pourrais venir s'il te plaît ? »

Miranda salua le dénommé Emerson. C'était un homme grassouillet et sympathique avec des gros sourcils qui lui donnaient un air triste.

« Vous voulez emporter cette bouteille ? Pas de problème. Moi en tout cas, je ne la toucherais pas avec des pincettes.

– Qu'est-ce que vous voulez dire ?

– Oh, c'est sûrement une connerie. Mais juste avant de mourir, David avait longuement regardé cette bouteille et il avait dit qu'il allait l'ouvrir pour voir ce qu'il y avait dedans. C'est un jeune pêcheur de son village qui la lui avait apportée. Le chalutier sur lequel le gamin bossait avait sombré quelques jours plus tard avec tout l'équipage, rats compris. David disait qu'il lui devait bien ça. Mais tout de suite après, il est mort lui aussi. Moi, je dis que c'est quand même bizarre ! » Emerson secoua la tête. « Alors emportez-la si vous voulez mais je vous aurai prévenue. Elle porte la poisse cette bouteille ! »

Le soir même, dans son cottage de Granton dans la banlieue d'Édimbourg, Miranda contemplait la mystérieuse bouteille. Elle faisait environ quinze centimètres de haut, le verre était blanc bleuté, elle était d'une forme légèrement aplatie avec un col assez allongé. Il aurait pu s'agir d'une bouteille de parfum mais elle était un peu trop grande. C'était peut-être une bouteille d'eau de Cologne, et elle était sûrement très ancienne. Elle la frappa légèrement avec la jointure de son index. C'était du verre solide en tout cas.

Elle sourit. « Quel secret tu caches, jolie bouteille ? » dit-elle en buvant une gorgée de vin. Elle reposa son verre et entreprit de retirer avec un tire-bouchon la matière qui obstruait le goulot. À l'odeur, on aurait dit du goudron, mais le séjour de la bouteille dans l'eau salée l'avait transformé en une substance difficile à identifier.

Elle tenta d'extraire la lettre de la bouteille, mais le papier était fragile et humide au toucher. Elle retourna la bouteille et en tapota le cul mais la lettre ne bougea pas d'un millimètre. Elle l'emporta dans la cuisine et donna deux grands coups dessus avec le marteau à attendrir la viande.

C'était la bonne solution et le verre bleuté explosa en une infinité de petits cristaux qui se dispersèrent sur la table de la cuisine comme de la glace pilée.

Elle fixa le bout de papier gisant au milieu de la planche à découper. Sentit ses sourcils se froncer, laissa son regard flotter sur les morceaux de verre et inspira profondément.

Elle venait de réaliser qu'elle avait fait une grosse bêtise.

« Effectivement », confirma Douglas, son collègue de la police scientifique. « C'est bien du sang. Il n'y a aucun doute. Tu ne t'es pas trompée. La façon dont le sang et la condensation ont imprégné la lettre est assez caractéristique. En particulier tout en bas, à l'endroit de la signature qui a été entièrement effacée. La teinte et le mode d'absorption sont typiques. »

Il déplia délicatement la feuille avec sa pince à épiler et la plaça à nouveau sous la lampe bleue. Il y avait des traces de sang sur toute la surface du document. Chaque lettre ressortait en un bleu plus ou moins diffus.

« Le message a été écrit avec du sang ?

— De toute évidence.

— Et tu penses comme moi que la première ligne est un SOS ?

— Oui. Mais malheureusement, je crains que nous ne puissions pas espérer déchiffrer autre chose que cette première ligne. Cette lettre est terriblement abîmée. Et elle a probablement été écrite il y a de nombreuses années. Nous allons devoir la préparer, puis la conserver avant de pouvoir éventuellement la dater approximativement. Ensuite nous demanderons à un linguiste de l'expertiser. En espérant qu'il pourra nous dire en quelle langue elle a été rédigée. »

Miranda hocha la tête. Elle avait une vague idée.

À son avis, ce pouvait être de l'islandais.

## 4

« Carl, l'inspection du travail est là », dit Rose, plantée sur le seuil de sa porte et apparemment pas du tout disposée à se pousser. Elle espérait peut-être assister à une bagarre.

Le fonctionnaire était un petit homme vêtu d'un costume impeccable, qui se présenta sous le nom de John Studsgaard. Petit et sûr de lui. Si l'on faisait abstraction du attaché-case brun et mince qu'il portait sous le bras, le type n'avait pas l'air antipathique. Il avait un sourire aimable et la main tendue. Cette impression disparut aussitôt qu'il ouvrit la bouche.

« Lors de notre dernière visite, nous avons constaté la présence de poussière d'amiante dans ce couloir ainsi que dans les pièces qu'il dessert. Il est nécessaire de procéder au désamiantage des canalisations avant que nous puissions vous autoriser à utiliser ces locaux en toute sécurité. »

Carl leva les yeux vers le plafond. Un foutu tuyau. Un seul foutu tuyau dans tout le sous-sol et il en faisait toute une histoire.

« Je vois que vous avez installé des bureaux dans cet endroit, poursuivit le rond-de-cuir. J'aimerais savoir si cette initiative est conforme aux conventions collectives de la police et surtout à la réglementation en matière d'évacuation en cas d'incendie. » Il fit mine d'ouvrir la fermeture éclair de sa serviette. Les réponses à ses questions se trouvaient sans doute déjà parmi les documents qu'il s'apprêtait à en extraire.

« Quels bureaux ? » demanda Carl, l'air innocent. « Vous parlez des salles de tri avant archivage ?

– Des salles de tri avant archivage ? » L'homme eut l'air désorienté pendant une seconde, mais le bureaucrate reprit vite le dessus. « Je maîtrise mal la terminologie, mais quoi qu'il en soit, il me paraît évident que vous passez une partie considérable de votre temps à effectuer ici un certain nombre de tâches qui sont à nos yeux assimilées à un travail.

– Ah, vous parlez de la machine à café ? On peut la mettre ailleurs si vous voulez !

– Je ne fais pas référence à la machine à café. Je parle de tout le reste : tables, panneaux d'affichage, étagères, porte-manteaux, tiroirs remplis de papier machine, articles de bureau, photocopieuses.

– Je comprends. Mais vous avez une idée du nombre de marches pour monter au deuxième étage ?

– Non.

– Bon. Alors vous ne savez peut-être pas non plus que nous manquons cruellement d'effectifs et que cela nous prendrait la moitié de la journée si nous étions obligés de monter deux étages chaque fois que nous devons photocopier un docu-ment avant de l'archiver. Vous préférez peut-être que nous laissions tout un tas d'assassins en liberté, au lieu de faire notre boulot. »

Studsgaard ouvrit la bouche pour protester mais Carl l'interrompit en levant une main : « Voulez-vous me dire s'il vous plaît à quel endroit se trouve cet amiante auquel vous faites allusion ? »

Le petit homme fronça les sourcils. « La question n'est pas de savoir où il est. Nous avons constaté une pollution à l'amiante floqué et l'amiante provoque le cancer. Ce n'est pas un produit qu'on élimine en passant un coup de serpillière.

– Tu étais là, Rose, au moment de l'inspection ? demanda Carl en se tournant vers sa collaboratrice.

– Ils ont trouvé de la poussière là-bas, répondit-elle en désignant le fond du corridor.

– ASSAD ! » hurla Carl, d'une voix si puissante que l'inspecteur fit un pas en arrière. « Viens avec moi, Rose, montre-moi où c'était », dit-il au moment où Assad fit son apparition. « Assad, tu nous suis. Et tu apportes le seau, la serpillière et tes jolis gants de caoutchouc vert. Nous avons une importante mission à remplir. »

Ils firent une quinzaine de pas jusqu'au bout du couloir et Rose pointa du doigt un petit tas de poussière blanche devant le bout de ses bottes noires. « Là ! » dit-elle.

Le type de l'inspection du travail leur expliqua outré que ce qu'ils allaient faire ne les avancerait à rien. Que le fait d'enlever la poussière n'en éliminait pas la cause, et que le bon sens et le règlement exigeaient qu'on remédie au problème d'une façon conforme aux directives.

Carl ne releva pas sa dernière remarque. « Quand tu auras nettoyé, Assad, tu appelleras un menuisier. Nous allons faire monter une cloison entre la zone déclarée insalubre par l'inspection du travail et notre salle de tri avant archivage. Il est hors de question que nous nous laissions contaminer par cette saloperie, tu m'entends ? »

Assad se mit à hocher la tête lentement. « C'est où alors, Chef, cette salle de... quoi déjà ? Archives... ?

– Ne discute pas, Assad, lave. Monsieur n'a pas que ça à faire. »

Le fonctionnaire décocha à Carl un regard plein d'animosité. « Vous allez avoir de nos nouvelles très vite », fut sa dernière phrase avant de s'en aller à pas vifs dans le couloir, le bras crispé sur son mince attaché-case.

Ils allaient avoir de leurs nouvelles ? Et alors ?

« Bon, et maintenant, Assad, tu vas me faire le plaisir de m'expliquer ce que font mes dossiers accrochés sur ce mur ! s'exclama Carl. J'espère pour toi que ce sont des copies.

– Des copies ? Vous avez besoin de photocopies, alors, Chef ? Je vais décrocher les dossiers du mur et je vais vous faire autant de copies que vous voulez, c'est promis, alors ! »

Carl déglutit péniblement. « Tu es en train de me dire que ce sont les dossiers originaux qui sont suspendus là-haut comme des chaussettes sur un fil à linge ?

– Attendez que je vous montre mon nouveau système de classement, Chef. Si vous ne trouvez pas ça génial, surtout vous me le dites, alors. Ce n'est pas un problème. Je ne me fâcherai pas. »

Il ne se fâcherait pas !!! Alors voilà, on quittait le bureau pendant deux semaines et à son retour, on découvrait que tous ses collaborateurs étaient devenus fous, à force d'avoir inhalé de l'amiante floqué.

« Regardez ça, Chef. » Assad brandit sous les yeux de Carl deux rubans enroulés en pelotes.

« Parfait. Parfait, Assad. Je vois que tu as réussi à te dégotter un beau rouleau de ruban bleu et un magnifique rouleau de ruban rouge à rayures blanches. Et dans neuf mois, quand ce sera Noël, tu vas pouvoir faire plein de jolis paquets-cadeaux ! »

Assad lui donna une tape sur l'épaule. « Ha, ha, Chef ! Elle est bien bonne ! On est contents de vous retrouver en pleine forme, alors ! »

Carl secoua la tête. Dur de se faire à l'idée que la retraite, ce n'était pas encore pour demain.

« Je vous montre, alors. » Assad se mit à dérouler le ruban bleu. Découpa un petit morceau de scotch, fixa un bout de ruban à une affaire datant des années soixante, déroula la pelote le long d'une série de dossiers suspendus, coupa le ruban et en fixa la seconde extrémité sur une affaire datant des années quatre-vingt. « C'est pas génial ? »

Carl croisa les mains derrière sa nuque comme pour empêcher sa tête de tomber en arrière.

« Fantastique, Assad ! Une véritable œuvre d'art. Andy Warhol n'aura pas vécu en vain.

– Andy qui ?

– Laisse tomber. Si j'ai bien compris, tu essayes de relier ces deux affaires.

– Imaginez qu'elles aient un rapport l'une avec l'autre. Grâce à mon idée, on le verrait du premier coup. » Il claqua des doigts. « Comme ça. Ruban bleu. Paf : les deux affaires ont des points communs. »

Carl inspira profondément. « OK. Je pense que j'ai deviné à quoi sert le ruban rouge.

– Oui. Les affaires reliées par le ruban rouge sont celles dont nous sommes sûrs qu'elles ont des similitudes. Super système, non ? »

Carl poussa un soupir. « Bien pensé, Assad. À part que pour le moment aucune de ces affaires n'a quoi que ce soit à voir avec les autres, et que les dossiers seraient bien mieux, posés sur mon bureau comme avant, pour que nous puissions les feuilleter de temps en temps, tu ne crois pas ? » Ce n'était pas une question mais la réponse vint quand même.

« Si, je crois, Chef. » Assad se balança un peu dans ses vieilles pompes à prix discount. « Je vais commencer à photocopier tous les dossiers dans dix minutes, alors. Je vous apporterai les originaux et je suspendrai les copies à la place. »

Marcus Jacobsen avait pris un coup de vieux. Ces derniers temps, il croulait sous le boulot. Il y avait les éternels règlements de comptes entre bandes rivales dans le quartier de Nørrebro et les fusillades qui allaient avec, mais aussi tous ces épouvantables incendies d'origine criminelle, avec d'importants dégâts matériels et aussi de regrettables pertes humaines. Ils se produisaient en général la nuit. Marcus avait dû dormir à tout casser trois heures en moyenne, pendant toute la semaine dernière. Quoi qu'il ait sur le cœur aujourd'hui, il valait mieux ne pas le contrarier.

« Qu'est-ce que je peux faire pour vous, patron ? Pourquoi m'avez-vous demandé de monter vous voir ? » lui demanda Carl.

Marcus tripota son vieux paquet de cigarettes avant de répondre. Pauvre homme. Il ne viendrait jamais à bout de ses crises de manque. « Je sais bien qu'on ne vous a pas installés dans un palace, toi et ton département V. Mais le problème, c'est que je n'ai tout simplement pas le droit de vous laisser au sous-sol. Et maintenant, je reçois un coup de fil de l'inspection du travail qui m'explique que tu t'es insurgé contre les directives d'un de leurs représentants.

– Ne vous inquiétez pas, Marcus. Nous avons la situation en main. On va monter une cloison au milieu du couloir avec une porte et tout. Comme ça, on ne sera plus exposés à leur machin, là. »

Les cernes sous les yeux du chef de la criminelle s'assombrirent. « C'est précisément le genre de conneries que je ne veux pas entendre, Carl, dit-il. Et vous allez vous dépêcher de remonter au deuxième, toi, Rose et Assad. Je n'ai pas envie d'avoir des problèmes avec l'inspection du travail. J'ai assez de soucis comme ça en ce moment. Tu es au courant de la pression que je subis ces jours-ci. Tiens, regarde. » Il désigna le minuscule écran plat accroché sur son mur, où TV2 était justement en train de résumer les conséquences de la guerre des gangs. Les rumeurs à propos d'une procession à travers les rues de Copenhague en hommage à l'une des victimes avaient mis le feu aux poudres. La population sommait la police de trouver les coupables et de stopper ce vent de folie qui soufflait sur la capitale.

Marcus Jacobsen avait de quoi être stressé.

« Écoutez patron, si vous vous obstinez à nous faire monter au deuxième étage, vous n'avez qu'à fermer le département V tout de suite.

– Ne me tente pas, Carl.

– Ce serait dommage de perdre les huit millions de couronnes de subvention annuelle, patron. Je ne me trompe pas ? C'est bien huit millions que le ministère a lâchés pour la création du département V ? Ça fait un paquet de fric pour remplir le réservoir de la poubelle dans laquelle on roule. Bon, c'est vrai qu'il y a aussi le salaire de Rose et puis le mien, sans compter celui d'Assad. Huit millions ! Quand même ! »

Le chef de la criminelle soupira. Il était coincé. Sans cette subvention, il lui manquerait au moins cinq millions de couronnes par an pour faire tourner ses autres départements. Il avait fait de la redistribution créative. Une sorte de péréquation horizontale. Un vol légal.

« D'accord. Alors propose-moi des solutions !

– Où veux-tu qu'on se mette à cet étage ? Dans les chiottes ? Sur le rebord de la fenêtre où Assad était assis hier ? Dans ton bureau peut-être ?

– Il y a de la place dans le couloir. » Marcus Jacobsen se recroquevilla visiblement sur son fauteuil dans l'attente de la riposte. « On va bientôt vous trouver des bureaux, Carl ! Tu sais bien que c'est prévu.

– Génial, c'est une super-idée. On fait ça comme ça, alors. Par contre, il nous faudrait trois nouvelles tables. »

Sans y être invité, Carl se leva, tendit la main à Marcus pour sceller leur nouvel accord.

Le chef de la criminelle eut un mouvement de recul. « Attends une seconde, dit-il. J'ai comme l'impression que je viens de me faire avoir.

– De te faire avoir ? Tu plaisantes ! Tu récupères trois bureaux supplémentaires et quand l'inspection du travail débarque, je vous envoie Rose pour faire joli sur les fauteuils vides.

– Ça ne marchera jamais, Carl. » Il réfléchit un instant. Il était en train de mordre à l'hameçon. « Enfin, *time will show*, comme disait ma vieille mère. Mais rassieds-toi une seconde, Carl. Il y a une affaire sur laquelle j'aimerais que tu jettes un coup d'œil. Tu te souviens de nos collègues écossais à qui on avait donné un coup de main il y a trois-quatre ans ? »

Carl hocha la tête prudemment. Est-ce que Marcus allait lui coller sur le râble une bande de joueurs de cornemuse ? Des Norvégiens passe encore, mais des Écossais ! C'était hors de question !

« On leur avait envoyé l'ADN d'un Écossais qui faisait son temps à la prison de Vestre, tu te rappelles ? C'était Bak qui travaillait sur cette enquête. Grâce à nous, ils avaient résolu leur affaire et maintenant ils nous renvoient l'ascenseur. Nous avons reçu un paquet d'un type qui s'appelle Gilliam Douglas, de la police scientifique à Édimbourg. Le paquet en question contient une lettre trouvée dans une bouteille. Ils l'ont fait expertiser par un linguiste qui pense qu'elle a été envoyée du Danemark. » Marcus sortit une boîte en carton d'un tiroir de son bureau. « Ils voudraient savoir si on peut faire quelque chose avec les éléments qu'ils ont découverts. C'est ta partie, ça, Carl. »

Il lui tendit la boîte et lui fit signe de l'emporter.

« Qu'est-ce que tu veux que j'en fasse ? Que je la dépose à la poste pour faire suivre ? »

Jacobsen se fendit d'un sourire. « Très drôle, Carl. À part que la poste a plutôt la réputation de créer des mystères que d'en résoudre.

– Tu ne crois pas qu'on a assez de travail comme ça en bas ?

– Je n'en doute pas, Carl. Mais tu trouveras bien cinq minutes pour y jeter un coup d'œil ! C'est une broutille. Mais tu avoueras qu'elle remplit tous les critères du département V. L'affaire est ancienne. L'enquête n'est pas terminée, et personne d'autre n'a envie de s'en occuper. »

Encore une histoire qui va m'empêcher de poser mes jambons sur la table et de faire la sieste, songea Carl tandis qu'il redescendait l'escalier en soupesant le carton.

Quoique.

Un petit roupillon d'une heure ou deux n'allait pas détériorer les relations dano-écossaises.


« J'aurai fini demain. Rose va m'aider », promit Assad en se demandant de quel tas venait le dossier qu'il avait à la main, d'après le système de rangement de Carl Mørck.

Carl répondit par un grognement. Le paquet venant d'Écosse était posé sur son bureau, sous ses yeux. Il s'était toujours fié à son instinct et ce paquet-poste entouré du ruban adhésif des douanes ne lui disait rien qui vaille.

« C'est une nouvelle affaire alors ? » demanda Assad, très intéressé quand il remarqua la boîte recouverte de papier kraft. « D'où elle vient ? »

Carl leva le pouce vers le plafond.

« Rose, tu peux venir une minute ? » cria-t-il en direction du couloir.

Elle mit cinq bonnes minutes à réagir. C'était dans son esprit le laps de temps nécessaire pour faire comprendre à Carl qui, ici, décidait de ce qu'elle devait faire et surtout quand elle devait le faire. Une question d'habitude.

« Qu'est-ce que tu dirais de t'occuper de ta toute première affaire en solo, Rose ? » dit-il en poussant doucement le paquet vers elle.

Il n'arrivait pas à distinguer ses yeux sous sa frange noire de punk, mais il était à peu près certain qu'ils ne brillaient pas d'enthousiasme. « Je parie qu'il s'agit d'une histoire de pornographie avec des gosses, ou de proxénétisme, je me trompe ? En tout cas, je suis sûre que c'est un truc auquel vous n'avez pas envie de toucher. Donc je vous réponds d'office, non merci. Si vous n'avez pas le courage de vous en occuper, vous n'avez qu'à demander à notre petit conducteur de chameaux de s'atteler à cette tâche. J'ai autre chose à faire. »

Carl sourit. Pas un seul gros mot. Pas de coup de pied dans la porte. Sa dernière recrue était de bonne humeur aujourd'hui. Il poussa la boîte un peu plus loin. « Il paraît que c'est une lettre, qui a voyagé dans une bouteille jetée à la mer. Je ne l'ai pas encore lue. On pourrait l'ouvrir ensemble. »

Rose fronça son joli nez. La demoiselle était sceptique.

Carl souleva les rabats du carton, écarta les chips en polystyrène et extirpa un dossier cartonné qu'il posa sur la table.

Il fouilla encore un peu dans la boîte où il trouva un sac en plastique.

« C'est quoi ? voulut savoir Rose.

– Je suppose que ce sont les morceaux de la bouteille.

– Ils l'ont cassée ?

– Non, ils l'ont juste démontée. Mais rassure-toi, ils ont sûrement pensé à mettre le plan de montage dans le dossier. Un jeu d'enfant pour une reine du bricolage comme toi. »

Elle lui tira la langue et soupesa la poche en plastique. « Ce n'est pas très lourd. On connaît la taille de la bouteille ? »

Il lui tendit la chemise cartonnée. « Je te laisse le découvrir. »

Elle disparut dans le couloir en abandonnant le carton sur la table de Carl. Enfin la paix. Dans une heure, il aurait terminé sa journée, prendrait son train pour Allerød, et en arrivant, il achèterait une bouteille de whisky qu'il viderait en compagnie de son ami Hardy. Hardy le boirait avec une paille et lui avec des glaçons. Une douce soirée en perspective.

Il eut le temps de somnoler pendant au moins dix secondes avant qu'Assad ne se plante devant son bureau.

« J'ai découvert quelque chose, Chef. Venez voir. C'est sur le panneau dans le couloir. »

Carl put constater qu'un sommeil de quelques secondes avait un effet très particulier sur l'oreille interne. Il dut s'appuyer, légèrement groggy, sur le mur du corridor tandis qu'Assad lui montrait fièrement un dossier accroché au mur.

Il fit un effort pour reprendre ses esprits. « Tu peux répéter, Assad ? Je pensais à autre chose.

– Je disais seulement qu'avec tous ces incendies à Copenhague en ce moment, le patron devrait s'intéresser un peu à cette affaire-là, alors. »

Carl testa prudemment la solidité de ses jambes et s'approcha du dossier que son assistant montrait du doigt. L'enquête remontait quatorze ans en arrière. Un incendie avec mort d'homme, vraisemblablement d'origine criminelle, survenu dans le quartier du lac de Damhus. Le cadavre qu'on avait retrouvé sur place était tellement carbonisé qu'il avait été impossible de déterminer l'heure du décès, le sexe de la victime, et même de faire un prélèvement de son ADN. Et le fait qu'aucune personne susceptible d'être la victime n'ait été portée disparue n'avait pas facilité l'identification. On avait fini par laisser tomber. Carl s'en souvenait très bien. C'était son collègue Antonsen qui s'était occupé de l'enquête à l'époque.

« Qu'est-ce qui te fait penser qu'il pourrait y avoir un lien avec le pyromane qui sévit ces temps-ci, Assad ?

– Sévit ?

– Oui enfin, qui met le feu, quoi !

– Ça ! » répondit Assad en pointant du doigt une photo en gros plan des restes d'un squelette. « Le creux qu'on voit sur l'os de son petit doigt. C'est pareil dans cette affaire-là. » Il descendit le dossier suspendu et en sortit un procès-verbal. « C'est écrit là. Le cadavre avait une trace tout autour de l'auriculaire. Comme s'il avait porté une bague trop serrée pendant de nombreuses années.

– Et alors ?

– Le petit doigt, Chef !

– Oui. Et alors ?

– Quand j'étais là-haut. Au département A. La victime du premier incendie n'avait plus son petit doigt du tout.

– Plus d'auriculaire. Bon. Mais encore…

– L'homme qu'on a trouvé sur les lieux du deuxième incendie avait une trace sur le petit doigt. Comme ce gars-là. »

Carl leva un sourcil.

« Je trouve que tu devrais monter voir le chef de la criminelle et lui faire part de tes observations, Assad. »

Le petit homme se fendit d'un large sourire. « Vous savez, Chef... Je n'aurais jamais fait attention à ce détail si cette photo n'avait pas été accrochée sur le mur, là, juste sous mon nez. C'est marrant, non ? »

Le défi que Carl avait lancé à Rose semblait avoir creusé une petite brèche dans son arrogante punk-attitude. Quoi qu'il en soit, elle ne jeta pas le dossier sur son bureau mais poussa au contraire son cendrier avant de poser délicatement, presque religieusement, la lettre devant lui.

« On ne déchiffre pas grand-chose, dit-elle. Apparemment la lettre a été écrite avec du sang qui s'est progressivement dissous à cause de la condensation à l'intérieur de la bouteille, et a imbibé le papier de haut en bas. En outre, bien que la lettre ait été rédigée en caractères d'imprimerie, l'écriture est assez maladroite. Le début est parfaitement lisible. Regardez. Il y a écrit : AU SECOURS. »

Carl se pencha en avant à contrecœur pour examiner de plus près le message. La feuille avait peut-être été blanche un jour, mais à présent elle était plutôt de couleur marron. Elle n'était plus tout à fait complète, les bordures avaient probablement été déchirées au moment où l'on avait extrait le papier de la bouteille après son séjour dans l'eau de mer.

« Qu'est-ce qui a déjà été fait en matière d'expertises et d'analyses ? Ils disent quelque chose là-dessus dans le dossier ? Où la bouteille a-t-elle été trouvée ? Et quand ?

– Ils l'ont trouvée tout là-haut près de l'archipel d'Orkney. Dans un filet de pêche. En 2002, apparemment.

– En 2002 ? Eh bien, on peut dire qu'ils ont pris leur temps pour faire suivre !

– La bouteille a été oubliée sur un rebord de fenêtre. C'est sans doute pour ça qu'il y a eu autant de condensation. Elle est restée longtemps en plein soleil.

– Putains d'ivrognes d'Écossais ! grogna Carl.

– Ils nous ont remis une expertise ADN à peu près inutilisable. Et des photos infrarouges. Ils ont préservé la lettre autant que faire se pouvait. Regardez, voici une tentative de reconstitution phonétique de ce qu'a éventuellement pu être le texte d'origine. Là-dessus on arrive à lire quelques mots. »

Carl jeta un coup d'œil à la photocopie et regretta d'avoir insulté ces ivrognes d'Écossais. En comparaison de la lettre originale, le document préparé, reconstitué et éclairé auquel ils avaient abouti était impressionnant.

Il lut le message. De tout temps les gens ont été fascinés par la perspective de lancer une bouteille à la mer, et d'y enfermer un message qui serait peut-être lu un jour par quelqu'un de l'autre côté du globe. Une idée romantique, promettant des aventures extraordinaires.

Carl eut tout de suite le sentiment que ce message-là n'avait pas été envoyé dans un but ludique. Cette bouteille à la mer n'évoquait ni un jeu de gosse, ni un boy-scout qui vient de faire une excursion amusante, ni une balade idyllique sous un grand ciel bleu. Ici, c'était du sérieux. Cette lettre était très certainement ce qu'elle prétendait être.

Un appel à l'aide. Un cri de désespoir.

## 5

En la quittant, il laissait chaque fois son petit train-train quotidien derrière lui. Il parcourait d'abord la vingtaine de kilomètres qui le séparaient de la propriété isolée, située à mi-chemin entre son domicile et la maison près du lac. Il sortait le fourgon de la grange et garait la Mercedes à sa place. Il verrouillait soigneusement la porte de la grange, prenait un bain, teignait ses cheveux, se changeait et passait dix minutes devant la glace à se préparer, à trouver dans les placards de la maison les objets dont il allait avoir besoin, avant de les transporter dans la fourgonnette bleue de marque Peugeot dont il se servait pour ses expéditions. C'était un véhicule passe-partout, ni trop grand ni trop petit, avec des plaques minéralogiques poussiéreuses mais sans plus, et malgré tout relativement illisibles. Une voiture anonyme, enregistrée sous l'identité qu'il avait prise en acquérant la propriété. Et parfaitement adaptée à l'usage qu'il en faisait.

Ces derniers préparatifs terminés, il était fin prêt. Il disposait d'ores et déjà de tous les renseignements nécessaires sur ses victimes potentielles. Il lui avait suffi pour cela de fouiller dans les registres de l'état civil, dont il s'était procuré les codes d'accès Internet plusieurs années auparavant. Il disposait d'importantes quantités d'argent liquide. Il réglait aux péages de ponts et dans les stations-service avec des petites coupures, évitait les caméras de surveillance, faisait en sorte de ne jamais se trouver parmi les badauds quand un événement exceptionnel se produisait dans la rue.

Cette fois, son terrain de chasse se situait dans le centre du Jutland, une région à forte concentration de sectes religieuses. En outre, il y avait au moins deux ans qu'il n'avait pas sévi dans ce secteur. C'était un homme qui aimait semer la mort avec soin.

Il avait effectué quelques repérages récemment, mais n'était jamais resté plus d'un jour ou deux sur place. La première fois, il avait séjourné chez une fille de Haderslev et les fois suivantes chez une femme qui habitait dans un petit village appelé Lønne. Le risque d'être reconnu par quelqu'un de la région de Viborg était donc extrêmement faible.

Il s'était donné le choix entre cinq familles différentes. Deux d'entre elles appartenaient aux Témoins de Jéhovah, une aux Évangélistes, une autre à Syndens Vogtere, et la dernière à la Moderkirken, une communauté qui vénérait la Vierge. Cette dernière avait désormais sa préférence.

Il arriva à Viborg vers vingt heures, peut-être un peu trop tôt pour ce qu'il comptait y faire, en particulier dans une ville de cette importance, mais dans la vie on ne sait jamais ce qui peut arriver.

Il choisissait toujours les bars dans lesquels il sélectionnait ses hôtesses, et toujours selon les mêmes critères. L'établissement ne devait pas être trop petit, il ne devait pas se trouver dans un quartier où tout le monde connaissait tout le monde, il ne devait pas avoir une clientèle composée exclusivement d'habitués et il devait paraître assez pimpant pour être susceptible d'accueillir une femme seule ayant une certaine classe et dans une tranche d'âge située entre trente-cinq et cinquante-cinq ans.

Le premier bar dans lequel il était rentré, le Julles, était sombre et exigu, avec des tables en forme de tonneaux de vin et trop de machines à sous. Le deuxième lui plut davantage. Il proposait une petite piste de danse, semblait fréquenté par des gens convenables si l'on faisait abstraction du pédé qui s'était empressé de grimper sur le tabouret voisin du sien et de se coller à lui. S'il draguait une femme dans cet endroit, l'homosexuel se souviendrait forcément de lui, même s'il repoussait ses avances le plus poliment du monde. Et le but du jeu était justement de ne pas se faire remarquer.

Le cinquième fut le bon. Même les dictons affichés au-dessus du bar l'affirmaient. *C'est toujours celui qui en dit le moins qui en fait le plus. Ailleurs c'est bien, au bar du Terminal, c'est mieux.* Mais c'était surtout le dernier qui l'avait convaincu : *Les plus beaux nichons de la ville sont ici.*

Le bar du Terminal fermait dès vingt-trois heures, mais vu l'ambiance surchauffée par les bières Hancock Høker et le rock and roll local, il était sûr de lever une fille avant la fin de la soirée.

Il choisit une femme entre deux âges, assise près de l'entrée de la salle de jeux. Quand il était entré, elle dansait toute seule, les bras levés, au milieu de la minuscule piste de danse. Elle était assez belle et probablement pas une proie trop facile. Elle était du genre à chercher un homme sur lequel elle pourrait compter. Un gars à côté duquel on avait envie de se réveiller le matin, et elle ne s'attendait pas à le trouver dans ce bar. Elle était sortie faire la fête avec ses copines de boulot après une grosse journée, rien d'autre. Ça se voyait à des kilomètres. Le profil idéal.

Deux de ses collègues bien balancées titubaient en pouffant de rire dans le fumoir, et les autres étaient dispersées autour de diverses tables à la composition hétéroclite. La fête devait

battre son plein depuis plusieurs heures. En tout cas, il était
à peu près certain qu'aucun client ne serait capable de le
décrire avec précision, même si on l'interrogeait dans deux
heures.

Il la sélectionna après avoir échangé des regards avec elle
pendant cinq bonnes minutes. Elle n'était pas très soûle.
C'était bon signe.

« Tu n'es pas d'ici, toi ? » lui dit-elle en fixant ses sourcils.
« Qu'est-ce que tu es venu faire à Viborg ? »

Elle sentait bon et elle avait un regard franc. Il n'eut pas
de mal à deviner la réponse qu'elle souhaitait entendre. Elle
serait ravie d'apprendre qu'il venait souvent dans cette ville.
Qu'il aimait beaucoup Viborg. Qu'il avait un bon niveau
d'études et qu'il était célibataire. Il lui dit tout ça. Tranquillement et par petites touches. Il était prêt à lui raconter
n'importe quoi du moment qu'il arrivait à ses fins.

Deux heures plus tard, il était dans son lit. Elle était com-
blée sexuellement et il savait qu'il pourrait rester chez elle
quelques semaines sans qu'elle se montre trop curieuse à part
les questions habituelles : si elle lui plaisait vraiment et si ses
intentions étaient sérieuses.

Il prit garde de ne pas lui laisser trop d'illusions. Joua la
timidité pour qu'elle puisse penser plus tard que c'était un
trait de sa personnalité s'il marquait quelque hésitation avant
de répondre à ses éventuelles demandes.

Il se leva à cinq heures et demie du matin le lendemain,
comme il l'avait prévu. Il s'habilla, fouilla discrètement dans
ses affaires afin de découvrir un maximum de détails sur elle,
avant qu'elle ne commence à s'étirer dans le lit. Comme elle
le lui avait déjà dit, elle était divorcée. Elle avait des enfants
adultes qui avaient déjà quitté le nid, et un bon petit boulot
de fonctionnaire de mairie qui monopolisait bien sûr tout son

temps et toute son énergie. Elle avait cinquante-deux ans et se sentait plus que jamais prête à vivre une histoire d'Amour avec un grand A.

Avant de poser le plateau avec du café et des toasts sur le lit à côté d'elle, il entrouvrit le rideau pour lui laisser tout loisir d'admirer son sourire et sa plastique de jeune homme.

Sur le pas de la porte, elle se blottit contre lui avec un tendre abandon et une fossette plus marquée que la veille. Elle lui caressa la joue et voulut déposer un baiser sur sa cicatrice, mais il ne lui en laissa pas le temps. Il lui souleva doucement le menton et, en la regardant dans les yeux, il lui posa *la* question : « Tu préfères que je prenne une chambre au Palads Hotel, ou que je vienne te retrouver ce soir ? »

La réponse allait de soi. Elle se serra contre sa poitrine et lui expliqua où se trouvait la clé. Il monta dans sa fourgonnette et quitta le lotissement.

La famille qu'il avait choisie avait les moyens de réunir rapidement la somme de un million en liquide qu'il avait l'habitude de demander. Elle devrait peut-être vendre quelques actions même si les cours n'étaient pas des plus favorables, mais il n'avait pas de souci à se faire quant à sa solvabilité. À cause de la crise il était devenu plus difficile de gagner correctement sa vie en exerçant son activité criminelle, mais en sélectionnant soigneusement ses victimes, il s'en sortait encore honorablement. Il était à peu près sûr que ces gens-là auraient à la fois le désir et la possibilité de payer, et qu'ils le feraient avec discrétion.

Il les avait longuement observés et commençait à bien les connaître. Il avait rencontré leur communauté religieuse et avait eu de longues conversations intimes avec les parents après la messe. Il savait depuis combien de temps ils faisaient partie de la secte, comment ils avaient acquis leur fortune, combien d'enfants ils avaient. Il connaissait leurs noms et leurs emplois du temps.

Ils habitaient un peu en dehors de Frederiks. Les cinq enfants avaient entre dix et dix-huit ans. Ils vivaient tous à la maison et étaient tous des membres actifs de la Moderkirken. Les deux plus vieux allaient au lycée à Viborg et les autres suivaient un enseignement à domicile dispensé par leur mère, une quadragénaire, anciennement enseignante à l'école de Tvind[1], qui, faute d'avoir trouvé un sens à sa vie, l'avait consacrée au bon Dieu. C'était elle qui portait la culotte à la maison. Elle qui menait le troupeau dans la crainte du Seigneur. Le mari avait vingt ans de plus qu'elle et il était à la tête d'une des plus grosses entreprises de la région. Et bien qu'il eût fait don de la moitié de sa fortune à la Moderkirken, comme il se devait quand on voulait appartenir à cette Église, il lui en restait encore bien assez. Quand on possédait un parc de machines agricoles comme le sien, on ne risquait pas de mourir de faim.

Quand les banques ferment, le blé continue de pousser.

Le seul problème avec cette famille était que le fils cadet, qui aurait pourtant été une victime idéale, s'était mis à faire du karaté. Non pas qu'il constitue une menace vu son gabarit, mais il perturbait le timing.

Et quand les choses tournaient mal, c'était toujours à cause d'un problème de timing.

Ce détail mis à part, le fils cadet et sa sœur, quatrième de la fratrie, rassemblaient tous les critères pour que ça marche.

—————

1. *Necessary Training College*. École expérimentale fondée dans le Jutland qui propose diverses formations professionnelles ciblées sur l'aide aux pays du tiers-monde.

Ils étaient entreprenants, c'étaient les deux plus beaux parmi les enfants, ils étaient des éléments moteurs et leur mère les considérait probablement comme la prunelle de ses yeux. Ils tenaient leur place de membres de la communauté de la Moderkirken, mais cela ne les empêchait pas d'être pleins d'imagination. Le genre d'individus à finir excommuniés ou à accéder à la grande prêtrise. Des croyants remplis de joie de vivre. Le profil idéal.

Ils lui rappelaient celui qu'il était jadis.

Il gara la fourgonnette à une certaine distance, à l'abri d'une haie coupe-vent, et passa un long moment à surveiller à la jumelle les enfants scolarisés à domicile, en train de jouer dans le jardin à côté de la ferme. La fille qu'il avait repérée semblait très occupée dans un coin reculé, cachée derrière un petit groupe d'arbres. Et ce qu'elle était en train de faire ne regardait visiblement personne. Elle resta longtemps à genoux dans l'herbe haute, absorbée par son activité secrète. Encore un signe qu'elle était la victime idéale.

Sa mère et la communauté n'aimeraient certainement pas apprendre ce qui intéressait tant la jeune fille, se dit-il avec satisfaction. Dieu soumet toujours ses meilleures brebis à la tentation, et la jeune Magdalena, âgée de douze ans, ne faisait pas exception à la règle.

Depuis le siège de la fourgonnette, il surveilla la ferme, sise dans la dernière courbe avant le village de Stanghede, pendant deux bonnes heures. Avec ses jumelles, il put observer en détail les faits et gestes de la fillette. À chaque récréation, elle allait jouer toute seule au fond du jardin, et quand sa mère les appelait pour le cours suivant, elle dissimulait soigneusement son petit secret.

Une préadolescente devait se priver de beaucoup de choses en vivant au sein d'une famille dévouée à la Moderkirken et à ce que cette Église exigeait de ses adeptes.

La danse, la musique, toute publication qui ne soit pas éditée par l'Église elle-même, l'alcool, les relations avec toute personne extérieure à la communauté, les animaux familiers, la télévision, l'Internet. Tout était proscrit, et la punition pour qui osait transgresser ces interdits était terrible. L'éviction définitive de sa famille et de l'Église.

Il reprit la route avant le retour des aînés, convaincu désormais qu'il avait fait le bon choix. Il allait éplucher les comptes de société et les déclarations de revenus du père encore une fois, et revenir le lendemain afin d'espionner les faits et gestes des enfants dans la mesure du possible.

Il était bientôt parvenu au point de non-retour et cette idée l'enchantait.

La femme qui l'hébergeait s'appelait Isabel, mais elle n'avait d'exotique que son prénom. Sa bibliothèque regorgeait de polars suédois et son artiste préférée était la chanteuse populaire Anne Linnet. Elle n'était pas du genre à sortir des sentiers battus.

Il regarda sa montre. Elle serait là dans une demi-heure. Il avait juste le temps de s'assurer qu'elle n'allait pas lui poser de problèmes dans l'avenir. Il s'assit à son bureau, ouvrit l'ordinateur portable qui s'y trouvait et l'alluma. Il s'agaça de se voir réclamer un code d'accès, fit quelques tentatives au hasard avant de soulever le sous-main où il trouva comme il s'y attendait un petit bout de papier avec tout un tas de codes différents, allant de celui de sa banque en ligne à celui de sa boîte e-mail. Ça ne ratait jamais. Ce genre de femmes choisissait toujours des dates de naissance, les noms de leurs enfants ou de leur chien, des numéros de téléphone ou simplement une série de chiffres, généralement décroissants. Et dans tous les cas, elles notaient les codes pour être sûres de s'en souvenir. Et le papier sur lequel elles les inscrivaient se trouvait rarement à plus d'un mètre du clavier d'ordinateur. Quand on pouvait éviter d'avoir à se lever, n'est-ce pas ?

Il alla sur sa boîte e-mail et put constater avec satisfaction qu'elle avait trouvé en lui l'homme qu'elle cherchait depuis longtemps. Un peu trop jeune peut-être, mais quelle femme irait s'en plaindre ?

Il éplucha son carnet d'adresses Outlook. Une adresse e-mail revenait fréquemment. Celle d'un certain Karsten Jønsson. Peut-être son frère. Peut-être un ex. Ce n'était pas très important. Ce qui l'était en revanche, c'était que son adresse se terminait par politi.dk, l'adresse de la police danoise.

Et merde ! se dit-il. Quand il en aurait fini avec elle, il faudrait qu'il évite de la frapper et qu'il se contente de l'insulter et de laisser traîner ses chaussettes sales, un défaut qu'elle citait dans son profil (Facebook) comme étant rédhibitoire à ses yeux.

Il sortit de sa poche son BlueTinum et l'inséra dans la prise USB. Compte Skype, MP3 et annuaire tout en un. Il tapa le numéro de portable de sa femme.

À cette heure-ci, elle était en train de faire ses courses. Invariablement. Il allait lui demander d'acheter une bouteille de champagne et de la mettre au frais pour son retour.

À la dixième sonnerie, il fronça les sourcils. Il n'était jamais arrivé qu'elle ne lui réponde pas au téléphone. S'il y avait une chose dont sa femme ne se séparait jamais, c'était son portable.

Il réessaya. Sans succès.

Il baissa la tête, regarda fixement les touches du clavier tandis que le rouge lui montait au visage.

Il espérait sincèrement qu'elle serait en mesure de lui fournir une bonne explication. Si elle avait le malheur de lui révéler de nouvelles facettes de sa personnalité, elle allait l'obliger lui aussi à se montrer sous un autre jour que celui qu'elle connaissait.

Et elle n'aimerait pas du tout ce qu'elle allait découvrir.

## 6

« J'avoue que les remarques d'Assad nous ont donné matière à réflexion, Carl », dit le chef de la Crim', le blouson en cuir jeté sur l'épaule. Dans dix minutes, il était attendu à un angle de rue dans les quartiers nord-ouest de la ville pour examiner des taches de sang après la fusillade de la nuit dernière. Carl n'aurait pas voulu être à sa place.

Il hocha la tête. « Toi aussi tu penses qu'il pourrait y avoir un rapport entre les différents incendies ?

– Une profonde marque de bague sur les auriculaires de deux des victimes sur les trois incendies. Oui, je dois dire que c'est troublant. Mais attendons de voir. Pour l'instant les éléments sont entre les mains des légistes, c'est à eux de nous fournir leurs conclusions. Mais mon pif, Carl... », dit-il en tapotant son célèbre appendice.

Il n'y avait pas beaucoup de nez, dans toute l'histoire de la police, qui puissent se vanter d'avoir traîné dans autant d'affaires pourries que le sien. Assad et Jacobsen avaient probablement raison. Carl aussi le sentait au fond de lui.

Il s'évertua à donner un peu d'autorité à sa voix. Une gageure avant dix heures du matin. « Donc, je suppose que vous reprenez l'ancienne enquête ?

– Jusqu'à nouvel ordre, oui. »

Carl hocha la tête. Il allait de ce pas descendre au département V et classer l'affaire.

Excellent pour ses statistiques.


« Venez, Chef, alors. Rose a quelque chose à vous montrer ! » Les cris d'Assad accueillirent Carl dès son arrivée dans le sous-sol. Les cordes vocales d'Assad se portaient à merveille. On aurait dit qu'une famille de singes hurleurs de Bornéo avait envahi les lieux.

Son assistant l'attendait avec une pile de documents à la main et un immense sourire aux lèvres. Apparemment il ne s'agissait pas de procès-verbaux. Plutôt d'agrandissements de fragments d'un texte dont le moins qu'on puisse dire est qu'il manquait de clarté.

« Regardez l'idée qu'elle a eue. »

Assad désignait la cloison que le menuisier venait de monter au fond du couloir pour les isoler du risque de contamination par l'amiante. Ou plus exactement, il désignait l'endroit où Carl aurait normalement dû voir la cloison. En fait, tout ce mur ainsi que la porte étaient entièrement recouverts de photocopies qu'on avait soigneusement scotchées ensemble pour n'en faire qu'une seule. Désormais, si quelqu'un avait besoin d'aller de l'autre côté, il devrait se munir d'une paire de ciseaux.

À dix mètres de distance, Carl avait compris qu'il s'agissait d'un agrandissement du message trouvé dans la bouteille.

Un immense AU SECOURS traversait le couloir de part en part.

« Soixante-quatre pages A4 en tout. Impressionnant, non ? Là, j'apporte les cinq dernières, alors. Deux mètres quarante de haut sur un mètre soixante-dix de large. Fabuleux, non ? Elle n'est pas géniale dans sa tête ? »

Carl s'approcha de Rose qui avait entrepris de coller les dernières photocopies d'Assad, au ras du sol, le postérieur en l'air.

Il contempla le cul avant de regarder le travail. Ensuite il remarqua que l'énorme agrandissement avait ses avantages et ses inconvénients. Les parties où le sang avait été absorbé par le papier étaient beaucoup plus floues que sur l'original alors qu'à d'autres endroits, les lettres qui à l'origine étaient tordues et presque effacées prenaient tout à coup un sens.

Mais tout compte fait, on se retrouvait avec au moins vingt lettres supplémentaires aisément déchiffrables.

Sa tâche terminée, Rose se retourna, ignora le salut de Carl, et alla chercher un escabeau qu'elle installa au milieu du couloir.

« Monte, Assad. Je te dirai où je veux que tu mettes les points, d'accord ? »

Elle poussa Carl contre le mur et se plaça très exactement à l'endroit où il se trouvait précédemment.

« N'appuie pas trop fort, Assad. Il faut qu'on puisse les effacer après. »

Il acquiesça du haut de son échelle, le crayon en l'air.

« Le premier, tu le mets en dessous de "AU SECOURS", devant "e". J'ai l'impression de voir deux taches séparées. Tu es d'accord avec moi ? »

Assad et Carl observèrent les taches diffuses, flottant comme un nuage gris à côté de la lettre « e ».

Assad acquiesça et fit un point au milieu du nuage.

Carl s'écarta légèrement. C'était plausible. Sous les mots « AU SECOURS », on distinguait effectivement une tache floue devant la lettre suivante. L'eau de mer et la condensation avaient fait leur œuvre. La première lettre écrite avec du sang s'était liquéfiée et mélangée au papier. Mais comment savoir maintenant de quelle lettre il s'agissait ?

Carl resta un peu pour assister à la suite tandis que Rose continuait à donner des ordres à Assad. C'était un travail de longue haleine. Ils allaient passer des heures et des heures à jouer aux devinettes. Pour aboutir à quoi ? La bouteille avait peut-être été jetée à l'eau il y a plusieurs décennies. Et il restait toujours la possibilité que cette histoire soit un pur et simple canular. L'écriture semblait si naïve. Comme s'il s'agissait d'un enfant. Deux copains louveteaux et une petite entaille dans le doigt. Affaire classée. Et pourtant...

« Je ne sais pas trop, Rose, hasarda-t-il. On devrait peut-être laisser tomber. On a quand même pas mal d'autres trucs sur le feu. »

Il vit tout de suite qu'il aurait mieux fait de se taire. Tout le corps de Rose se mit à vibrer. Son dos se transforma en une sorte de gelée tremblotante. Quelqu'un qui ne l'aurait pas connue aurait pu croire qu'elle allait avoir un fou rire. Mais Carl la connaissait et à tout hasard il recula d'un pas, un seul petit pas mais qui suffit à le mettre à distance de la bordée d'injures qui sortirent de la bouche de son assistante, telle une coulée de lave.

Elle n'était pas emballée qu'il se mêle de *son* enquête. Il aurait fallu être complètement bouché pour ne pas le comprendre.

Il hocha la tête. Comme il venait de dire : il avait du pain sur la planche. En présentant bien les choses, il pourrait même avoir l'air de bosser dur tout en rattrapant le manque de sommeil qui devenait décidément une constante chez lui. Les deux autres n'avaient qu'à continuer avec leurs jeux de boy-scouts pendant ce temps-là.

Le regard de Rose lançait des éclairs et il effectua une retraite peu glorieuse, la queue entre les jambes. Il se retourna tout de même pour dire :

« Mais franchement, bravo pour cette idée Rose, c'est formidable. » Elle n'en crut pas un mot.

« Vous avez deux options, Carl », répliqua-t-elle, glaciale, tandis qu'Assad faisait des yeux ronds en haut de son escabeau. « Soit vous la fermez, soit je rentre chez moi. Je n'aurai qu'à vous envoyer ma sœur jumelle pour me remplacer, et alors vous savez quoi ? »

Carl secoua lentement la tête. Il n'était pas très sûr d'avoir envie de le savoir. « Euh... Elle va débarquer avec ses trois enfants, ses quatre chats, ses quatre locataires et son connard de mari, si ma mémoire est bonne, et ça risque de faire du monde dans votre bureau. C'est ça la réponse ? » demanda-t-il.

Rose serra les poings, les posa sur ses hanches et se pencha vers lui. « Je ne sais pas qui vous a raconté ces conneries. Yrsa habite chez moi et elle n'a ni chat ni locataire. » Il pouvait presque lire le mot *imbécile* dans ses yeux noircis de khôl.

Il leva les mains devant son visage comme s'il croyait qu'elle allait se jeter sur lui.

Son fauteuil de bureau l'appelait doucement.

« Qu'est-ce que c'est que cette histoire de sœur jumelle, Assad ? Est-ce que Rose a déjà proféré ce genre de menace devant toi ? »

Assad grimpait d'un pas léger les marches de la rotonde à côté de lui, alors que Carl se sentait déjà les jambes lourdes.

« Il ne faut pas vous formaliser, Chef, alors. Rose est comme du sable sur le dos d'un chameau. Parfois ça gratte les fesses et parfois non. Ça dépend si on a la peau dure ou pas. » Il se tourna vers Carl, exposant une éclatante double rangée de touches de piano. S'il y avait quelqu'un en ce bas monde qui pouvait se vanter d'avoir la peau dure, c'était Assad.

« Elle m'a déjà parlé de sa sœur Yrsa. Je m'en souviens parce que ça rime avec Irma. Je ne crois pas qu'elles s'entendent très bien », ajouta Assad.

Yrsa ? Il y a encore des gens de nos jours qui portent un prénom pareil ? songea Carl alors qu'ils atteignaient le deuxième étage et que ses valvules cardiaques dansaient le fandango.

« Salut les garçons », claironna une voix au timbre familier de l'autre côté du comptoir. Lis la réceptionniste de choc était revenue. Lis avec ses atouts corporels de quarante ans parfaitement conservés et les neurones à l'avenant. Un plaisir pour les cinq sens, à l'inverse de Mme Sørensen qui sourit gentiment à Assad et leva vers Carl une tête de cobra contrarié.

« Raconte à M. Mørck le merveilleux voyage que Franck et toi avez fait aux États-Unis, Lis. » La mégère arborait un sourire perfide.

« Une autre fois, peut-être, répondit Carl précipitamment. Marcus nous attend. » Il tira Assad par la manche, sans succès.

Tu fais chier, Assad, se disait Carl pendant que la bouche ultrarouge de Lis relatait par le menu un mois de périple à travers l'Amérique en compagnie d'un homme entre deux âges, capable de se transformer en bison lubrique entre les cloisons d'un camping-car. Des images que Carl faisait son possible pour occulter tout comme il essayait d'oublier son propre célibat forcé.

Merde à Mme Sørensen et merde à Assad. Merde aussi à l'homme qui avait réussi à séduire Lis. Et merde enfin à Médecins sans frontières qui avait attiré Mona, le principal objet de son désir, au fin fond de l'Afrique.

« Quand est-ce que la psychologue va revenir, alors, Chef ? » demanda Assad au moment où ils arrivèrent enfin à la salle de réunion pour le débriefing. « Et c'est quoi son nom, à part Mona ? »

Carl préféra ignorer le clin d'œil moqueur de son assistant et ouvrit la porte. Outre le chef de la criminelle, la totalité du département A attendait en se frottant les yeux. Ils avaient passé deux journées difficiles à patauger dans un marécage, mais la découverte d'Assad allait les en sortir.

Marcus Jacobsen mit dix minutes à expliquer à ses chefs d'équipe de quoi il retournait. Le chef de la Crim' et son adjoint Lars Bjørn étaient enthousiastes. Ils citèrent le nom d'Assad à plusieurs reprises et le visage candide du petit homme eut droit à maints regards soupçonneux de la part de quelques esprits chagrins qui se demandaient par quel miracle ce technicien de surface métèque se retrouvait tout à coup parmi eux.

Mais personne n'eut le courage de poser la question. Après tout, Assad avait trouvé un lien entre des incendies criminels – un ancien et plusieurs récents – qui semblait tenir la route. Tous les cadavres trouvés sur les lieux présentaient une dépression au niveau de la première phalange de l'auriculaire de la main gauche, à l'exception de celui à qui ce même doigt avait été tout simplement arraché. Les médecins légistes avaient apparemment signalé cette particularité dans leurs rapports, mais jusqu'ici personne n'avait fait le rapprochement.

D'après les comptes rendus d'autopsie, deux des victimes avaient dû porter une bague au petit doigt. Et pour les médecins légistes, la dépression que présentaient leurs phalanges n'était pas due à la surchauffe de ces bagues au cours de l'incendie. Il était plus vraisemblable que les défunts portaient ces bagues depuis la petite enfance, et que les anneaux avaient creusé jusqu'au tissu osseux. Quelqu'un suggéra que ces bagues pouvaient avoir une signification culturelle comparable à celle des pieds bandés des Chinoises, et quelqu'un d'autre dit qu'elles faisaient peut-être partie d'une sorte de rituel.

Marcus Jacobsen hocha la tête. C'était sûrement quelque chose de cet ordre. L'existence d'une confrérie quelconque n'était pas à exclure. Une fois que la bague était mise, on ne la retirait plus jamais.

Que tous les cadavres n'aient pas conservé leur auriculaire pouvait s'expliquer par exemple par une amputation.

« Maintenant il s'agit de savoir pourquoi et par qui », conclut le vice-commissaire Lars Bjørn.

Tout le monde ou presque hocha la tête et on entendit quelques soupirs. Bien sûr, il n'y avait plus qu'à découvrir qui et pourquoi. Rien de plus simple, n'est-ce pas ?

« Le département V nous tiendra informés s'ils découvrent d'autres cas similaires dans leurs dossiers », ajouta le chef de la criminelle, et Assad eut droit à une tape amicale sur l'épaule de la part d'un inspecteur qui n'avait rien à voir avec l'enquête.

Et ils se retrouvèrent à nouveau dans le couloir.

« Alors, vous en êtes où avec cette Mona Ibsen, Chef ? » Le pitbull revenait à l'attaque. « Vous ne croyez pas qu'il faudrait la faire revenir bientôt ? Avant que vos cacahuètes aient la taille de deux boulets de canon ? »

Au sous-sol, la situation n'avait pas changé outre mesure. Rose avait trimbalé un tabouret devant le panneau d'affichage improvisé et elle pensait si fort que même de dos on avait l'impression de voir les rides qui lui creusaient le front.

À première vue, elle était bloquée.

Carl leva les yeux vers la gigantesque photocopie. Il est vrai que la tâche était ardue. Très ardue.

Elle avait repassé soigneusement les lettres au marqueur. L'idée n'avait rien de lumineux mais elle avait le mérite de donner plus de visibilité. Carl était prêt à en convenir.

D'un geste empreint d'une certaine coquetterie, elle passa ses doigts tachés de feutre dans sa tignasse noire coiffée façon nid d'oiseau. L'ensemble était cohérent, finalement.

Quand elle aurait une minute, elle se vernirait les ongles en noir. « Qu'est-ce que cela signifie ? Vous y comprenez quelque chose ? » demanda-t-elle voyant que Carl essayait de lire.

La lettre disait :

AU SECOURS
.e .. ...ié ... ... ..... té e. é
.. ..u. a pri. prè. de l'..ré d. b.. de ..ut.op.... . Bal.....
l'hom.. me.... 18. .. . ... ...veu c... ts. ... .... ...... .... .....
il a... ......... ........ l....... droi..
.. r.... .... u. four... ble.
Papa .. ..... .. conn..s.e... il s'...... Fr.d.. .. ....... ..... .... .. b
.. ..... . men... .. ........... ..va... .ué
.. . ..sé .. ....... ... .o. ......... .n...... ... ..... .. ... ......
.... avons roulé....... l heure.... ..... p. è .. l'..u
.. . .... ........... ... .... ç. .. s...... bo.
..... vi.. .... ........ m.. ..... '....... .ry.g. .. . ... .. ...... ....j'.. .. an.
P......

De toute évidence il s'agissait d'un appel à l'aide, suivi d'une allusion à un homme, puis à un père et à un trajet en voiture. Et la lettre était signée P, et rien d'autre. Non, en l'état, il n'y comprenait rien du tout.

Que s'était-il passé ? Où ? Quand ? Et pourquoi ?

« Je pense que la personne qui a jeté cette bouteille à la mer est le P qui a signé là », dit-elle en montrant la signature de la pointe de son marqueur. Donc elle n'était pas totalement idiote !

« Je suis certaine aussi que l'expéditeur a un prénom et un nom, composés chacun de quatre lettres », ajouta-t-elle en pianotant sur les pointillés au crayon, qu'Assad avait tracés à sa demande.

Carl fit glisser son regard des ongles maculés de noir aux petits points de crayon d'Assad sur la lettre. Il se demanda s'il allait devoir bientôt consulter un ophtalmo. Comment pouvait-elle être aussi sûre qu'il s'agissait de deux fois quatre lettres ? Simplement parce que Assad avait mis des points sur des taches ? Selon Carl, il y avait une infinité d'autres possibilités.

« J'ai comparé avec l'original, expliqua-t-elle. Et j'en ai parlé avec le technicien de la police scientifique en Écosse. Nous sommes tout à fait d'accord sur ce point. Deux fois quatre lettres. »

Carl haussa les sourcils, incrédule. Elle avait bien dit le technicien de la police scientifique en Écosse. Voyez-vous ça ! En ce qui le concernait, elle pouvait discuter avec une diseuse de bonne aventure nommée Pepita et habitant Reykjavik si ça l'amusait. À ses yeux, cette lettre n'était rien d'autre qu'un vague gribouillage, quoi qu'on en dise.

« Je suis sûre que c'est une personne de sexe masculin qui a rédigé ce message. Si l'on part du principe que l'on ne signerait pas ce genre de message de son surnom, je n'ai trouvé aucun prénom danois de fille commençant par P et comportant quatre lettres. Et les seuls prénoms de filles qui ont quatre lettres dans d'autres langues sont Paca, Pala, Papa, Pele, Peta, Piia, Pili, Pina, Ping, Piri, Posy, Pris et Prue. »

Elle énuméra tous ces prénoms en quelques secondes et sans consulter ses notes. Cette Rose était décidément une fille bizarre.

« Papa, c'est un drôle de nom pour une fille », grommela Assad.

Elle haussa les épaules. C'était quand même incroyable. Pas un seul prénom de fille danois en quatre lettres débutant par la lettre P, d'après elle. Invraisemblable.

Carl jeta un coup d'œil à Assad. Son visage était plissé dans une expression de profonde réflexion. Carl n'avait jamais vu un être capable de réfléchir aussi ostensiblement que ce petit bonhomme rondouillard.

« Ce n'est pas non plus un nom musulman, alors, annonça le visage fripé. En tout cas, je n'en trouve pas d'autre que Pari. Et c'est un nom iranien, alors. »

Carl fit une grimace dubitative. « Je vois. Et les Iraniens ne sont pas très nombreux au Danemark, n'est-ce pas ? Notre type s'appelle donc obligatoirement Poul ou Paul. C'est bon à savoir. Comme ça on va le retrouver en deux coups de cuillère à pot. »

Les rides d'Assad se creusèrent plus encore. « On va le retrouver en deux quoi ? »

Carl leva les yeux au ciel. Il se dit que le petit homme aurait dû aller faire un stage chez son ex-femme. Là il n'en croirait pas ses oreilles !

Il jeta un coup d'œil à sa montre. « OK, alors admettons qu'il s'appelle Poul. Je vais aller faire une petite pause d'un quart d'heure et quand je reviens je compte sur vous pour avoir trouvé l'expéditeur, ça marche ? »

Rose prit sur elle pour ne pas relever le sarcasme, mais ses narines s'élargirent de façon perceptible. « Effectivement, Poul est une bonne idée. Mais il peut aussi s'appeler Piet ou Peer avec deux *e*, Pehr avec un *h* ou Petr. Il n'est pas non plus exclu qu'il réponde au nom de Pete, Piet ou Phil. Les possibilités sont nombreuses, Carl. Nous sommes devenus une nation pluriethnique. On entend beaucoup de nouveaux prénoms dans les rues. Paco, Paki, Pall, Page, Pasi, Pedr, Pepe, Pere, Pero, Peru…

– Tu vas t'arrêter, oui ? On n'est pas dans les bureaux de l'état civil, là ! Et pourquoi Peru ? Ce n'est pas un prénom, c'est un pays, bordel !

– Et puis Peti, Ping, Pino, Pius…

– Ah oui, Pius, surtout n'oublie pas les noms de papes. On ne sait jamais, ça pourrait…

– Pons, Pran, Ptah, Puck, Pyry.

– Tu as bientôt fini ? »

Rose ne répondit pas.

Carl regarda à nouveau la signature en bas du mur. Quoi qu'il en soit, on ne pouvait pas nier que cette lettre avait été écrite par quelqu'un dont le prénom commençait par P. Mais qui se cachait derrière ce P ? Ce n'était pas le poète et physicien danois Piet Hein, alors qui ?

« Il a peut-être un prénom composé ? Tu es sûre qu'il n'y a pas un trait d'union, là ? », dit-il en montrant la zone floue entre les deux séries de points. « Dans ce cas il pourrait s'appeler Poul-Erik ou Paco-Paki ou Pili-Ping. » Il afficha un sourire de gamin pour tenter de détendre son interlocutrice, mais elle était décidément hermétique à ce genre d'humour. Dommage.

« Bon, alors je suggère que nous laissions cette fichue lettre XXL accrochée où elle est et qu'Assad et moi allions nous occuper de tâches plus concrètes, pendant que Rose finira de laquer ses pauvres ongles au vernis noir. Ce qui ne nous empêchera pas de venir jeter un coup d'œil à la lettre de temps à autre. On ne sait jamais, l'un d'entre nous pourrait tout à coup avoir une idée lumineuse. Un peu comme lorsqu'on laisse la grille de mots croisés en attente dans les toilettes, vous voyez ? »

Rose et Assad lui lancèrent un regard inquiet. Les mots croisés dans les toilettes ? Apparemment, ni l'un ni l'autre ne passait autant de temps que lui dans cet endroit-là.

« Pardon. Je retire ce que j'ai dit. Cette lettre ne peut pas rester sur cette cloison. C'est un lieu de passage. Il y a des gens qui ont besoin d'accéder aux archives. Vous savez, l'endroit où l'on classe les anciens dossiers. Vous voyez à quoi je fais référence ? » Il tourna les talons et mit le cap sur son bureau et son confortable fauteuil qui lui tendait les bras. Il n'avait pas fait deux mètres que la voix stridente de Rose le clouait sur place.

« Retournez-vous, Chef. »

Carl s'exécuta avec une extrême lenteur. Rose désignait son œuvre, le pouce pointé au-dessus de son épaule.

« Je n'en ai rien à faire que mes ongles vous plaisent ou pas, pigé ? Et cela mis à part, vous voyez les mots qui sont inscrits tout là-haut ?

— Oui, Rose. Et à vrai dire, je ne lis distinctement que ceux-ci : AU SECOURS. »

Elle tendit un index noir et menaçant vers lui. « Heureuse de vous l'entendre dire. Parce que je vous préviens que ce sont les premiers mots que vous aurez envie de hurler si par malheur vous décrochez une seule petite feuille de ce mur. Vous me suivez ? »

Il baissa les yeux pour échapper à la fureur de son regard et fit signe à Assad de le rejoindre dans son bureau.

Il allait bientôt être temps d'asseoir son autorité.

## 7

En se regardant dans la glace, elle se dit qu'elle méritait mieux que ça. Des surnoms comme Peau de Pêche et La Belle au bois dormant de l'école de Thyregod contribuaient encore aujourd'hui à bâtir l'image qu'elle avait d'elle-même. Quand elle se déshabillait le soir, il lui arrivait d'être agréablement surprise à la vue de son propre corps. Ce qui la frustrait, en revanche, c'était d'être la seule à savoir qu'elle était belle.

Ils s'étaient trop éloignés l'un de l'autre. C'était comme s'il ne la voyait plus.

Quand il rentrerait, elle lui demanderait de ne plus l'abandonner. Il pouvait sûrement trouver une autre façon de gagner sa vie. Elle voulait mieux le connaître. Elle voulait savoir ce qu'il faisait et elle voulait se réveiller à ses côtés tous les jours.

Voilà ce qu'elle allait lui dire.

Dans le temps, il y avait au bout de l'allée Toftebakken une petite décharge utilisée par l'hôpital psychiatrique. À présent, les matelas de laine défoncés et les pieds de lit rouillés avaient cédé la place à une oasis de verdure offrant une vue imprenable sur le fjord et les demeures de prestige.

Elle adorait venir ici et laisser son regard se perdre sur le port de plaisance, la digue et les eaux bleues du lac.

En un endroit comme celui-là et dans l'état d'esprit où elle se trouvait, on est facilement exposé aux facéties du destin. C'est pour cela sans doute qu'elle accepta lorsque le jeune homme descendit de son vélo et lui offrit de l'accompagner pour aller boire un café quelque part. Ils habitaient le même quartier, et s'étaient déjà salués à plusieurs reprises à la supérette du coin. Et voilà qu'ils se croisaient à nouveau.

Elle consulta sa montre. Elle ne devait récupérer son fils que deux heures plus tard. Elle avait donc tout son temps et il n'y avait pas de mal à aller boire un simple café.

Grossière erreur.

Ce soir-là elle passa la soirée comme une vieille femme à se balancer dans son rocking-chair, les bras serrés autour de son bas-ventre à essayer de calmer les spasmes qui la secouaient. Comment avait-elle pu faire une chose pareille ? Est-ce qu'elle était devenue folle ? C'était comme si ce beau jeune homme l'avait hypnotisée. Au bout de dix minutes en sa compagnie, elle avait éteint son téléphone portable et s'était mise à lui raconter sa vie. Et il l'avait écoutée.

« Mia, c'est un joli nom », avait-il dit quand elle s'était présentée.

Il y avait si longtemps que personne ne l'avait prononcé qu'il aurait presque pu appartenir à quelqu'un d'autre. Son mari ne l'employait jamais. Absolument jamais.

Ce type s'était comporté de façon si spontanée. Il lui avait posé des questions et avait répondu aux siennes le plus naturellement du monde. C'était un militaire. Il s'appelait Kenneth, il avait un regard gentil et quand il avait posé la main sur la sienne, devant les vingt autres personnes qui se trouvaient autour d'eux dans le bar, ça ne l'avait pas gênée. Alors il l'avait serrée un peu plus fort au-dessus de la table.

Et elle n'avait rien fait pour l'en empêcher.

Ensuite elle avait couru jusqu'à la crèche avec la sensation qu'il était encore près d'elle.

Et ni les heures ni la tombée de la nuit n'étaient parvenues à la calmer. Elle se mordit la lèvre. Le téléphone éteint posé sur la table basse semblait la regarder avec un air de reproche. Elle était enfermée dans une île déserte d'où elle ne pouvait pas s'échapper. Elle n'avait personne à qui demander conseil. Personne auprès de qui chercher l'absolution.

Et maintenant, qu'allait-il lui arriver ?

Au petit matin, elle ne s'était pas déshabillée et elle était toujours en pleine réflexion. Hier, pendant qu'elle bavardait avec Kenneth, son mari avait essayé de la joindre sur son téléphone portable. Elle venait de s'en apercevoir. Il allait lui demander des comptes pour ces trois appels sans réponse. Il allait lui téléphoner et lui demander pour quelle raison elle n'avait pas répondu la veille. Elle lui raconterait un mensonge, mais aussi plausible qu'il puisse être, elle était sûre qu'il ne la croirait pas. Il était plus intelligent, plus âgé et il avait plus d'expérience qu'elle. Il devinerait qu'elle l'avait trahi, et d'avance elle tremblait de peur.

Comme d'habitude, il l'appela à huit heures moins trois, au moment où elle partait déposer Benjamin. En selle sur sa bicyclette et en avant. Elle avait décidé de changer de programme et de s'en aller deux minutes plus tôt. Elle voulait lui laisser une chance de la joindre mais il ne fallait pas qu'elle soit stressée au moment où il appellerait. Sinon leur conversation allait mal tourner, elle en était sûre.

Elle avait déjà pris son fils dans ses bras quand ce mouchard de téléphone se mit à tourner sur lui-même en vibrant sur la table. Cet objet de malheur était comme un couvercle posé sur sa vie et qu'il pouvait soulever à n'importe quel moment.

« Bonjour chéri », dit-elle d'une voix contrôlée, sentant son pouls battre violemment dans ses tympans.

« J'ai essayé de t'appeler plusieurs fois. Pourquoi ne m'as-tu pas rappelé ?

– C'est drôle, j'allais justement le faire », s'exclama-t-elle.

Et voilà, il l'avait eue, encore une fois.

« Pas à cette heure-ci ! Il est huit heures moins une et tu es sur le départ avec Benjamin. Je te connais. »

Elle retint son souffle et posa délicatement le petit garçon par terre. « Il n'est pas très en forme aujourd'hui. Tu sais bien qu'ils refusent les enfants à la crèche quand ils ont le nez qui coule trop. Je crois qu'il a un peu de fièvre. » Elle respira très lentement alors qu'elle se sentait cruellement en manque d'oxygène.

« D'accord. »

Elle n'aima pas du tout la pause qui suivit. Est-ce qu'il s'attendait à ce qu'elle dise quelque chose ? Avait-elle oublié un détail ? Elle essaya de fixer son attention sur n'importe quoi. Un objet à l'extérieur. Au-delà de la baie vitrée. La grille à double battant du jardin des voisins par exemple. Les branches nues des arbres. Les gens qui partaient travailler.

« Je t'ai appelée hier à plusieurs reprises. Tu m'as entendu ou pas ? insista-t-il.

– Ah oui, je sais, chéri, mais mon téléphone était déchargé. Je crois qu'on va devoir changer la batterie.

– C'est bizarre. Je l'ai rechargé mardi dernier.

– Oui, justement, il se décharge de plus en plus rapidement. En deux jours, il était mort, je ne comprends pas.

– Et tu as réussi à le recharger toute seule ? Tu m'épates !

– Eh oui ! » Elle se hasarda à produire un petit rire qui se voulait insouciant. Pas facile en la circonstance. « J'ai fait ça les doigts dans le nez. Je t'ai vu le faire tellement souvent.

– Je ne pensais pas que tu savais où je range le chargeur.

– Bien sûr que si. »

Ses mains se mirent à trembler. Il avait compris qu'elle mentait. Dans une seconde il allait lui demander où elle avait trouvé ce satané chargeur de téléphone, et elle ne connaissait pas la réponse.

Allez ! Réfléchis ! Dépêche-toi ! se dit-elle, paniquée.

« Je... » Elle éleva la voix. « Oh, Benjamin ! Non ! C'est une grosse bêtise ça, bébé ! » Elle donna un petit coup de pied à l'enfant pour qu'il fasse diversion. Puis elle lui fit les gros yeux et le bouscula à nouveau.

Quand la question vint : « Alors, tu l'as trouvé où ce chargeur ? » le gamin se mit enfin à hurler.

« Écoute, on se parle plus tard », s'écria-t-elle d'une voix pleine d'inquiétude. « Benjamin s'est fait mal, je crois. »

Elle coupa la communication, s'accroupit et enleva sa combinaison au petit garçon tout en lui faisant des baisers sur les joues et en essayant de le rassurer : « Chut, chut, mon petit ange. Pardon. Pardon. Pardon. Maman t'a fait peur. Tu veux un petit gâteau pour te consoler ? »

Et l'enfant renifla deux trois fois et pardonna, hochant la tête avec un petit air triste. Elle lui donna un livre d'images, réalisant soudain l'ampleur de la catastrophe : la maison faisait plus de trois cents mètres carrés et le chargeur pouvait se cacher dans n'importe quel recoin minuscule.

Une heure plus tard, il n'y avait pas un tiroir, un meuble, une étagère qui n'ait pas été fouillé de fond en comble dans tout le rez-de-chaussée.

Une idée lui traversa brusquement l'esprit : et s'il n'y avait qu'un seul chargeur pour ce portable et qu'il l'avait emporté avec lui ? Est-ce qu'il avait la même marque de téléphone qu'elle ? Elle ne savait même pas ça.

Elle fit manger le bébé en se disant que c'était la seule explication possible. Il avait emporté le chargeur.

Elle se mordit la lèvre inférieure tout en raclant distraitement avec la petite cuillère le surplus de purée sur les lèvres de l'enfant. Non. Quand on achetait un téléphone, il était toujours livré avec un chargeur. Évidemment. La boîte d'origine du portable devait donc obligatoirement se trouver quelque part dans la maison et, à l'intérieur, il y aurait un manuel d'utilisation et vraisemblablement un chargeur tout neuf. C'était sûr et certain. Mais la boîte n'avait pas été rangée à cet étage.

Elle tourna la tête vers l'escalier conduisant au premier.

Il y avait des endroits de la maison où elle n'allait jamais. Pas parce qu'il le lui interdisait mais parce que c'était comme ça. Lui de son côté n'entrait jamais dans la chambre où elle faisait de la couture. Ils avaient chacun leurs centres d'intérêt, leurs jardins secrets et leurs moments d'indépendance. Mais ceux de son mari étaient plus nombreux.

Elle prit son fils dans ses bras et s'arrêta devant la porte du bureau. Si elle trouvait la boîte avec le chargeur dans l'un de ses tiroirs ou dans son armoire, comment justifierait-elle le fait de les avoir ouverts ?

Elle entra.

À l'inverse de son domaine à elle, juste de l'autre côté du couloir, la pièce était sans âme. Ce lieu était totalement dépourvu de l'atmosphère colorée et pleine de créativité qui caractérisait son atelier à elle. Ici il n'y avait que des surfaces beiges et grises, plates et lisses.

Elle ouvrit en grand plusieurs placards aménagés de mur à mur et regarda à l'intérieur. Ils étaient pratiquement vides. Tandis que de ses armoires, à elle, il aurait probablement dégringolé des piles de journaux intimes, mouillés de larmes, et toutes sortes de babioles amassées au cours de centaines de joyeuses virées entre copines.

Sur ces étagères n'étaient rangés que quelques livres soigneusement empilés. Des ouvrages techniques uniquement, ayant trait à son travail, aux armes, aux actions policières et des sujets du même ordre. Sur un autre rayonnage, les livres parlaient tous de sectes religieuses comme les Témoins de Jéhovah, Guds Børn, les Mormons et plusieurs autres qu'elle ne connaissait pas. Elle trouva cela étrange mais ne s'attarda pas sur la question. Elle se mit sur la pointe des pieds pour voir ce qu'il y avait sur l'étagère la plus haute.

Elle aussi était pratiquement vide.

Elle cala le bébé sur son autre hanche pour libérer sa main droite et entreprit d'ouvrir les tiroirs du bureau les uns après les autres. Hormis une pierre à fusil, semblable à celle dont se servait son père pour affûter son couteau de pêche, ils ne contenaient rien de particulier. Du papier, quelques tampons, deux boîtes de disquettes informatiques flambant neuves du type que plus personne n'utilisait aujourd'hui.

Elle referma la porte dans un état d'hébétude émotionnelle. À cet instant, elle ne savait plus qui elle était et encore moins qui était l'homme qu'elle avait épousé. C'était un sentiment effrayant et surréaliste. Elle n'avait jamais ressenti ça auparavant.

Elle sentit une petite tête se poser sur son épaule et le souffle régulier de son fils dans son cou.

« Mon petit cœur. Tu t'es endormi ? » murmura-t-elle. Elle alla le coucher dans son petit lit à barreaux. Elle devait absolument garder le contrôle de la situation. Ne rien changer à ses habitudes.

Elle téléphona à la crèche. « Benjamin est trop enrhumé. Je vais le garder à la maison. Je voulais juste vous prévenir. Excusez-moi de ne pas avoir appelé plus tôt », dit-elle, comme si elle avait appris la phrase par cœur. Elle oublia de dire merci quand la directrice souhaita à son fils un prompt rétablissement.

Elle retourna dans le couloir du premier étage et s'arrêta devant la porte de l'étroite pièce qui se trouvait entre le bureau de son mari et leur chambre. Quand ils avaient emménagé, elle l'avait aidé à porter là-haut des dizaines de cartons lui appartenant. Entre eux deux, l'une des grandes différences était le lest. Elle était arrivée tout droit de son logement d'étudiante avec quelques meubles Ikea, alors que lui apportait dans la corbeille de mariage tout ce qu'il avait accumulé au cours des vingt années qui correspondaient à l'écart d'âge entre eux. Cela expliquait le caractère hétéroclite de la décoration du séjour et le nombre important de cartons stockés dans la pièce derrière cette porte. Et elle n'avait pas la moindre idée de leur contenu.

Elle fut découragée à la seconde où elle ouvrit la porte. La pièce faisait moins d'un mètre cinquante de large, mais on avait tout de même réussi à y entasser quatre rangées de cartons, sur presque toute la hauteur. Il restait à peine assez d'espace au-dessus pour apercevoir le Velux au plafond. Il devait y avoir au moins cinquante cartons dans ce réduit.

Il lui avait expliqué qu'il s'agissait principalement des affaires de ses parents et de ses grands-parents. Un jour ou l'autre, il ficherait tout cela en l'air. Il n'avait ni frères ni sœurs susceptibles de s'y opposer.

Elle jeta un dernier coup d'œil à la muraille de cartons et renonça. Il n'y avait aucune raison pour qu'il ait rangé la boîte de son mobile ici. Cet endroit semblait complètement voué au passé.

Quoique, se dit-elle en remarquant un tas de manteaux d'hiver qui avaient été poussés tout au fond, au sommet de l'échafaudage de cartons de déménagement. Elle avait l'impression de voir une bosse sous les vêtements. Est-ce que par hasard il y aurait quelque chose en dessous ?

Elle tendit le bras, mais c'était hors de sa portée. Alors elle se hissa sur la pile et avança à quatre pattes, pour constater avec déception qu'il n'y avait rien. Soudain le couvercle d'un carton céda sous son poids.

Zut, se dit-elle. Il allait s'apercevoir de sa venue.

Elle recula, releva le rabat du carton et vit avec soulagement qu'elle ne l'avait pas abîmé.

C'est alors qu'elle découvrit les coupures de journaux. Elles n'étaient pas très anciennes, en tout cas elles ne devaient pas remonter à l'époque des parents de son mari. Elle trouva bizarre qu'il ait pris la peine de découper ces articles, mais se dit qu'ils devaient avoir un rapport avec son travail ou peut-être avec une passion qui l'avait occupé un temps et qui désormais était passée aux oubliettes.

« Tant mieux », grommela-t-elle pour elle-même. Elle ne voyait vraiment pas quel intérêt il pouvait y avoir à collectionner des reportages sur les Témoins de Jéhovah.

Elle feuilleta quelques coupures. En fait, il y avait un peu de tout. Parmi les articles concernant différentes sectes, elle trouva aussi des coupures de presse sur les cours de la Bourse et des analyses économiques, un article sur la traçabilité de l'ADN et même des catalogues d'agences immobilières vieux d'une quinzaine d'années, avec sur leurs pages de papier glacé des maisons de vacances et des bungalows à vendre dans la région de Hornsherred. Ces annonces périmées n'avaient plus le moindre intérêt. Quand il rentrerait, elle lui suggérerait de faire le tri dans tout cela et de vider cette pièce. Ce serait une bonne idée d'y aménager un dressing. Qui ne rêverait d'avoir un dressing ?

Elle redescendit du tas de cartons. Sans savoir pourquoi, elle avait l'impression d'avoir échappé à un danger. Mais une nouvelle idée lui traversa la tête.

Elle jeta un dernier coup d'œil sur l'édifice et fut rassurée de constater que le creux qu'elle avait fait avec son genou était quasiment invisible. Elle était presque sûre qu'il ne le remarquerait pas.

Elle sortit et referma soigneusement la porte derrière elle.

La meilleure solution était d'acheter un nouveau chargeur. Tout de suite. Elle prélèverait quelques couronnes sur les économies qu'elle avait faites sur l'argent du ménage. Il ne connaissait pas l'existence de cette petite cagnotte. Elle prendrait son vélo et irait l'acheter à la boutique Sonofon dans Ålgade. En rentrant, elle le rayerait légèrement dans le bac à sable de Benjamin pour qu'il ait l'air vieux et usé, puis elle le jetterait dans le panier devant la porte d'entrée avec les bonnets et les moufles du gamin. Quand son mari lui en reparlerait à son retour, elle aurait juste à montrer le panier.

Il se demanderait bien sûr d'où il venait, et elle s'étonnerait de son étonnement. Alors elle dirait que si vraiment ce n'était pas leur chargeur, il avait peut-être été oublié là par quelqu'un.

Et puis elle chercherait à se remémorer quand ils avaient eu des invités à la maison pour la dernière fois. C'était tout de même arrivé, même si ce n'était pas fréquent. Il y avait eu la réunion des copropriétaires. Et puis la fois où l'assistante sociale était venue après la naissance du bébé. Quelqu'un pouvait très bien avoir oublié ce chargeur chez eux, même si ça paraissait bizarre parce que les gens apportent rarement leur chargeur de téléphone quand ils viennent en visite.

Pendant que Benjamin ferait sa sieste, elle aurait le temps de faire l'aller-retour jusqu'au magasin de téléphonie mobile. Elle sourit en s'imaginant la surprise de son mari quand il exigerait de voir le chargeur et qu'elle le sortirait du panier, abracadabra. Elle répéta sa réplique plusieurs fois à haute voix pour trouver le bon ton.

« Ah bon ? Tu es sûr que ce n'est pas le nôtre ? C'est bizarre. Ça doit être quelqu'un qui l'a oublié ici alors ! Peut-être un de ceux qui étaient là le jour du baptême ? »

Mais oui. L'explication était évidente. À la fois simple et singulière. Elle passerait comme une lettre à la poste.

## 8

Si Carl avait nourri le moindre doute sur la capacité de Rose à mettre ses menaces à exécution, ce n'était plus le cas. À peine avait-il élevé la voix pour s'insurger contre son vain projet de déchiffrer la lettre qu'elle l'avait fusillé du regard et lui avait crié qu'il pouvait se foutre les tessons de cette foutue bouteille au cul et aller se faire voir.

Il n'eut pas le temps de répliquer que déjà, elle avait jeté son sac sur l'épaule et claqué la porte. Elle réussit même à choquer Assad qui resta pétrifié, les incisives plantées dans un quartier de pamplemousse.

Il y eut dans le bureau comme un arrêt sur image.

« Je me demande si elle va nous envoyer sa sœur, alors, dit Assad tandis qu'il retrouvait la parole et que le quartier de pamplemousse retombait dans sa main au ralenti.

– Qu'est-ce que tu as fait de ton tapis de prière ? grogna Carl. Retrouve-le s'il te plaît et prie pour que ça n'arrive pas, mon pote.

– Mon quoi ?

– Rien, laisse tomber. Ça veut juste dire que tu es un chic type, Assad. »

Carl lui désigna la lettre gigantesque. « Qu'est-ce que tu dirais si toi et moi on virait tout ça de la porte pendant qu'elle a le dos tourné ?

– Nous deux ? »

Carl hocha la tête avec gratitude. « Non tu as raison, Assad. Merci. Je compte sur toi pour décoller toutes ces feuilles et les raccrocher sur le mur à côté de ta belle installation à rubans. Tu feras en sorte de laisser un espace d'au moins deux mètres entre les deux, d'accord ? »

Il contempla longuement et avec un certain recueillement l'original de la lettre. Bien qu'elle ait déjà été souvent manipulée et que de nombreuses personnes aient sous-estimé sa valeur de preuve, il n'envisagea pas une seconde de la toucher sans porter des gants de coton.

Le papier était si fragile. Et quand on se trouvait tout seul avec ce message, comme c'était son cas maintenant, il en émanait quelque chose de tout à fait particulier. Marcus parlait de son « pif », le vieux Bak employait le terme allemand de *Spitzgefühl,* une sorte de sixième sens, sa future ex-femme parlait d'intUition en mettant bien l'accent sur le « u ». Mais quel que soit le nom qu'on donne à cet instinct, force lui était d'admettre que cet écrit lui donnait des démangeaisons à l'intérieur. Il puait l'authenticité à des kilomètres. On voyait qu'il avait été rédigé dans l'urgence. Vraisemblablement sur un support instable. On s'était servi de sang en guise d'encre et la « plume » utilisée était de nature inconnue. Peut-être un stylo trempé dans le sang ? Non. Les caractères auraient été plus précis. Parfois ils donnaient l'impression qu'on avait appuyé trop fort et à d'autres endroits, pas assez. Il prit sa loupe pour mieux étudier les reliefs et les irrégularités, mais le document était décidément trop altéré. Là où le papier avait peut-être présenté des creux, il pouvait maintenant y avoir des bosses à cause de l'eau qui s'y était imprégnée et vice versa.

Il eut une vision fugitive de l'expression concentrée de Rose et mit la lettre de côté. Quand elle arriverait demain, il lui donnerait le reste de la semaine pour travailler dessus. Après ça, il faudrait passer à la suite.

Il eut envie de demander à Assad de lui concocter un verre de son sirop parfumé à la menthe, mais déduisit des grognements venant du couloir que son petit assistant était encore occupé à râler d'avoir à monter et descendre de l'échelle qu'il devait en plus déplacer sans arrêt. Carl aurait peut-être dû lui dire qu'il y en avait une autre dans le placard de la morgue, mais à vrai dire, il avait un peu la flemme de se lever. De toute façon, il aurait fini dans moins d'une heure.

Le regard de Carl tomba sur l'ancienne affaire d'incendie criminel à Rødovre. Il allait la relire encore une fois avant de la refiler au patron pour qu'il puisse la ranger au sommet de la pile himalayenne de dossiers qui s'accumulaient déjà sur son bureau.

Il s'agissait d'un incendie survenu dans la ville de Rødovre en 1995. La toiture d'une maison de maître qui venait tout juste d'être rénovée dans le quartier huppé de Damhusdalen s'était tout à coup fendue en deux et en quelques secondes les flammes avaient dévoré tout l'étage supérieur. Quand le feu avait été éteint, on avait découvert un cadavre à l'intérieur. Le propriétaire de la maison ne connaissait pas la victime mais les voisins avaient affirmé que la lumière avait brillé au travers des Velux toute la nuit. Le corps n'ayant pas pu être identifié, on avait conclu que ce devait être un sans-abri qui s'était montré imprudent avec le gaz dans la cuisine d'appoint installée sous les combles. L'affaire était arrivée entre les mains de la brigade criminelle de Rødovre lorsque la compagnie du gaz avait révélé que le robinet principal d'arrivée de gaz était fermé. Le dossier avait pris la poussière là-bas jusqu'à la création du département V et il aurait sans doute recommencé à prendre la poussière chez eux si Assad n'avait pas remarqué cette trace de bague sur la première phalange de l'auriculaire de la victime.

Carl décrocha son téléphone, composa le numéro de poste du chef de la criminelle et tomba malencontreusement sur la voix déprimante de Mme Sørensen.

« Je ne vous dérange pas longtemps, Madame Sørensen. Pouvez-vous me dire combien d'affaires...

– Serait-ce ce petit M. Mørck à l'appareil ? Ne quittez pas, je vous passe quelqu'un qui n'attrape pas de boutons au son de votre voix. »

Un jour ou l'autre, il allait glisser un petit insecte très venimeux dans son sac à main.

« C'est toi, mon cœur ? » roucoula la voix mélodieuse de Lis au bout du fil.

Alléluia. Mme Sørensen avait tout de même un minimum de compassion.

« Peux-tu me dire le nombre d'incendies dans lesquels on n'a pu déterminer l'identité du cadavre ? D'ailleurs je ne sais même pas combien d'incendies criminels il y a eu en tout ?

– Tu parles des affaires récentes ? Il y en a eu trois. Et on a identifié un seul cadavre. Enfin, ce n'est même pas sûr.

– Comment ça ?

– Il portait un médaillon avec un prénom gravé, mais en fait on ne sait pas qui il est. Ce n'était peut-être pas son prénom à lui.

– Hum. Tu peux juste me rappeler où ces incendies se sont déclarés ?

– Tu n'as pas lu les procès-verbaux ou quoi ?

– Plus ou moins. » Il se racla la gorge. « Nous en avons un à Rødovre en 1995. Et vous, vous en avez... ?

– Un le week-end dernier à Stockholmsgade, un le lendemain à Emdrup et le dernier dans le nord-ouest de la ville.

– Stockholmsgade, les quartiers chic. Tu sais où il y a eu
le moins de dégâts ?

– Nord-ouest, je crois. Sur la Dortheavej.

– On a relevé des points communs entre les lieux des
sinistres ? Même propriétaire ? Des travaux de rénovation ?
Des voisins qui ont vu de la lumière au milieu de la nuit ?
Des revendications terroristes ?

– Pas à ma connaissance. Mais ils sont plusieurs sur
l'enquête. Pourquoi est-ce que tu ne demandes pas tout ça
à un des garçons ?

– Je te remercie, Lis. De toute façon, ce n'est pas mon
affaire. »

Il avait pris sa voix la plus grave en espérant l'impressionner
un peu. Il reposa le dossier sur son bureau. Apparemment, ils
étaient sur le coup. Il entendit des voix dans le couloir. C'était
sans doute cet enculeur de mouches d'inspecteur du travail qui
venait encore se plaindre de leurs conditions de travail.

« Vous le trouverez là-dedans, alors », couina la voix traîtresse d'Assad.

Carl suivit des yeux une mouche en vol. En soignant son
timing, il arriverait peut-être à l'écraser sur la tronche du fonctionnaire.

Il se posta derrière la porte, la chemise cartonnée du sinistre
de Rødovre à la main, prêt à frapper. Mais le visage qui apparut quand elle s'ouvrit ne lui disait rien du tout.

L'inconnu lui tendit la main. « Salut. Je m'appelle Yding.
Inspecteur Yding. Commissariat de la banlieue ouest.
Albertslund.

– Je vois. Yding ? C'est ton prénom ou ton nom de
famille ? »

La remarque le fit sourire. Peut-être qu'il n'en savait rien lui-même.

« Je viens te voir à propos des incendies criminels de ces derniers jours. Je faisais équipe avec Antonsen lors de l'enquête sur le sinistre à Rødovre en 1995. Marcus Jacobsen voulait un compte rendu oral et il m'a dit de venir te voir pour que tu me présentes ton assistant. »

Carl poussa un soupir de soulagement. « Tu viens justement de lui parler. C'est le gars que tu as vu perché sur l'échelle. »

Yding fronça les sourcils. « Ce type-là, vraiment ?

– Eh oui ! Il ne te plaît pas ? Pourtant, il a eu son diplôme d'enquêteur de première classe à New York avant de suivre plusieurs formations spéciales à Scotland Yard pour se spécialiser dans l'empreinte génétique et la microscopie quantitative. »

Yding prit la plaisanterie pour argent comptant et hocha la tête avec admiration.

« Assad, tu peux venir un moment ? », cria Carl tout en poursuivant la mouche avec la chemise cartonnée.

Il fit les présentations.

« Tu as fini de reconstituer le panneau ? »

Les paupières d'Assad semblaient terriblement lourdes. C'était une réponse en soi.

« D'après Marcus Jacobsen, l'original du dossier de cette affaire serait chez vous », dit Yding en serrant respectueusement la main à Assad. « Il paraît que vous savez où il est. »

Assad désigna la main de Carl au moment où il la levait pour exterminer l'insecte. « Là, répondit-il. C'est tout ce qu'il y a pour votre service ? » Il n'était pas très en forme aujourd'hui. Cette histoire avec Rose le mettait de mauvaise humeur.

« Le chef de la criminelle m'a posé une question sur un point de détail qui m'est sorti de la tête. Je pourrais jeter un coup d'œil dans le dossier ?

— Je t'en prie, répondit Carl. On a un peu de boulot, là, alors si tu veux bien nous excuser… »

Il entraîna Assad de l'autre côté du couloir et s'assit à son bureau sous une ravissante reproduction de ruines couleur sable. Le nom de Rafasa était inscrit au-dessus de l'image, cela ne lui disait rien du tout.

« Tu n'aurais pas un peu de thé, Assad ? lui demanda Carl en désignant le samovar.

— Je vais vous donner ce qui reste. J'en referai du frais pour moi. »

Il accompagna sa proposition d'un sourire qui disait : la vengeance est un plat qui se mange froid.

« Quand le mec sera parti, on va aller faire un petit tour, toi et moi, Assad.

— Où ça ?

— Dans le quartier nord-ouest pour voir la maison qui n'a pas complètement brûlé.

— Mais ce n'est pas une affaire à nous, Chef, les autres vont être fâchés, alors.

— Sans doute, mais ça leur passera. »

Assad n'avait pas l'air convaincu. Et puis, tout à coup, son expression changea. « J'ai trouvé une nouvelle lettre sur le mur, dit-il. Et j'ai eu un très mauvais pressentiment, alors.

— Allons bon, mais encore ?

— Je n'ai pas envie de vous le dire. Vous allez rire. »

Bonne nouvelle. On n'avait pas si souvent l'occasion de se marrer.

« Merci », dit Yding sur le pas de la porte, les yeux posés sur la tasse ornée d'éléphants en tutu dans laquelle Carl était en train de siroter son thé. « Je monte ça chez Jacobsen, si cela ne vous embête pas. » Il tenait à la main deux pages de procès-verbal.

Ils hochèrent la tête.

« Ah, et au fait, je dois vous passer le bonjour de quelqu'un que vous connaissez. Je l'ai croisé au réfectoire tout à l'heure. Laursen, de la scientifique.

— Tomas Laursen ?

— C'est ça. »

Carl fronça les sourcils. « Je ne comprends pas. Il a démissionné après avoir gagné dix millions de couronnes à la loterie nationale. Il disait toujours qu'il en avait marre de tous ces cadavres. Qu'est-ce qu'il fout dans la maison ? Il a remis la combinaison blanche ou quoi ?

— Non, malheureusement. La police scientifique aurait bien besoin d'un gars comme lui en ce moment. Tout ce qu'il a remis, c'est un tablier. Il bosse à la cantine maintenant.

— Eh ben merde alors ! » Carl s'imagina l'énorme rugbyman en cuisine. Il devait arborer un tablier avec une blague du genre : *La bière embellit, j'en suis la preuve.* « Qu'est-ce qui lui est arrivé ? Il avait investi son fric dans toutes sortes de boîtes, non ?

— Oui, justement. Et il a tout perdu. Le pauvre. »

Carl secoua la tête d'un air désolé. Voilà où ça menait d'être un homme d'affaires avisé. Heureusement que lui n'avait pas d'argent.

« Il y a combien de temps qu'il est revenu ?

— Un mois, je crois. Vous ne mangez jamais à la cantine ?

— Vous m'avez bien regardé ? Il doit y avoir au moins dix millions de marches pour y aller, à cette cambuse. Vous avez dû remarquer que l'ascenseur était en panne. »

On ne comptait plus le nombre d'institutions et d'entre-prises qui s'étaient succédé au fil des ans sur les six cents mètres de la Dortheavej. En ce moment on y trouvait des centres de réinsertion sociale, des studios d'enregistrement, des auto-écoles, des centres culturels, des associations eth-niques et Dieu sait quoi encore. C'était un vieux quartier industriel que personne n'avait réussi à faire disparaître. À moins que quelqu'un n'y mette le feu comme on avait fait pour le dépôt de marchandises du grossiste K. Frandsen.

Le site avait été partiellement nettoyé mais le travail des enquêteurs était loin d'être terminé. Plusieurs de ses collègues évitèrent de le saluer. Carl ne s'en étonna pas. Il interprétait cela comme de la jalousie, une analyse qui n'engageait que lui. Quoi qu'il en soit, il s'en fichait complètement.

Il se planta au milieu de la cour et jeta un regard pano-ramique sur l'étendue des dégâts. Les bâtiments devaient déjà être à moitié croulants avant l'incendie mais le portail en acier galvanisé était flambant neuf. Un contraste saisissant.

« J'ai souvent vu ce genre de bâtisses en Syrie, Chef. Le poêle à pétrole chauffe un peu trop et boum… » Assad fit un grand geste de moulin à vent pour illustrer son propos.

Carl leva les yeux vers le premier étage. On aurait dit que toute la toiture s'était soulevée pour retomber ensuite à sa place initiale. De grandes traînées de suie partaient des avant-toits pour se prolonger sur les plaques en fibrociment de la toiture. Tous les Velux avaient été soufflés et avaient atterri on ne sait où.

« Oui, ça a dû aller incroyablement vite », répondit Carl en se demandant comment on pouvait de son plein gré séjourner dans un endroit aussi triste et dépourvu de charme. Était-ce la clé du mystère ? Le type qui était là avait-il choisi d'y être ?

« Carl Mørck, département V », annonça-t-il quand l'un des jeunes enquêteurs passa à côté d'eux. « On peut monter jeter un coup d'œil là-haut ? Les techniciens ont fini ? »

Le gars haussa les épaules. « Ce sera terminé quand on aura démoli tout ce merdier, répondit-il. Mais faites gaffe quand même. On a posé des planches par terre pour éviter de passer au travers mais ce n'est pas garanti.

– K. Frandsen, grossiste ? Il faisait de l'import de quoi au juste ? lui demanda Assad.

– Toutes sortes de pièces détachées pour l'imprimerie. Une entreprise tout ce qu'il y a de plus légal », fit remarquer le jeune policier. « Personne ne savait qu'il y avait quelqu'un dans le grenier et les employés de l'usine sont sous le choc. Une chance que toute la baraque n'ait pas brûlé. »

Carl acquiesça. Ce genre d'entreprise devrait toujours se trouver à moins de six cents mètres d'une caserne de pompiers, ce qui était le cas en l'occurrence. Heureusement que cette caserne-là n'avait pas été liquidée lors de la dernière vente par adjudication décrétée par l'Union européenne. La connerie du siècle, si on lui demandait son avis.

Comme il s'y attendait, le premier étage avait été totalement ravagé par les flammes. Les panneaux d'isolation pendaient du plafond mansardé, déchiquetés. Le peu qui restait des cloisons faisait penser aux échafaudages de Ground Zero. Une vision d'apocalypse.

« Où avez-vous trouvé le corps ? » demanda Carl à un homme d'un certain âge, mandaté par le cabinet d'expertise en sinistres incendies de la compagnie d'assurances.

L'expert désigna une tache explicite sur le sol.

« L'explosion a été violente. Deux déflagrations à très court intervalle, expliqua-t-il. La première a déclenché l'incendie et la deuxième a éliminé tout l'oxygène de la pièce et éteint le feu.

— Il ne s'agit donc pas d'une combustion lente où la victime a été asphyxiée par le monoxyde de carbone ? demanda Carl.

— Non.

— Vous croyez que l'homme a été mis K-O par la première explosion et qu'il a ensuite brûlé tranquillement jusqu'à ce que mort s'ensuive ?

— Je serais bien incapable de vous répondre. Le corps est presque entièrement carbonisé. Il y a peu de chances que nous trouvions des restes de système respiratoire sur un cadavre comme celui-là et nous ne pourrons pas déterminer la concentration des fumées dans ses bronches et dans sa trachée. » Il secoua la tête. « J'ai du mal à croire qu'un cadavre ait eu le temps d'être abîmé à ce point dans un incendie comme celui-là. C'est ce que j'ai dit à vos collègues d'Emdrup l'autre jour.

— Quoi donc ?

— Eh bien, qu'à mon avis cet incendie a été provoqué pour dissimuler le fait que cet homme a brûlé tout à fait ailleurs.

— Selon vous, ce cadavre a été déplacé. Et qu'ont-ils pensé de votre analyse ?

— Ils étaient tout à fait d'accord avec moi.

— Il s'agirait donc d'un meurtre. On tue un homme, on brûle son cadavre et on le place dans un autre endroit auquel on met le feu.

— Bien sûr, on ne peut pas être certain qu'il ait d'abord été victime d'un meurtre. Mais à mon avis, il y a de fortes chances qu'il ait été déplacé. Je ne vois pas comment un feu d'aussi courte durée, même s'il a été d'une extrême violence, pourrait brûler un homme en ne laissant que son squelette.

– Vous êtes allé sur les trois lieux d'incendie, alors ? demanda Assad.

– J'aurais pu, oui, parce que je travaille pour plusieurs compagnies d'assurances. Mais non. C'est un collègue à moi qui est allé faire l'expertise à Stockholmsgade.

– Les autres sinistres se sont-ils déclenchés dans des bâtiments du même genre que celui-ci ?

– Pas du tout. Le seul point commun était que les locaux étaient vides. C'est probablement pour cette raison qu'on a avancé l'hypothèse des sans-abri.

– Vous croyez que ça pourrait être pareil pour les trois ? Qu'on a mis des cadavres déjà brûlés sur place pour les brûler encore une fois ? » demanda Assad.

L'expert fixa tranquillement le drôle d'inspecteur. « Je pense qu'il existe de nombreux indices qui nous permettent d'arriver à cette conclusion. »

Carl leva la tête vers les poutres noires de suie. « J'ai encore deux questions à vous poser, et ensuite on vous fichera la paix.

– Je vous écoute.

– Pourquoi deux explosions ? Pourquoi ne pas laisser tout simplement le merdier cramer jusqu'au bout ? Vous avez une idée ?

– La seule réponse qui me vienne est que celui qui l'a fait a voulu contrôler les dégâts qu'il causait.

– Merci ! Ma seconde question est : Voyez-vous un inconvénient à ce que nous vous appelions si nous avons autre chose à vous demander ? »

L'expert sourit et tendit sa carte de visite. « Pas de problème. Je m'appelle Torben Christensen. »

Carl fouilla dans sa poche à la recherche d'une carte, sachant pertinemment qu'il n'en avait pas. Encore un truc qu'il allait devoir demander à Rose quand elle daignerait revenir.

« Je ne comprends pas. » Assad s'était mis un peu à l'écart et traçait des lignes dans la suie. Quand il faisait de la peinture, il devait être du genre à faire des taches partout sur ses vêtements et son entourage. En tout cas, il s'était déjà mis assez de suie sur le visage et sur les mains pour couvrir la moitié d'une table de salle à manger. « Je ne comprends pas ce que veut dire tout ce que vous racontez. Les choses doivent avoir une explication logique, alors. L'histoire de la bague sur le doigt qui n'est plus là, et les morts et les incendies et tout ça. » Soudain il se tourna vers l'expert des assurances. « Combien la compagnie d'assurances va-t-elle rembourser à la société pour cette vieille maison toute pourrie ? »

L'expert fronça les sourcils. L'hypothèse d'une arnaque à l'assurance avait désormais été évoquée à haute voix, mais il n'était pas forcément d'accord. « Il est vrai que nous avons affaire à un vieil immeuble, mais cela n'empêche pas que la société Frandsen ait droit à un dédommagement. Nous sommes ici dans le cadre d'un sinistre incendie. Pas d'un dégât dû à la présence de champignons ou de pourriture.

– Alors vous diriez combien ?

– Je ne sais pas, peut-être sept cent ou huit cent mille couronnes. »

Assad émit un sifflement. « Et vous croyez qu'ils vont s'en servir pour reconstruire le premier étage sur un rez-de-chaussée aussi vieux ?

– L'assuré a le choix de faire ce qu'il veut de son indemnisation.

– Donc, s'ils veulent, ils peuvent tout démolir.

– Absolument. »

Carl se dit qu'Assad tenait quelque chose.

En retournant à la voiture il songea qu'ils étaient en train de devancer de peu l'adversaire et qu'en l'occurrence, l'adversaire n'était pas le criminel, mais la brigade du même nom.

Quelle satisfaction s'ils parvenaient à les coiffer au poteau.

Carl salua les quelques collègues qu'il rencontra dans la cour sans s'éterniser. Il n'avait aucune envie de leur parler.

S'ils voulaient des informations, ils n'avaient qu'à aller les chercher eux-mêmes.

Assad ralentit à quelques mètres du véhicule de fonction pour déchiffrer un graffiti tracé en lettres vertes, blanches, noires et rouges sur le mur d'enceinte au crépi tout neuf.

*Israël or de la bande de Gaza. La Palestine aux Palestiniens*, disait l'inscription.

« Ils sont nuls en orthographe », dit-il en montant dans la voiture.

Ah bon, parce que toi tu es bon ? songea Carl. C'est un scoop.

Il démarra la voiture en jetant un regard furtif à son assistant qui lui-même fixait le coin du pare-brise, l'air absent.

« Hé ! tu es où là, Assad ? »

Ses yeux ne bougèrent pas d'un millimètre. « Je suis là, Chef, vous voyez bien. »

Ils ne se dirent plus un mot jusqu'à l'hôtel de police.

## 9

Les fenêtres de la petite salle paroissiale brillaient comme des plaques métalliques chauffées à blanc. Les imbéciles avaient commencé.

Il se débarrassa de son manteau dans le vestibule, salua les femmes soi-disant impures qui écoutaient les psaumes derrière la porte parce qu'elles avaient leurs règles, et passa la porte à double battant pour pénétrer à l'intérieur.

Le service avait atteint le stade où la ferveur est à son comble. Il était venu plusieurs fois déjà et le rituel était toujours le même. En ce moment le prêtre, vêtu de sa chasuble cousue main, était devant l'autel en train de préparer la communion, ou la *consolation de la vie* comme ils l'appelaient ici. Dans un instant petits et grands se lèveraient à son invite, se grouperaient comme un petit troupeau de moutons et s'approcheraient de lui tête baissée, à petits pas, dans leur chemise immaculée symbole d'innocence.

La communion du jeudi soir était le point culminant de la semaine. Ce jour-là, la Mère de Dieu en personne, sous les traits du pasteur, leur tendait le calice et leur offrait l'hostie. Dans quelques secondes, plusieurs d'entre eux se mettraient à danser de joie au milieu de l'église de la Sainte Mère et chanteraient les louanges de la Vierge Marie qui, avec l'aide du Saint-Esprit, donna la vie à Jésus-Christ. Ils laisseraient

les mots couler de leurs bouches en une logorrhée ininterrompue, prieraient pour les enfants encore à naître, s'embras-
seraient et se souviendraient de l'abandon avec lequel la Mère
de Dieu se donna au Seigneur corps et âme, et un tas de
conneries de ce genre.

Il se glissa dans un coin reculé de la salle, et s'appuya contre
un mur. On le gratifia de sourires respectueux. Tout le monde
était le bienvenu en cet endroit, disaient les sourires. Et quand
la congrégation en aurait terminé avec ses cris d'extase, on
viendrait le remercier d'être venu à eux dans sa quête spiri-
tuelle.

En attendant, il observait la famille qu'il avait choisie. Le
père, la mère et les cinq enfants. Il était rare que ces gens-
là en fassent moins que ça.

Le père aux cheveux grisonnants était partiellement dissimulé par ses deux fils aînés et devant lui se tenaient les trois
filles, cheveux lâchés cinglant leurs épaules au rythme de leur
balancement hypnotique. Tout à fait devant, au milieu du
groupe composé par les autres femmes adultes, leur mère se
tenait les yeux fermés, les lèvres entrouvertes et les mains doucement posées sur sa poitrine. Les femmes étaient toutes dans
la même position. Détachées du monde, bercées dans la
conscience collective, tremblantes dans leur proximité avec la
Sainte Mère de Dieu.

La plupart des jeunes femmes étaient enceintes. L'une
d'entre elles, qui était aussi près d'accoucher qu'on peut l'être,
avait des auréoles sur sa robe à cause des montées de lait.

Et les hommes regardaient avec une dévotion béate ces
femmes fécondes. Car en dehors des périodes de règles, le
corps de la femme était ce qu'il y avait de plus sacré aux
yeux des disciples de la Moderkirken, l'Église de la Sainte Mère
de Dieu.

Dans cette assemblée vouant un culte à la fécondité, tous les adultes de sexe masculin se tenaient debout, les mains croisées devant l'entrejambe, et les garçons les plus jeunes les imitaient en ricanant bêtement. Ils chantaient et singeaient les grands, sans se poser de questions. Les trente-cinq personnes de cette paroisse n'en faisaient qu'une. Et cette solidarité faisait partie des lois de leur Église.

Ils étaient unis dans leur foi en la Sainte Vierge et sur cette foi ils avaient bâti toute leur existence. Il le savait mieux que quiconque.

Chaque secte avait ses propres lois, inattaquables et incompréhensibles.

Il observa l'une des filles, Magdalena, pendant que le prêtre en transe lançait des morceaux de pain aux fidèles des premiers rangs.

Elle semblait perdue dans ses pensées. Est-ce qu'elle méditait sur le sens profond de la communion, ou bien à ce qui était caché dans un trou au fond du jardin ? Au jour où elle serait initiée, où on la badigeonnerait de sang de brebis et où elle deviendrait une servante de la Sainte Mère ? À celui où on lui choisirait un mari en chantant les louanges de son ventre, en priant pour qu'il porte des fruits ? Pas facile à dire. Comment savoir ce qui se passe dans la tête d'une jeune fille de douze ans ? Il n'y a qu'elle qui le sache. Peut-être était-elle effrayée. Il faut dire qu'il y avait de quoi.

Là d'où il venait, c'étaient les petits garçons qui subissaient les rituels. C'était à eux de renoncer à leurs rêves et à leurs aspirations pour la communauté. Eux qui étaient sacrifiés. Il n'avait pas oublié. Il n'avait rien oublié.

Ici, tout tournait autour des filles.

Il essaya de croiser le regard de Magdalena. Il se dit qu'elle devait plutôt être en train de penser au trou dans le jardin.

Ce secret inavouable agitait sans doute des forces plus puissantes en elle que la foi.

Elle serait probablement plus difficile à casser que son frère à côté d'elle. C'est pourquoi il n'avait pas encore fait son choix entre les deux.

Pas encore décidé lequel d'entre eux il allait tuer.

Il avait attendu une bonne heure avant d'entrer par effraction dans leur maison. Il avait attendu qu'ils soient partis pour la messe et que le soleil soit descendu très bas dans le ciel de mars. Il ne lui avait pas fallu plus de deux minutes pour ouvrir une fenêtre du rez-de-chaussée et pénétrer dans une des chambres d'enfant.

C'était visiblement celle de la plus jeune des filles. Pas parce qu'elle était rose, ou parce que le canapé était jonché de coussins en forme de cœurs. Non. Cette chambre n'abritait ni poupées Barbie, ni crayons de couleur terminés par des petites têtes d'ours en peluche, ni jolis souliers vernis à barrettes rangés sous le lit. Dans cette chambre, il n'y avait absolument rien qui fasse penser à l'image qu'une petite fille danoise de dix ans peut avoir du monde ou d'elle-même. Le seul indice qu'il s'agissait de celle de la dernière-née de la fratrie était la robe de baptême, encore accrochée au mur. Dans la communauté de la Sainte Mère de Dieu, c'était la tradition. La robe de baptême était le cadeau que la marraine offrait au nouveau-né et on la gardait précieusement jusqu'à la naissance du suivant. Le dernier-né avait pour rôle de s'occuper avec dévotion du vêtement, de le brosser tous les jours avant d'aller se coucher, d'en repasser le col et les dentelles chaque année au moment des Pâques.

C'était un privilège que d'être le benjamin ou la benjamine puisqu'on devenait celui ou celle qui avait le plus longtemps la garde de ce trésor. Avoir cette chance était paraît-il la garantie d'une félicité éternelle.

Il se rendit dans le bureau du père et trouva facilement ce qu'il cherchait. Les documents qui confirmaient l'aisance matérielle de la famille, les bilans annuels, qui décidaient de la place qu'ils occupaient dans la hiérarchie de la Moderkirken. Il trouva aussi une longue liste de numéros de téléphone qui le renseigna sur la progression de la secte dans le pays et dans le monde. Rien que dans le centre du Jutland, elle comptait une centaine de nouveaux adeptes depuis sa dernière visite.

Une perspective effrayante.

Une fois qu'il eut visité toutes les chambres, il ressortit par la même fenêtre et la poussa pour la refermer. Il tourna les yeux vers le fond du jardin. Un petit coin tranquille que Magdalena s'était choisi là pour jouer sans qu'on la dérange. On ne le voyait ni depuis la maison ni depuis le reste du jardin.

Il leva la tête et vit que l'orage menaçait. Il ferait bientôt nuit, il fallait qu'il se dépêche.

Il savait précisément où chercher, sinon il n'aurait jamais trouvé, car la cachette de Magdalena n'était indiquée que par une brindille plantée dans l'angle d'un carré de mousse. Le sourire aux lèvres, il souleva un morceau d'herbes rases de la taille de sa paume en faisant levier avec le bâton.

Le trou qui avait été aménagé en dessous était tapissé de plastique jaune et au fond était posée une feuille de papier coloré pliée en quatre.

Son sourire s'élargit lorsqu'il déplia la feuille.

Il souriait toujours en la glissant dans sa poche.

Dans la salle paroissiale, il passa un long moment à observer cette fille aux longs cheveux et son frère Samuel l'insoumis.

Pour l'instant ils étaient en sécurité parmi les autres membres de leur communauté, parmi ces gens qui continueraient à vivre dans l'ignorance et les autres qui bientôt vivraient en sachant l'intolérable.

En sachant le mal qu'il allait leur faire.

Après les psaumes, ils vinrent tous en cercle autour de lui pour lui caresser le visage et le torse. C'est de cette façon qu'ils exprimaient leur joie de le voir ouvrir son cœur à l'amour de la Sainte Mère. C'est ainsi qu'ils le remerciaient de la confiance qu'il leur témoignait en les rejoignant, et tous étaient ravis et sereins parce qu'ils allaient pouvoir lui montrer le chemin de la Vérité éternelle. Ensuite tout le troupeau fit un pas en arrière et tous levèrent leurs bras vers le ciel. Dans quelques instants, ils commenceraient à se caresser mutuellement avec la paume de leurs mains. Ils continueraient jusqu'à ce que l'un d'entre eux tombe par terre et laisse la Sainte Vierge prendre possession de son corps secoué de tremblements. Il savait déjà qui ce serait. Il percevait déjà la lueur d'extase qui s'était allumée dans les yeux de l'une des femmes. Une petite jeune femme grassouillette, dont la principale vertu était d'avoir produit les trois obèses qui sautillaient autour d'elle.

Comme les autres, il poussa un hurlement dirigé vers le plafond quand le miracle se produisit. La seule différence étant que lui s'accrochait de toutes ses forces à ce dont les autres luttaient pour se défaire. Le démon qui les habitait.

Quand les membres de la secte prirent congé les uns des autres sur les marches, il se rapprocha subrepticement, faisant un croche-pied discret à Samuel, qui chut du haut de l'escalier et tomba dans le vide.

Le bruit que fit le genou du garçon en atteignant l'asphalte fut aussi libérateur que celui de la guillotine au moment où la tête se sépare du corps.

Tout marchait comme sur des roulettes.

À partir de ce moment, c'était lui qui prenait les commandes. Et la suite coulerait de source.

## 10

Lorsqu'il rentrait chez lui le soir à Rønneholtparken et qu'il voyait la lumière vacillante des téléviseurs derrière les fenêtres des immeubles de son quartier et les silhouettes des ménagères allant et venant dans leurs cuisines, il se sentait un peu comme un mélomane sans oreilles en train d'écouter un orchestre symphonique sans partition.

Il ne comprenait toujours pas comment il en était arrivé là. Pourquoi il se sentait à ce point mis sur la touche.

Une comptable avec un tour de taille de 154 centimètres et un geek avec des avant-bras comme des allumettes arrivaient à fonder une famille, alors pourquoi pas lui ?

Il adressa un salut prudent à sa voisine Sysser, qui bricolait debout dans sa cuisine violemment éclairée. Dieu soit loué, elle avait retrouvé le chemin de ses propres pénates après leur mauvais départ de lundi matin. Il ne savait pas ce qu'il aurait fait dans le cas contraire.

Il posa un regard las sur la plaque de sa porte où son nom et celui de Vigga étaient désormais couverts de ratures. Ce n'est pas qu'il se sentait tellement seul avec Morten Holland, Jesper et Hardy installés chez lui. En ce moment même il les entendait faire du bruit derrière la haie. Après tout, c'était aussi une sorte de vie de famille.

Mais pas tout à fait celle qu'il avait imaginée.

En général, dès qu'il ouvrait la porte, il pouvait deviner à l'odeur ce qu'il y aurait au menu, mais les effluves qui l'accueillirent dans l'entrée ne devaient rien aux fantaisies culinaires de Morten. Du moins l'espérait-il.

« Salut », cria-t-il en direction du salon où auraient dû se trouver Morten et Hardy. Personne. En revanche il y avait de l'animation sur la terrasse. Il vit le lit d'Hardy dehors, avec potence, goutte-à-goutte et tout le toutim, installé près du brasero. Et autour de son lit, tous les voisins en doudounes, en train de bouffer des saucisses grillées en buvant de la bière et du vin. Vu leurs têtes, ils devaient avoir commencé depuis quelques heures. Carl tenta de localiser la provenance de l'odeur atroce qu'il avait remarquée en entrant. Il finit par découvrir une casserole sur la table de la cuisine dont le contenu ressemblait à de la viande en conserve qu'on aurait laissée brûler. Extrêmement déplaisant. En particulier pour cette pauvre casserole.

« Qu'est-ce qui se passe ? demanda Carl en s'adressant à un Hardy tout souriant sous ses quatre édredons.

— Tu sais qu'Hardy a un petit point en haut de son bras dans lequel il y a de la sensibilité ? répondit Morten.

— C'est ce qu'il prétend, oui. »

Morten avait la tête d'un gamin à qui on donne son premier journal cochon et qui s'apprête à l'ouvrir. « Et est-ce que tu sais aussi qu'il commence à avoir un mouvement réflexe dans les articulations du majeur et de l'index à une main ? »

Carl secoua la tête et baissa les yeux vers Hardy. « C'est quoi ce délire ? Une espèce de quiz ? D'accord, je veux bien jouer à condition qu'on s'arrête au-dessus de la ceinture. »

Morten dévoila sa dentition teintée de vin rouge. « Et il y a deux heures, Hardy a bougé le poignet, Carl. Je te jure.

J'en ai oublié le dîner. » Il écarta les bras dans un geste de triomphe qui mit en valeur sa corpulence naturelle. Carl se demanda une seconde s'il n'allait pas lui sauter dans les bras. Pourvu que non.

« Fais-moi voir ça », dit-il froidement.

Morten souleva les couvertures, dévoilant la peau livide d'Hardy.

« Allez vieux frère, montre-moi ce que tu sais faire », dit Carl. Hardy ferma les yeux et serra les dents, on vit ses mâchoires se crisper. Les impulsions électriques de tout son corps semblaient traverser ses synapses pour commander à son poignet sur lequel tous les regards étaient braqués. Les muscles de son visage tremblèrent et continuèrent à trembler un long moment jusqu'à ce qu'il pousse un grand soupir et renonce.

« Oooh », dirent les spectateurs, avant de se remettre à l'encourager de toutes les manières possibles. Mais le poignet resta immobile.

Carl fit un clin d'œil amical à Hardy pour le consoler et entraîna Morten jusqu'à la haie d'enceinte du jardin.

« Là, il va falloir que tu m'expliques, Morten ! C'est quoi tout ce cinéma ? Tu es responsable de lui, bon Dieu ! C'est ton boulot. Alors arrête de donner de l'espoir à ce pauvre Hardy et de le transformer en animal de cirque. Je vais monter me mettre en jogging et pendant ce temps-là, tu vas me faire le plaisir de virer tout ce monde et de remettre Hardy à sa place, OK ? On parlera de ça plus tard. »

Il ne resta même pas pour écouter ses explications bidon. Morten n'avait qu'à les garder pour son public.


« Répète-moi ça », exigea Carl une demi-heure plus tard.

Hardy regarda calmement son ancien coéquipier. Il était plein de dignité, couché là, long comme un jour sans pain.

« C'est la vérité, Carl. Morten n'a rien vu mais il était tout près de moi quand ça s'est produit. J'ai fait bouger mon poignet. Et j'ai un peu mal dans la région de l'épaule.

– Pourquoi est-ce que tu n'arrives pas à le refaire, alors ?

– Je ne sais pas comment j'ai fait, mais c'était un geste volontaire. Pas seulement un réflexe. »

Carl posa la main sur le front de son ami tétraplégique. « Pour le peu que j'en sache, ce que tu me dis me paraît totalement impossible. Mais admettons que je te croie. Le problème maintenant, c'est que je ne sais pas ce qu'on doit faire à partir de ça.

– Moi je sais ! s'exclama Morten. Hardy a toujours une zone sensible près de l'épaule. Il a mal à cet endroit. Je crois que nous devons stimuler ce point-là. »

Carl secoua la tête. « Écoute Hardy, tu es sûr que c'est une bonne idée ? Ça m'a tout l'air d'être un doux délire de charlatan.

– Peut-être, et alors ? renchérit Morten. Je suis là de toute façon, je ne vois pas quel mal ça peut faire !

– Tu sembles oublier nos casseroles. »

Carl tourna la tête vers l'entrée. Il manquait comme d'habitude un blouson sur le portemanteau. « Jesper n'était pas supposé dîner là ce soir ?

– Il est chez Vigga à Brønshøj. »

Qu'est-ce qu'il pouvait bien foutre dans ce chalet glacé ? En plus, il détestait le nouveau petit ami de Vigga. Que le gars écrive des poèmes et porte des grosses lunettes de vue, il s'en fichait. Mais il ne supportait pas qu'il se sente obligé de lire ses œuvres à haute voix pour se donner de l'importance.

« Pourquoi est-ce qu'il est parti là-bas ? Il n'a pas séché l'école encore une fois, j'espère. » Carl poussa un soupir. Les

épreuves du bac étaient dans à peine deux mois. Avec ce stupide système de contrôle continu et les stupides réformes de
l'Éducation nationale, il fallait vraiment qu'il aille en cours
et qu'il fasse au moins semblant d'apprendre quelque chose.
Sinon...

Hardy l'interrompit dans ses pensées. « T'inquiète pas,
Carl. J'aide Jesper à bosser tous les jours après les cours.
Je le fais réciter avant qu'il aille voir Vigga. Il suit sans pro-
blème. »

Jesper suivre sans problème ! C'était surréaliste. « Et pourquoi est-il chez sa mère ?

– Elle lui a demandé de venir la voir. Il lui manque, Carl.
Elle est fatiguée de la vie qu'elle mène. Elle voudrait rentrer
à la maison.

– Rentrer à la maison ? Ici, tu veux dire ? »

Hardy acquiesça. Carl faillit s'évanouir.

Morten dut lui resservir du whisky deux fois de suite.


Il passa une nuit blanche et eut du mal à émerger.

En fait Carl était beaucoup plus fatigué en s'asseyant à son
bureau le lendemain matin qu'il ne l'était en se couchant la
veille.

« Rose a donné de ses nouvelles ? » demanda-t-il à Assad
tandis que celui-ci posait devant lui une assiette garnie de
boulettes non identifiées. Il cherchait probablement à le
requinquer.

« J'ai essayé de l'appeler hier soir mais elle n'était pas chez
elle, d'après ce que m'a dit sa sœur.

– Je vois », commenta Carl distraitement tout en chassant
sa vieille copine la mouche à merde de l'assiette de pâtisserie
orientale dont il essayait en vain de décoller un échantillon

englué dans le miel. « Elle a dit si elle viendrait au bureau aujourd'hui ?

— Yrsa, la sœur, va venir. Rose est partie.

— Comment ça Rose est partie ? Elle est partie où ? Sa sœur ? Qu'est-ce que c'est que cette histoire ? Sa sœur va venir ici ? »

Il lâcha le morceau gluant qu'il avait entre les doigts.

« Yrsa dit que Rose s'en va de temps en temps pendant un jour ou deux mais que ce n'est pas grave. D'après Yrsa, elle finit toujours par réapparaître. Et en attendant, Yrsa vient faire son travail. Elles ne peuvent pas se permettre de renoncer au salaire de Rose, il paraît.

— Donc, si j'ai bien compris, ce n'est pas grave qu'une collaboratrice s'en aille quand bon lui semble ! Non mais je rêve ! Elle est complètement folle, cette fille. » Et il avait bien l'intention de le lui dire en face quand elle reviendrait. « Quant à cette Yrsa, il est hors de question qu'elle passe la porte de l'hôtel de police ! J'y veillerai en personne.

— Eh bien, c'est-à-dire, Chef… j'ai déjà tout organisé avec le gardien à l'entrée et c'est d'accord avec Lars Bjørn aussi. Il s'en fiche tant que le salaire continue à être versé à Rose. Yrsa est une simple intérimaire pendant le congé maladie de Rose. Bjørn était même content qu'on ait trouvé une remplaçante.

— Bjørn content ? Congé maladie ?

— Oui, il valait mieux appeler ça comme ça, non ? »

C'était carrément une mutinerie.

Carl décrocha son téléphone pour appeler Lars Bjørn.

« Allôôô ! » répondit la voix mélodieuse de Lis.

Qu'est-ce que c'était que ce merdier ?

« Salut Lis. Je croyais avoir composé le numéro de Lars Bjørn.

– Tu ne t'es pas trompé. C'est juste que je garde son télé-phone. Le commissaire de police, Jacobsen et Lars Bjørn sont en réunion. Ils parlent du problème de manque d'effectifs.

– Tu ne veux pas transférer mon appel s'il te plaît ? Il faut que je lui parle, juste cinq secondes.

– C'est à propos de la sœur de Rose, je suppose ? »

Carl fit une grimace. « Dis-moi que tu n'as rien à voir avec ça ?

– Je te rappelle, Carl, que c'est moi qui m'occupe de l'embauche des intérimaires ici. »

Comment voulait-elle qu'il soit au courant de ça ?

« Tu es en train de me dire que Lars Bjørn a engagé une secrétaire intérimaire sans me consulter ?

– Relax, Max. » Elle claqua des doigts à l'autre bout de la ligne comme si elle voulait le réveiller d'un état d'hypnose. « Nous manquons de personnel. En ce moment, Bjørn valide n'importe quelle embauche. Si tu voyais les gens qui se char-gent du boulot dans les autres services, tu tomberais des nues. »

La bonne humeur de Lis ne fit rien pour calmer sa mauvaise humeur à lui, au contraire.

La société de vente en gros K. Frandsen était une PME, créée avec un petit capital de deux cent cinquante mille couronnes en fonds propres. Sa valeur à ce jour était de plus de seize millions de couronnes. Rien que le stock de papier figurant dans le dernier bilan comptable, sur la période de septembre à septembre, représentait aujourd'hui un montant de huit millions de couronnes. Les difficultés financières ne constituaient donc pas un mobile plausible. Les principaux clients de l'entreprise étaient les hebdoma-daires et les gratuits qui eux, en revanche, avaient pris la crise de plein fouet. Si les calculs de Carl étaient bons, cette situation aurait pu ébranler considérablement la SA K. Frandsen du jour au lendemain.

Là où cela devenait vraiment intéressant, c'était quand on constatait qu'on retrouvait le même schéma dans les trois entreprises qui possédaient les locaux sinistrés à Emdrup et à Stockholmsgade. La SA JPP, quincaillerie en gros, annonçait un chiffre d'affaires de vingt-cinq millions de couronnes danoises par an et fournissait principalement les entreprises du bâtiment et de constructions en bois. Probablement des activités florissantes jusqu'à l'année précédente, mais certainement plus à présent. De la même manière que la firme de Østerbro, Public Consult, qui gagnait sa vie en achetant des immeubles aux enchères pour le compte des gros cabinets d'architectes, avait dû se prendre en pleine tête le gros mur de béton appelé *conjoncture*.

Mais en dehors de leur vulnérabilité à la crise financière, il n'existait aucun point commun entre les trois entreprises frappées par la malchance. Elles n'avaient ni le même P-DG ni les mêmes clients.

Carl pianota sur la table. Qu'en était-il de l'incendie de Rødovre en 1995 ? L'usine qui avait brûlé se trouvait-elle également dans une mauvaise passe ? Il aurait eu bien besoin d'avoir Rose sous la main, là, tout de suite. Quelle plaie !

« Toc, toc, toc », chuchota une voix de l'autre côté de la porte entrebâillée.

Et voilà la dénommée Yrsa, se dit Carl en levant les yeux vers la pendule. Neuf heures et quart. En plus elle était en retard.

« C'est une heure pour arriver ? » dit-il le dos tourné. Un patron qui avait le dos tourné gardait le pouvoir. On ne pouvait pas le manipuler.

« Je ne savais pas que nous avions rendez-vous », répliqua une voix nasillarde.

Carl fit pivoter son fauteuil si violemment qu'il fit un quart de tour en trop.

C'était Laursen. Ce bon vieux Tomas Laursen, le technicien de la police scientifique, rugbyman à ses heures, qui avait gagné le jackpot, tout flambé et qui travaillait maintenant à la cantine au dernier étage de l'hôtel de police.

« Ça alors, Tomas ! Toi ici ?

– Eh oui ! Ton charmant assistant m'a demandé si je ne viendrais pas vous faire un petit coucou. »

Assad passa sa tête hilare dans l'encadrement de la porte. Qu'est-ce qu'Assad avait encore inventé ? Et pourquoi était-il allé fourrer son nez à la cantine ? Ses spécialités épicées et ses infusions à retourner l'estomac d'un honnête homme ne lui suffisaient plus ?

« Je suis juste allé chercher une banane, Chef », expliqua Assad en brandissant son boomerang comestible. Est-ce qu'il voulait vraiment lui faire croire qu'il était monté au dernier étage pour un motif pareil ?

Carl hocha la tête. Bien sûr. Il y avait une certaine logique. Assad était décidément rusé comme un singe.

Il prit la main tendue de Laursen et tous deux serrèrent un peu plus fort qu'il n'était nécessaire. Une façon de se rappeler leurs douloureux jeux d'antan.

« C'est drôle de te voir là. Je venais justement de parler de toi avec Yding, tu te souviens ? Notre collègue d'Albertslund. Tu n'es pas revenu ici de gaieté de cœur, si j'ai bien compris. »

Laursen secoua la tête de droite à gauche plusieurs fois.

« C'est un peu ma faute. Je me suis laissé convaincre par la banque d'emprunter pour faire des placements à risques. C'est le genre de truc qu'on ne peut faire que si on a un capital. Et maintenant, je n'ai plus rien.

– La banque devrait couvrir elle-même ce genre de déficit, je trouve », s'insurgea Carl.

Il avait entendu quelqu'un dire ça aux infos.

Laursen acquiesça. Il devait être du même avis. Et le voilà de retour à la case départ. Tout en bas de l'échelle. Employé à la cantine, à confectionner des *smørrebrød*[1] et à faire la plonge. Lui qui avait été l'un des meilleurs techniciens de la police scientifique. Quel gâchis !

« Mais je suis content, dit Laursen. Je retrouve les vieux copains de l'époque où je travaillais sur le terrain, et je ne suis plus obligé d'y retourner avec eux. » Il eut le sourire un peu amer que Carl n'avait pas oublié. « Tu sais, Carl, j'en avais marre de ce boulot. En particulier quand il fallait passer des nuits entières à chercher des morceaux de cadavres à droite, à gauche. Il ne s'est pas passé une journée pendant les cinq ans où j'ai travaillé ici sans que je me dise au moins une fois que j'allais me tirer. Le fric m'a juste aidé à le faire, même si je l'ai perdu ensuite. On peut aussi voir les choses sous cet angle-là, tu comprends ? À quelque chose malheur est bon, comme on dit. »

Carl hocha longuement la tête. « Évidemment, tu ne connais pas encore Hafez el-Assad, mais moi qui commence à cerner un peu le personnage, je ne pense pas qu'il t'ait fait descendre ici pour parler du menu de la cantine et t'inviter à partager un thé à la menthe avec un ancien collègue.

– Non, je sais. Il m'a parlé de la bouteille à la mer. Je sais pourquoi je suis là. Je peux voir la lettre ? »

Ça alors… !

---

1. Spécialité danoise faite de tranches de pain couvertes de diverses garnitures.

Laursen s'assit tandis que Carl sortait la lettre du dossier. Assad s'éclipsa mais il revint une minute plus tard avec un plateau en cuivre finement ciselé sur lequel étaient posées trois petites tasses. Un puissant parfum de menthe envahit le bureau. « Je suis sûr que vous allez aimer ce thé », affirma Assad en versant le breuvage dans les tasses. « C'est bon pour tout, le thé à la menthe. Même pour ça », ajouta-t-il en se soulevant les couilles d'un geste sans équivoque. Laursen alluma une lampe d'architecte qu'il approcha pour qu'elle éclaire bien le document.

« Qui a fait la préparation ? On vous l'a dit ?

– Un laboratoire à Édimbourg en Écosse », répondit Assad.

Il avait sorti le compte rendu d'expertise avant même que Carl ait réussi à se rappeler où il l'avait fourré.

« Voici l'analyse, alors, dit Assad en posant le document devant Laursen.

– D'accord », déclara Laursen au bout de quelques minutes. « Je vois que c'est Gilliam Douglas qui a fait le boulot.

– Tu le connais ? »

Laursen regarda Carl comme une petite fille de cinq ans à qui on aurait demandé si elle connaissait Britney Spears. Le regard était loin d'être flatteur, mais il inspira à Carl une certaine curiosité. Qui diable pouvait bien être ce Gilliam Douglas, à part un type qui avait eu la malchance de naître du mauvais côté de la frontière entre l'Angleterre et l'Écosse ?

« Je ne pense pas vous être d'une grande utilité dans le cas présent », dit Laursen en portant la minuscule tasse à ses lèvres avec deux doigts énormes. « Mes collègues écossais ont fait tout ce qui était en leur pouvoir pour conserver le papier et faire apparaître le texte. Ils se sont servis de rayons laser et de produits chimiques. Ils ont découvert de minuscules traces d'encre d'imprimerie, mais apparemment, ils ne sont arrivés à aucune conclusion en ce qui concerne l'origine du papier. En fait, ils nous ont laissé tirer les conclusions nous-mêmes. Vous avez montré tout ça au labo de la police scientifique de Vanløse ?

— Non, mais j'ignorais que l'expertise n'était pas terminée », répondit Carl à contrecœur.

Il ne pouvait s'en prendre qu'à lui.

« C'est pourtant écrit là. » Laursen montrait la dernière ligne du résultat d'analyse.

Comment avait-il fait pour rater ça ? Merde !

« Rose m'en avait parlé, Chef. Mais elle pensait que ça ne nous servirait à rien de savoir d'où venait le papier, alors, précisa Assad.

— Je crois qu'elle a commis une grave erreur de jugement. Voyons un peu. »

Laursen se leva de sa chaise et mit une main dans sa poche. Une opération délicate vu la taille de la main et l'étroitesse de son jean.

Carl avait souvent eu l'occasion de voir la loupe qu'il finit par extraire. Il s'agissait de ces petits compte-fils de forme carrée qu'il faut déplier avant de les poser sur l'objet qu'on veut observer. On aurait dit la partie inférieure d'un microscope. Un outil de prédilection pour philatélistes et autres maniaques, mais en vertu de ses caractéristiques professionnelles et en particulier de sa lentille ultraperfectionnée de chez Zeiss, un must pour un technicien tel que Laursen.

Il posa l'instrument sur le document en poussant de petits grognements au fur et à mesure qu'il le déplaçait sur les lignes. Il travaillait méthodiquement, observant une ligne à la fois de gauche à droite sans en sauter une seule.

« Vous arrivez à voir d'autres lettres à travers ce bout de verre ? » lui demanda Assad.

Laursen secoua la tête mais ne répondit pas.

Quand il fut arrivé à la moitié de la lettre, le besoin de fumer commença à titiller Carl.

« J'ai un truc à faire. Je reviens », déclara-t-il.

Il aurait aussi bien pu parler aux murs.

Il s'assit sur une table dans le couloir et se perdit dans la contemplation de toute la technologie inutile qui encombrait les lieux. Scanner, photocopieuses, etc. Agaçant. Un jour il faudrait quand même qu'il obtienne de Rose qu'elle finisse son boulot avant de se tirer en laissant tout en plan. Mauvaise gestion des ressources humaines.

C'est dans cet état frustrant d'autocritique qu'il entendit un vacarme venant de l'escalier qui lui fit penser à un ballon de basket qui dégringolerait marche après marche au ralenti, suivi par une brouette dont la roue serait dégonflée. Et soudain apparut ce qui ressemblait à une mamie fraîchement descendue du ferry entre Malmø et Copenhague, où elle serait allée faire ses courses. Avec ses chaussures à hauts talons, sa jupe plissée écossaise et son chariot de commissions multicolores, on aurait dit la caricature d'une ménagère des années cinquante. Et au sommet de cette créature improbable, Carl découvrit la copie exacte de la tête de Rose en blonde peroxydée et permanentée. Il eut l'impression de se retrouver devant un film avec Doris Day dans un cinéma sans issue de secours.

Quand il arrive un truc pareil à quelqu'un qui fume des cigarettes sans filtre, il ne manque pas de se brûler.

« Aïe ! » s'exclama-t-il en jetant son mégot aux pieds de l'apparition bariolée.

« Yrsa Knudsen », dit-elle simplement en tendant vers lui une main aux ongles rouge vif.

Il n'aurait jamais cru que des sœurs jumelles pouvaient se ressembler autant et être aussi différentes à la fois.

Il s'était promis de prendre les commandes avec l'intérimaire dès son arrivée, mais quand elle lui demanda où se trouvait son bureau, il se contenta de lui indiquer mollement la porte juste après le panneau de feuillets A4 qu'Assad avait accroché au mur. Il avait complètement oublié ce qu'il avait eu l'intention de lui dire. Qui il était, quelle était sa fonction, plus toute une série de remontrances afin de lui faire comprendre que la façon dont elles s'étaient organisées entre sœurs allait à l'encontre de tout règlement, et qu'elles devraient y mettre un terme au plus vite.

« Je m'attends à un rendez-vous dans votre bureau pour un débriefing, disons dans une heure ? Quand j'aurai fini de m'installer. À tout à l'heure ! » dit la créature avant de disparaître dans le bureau de Rose.

« C'était quoi ? » demanda Assad, quand Carl revint dans son bureau.

Carl lui décocha un regard furibond. « Ça ! C'est ce que j'appellerais un problème. Et je dirais même : *ton* problème. Dans moins d'une heure, je veux que tu aies mis cette Yrsa au courant des affaires en cours. Tu m'as compris ?

– C'était Yrsa, alors, la fille qui vient de passer ? »

Carl ferma les yeux d'un air las en guise de réponse. « Nous sommes bien d'accord ? Je compte sur toi pour tout lui expliquer, Assad. »

Il se tourna vers Laursen qui avait quasiment terminé son examen minutieux du document. « Alors, tu trouves quelque chose ? »

Le technicien de la police scientifique devenu fabricant de pommes frites hocha la tête et désigna deux items presque invisibles, qu'il avait posés sur un petit morceau de plastique.

Carl s'approcha. Effectivement, en regardant bien, il vit une minuscule écharde de l'épaisseur d'un cheveu, ainsi qu'un objet rond, plat et quasi transparent.

« Ceci est une écharde de bois », indiqua Laursen en la montrant du doigt. « Je pense qu'elle provient de l'outil qui a été utilisé pour écrire le message parce qu'elle était enfoncée dans le papier dans le sens des lettres. Et ça, c'est une écaille de poisson. »

Il se redressa de la position inconfortable qu'il avait adoptée pour travailler et fit tourner ses épaules pour les décontracter. « On en saura plus en envoyant les éléments à Vanløse, Carl. Les connaissant, ils devraient être capables de nous dire assez vite de quelle essence de bois il s'agit. Bien sûr, pour déterminer la variété de poisson à partir de cette écaille, il faudra t'adresser à un biologiste marin.

– C'est intéressant de le voir travailler, cet homme, commenta Assad. C'est un collègue habile que nous avons là, Chef, alors ! »

Habile. Est-ce qu'Assad avait vraiment dit « habile » ?

Carl se gratta la joue. « Et à part ça, Laursen, tu peux nous en dire plus ?

– Étrangement, je n'arrive pas à voir si celui qui a écrit est droitier ou gaucher, ce qui ne m'est jamais arrivé, je crois. Sur un papier aussi poreux, je devrais voir facilement les lignes ascendantes dans l'une ou l'autre direction. J'en conclus que cette lettre a été rédigée dans des conditions difficiles. Peut-être sur un support instable, ou par quelqu'un qui avait les mains attachées. Ou peut-être par une personne qui n'écrit pas souvent. Sinon, je suppose que le papier utilisé a servi à emballer du poisson. Je remarque des traces gluantes, probablement de la gélatine de poisson. Nous savons que la bouteille était étanche, les traces de poisson ne sont donc pas arrivées là pendant son séjour dans l'eau. En ce qui concerne les ombres qu'on distingue sur la feuille, je ne suis pas très sûr. Le papier était peut-être déjà légèrement moisi ou bien les taches sont arrivées pendant qu'il se trouvait dans la bouteille.

– Intéressant ! Et globalement, qu'est-ce que tu penses de tout ça ? Ça vaut la peine de continuer l'enquête, ou c'est juste une plaisanterie de gamin ?

– Une plaisanterie de gamin ! » Laursen crispa la lèvre supérieure, révélant deux incisives qui se chevauchaient légèrement. Ce n'était pas un sourire. Plutôt une indication qu'il fallait écouter attentivement ce qu'il allait dire. « Les creux du papier révèlent une écriture tremblante. L'écharde qui est là a laissé une trace profonde et étroite avant de se casser. À certains endroits, les caractères sont gravés si fort qu'on croirait une impression sur un disque vinyle. » Il secoua la tête. « Non, Carl. Il ne s'agit pas d'une plaisanterie. Ce message a été écrit d'une main tremblante. Peut-être à cause des circonstances, mais peut-être aussi parce que l'auteur était mort de trouille. Si tu veux mon avis, c'est du sérieux. Mais bien sûr, on ne peut jamais savoir. »

Assad intervint : « Maintenant que vous avez observé les lettres et les rayures dans le papier aussi attentivement, vous arrivez à en voir d'autres ?

– Oui, quelques-unes. Mais seulement jusqu'à l'endroit où la pointe de l'outil qui a servi à écrire s'est brisée. »

Assad lui tendit une copie de la grande lettre affichée sur le mur du couloir.

« Vous ne voudriez pas ajouter les lettres qui manquent s'il vous plaît ? »

Laursen acquiesça et posa à nouveau sa loupe sur le document original. Après avoir étudié soigneusement les premières lignes il dit : « Moi, je verrais bien quelque chose comme ça, mais je n'en mettrais pas ma main à couper. »

Il ajouta quelques chiffres et quelques lettres ici et là, ce qui donna le texte suivant :

AU SECOURS

.e .6 fé. rié 1996 n... ...... .té enle. é

.. .ou. a pri. prè. de l'ar. é de b.. de .aut. opv... . Bal... ru.

l'hom.. me.... 18. .. . ... ... veu c... ts

Ils regardèrent un long moment le fruit de son apport avant que Carl ne rompe le silence.

« 1996 ! Ce qui signifie que cette bouteille est restée dans l'eau pendant six ans avant d'être repêchée. »

Laursen confirma d'un hochement de tête. « Oui, en ce qui concerne la date, je suis assez sûr de moi, bien que les 9 aient été tracés à l'envers.

— C'est peut-être pour ça que tes confrères écossais n'ont pas réussi à la déchiffrer. »

Laursen haussa les épaules. C'était sans doute pour ça.

Assad les observait, l'air soucieux.

« Qu'est-ce qui ne va pas, Assad ? s'enquit l'expert.

— C'est juste que... on est dans la merde, alors ! » répondit-il en montrant trois mots de la lettre.

Carl les examina avec attention, se demandant où il voulait en venir.

« Si nous ne réussissons pas à déchiffrer d'autres mots que ceux-là, ça va être très difficile », expliqua Assad.

Carl vit soudain où il voulait en venir. Entre tous, il avait fallu que ce soit lui qui voie le problème en premier. Lui qui ne vivait dans ce pays que depuis quelques années. Incroyable.

Les trois mots qu'Assad venait tout juste de comprendre étaient écrits de manière quasiment phonétique : févrié, prè, arré...

Celui qui avait envoyé ce message n'avait pas d'orthographe.

## 11

Ils n'entendaient pas un bruit dans le bureau de Rose et c'était tant mieux. À ce rythme-là, ils allaient pouvoir renvoyer Yrsa chez elle dans trois jours et Rose serait obligée de revenir.

Yrsa leur avait dit qu'elles avaient besoin du salaire de Rose pour vivre.

Après avoir vérifié qu'il n'y avait dans les archives aucune trace d'un enlèvement d'enfant ayant eu lieu en février 1996, Carl appela l'inspecteur Antonsen au commissariat de Rødovre à propos de l'incendie. Il préférait s'adresser à un homme de terrain de la vieille école plutôt qu'à un rond-de-cuir comme Yding. Pourquoi cet imbécile n'avait-il rien précisé sur la situation financière de la société dans le rapport de l'époque ? C'était incompréhensible. Aux yeux de Carl, il s'agissait tout simplement d'une faute professionnelle. La compagnie du gaz ayant affirmé que le gaz avait été coupé, on était en droit de se demander ce qui avait pu provoquer une explosion aussi violente. Et tant qu'on se posait ce genre de question, on ne pouvait pas exclure un incendie d'origine criminelle, et aucune piste ne devait être écartée.

« Tiens, tiens, tiens », dit Antonsen quand on lui passa la communication. « Aurais-je l'honneur de parler à M. Carl Mørck en personne ? Spécialiste des affaires dont plus personne n'a rien à foutre ? ricana-t-il. Alors, raconte ? Tu as retrouvé l'assassin de l'homme de Néandertal ?

— Absolument, et celui d'Erik Klipping[1] également, répondit Carl. Et je crois même que nous sommes sur le point d'élucider une de vos affaires. »

Antonsen gloussa. « Je suis au courant, j'ai eu Marcus Jacobsen au téléphone hier. Tu veux que je te parle de l'incendie de 1995, je suppose. Tu n'as pas lu le dossier ? »

Carl résista à l'envie de balancer quelques gros mots que le vieil Antonsen lui aurait probablement renvoyés au centuple. « Je l'ai lu. Et franchement ce rapport était un vrai torchon. C'est quelqu'un de chez toi qui a pondu cette merde ?

— Arrête, Carl. Yding a fait du bon boulot sur cette enquête. Qu'est-ce que tu veux savoir de plus ?

— Par exemple, j'aurais bien aimé avoir un peu plus d'informations sur la situation financière de l'entreprise qui a brûlé à l'époque, et ça ne figure nulle part dans le prétendu bon boulot de ton cher collaborateur.

— Bon, ça va. Je pensais bien que c'était à ça que tu faisais allusion. Je crois qu'on peut te trouver quelque chose là-dessus. Il y a eu un audit sur la société quelques années après et ça a donné lieu à une plainte. Elle n'a mené à rien mais elle nous a permis d'en savoir un peu plus sur la boîte en question. Je te le faxe ou tu veux que je me traîne sur les genoux jusqu'à ton trône pour le déposer à tes pieds ? »

Carl apprécia la plaisanterie. Ce n'était pas si souvent qu'il tombait sur quelqu'un qui soit capable de lui renvoyer la balle.

« Non, Anton. Je viens te voir. Tu peux préparer le café.

1. Roi du Danemark assassiné en 1286.

– Alléluia ! » répondit l'inspecteur Antonsen sans se fendre d'un « à tout à l'heure », ou de quelque autre formule d'adieu.

Carl resta scotché un petit moment devant l'écran plat qui diffusait en boucle le reportage de TV2 sur le meurtre absurde de Mustafa Hsownay, une énième victime innocente de la guerre des gangs qui faisait rage à Copenhague. Apparemment la police avait maintenant autorisé le cortège mortuaire à traverser les rues de la ville. Une initiative qui risquait de ne pas plaire à tout le monde.

Il entendit un grognement venant de la porte de son bureau. « Alors ? On ne va pas bientôt me donner quelque chose à faire ? »

Carl sursauta. Au département V, personne ne se déplaçait sans faire de bruit. Si cette grande perche d'Yrsa devait traverser le sous-sol comme un troupeau de gnous pour se glisser ensuite dans son bureau comme une petite souris, le système nerveux de Carl n'y résisterait pas.

« Beurk, une mouche à merde ! » dit-elle en agitant la main au-dessus de sa tête. « J'ai horreur de ça. C'est dégueulasse. »

Carl suivit l'insecte des yeux. Il se demanda où elle était restée cachée tout ce temps. Il prit une chemise cartonnée sur son bureau. Cette fois il allait lui régler son compte.

« J'ai fini de m'installer. Vous voulez venir voir ? » lui demanda Yrsa d'une voix qui ressemblait incroyablement à celle de Rose.

Voir comment elle était installée ? Qu'est-ce qu'il en avait à foutre !

Il laissa la mouche à son destin de mouche et se tourna vers elle.

« Alors comme ça, tu as envie de travailler ? Bien. Remarque, c'est pour ça que tu es là. Alors, tu vas appeler le service des impôts des entreprises et tu vas leur demander une copie des bilans sur cinq ans pour les sociétés suivantes : K. Frandsen, Public Consult et JPP, quincaillerie en gros. J'ai besoin d'avoir une idée de leur ligne de crédit ainsi que de leur endettement à court terme. Je compte sur toi. » Il nota le nom des trois sociétés sur un post-it.

Elle lui jeta le même regard que s'il avait proféré une obscénité. « Euh, je préférerais ne pas appeler si ça ne vous ennuie pas. »

Ça commençait bien.

« Et pourquoi donc, si je peux me permettre ?

– Parce que ça ira beaucoup plus vite sur le Net et que je n'ai pas envie de poireauter au téléphone, surtout que les bureaux administratifs ferment dans vingt minutes. »

Carl s'efforça de détourner les yeux quand son ego alla s'abîmer dans les plis de la jupe de sa nouvelle recrue. La demoiselle méritait peut-être qu'on lui donne sa chance, après tout.

« Chef, venez voir ça ! » s'écria Assad depuis le pas de la porte. Il s'effaça poliment pour laisser passer Yrsa. « Je viens de passer un long moment à examiner le texte de la lettre. » Il s'approcha de Carl et posa la photocopie du message sous les yeux de Carl. « J'ai fini par me convaincre que c'est écrit Ballerup sur la troisième ligne, alors j'ai regardé sur un plan de cette ville et j'ai découvert que la seule rue qui peut coller avec le mot juste avant, celui qui précède Ballerup, est une rue qui s'appelle Lautrupvang. Alors c'est vrai que le type a écrit Lautrop avec un "o", mais comme il n'est pas très fort en orthographe, c'est possible qu'il se soit trompé. »

Il suivit un moment des yeux la mouche qui était en pleine démonstration d'acrobatie aérienne sous le plafond puis se tourna à nouveau vers Carl.

« Alors, Chef ? Vous croyez que j'ai raison ? » Il posa le doigt sur le passage concerné. On pouvait désormais lire :

### AU SECOURS

le .6 févrié nous avons été enlevé
il nous a pris prè de l'arré de bus de Lautropvang à Ballerup
l'homme mesure 1,8 .. . ... ...veu c...ts

Carl hocha la tête. Ce texte était plausible, indéniablement. Et si c'était effectivement ce que l'auteur avait voulu écrire, il n'y avait plus qu'à replonger dans les archives.

« Vous dites oui avec la tête. Alors vous y croyez ? Oh ! je suis content, Chef », s'exclama Assad en se jetant au-dessus du bureau pour déposer un gros smack sur le crâne de Carl qui eut un mouvement de recul et lui envoya un regard furieux. Les pâtisseries baignant dans la mélasse et le thé au sirop de sucre, passe encore, mais les débordements affectifs à l'orientale, il ne fallait tout de même pas exagérer !

« Nous savons maintenant que ça s'est passé le 16 ou le 26 février 1996 », poursuivit Assad sans se formaliser de la réaction de Carl. « Nous savons à quel endroit et aussi que le kidnappeur est un homme qui mesure un mètre quatre-vingts ou plus. Il ne nous manque plus que quelques mots sur cette ligne qui parlent de ses cheveux.

– C'est ça, Assad, et accessoirement tout le reste, soit environ soixante-cinq pour cent du contenu de la lettre. »

Cependant, il devait admettre que dans l'ensemble c'était du bon travail.

Carl prit la feuille et alla regarder la copie agrandie dans le couloir. S'il croyait Yrsa plongée dans la comptabilité des trois entreprises sinistrées, il se trompait lourdement. En réalité, elle était plantée au milieu du corridor, imperméable au monde alentour, absorbée dans la contemplation du message de la bouteille.

« Merci, Yrsa, ça on s'en occupe », déclara Carl. Yrsa ne bougea pas d'un millimètre.

Fort de son expérience avec la sœur jumelle, il haussa les épaules et n'insista pas. Tôt ou tard, elle finirait bien par avoir mal à la nuque à rester ainsi la tête en l'air.

Du coup, Carl et Assad vinrent se joindre à elle. Si l'on regardait attentivement les propositions d'Assad et qu'on les superposait avec la version murale à laquelle il manquait pas mal de lettres, on avait l'impression de voir apparaître certains caractères qui, s'ils leur avaient paru flous jusque-là, semblaient maintenant plus ou moins lisibles.

Il n'y avait pas dire, le texte d'Assad tenait la route.

« Il n'est pas impossible que tu aies vu juste, Assad. Tes idées sont loin d'être stupides », le complimenta Carl avant de lui demander d'aller vérifier dans les archives s'il n'y avait pas trace d'une plainte pour kidnapping émanant d'une famille résidant sur Lautrupvang à Ballerup, déposée en 1996.

Le temps de faire l'aller-retour à Rødovre, Carl aurait la réponse.


Antonsen l'attendait dans son petit bureau plongé dans un brouillard politiquement incorrect de fumée de pipe et de cigarillos. Personne ne le voyait jamais fumer mais il ne faisait aucun doute qu'il était fumeur. La rumeur prétendait qu'il restait au commissariat jusqu'à ce que tout le personnel administratif soit parti pour pouvoir crapoter en paix. Il y avait plus d'un an que sa femme annonçait à qui voulait l'entendre qu'il avait arrêté de fumer. Mais apparemment, elle était mal informée.

« Voici l'audit qui a été fait sur la boîte à Damhusdalen », annonça Antonsen en tendant à Carl une chemise plastifiée. « Comme tu peux lire sur la couverture, il s'agit d'une société d'import-export dont les actionnaires résidaient en ex-Yougoslavie. Ils ont dû avoir un peu de mal à restructurer l'entreprise quand ça a pété là-bas dans les Balkans, et que tout s'est cassé la gueule. Aujourd'hui Amundsen & Mujagic est une boîte florissante, alors qu'ils sont repartis de zéro après l'incendie. Nous n'avons rien découvert de louche à l'époque et rien ne nous pousse à croire qu'il y ait un problème aujourd'hui. Cela dit, si tu as quelque chose à ajouter à ce sujet, je suis tout ouïe.

– Amundsen & Mujagic. C'est un nom yougoslave ça, Mujagic ? demanda Carl.

– Yougoslave, croate, serbe, c'est du pareil au même. Je ne crois même plus qu'il y ait un Amundsen ou un Mujagic dans l'organigramme de nos jours, mais tu peux toujours aller te renseigner si t'as que ça à faire.

– Écoute, je n'en sais rien… »

Carl se tortilla un peu sur sa chaise et regarda son ancien collègue.

Antonsen était un bon flic. Il avait quelques années de plus que Carl et il avait toujours touché un salaire légèrement plus élevé que lui, mais cela ne les avait pas empêchés de faire du bon travail ensemble. Ils savaient qu'ils étaient faits du même bois.

Personne ne leur avait jamais fait prendre des vessies pour des lanternes et ils n'étaient pas non plus du genre à marcher à la flagornerie et au copinage. Il n'y avait pas moins ripoux, moins lèche-bottes et plus intègre que ces deux-là. C'est d'ailleurs pour ça qu'Antonsen n'était pas commissaire divisionnaire et que Carl avait préféré ne pas devenir commissaire du tout. Et c'était très bien comme ça.

En fait, il n'y avait qu'un seul petit problème entre eux et c'était ce fichu sinistre. Car rien n'avait changé depuis lors. C'était toujours Antonsen qui menait la barque.

« Je ne peux pas m'empêcher de penser que la clé de l'énigme que posent les incendies qui se sont produits à Copenhague ces derniers jours se trouve dans le dossier de sinistre de Rødovre, insista Carl. Dans les décombres on avait trouvé à l'époque un cadavre avec sur l'os de l'auriculaire une trace laissée par une bague que son propriétaire devait porter depuis de nombreuses années. On a découvert le même détail tout de même assez caractéristique sur les corps à moitié carbonisés retrouvés sur les lieux des récents sinistres. Ça ne peut pas être un hasard. Alors, je suis obligé de te demander si cette enquête a été menée sérieusement, Anton. Je te pose la question franchement, tu me réponds en ton âme et conscience. Et si tu le penses sincèrement, je laisserai tomber. Mais tu comprends, il faut que je sache ! Est-ce que tu as quelque chose à voir avec cette entreprise ? Est-ce que tu as un lien quelconque avec Amundsen & Mujagic qui explique- rait pourquoi l'enquête a été menée de la façon dont elle a été menée à l'époque par les gens qui s'en sont occupés ?

– Tu es en train de me traiter de ripoux, Carl Mørck ? »

Les traits du visage d'Antonsen se creusèrent. Sa jovialité disparut.

« Non. Mais je ne comprends pas pourquoi vous n'avez pas pu déterminer l'identité de la victime ni ce qui avait pro- voqué l'incendie.

– En fait, tu me soupçonnes d'avoir fait obstruction à une enquête dont j'étais responsable ? »

Carl le regarda droit dans les yeux. « Oui, je suppose que c'est ce que je suis en train de faire. Alors c'est le cas, ou pas ? Juste pour me donner un nouvel angle et pour savoir où je mets les pieds ! »

Antonsen tendit une canette de bière blanche à Carl. Il n'y toucherait pas avant d'en avoir terminé avec cette conversation. Le vieux renard but une longue gorgée de la sienne, puis il s'essuya la bouche et se mordit les lèvres avant de répondre : « À vrai dire, ce n'était pas une affaire très importante, Carl. Une toiture brûlée et un SDF décédé, rien d'autre. Je t'avoue que je l'ai traitée un peu par-dessus la jambe, mais pas pour les raisons que tu crois.

— Et on peut savoir pourquoi, alors ?

— Parce que Lola s'envoyait en l'air avec un autre type du commissariat à l'époque, et que j'ai bu comme un trou pour passer la vague.

— Lola ? Non !

— Si. Mais écoute-moi, vieux. Ma femme et moi avons réussi à nous en sortir. Et tout va bien entre nous maintenant. Seulement je ne me suis pas beaucoup occupé de cette enquête, ça je te l'accorde.

— OK, Anton. Je te crois. On n'en parle plus. »

Carl se leva et jeta un coup d'œil à la pipe de son vieux collègue qui gisait comme une épave échouée en plein désert. Elle n'allait probablement pas tarder à être renflouée. Pendant les heures de travail ou en dehors s'il le fallait.

Antonsen le rattrapa au moment où il passait la porte. « Euh... encore une chose. Tu te souviens l'été dernier quand il y avait eu cet assassinat dans une tour HLM à Rødovre ? Je vous avais prévenus que si vous n'étiez pas gentils avec Samir Ghazi à l'hôtel de police, vous auriez affaire à moi. Il paraît que Samir a demandé sa mutation pour revenir chez nous. » Il prit sa pipe et se mit à l'astiquer. « Tu as une idée de ce qui l'a poussé à faire ça ? Il n'a rien voulu me dire mais si mes informations sont bonnes, Jacobsen était content de lui.

– Samir ? Non. Je ne vois pas. Je le connais à peine, tu sais.

– Bon. Tant pis. Mais, d'après ce que j'ai entendu, les gars de la criminelle n'ont pas compris non plus. D'après eux, il y aurait eu un problème avec un gars de chez toi. Ça ne te dit toujours rien ? »

Carl réfléchit. Pourquoi cela aurait-il à voir avec Assad ? Il avait tout fait pour ne pas croiser le nouvel inspecteur depuis le jour de son arrivée.

À présent c'était Carl qui se mordait la lèvre. Pourquoi Assad s'était-il donné autant de mal pour l'éviter, au fait ?

« Je te promets de me renseigner, mais là, comme ça, je ne vois pas. Peut-être que Samir avait juste envie de revenir bosser avec le meilleur chef de brigade du pays, tu ne crois pas ? » Il fit un petit clin d'œil à Antonsen. « Tu salueras Lola de ma part, d'accord ? »

Quand il rentra à l'hôtel de police, Yrsa était toujours debout au milieu du corridor, à l'endroit même où il l'avait laissée : plantée devant la gigantesque photocopie réalisée par Rose. Elle semblait plongée dans une profonde réflexion, une jambe repliée sous sa jupe tel un flamant rose, presque en état de transe. Si l'on faisait abstraction des vêtements, c'était *Rose : le retour*. Flippant.

« Tu as fini avec les bilans comptables ? » lui demanda-t-il.

Elle le regarda d'un air absent tout en se tapotant le front avec le bout d'un crayon. Il n'aurait même pas pu affirmer qu'elle avait remarqué sa présence.

Il respira à fond et réitéra sa question de toute la force de ses poumons. Elle sursauta légèrement mais ce fut tout.

Mais alors qu'il s'apprêtait à repartir, complètement décontenancé par ces deux frangines bizarroïdes, elle lui répondit avec un calme olympien et ses mots avaient la clarté de l'eau de source.

« Je suis championne de mots croisés et de Scrabble. Je déchiffre sans difficulté n'importe quel rébus, test de QI ou grille de sudoku. J'écris des vers et je compose des chansons personnalisées pour les noces d'argent, les confirmations, les anniversaires et les jubilés de mes amis. Mais là, je suis un peu perdue. »

Elle se tourna vers Carl. « Est-ce que vous ne voudriez pas me laisser tranquille un petit peu pour que je puisse me concentrer sur cette épouvantable lettre ? »

D'accord… Elle était restée là pendant tout le temps qu'il lui avait fallu pour se rendre à Rødovre, parler avec Antonsen et revenir. Et elle lui demandait de la laisser tranquille ? Elle pouvait fourrer ses fruits exotiques dans son horrible caddy et retourner à Vanløse ou au diable si elle voulait, avec sa jupe écossaise et sa cornemuse, cette foldingue.

Il contrôla son accès de rage et lui dit sur le même ton : « Ma très chère Yrsa, tu vas avoir la gentillesse de me rapporter ces documents munis de tes annotations afin que je sache où chercher les renseignements dont j'ai besoin, et ce avant que se soit écoulée la prochaine demi-heure, ou je demanderai à Lis au deuxième étage de te préparer ton solde de tout compte pour tes quatre heures de présence totalement inutiles. Et ne t'attends pas à toucher des indemnités ni quoi que ce soit de ce genre. Me suis-je bien fait comprendre ?

– Nom de Dieu ! Pardonnez le blasphème, mais qu'est-ce que vous vous exprimez bien ! » Elle lui fit un large sourire. « Au fait, je ne me souviens plus si je vous l'ai dit : cette chemise vous sied à ravir. Brad Pitt a la même. »

Carl baissa les yeux sur son horrible liquette achetée dans un supermarché. Il se sentait tout à coup comme un étranger dans son cher sous-sol.

Il partit se réfugier dans le cagibi qui servait de bureau à Assad et trouva ce dernier confortablement installé, les pieds sur le premier tiroir de sa table de travail et le téléphone collé à une joue rasée du matin, que bleuissaient déjà les poils de sa barbe. Dix stylos, probablement récupérés dans les affaires de Carl, s'étalaient devant lui, posés sur des feuilles couvertes de noms, de chiffres, et d'arabesques dans sa langue natale. Il parlait lentement, distinctement et dans un danois étonnamment pur. De son attitude émanaient calme et autorité naturelle. Sa microscopique tasse de café turc odorant fumait dans sa main gauche. Quelqu'un de moins bien renseigné que Carl l'aurait pris pour un tour opérateur d'Ankara en train d'affréter un jumbo-jet pour un groupe de trente-cinq magnats du pétrole.

Il se tourna vers Carl et lui fit un sourire qui n'allait pas jusqu'aux yeux. Apparemment lui aussi souhaitait qu'on lui fiche la paix.

C'était une mutinerie.

Il n'avait plus qu'à aller faire une sieste préventive dans le fauteuil de son propre bureau. Il pourrait toujours se projeter le film de l'incendie de Rødovre sur la face intérieure de ses paupières et espérer que l'enquête serait résolue quand il ouvrirait les yeux à nouveau.

Il eut juste le temps de s'asseoir et de poser ses jambes sur la table quand ce projet attrayant et excellent pour sa longévité fut interrompu par la voix de Laursen.

« Est-ce qu'il reste quelque chose de la bouteille, Carl ?

– Euh… la bouteille ? » Il ouvrit les yeux avec difficulté sur le tablier taché de Laursen. Il retira ses pieds du bureau. « Si tu parles des trois mille cinq cents débris qui ont chacun la taille d'un testicule de moustique, j'ai ça ici dans une poche en plastique. »

Il alla chercher le sac transparent et le colla sous le nez de Laursen. « Alors, qu'est-ce que tu en dis ? Tu peux tirer quelque chose de ça ? »

Laursen hocha la tête et montra à Carl un morceau un peu plus gros que les autres qui se trouvait tout au fond.

« Je viens de parler à Gilliam Douglas, l'expert écossais. Il m'a conseillé de récupérer le plus gros débris du cul de la bouteille et de faire une recherche d'ADN sur le sang qui se trouve dessus. C'est ce bout-là. Tu vois les traces de sang ? »

Carl faillit lui demander sa loupe, mais à vrai dire il voyait effectivement le sang à l'œil nu, bien qu'il n'y en ait pas beaucoup et qu'il semble très dilué.

« Pourquoi ? Ils ne l'ont pas fait, eux ?

– Non, il m'a dit qu'ils n'ont fait des prélèvements que sur la lettre elle-même. Il m'a dit aussi qu'il ne fallait pas se faire trop d'illusions.

– Parce que ?

– Parce qu'il n'y a pas grand-chose à prélever et aussi parce qu'il s'est passé beaucoup de temps. Enfin parce que les conditions à l'intérieur de la bouteille ainsi que son séjour dans l'eau de mer peuvent avoir endommagé la trace génétique qu'on aurait pu trouver. Le froid, la chaleur, un peu d'eau salée peut-être. Les variations de lumière. Tout cela laisse à penser qu'il ne reste plus le moindre ADN là-dessus.

– Et l'ADN se modifie ?

– Non. En fait, il ne se modifie pas, mais il se détruit. Et vu le nombre de facteurs qui ont pu y contribuer, je n'ai pas beaucoup d'espoir. »

Carl regarda à nouveau la petite tache sur le verre. « Et en imaginant qu'on découvre quand même de l'ADN sur ce morceau de verre ? On en fera quoi ? On ne va pas identifier un cadavre, on n'a pas de cadavre. On ne va pas comparer ses gènes avec ceux de sa famille puisqu'on ne sait pas qui ils sont. On ignore complètement qui a écrit cette lettre, alors je ne vois pas bien à quoi ça pourrait nous servir de toute façon.

– Peut-être à connaître la couleur de sa peau, de ses yeux et de ses cheveux. C'est utile, ça, non ? »

Carl acquiesça. Évidemment, ça valait la peine d'essayer.

Il savait que le personnel du service génétique de l'institut médico-légal était extraordinairement compétent. Il avait assisté à une conférence donnée par un de leurs professeurs. Si quelqu'un était capable de déterminer si la victime était un Groenlandais de Thulé, bègue, roux et boiteux, c'était bien eux.

« OK, embarque-moi ça et fonce », dit-il en donnant à l'ancien policier une tape sur l'épaule. « Je monterai manger un tournedos un de ces jours. »

Laursen sourit. « Alors n'oublie pas de passer chez le boucher avant ! »

## 12

Elle s'appelait Lisa, mais se faisait appeler Rakel. Elle avait été pendant sept ans la compagne d'un homme qui n'avait jamais réussi à lui faire un enfant. Elle avait vécu des semaines et des mois dans des huttes en torchis, d'abord au Zimbabwe puis au Liberia. Elle avait passé des centaines d'heures à faire la classe à des enfants bronzés qui lui souriaient de leurs dents blanches et à négocier avec les représentants locaux du NDPL, le parti démocratique du Liberia, puis avec les guérilleros de Charles Taylor. Elle avait prié pour la paix et l'intervention de l'aide internationale. Jeune institutrice fraîchement émoulue de Tvind, elle manquait probablement un peu d'expérience pour faire face aux nombreux écueils et à la violence auxquels on se trouve confronté dans certains pays d'Afrique noire.

Le jour où elle s'était fait violer par un groupe de soldats du NPFL, le Front national patriotique du Liberia, son compagnon n'était pas intervenu. Il l'avait laissée gérer le problème toute seule.

Ce qui avait sonné le glas de leur histoire.

Le soir même, elle sortit sur la véranda, tomba sur ses genoux écorchés, joignit ses mains ensanglantées, et l'impie qu'elle avait toujours été fut touchée par la grâce.

« Accordez-moi votre pardon, Seigneur, et faites que ce qui

vient de se passer n'ait aucune conséquence », pria-t-elle, les yeux levés vers un ciel d'un noir d'encre. « Donnez-moi une vie nouvelle. Une vie paisible auprès d'un homme bon qui me fera de nombreux enfants. Je vous en prie, mon Dieu. » Le lendemain, le sang se mit à couler de son ventre tandis qu'elle faisait sa valise et elle sut que Dieu l'avait exaucée. Ses péchés avaient été pardonnés.

Elle trouva de l'aide auprès d'une petite communauté récemment fondée dans la ville de Danané, en Côte-d'Ivoire. Tout à coup ils lui apparurent au bord de la route A701, avec leurs visages pleins de douceur. Ils lui proposèrent le gîte et le couvert. Depuis deux semaines elle marchait vers Baobli en se faufilant parmi d'autres réfugiés. Elle passa la frontière en leur compagnie. C'étaient des gens qui savaient qu'il faut du temps pour guérir ses plaies. Une nouvelle façon de vivre lui fut révélée. Le Seigneur avait entendu ses prières et lui avait montré le chemin qu'elle devrait suivre désormais.

Un an plus tard, elle retourna au Danemark. Elle avait exorcisé le Diable et son œuvre, et elle était prête à rencontrer l'homme qui la rendrait féconde.

Il s'appelait Jens mais se fit bientôt appeler Joshua. Le corps de Rakel sembla plein d'attraits à cet homme qui vivait seul dans le parc de machines agricoles que lui avaient légué ses parents, et Jens trouva aisément la foi entre ses cuisses.

Bientôt la communauté de Viborg put se féliciter de compter deux nouveaux membres et, dix mois plus tard, Rakel mettait au monde son premier enfant.

L'Église de la Sainte-Vierge lui avait offert la vie nouvelle dont elle rêvait et s'était montrée généreuse. Elle lui avait donné Joseph, dix-huit ans, Samuel, seize ans, Miriam, quatorze ans, Magdalena, douze ans, et Sarah, dix. Un enfant tous les vingt-trois mois.

Le moins qu'on puisse dire est que la Mère de Dieu savait répondre aux prières de ses ouailles.

Elle avait rencontré le nouveau venu à plusieurs reprises. Lors des services religieux, il les avait regardés, elle et ses enfants, avec de bons yeux tandis qu'ils chantaient les louanges de la Sainte Vierge. Toutes les paroles qui étaient sorties de sa bouche étaient des paroles bénies. Il leur avait paru sincère, aimable et d'une grande ferveur dans sa foi. De plus, il était bel homme et ne manquerait pas d'attirer une nouvelle femme de qualité dans leur communauté.

Tout le monde s'accordait à dire que sa venue était un cadeau du ciel. Joshua le considérait comme un honnête homme.

La quatrième fois que Rakel le vit en leur sein, elle fut persuadée qu'il avait l'intention de rester. Elle lui proposa de venir vivre avec eux à la ferme mais il déclina, arguant qu'il avait déjà un logement et qu'il cherchait activement une maison à acheter. En revanche, il comptait rester quelques jours dans la région et serait ravi de leur rendre visite à l'occasion.

Il avait donc l'intention de s'installer. La nouvelle fit le tour de la communauté comme une traînée de poudre, et intéressa tout particulièrement les femmes. Il avait de bonnes mains solides et il possédait une fourgonnette. Il serait très utile à ses nouveaux voisins. Il semblait également avoir une bonne situation et, en outre, il s'habillait avec goût et avait d'excellentes manières. Peut-être un futur prêcheur. Un missionnaire, qui sait ?

Il y avait tout intérêt à se montrer le plus accueillant possible envers un homme tel que lui.

Moins de quarante-huit heures plus tard, il frappait à leur porte. Malheureusement, il ne tombait pas très bien, elle était un peu patraque, elle avait la migraine et tous les signes annonciateurs de son cycle menstruel. Ce jour-là, elle avait surtout envie que ses enfants restent gentiment dans leurs chambres et que Joshua la laisse tranquille.

Mais Joshua avait ouvert sa porte au visiteur et l'avait invité à s'asseoir à la table en chêne de leur cuisine.

« Il ne faut pas laisser passer cette chance », lui avait-il chuchoté à l'oreille en lui demandant de se lever du canapé. « Juste un quart d'heure, Rakel, et tu pourras aller t'allonger de nouveau. »

Songeant à la communauté et au bien que pourrait faire un tel apport de sang neuf, elle le suivit dans la cuisine, la main posée sur le bas-ventre, persuadée que la Sainte Vierge avait sciemment choisi ce moment pour éprouver sa foi et pour lui faire comprendre que ses douleurs n'étaient qu'une caresse prodiguée par la main de Dieu. Sa nausée, le feu du sable du désert. Elle était une disciple et aucun obstacle terrestre ne devait se mettre en travers de son engagement.

C'était ce dont il s'agissait ici.

Elle alla donc à sa rencontre le sourire aux lèvres et le pria d'accepter les bienfaits du Créateur.

Il leur raconta en sirotant son café qu'il avait visité diverses propriétés à Levring et à Elsborg, et qu'il avait rendez-vous le surlendemain pour voir quelques biens intéressants à Ravnstrup et à Resen.

« Dieu du ciel ! » s'exclama Joshua en jetant à sa femme un regard contrit parce qu'elle détestait qu'il employât le nom du Seigneur en vain. « Resen, poursuivit-il, est-ce qu'il ne s'agirait pas d'une ferme qui se trouve sur la route du bois de Sjørup, par hasard ? C'est celle de Theodor Bondesen, n'est-ce pas ? Si c'est le cas, je pourrai vous aider à l'acheter au bon prix. Elle est inhabitée depuis au moins huit mois, si ce n'est plus. »

L'homme eut un léger rictus qui échappa à son mari mais qu'elle remarqua instantanément. Une expression qui n'aurait pas dû se trouver sur ce visage.

« Sur la route de Sjørup ? » dit l'homme, le regard fuyant. « C'est possible. Mais je vous en dirai plus lundi, quand j'aurai visité. » À présent, il était tout sourires. « Mais où sont vos enfants ? Ils font leurs devoirs peut-être ? »

Rakel hocha la tête. Leur invité semblait moins communicatif que d'habitude. Elle se dit pour la première fois qu'elle s'était peut-être trompée sur son compte. « Où habitez-vous actuellement ? » lui demanda-t-elle en le regardant dans les yeux. « À Viborg, si j'ai bien compris ?

— Tout à fait. L'un de mes anciens collègues a un appartement en centre-ville. Nous faisions des tournées ensemble jadis. À présent, il touche une pension d'invalidité.

— Je vois. Il s'est usé à la tâche comme beaucoup d'autres ! » commenta-t-elle en soutenant son regard.

Il avait ses yeux gentils maintenant. Il avait mis un peu de temps à se détendre. Mais bon, c'était peut-être un garçon réservé. Ce qui n'était pas forcément un défaut.

« Pas exactement, poursuivit-il. Dans un sens, j'aurais préféré que ce ne soit pas plus grave que cela, si j'ose m'exprimer ainsi. En fait, mon ami Charles a perdu un bras dans un accident de voiture. »

Il posa la tranche de sa main sur son bras pour montrer à quel niveau son ami avait dû être amputé et le geste la mit mal à l'aise. Cela lui rappelait de mauvais souvenirs. Il prit note de sa réaction et s'engouffra dans la brèche. « Oui, c'est une tragédie, mais il va s'en sortir. »

Tout à coup, il changea de sujet. « Au fait, après-demain, il doit y avoir une compétition de karaté à Vinderup. J'avais envie de proposer à Samuel de venir avec moi. Mais c'est peut-être un peu prématuré s'il a encore mal au genou. Comment va-t-il ? Il ne s'est rien cassé au moins en tombant dans cet escalier ? »

Elle sourit et tourna les yeux vers son mari. Toute leur Église était fondée sur la compassion. Comme disait leur prédicateur : « Prends la main de ton prochain et caresse-la doucement. »

« Il va bien, répondit Joshua. Son genou est aussi gros que sa cuisse, mais d'ici quelques semaines, il courra à nouveau comme un lapin. Vinderup, dites-vous ? Une compétition ? Voyez-vous ça ! » Son mari se frotta le menton. Il faisait toujours ça quand il réfléchissait. « Eh bien, nous poserons la question à Samuel, n'est-ce pas, Rakel ? »

Elle acquiesça. S'il promettait de le ramener avant l'heure de la sieste, elle trouvait que c'était une excellente idée. Il pourrait même emmener tous les enfants s'ils en avaient envie.

Il eut l'air désolé. « J'en serais ravi mais je n'ai que trois places à l'avant de la fourgonnette, et je n'ai pas le droit de transporter du monde à l'arrière. Je peux en prendre deux, si vous voulez. J'emmènerai les autres la prochaine fois que l'occasion se présentera ! Vous croyez que ça ferait plaisir à Magdalena ? Elle a l'air d'être une jeune fille pleine d'énergie. Et elle semble bien s'entendre avec son frère Samuel. »

Rakel sourit et son mari aussi. C'était bien observé et gentiment demandé. On aurait dit tout à coup qu'une véritable relation d'amitié s'était installée entre eux. Comment avait-il fait pour deviner à quel point elle tenait à ces deux-là en particulier ? Samuel et Magdalena. Ceux parmi ses cinq enfants qui lui ressemblaient le plus.

« Alors, c'est d'accord, Joshua ?

– C'est d'accord. »

Joshua était ravi. Lui, tant qu'il n'y avait pas de conflit à l'horizon, il était content.

Rakel tapota amicalement la main de leur invité, posée à plat sur la table. Elle la trouva étrangement froide.

« Je suis sûre que Samuel et Magdalena le seront aussi, ajouta-t-elle. À quelle heure devront-ils se tenir prêts à partir ? »

Il fit le calcul du timing en pinçant les lèvres. « La compétition commence à onze heures. Si je viens les chercher à dix, ça ira ? »

Un grand calme s'abattit sur la maison après qu'il fut parti. Il avait bu le café qu'ils lui avaient offert et ensuite il avait débarrassé sa tasse et l'avait rincée au-dessus de l'évier comme s'il n'y avait rien de plus naturel au monde. Il leur avait fait un sourire et les avait remerciés pour leur accueil. Et puis il avait dit au revoir et il était parti.

Elle avait toujours mal dans le bas du ventre mais sa nausée avait disparu.

L'amour de son prochain était la chose la plus merveilleuse qui soit. Peut-être le plus beau don que Dieu ait fait à l'humanité.

## 13

« Ce n'est pas bon, Chef », déclara Assad.

Carl ne savait pas du tout de quoi il parlait. Un sujet de deux minutes sur la chaîne info à propos de colis humanitaires pour une valeur de plusieurs milliards de couronnes l'avait projeté tout droit dans les bras de Morphée.

« Qu'est-ce qui n'est pas bon, Assad ? s'entendit-il répondre, comme si sa voix venait de très très loin.

– J'ai cherché partout et je suis sûr que personne n'a jamais porté plainte pour enlèvement dans ce secteur. Pas depuis qu'il y a une rue qui s'appelle Lautrupvang à Ballerup. »

Carl se frotta les yeux. Ce n'était pas très bon, effectivement. Sauf si le message dans la bouteille était une plaisanterie, bien sûr !

Assad se tenait face à lui avec son vieux canif planté dans une substance inqualifiable contenue dans une boîte en plastique dont l'étiquette était calligraphiée en arabe. Son visage prit une expression gourmande. Il coupa une lichette de la mystérieuse matière blanchâtre qu'il fourra dans sa bouche. Au-dessus de sa tête cette bonne vieille mouche vrombissait avec l'air particulièrement intéressé.

Carl leva les yeux. Il songea qu'il devrait peut-être essayer de rassembler un tout petit peu d'énergie pour se débarrasser de cette saleté.

Il tourna paresseusement la tête à la recherche d'une arme adéquate et la découvrit juste sous ses yeux, au milieu de la table. Il s'agissait d'une vieille bouteille de correcteur, fabriquée dans une matière plastique très dure qui ne manquerait pas d'être fatale à la mouche en cas de collision.

Mais il va falloir bien viser, eut-il tout juste le temps de penser avant de lancer l'objet et de constater que le bouchon n'avait pas été correctement revissé.

Le *splash* qui s'ensuivit fit se retourner Assad et ils purent contempler ensemble le liquide blanc et épais qui dégoulinait tranquillement sur le mur.

La mouche avait disparu.

« C'est très bizarre », marmonna Assad tout en mâchouillant. « Je m'étais imaginé dans ma tête que Lautrupvang était un endroit où les gens habitaient, mais en fait c'est une zone industrielle où il y a surtout des bureaux.

– Et alors ? demanda Carl tout en essayant de se souvenir à quoi lui faisait penser l'odeur du correcteur – à de la vanille, peut-être.

– Et alors il n'y a que des fabriques et des immeubles de bureaux, répéta Assad. À votre avis, qu'est-ce qu'il fichait dans ce coin-là, le type qui prétend qu'on l'a enlevé ?

– Il était sur son lieu de travail, je suppose. »

Le visage d'Assad se déforma en une expression de doute poli. « Je ne crois pas, Chef. Il écrit tellement mal qu'il ne sait même pas orthographier le nom d'une rue !

– C'était peut-être un étranger, Assad. »

Carl pivota légèrement pour rentrer le nom de la rue sur son PC.

« Regarde. Il y a plein d'endroits dans cette rue où un étranger aurait pu travailler ou être en apprentissage. Et même aller à l'école ! » Il désigna l'une des adresses. « L'école de

Lautrupgård par exemple. C'est une école pour les enfants qui ont des problèmes psychologiques et sociaux. Il pourrait bien s'agir d'une farce finalement. Tu vas voir qu'en déchiffrant la suite de la lettre, on va découvrir que c'était un élève qui cherchait noise à son prof ou une histoire de ce genre.

– Déchiffrer, chercher noise. De temps en temps vous employez des mots et des formules bizarres, Chef. Mais ce n'est pas grave. Alors, disons que l'auteur de la lettre travaillait dans le quartier ? Il y a beaucoup d'entreprises là-bas.

– Dans ce cas, tu ne crois pas que son employeur aurait signalé à la police la disparition de l'un de ses employés ? Je comprends où tu veux en venir, mais n'oublie pas que personne n'a jamais déposé plainte pour quoi que ce soit qui évoque de près ou de loin ce que suggère le contenu du message. Est-ce qu'il y a d'autres rues au Danemark qui s'appellent Lautrupvang, au fait ? »

Assad secoua la tête. « Vous voulez dire que vous ne croyez plus à un enlèvement ?

– C'est un peu ça.

– Je pense que vous vous trompez, Chef.

– Très bien. Alors je vais te poser une autre question, Assad. Admettons que ce kidnapping ait réellement eu lieu, qui te dit que la victime n'a pas été libérée après versement d'une rançon, peu de temps après l'enlèvement ? C'est une possibilité, non ? Et si c'est le cas, nous sommes dans l'impasse, n'est-ce pas ? Il n'y a peut-être que de très rares personnes qui l'ont su et on leur a probablement demandé de tenir leur langue. »

Pendant quelques secondes, Assad regarda Carl sans répondre, et puis il dit : « Vous avez raison, Chef. Nous ne savons pas ce qui s'est passé vraiment et nous ne le saurons jamais si nous abandonnons l'enquête. »

Il sortit de la pièce sans plus de commentaire, laissant son couteau et sa boîte de confiserie orientale sur le bureau de Carl. Quelle mouche l'avait piqué ? Est-ce qu'il l'avait vexé en parlant des étrangers et de leur orthographe ? Il avait le cuir plus dur que cela d'habitude. Ou bien était-il à ce point obsédé par cette affaire qu'il ne réussissait plus à penser à autre chose ?

Carl tendit l'oreille pour essayer d'entendre ce qu'Assad et Yrsa se disaient dans le couloir. À tous les coups ils étaient en train de casser du sucre sur son dos.

Et puis il se souvint de la question d'Antonsen et se leva de son fauteuil.

« Dites-moi, les tourtereaux, je peux vous déranger une minute ? » Il vint rejoindre ses deux collaborateurs devant la lettre gigantesque. Yrsa n'avait pas bougé depuis qu'elle lui avait remis les documents comptables des sociétés sinistrées. Elle avait passé au moins quatre ou cinq heures en tout devant cette lettre depuis le début de la journée. Et elle n'avait pas écrit un mot sur son calepin, qui gisait d'ailleurs, inutile, à ses pieds.

« Les tourtereaux ! Vous devriez tourner sept fois votre langue dans votre bouche avant de dire des bêtises, Carl », répliqua Yrsa avant de se replonger dans la lettre.

« Dis-moi, Assad, le commissaire Antonsen de Rødovre a reçu une demande de mutation de la part de Samir Ghazi. Il se demande pourquoi Samir veut nous quitter. Tu as une idée ? »

Assad le regarda avec l'air de ne pas comprendre mais il paraissait sur ses gardes. « Pourquoi je le saurais, alors ?

– J'ai remarqué que tu faisais tout pour l'éviter. Samir et toi n'êtes pas les meilleurs amis du monde, je me trompe ? »

Est-ce qu'il avait eu l'air vaguement contrarié ?

« Je ne le connais pas, pas vraiment en tout cas. Il doit juste avoir envie de retrouver son ancien poste, alors ! » Assad affichait maintenant un sourire un peu trop large. « Peut-être qu'il a envie de changer de crémerie parce que c'est trop dur ici ?

– Je vois. C'est ce que tu veux que je réponde à Antonsen ? »

Assad haussa les épaules.

« J'ai trouvé quelques mots de plus », annonça Yrsa subitement.

Elle alla chercher l'échelle et la mit en place.

« Je vais les noter au crayon pour qu'on puisse les effacer après », dit-elle perchée sur l'avant-dernière marche. « Alors ça donnerait ça. C'est juste une supposition. J'invente un peu après les mots *Il a*. Mais il n'y a pas beaucoup de mots qui se terminent par *veu* et qui puissent être courts, alors si Assad a raison, il ne peut s'agir que de cheveux ? L'auteur de la lettre a quelques problèmes d'orthographe, nous le savons, et le "x" a dû passer à la trappe. »

Assad et Carl échangèrent un regard. Ils ne lui avaient jamais parlé de ce détail.

« De la même façon, je crois que là où il a écrit *enac,* il faudrait rajouter un *é* ce qui donnerait *menacé.* »

Elle contempla son œuvre et ajouta : « *Ble* doit signifier *bleu,* mais le "u" a dû s'effacer. Regardez ce que ça donne. »

AU SECOURS

Le .6 févrié 1996 nous avons été enlevé
Il nous a pris prè de l'arré de bus de Lautropvang à Ballerup
l'homme mesure 18. Il a des cheveu courts........ ...... .... .......
il a une cicatrice......... l'........ droite
.. r.... dans un fourgon ble.

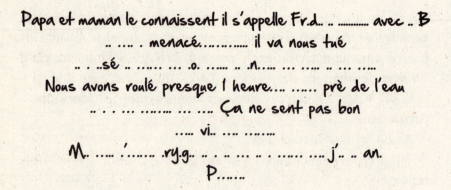

Papa et maman le connaissent il s'appelle Fr.d.. .. ............. avec .. B
.. .... . menacé............... il va nous tué
.. . ..sé .. ...... ... .o. ..... .. .n..... ... ..... .. ... .....
Nous avons roulé presque 1 heure.... ...... près de l'eau
.. . .... ......... ... .... Ça ne sent pas bon
..... vi.. .... ........
M. ..... '....... .ry.g .. .. ... .. ..... ....j'.. .. an.
P.......

Carl lut la lettre deux trois fois d'affilée. Le résultat était assez convaincant. Et le texte ressemblait de moins en moins à un règlement de comptes avec un prof ou à une vengeance contre quelqu'un qui aurait fait une crasse à l'auteur.

Mais même si l'appel à l'aide paraissait authentique, cela ne signifiait pas nécessairement qu'il l'était. Ils allaient devoir demander l'avis d'un expert. S'il affirmait que c'était le cas, certains passages devenaient franchement préoccupants.

Le message disait : *papa et maman le connaissent.* Ce n'est pas le genre de détail qu'on invente. Et enfin ce : *il va nous tuer.*

Même pas précédé d'un *peut-être.*

« Nous ne savons pas à quel endroit du corps le kidnappeur a une cicatrice et franchement ça m'agace, commenta Yrsa en fourrageant dans sa mise en plis.

– Il y a beaucoup de parties du corps qui s'écrivent avec quatre lettres et existent en double exemplaire. Surtout quand on n'a pas d'orthographe : joue, bras, œil, main, pied. Mais on peut éliminer les parties du corps qui ne se voient pas facilement ou sur lesquelles on ne parlerait pas de cicatrice. Le pied et l'œil, peut-être aussi les bras qui n'étaient probablement pas visibles au mois de février.

– C'est sûr qu'on ne risque pas de se promener avec les bras à l'air dans ce frigo qui vous sert de pays.

– Il a pu se déshabiller. C'est peut-être pour violer les gens qu'il les kidnappe ! »

Carl hocha la tête. C'était une possibilité, malheureusement.

« Quand il fait froid, on ne voit que la tête, alors », conclut Assad. Il regarda l'oreille de Carl. On peut voir les oreilles, si les cheveux ne sont pas trop longs. On ne peut pas avoir une cicatrice dans l'œil. Assad tenta visiblement de se représenter à quoi pouvait ressembler une cicatrice dans un œil. « Non, pas dans l'œil.

– Bon, les enfants. On laisse ça de côté pour l'instant. On en saura peut-être un peu plus quand les experts auront rendu leur copie. On ne sait jamais, ils réussiront peut-être à faire parler ce cul de bouteille. Mais ça va prendre du temps. Il va falloir nous armer de patience. Vous avez une idée de la façon dont on pourrait avancer ici et maintenant ?

– Oui, on pourrait prendre un petit-déjeuner, déclara Yrsa. Vous voulez une brioche ? J'ai apporté un grille-pain. »

Elle avait raison. Quand la boîte de vitesses craque, il faut mettre un peu d'huile, et pour l'heure, le département V avait beaucoup de mal à passer à la vitesse supérieure.

Il est temps de changer de méthode, se dit Carl en demandant à ses assistants de le suivre dans son bureau.

« On va essayer de reprendre les affaires en cours en les abordant sous une perspective différente, d'accord ? »

Ils hochèrent la tête, Assad avec une légère hésitation. Mais il est vrai que « perspective » était un mot un peu compliqué.

« Parfait. Toi, Assad, tu vas éplucher la compta des sociétés incendiées. Yrsa, tu vas téléphoner à toutes les institutions qui se trouvent sur Lautrupvang et autour. »

Carl se félicita de son idée. La voix claire et sympathique de la jeune Yrsa allait sûrement inciter les fonctionnaires à plonger la tête dans leurs archives poussiéreuses.

« Demande au personnel administratif de se rapprocher des plus anciens de leurs collaborateurs pour voir si l'un d'entre eux se souviendrait d'un collègue ou d'un employé qui ne se serait plus présenté sur son lieu de travail du jour au lendemain. Et puis trouve quelques renseignements sur le quartier en 1996 que tu glisseras dans la conversation pour les aider à se remémorer cette époque-là. Rappelle-leur par exemple que la zone industrielle commençait tout juste à se développer. »

À ce moment-là, Assad se leva et sortit d'un air offensé. Apparemment, la répartition des tâches ne lui convenait pas. Mais Carl était le chef de ce département, que cela lui plaise ou non. En outre, ils disposaient de beaucoup plus d'éléments pour travailler sur le dossier des incendies et surtout, c'était une affaire qui allait lui permettre de faire la nique aux collègues de la Crim'.

Assad n'avait plus qu'à digérer sa frustration et se retrousser les manches. Pendant ce temps-là la correspondance sous forme de bouteille à la mer pourrait suivre son cours sinueux dans le sillage lent d'Yrsa la blonde.

Carl attendit qu'elle soit sortie du bureau avant de se mettre à la recherche du numéro de téléphone de la clinique du dos à Hornbæk.

« J'aimerais parler au chef de clinique, et à personne d'autre s'il vous plaît », dit-il en sachant qu'on se ficherait complètement de ses exigences.

Il se passa au moins cinq minutes avant qu'on lui passe le sous-chef de service.

L'homme ne parut pas particulièrement heureux de l'entendre. « Oui, je sais parfaitement qui vous êtes », dit-il d'une voix lasse. « Je suppose que votre appel concerne Hardy Henningsen ? »

Carl le mit rapidement au courant de la situation.

« Je vois », grinça le praticien. Pourquoi les médecins éprouvaient-ils toujours le besoin de prendre une voix aussi nasillarde dès qu'ils s'élevaient d'un cran ou deux dans la hiérarchie ?

« Ce que vous voulez savoir, c'est si le système nerveux a une chance de se reconstruire chez un patient aussi atteint que votre ami Hardy Henningsen. » Il marqua une courte pause. « Le problème est que nous ne l'avons plus sous la main et que nous sommes de ce fait dans l'incapacité de procéder de façon quotidienne aux examens qui nous permettraient de vous répondre. Vous avez décidé de le ramener chez vous de votre propre chef, et vous ne pourrez pas prétendre que nous n'avons pas cherché à vous en dissuader.

— C'est exact, mais si Hardy était resté chez vous, il n'aurait pas tardé à en mourir. Au moins il a retrouvé un peu de joie de vivre. Ça ne compte pas, ça, pour vous ? »

La question donna lieu à un silence tonitruant à l'autre bout de la ligne.

« L'un d'entre vous ne pourrait-il pas venir l'examiner à domicile ? poursuivit Carl. Cela vous permettrait, à vous comme à lui, de refaire un point sur son état.

— Vous dites qu'il retrouve une mobilité dans son poignet ? » répondit enfin l'homme en blanc. « Nous avions déjà observé des crispations dans deux de ses phalanges. C'est peut-être ça qu'il a ressenti. Il peut s'agir de simples mouvements réflexes.

– Ce que vous essayez de me dire, c'est qu'un homme atteint d'une paraplégie aussi grave ne peut pas espérer voir son état s'améliorer ?

– Écoutez-moi, Carl Mørck. Si votre question est : Remarchera-t-il un jour ? – la réponse est non. Hardy Henningsen restera cloué au lit et paralysé du cou aux orteils pour le restant de ses jours, mettez-vous cela dans la tête. Maintenant, qu'il puisse éventuellement avoir des sensations dans le bras reste une possibilité mais je ne pense pas qu'il faille s'attendre à plus que ces quelques contractions involontaires, et encore.

– Il n'y a aucune chance qu'il puisse un jour retrouver l'usage de sa main, par exemple ?

– Cela me surprendrait beaucoup.

– Et vous refusez de venir l'examiner chez moi ?

– Je n'ai jamais dit ça. » Carl entendit dans le combiné qu'il tripotait des papiers sur son bureau. Probablement son agenda. « Quand souhaitez-vous que je vienne lui rendre visite ?

– Le plus tôt possible.

– Je vais voir. Je vous rappelle. »


Carl alla jeter un coup d'œil dans le bureau d'Assad mais il était vide.

Il avait laissé un mot sur la table. *Voici les chiffres que vous avez demandés,* avait-il écrit. Et au-dessous, avec beaucoup de formalisme : *Bien cordialement. Assad.*

Il était vraiment très en colère.

Carl appela Yrsa depuis le couloir. « Tu sais où est parti Assad ? »

Pas de réponse.

Si tu ne vas pas à Lagardère, Lagardère viendra à toi, se dit-il en marchant vers le bureau de sa nouvelle recrue.

Il s'arrêta sur le seuil, comme frappé par la foudre.

La décoration de Rose, dont le minimalisme high-tech en noir et blanc glaçait instantanément le visiteur, avait été transformée en un rêve psychotique de petite fille de dix ans tout juste débarquée de la planète Barbie. Du rose absolument partout et des bibelots dans tous les coins.

Carl déglutit péniblement. « Tu n'as pas vu Assad ? demanda-t-il à Yrsa.

— Si. Il est parti il y a une demi-heure. Il revient demain.

— Et tu sais ce qu'il est allé faire ? »

Elle haussa les épaules. « J'ai presque fini mon rapport concernant Lautrupvang, vous voulez le lire ? »

Il acquiesça. « Tu as découvert quelque chose ? »

Elle lui décocha un grand sourire de ses lèvres de star rouge vif. « Rien du tout. Au fait, est-ce qu'on vous a déjà dit que vous avez le même sourire que Gwyneth Paltrow ? répondit-elle.

— Gwyneth Paltrow ? C'est une actrice, non ? »

Elle hocha la tête.

Carl repartit dans son bureau et composa le numéro de Rose à son domicile. Si Yrsa devait rester plus longtemps, ils allaient à la catastrophe. Pour le bien du département V et pour préserver un minimum sa crédibilité auprès de son patron, il fallait que Rose ramène ses fesses de toute urgence.

Cette fois, il tomba sur le répondeur.

« Bonjour, ici le répondeur téléphonique d'Yrsa et de Rose. Je vous informe que ces dames sont actuellement en audience chez Sa Majesté la reine. Nous vous rappellerons aussitôt que ce sera terminé. Merci de laisser votre message après le signal sonore si c'est absolument indispensable. »

Dieu sait laquelle des deux avait enregistré ce morceau d'anthologie.

Carl se renversa dans son fauteuil de bureau et tâtonna dans ses poches à la recherche d'une cigarette. Il avait entendu dire qu'on recrutait à la poste.

C'était terriblement tentant.

Son humeur n'alla pas en s'arrangeant quand, pénétrant dans son propre séjour une demi-heure plus tard, il vit un médecin penché au-dessus du lit d'Hardy. Et la présence de Vigga aux côtés dudit spécialiste ne fit qu'empirer les choses.

Il salua poliment l'homme de l'art et tira Vigga par la manche pour l'emmener un peu à l'écart.

« Qu'est-ce que tu fais là ? Je veux que tu téléphones avant de débarquer ici. Tu sais à quel point j'exècre que tu cèdes à tes coups de tête.

– Carl chéri. »

Elle caressa sa joue mal rasée.

Un geste extrêmement inquiétant de sa part.

« Il ne se passe pas un jour sans que je pense à toi et j'ai décidé de rentrer à la maison », annonça-t-elle d'un ton très convaincant.

Carl sentit ses yeux s'écarquiller. Cet animal bariolé de bientôt-ex-épouse parlait sérieusement.

« Ce n'est pas possible, Vigga. Et je t'assure que ta proposition ne m'intéresse pas du tout. »

Vigga cligna des yeux deux ou trois fois de suite. « Eh bien c'est dommage parce que moi, ça m'intéresse. Et je te rappelle, mon cher, que cette maison m'appartient pour moitié, au cas où tu l'aurais oublié. »

Ce fut la goutte d'eau qui fit déborder le vase. Carl explosa, le toubib sursauta et Vigga fondit en larmes. Quand son taxi tourna enfin à l'angle de la rue avec son ex toujours en pleurs sur le siège arrière, il alla chercher le plus gros marqueur noir qu'il put trouver et biffa le nom de Vigga Rasmussen sur la plaque de la porte d'entrée. Il aurait dû faire cela il y a bien longtemps.

Quel que soit le prix à payer.

Résultat, Carl passa la nuit assis dans son lit, à rêver qu'il parlait tout seul en face d'une armée d'avocats spécialisés dans les divorces, pendant que ces derniers fouillaient tranquillement ses poches de leurs longs doigts crochus.

C'était la ruine assurée.

La visite du médecin de la clinique du dos était une piètre consolation, bien qu'il ait mesuré une activité dans le bras d'Hardy, infime, certes, mais qui avait le mérite d'exister.

Le spécialiste avait été décontenancé, et Carl avait bien aimé le voir perdre la face.

À cinq heures et demie le lendemain matin, il traversait le sas de l'hôtel de police. Rester au lit plus longtemps n'aurait servi à rien.

« Ça fait drôle de vous voir au boulot à cette heure-ci, Carl », commenta l'agent en faction. « Ça risque de surprendre votre petit assistant, en bas. Allez-y doucement, qu'il ne nous fasse pas une crise cardiaque. »

Carl demanda au garde de répéter. « Qu'est-ce que vous dites ? Assad est déjà là ?

– Oui. Depuis quelque temps, il arrive à cette heure-ci tous les matins. Enfin, un peu avant six heures en général. Aujourd'hui, il avait un peu d'avance. Vous n'étiez pas au courant ? »

Non. Il ne l'était pas.

À en juger par le tapis qui traînait toujours au milieu du couloir, Assad avait déjà fait sa prière du matin. À la connaissance de Carl, c'était la première fois qu'il n'utilisait pas son propre bureau. Jusqu'ici, il semblait avoir considéré la pratique de sa religion comme un acte privé.

Carl entendit Assad parler à quelqu'un dans son bureau. On aurait dit qu'il dialoguait avec un sourd. La conversation était en arabe et le ton utilisé peu aimable pour autant qu'on puisse en juger dans une langue aussi gutturale.

Il avança jusqu'au seuil et vit Assad enveloppé du nuage de vapeur qui émanait de sa bouilloire. Devant lui étaient posées des notes en caractères arabes et, sur l'écran d'ordinateur, Carl découvrit l'image à faible définition d'un vieil homme barbu, coiffé d'un énorme casque audio. Alors seulement, Carl remarqua qu'Assad avait lui aussi des écouteurs sur les oreilles. Il était en train de converser sur Skype avec cet homme, probablement un membre de sa famille en Syrie.

« Bonjour, Assad », claironna Carl. Il ne s'attendait pas à une réaction aussi violente de la part d'Hafez el-Assad. Un petit sursaut à la rigueur, sachant qu'il n'était pas dans les habitudes de son patron d'apparaître au bureau à une heure aussi matinale, mais certainement pas la secousse nerveuse qui traversa son assistant de part en part. On l'aurait cru soudainement atteint d'une crise d'épilepsie.

Le vieil homme avec qui il était en communication eut l'air effrayé aussi et il rapprocha son visage de la webcam. Il devait pouvoir apercevoir la silhouette de Carl derrière Assad.

L'homme prononça quelques mots à un rythme rapide et raccrocha. Assad avait visiblement du mal à se remettre du choc que lui avait causé l'arrivée de son patron.

Qu'est-ce que vous fichez là ? disait son regard, comme s'il venait d'être surpris les mains dans le coffre-fort et pas uniquement dans le sac.

« Je suis désolé, Assad. Je ne voulais pas t'effrayer à ce point. Ça va aller ? » Il posa la main sur l'épaule d'Assad. Sa chemise était trempée de sueur froide. Il cliqua sur l'icône Skype pour revenir à l'écran d'accueil. Carl eut l'impression qu'il cherchait à lui cacher l'identité de son correspondant.

Carl leva les deux mains en guise d'excuse. « Je ne veux surtout pas te déranger, Assad. Fais ce que tu as à faire. Tu viendras me voir quand tu auras fini. »

Assad n'avait toujours pas ouvert la bouche. Ce qui ne lui ressemblait pas du tout.

Quand il s'écroula dans son fauteuil, Carl sentit la fatigue le submerger. Il y avait encore quelques semaines, le sous-sol de l'hôtel de police était son havre de paix. Il avait deux collaborateurs acceptables et ils travaillaient tous les trois dans une ambiance qui n'était pas loin d'être sympathique. À présent Rose s'était fait remplacer par une fille aussi bizarre qu'elle mais dans un genre différent et Assad était à côté de ses pompes. Et du coup, il était devenu beaucoup plus difficile de prendre ses distances avec les autres contrariétés de l'existence. Entre autres, la peur de ce qui risquait d'arriver si Vigga réclamait le divorce et la moitié de tout ce qu'il possédait en ce bas monde.

Merde.

Carl leva les yeux sur une offre d'emploi qu'il avait punaisée sur son tableau d'affichage quelques mois auparavant. COMMISSAIRE PRINCIPAL DE POLICE, disait l'intitulé. Un job parfait pour un homme comme lui. Que demander de mieux quand on a des collaborateurs qui sont là pour faire le travail à votre place en vous faisant des courbettes, des honneurs, des voyages tous frais payés et un salaire qui rabattrait son caquet à Vigga elle-même ? Sept cent deux mille deux cent soixante-dix-sept couronnes par an sans compter les avantages en nature. Rien qu'énoncer le chiffre vous prenait presque une journée de travail.

Dommage que je n'aie pas trouvé le temps d'envoyer ma candidature, songea-t-il. Assad entra dans son bureau.

« On est obligés de parler de ce qui s'est passé tout à l'heure ? »

Parler de quoi ? Du fait qu'il était en communication sur Skype ? De sa présence à l'hôtel de police à une heure aussi matinale ? De la trouille qu'il avait eue ?

Quelle étrange question.

Carl secoua la tête et jeta un coup d'œil à l'horloge murale. Normalement, ils n'embauchaient l'un et l'autre que dans une heure. « Écoute, Assad, ce que tu fais de ta vie à cette heure de la journée ne regarde que toi. Je peux très bien comprendre qu'on ait envie de parler aux gens quand on n'a pas l'occasion de les voir très souvent. »

Assad eut l'air soulagé. Encore une réaction surprenante de sa part.

« J'ai étudié les bilans de la SA Amundsen & Mujagic à Rødovre, ceux de K. Frandsen sur la Dortheavej et épluché la comptabilité de la quincaillerie en gros JPP ainsi que celle de Public Consult.

– Parfait. Tu as découvert quelque chose d'intéressant ? »

Il se mit à gratter l'îlot glabre au milieu de la masse hirsute de ses frisottis noirs.

« De manière générale, toutes ces sociétés paraissent solides.

– Mais ?

– Mais toutes les trois semblent s'être trouvées en difficulté pendant la période qui précède les incendies.

– Ah bon, tu as vu ça comment ?

– Elles empruntent de l'argent. Et elles perdent des commandes, alors.

– Tu veux dire qu'elles perdent des commandes et que de ce fait, elles manquent de trésorerie et doivent contracter des emprunts ? »

Assad acquiesça. « Oui.

– Et ensuite ?

– Je n'ai vu ce qui s'est passé que pour la société de Rødovre. Les autres incendies sont trop récents.

– Et que s'est-il passé à Rødovre ?

– La société brûle, elle touche l'assurance et l'emprunt est remboursé. »

Carl tendit la main pour attraper son paquet de cigarettes et en alluma une. Un cas classique. Fraude à l'assurance. Mais quel rapport avec les cadavres et leur trace de bague sur le petit doigt ?

« Les emprunts qui ont été contractés sont de quel genre ?

– Ce sont des prêts à court terme. Un an au maximum. Public Consult, l'entreprise de Stockholmsgade qui a brûlé la semaine dernière, n'avait emprunté que sur six mois.

– L'échéance est tombée et ils n'ont pas pu rembourser, c'est ça ?

– Je vois les choses différemment, alors. »

Carl souffla un nuage de fumée vers Assad qui fit un pas en arrière en agitant les mains. Carl ne s'excusa pas. Il était sur son territoire et c'était sa cigarette. Il fallait tout de même faire la différence entre la fourmi et le roi Salomon.

« Qui leur a prêté l'argent ? »

Assad haussa les épaules. « Pas le même organisme. Diverses banques à Copenhague. »

Carl hocha la tête. « Trouve-moi leurs noms et celui des actionnaires qui sont derrière. »

Assad baissa imperceptiblement la tête.

« Dans une heure ou deux, Assad. Quand les banques seront ouvertes. Détends-toi ! »

La précision ne sembla pas le rassurer outre mesure. Au contraire.

Carl commençait à en avoir assez de ces deux-là. Ils étaient toujours en train de se plaindre et ne faisaient rien pour cacher leur mauvaise volonté. Comme si Yrsa avait une influence néfaste sur Assad. Ce n'était tout de même pas à eux de décider du boulot qu'il y avait à faire. S'ils continuaient comme ça, il allait bientôt leur filer une paire de gants de caoutchouc à chacun et leur faire récurer le sol jusqu'à ce qu'on puisse se voir dedans.

Assad releva la tête et acquiesça lentement. « Je vais vous laisser tranquille, Chef. Vous viendrez me voir quand vous aurez fini.

– Pardon ? »

Assad lui fit un clin d'œil complice. Un sourire en biais. Le changement d'humeur était saisissant. « Vous allez être très occupé, alors… » Il cligna de l'œil à nouveau.

« Je repose ma question : pardon ? De quoi est-ce que tu parles, Assad ?

– De Mona, bien sûr. Ne me faites pas croire que vous ne savez pas qu'elle est revenue. »

## 14

Ainsi qu'Assad le lui avait annoncé, Mona était de retour. Vibrante de soleil tropical et d'innombrables souvenirs qui avaient laissé autour de ses yeux de petites rides très seyantes mais qu'il était impossible d'ignorer.

Carl avait passé une grande partie de la matinée à chercher les premiers mots qu'il lui dirait dans le but avoué de lui faire baisser sa garde. Des mots qui titilleraient sa douceur, sa tendresse, voire sa libido, dans le cas où ils viendraient à se croiser.

Les choses ne se passèrent pas ainsi. La seule incursion féminine dans le sous-sol ce matin-là fut celle d'Yrsa, traînant bruyamment son caddy de supermarché. Cinq minutes après son arrivée, sans doute avec les meilleures intentions du monde, elle se mit à brailler : « Salut les garçons. J'ai rapporté des brioches ! »

C'était dans des moments comme celui-là qu'on réalisait vraiment l'immense gouffre qu'il y avait entre cette cave et le monde réel, qui se trouvait dans les étages supérieurs du bâtiment.

Il lui fallut encore deux bonnes heures pour réaliser que s'il voulait avoir une chance de la voir, il allait devoir bouger les fesses de son fauteuil et partir à sa recherche.

Après s'être renseigné ici et là, il dénicha Mona au service de permanence du petit parquet où elle était en grande conversation avec le délégué du substitut. Elle portait une veste en cuir et un Levi's un peu délavé, et ne ressemblait en rien à une femme qui a déjà réalisé la plus grande partie de ses ambitions.

« Bonjour, Carl », dit-elle sans enthousiasme. Son regard très professionnel affichait sans la moindre ambiguïté que pour l'heure, ils n'avaient rien à se dire. De son côté, il se contenta donc de sourire sans parler.

Après ces tristes retrouvailles, Carl aurait bien aimé passer le restant de la journée en roue libre à s'apitoyer sur le désastre de sa vie amoureuse, mais Yrsa avait d'autres projets pour lui.

« Nous avons peut-être une touche à Ballerup », annonça-t-elle avec un air de triomphe mal dissimulé et des morceaux de brioche entre les dents. « Je suis portée par les ailes de la chance, ces jours-ci. Mon horoscope m'avait prévenue. »

Carl leva sur elle des yeux remplis d'espoir. Peut-être ses ailes allaient-elles la transporter directement dans la stratosphère où elle pourrait méditer à son aise sur sa bonne fortune.

« J'ai eu un mal fou à obtenir ces renseignements, poursuivit-elle. D'abord j'ai discuté avec le directeur de l'école Lautrup-gård, mais il n'était en poste que depuis 2004. Ensuite j'ai parlé à une enseignante qui était là depuis sa création, mais elle n'était au courant de rien. Puis j'ai parlé au gardien qui ne savait rien du tout. Ensuite...

– Yrsa, je t'en supplie ! Si cette piste mène quelque part, sois gentille de m'épargner les phases préliminaires. Je n'ai pas que ça à faire », se plaignit-il en frottant son avant-bras engourdi.

« Bon. D'accord. Alors pour finir, j'ai appelé l'école supérieure d'ingénieurs. Bingo. »

Les fourmis dans le bras de Carl disparurent comme par enchantement. « Fantastique, s'exclama-t-il. Raconte ! »

– Alors voilà. Au secrétariat se trouvait par hasard une femme professeur qui rentrait tout juste de congé maladie ce matin. Elle m'a expliqué qu'elle enseignait dans cet établissement depuis 1995 et qu'il ne pouvait s'agir que d'une seule histoire dont elle se souvenait parfaitement. »

Carl se redressa dans son fauteuil. « Vraiment ? »

Elle le fixa d'un air mutin. « Ah, on commence à se réveiller, mon petit monsieur. » Elle tapota affectueusement le bras poilu de Carl. « Et on aimerait bien en savoir plus, maintenant. »

Il n'en croyait pas ses oreilles. Lui qui avait participé au long de sa carrière à plusieurs centaines d'enquêtes plus compliquées les unes que les autres se retrouvait à jouer aux devinettes avec une intérimaire en collant vert pomme.

« De quoi se souvenait-elle, Yrsa ? » insista Carl tout en saluant brièvement d'un hochement de tête un Assad un peu pâlot qui entrait dans le bureau.

« Assad avait téléphoné hier pour poser la même question. En buvant le café ce matin, le personnel en avait parlé en présence de la dame en question », poursuivit Yrsa.

Assad avait repris son aspect normal et s'était mis à écouter avec intérêt ce que disait sa nouvelle collègue.

« L'histoire lui est revenue en mémoire d'un seul coup. Ils avaient eu un étudiant surdoué à l'époque. Le garçon souffrait d'un syndrome quelconque. Il était très jeune, mais déjà extrêmement doué en physique et en mathématiques.

– Un syndrome ? »

Assad la regardait sans comprendre.

« Oui, une sorte de dysfonctionnement cérébral qui faisait de lui un véritable génie dans certaines matières mais le rendait inapte à en maîtriser certaines autres. C'était un genre

d'autiste, mais ça porte un autre nom, attendez un peu. »
Elle fronça les sourcils. « Ah oui, je me rappelle maintenant.
Le syndrome d'Asperger ! C'était ça qu'il avait. »

Carl sourit. Voilà une pathologie à laquelle elle ne devait
pas avoir de peine à s'identifier. Il l'encouragea à en venir
au fait.

« Bon, et alors, qu'est-ce qui lui était arrivé à ce jeune
homme ?

— Eh bien, il avait suivi les cours pendant tout le premier
semestre et il avait eu les meilleures notes de sa classe. Et
puis il avait tout arrêté.

— Comment ça ?

— Il s'était présenté un peu avant les vacances d'hiver, en
compagnie de son petit frère à qui il voulait montrer son
école, et ensuite plus personne ne l'avait jamais revu. »

Assad et Carl étaient maintenant suspendus à ses lèvres. Ils
allaient enfin savoir. « Comment s'appelait-il ?

— Il s'appelait Poul. »

Carl sentit une vague de froid le traverser.

« Yes ! » s'exclama Assad en remuant des bras et des jambes
tel un pantin désarticulé.

« La professeure se souvenait parfaitement de lui parce que
Poul Holt fut probablement le seul élève qu'elle ait croisé
dans sa vie qui aurait pu obtenir un jour le prix Nobel. Il
paraît qu'il était vraiment spécial.

— Et c'est pour ça qu'elle ne l'a pas oublié ? demanda Carl.

— Oui, principalement, et puis aussi parce qu'il faisait partie
de la toute première classe de sa carrière. »

Une demi-heure plus tard, Carl posa la même question sur
place, à l'école supérieure d'ingénieurs, et il obtint la même
réponse.

« Ce sont des choses qu'on n'oublie pas », lui dit Laura Mann en dévoilant son râtelier couleur ivoire. « J'imagine que vous vous rappelez votre première arrestation, non ? »

Carl opina du chef. C'était un petit ivrogne tout sale qui s'était allongé au beau milieu d'Englandsvej. Carl revoyait encore comme si c'était hier le filet de morve qui était venu se coller sur son écusson pendant qu'il se battait pour transporter cet imbécile à l'abri de la circulation. C'est sûr ! Un flic n'oubliait jamais sa première arrestation, glaires ou pas.

Il regarda attentivement son interlocutrice. Il l'avait déjà vue à la télévision où elle venait parfois se prononcer à titre d'expert sur les énergies renouvelables. Sa carte de visite disait : « Laura Mann, docteur ès sciences », et tout un tas d'autres titres impressionnants. Carl se félicita de ne pas avoir de cartes sur lui.

« Il souffrait d'une forme d'autisme, n'est-ce pas ?

– Oui, je suppose qu'on peut considérer cela comme une forme d'autisme léger. Les gens qui en souffrent sont souvent extrêmement brillants. J'imagine qu'aujourd'hui on les classe dans la catégorie des geeks. Des Bill Gates. Des Einstein. Mais Poul avait également une intelligence pratique. Il était exceptionnel à beaucoup de points de vue. »

Assad sourit. Lui aussi avait noté le chignon serré sur la nuque et les lunettes en écaille. En effet, elle avait dû adorer avoir dans sa classe un élève comme Poul. Entre nerds, on se comprend.

« Ce jour-là, Poul était venu avec son petit frère. Le 16 février 1996, d'après vous, et ensuite on n'avait plus jamais entendu parler de lui. Comment savez-vous que c'était ce jour-là ? demanda Carl.

– À cette époque, nous tenions encore un cahier de présence. Il nous a suffi de vérifier à partir de quelle date il a cessé de venir en cours. Il n'est pas revenu après les vacances. Voulez-vous examiner les registres ? Ils sont dans le bureau d'à côté. »

Carl échangea un regard avec Assad. Il ne semblait pas très intéressé lui non plus. « Non, c'est gentil, nous vous croyons sur parole. J'imagine que vous avez contacté sa famille ?

— C'est exact. Mais ils se sont montrés très peu communicatifs. Surtout quand nous avons proposé de venir chez eux pour en parler avec Poul.

— Vous avez au moins pu lui parler au téléphone ?

— Non. La dernière fois que je me suis entretenue avec Poul Holt, c'était ici et c'était une semaine avant les vacances de février. Quand j'ai essayé de le joindre à son domicile, son père m'a dit qu'il refusait de parler au téléphone. Je ne pouvais pas faire grand-chose en l'occurrence. Poul avait dix-huit ans, il était en droit de décider ce qu'il voulait faire de sa vie.

— Il n'avait que dix-huit ans ?

— Oui. Il était très jeune. Il a eu son bac à dix-sept et a commencé tout de suite des études supérieures.

— Vous avez son dossier scolaire ? »

Elle sourit. Elle avait évidemment tout préparé.

Carl lut à haute voix pendant qu'Assad regardait par-dessus son épaule :

« Poul Holt, né le 13 novembre 1977. Baccalauréat scientifique obtenu au lycée de Birkerød avec seize de moyenne générale. »

Ensuite venait son adresse. Ce n'était pas très loin de là. À peine à trois quarts d'heure de route en voiture.

« Ce n'est pas une moyenne très exceptionnelle pour un génie, si ? commenta Carl.

– C'est vrai. Mais en fait, il a eu vingt dans toutes les matières scientifiques et seulement dix dans les autres matières, répondit Laura Mann.

– Vous voulez dire qu'il n'était pas bon en orthographe, par exemple ? s'enquit Assad.

– Effectivement, il n'écrivait pas bien le danois. Ses devoirs laissaient à désirer en termes de rédaction. Mais c'est souvent le cas chez les Asperger. Oralement aussi, il s'exprimait assez mal, surtout s'il devait parler d'un sujet qui ne l'intéressait pas particulièrement.

– Est-ce que je peux emporter ceci ? » lui demanda Carl.

Elle acquiesça. Si elle n'avait pas eu des doigts aussi jaunis par la nicotine et la peau grasse, il l'aurait embrassée.

« C'est incroyable, Chef ! » s'exclama Assad alors qu'ils approchaient de la maison. « On nous confie une enquête et en une semaine elle est résolue. Nous avons trouvé l'auteur de la lettre. Comme ça ! » Il claqua des doigts pour illustrer son propos.

« C'est vrai. Espérons juste que tout cela n'était qu'une plaisanterie.

– Si c'est le cas nous passerons un savon à ce Poul, Chef !

– Et sinon ? »

Assad hocha la tête. Et sinon, ils avaient encore du pain sur la planche.

Ils arrêtèrent la voiture devant le portail et remarquèrent tout de suite que le nom sur la boîte aux lettres n'était pas Holt.

Ils sonnèrent à la porte, et un petit homme assis dans un fauteuil roulant leur ouvrit au bout d'un long moment d'attente. Quand il leur eut révélé qu'il vivait dans cette maison depuis 1996, Carl sentit s'éveiller en lui ce sixième sens qui lui faisait défaut depuis le début.

« C'est la famille Holt qui vous a vendu la maison, n'est-ce pas ?

— Non, je l'ai achetée aux Témoins de Jéhovah. L'homme qui vivait là était une espèce de pasteur. La pièce principale servait de salle de culte. Vous voulez visiter ? »

Carl déclina l'invitation. « Vous n'avez donc jamais rencontré les gens qui vivaient là ?

— Non », confirma l'infirme.

Carl et Assad le remercièrent et prirent congé.

« Je ne sais pas si tu es comme moi, Assad. Mais à présent j'ai la certitude qu'il ne s'agit pas du tout d'une plaisanterie de gamin.

— Vous savez, Chef, ce n'est pas parce qu'on déménage... » Il s'interrompit et s'arrêta de marcher. « Oui... en fait, je vois de quoi vous voulez parler.

— Est-ce qu'un garçon comme Poul s'amuserait à faire ce genre de choses ? Et a fortiori si lui et sa famille sont témoins de Jéhovah ? Qu'en penses-tu ?

— Je ne sais pas. Ce que je sais, c'est qu'ils ont le droit de mentir à l'extérieur de la communauté mais pas de se mentir entre eux.

— Ah bon ? Parce que tu connais des témoins de Jéhovah, toi ?

— Non, mais c'est comme ça dans toutes les communautés religieuses intégristes. Ils se protègent contre le monde extérieur par tous les moyens, y compris par le mensonge.

— Absolument. Mais cette histoire de kidnapping serait un mensonge complètement gratuit. Il apparaîtrait comme inacceptable, même aux yeux d'un témoin de Jéhovah. »

Assad hocha la tête. Ils étaient d'accord sur ce point.

Bon. Et maintenant quoi ?

Yrsa se comportait comme une colonie de fourmis sur le sentier de la guerre, entre son propre bureau et celui de Carl. Ce kidnapping était *son* affaire. Elle voulait tout savoir dans les moindres détails : À quoi ressemblait la professeure de Poul ? Qu'avait dit Laura Mann à propos de son élève ? Dans quel genre de maison est-ce qu'il habitait ? Qu'est-ce qu'ils avaient appris d'autre sur cette famille en dehors du fait qu'ils appartenaient aux Témoins de Jéhovah ?

« Du calme, Yrsa. Assad est en train de faire des recherches auprès de l'état civil. On va les trouver.

– Vous pourriez venir avec moi dans le couloir, s'il vous plaît, Chef ? » demanda-t-elle en le traînant par la manche jusqu'à la photocopieuse géante.

Elle avait ajouté le patronyme complet de Poul et quelques mots supplémentaires :

AU SECOURS

Le .6 févrié 1996 nous avons été enlevé
Il nous a pris prè de l'arré de bus de Lautropvang
à Ballerup
l'homme mesure 18. Il a des cheveu courts......... ...... .... .....
il a une cicatrice sous l'....... droite
.. r.... dans un fourgon ble.
Papa et maman le connaissent il s'appelle Fr.d.. ......... ..... avec .. B
Il nous a menacé ............. il va nous tué
.. ..sé .. ....... ... .o. ....... .. .n..... ... ..... .. ... .....
Nous avons roulé presque 1 heure.... ...... prè de l'eau
.. .. .... ........s ... ..... Ça ne sent pas bon
..... vi.. .... ........
M. ..... '....... .ry.g.. .. .. ... .. ...... .... j'.. .. an.
Poul Holt

« Je résume : Il a été kidnappé avec son frère. Il s'appelle Poul Holt. Il écrit qu'ils ont roulé un peu moins d'une heure et je crois aussi qu'il précise qu'ils se sont approchés de l'eau. » Elle planta les poings sur ses hanches étroites. Elle allait maintenant expliquer à Carl où elle voulait en venir.

« Si ce garçon souffrait d'un syndrome d'Asperger ou je ne sais quoi de similaire, je ne crois pas qu'il inventerait ce genre de détail : le fait qu'ils roulent en direction de l'eau. » Elle se retourna vers Carl. « Vous croyez, vous ?

— L'idée pourrait venir de son petit frère, on n'en sait rien.

— Écoutez, Carl, franchement. Laursen a trouvé une écaille de poisson sur le message dans la bouteille. Si c'est le petit frère qui a écrit la lettre, vous pensez qu'il a ajouté cette écaille afin de rendre son histoire plus crédible ? Et la colle de poisson aussi ?

— Va savoir ! Il était peut-être aussi futé que son grand frère mais dans un style différent. »

Yrsa tapa du pied si fort que le bruit se répercuta jusqu'au bout du couloir. « Mais bon Dieu, Carl ! Faites marcher votre matière grise. À quel endroit est-ce qu'ils ont été enlevés ? » Elle brossa l'épaule de son patron comme pour atténuer l'agressivité de son ton.

Carl remarqua que son geste projetait dans l'air une quantité non négligeable de pellicules. « À Ballerup, répondit-il.

— Exact. Et comment se fait-il qu'ils aient roulé presque une heure avant d'arriver au bord de l'eau ? S'ils avaient voulu aller à Hundested, il leur aurait fallu beaucoup plus de temps que ça, en partant de Ballerup. Et pour atteindre Jyllinge, il faut quoi : une demi-heure, à tout casser.

— Ils sont peut-être allés à Stevn, qu'est-ce qu'on en sait ? »

Il sentait son irritation monter. Personne n'a envie de voir ses capacités intellectuelles foulées aux pieds. Même pas lui.

« VOILÀ ! »

Elle frappa du pied à nouveau. S'il y avait des rats sous le plancher, à présent, elle les avait délogés.

« Mais si la lettre est un canular, poursuivit-elle, pourquoi se donner autant de mal ? L'auteur n'avait qu'à écrire qu'ils avaient roulé une demi-heure et qu'ils avaient atteint le bord de l'eau. Un gamin qui cherche à inventer un bon scénario écrirait tout simplement ça. C'est pour ça que je suis certaine que tout est vrai. Je vous en prie, Carl. Essayez de prendre cette affaire au sérieux, s'il vous plaît. »

Carl inspira longuement. Il n'avait pas envie de lui dire qu'il prenait déjà cette affaire très au sérieux. Il l'aurait sans doute fait savoir à Rose. Mais pas à Yrsa.

« D'accord, d'accord », dit-elle pour l'apaiser un peu. « On verra où on en est quand on aura réussi à mettre la main sur la famille Holt. »

« Alors ? Qu'est-ce qui se passe, ici ? » La tête d'Assad apparut dans la porte de son bureau de Pygmée. Il venait prendre la température. Il y avait de l'engueulade dans l'air, ou quoi ?

« J'ai trouvé l'adresse, Chef », annonça-t-il en lui tendant un bout de papier. « Ils ont déménagé quatre fois depuis 1996. Quatre fois en treize ans. En ce moment ils vivent en Suède. »

Merde, se dit Carl. En Suède ! Dans le pays où l'on trouve les plus gros moustiques d'Europe et la nourriture la plus insipide.

« Nom de Dieu ! s'exclama-t-il. Alors je suppose qu'ils se sont installés tout au nord, là où même les élans ne retrouvent plus leur chemin. Luleå, Knebnekaise ou un endroit comme ça ?

– Hallabro. Ils sont dans un endroit qui s'appelle Hallabro et qui se trouve dans le comté de Blekinge. C'est à environ deux cent cinquante kilomètres d'ici. »

Deux cent cinquante kilomètres. Une distance très raisonnable, malheureusement. Il pouvait dire adieu à son week-end.

Il tenta tout de même de botter en touche. « À tous les coups, ils seront partis quand on arrivera. Et si on les prévient qu'on arrive, ils trouveront une raison pour ne pas y être. Et s'ils sont chez eux, à tous les coups ils ne parleront que le suédois et un gars comme moi, qui vient du Jutland, ne comprendra pas un mot de ce qu'ils diront. »

Assad fronça les sourcils. Il devait trouver que Carl poussait la mauvaise foi un peu trop loin. « Je les ai appelés. Ils sont chez eux.

– Tu n'as pas fait ça, malheureux ! Maintenant on peut être sûrs qu'ils n'y seront plus demain.

– Je crois que si. Je ne leur ai pas dit qui j'étais. J'ai raccroché tout de suite. Bam ! »

Ils avaient décidément le génie du bruitage, ces deux-là.

Carl se traîna jusqu'à son bureau et téléphona chez lui. Il donna quelques brèves instructions à Morten pour qu'il sache que faire au cas où Vigga débarquerait pendant son absence. Elle en était bien capable.

Puis il donna ses directives à Assad sur la façon dont il envisageait la suite de l'enquête sur les incendies et lui demanda de jeter un coup d'œil aux faits et gestes d'Yrsa. « Donne-lui une bonne liste de sectes religieuses à étudier. Et puis monte voir Laursen et dis-lui d'appeler l'institut médico-légal pour qu'ils accélèrent un peu dans leur recherche d'ADN. Je compte sur toi ? »

Il fourra son arme de service dans son sac. On ne pouvait jamais savoir avec ces fichus Suédois.

Surtout quand ils étaient originaires du Danemark.

## 15

La nuit du lendemain, il fit en sorte de laisser son hôtesse et maîtresse provisoire sur sa faim. Quelques secondes avant qu'elle ne bascule la nuque en arrière et ne vînt chercher son souffle au plus profond d'elle-même, il sortit ses doigts habiles de sa vulve gonflée et l'abandonna au point culminant de sa tension sexuelle, les yeux hagards.

Il se releva rapidement, et Isabel Jønsson dut se débrouiller toute seule pour relâcher la pression. Elle avait l'air décontenancé, ce qui était exactement le but recherché.

Au-dessus de son pavillon de la banlieue de Viborg, la lune jouait à cache-cache avec de petits nuages cotonneux et denses. Tout nu sur la terrasse, il les suivit des yeux en soufflant la fumée de sa cigarette par les narines.

Les heures à venir allaient s'écouler selon un schéma parfaitement rodé.

Pour commencer ils allaient se disputer. Puis elle lui demanderait pour quelle raison il décidait soudain de la quitter et pourquoi maintenant. Elle le supplierait, se mettrait en colère et le supplierait à nouveau. Il lui répondrait. Elle lui demanderait de faire ses valises et il sortirait de sa vie.

À dix heures le lendemain matin, il quitterait les hauts de Dollerup avec les deux enfants à côté de lui, et quand ils s'étonneraient de l'itinéraire, il les endormirait. Il avait déjà

repéré l'endroit où il pourrait le faire discrètement. Un coin
où la végétation épaisse dissimulerait à la fois le véhicule et
les agissements de son chauffeur, pendant les quelques
minutes qu'il lui fallait pour les neutraliser et jeter leurs corps
à l'arrière de la fourgonnette.

Quatre heures et demie plus tard, en comptant un arrêt
déjeuner avec sa sœur en Fionie, il serait à la maison du lac,
au milieu de Norskoven à Jægerspris. C'était le plan. Une
vingtaine de pas à parcourir ensuite à travers les arbres
jusqu'au hangar au plafond bas, équipé de chaînes. Et, marchant devant lui, deux silhouettes courbées.

Ah ! Il en avait entendu des voix d'enfants sur ce court
trajet, le suppliant de leur laisser la vie sauve. Et il en entendrait encore.

Et enfin, il entamerait les négociations avec les parents,
comme d'habitude.

Il souffla la dernière bouffée de sa cigarette et l'envoya
d'une pichenette sur le petit carré de gazon. Il avait une nuit
et une matinée chargées devant lui.

Il n'avait pas le temps de réfléchir au fait inacceptable qu'il
se passait chez lui, en ce moment même, une chose qui pouvait remettre toute sa vie en question. Si sa femme le trompait, elle allait s'en mordre les doigts.

Il entendit grincer la porte-fenêtre et se retourna vers une
Isabel troublée. La robe de chambre couvrait à peine son
corps nu et tremblant. Dans quelques secondes il allait lui
dire qu'il mettait fin à leur relation parce qu'elle était trop
vieille, alors qu'en réalité il ne le pensait pas. Elle était belle
et désirable, et son charme éveillait en lui un désir insatiable.
Dans un sens, il était bien dommage qu'il soit obligé de la
quitter, mais ce n'était pas la première fois qu'il avait ce genre
de regret.

« Qu'est-ce que tu fais dehors tout nu, dans le froid, tu es fou ? Tu vas tomber malade. » Elle fixait sur lui un regard déjà vaincu. « Tu peux me dire ce qui se passe, là ? »

Il s'approcha d'elle et la prit par le col de son peignoir. « Tu es trop vieille pour moi », lui dit-il sans la moindre émotion, refermant sur sa gorge les pans de la robe de chambre.

L'espace d'un instant, elle resta sous le choc. Prête à le frapper ou à lui jeter au visage sa colère et sa frustration. Les injures se bousculaient au bout de sa langue, mais il savait déjà qu'elle se tairait. Une employée de mairie, divorcée et bien élevée, ne fait pas de scène à un jeune homme nu, debout sur la terrasse de sa maison.

Que penseraient les voisins ? Il savait qu'elle s'en soucierait.

Quand il se réveilla le lendemain matin de bonne heure, elle avait déjà rassemblé tout son désordre et jeté ses affaires pêle-mêle dans son sac de voyage. Il ne fut pas question de petit-déjeuner. Elle se contenta de le bombarder de questions cinglantes. Malgré sa déception, elle avait gardé toute sa combativité.

« Tu as fouillé dans mon ordinateur », lui dit-elle d'une voix calme bien que la pâleur de son visage dénonce sa fureur. « Tu as pris des renseignements sur mon frère. Tu as laissé au moins une cinquantaine de traces grossières dans mes données informatiques. Tu aurais peut-être dû prendre la peine de te renseigner sur ce que je fais à la mairie ? Je trouve assez stupide et irrespectueux de ta part d'avoir oublié ce détail. »

Elle parlait, et il la laissait faire sans l'écouter, en se disant simplement qu'il allait devoir utiliser sa douche, qu'elle le veuille ou non. La famille là-bas à Stanghede ne confierait pas ses enfants à un type mal rasé et puant le sexe.

Mais tout à coup il fut obligé d'écouter ce qu'elle disait.

« Je suis technicienne en informatique auprès de la commune de Viborg. Et je suis la meilleure. C'est moi qui m'occupe de la mise en place et de la protection de leur système. C'est pour ça que je sais très exactement ce que tu as fait. Cela ne me pose aucun problème de rentrer dans les programmes de mon propre portable, figure-toi ! »

Elle le regardait droit dans les yeux. Parfaitement maîtresse d'elle-même. Elle était déjà remise de ses émotions. Sa confiance en elle la plaçait au-dessus de l'auto-apitoiement. Elle ne se laisserait aller ni aux larmes ni à la crise d'hystérie.

« Mon sous-main était une cachette trop facile pour mes mots de passe. Tu aurais dû deviner que je les avais mis là exprès. Il y a plusieurs jours que je te surveille. Je me demandais ce que tu cherchais. Je me méfie toujours des gens qui ne parlent jamais d'eux. Tu comprends, en général, les hommes adorent parler d'eux-mêmes. » Elle eut un sourire narquois quand elle vit qu'il était en alerte. « Je me suis demandé pourquoi tu ne me révélais rien sur ta vie et ça m'a intriguée. »

Il fronça les sourcils. « Donc, maintenant, tu crois tout savoir sur moi parce que je me suis montré discret sur ma vie privée et curieux de la tienne ?

— Curieux ! C'est un euphémisme. Je peux comprendre que tu t'intéresses à mes réseaux sociaux, mais pourquoi as-tu cherché à savoir des choses sur mon frère ?

— Je croyais que c'était ton ex. Je me demandais ce qui n'avait pas marché entre vous. »

Elle ne tomba pas dans le piège. Elle se fichait de ses motivations. Il l'avait trahie. Point final.

« Je te remercie quand même de ne pas avoir vidé mon compte en ligne. »

Il hasarda un sourire indulgent devant son sarcasme. C'était l'expression qu'il avait l'intention de réserver à sa sortie en direction de la salle de bains. Dommage.

« Mais tu vois, nous avons tous les deux des choses à nous reprocher, continuait-elle. Moi aussi, j'ai un peu fouillé dans tes affaires. Et devine ce que j'ai trouvé dans tes poches et dans ton sac : rien du tout. Pas de permis de conduire, pas de carte de sécurité sociale, pas de carte de crédit, pas de clé de voiture, pas de porte-monnaie. Eh bien tu vois, mon ami ? De la même manière que les femmes laissent toujours traîner leurs mots de passe dans des endroits évidents et dépourvus d'imagination, les hommes posent systématiquement leurs clés sur la roue avant de leur voiture quand ils ne veulent pas les garder avec eux. Tu as un très joli porte-clés en forme de boule de billard. Tu joues au billard ? Tu ne m'en as jamais parlé. Il y a le chiffre 1 dessus. Tu es si bon que ça ? »

Il sentit qu'il commençait à transpirer. Il y avait très longtemps qu'il n'avait pas eu l'impression de perdre le contrôle de la situation. Et il détestait ça.

« Ne t'inquiète pas. J'ai remis les clés où je les ai prises. Et le permis de conduire aussi. Ainsi que la carte grise de ta fourgonnette et tes cartes de crédit. Tout va bien. J'ai tout rangé à sa place, sous les tapis de sol. »

Il regarda son cou. Un peu épais. Il allait devoir serrer fort et cela prendrait plusieurs minutes. Mais il avait largement le temps.

« C'est vrai que je suis quelqu'un qui ne se dévoile pas beaucoup, Isabel », dit-il en faisant un pas pour se rapprocher d'elle. Il posa doucement la main sur son épaule. « Écoute-moi. Je suis très amoureux de toi mais j'avoue ne pas avoir été honnête envers toi. Je suis un homme marié, j'ai des enfants, et je suis en train de mettre tout cela en péril, tu comprends. »

Elle redressa la tête avec arrogance. Elle était blessée mais pas vaincue. Il aurait parié qu'elle était déjà tombée sur des hommes mariés qui lui avaient menti. Mais il serait aussi le dernier homme à la trahir.

Elle repoussa sa main. « Je ne sais pas pourquoi tu ne m'as pas dit ton vrai nom et je ne sais pas non plus pourquoi tu m'as raconté autant de mensonges. Maintenant tu essayes de me faire croire que tu as fait ça parce que tu étais marié, mais à vrai dire, ça non plus je n'arrive pas à le croire. »

Elle s'écarta légèrement comme si elle avait réussi à lire dans ses pensées, comme si elle allait chercher une arme pour se défendre.

Quand on se retrouve sur une plaque de banquise face à une femelle ours, l'écume aux lèvres, il s'agit d'évaluer au plus vite les possibilités qui vous restent. Dans le cas présent, il en avait quatre.

Sauter à l'eau et nager.

Passer sur une autre plaque de glace.

Attendre en espérant que l'ourse n'avait pas faim.

Ou tuer l'ourse.

Chacune de ces solutions avait ses avantages et ses inconvénients. Mais en l'état, la quatrième lui paraissait la plus séduisante. Son adversaire était blessée et prête à se défendre bec et ongles. En grande partie parce qu'elle était tombée amoureuse. Il aurait dû s'en apercevoir plus tôt. Il était pourtant bien placé pour savoir que les femmes perdent facilement la tête quand elles sont dans cette situation et que cela conduit le plus souvent à la catastrophe.

Pour l'instant il n'évaluait pas encore très bien le mal qu'elle pouvait lui faire et c'est pourquoi il avait décidé de se débarrasser d'elle. Il chargerait le cadavre dans le fourgon et la ferait disparaître comme il l'avait fait avec les autres. Il détruirait le disque dur de son ordinateur, éliminerait soigneusement toute trace de son passage chez elle.

Il fixa intensément ses beaux yeux verts et se demanda combien de temps ils mettraient à perdre leur éclat.

« J'ai envoyé un mail à mon frère pour lui parler de notre rencontre, lui dit-elle alors. À tout hasard, je lui ai communiqué le numéro de ta plaque d'immatriculation, celle de ton permis de conduire, ton nom, ton numéro d'identité nationale et l'adresse qui figure sur ta carte grise. Il ne s'occupe pas de ce genre de broutilles en règle générale, mais il est d'une nature curieuse. Et si je découvre que tu m'as volé quoi que ce soit, il te retrouvera. D'accord ? »

Il resta un instant comme tétanisé. Il ne circulait évidemment pas avec des papiers ou autres documents plastifiés à son vrai nom, mais il n'était jamais arrivé auparavant que quelqu'un le pousse dans ses retranchements, et surtout pas quelqu'un qui avait un lien avec la police. Il ne comprenait pas comment cela avait pu se produire. Qu'est-ce qu'il avait oublié ? À quel moment avait-il commis une erreur ? La réponse à cette question était-elle vraiment aussi simple ? Est-ce qu'il aurait dû lui demander en quoi consistait son travail à la mairie ? Sans doute.

Et maintenant, il était coincé.

« Pardon, Isabel, murmura-t-il. Je sais que j'ai dépassé les bornes. Je suis désolé. C'est juste que je suis complètement fou de toi. Je voudrais que tu oublies ce que je t'ai dit hier soir. Je ne savais plus quoi faire. Est-ce que j'aurais dû t'avouer que j'avais une femme et des enfants ? Est-ce qu'il valait mieux que je te mente ? J'allais perdre tout ce que j'avais si je m'abandonnais à mon amour pour toi. En fait, j'étais déjà sur le point de renoncer à ma famille pour rester avec toi. Mais pour ça il fallait que je sache le plus de choses possible. Je n'ai pas pu résister, tu comprends ? »

Elle le regardait avec mépris tandis qu'il se débattait sur sa plaque de banquise. Il songea tout à coup que l'ourse ne le terrasserait peut-être pas si elle n'avait plus de raison de le faire. S'il disparaissait et ne se montrait plus jamais dans les parages, elle ne prendrait probablement pas la peine de lancer son frère à sa recherche. Quel intérêt aurait-elle à faire ça ? En revanche, s'il l'enlevait ou s'il la tuait, il y aurait toutes les raisons de le poursuivre. Le ménage le plus minutieux ne parviendrait pas à éliminer un poil pubien, une trace de sperme ou une empreinte digitale. Ils le retrouveraient tôt ou tard, même s'ils ne retrouvaient pas son nom dans les services de l'état civil. Il pourrait mettre le feu à la maison mais les pompiers risquaient d'arriver à temps ou bien un voisin repérerait son véhicule. Non, c'était trop dangereux. En plus, un policier répondant au nom de Karsten Jønsson connaissait maintenant le numéro d'immatriculation de la fourgonnette. Elle lui avait peut-être même décrit sa personne.

Il regardait devant lui, le regard fixe, tandis qu'elle surveillait chacun de ses mouvements. Même s'il était le roi de la métamorphose et du déguisement, elle avait peut-être fait de lui une description très précise dans ce mail envoyé à son frère. Sa taille et sa corpulence, la couleur de ses yeux et, qui sait, certains détails de son anatomie. En fait, il n'avait aucune idée de ce que contenait le fameux mail et c'était là que le bât blessait.

Il plongea les yeux dans son regard dur et réalisa qu'elle n'était pas une ourse, elle était cet animal mythologique qu'on appelait le basilic. À la fois serpent, coq et dragon. Quand on regardait le basilic dans les yeux, il vous pétrifiait. Il suffisait de croiser son chemin pour être empoisonné par son venin. Tel le coq, elle irait crier la vérité sur tous les toits. Seul son propre reflet avait le pouvoir de vaincre cet animal de légende.

C'est pourquoi il lui dit : « Quoi que tu fasses, Isabel, je ne cesserai jamais de penser à toi. Tu es si belle, si merveilleuse, et j'aurais voulu te rencontrer plus tôt dans ma vie. Mais c'est trop tard. Je le regrette et j'implore ton pardon. Je ne voulais pas te faire du mal. Tu es un être rare. Je suis terriblement désolé. »

Puis il lui caressa doucement la joue. Apparemment, la ruse fonctionna. En tout cas, ses lèvres se mirent à trembler légèrement.

« Je trouve que tu devrais t'en aller maintenant, je ne veux plus te voir », lui dit-elle alors qu'elle ne le pensait pas.

Elle le regretterait longtemps. Quand on avait son âge, on n'avait plus beaucoup d'occasions de vivre ce genre d'aventure.

Ce fut le moment qu'il choisit pour sauter sur la plaque de glace suivante. Ni l'ourse ni le basilic ne le poursuivraient.

Elle le laissa partir. Il n'était même pas sept heures du matin.

## 16

Comme chaque jour, il appela sa femme à huit heures du matin. Il évita tout sujet conflictuel, lui raconta toutes sortes d'événements qui n'avaient pas vraiment eu lieu, et lui déclara ses sentiments pour elle alors qu'en ce moment, elle ne lui en inspirait aucun. En sortant de Viborg, il fit une halte dans un supermarché pour s'arranger un peu dans les toilettes publiques. Il poursuivit sa route vers Hald Ege et enfin vers Stanghede où Samuel et Magdalena l'attendaient.

Rien ne pourrait plus se mettre en travers de son chemin à présent. Il faisait beau. Il serait arrivé à sa destination finale avant la nuit.

La famille l'accueillit avec des petits pains sortant du four et beaucoup d'impatience. Samuel s'était entraîné ce matin malgré son genou blessé et Magdalena avait brossé son épaisse chevelure et ses yeux brillaient de plaisir anticipé.

Ils étaient aussi prêts qu'on pouvait l'être.

« Voulez-vous que je passe par la clinique pour faire examiner le genou de Samuel ? Nous avons le temps, je pense. » Il avala la dernière bouchée de brioche en regardant sa montre. Il était dix heures moins le quart et il savait qu'ils diraient non.

Les adeptes de l'Église de la Sainte-Vierge ne fréquentaient pas les hôpitaux s'ils pouvaient l'éviter.

« Non merci, tout va bien. C'est juste une légère entorse. »
Rakel lui tendit une tasse de café et lui offrit de se servir lui-
même de lait s'il en voulait.

« Alors, elle a lieu où, cette compétition de karaté ?
demanda Joshua. On pourrait peut-être aller y faire un tour
plus tard dans la journée si on a le temps !

– Ne dis pas de bêtises. » Rakel lui donna une petite tape.
« Tu sais très bien que tu es débordé. »

Joshua n'avait jamais le temps.

« Au gymnase de Vinderup, répondit-il tout de même. La
compétition est organisée par le club Bujutsukan. Vous trouverez peut-être des informations sur le Net. »

Il n'y avait rien sur Internet, il le savait, et de toute façon,
il y avait peu de chances qu'ils aient une connexion. Cela
faisait partie des inventions profanes que leur communauté
réprouvait.

Il porta brusquement une main à son visage. « Oh pardon,
quel imbécile je fais. Bien sûr, vous n'avez pas Internet. Et
vous avez tellement raison. C'est un instrument diabolique. »
Il prit un air contrit. Même le café était sans caféine. Dans
cette maison tout était politiquement correct. « Enfin, bref.
Quoi qu'il en soit, la compétition aura lieu au gymnase de
Vinderup », dit-il en guise de conclusion.

Alignés en rang d'oignons, tous les membres de cette
famille, qui à dater de cette seconde ne connaîtraient plus
jamais la paix et la confiance en leur prochain, agitaient joyeu-
sement la main en regardant partir la voiture. Ils allaient bientôt devoir remballer leurs sourires et apprendre dans la
douleur que le Mal ne se laissait pas combattre par des messes
hebdomadaires et le sacrifice des technologies qu'offre le
monde moderne.

Il n'avait aucunement pitié d'eux. Ils avaient choisi délibérément le chemin qu'ils désiraient suivre et ce chemin avait croisé sa route à lui.

Il regarda les deux enfants assis sur le siège à côté de lui. Eux aussi agitaient gaiement la main, pour dire au revoir.

« Vous êtes bien assis ? » leur demanda-t-il, tandis qu'ils longeaient de tristes chaumes de maïs noirâtres. Il plongea la main dans l'espace de rangement latéral. L'arme était à sa place. Peu de gens seraient capables d'identifier l'objet, qui avait exactement la forme d'une poignée d'attaché-case.

Ils hochèrent la tête et il leur sourit. Ils étaient bien assis et détendus. Ils n'avaient pas beaucoup de distractions dans leur vie tranquille et pleine de rigueur. Ils s'apprêtaient à vivre une des plus belles journées de leur vie.

Décidément, ces deux-là allaient lui rendre la tâche facile.

« La route est belle jusqu'à Vinderup », dit-il en leur proposant une barre chocolatée. Encore une chose qui leur était interdite en temps normal, mais qui aujourd'hui contribuerait à tisser une complicité entre eux. Et de la complicité naissait la confiance. Et s'ils avaient confiance en lui, il pourrait travailler en paix.

« Si vous voulez, j'ai aussi des fruits », proposa-t-il en voyant qu'ils hésitaient à accepter la friandise. « Vous préférez manger une clémentine ?

– Je crois que je vais prendre le chocolat. »

Magdalena lui fit un sourire irrésistible, dévoilant son appareil dentaire. Il reconnaissait bien là l'adolescente pleine de secrets, enfouis au fond de son jardin.

Un peu plus tard il se lança dans un panégyrique de la région, et dit son impatience de venir y vivre bientôt à plein temps. Quand ils arrivèrent au croisement de Finderup où il avait prévu de quitter la route, l'ambiance dans la voiture était exactement comme il l'avait souhaitée. Décontractée, sereine et conviviale.

« Euh, je crois que vous avez tourné trop tôt », fit remarquer Samuel en s'avançant vers le pare-brise. « La route de Holstebro est la suivante.

– Oui, je sais. Mais hier en cherchant des maisons dans le coin, j'ai découvert ce raccourci. Il rejoint la nationale 16. »

Il tourna à nouveau quelques centaines de mètres après le mémorial à Erik Klipping.

D'après la pancarte, la rue s'appelait Hesselborgvej.

« C'est par là. La route est un peu cabossée, mais on gagne plusieurs kilomètres, leur expliqua-t-il.

– Ah bon ? »

Samuel lut une deuxième pancarte plantée au bord de la route : DÉPARTEMENTALE INTERDITE À TOUT VÉHICULE MILITAIRE.

« J'étais persuadé que c'était une voie sans issue, dit le gamin en se rasseyant au fond du siège.

– Pas du tout. On va passer une ferme jaune sur la gauche, ensuite on arrivera à une autre ferme toute délabrée sur la droite et puis on prendra la première à gauche. Ça doit être cette route-là que tu ne connais pas. »

Il hocha la tête pour lui-même quand les traces de roues disparurent quelques centaines de mètres plus loin. Le paysage alentour était accidenté et planté d'arbres. Après le prochain virage, ils seraient arrivés à l'endroit prévu.

« Vous voyez, je ne m'étais pas trompé. Vous n'allez pas pouvoir passer par là », fit remarquer le jeune homme.

Il avait tort, mais ce n'était pas le moment de discuter.

« Zut alors ! Tu avais raison, Samuel. Il va falloir que je fasse demi-tour. Pourtant j'étais certain que... »

Il fit une manœuvre rapide et alla se garer entre les arbres en marche arrière.

Quand la voiture fut arrêtée, il sortit le Stunt Gun de la portière, enleva la sécurité, le posa contre le cou de Magdalena et tira. L'arme diabolique envoya une décharge d'un million de volts dans le corps de la jeune fille, la paralysant sur-le-champ. Le cri de douleur et la convulsion qui secoua sa sœur firent violemment sursauter Samuel. Il ne s'y attendait pas plus qu'elle. Ses yeux exprimaient l'effroi mais aussi une certaine combativité. Pendant le court laps de temps qui s'écoula entre le moment où sa sœur s'écroula contre lui et celui où il comprit que l'objet qu'on posait sur son cou était mortellement dangereux, tous ses réflexes de survie se déclenchèrent d'un seul coup.

Le garçon repoussa le corps de sa sœur, agrippa la poignée de la porte côté passager, et avant qu'il n'ait eu le temps de réagir, Samuel avait déjà pris la fuite. L'électrochoc se déclencha dans le vide.

Il en donna encore un coup à Magdalena avant de se lancer à la poursuite de son frère qui avait déjà parcouru quelques mètres sur le chemin forestier, en boitillant sur son genou blessé. Dans quelques secondes, ce serait son tour.

Quand il atteignit la lisière de la forêt de sapins, il fit brusquement volte-face. « Qu'est-ce que vous voulez ? » hurla-t-il tout en implorant le secours de Dieu, comme si tout à coup une armée d'anges envoyés du Ciel allaient surgir du sous-bois pour lui venir en aide. Il fit un pas de côté et s'empara d'une branche de conifère munie de dangereuses piques brisées.

Merde, songea-t-il. Il aurait quand même dû commencer par le garçon. Pourquoi n'écoutait-il jamais ce que lui soufflait son instinct ?

« N'essayez pas de m'approcher », cria le jeune homme en faisant tournoyer la branche au-dessus de sa tête. Il frapperait s'il en avait la possibilité. Cela ne faisait aucun doute. Ce garçon lutterait de toutes ses forces.

Il se fit la réflexion qu'il allait devoir commander un Taser C2 sur Internet. Ainsi, il pourrait neutraliser ses victimes à plusieurs mètres de distance. Parfois il n'y avait pas une seconde à perdre. C'était le cas à présent. Les fermes les plus proches ne se trouvaient qu'à quelques centaines de mètres de là. Même s'il avait choisi l'emplacement avec soin, il était tout à fait possible qu'un fermier ou un bûcheron vienne s'aventurer dans le secteur. Dans quelques secondes la petite sœur du jeune homme allait retrouver suffisamment ses esprits pour être capable de prendre la fuite elle aussi.

« Tu n'as aucune chance, Samuel », cria-t-il en marchant vers le garçon qui donnait toujours des coups désordonnés dans le vide avec son bâton. Il sentit la branche déchirer son épaule au moment où il déclenchait le Stunt Gun contre le bras de son adversaire. Ils hurlèrent de douleur simultanément.

Mais le combat était inégal et le garçon s'écroula quand il reçut la décharge suivante.

Il regarda l'endroit où la branche l'avait atteint. Fais chier, s'exclama-t-il en voyant le sang imbiber peu à peu la toile de son anorak.

En tout cas, la prochaine fois, j'utilise un Taser ! grommela-t-il entre ses dents pendant qu'il enfermait le garçon à l'arrière du fourgon avec un chiffon de chloroforme sur le nez. Un instant plus tard, son regard devint vague et il perdit connaissance.

Sa sœur subit le même sort.

Il procéda comme les autres fois. Il leur banda les yeux et leur ligota les poignets et les chevilles avec du chatterton.

Ferma leurs bouches avec le même ruban adhésif et les allongea en position latérale de sécurité sur le tapis de sol.

Il changea de chemise et de blouson et resta quelques minutes à observer les deux enfants afin de s'assurer qu'ils ne se mettaient pas à vomir au risque de s'étouffer.

Quand il jugea leur état rassurant, il reprit la route.

Sa sœur et son beau-frère s'étaient installés dans une petite ferme à la sortie du village d'Årup. La maison d'habitation, construite en bord de route, était toute blanche. Elle se trouvait à quelques kilomètres de l'église où avait reposé le cercueil de leur père.

Le dernier endroit au monde où lui-même aurait élu domicile.

« Alors, d'où viens-tu cette fois ? » lui demanda son beau-frère par politesse en lui désignant la vieille paire de charentaises que tous leurs invités étaient contraints de porter pour être admis à l'intérieur de sa maison. Comme si le plancher de cette baraque avait une quelconque valeur !

Guidé par son oreille, il entra dans le salon où sa sœur fredonnait, allongée sur un canapé, enveloppée dans une couverture rongée autant par les années que par les mites.

Eva le reconnaissait toujours à sa façon de marcher, mais elle ne dit pas un mot pour l'accueillir. Elle avait beaucoup grossi depuis sa dernière visite. Elle devait avoir pris au moins vingt kilos. Son corps se répandait désormais dans tous les sens et avait presque réussi à noyer l'image de la jeune fille qui dansait gaiement jadis, dans le jardin du presbytère.

Ils ne se dirent pas bonjour. Ils ne le faisaient jamais. Les formules de politesse ne faisaient pas non plus partie de leur héritage familial.

« Je ne fais que passer », dit-il en s'accroupissant devant elle. « Comment vas-tu ?

– Willy s'occupe bien de moi, répondit-elle. On va déjeuner dans un petit moment. Tu veux manger un bout avec nous ?

– Je veux bien. Je partirai tout de suite après. »

Elle acquiesça. En réalité, elle s'en fichait. Depuis que l'étincelle de vie s'était éteinte dans ses yeux, l'intérêt qu'elle portait aux autres et au monde alentour avait disparu aussi. C'était probablement inéluctable. Les images fanées du passé devaient prendre trop de place.

« Je vous ai apporté de l'argent. » Il tira une enveloppe de sa poche et la lui donna. « Il y a trente mille couronnes. Avec ça vous devriez vous en sortir jusqu'à ma prochaine visite.

– Merci. Tu penses repasser quand ?

– Dans quelques mois. »

Elle hocha la tête et se leva. Il voulut l'aider mais elle le repoussa.

Sur la table de la cuisine, plusieurs barquettes en aluminium remplies de pâté bon marché et de tranches de viandes rôties indéfinissables avaient été posées sur une nappe en toile cirée qui avait connu des jours meilleurs il y a quelques décennies de cela. Willy avait pas mal d'amis dans le secteur qui tuaient plus de gibier qu'ils n'en pouvaient consommer et ils ne manquaient jamais de protéines.

Son beau-frère lâcha un soupir d'asthmatique en inclinant le menton sur sa poitrine pour dire le bénédicité. Ils avaient tous les deux les yeux fermés, mais il sentait toute leur énergie tournée vers le bout de la table où il était assis.

« Tu n'as toujours pas trouvé Dieu ? » lui demanda sa sœur en dirigeant vers lui son regard opaque, quand la prière fut terminée.

« Non, lui répondit-il. À force de me filer des beignes, notre cher père a réussi à m'en débarrasser. »

À cette phrase, son beau-frère leva lentement la tête et lui jeta un regard haineux. Il avait été un beau garçon autrefois. Plein de vie et d'ambition, avec mille projets de voyages autour du monde en voilier et de femmes à la peau aussi douce que la soie. Quand il rencontra Eva, elle réussit à le séduire par sa vulnérabilité et ses belles paroles. Il aimait déjà le Christ, mais pas au point de le considérer comme son meilleur ami.

Eva se chargea de lui ouvrir les yeux.

« Je t'interdis de parler ainsi de mon beau-père ! s'exclama le mari de sa sœur. C'était un saint homme. »

Il se tourna vers sa sœur. Son visage était totalement dénué d'expression. Si elle avait eu un commentaire à faire, c'était le moment. Mais elle se tut. Évidemment.

« Tu crois que notre père est au paradis, si j'ai bien compris ? »

Son beau-frère fronça les sourcils en guise de réponse. Il savait qu'il n'avait pas intérêt à se lancer dans une discussion avec lui. Tout mari de sa sœur qu'il était.

Il hocha la tête et regarda son beau-frère. Pauvre imbécile, songea-t-il. S'il était à ce point attiré par un paradis où s'ébattait un pasteur de troisième zone, au corps rabougri et à l'âme étriquée, il serait ravi de l'y envoyer en vitesse.

« Arrête de me regarder comme ça, beau-frère, lui dit-il. Je viens de donner trente mille couronnes à Eva. Pour cette somme, j'aimerais qu'au moins tu me fiches la paix pendant la demi-heure que je passe dans cette maison. »

Il leva les yeux vers le crucifix, suspendu sur le mur au-dessus du visage renfrogné du mari de sa sœur. Il pesait bien plus lourd qu'il n'en avait l'air.

Il le ressentait encore aujourd'hui dans sa propre chair.

Il sentit qu'on bougeait à l'arrière de la fourgonnette au moment où il allait s'engager sur le pont du Grand Belt. Il s'arrêta sur le parking avant le péage pour redonner une dose de chloroforme à ses deux prisonniers agités.

Il ne redémarra que lorsque le calme fut revenu. Il avait ouvert les deux vitres avant. Il se sentait étrangement agacé. Il avait l'impression d'avoir abusé du chloroforme cette fois.

Quand il arriva à la maison au bord du lac, il faisait encore trop clair pour qu'il puisse emmener les enfants jusqu'au hangar. Les premiers plaisanciers de la saison, qui étaient aussi les derniers de la journée, commençaient tout juste à faire cap sur les marinas de Lynæs et de Kignæs. Il aurait suffi d'un seul curieux muni d'une paire de jumelles pour tout faire capoter. Il n'était pas pressé, tout semblait calme à l'arrière de la voiture. Trop calme. Et ça commençait à l'inquiéter. Si les gosses étaient morts, tous les préparatifs de ces derniers mois auraient été faits en pure perte.

« Tu vas aller te coucher, oui ? » gueula-t-il, les yeux braqués sur le colosse céleste rouge sang qui semblait s'accrocher aux nuages écarlates qui s'entassaient sur la ligne d'horizon.

Il prit son téléphone portable dans sa poche. La famille là-bas à Dollerup devait déjà commencer à s'inquiéter de ne pas le voir revenir avec les deux enfants. Il leur avait promis de les ramener avant l'heure de la sieste de fin d'après-midi et il n'avait pas tenu sa promesse. Il les imaginait attablés pour le repas du soir, vêtus de tuniques et bougies allumées. La mère devait être en train de déclarer en ce moment même que c'était la dernière fois qu'ils lui faisaient confiance.

Elle ne savait pas à quel point elle avait raison.

Il appela. Ne se présenta pas. Se contenta de dire qu'il exigeait une rançon d'un million de couronnes. En petites coupures dans un sac usagé, qu'ils devraient jeter par la fenêtre d'un train. Il leur indiqua quel train ils devaient prendre et à quelle heure, à quelle gare changer, à quel moment et de quel côté de la voie il leur faudrait guetter le signal lumineux. Il tiendrait la torche à la main et elle aurait la puissance d'un flash autoroutier. Ils ne devraient pas hésiter une seconde car c'était leur seule chance de revoir leurs enfants en vie. Aussitôt qu'il aurait récupéré le sac, les enfants leur seraient rendus.

Il leur conseilla de ne pas essayer de le berner. Il leur laissait tout le week-end et le lundi pour réunir la somme. Lundi soir, ils devraient monter dans ce train. S'il manquait de l'argent, les enfants mourraient. S'ils prévenaient la police, les enfants mourraient. S'ils tentaient de le duper de quelque façon que ce soit au moment de lui remettre l'argent, les enfants mourraient.

« N'oubliez pas que vous pouvez toujours regagner de l'argent mais que les enfants, eux, seront définitivement perdus. » Quand il parvenait à cette réplique-là, il marquait toujours un petit temps pour entendre les parents suffoquer au bout du fil, puis reprendre leur souffle, accusant le choc. « N'oubliez pas non plus que vous ne pourrez pas éternellement protéger vos autres enfants. Si j'ai le moindre doute quant à votre discrétion dans les années à venir, vous pouvez vous préparer à vivre désormais dans la terreur. C'est la seule chose dont vous pouvez être sûrs. Hormis le fait que vous ne retrouverez jamais la trace du portable avec lequel je vous appelle. »

Et puis il raccrocha. C'était aussi simple que ça. Dans dix secondes, le portable aurait atterri au fond du fjord. Et il avait toujours été doué pour lancer loin.

Les enfants étaient pâles mais en vie. Il les enchaîna au plafond bas du hangar à bateaux, loin l'un de l'autre. Il leur retira le bandage qu'ils avaient sur les yeux et s'assura qu'ils ne vomissaient pas ce qu'il leur donna à boire.

Après l'habituelle séance de menaces, de pleurs et d'angoisse, ils mangèrent un peu, et c'est avec bonne conscience qu'il les bâillonna à nouveau avant de reprendre la route.

Il était propriétaire de cet endroit depuis quinze ans, et personne à part lui ne s'était jamais approché du hangar à bateaux. La maison dont le hangar dépendait était cachée derrière un rideau d'arbres, et la végétation était dense dans la partie du terrain qui séparait les deux bâtiments. On ne pouvait apercevoir la construction que depuis l'eau, et encore. Qui irait s'aventurer dans la nauséabonde infusion d'algues qui poussaient au-dessus du filet de pêche qu'il avait tendu entre les pieux plantés au fond du fjord depuis le jour où l'une de ses victimes avait jeté quelque chose à l'eau ?

Les enfants pouvaient s'époumoner autant qu'ils voulaient, personne ne les entendrait.

Il regarda sa montre. Aujourd'hui, il n'allait pas téléphoner à sa femme comme il le faisait d'habitude pour la prévenir qu'il était sur le chemin du retour. Pourquoi lui faire savoir à quel moment elle pouvait s'attendre à le voir rentrer à Roskilde ?

Il irait dans son autre propriété à Ferslev, garerait le fourgon dans la grange, et il reprendrait la route dans sa Mercedes. Dans moins d'une heure, il serait rentré, et il verrait bien à quel petit jeu elle était en train de jouer avec lui.

Les kilomètres qui le séparaient de son domicile lui apportèrent un certain apaisement. Qu'est-ce qui l'avait rendu tellement suspicieux envers son épouse ? Le problème ne venait-il pas de lui ? Ces soupçons probablement injustifiés et toutes ces mauvaises pensées ne trouvaient-ils pas leur source dans le climat de mensonge et de dissimulation sur lequel reposaient sa propre vie et les moyens qu'il avait trouvés pour la gagner ? Était-ce une simple résultante de la double vie qui était la sienne ?

Parce que tout de même, je suis heureux avec elle ! Ce fut la dernière pensée qui lui traversa l'esprit avant qu'il constate la présence d'un vélo d'homme, appuyé au tronc du saule pleureur de l'allée.

Et ce vélo n'était pas le sien.

## 17

Il fut un temps où leurs conversations téléphoniques du matin lui donnaient de l'énergie pour toute la journée. Le son de sa voix suffisait à lui faire supporter une vie sans aucun contact avec l'extérieur. Il lui suffisait d'imaginer qu'il la prenait dans ses bras pour se sentir heureuse.

Mais plus maintenant. La magie avait disparu.

Demain, j'appellerai ma mère pour me réconcilier avec elle, se disait-elle parfois. Et la journée passait, le lendemain arrivait, et elle ne téléphonait pas.

Qu'aurait-elle pu lui raconter de toute façon ? Qu'elle était triste de ne plus la voir ? Qu'elle s'était trompée ? Qu'elle venait de rencontrer un autre homme et qu'il lui avait fait prendre conscience de son erreur ? Qu'il lui disait des mots qui lui faisaient oublier tout le reste ? Non, bien sûr, elle ne pouvait pas avouer cela à sa mère bien que ce fût la stricte vérité.

Quelqu'un avait enfin comblé le vide immense dans lequel son mari l'avait enfermée.

Kenneth était venu la voir plusieurs fois. Il arrivait après qu'elle avait déposé Benjamin à la crèche. Vêtu d'une chemisette à manches courtes et d'un pantalon d'été malgré le temps capricieux de ce mois de mars. Huit mois en Irak et dix en Afghanistan lui avaient durci le cuir. Le froid hivernal dehors comme dedans faisait vite oublier leur sens du confort aux Casques bleus danois.

C'était inéluctable, et terrible aussi.

La dernière fois qu'elle avait parlé à son mari au téléphone, il lui avait demandé des nouvelles de Benjamin et s'était étonné que son rhume soit passé si vite. Il lui avait aussi dit qu'il l'aimait et qu'il était impatient de la retrouver. Il lui avait annoncé qu'il risquait de rentrer plus tôt que prévu. La différence était qu'à présent, elle ne croyait pas la moitié de ce qu'il disait. Avant, ses mots lui faisaient tourner la tête, maintenant ils lui faisaient mal.

Et puis il y avait la peur. Elle avait peur de ses colères. Peur du pouvoir qu'il avait sur elle. S'il la jetait dehors, elle n'aurait plus rien, il s'était assuré de cela. Enfin, il l'aiderait peut-être un tout petit peu. Mais en tout cas il ne lui laisserait pas Benjamin.

Il connaissait tant de mots. Et il savait si bien s'en servir. Il pouvait convaincre n'importe qui de n'importe quoi. Qui la croirait quand elle affirmerait que Benjamin était plus heureux avec elle ? N'était-ce pas elle qui était sur le point d'abandonner le domicile conjugal ? N'était-ce pas lui qui se décarcassait toute l'année sur les routes pour subvenir à leurs besoins ? Elle les entendait d'ici. Les gens de la mairie, ceux des services sociaux. Tous ces arbitres de la bienséance qui ne jugeraient que sur sa maturité à lui et sur ses manquements à elle.

Elle savait d'avance ce qu'ils diraient.

J'appellerai ma mère tout à l'heure, se dit-elle. Je ravalerai mon orgueil et je lui raconterai tout. C'est ma mère après tout. Elle va m'aider. Elle doit m'aider. Il le faut.

Les heures passaient, et plus elle gambergeait, plus elle était oppressée. Qu'est-ce qui lui arrivait ? Était-ce parce qu'elle se sentait tout à coup plus proche d'un parfait étranger qu'elle ne l'avait jamais été de son propre mari ? Car après tout, elle ne connaissait de lui que ce qu'ils partageaient pendant les quelques heures qu'ils passaient ensemble dans cette maison. Que savait-elle de son travail ? De son passé ? Qu'y avait-il dans toutes ces caisses rangées dans le débarras du premier étage ? Elle l'ignorait.

Elle savait qu'elle ne l'aimait plus mais ne parvenait pas à justifier ce changement. Qu'avait-elle à lui reprocher ? Est-ce qu'elle n'était pas simplement victime d'un moment d'aveuglement ?

Voilà les pensées qui l'animaient. Et voilà pourquoi elle ne put s'empêcher de remonter au premier étage et de s'arrêter devant la porte de la pièce interdite. La vérité se cachait-elle derrière ? Allait-elle transgresser sa loi ? Était-elle arrivée au point de non-retour ?

Oui. Elle ne pouvait plus faire machine arrière, à présent.

Elle sortit tous les cartons et les posa dans le couloir dans l'ordre inverse de celui dans lequel ils étaient rangés. Quand elle aurait fini, il faudrait qu'ils retrouvent exactement leur place initiale, bien fermés, avec les manteaux posés dessus. Il n'y avait que de cette façon qu'elle pourrait mener son projet à bien.

Elle l'espérait, du moins.

Les dix premiers cartons, ceux qui avaient été empilés tout au fond, sous les Velux, confirmaient ce que lui avait raconté son mari. Ils étaient remplis de vieux objets ayant appartenu à sa famille et qui ne le concernaient pas. Des choses du genre de celles que ses grands-parents à elle avaient laissées derrière eux en mourant : vaisselle, cartes postales, bibelots, tapis en laine, nappes brodées, ménagères douze couverts, coupe-cigares, vieilles pendules et épingles de cravate.

Souvenirs d'une vie de famille révolue et bientôt vouée à l'oubli. Telle qu'il la lui avait décrite.

Les dix cartons suivants apportaient des éléments qui modifiaient ce tableau de manière troublante. Ils contenaient des photos dans leurs cadres dorés, des albums et des coupures de journaux. Toute une collection d'images témoignant d'événements passés remontant à son enfance et laissant à entendre que le mensonge et la dissimulation dont elle le soupçonnait ne dataient pas d'hier.

Car, contrairement à ce qu'il avait toujours prétendu, son mari n'était pas fils unique. En fait, il ne faisait désormais aucun doute qu'il avait une sœur.

Elle le reconnut sur une photo, habillé en costume de marin, les bras croisés et l'air triste. Il ne devait guère avoir plus de six ou sept ans. La peau lisse et d'épais cheveux coiffés avec une raie sur le côté. Près de lui se tenait une petite fille à longues nattes et au sourire timide. C'était peut-être la première fois qu'on la prenait en photo.

Un charmant portrait de deux enfants, aussi différents l'un de l'autre qu'on peut l'être.

Elle retourna l'image et lut les trois lettres inscrites au dos : EVA. Et puis autre chose qu'elle ne put déchiffrer parce que quelqu'un l'avait biffé de nombreux traits de stylo-bille.

Elle retourna plusieurs photos et découvrit que, chaque fois, les inscriptions au dos avaient été raturées.

Pas un seul nom, pas un seul lieu.

Tout avait été effacé.

Qu'est-ce qui peut pousser quelqu'un à effacer les noms des gens ? songea-t-elle. C'est terrible de faire ça ! Cela les fait disparaître à jamais.

Quand elle était chez elle, il lui était souvent arrivé de regarder des vieilles photos en noir et blanc sur lesquelles figuraient des personnes sans nom.

Sa mère lui disait parfois : « Regarde, c'est ton arrière-grand-mère. Elle s'appelait Dagmar. » Mais quand sa mère serait morte, que deviendraient les noms ? Comment se rappellerait-on qui a donné la vie à qui, et à quel moment ?

Cette petite fille, elle, avait un nom, Eva.

Elle devait être la sœur de son mari. Mêmes yeux. Même bouche. Sur certaines photos où ils étaient seuls tous les deux, elle le contemplait pleine d'admiration. C'était touchant.

Eva avait l'air d'une petite fille comme les autres. Blonde et lisse. Et pourtant, elle semblait porter sur le monde un regard qui, sur toutes les photos hormis la première, contenait plus d'appréhension que de confiance.

Quand les parents et les enfants étaient ensemble sur les prises de vues, ils étaient debout si près les uns des autres qu'on aurait dit qu'ils cherchaient à se protéger du monde extérieur. Ils ne se tenaient pas enlacés, simplement serrés les uns contre les autres. Sur les rares photos où ils figuraient tous les quatre, la composition était toujours la même. Les enfants devant, les bras pendants, le long du corps, la mère derrière sa fille et le père derrière son fils, leurs mains posées sur les épaules des enfants.

Ces mains semblaient écraser les enfants contre le sol.

Elle essaya de comprendre la personnalité de ce garçon aux yeux vieux comme le monde qui était maintenant son mari. Ce n'était pas facile. Ils avaient tant d'années de différence. Elle le sentait encore plus aujourd'hui que d'habitude.

Elle referma les caisses de photos et se mit à feuilleter les coupures de presse avec le sentiment amer que leur rencontre avait été une erreur. Et qu'en fait l'homme à qui elle aurait dû unir son destin habitait à cinq rues d'ici et n'avait rien à voir avec celui qu'elle voyait sur ces photos.

Son père était pasteur. Il ne le lui avait jamais dit mais on le devinait à la tenue qu'il portait sur plusieurs des clichés.

C'était un homme d'apparence arrogante, austère et autoritaire.

Les yeux de sa mère n'exprimaient rien du tout.

Dans les articles qui avaient été conservés, on devinait pourquoi. Le père dirigeait tout. Il y avait des parutions religieuses dans lesquelles il maudissait les hérétiques, prêchait l'élitisme et fustigeait les mœurs dissolues. Des pamphlets qui parlaient de tenir la parole de Dieu fermement serrée dans le creux de sa main et de ne la lâcher que lorsqu'il s'agissait de la jeter à la figure des hommes sans foi. Son mari avait eu une éducation bien différente de la sienne.

Beaucoup trop différente.

Ces papiers jaunis dégageaient une odieuse atmosphère de conservatisme, de chauvinisme, d'intolérance et d'intégrisme. Bien sûr, il s'agissait de son beau-père et non de son mari, mais elle ne pouvait s'empêcher de sentir rétrospectivement à quel point les malédictions du père avaient laissé dans le cœur du fils une zone d'ombre qui ne s'effaçait tout à fait que lorsqu'il faisait l'amour avec elle.

Et l'enfance ne devait en aucun cas laisser ce genre de traces.

Il y avait de manière générale quelque chose qui clochait. Chaque fois qu'un nom ou un endroit était cité, on l'avait rayé au stylo-bille. Toujours avec le même stylo.

Elle décida qu'elle essaierait de retrouver le grand-père de Benjamin sur Google la prochaine fois qu'elle se rendrait à la bibliothèque municipale. Mais il fallait d'abord qu'elle découvre qui il était. Il devait bien y avoir dans l'un de ces articles quelque élément qui lui permette de découvrir comment il s'appelait. Et quand elle saurait ça, elle trouverait sûrement des renseignements sur cet homme si particulier et si peu aimable. Même en ces temps d'amnésie collective.

Elle pourrait tout simplement en parler avec son mari. Cela l'aiderait peut-être à se libérer un peu.

Elle ouvrit ensuite une série de boîtes à chaussures qu'elle trouva empilées dans l'un des cartons. Elles contenaient un tas d'objets anodins tels qu'un briquet de marque Ronson qu'elle actionna et qui contre toute attente fonctionna à la perfection, des boutons de manchettes et un coupe-papier. Il y avait aussi quelques articles de bureau, de ceux qu'on garde parce qu'ils vous rappellent une époque de votre vie professionnelle.

Le reste du contenu des boîtes évoquait différentes périodes de la vie de son mari. Coupures de journaux, brochures et tracts politiques. Chacune d'entre elles révélait un pan de son existence. Réunies, elles donnaient l'image d'un homme blessé et humilié, devenu à la fois le reflet et le contraire de l'homme qui lui avait donné la vie. D'abord un jeune garçon dont le comportement allait à l'opposé des préceptes stricts de son éducation. Puis un adolescent qui se lançait dans l'action par réaction. Et enfin, un homme dressé sur des barricades, militant en faveur de tout régime totalitaire excluant la religion. Une photo le montrait au cœur de la mêlée quand on avait évacué les squats sur Vesterbrogade en 1990. Un homme encore, troquant l'uniforme de la marine pour le manteau de laine puis pour la veste US et le foulard afghan. Un homme qui avait fini par voiler son visage pour de bon quand l'heure fut venue.

C'était un caméléon capable de changer d'apparence en fonction du milieu dans lequel il évoluait et elle venait seulement de s'en rendre compte.

Elle envisagea un instant de tout ranger et d'oublier ce qu'elle avait vu. Après tout, il semblait lui-même vouloir effacer tout ce qui se trouvait dans ces cartons.

N'avait-il pas d'une certaine façon fermé le couvercle sur ce qu'avait été sa vie avant elle ? Si, certainement. Sinon il lui aurait raconté sa vie et il n'aurait pas biffé tout ce qu'il pouvait avec son stylo-bille.

Mais comment arrêter maintenant qu'elle avait commencé ?

Si elle ne continuait pas à fouiller son existence passée, elle ne parviendrait jamais à le comprendre et elle ne saurait pas quel individu avait été son père. Était-il encore de ce monde ? Même ça, elle ne le savait pas.

Alors elle poursuivit son incursion dans le passé de son compagnon, découvrant une vie entière, rangée dans des cartons, qu'elle posait un à un, le long du corridor. Archives classées dans des boîtes à chaussures. Boîtes rangées dans des caisses. Le tout soigneusement étiqueté par ordre chronologique.

Elle s'attendait à découvrir qu'il avait fini par avoir des problèmes avec la justice à force de monter sans cesse au créneau, mais quelque chose semblait l'avoir poussé à changer de cap. Comme s'il s'était assagi tout à coup.

Chaque tranche de vie était regroupée dans des chemises en plastique sur lesquelles figuraient des dates. Apparemment il avait aussi fait des études de droit. Il avait étudié la philosophie pendant un an. Il avait voyagé en Amérique latine pendant deux années au cours desquelles, selon les documents contenus dans les dossiers, il avait vécu de petits boulots dans des hôtels, chez divers viticulteurs, ou comme commis dans une boucherie.

C'est au retour de ces voyages qu'il était devenu l'individu qu'elle croyait connaître. Nouveaux dossiers soigneusement archivés et étiquetés. Brochures éditées par l'armée de métier.

Notes concernant une école militaire, la gendarmerie nationale et les commandos de la célèbre Jægerkorps. Et à partir de ce moment-là, les cartons ne continrent plus rien de personnel, ni documents ni objets.

Elle ne trouva plus aucun nom, aucune indication de lieu ou de personnes qu'il ait pu rencontrer. Juste ces chiffres sur la couverture des classeurs, marquant les années écoulées.

Les dernières indications qui auraient pu donner une idée de son parcours apparurent sous la forme d'une pile de documentations en plusieurs langues. Une école navale en Belgique, un dépliant de la Légion étrangère avec de belles photos du sud de la France, des dossiers d'inscription provenant de plusieurs écoles de commerce au Danemark.

Rien ne permettait d'apprendre quelle voie il avait finalement choisie. On pouvait juste se faire une idée du genre de réflexion qui l'animait à cette période-là.

Tout cela donnait une impression de chaos.

Et tandis qu'elle remettait en place la dernière série de cartons, la panique s'empara d'elle. Elle savait qu'il était entré dans la clandestinité, professionnellement parlant. Il le lui avait dit. Et jusque-là, elle en avait déduit qu'il travaillait au service du Bien. Dans les services secrets par exemple, ou dans une unité des Renseignements généraux. Mais qu'est-ce qui lui prouvait qu'il avait une activité honnête, après tout ?

Tout ce qu'elle savait, c'est qu'il n'avait jamais eu une vie normale. C'était un marginal.

Et après avoir épluché plus de trente années de son existence, elle ne savait toujours rien de lui.

Elle était arrivée aux cartons qui étaient rangés tout en haut. Elle en avait déjà entrouvert un ou deux, la première fois, mais pas tous. Et à présent qu'elle les fouillait systématiquement l'un après l'autre, une question terrible se mit à la tarauder : pourquoi les avait-il rangés à un endroit aussi accessible ?

La question était d'autant plus terrifiante qu'elle connaissait la réponse.

Ces cartons étaient rangés là parce qu'il avait semblé inconcevable à son mari qu'elle pût avoir l'idée de fouiller dedans. C'était aussi simple que cela. Existait-il une preuve plus flagrante du pouvoir qu'il savait avoir sur elle ? Il était tout bonnement persuadé que jamais il ne lui serait venu à l'idée de pénétrer dans cette pièce. Parce que cette pièce était frappée d'un tabou absolu.

Et on ne dispose d'un tel pouvoir sur les gens que si on l'exerce délibérément.

Cette certitude lui fit déballer les derniers cartons avec inquiétude et dans un état de tension extrême. Ses lèvres étaient étroitement serrées, et ses narines aspiraient l'air par à-coups.

Les cartons ne contenaient que des classeurs de format A4, avec de gros anneaux métalliques. À l'intérieur des dossiers, des chemises de toutes les couleurs. Quant à leur contenu, il était obscur.

Les premiers qu'elle feuilleta témoignaient d'une phase de son existence où il avait visiblement tenté de se faire pardonner la distance qu'il avait prise avec la religion. Des brochures et encore des brochures, éditées par toutes sortes de mouvements religieux et soigneusement classées dans des chemises cartonnées. Des dépliants qui parlaient d'Éternité et de Lumière éternelle, et de la façon dont on y accédait. Des fascicules vantant de nouvelles communautés religieuses et de nouvelles sectes qui toutes pensaient détenir le secret de la félicité. Des noms comme Sathya Sai Baba, l'Église de Scientologie, l'Église de la Sainte-Vierge, les Témoins de Jéhovah,

The Eternals, et les Enfants de Dieu, cohabitaient dans ces classeurs avec l'Observatoire de la réunification, The Fourth Noble Truth, Divine Light Mission et un tas d'autres dont elle n'avait jamais entendu parler. Mais quelle que soit leur observance, toutes se revendiquaient comme la voie unique vers l'harmonie et l'amour de son prochain. Amen.

Elle secoua la tête. Perplexe. Quelle était sa quête ? Lui qui avait tout fait pour se débarrasser des dogmes qu'on avait cherché à lui inculquer dans son enfance. D'ailleurs, à sa connaissance, aucune de ces Églises n'avait trouvé grâce aux yeux de son mari.

Dieu et la religion étaient des mots qu'on employait rarement dans la maison de briques rouges, tapie dans l'ombre écrasante de la cathédrale de Roskilde.

Après être allée chercher Benjamin à la crèche et avoir joué un peu avec lui, elle l'installa devant la télévision. Tant que l'image bougeait et qu'il voyait des couleurs, il était content.

Elle remonta au premier étage. Elle faillit renoncer. Se dit l'espace d'un instant qu'elle ferait mieux de ranger les derniers cartons sans les ouvrir et de laisser le passé sinistre de son mari où il était.

Vingt minutes plus tard, elle se félicitait de ne pas avoir cédé à cette impulsion. À vrai dire elle était tellement bouleversée qu'elle songea même à rassembler ses affaires, à ouvrir la boîte à gâteaux dans laquelle était caché l'argent du ménage, et à prendre le premier train en partance.

Elle se doutait que, dans les dernières caisses, elle tomberait sur des choses qui seraient en rapport avec la vie de son mari dont elle faisait partie, mais elle ne s'attendait pas à apparaître comme l'un de ses projets.

Il lui avait raconté qu'il était tombé fou amoureux d'elle
la toute première fois qu'il l'avait vue, et c'était exactement
ce qu'elle avait ressenti. Elle savait maintenant que c'était un
mensonge.

Car leur rencontre au café ne pouvait pas être due à un
simple hasard, sachant qu'il avait découpé un article à propos
de sa toute première victoire en concours de saut d'obstacles
au parc de Bernstorff. Or ce concours avait eu lieu plusieurs
mois avant leur rencontre. Comment cette coupure de presse
avait-elle atterri entre ses mains ? S'il était tombé dessus plus
tard, il lui en aurait parlé, non ? En outre, il avait en sa possession les programmes de plusieurs concours hippiques auxquels elle avait participé bien avant celui de Bernstorff. Il avait
des photos d'elle prises dans des endroits où elle n'était jamais
allée avec lui. Bref, il la surveillait depuis des mois avant leur
prétendue première rencontre.

Il avait juste attendu le meilleur moment pour placer ses
pions. Il l'avait présélectionnée et au regard de ce qu'elle
savait de lui aujourd'hui, elle ne se sentait nullement flattée.

Au contraire, cela lui donnait la chair de poule.

Elle l'eut encore plus en ouvrant un casier d'archives en
bois qui se trouvait dans le même carton de déménagement
que les photos. Au premier regard, il n'avait rien de particulier. C'était juste une boîte avec des listes de gens dont elle
n'avait jamais entendu parler, avec leurs noms et leurs
adresses. Plus elle étudiait ces fiches, plus elle se sentait mal.

À chaque nom de la liste correspondait une page comportant toutes sortes de renseignements sur la personne en question et tous les membres de sa famille. D'abord leur religion.
Ensuite le statut qu'ils avaient au sein de leur communauté
et depuis combien de temps ils en faisaient partie. Parmi les
données plus personnelles, il y avait des informations sur leurs

enfants. Leurs noms, leurs âges et, beaucoup plus inquiétant, leurs traits de caractère. Par exemple il était écrit :

*Willers Schou, quinze ans. Pas le chouchou de sa mère. En revanche le père semble très attaché à lui. Un garçon turbulent, pas toujours présent aux réunions de la communauté. A été enrhumé tout l'hiver et alité à deux reprises.*

En quoi ces détails intéressaient-ils son mari ? Et qu'est-ce que cela pouvait lui faire de savoir combien ces gens gagnaient ? Il travaillait comme taupe pour l'administration fiscale ? Il avait été chargé d'infiltrer les sectes au Danemark pour dévoiler en leur sein des activités incestueuses, des mal-traitances ou d'autres horreurs de ce genre ? Ou bien quoi ?

C'était ce *ou bien quoi* qui faisait froid dans le dos.

Son secteur semblait couvrir le Danemark tout entier, il était donc peu probable qu'il travaille pour une municipalité. De manière générale, elle avait du mal à croire qu'il travaillait pour l'État, car dans ce cas, il n'aurait pas gardé ces docu-ments chez lui, dans un carton de déménagement.

Alors que faisait-il ? Était-il détective privé ? Quelque mil-liardaire l'avait-il engagé pour semer la zizanie dans les com-munautés religieuses du pays ?

C'était une possibilité.

Elle réussit à se bercer de cette illusion jusqu'à ce qu'elle tombe sur une feuille où il avait écrit, au-dessous d'une longue liste de renseignements : *1 200 000 couronnes, aucun problème d'exécution.*

Elle resta un long moment sans bouger, la feuille posée sur ses genoux. Là encore il était question d'une famille nom-breuse qui faisait partie d'une secte. Le compte rendu res-semblait à ce qu'elle avait lu sur les autres familles, hormis la dernière ligne et un détail. Un nom avait été coché dans la liste des enfants. Il s'agissait d'un garçon de seize ans et il était précisé qu'il était la prunelle des yeux de ses parents.

Pourquoi y avait-il une encoche en face de son nom ? Parce qu'il était le préféré ?

Elle se mordit la lèvre. Elle se sentait vide, incapable d'élaborer un plan ou même d'avoir une idée. Elle savait juste qu'elle devait s'enfuir de cette maison aussi vite que possible. Mais était-ce vraiment la meilleure solution ?

Pourquoi ne pas utiliser tout cela contre lui ? Il y avait peut-être là un moyen d'obtenir la garde de Benjamin ? Même si, pour l'instant, elle ne voyait pas comment s'y prendre.

Elle rangea les deux derniers cartons, qui ne contenaient que des objets sans importance qui n'avaient pas trouvé leur place dans la maison depuis qu'ils y vivaient ensemble.

Puis elle posa soigneusement les manteaux par-dessus. La seule trace de son indiscrétion était le creux qu'elle avait fait avec son genou dans un des cartons en cherchant son chargeur de téléphone, et on le voyait à peine.

Tout va bien, se dit-elle.

La sonnerie de la porte d'entrée retentit.


Kenneth se tenait dans la pénombre avec un air mutin. Ainsi qu'ils étaient convenus, il avait fait comme lors de ses autres visites. Il s'était présenté avec un journal froissé à la main et l'intention de demander si, par hasard, le livreur de journaux n'aurait pas oublié de leur apporter leur quotidien ce matin. Il se serait ensuite lancé dans une explication selon laquelle il avait trouvé ce journal au milieu de la chaussée et un commentaire sur les livreurs de journaux qui devenaient de moins en moins consciencieux. Tout cela pour le cas où ce serait son mari qui ouvrirait la porte, ou s'il lisait sur son visage qu'elle n'était pas seule.

Cette fois, elle ne sut pas très bien quelle expression adopter.

« Entre, mais pas longtemps », dit-elle simplement.

Elle jeta un coup d'œil dans la rue. Il faisait déjà sombre. Mais à première vue, tout était calme.

« Il y a un problème ? Il arrive, ou quoi ? lui demanda Kenneth.

— Non, je ne pense pas, il aurait appelé.

— Alors qu'est-ce que tu as ? Ça ne va pas ?

— Non. »

Elle se mordit la lèvre. À quoi bon lui raconter tout cela ? Ne valait-il pas mieux le laisser en dehors de cette histoire pour le moment ? Elle devrait peut-être prendre ses distances avec lui pendant qu'elle gérait les difficultés qui lui paraissaient maintenant inévitables. Personne ne pourrait faire de rapprochement avec lui s'ils ne se voyaient plus pendant quelque temps.

C'était ce qu'il fallait faire. « Tu as raison, Kenneth. Je ne suis pas dans mon assiette aujourd'hui. »

Il ne fit pas de commentaire et la regarda longuement. Sous ses sourcils clairs il y avait deux yeux attentifs qui avaient appris à détecter le danger. Et ces yeux-là avaient tout de suite vu qu'il y avait un problème. Et ils avaient compris que ce problème pouvait avoir une incidence sur des sentiments qu'il ne voulait plus cacher. Son instinct de survie s'était réveillé.

« Dis-moi ce qui se passe, Mia, s'il te plaît ! »

Elle l'entraîna à l'intérieur où Benjamin était scotché à l'écran de télévision comme seuls les très jeunes enfants peuvent l'être. C'était là, dans la maison, avec son fils, qu'elle trouverait la force de faire ce qu'il fallait faire.

La force de regarder Kenneth droit dans les yeux et de lui demander de ne pas s'inquiéter si elle s'éloignait de lui pendant quelque temps.

Mais elle n'en eut pas le temps. La lumière des phares de la Mercedes de son mari illumina le jardin au même instant.

« Il faut que tu t'en ailles, Kenneth. Sors par la porte du jardin. Maintenant.

— Tu ne veux pas qu'on...

— Maintenant, Kenneth !

— D'accord. Mais mon vélo est garé devant. Qu'est-ce que j'en fais ? »

La sueur commençait à couler de ses aisselles. Ne valait-il pas mieux s'enfuir avec lui tout de suite ? Sortir par la porte d'entrée avec Benjamin sous le bras ? Non. Elle n'oserait jamais faire ça. Jamais.

« Je trouverai une explication. Va-t'en. S'il te plaît. Passe par la cuisine pour que Benjamin ne te voie pas. »

La porte de service claqua un dixième de seconde avant que les clés ne cliquettent dans la serrure de la porte d'entrée.

Elle avait eu le temps de s'allonger sur le sol devant la télévision, son fils serré dans ses bras.

« Ça y est, Benjamin ! Papa est revenu. On va bien s'amuser tous les trois ! »

## 18

Par un vendredi brumeux du mois de mars, il n'y a pas grand-chose à dire sur la nationale E22 qui traverse la Scanie suédoise de part en part. Si on enlève les maisons et les panneaux signalétiques, on pourrait tout aussi bien se trouver sur la route entre Ringsted et Slagelse au Danemark. Paysage sans relief, champs bichonnés, beauté proprette et sans âme.

Et pourtant, une bonne cinquantaine de ses collègues à l'hôtel de police avaient été émus à la simple évocation de son voyage en Suède. D'après eux, un homme pouvait espérer voir ses moindres besoins satisfaits à la minute où il voyait battre le premier drapeau bleu et jaune dans le ciel. Carl regardait à travers la vitre de la voiture en secouant la tête. Il devait lui manquer une corde sensible. Celle qui était supposée se mettre à vibrer aussitôt qu'on prononçait les mots airelles, purée de pommes de terre et saucisse grillée.

Ce n'est qu'en approchant de Blekinge que le paysage prit des courbes gracieuses. On dit que du temps où les dieux répartissaient les cailloux sur la terre, ils s'étaient mis à trembler d'épuisement en approchant de Blekinge. C'est vrai que c'était joli, mais il n'y avait pas de quoi s'extasier non plus. Des arbres, des cailloux et de nombreux kilomètres avant le premier aquavit et la bière qui va avec. La Suède, quoi.

Pas des masses de chaises longues et de Campari dans le

coin, songeait Carl quand il atteignit Hallabro et prit à gauche pour s'engager dans Gamla kongavägen, juste après l'inévitable station-service qui fait aussi supérette et garage automobile spécialisé dans le tuning.

Il arriva à la maison entre chien et loup. Elle surplombait la ville sur fond de ciel bleu marine, un muret en pierre délimitant le terrain. Trois fenêtres éclairées indiquaient que la famille Holt ne s'était pas laissé effrayer par le coup de fil d'Assad.

Il frappa à la porte à l'aide du heurtoir fêlé et le moins qu'on puisse dire, c'est qu'il ne semblait pas régner une activité trépidante à l'intérieur.

Merde, se dit-il. On est vendredi. J'espère que les témoins de Jéhovah ne célèbrent pas le shabbat ! Les juifs le faisaient parce que c'était recommandé par la Bible et, à sa connaissance, les témoins de Jéhovah suivaient les préceptes de la Bible à la lettre.

Il frappa à nouveau. Peut-être qu'ils ne lui ouvraient pas parce que c'était contre leurs principes religieux ! Est-ce qu'il était interdit de faire quoi que ce soit le jour du shabbat ? Et si c'était le cas ? Défoncerait-il la porte ? Probablement pas une bonne idée dans ce pays où tout le monde avait un fusil planqué sous son matelas.

Il hésita un petit moment, regardant autour de lui. La ville était paisiblement pelotonnée sur elle-même. La nuit tombait. Les gens se mettaient à table et tâchaient d'oublier leur journée.

Mais comment trouve-t-on un endroit où dormir dans ce trou paumé ? se demandait-il quand enfin une lumière s'alluma dans l'imposte de la porte d'entrée.

Un garçon de quatorze ou quinze ans au visage sérieux et pâle apparut dans l'embrasure. Il le fixa sans un mot.

« Hello ! dit Carl. Est-ce que tes parents sont là ? »

L'adolescent referma la porte tout doucement et la verrouilla. Il était resté parfaitement placide. Il savait ce qu'il avait à faire et laisser entrer un inconnu n'était pas à l'ordre du jour.

Carl resta planté devant la porte close pendant plusieurs minutes. Parfois, dans ce domaine, l'obstination pouvait s'avérer payante.

Deux habitants du quartier passèrent dans la rue, le fusillant d'un regard qui disait : « Qui êtes-vous ? Que venez-vous faire ici ? » Chiens de garde fidèles au poste comme on en trouve partout.

Enfin la tête d'un homme d'âge mûr s'encadra derrière l'imposte. La patience avait payé, une fois de plus.

Le visage dépourvu d'expression jaugea Carl à travers la vitre. Il semblait attendre quelqu'un.

La porte s'ouvrit.

« Oui ? » dit-il, laissant à Carl l'initiative de la conversation.

Carl sortit sa carte de police et annonça : « Carl Mørck, département V, police de Copenhague. Vous êtes Martin Holt ? »

L'homme scruta la carte, visiblement mal à l'aise, et acquiesça.

« Je peux entrer ?

— De quoi s'agit-il ? répondit l'homme à voix basse, dans un danois impeccable.

— Je préférerais que nous en parlions à l'intérieur.

— Pas moi », dit-il en faisant mine de refermer la porte.

Carl fut le plus rapide et saisit la poignée.

« Monsieur Holt. J'aimerais m'entretenir quelques instants avec votre fils Poul. »

L'homme eut un court moment d'hésitation puis il répondit. « Je crains que ce ne soit pas possible. Il est absent.

– Auriez-vous l'obligeance de me dire où je peux le trouver dans ce cas ?

– Je n'en sais rien. »

Il regarda Carl avec plus de dureté que n'en demandait sa réponse.

« Vous me dites que vous ne connaissez pas l'adresse de votre fils Poul ?

– C'est ça. Et maintenant j'aimerais que vous nous laissiez tranquille. Nous sommes en train de lire la Bible avec ma famille. »

Carl sortit un bout de papier de sa poche. « J'ai ici la liste des personnes qui vivaient dans votre domicile de Græsted, le 16 février 1996, le jour où Poul a cessé de fréquenter l'école d'ingénieurs. Comme vous pouvez le voir, il y avait vous-même, votre épouse Laila ainsi que vos enfants Poul, Mikkeline, Tryggve, Ellen et Henrik. » Il consulta ses notes. « D'après leurs numéros d'identité nationale, ils auraient respectivement trente et un, vingt-six, vingt-quatre, seize et quinze ans, c'est bien cela ? »

Martin Holt hocha la tête tout en essayant de chasser un garçon qui regardait Carl par-dessus son épaule. C'était le même garçon que tout à l'heure. D'après son âge, il devait s'agir de celui qui répondait au prénom d'Henrik.

Quand il s'éloigna, Carl le suivit des yeux. Il avait noté dans son regard cette vacuité, cette indécision qu'ont les gens quand ils ne contrôlent plus rien d'autre dans leur vie que leurs sphincters.

Carl dirigea à nouveau son attention sur son interlocuteur, qui semblait prendre très au sérieux son devoir de chef de famille. « Nous savons que Tryggve était en compagnie de Poul la dernière fois qu'on l'a vu dans l'école d'ingénieurs où il faisait ses études, dit-il. Alors si Poul n'est pas là, peut-être pourrais-je voir son frère Tryggve. Juste une petite minute.

– Nous ne lui parlons plus. »

Il dit cela sur un ton froid et factuel. Sous l'éclairage blafard de la lumière du perron, sa peau avait la couleur grisâtre qui caractérise les hommes qui font un métier difficile. Trop de travail, trop de responsabilités et peu de compensations. La peau terne et le regard opaque, voilà comment Carl aurait décrit l'homme qui venait de lui claquer la porte au nez.

La lumière extérieure et celle du vestibule s'éteignirent mais Carl devinait que l'homme restait derrière la porte, attendant qu'il s'en aille.

Alors il fit quelques pas sur place pour faire croire qu'il descendait les marches du perron.

Immédiatement l'homme se mit à prier à haute voix de l'autre côté de la porte.

« Scellez nos lèvres, Seigneur, afin que nous ne prononcions pas les mots menteurs et immondes, ni les choses vraies qui ne sont pas la vérité, ni la vérité qui est trop cruelle pour être dite. Par la grâce de Jésus-Christ », pria-t-il en suédois.

Il avait renoncé à tout. Y compris à sa langue natale.

Martin Holt avait dit : *Scellez notre langue, Seigneur*. Et aussi : *Nous ne lui parlons plus*. Qu'est-ce que cela signifiait ? Le prénom de Tryggve lui-même était-il devenu tabou ? Et celui de Poul aussi ? Les deux garçons avaient-ils été excommuniés à la suite de ce qui s'était passé à l'époque ? S'étaient-ils d'une façon ou d'une autre rendus indignes du Royaume de Dieu ? Était-ce tout simplement cela qui s'était passé ?

Si c'était le cas, ce n'étaient pas les affaires d'un fonctionnaire de police.

Qu'est-ce que je fais maintenant ? se demanda-t-il. Il envisagea de demander de l'aide au commissariat de Karlshamn. Mais sous quel prétexte ? Ces gens n'avaient rien fait de mal. À ce qu'il sache.

Il secoua la tête. Descendit l'escalier sur la pointe des pieds, monta dans la voiture, enclencha la marche arrière et alla se garer un peu plus haut dans la rue, dans un endroit où il pourrait être à l'abri des regards.

Il dévissa le bouchon de sa thermos pour s'apercevoir que le café était froid. « Super », dit-il à haute voix en pensant exactement l'inverse. Il y avait au moins dix ans qu'il n'avait pas planqué de cette façon, et ça ne l'enchantait pas plus que la première fois. Le plaisir tout relatif de passer une nuit dans sa voiture, en plein mois de mars, sans appuie-tête, en buvant du café froid à même le couvercle en plastique, ne faisait pas partie de ses motivations pour entrer dans la police. Et voilà qu'il se retrouvait ici, sans l'ombre d'une piste, mais avec ce satané sixième sens qui l'amenait à remarquer les réactions des gens et à les interpréter.

Une chose était sûre. Le comportement du type à qui il venait de parler n'était pas naturel. Martin Holt s'était montré beaucoup trop distant, il avait le teint trop gris, sa façon de parler de ses deux garçons était trop dépourvue d'émotion et, surtout, il n'avait montré aucune curiosité quant aux raisons qui avaient amené un inspecteur de la police de Copenhague devant sa porte. La plupart du temps, ce n'étaient pas les questions que les gens posaient mais celles qu'ils ne posaient pas, qui les trahissaient. Et là, cela ne faisait aucun doute.

Il jeta un dernier coup d'œil vers la maison perchée un peu plus haut dans le virage et coinça la tasse de café entre ses cuisses. Maintenant il allait doucement fermer ses paupières.

Le *powernapping* était un élixir de vie, d'après le professeur James Maas.

Juste une petite minute, s'était-il juré. Il se réveilla vingt minutes plus tard pour constater que le contenu de sa tasse avait entrepris de lui rafraîchir les parties génitales.

« Merde ! » s'écria-t-il en se frottant frénétiquement l'entre-jambe pour enlever le peu de café qui n'avait pas encore imbibé le pantalon. Il jura une deuxième fois en voyant les phares d'une voiture sortir de l'allée des Holt et descendre la rue en direction de Ronneby.

Il abandonna ses tentatives de ménage, laissant le café continuer à couler sur le siège, et appuya sur l'accélérateur. Il faisait une nuit d'encre. Une fois sortis de Hallabro, il n'y eut plus que leurs deux voitures sous les étoiles dans tout le paysage rocailleux de la région de Blekinge.

Ils roulèrent ainsi pendant dix à vingt kilomètres jusqu'à ce qu'apparaisse soudain dans la lumière des phares une maison peinte en jaune vif, construite si près de la route que l'horrible bâtisse devait provoquer des accidents au moindre coup de vent un peu fort.

La voiture qui roulait devant lui s'arrêta dans l'allée et Carl attendit dix bonnes minutes avant d'abandonner sa propre Peugeot au bord de la route et de s'approcher discrètement de la maison.

Il distingua par la fenêtre des silhouettes sombres et immobiles. En tout, il y en avait quatre, de tailles différentes.

Il attendit quelques minutes, examinant les alentours. À part sa couleur qui brillait dans l'obscurité, la maison n'avait rien de réjouissant.

Le terrain était jonché de vieux métaux et d'outils hors d'usage. On aurait dit une demeure laissée à l'abandon pendant des années après la mort de son propriétaire.

Il y a une sacrée différence entre l'élégante propriété dans le quartier résidentiel le plus huppé de Græsted et cette bicoque, se dit Carl en suivant des yeux le faisceau de lumière d'un véhicule qui gravissait la côte venant de Ronneby, contournait l'angle de la maison et la voiture de Martin Holt pour aller se garer dans la cour. L'espace d'une seconde, les phares du nouvel arrivant éclairèrent le visage éploré d'une jeune femme et de deux adolescents sur la banquette arrière. Tout le monde dans la voiture semblait très affecté par la situation. Tous étaient silencieux mais l'expression de leurs visages était tendue et effrayée.

Carl se faufila jusqu'à la maison et colla l'oreille contre les planches pourries du pignon. La masure ne semblait tenir debout que grâce à de nombreuses couches de peinture.

À l'intérieur, l'ambiance était animée. Deux hommes discutaient âprement, et apparemment ils n'étaient pas d'accord. Leurs cris et le ton employé n'évoquaient pas l'entente cordiale.

Quand ils se turent, Carl eut à peine le temps de distinguer les traits de celui qui repartit en claquant violemment la porte avant de se ruer dans sa voiture.

Les pneus crissèrent quand la famille Holt sortit de l'allée en marche arrière pour prendre la route vers le sud. Carl avait déjà pris sa décision.

Cette horrible bicoque jaune semblait lui chuchoter quelque chose à l'oreille.

Et il lui accorda toute son attention.

Sur la porte, la plaque annonçait Lillemor[1] Bengtson, mais la femme qui lui ouvrit n'avait rien d'une petite mère. Elle devait avoir environ vingt-deux ans, elle était blonde, ses inci-

---

1. Prénom signifiant « petite mère ».

sives se chevauchaient légèrement et elle était absolument délicieuse, comme on disait dans l'ancien temps.

Il y avait donc quand même de belles choses en Suède !

« Bonjour. Je suppose qu'on a dû vous informer de ma venue ? » Il lui montra sa carte. « Est-ce que Poul Holt est ici ? »

Elle secoua la tête mais en souriant. Si la dispute de tout à l'heure avait été orageuse, elle avait dû se tenir à distance.

« Tryggve, alors ?

– Entrez », dit-elle sans répondre à la question et en désignant la porte la plus proche.

« Tryggve, il est arrivé », cria-t-elle en direction de la salle de séjour. « Moi, je vais m'allonger, OK ? »

Elle sourit à nouveau à Carl comme s'ils étaient de vieux amis, et le laissa seul avec son compagnon.

Il était maigre et long comme un jour sans pain. D'ailleurs Carl ne savait pas vraiment comment il se l'était imaginé. Il lui tendit la main et l'autre la serra avec une bonne poigne franche et ferme.

« Tryggve Holt, se présenta-t-il. Mon père m'a prévenu de votre visite. »

Carl hocha la tête. « Je croyais que vous ne vous parliez plus.

– C'est exact. J'ai été banni de la communauté. Je ne leur ai pas adressé la parole depuis quatre ans, mais je les ai souvent vus garés dehors. »

Son regard était posé. Il ne semblait affecté ni par la situation ni par la dispute qui venait d'avoir lieu et Carl alla droit au but.

« Nous avons trouvé une bouteille à la mer qui contenait un message », commença-t-il, remarquant instantanément le changement d'expression du jeune homme si sûr de lui.

« Enfin, à vrai dire elle a été repêchée en Écosse il y a plusieurs années, mais la police de Copenhague ne l'a entre les mains que depuis un peu plus d'une semaine. »

La métamorphose était évidente à présent et c'était visiblement les mots *bouteille à la mer* qui l'avaient déclenchée. Comme s'ils avaient été enfouis tout au fond de lui et qu'ils remontaient soudain à la surface. Peut-être attendait-il depuis longtemps que quelqu'un prononce justement ces mots-là – le sésame de toutes ses émotions secrètes. C'était l'impression qu'il donnait en tout cas.

Il se mordit la lèvre. « Alors comme ça, vous avez trouvé un message dans une bouteille ?

– Oui. Celui-ci, tenez. »

Il tendit une photocopie de la lettre au jeune homme qui se tassa soudain de cinquante centimètres, fit un tour sur lui-même en faisant tomber par terre tout ce qui se trouvait à proximité. Si Carl n'avait pas eu le réflexe de le rattraper, il se serait écroulé.

Sa fiancée apparut sur le seuil, les cheveux lâchés, vêtue d'un T-shirt qui couvrait à peine ses cuisses, apparemment prête à aller se coucher.

« Qu'est-ce qui se passe ? »

Carl désigna la lettre. Elle la ramassa, y jeta un bref coup d'œil et la redonna à son petit ami.

Ensuite personne n'ouvrit la bouche pendant plusieurs minutes.

Lorsque le garçon se fut ressaisi, il regarda la feuille avec suspicion, comme s'il s'agissait d'une arme dangereuse, capable de l'anéantir en un clin d'œil, ou peut-être le contre-poison qui au contraire le remettrait d'aplomb à condition qu'il en relise lentement le contenu, mot après mot.

Quand il releva enfin la tête vers Carl, il n'était plus le même. Son calme et son assurance avaient été emportés par la bouteille à la mer et le message qu'elle avait acheminé. Une artère battait violemment à son cou, il était congestionné, ses lèvres tremblaient. Il ne faisait aucun doute que cette lettre ravivait une expérience des plus traumatisantes.

« Oh mon Dieu », dit-il tout doucement, fermant les yeux et portant la main à sa bouche.

Sa fiancée lui prit la main. « Calme-toi, Tryggve. Il fallait que ça sorte un jour, tu le sais bien. C'est fini. Tout va s'arranger maintenant ! »

Il sécha ses larmes et s'adressa à Carl. « Je n'ai jamais lu cette lettre. J'ai seulement vu mon frère l'écrire. »

Il la lut à nouveau tout en essuyant avec ses doigts tremblants les larmes qui inondaient ses yeux.

« Mon frère était le garçon le plus malin et le plus gentil de la terre », dit-il d'une voix rauque. « Il avait juste un peu de mal à s'exprimer par écrit. »

Il posa la lettre sur la table. Croisa les bras, le corps penché en avant. « Beaucoup de mal. »

Carl voulut poser une main sur son épaule mais Tryggve secoua la tête.

« Est-ce qu'on peut parler de tout cela demain, s'il vous plaît ? Je ne peux pas, là. Vous pouvez dormir sur le canapé. Je vais demander à Lillemor de vous apporter des draps. D'accord ? »

Carl jeta un coup d'œil au canapé en question. Il était un peu court mais avait l'air très bien rembourré.

Il fut réveillé par le bruit des voitures sur la chaussée mouillée. Il se déroula de sa position recroquevillée et se tourna vers la fenêtre. Il n'avait pas d'idée précise de l'heure, mais en tout cas le jour n'était pas levé. Devant lui étaient assis deux jeunes gens qui se tenaient par la main, chacun dans son fauteuil Ikea, et hochaient la tête en le regardant. La thermos de café était déjà posée sur la table et la copie du message posée à côté.

« Comme vous le savez, c'est mon frère Poul qui a écrit cette lettre », commença Tryggve dès que Carl sembla revenu à la vie après avoir bu quelques gorgées.

« Il l'a écrite avec les mains attachées dans le dos. » Le regard de Tryggve devint un peu flottant à l'évocation de ce souvenir.

Les mains attachées dans le dos ! Alors l'hypothèse de Laursen était presque juste.

« Je ne comprends pas comment il a réussi à faire ça, poursuivit Tryggve. Mais Poul était quelqu'un de très méticuleux. Et il dessinait bien. Une autre de ses qualités. »

Le jeune garçon eut un sourire triste. « Vous n'avez pas idée de ce que cela signifie pour moi que vous soyez là. Et de me retrouver avec cette lettre entre les mains. La lettre de Poul. »

Carl baissa les yeux vers la lettre. Tryggve y avait rajouté quelques mots. Si lui ne pouvait pas le faire, qui le pourrait ?

Carl but une grande gorgée de café. S'il n'avait pas été un garçon bien élevé, il se serait agrippé la gorge des deux mains en hurlant. Le café était incroyablement noir et diaboliquement fort. De la caféine pure.

« Où se trouve Poul maintenant ? » demanda Carl en serrant les fesses et les lèvres de toutes ses forces. « Et dans quelles circonstances a-t-il écrit cette lettre ? C'est ce que nous aimerions bien savoir, afin de pouvoir nous concentrer sur nos autres enquêtes en cours.

– Vous voulez savoir où Poul se trouve ? » Il regarda Carl tristement. « Si vous m'aviez posé la question il y a quelques années, je vous aurais répondu qu'il était au Ciel en compagnie des quarante-quatre mille élus. Aujourd'hui, je vous répondrai simplement que Poul est mort. Cette lettre fut la dernière qu'il écrivit. La dernière chose qu'il fit de son vivant. »

Il déglutit péniblement et marqua un temps.

« Poul est mort moins de deux minutes après avoir jeté la bouteille dans l'eau », dit-il si doucement qu'on l'entendit à peine.

Carl se redressa dans le canapé. Il aurait préféré être habillé pour entendre cette nouvelle.

« Vous voulez dire qu'on l'a tué ? »

Tryggve acquiesça.

Carl fronça les sourcils. « Le kidnappeur a tué Poul et il vous a épargné ? »

De ses doigts graciles, Lillemor essuya quelques larmes sur la joue de son amoureux. Il hocha la tête de nouveau.

« Oui, ce salaud m'a laissé en vie et je l'ai maudit des milliers de fois de l'avoir fait. »

## 19

S'il avait une qualité, c'était sa capacité à détecter l'hypocrisie.

Quand toute sa famille disait le bénédicité, l'air béat, devant les assiettes plates posées sur la nappe en toile cirée, il était toujours capable de distinguer les jours où son père avait battu sa mère. Les signes n'étaient pas visibles à l'œil nu car il était assez malin pour ne pas la frapper au visage. Il fallait faire bonne figure devant la communauté. Sa mère jouait le jeu, elle surveillait de son regard impénétrable et soumis les bonnes manières des enfants à table et le nombre de pommes de terre qu'ils ingurgitaient avec leur viande soigneusement rationnée. Mais derrière ses yeux d'une tranquillité apparente, il lisait sa peur et sa haine, et surtout sa terrible impuissance.

Parfois il détectait chez son père une expression de fausse innocence, mais c'était plus rare. En fait, son père montrait quasiment le même visage en toutes circonstances. Il fallait bien plus que l'exercice de la violence corporelle ordinaire pour altérer le regard d'airain de cet homme glacial.

Il savait lire dans les yeux des gens quand il était enfant et il n'avait jamais perdu ce talent.

Dès qu'il fut entré dans la maison, il perçut la fausseté dans les yeux de sa femme. Elle lui souriait, bien sûr, mais son sourire manquait d'assurance et son regard s'arrêtait dans le vide à mi-chemin de son visage.

S'il ne l'avait pas trouvée assise par terre, l'enfant dans ses bras, il aurait pu croire qu'elle avait la migraine ou qu'elle était simplement fatiguée, mais pas dans cette position, le regard vide et Benjamin serré contre elle.

C'était louche.

« Salut », dit-il tout en humant les odeurs mélangées qui flottaient dans la maison. Une note inconnue sous-tendait le conglomérat familier. Une subtile puanteur de problèmes et de transgression.

« Tu m'offres une tasse de thé ? » lui demanda-t-il en lui caressant la joue. Elle était brûlante, comme si elle avait de la fièvre.

« Et comment va mon petit bonhomme ? » Il prit son fils dans ses bras et le regarda au fond des yeux. Son regard à lui était limpide et joyeux mais aussi un peu fatigué. Son sourire était sans fard.

« Il est de nouveau en pleine forme, on dirait !

– Pourtant, hier, il était encore drôlement enrhumé. Et puis tout à coup ce matin, il allait bien. Tu sais comment sont les gosses. »

Elle ponctua sa remarque d'un petit sourire qui ne lui parut pas plus sincère que celui de tout à l'heure.

On aurait dit qu'elle avait vieilli de plusieurs années en quelques jours.

Il fit ce qu'il s'était promis de faire. Il lui fit l'amour avec autant de passion que la dernière fois. Mais cela prit plus longtemps. Elle eut beaucoup plus de mal à lâcher prise et à laisser son corps prendre le pas sur son esprit.

Après il l'attira contre lui, et elle posa la tête sur sa poitrine. En temps normal elle se serait mise à jouer avec les poils de son torse ou elle lui aurait caressé la nuque avec de petits gestes pleins de sensualité. Mais pas ce jour-là. Il eut l'impression qu'elle mobilisait toute sa concentration pour retrouver une respiration normale et ne pas lui parler.

À cause de ça, il lui posa la question qui lui brûlait les lèvres. « Il y a un vélo dans l'allée devant la maison. Tu sais comment il est arrivé là ? »

Elle fit semblant de dormir pour ne pas répondre.

Pour lui, c'était une réponse en soi.

Plusieurs heures plus tard, les mains derrière la tête, les yeux levés vers le plafond que la lumière froide de mars faisait progressivement émerger de l'obscurité, il avait retrouvé son calme. Ils étaient confrontés à un problème mais il allait le résoudre une bonne fois pour toutes.

Quand elle se réveillerait, il lui ferait avouer ses mensonges, l'un après l'autre.

Il ne commença à la questionner pour de bon qu'une fois qu'elle eut posé le bébé dans son parc. Elle s'y attendait.

Depuis quatre ans qu'ils vivaient ensemble, leur confiance l'un en l'autre n'avait jamais été mise à mal, mais à présent, ils allaient devoir faire le point.

« Il y a un cadenas sur le vélo. Ce n'est donc pas un vélo volé », dit-il avec un regard sans expression qui n'augurait rien de bon. « Je crois que quelqu'un l'a garé là exprès. Tu n'es pas de mon avis ? »

Elle fit la moue et haussa les épaules. « Comment veux-tu que je le sache ? » tenta-t-elle, sans conviction.

Il détourna les yeux.

Elle sentit une sueur traîtresse couler de ses aisselles. Bientôt son front serait humide lui aussi.

« Nous pourrions probablement retrouver le propriétaire de ce vélo assez rapidement si nous nous en donnions la peine », poursuivit-il, la regardant à nouveau, la tête baissée cette fois.

« Tu crois ? »

Elle prit un air surpris, sans plus. Puis elle leva la main vers son front comme si un cheveu ou un insecte la gênait. Effectivement, elle transpirait à présent.

Il la fixa intensément. La cuisine lui sembla soudain minuscule.

« Comment ça ? lui demanda-t-elle.

– Eh bien, pour commencer, nous demanderions aux voisins s'ils ont vu quelqu'un le déposer là. »

Elle respira profondément. Elle savait qu'il ne ferait jamais une chose pareille.

« Oui, dit-elle. C'est une bonne idée. Mais tu ne penses pas qu'il va disparaître tout seul à un moment donné ? Nous n'avons qu'à le garer sur le trottoir. »

Il se renversa dans sa chaise. Il semblait plus détendu maintenant. Elle, non. Elle essuya son front à nouveau.

« Tu transpires. Ça ne va pas ? »

Elle souffla lentement par la bouche. Calme-toi, s'ordonna-t-elle. « Ça va. Je crois que j'ai un peu de fièvre. Je suppose que Benjamin m'a refilé son rhume. »

Il hocha la tête et l'inclina un peu sur le côté. « Au fait, tu as retrouvé le chargeur finalement ! Où était-il ? »

Elle reprit un petit pain et le fendit en deux. « Dans le panier de l'entrée où je mets les bonnets et les gants. » Elle se sentait un peu plus en sécurité sur ce terrain-là. Il ne fallait surtout plus changer de sujet à présent.

« Dans le panier ?

– Je ne savais pas où le ranger une fois que le téléphone a été chargé, alors je l'ai remis au même endroit. »

Il se leva sans un mot. Dans un instant, il allait revenir s'asseoir en lui demandant ce que le chargeur faisait dans ce panier. Et elle lui dirait ce qu'elle avait prévu, c'est-à-dire qu'il devait être là depuis une éternité.

C'est alors qu'elle réalisa son erreur.

La bicyclette dans l'allée gâchait tout. Il allait faire le lien entre les deux. Simplement parce qu'il était comme ça.

Elle jeta un coup d'œil du côté de la salle de séjour où Benjamin secouait les barreaux de son parc comme un chimpanzé qui chercherait à s'échapper de sa cage.

Exactement comme elle en ce moment.

Le chargeur semblait tout petit dans la grande main de son mari, comme un objet qu'il pourrait broyer juste en serrant ses doigts. « D'où est-ce qu'il vient ? lui demanda-t-il.

– Je croyais que c'était le tien », répondit-elle.

Il ne fit pas de commentaire. Ce qui signifiait qu'il avait emporté le sien avec lui en partant.

« Allez, accouche, dit-il. Je vois bien que tu mens. »

Elle essaya de prendre un air indigné. Elle n'eut pas beaucoup de mal. « Vraiment, je ne comprends pas ce qui te fait dire ça ! S'il n'est pas à toi, c'est que quelqu'un l'a oublié ici. Il doit être là depuis le baptême. »

Mais elle était coincée.

« Le baptême ? Tu plaisantes ? C'était il y a un an et demi. » Il trouvait sa suggestion risible mais il ne riait pas du tout. « Il y avait une dizaine de personnes à cette réception. Presque toutes des rombières. Aucune d'entre elles n'a passé la nuit ici, et je suis cent pour cent sûr que la plupart n'avaient pas de portable. Et même si elles en avaient un, je ne vois pas pourquoi elles seraient venues à un baptême en emportant leur chargeur ? Ça n'a pas de sens. »

Elle voulut riposter mais il l'arrêta d'un geste.

« Arrête. Tu vas encore mentir. » Il montra du doigt le vélo dans l'allée. « C'est son chargeur ? Quand est-ce qu'il est venu ici la dernière fois ? »

Les glandes sudoripares de ses aisselles réagirent instantanément.

Il saisit son avant-bras. Sa main était moite. Elle avait été bouleversée en découvrant le contenu des cartons au premier étage, elle était terrifiée à présent par la puissance de la poigne qui l'immobilisait tel un étau. Il va me frapper, songea-t-elle. Mais il ne le fit pas. Contre toute attente, il lâcha son bras et, voyant qu'elle ne répondait pas, il se détourna d'elle et sortit en claquant violemment la porte d'entrée derrière lui. Et puis, plus rien.

Elle se leva pour vérifier qu'il passait bien dans l'allée. Aussitôt qu'elle serait sûre qu'il était parti, elle prendrait Benjamin, elle courrait jusqu'au fond du jardin, se glisserait dans le trou que les enfants des précédents locataires avaient creusé dans la haie, et elle s'enfuirait. Ils seraient chez Kenneth en moins de cinq minutes et son mari n'aurait aucune idée de l'endroit où ils se cachaient.

Ensuite, elle aviserait.

Mais elle ne vit pas sa silhouette dans le jardin. En revanche, elle entendit un bruit sourd au premier étage.

Oh, mon Dieu ! se demanda-t-elle. Qu'est-ce qu'il fabrique ?

Elle regarda son enfant, insouciant dans son parc. Parviendrait-elle à atteindre la haie avec lui sans que son mari les entende ? Est-ce que les fenêtres étaient ouvertes là-haut ? Était-il posté devant l'une d'entre elles pour les surveiller ?

Elle se mordit la lèvre inférieure, regardant le plafond, se demandant ce qu'il fabriquait.

Elle prit son sac et vida dedans la boîte en fer contenant l'argent du ménage. Elle n'osait pas passer par le vestibule où étaient pendues sa veste et la combinaison de Benjamin, mais ce n'était pas très grave. Elle espérait juste que Kenneth serait chez lui.

« Viens mon cœur », dit-elle en prenant le petit dans ses bras. Elle devrait mettre moins de dix secondes à parvenir jusqu'à la haie en sortant par la porte de la cuisine. Pourvu que le trou y soit encore. Il y avait plus d'un an qu'elle l'avait remarqué. À l'époque, il était assez large pour qu'elle puisse passer au travers.

## 20

Quand sa sœur Eva et lui étaient enfants, ils vivaient en apnée. Ils n'étaient à peu près tranquilles que lorsque leur père partait s'enfermer dans son bureau. Ils pouvaient alors se réfugier dans leurs chambres et laisser Dieu se débrouiller sans eux.

Mais il y avait aussi des moments où ils se repliaient sur eux-mêmes et s'échappaient dans leur monde intérieur, au beau milieu d'une séance de lecture des Évangiles ou d'un service religieux, entourés d'adultes en pleine extase, clamant leur joie, les mains levées vers le ciel.

Chacun avait sa propre méthode. Eva observait en douce les robes et les souliers des femmes et s'occupait de sa mise. Elle pinçait inlassablement les plis de sa jupe entre ses doigts jusqu'à les rendre tranchants et lustrés. Elle était une princesse. À l'abri des paroles dures et des regards sévères. Ou peut-être une fée avec des ailes si fines que la brise la plus légère était capable de l'élever au-dessus de la triste réalité et de l'enfer de leur vie de famille.

Quand sa pensée s'envolait, elle fredonnait un air dans sa tête. Son regard s'illuminait et ses pieds bougeaient sur place. Ses parents étaient rassurés. Ils la croyaient entre les mains du Seigneur et prenaient ses gestes graciles pour une forme de prière.

Mais lui n'était pas dupe. En fait Eva rêvait de souliers et de robes, et d'un monde plein de miroirs magiques et de mots d'amour. Il était son frère. Il la comprenait.

Quant à lui, il rêvait d'un monde où les gens savaient s'amuser.

Chez lui, personne ne riait jamais. Sa vie à lui était sans joie. La dernière fois qu'il avait entendu rire son père, il avait cinq ans. Son père était hilare parce qu'il venait de chasser un pasteur protestant de son église à grand renfort de jurons et de malédictions. Il avait mis des années à apprendre que le rire pouvait être autre chose que le plaisir de voir souffrir son prochain.

Quand il l'eut enfin compris, il cessa d'écouter les remontrances et les sarcasmes de son géniteur et apprit à se mettre à l'abri.

Il se mit à avoir des secrets. Certains d'entre eux le rendaient heureux, d'autres lui faisaient du mal. Sous son lit, cachés derrière une hermine empaillée, il gardait ses trésors. *Hjemmet* et *Familiejournalen,* deux hebdomadaires remplis d'illustrations et d'histoires. Une pile de catalogues de *Daells Varehus,* pleins de femmes presque dévêtues qui le regardaient droit dans les yeux en souriant. Il avait aussi des revues avec des noms tellement incroyables que la couverture à elle seule suffisait à le réjouir. De vieux illustrés usés et cornés couverts de taches de graisse. *Une demi-heure pour rire, Daffy Duck, Scoubidou.* Des magazines stimulants et excitants qui ne demandaient rien en échange. Il les récupérait dans les poubelles des voisins quand il faisait le mur après la tombée de la nuit, ce qui arrivait très souvent.

Ensuite, il passait la nuit entière à rigoler en silence sous sa couette.

Il gardait sa porte entrouverte pour savoir en permanence où se trouvaient les différents membres de sa famille. C'est aussi à cette époque-là qu'il apprit à surveiller ses arrières pour rapporter ses trophées dans sa chambre sans risquer d'être pris.

Et cet exercice avait développé chez lui l'ouïe d'une chauve-souris quand elle chasse.

Entre le moment où il laissa sa femme dans le séjour et celui où il la vit se faufiler par la porte de service, le petit garçon dans les bras, il se passa à peine deux minutes. Exactement comme il l'avait prévu.

Elle n'était pas stupide. Elle était jeune, naïve et prévisible mais elle n'était pas bête. Elle avait compris qu'il se doutait de quelque chose et elle avait peur. Il l'avait lu sur son visage et dans le ton de sa voix. À présent, elle cherchait à lui échapper.

Il était certain qu'elle agirait aussitôt qu'elle se croirait en sécurité. Ce n'était qu'une question de temps et c'est pourquoi il s'était posté à la fenêtre du premier, piétinant sur le plancher sans discontinuer afin de la mettre en confiance. Il n'avait arrêté que lorsqu'elle avait presque atteint le trou dans la haie.

Il n'en fallut pas plus pour voir ses doutes se confirmer et cela le blessa, même s'il connaissait depuis toujours la douleur d'être trahi. Apparemment on ne s'y habituait jamais.

Il suivit des yeux la femme et l'enfant. Toute une vie qui s'échappait. Dans un instant, ils ne seraient plus là.

La haie de troènes avait bien repoussé et il prit son temps pour descendre l'escalier et sortir dans le jardin.

Une jeune et belle femme dans une robe rouge avec un enfant dans les bras pouvait difficilement passer inaperçue et, quand lui-même se fut glissé dans le trou, il n'eut aucune peine à la repérer, bien qu'elle fût déjà loin devant lui.

Quand elle atteignit la route, elle passa une première rue et s'engagea dans la suivante, qui faisait elle aussi partie de leur hameau calme et tranquille.

Ça, en revanche, il ne s'y attendait pas.

Stupide femelle, se dit-il. Tu oses me tromper sur mon propre territoire ?

L'été de ses onze ans, la communauté que dirigeait son père avait monté une tente de location sur la place du village où se tenait habituellement la foire aux bestiaux. « Si ces satanés rouges le font, je ne vois pas pourquoi les Églises libres ne le feraient pas », avait-il proclamé.

Ils avaient travaillé dur toute une matinée pour la monter. D'autres enfants de la communauté avaient mis la main à la pâte. Quand ils eurent enfin fini et que la bâche fut tendue sous le chapiteau, son père avait donné une tape amicale sur la tête de tous les enfants.

Sauf la sienne. Non seulement il ne le félicita pas mais il lui ordonna d'apporter les chaises pliantes pour la congrégation.

Et il en fallait beaucoup.

La réunion commença. Quatre marquises jaunes avaient été dressées devant l'entrée et une grande étoile du Berger fixée au sommet du chapiteau. Une longue banderole accrochée à la toile de tente disait : *Laisse le Christ entrer en toi.*

La communauté tout entière répondit à l'invitation et encensa cette belle initiative. Mais personne d'autre ne vint. Malgré les brochures en quadrichromie qu'Eva et lui s'étaient donné un mal fou pour distribuer au plus de monde possible, pas une seule personne extérieure à la communauté ne se déplaça.

Ce fut sa mère qui dut payer les frais de la colère et de la frustration de son père, quand tous eurent le dos tourné.

« Retournez distribuer les brochures, les enfants ! » leur ordonna-t-il, fou de rage. « Et faites-le correctement cette fois-ci. »

Eva et lui s'étaient perdus de vue à l'extrémité de la foire, non loin des stands de confiserie. Sa sœur s'était arrêtée pour contempler les cages à lapins mais lui avait continué. Il n'avait pas d'autre moyen de venir en aide à sa mère.

« Prenez mes brochures », disait son regard suppliant aux gens qui passaient. S'ils voulaient bien les lui prendre, peut-être que sa mère ne serait pas battue, ce soir, en rentrant. Peut-être ne serait-il pas obligé de l'entendre pleurer toute la nuit.

Alors il cherchait du regard une bonne âme, disposée à venir communier avec eux dans la crainte de Dieu. Et il tendait l'oreille en quête d'une voix dans laquelle il reconnaîtrait l'amour de son prochain prêché par Jésus-Christ.

C'est ce jour-là que pour la première fois il entendit des rires d'enfants. Pas comme ceux qu'il entendait en passant près d'une école au moment des récréations, ni quand il osait s'arrêter quelques minutes devant la vitrine d'un magasin d'électroménager pour regarder une émission de divertissement pour les jeunes. Non. Ceux-là riaient à s'en faire péter les cordes vocales, et tous les gens qui se trouvaient là riaient de les voir rire. Lui n'avait jamais ri de cette façon-là, y compris caché sous sa couette, et il en mourait d'envie.

Alors il ignora la voix en lui qui lui susurrait des paroles de haine et de culpabilité. L'occasion était trop belle.

Un petit groupe de gens s'était réuni devant un stand. Adultes et enfants dans une belle harmonie. Une bannière en toile de drap annonçait en grosses lettres rouges dans une orthographe approximative : FILM VIDÈIO À MOATIÉ PRIS OJOR-

*DUI SEULEMAN* et sur une planche posée sur deux tréteaux trônait la plus petite télé qu'il ait jamais vue.

À l'écran passait un film en noir et blanc à l'image neigeuse, et c'était lui qui faisait rire les enfants. Il ne tarda pas à les accompagner. Il rit à en avoir mal au ventre et à cette région de son âme qui voyait pour la première fois le jour dans toute sa splendeur.

« Chaplin est vraiment inimitable », avait déclaré l'un des adultes.

Et ils avaient ri tous ensemble de l'homme qui faisait des pirouettes et de la boxe sur le minuscule écran. Et riaient encore quand il agitait sa canne et levait son chapeau noir. Et lorsqu'il faisait des grimaces derrière le dos des grosses dames et des messieurs avec du cirage noir autour des yeux. L'acteur le faisait rire lui aussi, mais il riait plus encore de la sensation merveilleuse et inattendue qui l'emplissait tout entier et lui contractait l'estomac sans que personne lui donne un coup sur la nuque ni lui fasse de reproche.

Et, aussi absurde que cela puisse paraître, cette expérience changea à jamais sa vie et celle de pas mal de ses congénères.


Mia ne regardait pas en arrière pour vérifier si elle était suivie. D'ailleurs, elle ne regardait rien du tout. Elle semblait laisser ses pieds la conduire droit devant elle dans le lotissement comme si une force invisible décidait de son allure et de sa destination.

Mais quand on sort de sa trajectoire, le moindre détail peut vous conduire à la catastrophe.

Un boulon qui se détache de l'aile d'un avion, une goutte d'eau qui provoque un court-circuit dans un poumon d'acier.

Il vit la tourterelle se poser dans l'arbre juste au-dessus de la tête de sa femme et de son fils au moment où ils allaient traverser. Il vit tomber la fiente qui vint s'écraser au sol comme une main fantomatique. Il vit le doigt de Benjamin tendu vers la tache et le regard de sa femme qui suivait la direction du doigt. Et enfin, au moment où ils s'engageaient sur la chaussée, il vit la voiture tourner à l'angle de la rue et foncer sur eux avec une précision meurtrière.

Bien sûr il aurait pu crier à cet instant, les appeler pour les prévenir, mais il ne le fit pas. Les circonstances ne s'y prêtaient pas. Les sentiments qui l'animaient à ce moment-là ne l'incitèrent pas à le faire.

Les pneus de la voiture hurlèrent sur l'asphalte, la silhouette derrière le pare-brise tourna frénétiquement le volant, le temps s'arrêta.

Il vit sa femme et son fils sursauter de peur et tourner la tête au ralenti. Le lourd véhicule dérapa, traçant de grosses lignes noires sur la chaussée comme s'il dessinait au fusain sur du papier blanc. Le chauffeur parvint à reprendre le contrôle de son véhicule, les roues arrière retrouvèrent de l'adhérence et ce fut terminé.

Sa femme resta pétrifiée dans le caniveau tandis que la voiture s'éloignait à toute vitesse. Il était figé sur place, les bras ballants. Un élan de tendresse mélangée à une étrange exaltation s'était emparé de lui. C'était très exactement ce qu'il avait ressenti la première fois qu'il avait tué quelqu'un. Il ne pensait pas revivre cela un jour.

Il s'était arrêté de respirer. Il laissa doucement l'air s'échapper de ses poumons, sentant une vague de chaleur se propager dans son corps. Mais il était resté trop longtemps immobile et Benjamin le vit. Il tournait la tête pour enfouir son visage dans le cou de sa mère, mais dès qu'il aperçut son papa, son front se détendit, ses lèvres cessèrent de trembler et il agita les bras en éclatant de rire.

Mia se retourna et le vit à son tour. Elle avait la même expression que celle qu'elle avait eue quelques secondes auparavant, quand elle avait cru son heure venue.

Cinq minutes plus tard elle était dans leur salon, refusant de le regarder en face. « Tu vas rester à la maison avec moi sans faire d'histoires. Sinon, je te promets que plus jamais tu ne reverras notre fils. »

Ses yeux étaient pleins de haine et de colère.

À présent, s'il voulait savoir où elle avait eu l'intention d'aller, il faudrait qu'il la torture.

Sa sœur et lui avaient vécu ensemble des moments rares et merveilleux.

En partant d'un bout de la chambre, il y avait dix petits pas jusqu'au miroir. Il les parcourait, les pieds exagérément tournés vers l'extérieur, la tête oscillant de gauche à droite et une canne tournoyant en l'air. Pendant le temps qu'il lui fallait pour parcourir ces dix pas-là, il devenait quelqu'un d'autre dans le reflet de la glace. Il cessait d'être le petit garçon sans amis pour jouer. Il n'était plus le fils de l'homme devant qui toute la ville faisait des courbettes. Et plus non plus l'enfant élu entre tous pour aller colporter la parole du Seigneur et la diriger vers son prochain telle la foudre divine. Il n'était plus qu'un petit vagabond capable de faire rire la terre entière et lui-même en premier.

« Mon nom est Chaplin, Charlie Chaplin », disait-il en remuant ses lèvres sous une moustache imaginaire, et Eva hurlait de rire.

Il l'avait souvent fait rire de la sorte, avec le même numéro, mais ce jour-là fut le dernier.

Après, plus jamais il ne la vit rire.

Il sentit un poids sur son épaule. Il suffisait d'un index pointé sur lui pour qu'il s'arrête de respirer et que sa gorge se dessèche. Il eut à peine le temps de se retourner que le premier coup de poing de son père l'atteignait au bas-ventre. Ses yeux étaient exorbités sous les sourcils broussailleux et, sans ouvrir la bouche une seule fois, il abattit sur lui une pluie de coups.

Quand ses entrailles commencèrent à brûler et que la bile lui monta à la gorge, il recula d'un pas et jeta un regard de défi à son bourreau.

« Alors comme ça, ton nom est Chaplin, maintenant ? » lui murmura son père avec l'expression qu'il prenait pour décrire le calvaire du Christ gravissant le Golgotha, pendant son sermon du vendredi saint. Comme son modèle avait accepté de porter toute la misère du monde sur ses épaules, même un enfant était capable de comprendre cela.

Il le frappa encore une fois en donnant de l'élan à son bras pour être sûr de l'atteindre malgré la distance. Il était hors de question qu'il s'abaisse à faire un pas vers l'enfant insoumis.

« Qui t'a mis ces idées profanes dans la tête ? »

Il baissa les yeux et fixa les chaussures de son père. Il venait de décider que désormais il ne répondrait qu'aux questions auxquelles il avait envie de répondre. Son père pouvait le battre autant qu'il voulait, il ne lui dirait rien.

« Je vois. Tu refuses de répondre. Tu m'obliges donc à te châtier. »

Il le tira par l'oreille jusqu'à sa chambre et le jeta violemment sur le lit. « Tu vas rester ici jusqu'à ce que nous revenions te chercher, c'est compris ? »

Il ne répondit pas plus à cette question-là, ce qui décontenança son père un instant, qui le regardait d'un air étonné, les lèvres entrouvertes comme si la mutinerie de son fils était le signe annonciateur du jugement dernier ou du Déluge. Mais il se ressaisit rapidement.

« Rassemble toutes tes affaires et pose-les dans le couloir », ordonna-t-il.

Il ne comprit pas tout de suite ce que son père voulait dire, mais ce dernier eut tôt fait de le lui expliquer.

« Je ne parle pas de tes vêtements, ni de tes souliers, ni de tes draps, mais de tout le reste. »

Il éloigna l'enfant pour que sa mère ne puisse plus le voir et laissa son épouse toute seule dans la lumière pâle qui striait son visage à cause des persiennes.

Sans son enfant, elle n'irait nulle part et il le savait.

« Il s'est endormi », lui dit-il quand il fut redescendu dans le salon. « Et maintenant, explique-moi ce qui se passe.

– Ce qui se passe ? » Elle tourna très lentement la tête vers lui. « Est-ce que ce ne serait pas plutôt à moi de poser cette question ? » lui demanda-t-elle, le regard sombre. « C'est quoi exactement le travail que tu fais ? D'où te vient tout l'argent que tu gagnes ? C'est quelque chose d'illégal ? Tu es une sorte de maître chanteur ou quoi ?

– Un maître chanteur ? Qu'est-ce qui te fait dire ça ? »

Elle détourna les yeux. « Je m'en fous d'ailleurs. Je veux juste que tu me laisses m'en aller. Avec Benjamin. Je n'ai plus envie de vivre avec toi. »

Il fronça les sourcils. Avait-il bien entendu ? Sa femme posait des questions.

Elle posait ses conditions. Comment avait-il pu se tromper sur elle à ce point ?

« Je t'ai demandé ce qui te faisait dire ça ? »

Elle haussa les épaules. « Tout. Tu es toujours par monts et par vaux. Tu ne me racontes jamais rien. Tu entreposes des cartons dans une pièce où personne n'a le droit d'aller comme si l'endroit était sacré, ou je ne sais pas quoi. Tu mens à propos de ta famille. Tu... »

Ce ne fut pas lui qui l'interrompit. Elle s'arrêta toute seule. Baissa les yeux, consciente qu'elle ne pouvait plus rattraper les mots qui n'auraient jamais dû sortir de sa bouche. Sidérée de son imprudence.

« Tu as fouillé dans mes cartons ? » lui demanda-t-il très doucement, alors qu'il écumait de rage à l'intérieur parce qu'il connaissait déjà la réponse.

Désormais elle savait sur lui des choses qu'elle ne devait pas savoir.

S'il ne se débarrassait pas d'elle, il était fichu.

Son père s'assura que toutes ses possessions sans exception viennent rejoindre le tas amoncelé dans le couloir. Ses vieux jouets, ses livres d'images avec les dessins d'animaux d'Ingvald Lieberkind. Toutes les babioles qu'il collectionnait depuis qu'il était petit. Une branche qui lui servait à se gratter le dos, un bocal rempli de pinces de crabe, un oursin fossilisé, sa précieuse bélemnite. Tout rejoignit le tas. Et pour finir, son père tira son lit et le bascula sur la tranche, découvrant tous ses secrets cachés sous l'hermine empaillée tout aplatie. Ses magazines, ses bandes dessinées et tous ses instants d'insouciance.

Son père examina le tout rapidement. Puis il entassa les journaux et feuilleta la pile en humidifiant le bout de ses doigts tout en comptant à haute voix. Une fessée par magazine.

« Vingt-quatre. Je ne te demande pas d'où ils viennent, Chaplin. Cela m'est complètement égal. Mais à présent tu vas te retourner et je vais te frapper vingt-quatre fois et ensuite, je ne veux plus jamais voir ce genre de saletés dans ma maison, tu m'entends ? »

Il ne répondit pas. Il regardait le tas de magazines et faisait ses adieux à chacun d'entre eux.

« Tu ne dis toujours rien ? Alors je double la sanction. Ça t'apprendra à répondre à ton père quand il te parle. »

Il refusa d'apprendre. Malgré les longues estafilades qui lui zébraient l'échine, malgré les hématomes sur sa nuque, il obligea finalement son père à remettre sa ceinture sans qu'il ait dit un seul mot, ni gémi une seule fois.

Il eut plus de mal à retenir ses larmes quand, dix minutes plus tard, son père lui ordonna de brûler toutes ses affaires dans la cour.

Ce fut le moment le plus pénible.

Elle était recroquevillée, elle regardait les cartons. Son mari l'avait abreuvée d'un flot de paroles en la traînant de force en haut de l'escalier, mais elle continuait de se taire.

« Il y a deux choses que nous devons tirer au clair, toi et moi, dit-il. Donne-moi ton téléphone. »

Elle le sortit de sa poche. Elle savait qu'il ne lui révélerait rien parce que Kenneth lui avait expliqué comment effacer la liste d'appels.

Il pianota longuement, épluchant le menu du portable sans rien trouver. Elle jubilait de le mettre en échec, pour une fois. Il allait être bien embarrassé pour confirmer ses soupçons maintenant.

« Tu as appris à trafiquer le journal d'appels ? C'est ça ? »

Elle ne répondit pas. Se contenta de lui reprendre le mobile et de le remettre dans la poche arrière de son jean.

Il montra du doigt le tas de cartons. « C'est bien rangé, dit-il. Tu as bien travaillé ! »

Elle respira plus librement. Là non plus, il n'avait aucune preuve. Il allait devoir la laisser partir, en fin de compte.

« C'est bien, mais ce n'est pas parfait, vois-tu ? »

Elle cligna des yeux une fois ou deux sans comprendre. Les manteaux n'étaient-ils pas à leur place ? Le creux dans le carton du milieu n'était-il pas bien redressé ?

« Tu vois ces traits, là ? » Il se pencha et désigna une zone tout en bas des deux premiers cartons de la pile extérieure. Un trait avait été tracé au coin de chaque carton. Les deux traits auraient dû se trouver dans le prolongement l'un de l'autre et ce n'était pas le cas. Pas tout à fait.

« Tu comprends, quand on déplace des cartons et qu'on les empile à nouveau, ils s'entassent un peu différemment. » Il lui montra deux autres traits qui eux non plus ne se trouvaient pas exactement dans le prolongement l'un de l'autre. « J'en déduis donc que tu as sorti tous ces cartons et que tu les as remis en place ensuite. Tu vois, c'est tout simple. Et maintenant tu vas me raconter ce que tu as trouvé là-dedans, d'accord ? »

Elle secoua la tête avec véhémence. « Tu es cinglé. Ce ne sont que de vulgaires cartons. Pourquoi m'intéresseraient-ils ? Ils sont là depuis que nous nous sommes installés dans cette maison. Ils ont sûrement dû s'affaisser depuis le temps et c'est pour ça que les traits ne sont plus en face. »

C'est bien, ça, se dit-elle. C'est une bonne explication.

Malheureusement il n'eut pas l'air convaincu.

« OK, alors on va vérifier », dit-il en la poussant contre le mur. « Tu ne bouges pas. Ou tu risques de le regretter. »

Elle regarda autour d'elle dans le corridor tandis qu'il allait extraire de la montagne de caisses les deux qui se trouvaient au milieu. Elle ne vit pas grand-chose qui puisse lui être d'une quelconque utilité. Il y avait un tabouret près de la porte de la chambre, et un vase sur le bord d'une fenêtre tout au bout du couloir. Et puis il y avait la cireuse appuyée contre le mur dans la soupente.

Si je tape au bon endroit avec le tabouret, peut-être que...

Elle déglutit péniblement pour se débarrasser de la boule qui lui obstruait la gorge et serra les poings, se demandant avec quelle force elle devrait porter son coup.

Tandis qu'elle se posait cette question, son mari posa lourdement un carton à ses pieds.

« Alors, on va regarder celui-là. Et dans une seconde, on saura si tu as fouillé dedans ou pas. »

Elle avait les yeux braqués sur le carton quand il l'ouvrit. Elle reconnut l'un de ceux qui se trouvaient tout à fait en dessous et au centre, enfoui dans ce tombeau qui renfermait ses secrets les plus sombres. L'article sur elle datant du concours hippique au parc de Bernstorff. La boîte en bois contenant les adresses et les renseignements sur toutes ces familles et sur leurs enfants. Il savait précisément où la trouver.

Elle ferma les yeux, essayant de respirer calmement. S'il y avait un Dieu, c'était maintenant qu'il devait lui venir en aide.

« Je ne comprends pas pourquoi tu sors tous ces vieux papiers. Qu'est-ce que cela a à voir avec moi ? »

Il mit un genou à terre et souleva le premier tas d'articles qu'il mit de côté. Il ne voulait pas prendre le risque qu'elle aperçoive la coupure de presse la concernant au cas où il s'avérerait qu'elle n'était pas coupable.

Elle se dit qu'elle avait peut-être réussi à le faire vaciller dans ses certitudes.

Puis il sortit délicatement la boîte en bois. Il n'eut même pas besoin de l'ouvrir. Il poussa un soupir et lui dit d'une voix atrocement douce : « Pourquoi a-t-il fallu que tu touches à mes affaires ? »

Qu'avait-il vu ? Où avait-elle commis une erreur ?

Elle contempla son dos, regarda le tabouret, et à nouveau son dos.

À quoi lui servaient ces fiches ainsi archivées ? Pourquoi serrait-il le poing si fort que ses jointures blanchissaient ?

Elle leva une main à son cou et sentit son pouls qui battait violemment.

Il se tourna vers elle en plissant les yeux. Son regard était terrifiant. Sa haine si évidente qu'elle en eut le souffle coupé.

Le tabouret se trouvait toujours à trois mètres d'elle.

« Je n'ai pas touché à tes affaires, mentit-elle. Qu'est-ce qui te fait croire ça ?

– Je ne le *crois* pas, je le *sais* ! »

Elle fit un pas en direction du tabouret. Il ne sembla pas s'en apercevoir.

« Regarde ! » lui dit-il en lui montrant la partie avant de la boîte. Elle n'avait rien de remarquable.

« Qu'est-ce que je suis supposée voir ? demanda-t-elle. Je ne sais pas de quoi tu parles. »

Quand il tombe de la neige au printemps, on voit parfois fondre les flocons avant qu'ils n'atteignent le sol. Toute beauté et toute légèreté disparaissent dans l'air qui les a créés et la magie s'en va d'un seul coup.

Elle eut l'impression d'être l'un de ces flocons quand il lui attrapa brusquement les jambes et les tira sous elle. Elle vit son existence présente et passée anéantie au cours des deux secondes que dura la chute. Elle ne sentit pas sa tête cogner contre le sol, seulement les mains de l'inconnu qu'elle avait épousé, tenant ses chevilles comme dans un étau.

« Tu as raison, il n'y a rien. Alors qu'il devrait y avoir quelque chose », grogna-t-il.

Elle sentit le sang couler sur sa tempe, mais pas de douleur. « Je ne comprends pas, s'entendit-elle lui répondre.

— J'avais posé un morceau de fil à coudre sur le couvercle. » Il approcha son visage presque jusqu'à la toucher et plongea son regard dans le sien, sans lui lâcher les chevilles. « Et il n'y est plus.

— Tu me fais mal. Laisse-moi me relever. Ce fil dont tu parles a dû tomber tout seul. Il y a combien de temps que tu n'as pas touché à ces cartons ? Quatre ans ? Il peut se passer des tas de choses en quatre années. » Puis elle prit une grande respiration et hurla de toutes ses forces : « LÂCHE-MOI IMMÉDIATEMENT ! »

Elle aurait aussi bien pu hurler face à un mur.

Elle vit le tabouret s'éloigner tandis qu'il la traînait comme une poupée de chiffon à l'intérieur du débarras. Elle vit son sang souiller le parquet. Elle l'entendit jurer, essoufflé, quand il posa son pied dans son dos pour la maintenir au sol.

Elle aurait voulu crier à nouveau, mais il comprimait l'air de ses poumons et elle n'y parvint pas.

Soudain, il retira son pied, la saisit brutalement sous les aisselles et l'attira à l'intérieur de la pièce où il la projeta, meurtrie et ensanglantée, au milieu du tas de cartons de déménagement.

Elle aurait peut-être eu le temps de réagir si elle avait pu prévoir ce qu'il allait faire ensuite. Mais comment l'aurait-elle pu ?

Elle perçut seulement son léger mouvement sur le côté. Un instant plus tard il soulevait un carton très haut au-dessus d'elle et le faisait retomber lourdement sur sa cage thoracique.

Elle eut le souffle coupé, mais instinctivement elle s'était tournée très légèrement sur le flanc et elle avait remonté l'une de ses jambes par-dessus l'autre. Le deuxième carton qu'il jeta sur elle coinça son bras contre ses côtes, lui interdisant tout mouvement. Et un troisième carton vint rejoindre les deux premiers.

Trois cartons de déménagement extrêmement lourds et elle en dessous.

Elle parvenait encore à apercevoir la lumière du couloir à travers la porte, juste après le bout de ses pieds, mais il posa un tas de cartons sur ses jambes et un autre entre ses pieds et la porte, et la lumière disparut.

Il travaillait en silence. Même au moment de verrouiller la porte à double tour, il ne dit pas un mot.

Elle n'appela pas à l'aide. Qui aurait pu la secourir ?

Il va vraiment me laisser ici ? se demanda-t-elle, tandis que son ventre tâchait de pallier l'incapacité de sa poitrine à respirer. À présent la seule lumière dans la pièce venait du Velux au-dessus d'elle à travers une architecture compliquée de cartons bruns.

Quand la nuit tomba, son téléphone portable se mit à sonner dans la poche arrière de son jean.

Il sonna longuement, puis il cessa.

## 21

Les premiers vingt kilomètres sur la route de Karlshamn, Carl dut fumer quatre Cecil pour se débarrasser des tremblements occasionnés par le café-qui-décoiffe de Tryggve Holt.

Si seulement ils avaient pu boucler l'interrogatoire la veille, il aurait repris la route tout de suite après et, en ce moment, il serait tranquillement allongé dans son lit, son journal posé sur son ventre et le parfum envoûtant des galettes d'avoine de Morten dans les narines.

Il testa son haleine. Une horreur.

On était samedi matin. Dans trois heures il serait rentré. Il n'avait plus qu'à prendre son mal en patience.

Il venait de trouver la fréquence de la station de radio de Blekinge quand son portable sonna. Au beau milieu d'une valse populaire exécutée au violon traditionnel du comté de Hardanger.

« Alors Kalle, où est-ce que tu es passé ? » lui demanda son interlocuteur.

Carl vérifia à nouveau l'heure sur l'horloge du tableau de bord. Il y avait un problème. Il était bien neuf heures du matin. Il ne se souvenait pas d'avoir déjà vu son beau-fils se lever aussi tôt un samedi matin.

« Qu'est-ce qui se passe, Jesper ? Il y a un souci ? »

Il avait l'air de mauvais poil. « Je n'ai plus envie d'habiter chez Vigga. Je reviens vivre chez toi, d'accord ? »

Carl baissa le son de la polka. « À la maison ! Écoute, Jesper, attends une petite seconde. Vigga vient justement de me poser un ultimatum. Elle aussi veut réintégrer le domicile conjugal, figure-toi, et si je m'y oppose, elle veut m'obliger à vendre. Pour pouvoir se tirer avec la moitié du blé. Et on sera tous à la rue.

– Elle ne fera jamais ça ! »

Carl sourit. C'était incroyable comme ce garçon connaissait mal sa propre mère.

« Qu'est-ce qui ne va pas, Jesper ? Pourquoi veux-tu revenir à la maison tout à coup ? Tu en as marre de prendre de l'eau sur la tête chaque fois qu'il pleut ? Il y a des fuites dans la toiture de la bicoque de ta mère ? Ou bien elle t'a demandé de faire la vaisselle hier soir ? »

Il commençait à s'amuser. Et ses sarcasmes semblaient avoir un effet positif sur ses crampes abdominales.

« J'ai vachement de trajet pour aller au lycée. Ça me prend une heure à l'aller et une heure au retour. Ça fait chier, franchement. Et en plus, Vigga crie tout le temps en ce moment. J'en peux plus.

– Elle crie ? Comment ça, elle crie ? » Il regretta instantanément d'avoir posé la question. Quel imbécile ! « Euh, laisse tomber Jesper. Je m'en fous, en fait.

– Mais non, Kalle. Ce n'est pas ce que j'ai voulu dire. Elle crie justement parce qu'elle n'a *pas* de mec. Et quand elle n'a pas de mec, c'est l'enfer, je te jure. »

Pas de mec en ce moment, se dit Carl. Où est passé le poète aux lunettes en écaille ? Il s'est trouvé une muse plus friquée ou quoi ? Ou simplement une nana capable de fermer sa gueule de temps en temps ?

Carl contempla le paysage détrempé. D'après le GPS il était supposé traverser Rödby et Bräkne-Hoby. Il se demanda s'il avait loupé un embranchement. La visibilité était réduite par une pluie battante. Et puis il y avait des arbres partout dans ce pays.

« C'est pour ça qu'elle parle de rentrer à Rønneparken, poursuivit l'adolescent. Au moins là-bas, elle pourrait se rabattre sur toi. »

Carl secoua la tête. Il ne savait pas s'il devait le prendre comme un compliment !

« Bon, alors, je vais te faire une proposition, Jesper. Il est absolument hors de question que Vigga revienne habiter à la maison. Si tu parviens à l'en dissuader, je te file un billet de mille couronnes.

— Comment veux-tu que j'arrive à faire un truc pareil si vraiment elle s'est mis cette idée dans la tête ? Tu la connais !

— Comment ? En lui trouvant un mec, bien sûr. Tu n'as rien dans le citron, ou quoi ? Je te donne deux mille si tu lui en dégotes un ce week-end. Et en plus tu pourras revenir vivre à la maison. Sinon, je ne marche pas. »

Il venait de faire d'une pierre deux coups et il était assez fier de lui. Le gamin semblait perplexe à l'autre bout du fil.

« Ah oui, encore un truc. Si tu reviens, je ne veux pas t'entendre râler parce que Hardy habite là. Si ça ne te plaît pas, tu n'as qu'à rester dans la petite maison dans la prairie.

— Hein ?

— Tu percutes, oui ou non ? Il y a deux mille couronnes pour toi si tu remplis ta mission avant la fin du week-end. »

Silence. Il fallait que l'idée fasse son chemin à travers le filtre de mauvaise volonté et de paresse inhérentes à l'adolescence, et sans doute aussi à l'inévitable gueule de bois du week-end.

« Deux mille, tu dis ? » répondit-il finalement. « OK. Je vais coller des affichettes.

– Hein ? »

Carl n'était pas certain que ce soit la bonne méthode. Il pensait plutôt à une fête improvisée dans le chalet du jardin ouvrier, où Jesper inviterait une bande d'artistes ratés. Comme ça, ils pourraient voir par eux-mêmes le magnifique atelier gratuit qui arrivait dans la corbeille de mariée d'une hippie sur le retour.

« Et tu écrirais quoi sur ces affichettes ?

– Je sais pas encore, Kalle. »

Il réfléchit quelques secondes. Carl s'attendait au pire.

« Je pourrais dire un truc dans le genre : Salut, ma mère est canon et à la recherche d'un beau mec. Emmerdeurs et fauchés s'abstenir. » Il rigola tout seul.

« Je vois. Il vaut peut-être mieux que tu te creuses encore un peu les méninges.

– Compte là-dessus ! » Jesper éclata d'un rire que le manque de sommeil avait fait descendre d'au moins deux octaves. « Mon petit Kalle, tu peux tout de suite foncer à la banque. »

Et puis il raccrocha.

Carl reporta son attention sur les maisons peintes en rouge et les vaches paissant sous la pluie qu'il voyait défiler de part et d'autre de la route. Il se sentait complètement désorienté à présent.

La technologie moderne avait une capacité incroyable à vous faire tout oublier.


Quand Carl pénétra dans le séjour, Hardy le gratifia d'un sourire empreint de tristesse et d'une grande lassitude.

« T'étais où ? » demanda-t-il doucement tandis que Morten raclait un peu de purée au coin de la bouche de son ami avec la cuillère.

« Oh, je suis allé faire un tour en Suède. J'avais des témoins à interroger à Blekinge. J'ai dormi là-bas. Et ce matin j'ai frappé en vain à la porte d'un commissariat à Karlshamn. Ils sont en train de devenir encore pires que nous. Tant pis pour les victimes s'il vient à l'idée d'un gars de choisir un samedi pour perpétrer son crime ! »

Il s'autorisa un gloussement mais Hardy n'avait visiblement pas le cœur à rire.

En plus, Carl n'avait pas dit toute la vérité. En fait, il y avait un interphone à la porte du commissariat. Une plaque à côté du bouton de la sonnette portait une inscription qui disait : APPUYEZ SUR B ET VEUILLEZ ANNONCER L'OBJET DE VOTRE DEMANDE. Il s'était exécuté mais n'avait rien compris quand l'agent qui tenait la permanence lui avait répondu. Plein de bonne volonté, le type avait essayé de lui parler anglais avec un fort accent suédois et Carl avait encore moins compris.

Alors il était reparti.

Carl donna une tape sur l'épaule de son corpulent locataire. « Merci, Morten, je vais prendre le relais, d'accord ? Si ça ne t'ennuie pas, je boirais bien un café, mais pas trop fort, s'il te plaît. »

Il suivit des yeux le cul rebondi de Morten jusqu'à ce qu'il disparaisse dans la cuisine.

Est-ce qu'il s'était empiffré de fromage double-crème, nuit et jour, toutes ces dernières semaines ? Son arrière-train commençait à ressembler à une paire de pneus de tracteur.

Il se tourna vers Hardy. « Qu'est-ce qui t'arrive ? Tu as l'air triste.

— Morten est en train de me tuer à petit feu », chuchota Hardy, respirant péniblement. « Il me gave du matin au soir, sous prétexte que je n'ai que ça à faire. Je bouffe de la nour-

riture hypercalorique qui se transforme directement en excréments. Je ne comprends pas qu'il se donne autant de mal.
C'est quand même lui qui ramasse la merde. Tu ne voudrais
pas lui demander de me foutre la paix ? Juste un peu de temps
en temps. »

Il secoua la tête lorsque Carl essaya de lui mettre la cuillère
dans la bouche.

« Et en plus, il n'arrête pas de parler. Il va me rendre cinglé.
Il me bassine avec Paris Hilton et la loi d'aînesse et le ver-
sement des pensions alimentaires et je ne sais quoi encore.
Qu'est-ce que ça peut me foutre ?

– Et tu ne peux pas le lui dire ? »

Hardy ferma les yeux. Apparemment il avait déjà essayé. Il
est vrai que Morten pouvait être un peu buté parfois.

Carl hocha la tête. « Je vais lui en toucher un mot, Hardy.
Et à part ça, comment ça va ? » Il avait hésité à poser la question. Aborder ce sujet équivalait à marcher en terrain miné.

« J'ai des douleurs fantômes. »

Carl vit la pomme d'Adam d'Hardy monter et descendre
en un pénible effort de déglutition.

« Tu veux un peu d'eau ? » Carl prit la bouteille d'eau
posée sur la table de nuit et glissa délicatement la paille arti-
culée entre les lèvres d'Hardy. S'il ne parvenait plus à
s'entendre avec Morten, qui allait s'acquitter de ce genre de
tâches à longueur de journée ?

« Des douleurs fantômes ? Ah bon ? Où ça ? demanda Carl.

– Dans les genoux, je crois. C'est difficile à dire. Mais ça
me fait comme si quelqu'un me tapait dessus avec une brosse
métallique.

– Tu as besoin d'une piqûre ? »

Hardy acquiesça. Morten la lui ferait tout à l'heure.

« Et cette sensibilité dans le doigt et l'épaule ? Tu en es
où ? Ton poignet bouge toujours de temps en temps ? »

Ses commissures s'affaissèrent, ce qui était une réponse.

« En parlant de fantômes. Tu n'avais pas bossé sur une
affaire avec la police de Karlshamn à un moment ?

— Quel rapport avec mes douleurs ?

— Rien du tout. C'est juste une association d'idées. J'ai
besoin des services d'un dessinateur de la police pour me faire
le portrait-robot d'un assassin. J'ai un témoin à Blekinge qui
serait capable de me le décrire.

— Et alors ?

— Eh bien en fait, j'ai besoin de ce portraitiste de toute
urgence et j'ai l'impression que ces fichus policiers suédois
sont encore plus cossards que nous. Comme je te l'ai dit, je
me suis retrouvé à sept heures du matin, un samedi, planté
devant une pancarte à l'entrée d'un grand bâtiment jaune sur
Erik Dahlsbergsvej à Karlshamn qui disait : FERMÉ LE SAMEDI
ET LE DIMANCHE. HORAIRES D'OUVERTURE : DU LUNDI AU
VENDREDI DE NEUF HEURES À QUINZE HEURES.

— Et alors ? Que veux-tu que j'y fasse ?

— Tu pourrais demander à ton homologue de Karlshamn
de rendre un petit service au département V à Copenhague.

— Qui te dit que mon homologue, comme tu l'appelles,
travaille toujours au commissariat de Karlshamn ? Il y a au
moins six ans que je ne l'ai pas vu, si ce n'est plus.

— S'il n'est pas là-bas, il est sans doute ailleurs. Je peux
essayer de retrouver sa trace sur Internet. Je te demande juste
de me donner son nom. Il doit toujours faire partie de la
police suédoise, je suppose. Si ma mémoire est bonne, il était
du genre premier de la classe, non ? Tout ce que j'attends
de toi, c'est que tu lui demandes de prendre son téléphone
et de téléphoner à un technicien dessinateur. Ce n'est pas la

mer à boire ! Est-ce que tu refuserais ce service à ton ancien collègue suédois s'il te le demandait ? »

Les pupilles rétrécies d'Hardy ne lui disaient rien qui vaille. « Ça va coûter bonbon d'obtenir ça un week-end, même si on trouve un portraitiste qui accepte et qui habite dans la même région que ton témoin. »

Carl regarda le contenu de la tasse de café que Morten venait de poser sur la table basse devant lui. On aurait dit de l'huile de vidange en plus foncé.

« C'est bien que tu sois revenu, Carl, dit Morten. Comme ça, je vais pouvoir m'en aller.

– Tu t'en vas ? Tu vas où ?

– Accompagner la procession mortuaire de Mustafa Hsownay. Elle part de la station Nørrebro à quatorze heures. »

Carl hocha la tête. Mustafa Hsownay, encore une victime innocente de la guerre sans merci qui opposait les voyous de Copenhague et les immigrés, pour le monopole du marché du cannabis.

Morten leva la main, agitant un drapeau qui devait être irakien. Carl se demanda comment il se l'était procuré.

« Quand j'étais jeune, il y avait un garçon dans ma classe qui habitait Mjølnerparken, le quartier où Mustafa s'est fait descendre. »

Il n'en fallait pas plus à un homme comme Morten pour adhérer corps et âme à une grande cause.


Ils étaient presque allongés côte à côte. Carl dans le coin salon, les pieds sur la table basse, et Hardy dans son lit médicalisé, son long corps inerte couché sur le flanc. Il fermait les yeux depuis l'instant où Carl avait allumé la télévision. Le pli amer au coin de sa bouche s'était atténué.

Comme un vieux couple épuisé après sa semaine de travail, ils regardaient les informations et les présentateurs télé trop maquillés en piquant du nez de temps en temps. S'ils s'étaient tenus par la main, le tableau aurait été parfait.

À un moment donné, Carl s'obligea à ouvrir les paupières pour s'apercevoir que la dernière édition du soir du journal télévisé défilait à l'écran.

Il était temps de préparer Hardy pour la nuit et pour lui d'aller se coucher dans un lit.

Il suivit un petit moment les images de l'enterrement de Mustafa Hsownay. La procession avançait dans le calme et la dignité le long de Nørrebrogade. Des milliers de visages graves passaient devant les caméras des journalistes, tandis que les riverains lançaient des tulipes roses sur le passage du corbillard. Il y avait autant d'immigrés de toutes origines que de Danois pure souche, et beaucoup se tenaient par la main.

Un climat d'apaisement régnait provisoirement sur la ville de Copenhague. La guerre des gangs n'était pas la guerre de tous.

Carl hocha la tête avec satisfaction. Il était content que Morten participe à cette manifestation. Il ne devait pas y avoir grand monde pour représenter Allerød là-bas. Même pas lui.

« Tiens ! regarde, c'est Assad », dit doucement Hardy.

Carl tourna la tête vers lui. Est-ce qu'il était réveillé depuis le début ?

« Où ça ? » Il porta à nouveau toute son attention sur l'écran où effectivement il distingua la grosse figure de son assistant parmi la foule qui se pressait sur le trottoir.

À l'inverse des autres, il ne regardait pas vers le corbillard mais dans la direction opposée. Sa tête bougeait lentement de droite à gauche, comme un prédateur guettant sa proie à travers les arbres d'une forêt. Il avait l'air très concentré. Et puis, il disparut de l'écran.

– Eh ben merde alors ! murmura Carl entre ses dents.

– Putain, on aurait dit un agent de sécurité », grogna Hardy.

Carl se réveilla dans son lit vers trois heures du matin. Son cœur battait à tout rompre et il avait l'impression que sa couette pesait deux cents kilos. Une sensation très désagréable. Comme une brusque poussée de fièvre. Une attaque de virus tellement massive qu'elle affolait jusqu'à son système nerveux.

Il avait du mal à respirer. Il porta la main à sa poitrine. Pourquoi est-ce que j'ai une crise d'angoisse maintenant ? se demanda-t-il. Cette fois, il n'y avait personne à ses côtés pour lui prendre la main.

Il écarquilla les yeux dans sa chambre plongée dans le noir.

Ce n'est pas la première fois que ça m'arrive, se dit-il en se remémorant sa dernière crise, tandis que la transpiration collait son T-shirt à son torse.

Depuis la fusillade d'Amager dont ils avaient été victimes, Anker, Hardy et lui, ces crises d'angoisse pouvaient le submerger n'importe quand, comme des petites bombes à retardement.

Était-ce encore le contrecoup de cet épisode qui le mettait dans cet état ?

Pendant sa thérapie, Mona lui avait recommandé de penser le plus souvent possible à ce qui s'était passé pour prendre des distances avec cette pénible expérience.

Il serra les poings et se rappela les vibrations du sol au moment où Hardy avait été touché et où une autre balle lui avait effleuré la tête. Il se souvint du poids du corps de son ami quand ce dernier l'avait entraîné dans sa chute et aspergé de son sang. Il revit la tentative héroïque d'Anker essayant de stopper les agresseurs alors que lui-même était grièvement blessé, et enfin il se remémora le coup fatal qui répandit la vie de son coéquipier sur les lattes sales du plancher.

Il refit défiler la scène dans sa tête plusieurs fois de suite. Revécut la honte qu'il avait ressentie parce qu'il n'avait rien tenté. Et enfin, il pensa aux questions qu'Hardy se posait encore sur ce qui s'était réellement passé ce jour-là.

Le cœur de Carl battait toujours la chamade.

« Merde, merde, merde », grogna-t-il à plusieurs reprises en allumant la lumière, puis une cigarette. Demain il appellerait Mona pour lui dire qu'il allait de nouveau très mal. Il le lui dirait en mettant dans sa voix tout le charme dont il était capable ainsi qu'une petite pointe d'impuissance. Avec un peu de chance, elle lui offrirait un peu plus qu'une consultation. L'espoir fait vivre.

Il sourit à cette idée et inhala profondément la fumée. Puis il ferma les yeux, sentant son cœur comme un marteau-piqueur dans sa poitrine. Peut-être qu'il était vraiment malade.

Il se leva avec difficulté et descendit l'escalier en s'agrippant à la rampe. Il ne fallait pas qu'il reste tout seul là-haut s'il était en train de faire un infarctus.

C'est alors qu'il tomba. Quand il se réveilla, Morten, le front orné de ce qui devait avoir été un drapeau irakien, était en train de le secouer énergiquement.

Les sourcils du médecin de garde penché au-dessus de son lit, où on l'avait apparemment recouché, exprimaient clairement qu'on lui avait fait perdre son temps. Le diagnostic tenait en un seul mot : surmenage.

Surmenage ! Un concept intéressant que le généraliste étaya en lui servant quelques lieux communs sur le stress et en lui

administrant une série de médicaments qui envoyèrent Carl
au pays des rêves jusqu'à une heure avancée qui lui fit rater
la messe.

À son réveil, au milieu de l'après-midi du dimanche, il avait
la tête lourde des cauchemars de la nuit, mais au moins son
cœur battait normalement.

« Tu dois rappeler Jesper », lui annonça Hardy depuis sa
couche, quand Carl apparut enfin au rez-de-chaussée. « Tu
vas mieux ? »

Carl haussa les épaules. « Il y a tout un tas d'idées qui
tournent en boucle dans ma tête et ça me rend dingue. »

Hardy le gratifia d'un sourire ironique qui signifiait sans
doute *Bienvenue au club* et Carl aurait voulu s'arracher la
langue.

C'était presque ce qu'il y avait de pire dans le fait d'avoir
Hardy à la maison. Il fallait constamment réfléchir avant de
parler.

« J'ai pensé à Assad à la télé hier soir », déclara Hardy tout
à coup. « Que sais-tu de lui, en fin de compte, Carl ? Tu ne
penses pas qu'il serait temps que tu rencontres sa famille ?
Tu pourrais peut-être aller faire un petit tour chez lui ?

– Pourquoi je ferais ça ?

– C'est normal de s'intéresser à ses coéquipiers, non ? »

Ses coéquipiers ! Depuis quand Assad était-il devenu son
coéquipier ? « Je te connais, Hardy, répliqua-t-il. Si tu me dis
ça, c'est que tu as une idée derrière la tête. Allez, crache ! »

Hardy fit une grimace qui se voulait un sourire. C'est bon
de se savoir compris.

« Ce que je veux dire, c'est que l'homme que j'ai vu à la
télé hier soir n'était pas l'Assad que moi je connais. Et toi,
tu es sûr de le connaître *vraiment* ?

« – Je ne sais pas ce que cela veut dire, connaître quelqu'un *vraiment*, comme tu dis. Je crois que personne ne connaît *vraiment* personne.

– Sais-tu où il habite, pour commencer ?

– Quelque part du côté de Heimdalsgade, je crois.

– Tu en es sûr ? »

Où vit-il ? Avec qui ? On se croirait chez les flics, songea Carl. Mais à vrai dire, Hardy n'avait pas tort. Il ne savait pas grand-chose sur Hafez el-Assad.

« Tu m'as dit que je devais rappeler Jesper », dit-il pour changer de sujet.

Hardy bougea imperceptiblement la tête de haut en bas. Il n'avait visiblement pas dit son dernier mot au sujet d'Assad. Et Carl craignait fort que cela ne mène à rien de bon.

« Tu m'as appelé ! attaqua-t-il, dès qu'il eut Jesper sur son portable.

– T'es bon pour passer à la caisse, mon vieux Kalle. »

Les signaux d'alarme de Carl se mirent à clignoter. Le gamin avait l'air sacrément sûr de lui.

« Carl. Je m'appelle Carl. Si tu m'appelles Kalle une fois de plus, Jesper, je risque d'être subitement atteint de surdité sélective. Je t'aurai prévenu !

– Compris, Kalle. »

Carl le *voyait* pratiquement sourire à travers le téléphone.

« Alors on va contrôler si tu entends ce que je suis sur le point de t'annoncer. J'ai trouvé un nouveau mec à Vigga.

– Parfait. Et il vaut deux mille couronnes ou elle va le jeter avec l'eau du bain dès demain matin comme son connard de poète ? Parce que s'il ne tient pas la route, toi tu peux toujours courir pour que je te lâche le fric.

– OK. Alors écoute : Il a quarante ans. Il conduit une Ford Vectra. Il dirige une supérette, et il a une fille de dix-neuf ans.

– Épatant ! Et où l'as-tu déniché ?

– J'ai mis une petite annonce dans sa boutique. C'est la toute première affichette que j'ai déposée. »

Pas mal. De l'argent facilement gagné.

« Et qu'est-ce qui te fait dire que ton épicier a une chance de séduire Vigga ? C'est le sosie de Brad Pitt ou quoi ?

– Tu rêves, Kalle. Ou alors un Brad Pitt qui se serait endormi en plein soleil pendant une bonne semaine.

– Tu veux dire qu'il est noir ?

– Non, pas noir, mais pas loin. »

Carl resta presque en apnée pendant que son beau-fils terminait sa description avec force détails. C'était un veuf avec de jolis yeux très doux, couleur noisette. Tout à fait ce qu'il fallait à Vigga. Jesper avait réussi à le traîner jusqu'au chalet du jardin ouvrier, et le type n'avait pas tari d'éloges sur les tableaux de Vigga et sur le fait que ce chalet était le plus joli qu'il ait vu de toute sa vie. Il n'en fallut pas plus. En tout cas, en ce moment même, ils étaient en train de déjeuner ensemble dans un restaurant du centre-ville.

Carl secoua la tête, incrédule. Il aurait dû être fou de joie, mais il ne pouvait pas s'empêcher d'avoir au creux de l'estomac une sensation désagréable.

Quand Jesper eut terminé, Carl referma le clapet de son mobile au ralenti et tourna les yeux vers Morten et Hardy qui le regardaient comme deux chiens errants quémandant un os.

« Nous avons peut-être été sauvés par le gong. Croisons les doigts pour que ça marche. Jesper a réussi à accoupler Vigga avec l'homme idéal et il semblerait que nous puissions rester vivre ici encore quelque temps. »

Morten frappa dans ses mains et prit un air extatique. « Raconte ! s'exclama-t-il. Nous voulons tout savoir sur le chevalier blanc de Vigga.

– Blanc, je ne sais pas. » Carl essaya de sourire mais ses zygomatiques manquaient de souplesse ce matin. « D'après Jesper, le prince charmant, alias Gurkamal Singh Pannu, serait l'Indien le plus bronzé qu'on puisse rencontrer au nord de l'Équateur. »

Carl crut percevoir un léger mouvement de surprise chez ses deux interlocuteurs.

Ce jour-là toutes les rues de Nørrebro étaient jonchées de bleu et de blanc, et les visages des riverains étaient sombres. Carl n'avait jamais vu autant de supporters du FCK répandus sur les trottoirs avec des mines de papier mâché. Les fanions traînaient sur l'asphalte, les canettes de bière semblaient presque trop lourdes entre leurs mains pour arriver jusqu'à leurs lèvres. Les chants guerriers s'étaient tus et quelques cris de rage impuissante trouaient de temps à autre le silence de la ville comme les hurlements de douleur d'un gnou qui vient malencontreusement de croiser la route d'un troupeau de lions.

Leur équipe avait perdu contre celle d'Esbjerg : deux à zéro. Après quatorze victoires à domicile, ils venaient de se faire humilier par une équipe qui n'avait pas gagné un seul match à l'extérieur depuis plus d'un an.

La capitale du Danemark était terrassée.

Il se gara à mi-hauteur de Heimdalsgade et regarda autour de lui. Depuis l'époque où il patrouillait dans ce secteur, les boutiques tenues par des immigrés avaient poussé un peu partout comme des champignons. Et bien que ce soit dimanche, le quartier était aussi animé qu'un jour de semaine.

Il trouva le nom d'Assad sur l'interphone et appuya sur le bouton. Il préférait encore se casser le nez en venant que d'essuyer un refus au téléphone. S'il n'était pas chez lui, il

DÉLIVRANCE

pourrait toujours aller rendre visite à Vigga et s'assurer par lui-même de ses intentions.

Vingt secondes plus tard, personne n'avait répondu à son coup de sonnette.

Il recula d'un pas et leva la tête vers les balcons. L'immeuble n'avait rien de l'habitat de ghetto auquel il s'attendait. Il fut même surpris par le peu d'antennes paraboliques et par l'absence totale de linge séchant aux fenêtres.

« Vous voulez entrer ? » demanda une voix claire derrière lui, et une jeune fille blonde du genre de celles qui vous coupent le souffle d'un seul regard glissa sa clé dans la serrure de la porte d'entrée.

« Je veux bien, merci », dit-il en la suivant à l'intérieur du bâtiment.

L'appartement était au deuxième étage et contrairement aux portes voisines, où de nombreux noms arabes se disputaient la place sur la petite plaque signalétique, seul le nom d'Hafez el-Assad figurait sur la sienne.

Carl pressa la sonnette une ou deux fois, mais il savait déjà que sa démarche était vaine. Il se pencha et ouvrit le battant de la boîte aux lettres pour glisser un coup d'œil par la fente.

L'appartement était désert. Hormis quelques dépliants publicitaires et un ou deux courriers administratifs sur le sol, il ne put distinguer que deux vieux fauteuils en cuir tout au fond.

« Qu'est-ce que tu fabriques, mec ? »

Carl se retourna et se trouva nez à nez avec un jogging blanc, ample, avec une bande sur le côté.

Il se releva pour tenter de se mettre à la hauteur du bodybuilder armé de deux avant-bras bronzés taillés comme des massues. « Je venais voir mon copain Assad. Vous savez s'il est passé chez lui aujourd'hui ?

— Le chiite ? Non, je ne l'ai pas vu.

— Sa famille peut-être ? »

Le géant inclina légèrement la tête d'un air dubitatif. « Tu es bien sûr que tu le connais ? Tu ne serais pas plutôt le petit salopard qui cambriole les gens dans le quartier ? Qu'est-ce que tu foutais à regarder par la boîte aux lettres ? »

Il bouscula Carl de son poitrail de buffle.

« Attends une seconde, Rambo. »

Carl glissa maladroitement sa main le long de l'impressionnante plaque de chocolat du lutteur de foire pour atteindre sa propre poche de poitrine.

« Assad est mon ami et toi et moi le resterons aussi si tu réponds à quelques questions que je vais te poser ici et maintenant. »

Le type fixa d'un regard torve la carte de police que Carl brandissait sous son nez.

« Qui voudrait être ami avec un gars qui se trimbale avec une carte de ce genre ? » dit-il, l'air renfrogné.

Il s'apprêtait à tourner les talons, mais Carl lui agrippa le bras.

« Je crois que tu vas quand même être obligé de me dire ce que je veux savoir. Ce serait très...

— Tu peux torcher ton petit cul de Blanc avec tes questions à la con, connard. »

Le type était costaud, mais pas assez pour empêcher Carl de le prendre par le revers de sa veste et le menacer de poursuites pour entrave à l'action d'un policier dans l'exercice de ses fonctions.

Une voix dans la cage d'escalier le coupa dans son élan.

« Oh, Bilal ! On peut savoir ce que tu fabriques ? Tu n'as pas vu la carte du monsieur ? »

Un personnage encore plus large que le premier, qui devait lui aussi passer le plus clair de son temps à soulever des poids, venait de les rejoindre sur le palier. Celui-là était affublé d'un assortiment remarquable de vêtements de sport en tous genres. S'il avait vraiment trouvé ce T-shirt gigantesque dans une boutique, elle pouvait sans forfanterie se vanter d'être extrêmement bien fournie.

« Il ne faut pas en vouloir à mon petit frère. Il prend trop d'anabolisants », commenta le nouveau venu en tendant à Carl une pogne qui avait la taille d'une sous-préfecture de province. « Nous ne connaissons pas Hafez el-Assad personnellement. Pour ma part, je ne l'ai vu que deux fois. Un type rigolo, avec une tête toute ronde et des yeux comme des billes, c'est ça ? »

Carl acquiesça tout en extirpant prudemment sa main de l'énorme paluche.

« À mon avis, il n'habite pas là, poursuivit le type. Et encore moins avec sa famille. » Il sourit. « De toute façon, c'est un studio, alors ils seraient un peu à l'étroit à plusieurs, vous ne croyez pas ? »

Après avoir composé en vain le numéro de mobile d'Assad à plusieurs reprises, Carl sortit de sa voiture, respira profondément et s'engagea dans l'allée qui menait au chalet de Vigga.

« Bonjour mon trésor », chantonna-t-elle en guise d'accueil.

La musique qui sortait de ses minuscules haut-parleurs ne ressemblait à rien de ce qu'il avait pu entendre jusque-là. Il était difficile de déterminer si c'était le son d'un sitar ou le gémissement d'un malheureux animal qu'on était en train de torturer sauvagement.

« Qu'est-ce qui se passe ? » demanda-t-il en réprimant une terrible envie de plaquer les mains sur ses oreilles et d'appuyer très fort.

« C'est joli, non ? » Elle fit quelques pas de danse qu'aucun Indien digne de ce nom n'aurait reconnus. « C'est un CD que m'a offert Gurkamal. Il a promis de m'en apporter plein d'autres.

— Il est là ? »

La question était idiote, sachant que le chalet n'était composé que de deux petites pièces.

Vigga lui fit un immense sourire. « Non, il est à la boutique. Sa fille avait un match de curling et il a dû aller la remplacer.

— Du curling ! Parfait. Difficile de trouver un sport plus typiquement indien ! »

Elle lui donna une petite tape. « Pas indien, pendjabi ! Ils viennent du Pendjab.

— Ah bon, alors en fait, il est pakistanais, pas indien.

— Si, il est indien, mais laisse tomber. »

Carl s'affala lourdement dans un vieux fauteuil à la tapisserie fanée. « Écoute, Vigga. Cette situation est devenue intolérable. Jesper passe son temps à emménager et à déménager d'une maison à l'autre, toi tu menaces d'une chose et puis d'une autre. Et moi je ne sais plus où j'habite.

— Eh oui, mon vieux, c'est comme ça quand on est toujours marié avec la propriétaire d'une moitié de son domicile.

— Justement. Est-ce qu'on ne pourrait pas trouver un arrangement acceptable tous les deux pour que je puisse racheter ta part ?

— Acceptable ? »

Elle répéta le mot comme s'il venait de l'injurier.

« Si je te signe une traite de disons deux cent mille couronnes et que je te verse deux mille couronnes par mois ?
Ce serait bien pour toi aussi, non ? »

Il voyait presque sur les traits de son visage sa calculette
mentale faire des additions et des soustractions. Quand il
s'agissait de petites sommes, elle n'avait aucune notion de
l'argent, mais dès qu'il y avait suffisamment de zéros derrière,
elle devenait une véritable femme d'affaires.

« Tu sais, mon chéri », commença-t-elle, et il sut qu'il
venait de perdre la partie. « Ce n'est pas le genre de choses
dont on peut discuter autour d'une tasse de thé. Mais nous
en reparlerons à l'occasion, et avec des chiffres nettement
supérieurs à ceux-là. Qui sait ce que la vie nous réserve ? »
Elle éclata de rire sans raison et à nouveau il se sentit complètement désorienté.

Il aurait bien voulu se ressaisir et suggérer qu'un avocat
jette un coup d'œil à leur affaire, mais il n'osa pas.

« Enfin, Carl, l'important c'est que nous soyons toujours
une famille et que nous nous soutenions mutuellement. Je
comprends parfaitement que vous soyez contents de vivre à
Rønneholtparken, toi, Hardy, Morten et Jesper, et ce serait
dommage de gâcher ça. »

Il voyait à son expression qu'elle s'apprêtait à lui faire une
proposition indécente.

« Et c'est pourquoi j'ai décidé que j'allais vous laisser tranquilles. »

Facile à dire maintenant. Mais que se passerait-il quand son
marchand de cornichons en aurait marre de ses bavardages
incessants et de son macramé ?

« En contrepartie, je voudrais que tu me rendes un petit
service. »

Venant d'elle, une telle requête ne pouvait conduire qu'à des problèmes sans fin.

Il eut juste le temps d'ânonner un « Je crois que… », avant qu'elle ne lui coupe la parole.

« Ma mère aimerait bien que tu ailles la voir de temps en temps. Elle me parle si souvent de toi, Carl. Tu es toujours son chouchou, tu sais ? Donc j'ai décidé que tu irais lui rendre visite une fois par semaine. C'est d'accord ? Tu commences demain. »

Carl déglutit péniblement. C'était le genre de nouvelle qui avait le don d'assécher la gorge d'un homme. La mère de Vigga ! Cette femme invraisemblable qui avait mis près de quatre ans à réaliser que Carl et sa fille étaient mariés et qui était absolument convaincue que Dieu avait créé l'univers uniquement pour son bon plaisir.

« Mais oui, Carl. Je sais très bien ce que tu penses de maman. Mais je t'assure qu'elle a beaucoup changé depuis qu'elle est devenue sénile. »

Carl poussa un gros soupir. « Je ne sais pas si j'aurai le temps d'y aller une fois par semaine, Vigga. » Il vit ses traits se durcir instantanément. « Mais je te promets d'essayer. »

Elle lui tendit la main. Carl avait remarqué que chaque fois qu'ils se serraient la main pour sceller un accord, lui était tenu de le respecter dans le temps, alors que pour elle, il n'était que provisoire.

Il gara la voiture dans une rue perpendiculaire à Utterslev Mose et se sentit soudain terriblement seul. Chez lui, il y avait certes une vie, mais ce n'était pas la sienne. Quand il était sur son lieu de travail, il avait envie d'être ailleurs. Il n'avait aucun hobby et ne pratiquait aucun sport. Il détestait sortir avec des gens qu'il ne connaissait pas et il n'avait pas assez soif pour noyer son chagrin dans les bars.

Et voilà qu'un type en turban venait marcher sur ses plates-bandes et faisait tourner la tête à sa future ex-épouse en moins de temps qu'il n'en faut pour louer un film porno.

Son soi-disant coéquipier n'habitait pas à l'adresse qu'il avait indiquée quand on l'avait embauché. De là à ce que Carl découvre qu'il ne pouvait pas non plus se fier à lui, il n'y avait qu'un pas.

Pas étonnant qu'il déprime.

Il inspira lentement par la bouche le peu d'oxygène contenu dans l'air vicié de ce quartier construit au bord des marais et sentit qu'il se mettait à frissonner alors qu'il transpirait abondamment. Il n'allait tout de même pas faire encore un malaise ? Pas deux fois en moins de quarante-huit heures !

Peut-être qu'il avait la grippe ?

Il se retourna pour attraper son téléphone portable sur le siège arrière. Il contempla longuement le numéro qu'il avait sélectionné dans ses contacts. Mona Ibsen. Après tout, qu'est-ce qu'il risquait ?

Au bout de vingt minutes pendant lesquelles son cœur accéléra progressivement, il appuya sur la touche OK, en priant pour que le dimanche soir ne soit pas un moment sacré dans la vie d'un psychologue de crise.

« Salut, Mona », dit-il doucement lorsqu'elle décrocha. « C'est Carl Mørck. Je... » Il aurait voulu lui dire qu'il ne se sentait pas bien. Qu'il avait besoin de lui parler. Mais elle l'interrompit.

« Carl Mørck, voyez-vous ça ! » La voix n'avait rien d'engageant. « J'attends ton appel depuis que je suis rentrée. Tu as pris ton temps, dis donc ! »

Être assis sur le canapé de Mona, dans un salon si délicieusement féminin, lui fit le même effet que le jour où, derrière
une cabane en bois lors d'une sortie scolaire dans les collines
de Tolne, une fille avec des jambes interminables avait glissé
sa main dans son slip. Son trouble et son excitation étaient
exacerbés par un sentiment d'interdit et de transgression.

Et puis la fille du boulanger d'Algade avec son nez sau-
poudré de taches de rousseur n'arrivait pas à la cheville de
Mona s'il en croyait les réactions de son organisme. Il suffisait
qu'il l'entende marcher dans la cuisine pour qu'une palpita-
tion inquiétante se déclenche derrière sa poche de poitrine.
Sacrément désagréable. Ce n'était pas le moment de faire une
syncope.

Ils avaient échangé quelques politesses et parlé brièvement
de sa dernière crise d'angoisse. Ils avaient bu un Campari-
soda et, la glace étant rompue, ils avaient enchaîné avec un
verre ou deux de plus. Ils avaient parlé de son voyage en
Afrique et avaient plusieurs fois été dangereusement près de
s'embrasser.

Mais c'était peut-être justement l'idée de ce qui devait normalement arriver qui le paniquait à ce point.

Elle rapporta de la cuisine un plat de petits triangles qu'elle
qualifia d'en-cas nocturne, mais est-ce qu'on pense à manger
quand on est en tête à tête avec une femme aussi belle qui
porte un chemisier aussi moulant ?

Allons, Carl, songea-t-il. Si un marchand de cornichons
peut y arriver, tu peux le faire !

## 22

Il avait enfermé sa femme dans une prison de lourds cartons de déménagement et il avait bien l'intention de l'y laisser jusqu'à ce que mort s'ensuive. Elle en savait beaucoup trop.

Pendant quelques heures, il avait entendu gratter au-dessus de sa tête, et en rentrant de la crèche avec Benjamin, il avait aussi perçu quelques gémissements étouffés.

Mais à présent qu'il avait fini d'emballer et de charger toutes les affaires du gamin dans la voiture, plus un bruit ne sortait du débarras.

Il mit un CD de comptines enfantines dans le lecteur de la Mercedes et sourit à son fils dans le rétroviseur. Quand ils auraient roulé une heure, il dormirait. Rien de tel qu'une petite balade en voiture sur les routes du Sealand pour calmer un enfant.

Sa sœur était un peu endormie au téléphone quand il l'avait appelée, mais elle avait tout de suite retrouvé ses esprits quand il lui avait annoncé le montant de la pension qu'il comptait leur verser pour prendre soin de Benjamin.

« Tu as bien entendu. J'ai l'intention de te donner trois mille couronnes par semaine. Et je passerai de temps en temps pour vérifier qu'il ne manque de rien.

– Il faudra nous payer un mois d'avance, avait-elle répondu.

– D'accord !

– Et tu continueras tout de même à nous verser ce que tu nous verses d'habitude ! »

Il hocha la tête pour lui-même. Elle ne perdait pas le nord. « Vous toucherez exactement ce que vous avez l'habitude de toucher, ne t'inquiète pas.

– Pendant combien de temps ta femme va-t-elle rester à l'hôpital ?

– Je n'en sais rien. On va voir comment ça se passe. Elle est très malade. Cela risque d'être long. »

Elle n'eut aucune parole de compassion et n'exprima aucune peine.

Ce n'était pas le genre d'Eva.


« Il faut que tu ailles voir ton père. » La voix de sa mère était aussi tranchante qu'un couteau. Ses cheveux étaient en désordre, sa jupe entortillée autour de ses jambes. Le père n'y était pas allé de main morte.

« Pourquoi ? avait-il demandé. Papa m'a dit que je devais finir de lire les épîtres aux Corinthiens avant la réunion de prière des enfants demain. »

Dans sa naïveté de petit garçon, il avait cru qu'elle le sauverait. Qu'elle s'interposerait entre son père et lui. Qu'elle l'arracherait à sa poigne implacable et lui obtiendrait sa clémence, juste pour cette fois. Cette histoire avec Chaplin n'aurait pas dû tirer à conséquence, c'était juste un jeu qu'il affectionnait. Ça ne faisait de mal à personne. Jésus aussi jouait quand il était petit. C'est ce qu'on leur avait appris au catéchisme en tout cas.

« Tu ne discutes pas. Tu y vas maintenant ! » Sa mère pinça les lèvres et le prit par la nuque. Il abhorrait ce geste qui menait inéluctablement aux coups et aux humiliations.

« Si tu me forces, je lui dirai que tu regardes le voisin retirer son débardeur dans les champs quand il a trop chaud », menaça-t-il.

Elle sursauta. Ils savaient tous les deux que ce n'était pas vrai. On leur avait appris que le moindre coup d'œil jeté sur une vie libre et différente de la leur les mènerait tout droit en enfer. Ils l'entendaient dire dans la communauté, dans les prières à table et dans chaque mot contenu dans le missel noir que le père avait constamment dans sa poche et qu'il citait constamment. Satan était dans chaque regard échangé. Satan était dans chaque sourire et dans chaque contact. C'était écrit dans *le* livre.

Et ce qu'il venait de dire était faux. Sa mère n'avait jamais eu un regard concupiscent à l'égard de leur voisin, mais le père avait la main leste et le bénéfice du doute était une notion dont il ne faisait profiter personne.

C'est ce jour-là que sa mère prononça la phrase qui devait les séparer à jamais.

« Tu es la progéniture du Malin, dit-elle froidement. Que le Diable t'emporte dans l'endroit d'où tu viens. Que les flammes de l'enfer brûlent ta chair et t'infligent la souffrance éternelle. » Elle hocha doucement la tête. « Je lis la peur sur ton visage à présent, mais c'est trop tard. Lucifer a déjà pris possession de ton âme, et nous t'avons tourné le dos. »

Elle ouvrit la porte et le poussa dans la pièce qui puait le vin de Porto.

« Approche », commanda son père en enroulant la ceinture autour de son poignet.

Les rideaux étaient tirés, et presque aucune lumière ne filtrait au travers. Eva était debout derrière le bureau de son père, telle une statue de sel. Il ne l'avait apparemment pas battue car ses manches n'étaient pas relevées et elle ne pleurait pas très fort.

« Alors, il paraît que tu continues à jouer à Chaplin ? » dit son père.

Malgré ses yeux baissés, il vit qu'Eva s'efforçait de ne pas le regarder.

Il pouvait s'attendre à une séance musclée.

« Voici tous les papiers de Benjamin. Il vaut mieux que vous les ayez pendant qu'il est sous votre garde, au cas où il tomberait malade, par exemple. »

Il tendit les documents à son beau-frère.

« Pourquoi ? Il risque de tomber malade ? demanda sa sœur d'un air inquiet.

– Bien sûr que non. Benjamin est en parfaite santé. »

Avant même qu'il n'ouvrît la bouche, il lut dans le regard de son beau-frère qu'il allait lui demander plus d'argent.

« Ça doit manger beaucoup, un garçon, à cet âge-là, dit-il. Rien qu'avec les couches, on va en avoir pour mille couronnes par mois », ajouta-t-il. Il voulait bien aller vérifier sur Google, si nécessaire.

Le beau-frère se frottait les mains. On aurait dit le vieux marchand avare dans *Le drôle de Noël de Scrooge*. Ses mains parlaient d'un petit supplément de cinq mille couronnes par mois, pour faire bonne mesure.

Mais il n'obtint pas un sou de plus. De toute façon, les billets auraient atterri directement dans la poche de quelque prédicateur peu soucieux de savoir d'où venait l'argent.

« Si vous faites des histoires, Eva ou toi, nos accords actuels peuvent parfaitement être soumis à révision, tu le sais ? » dit-il pour mettre fin aux négociations.

Son beau-frère acquiesça à contrecœur. Eva pensait déjà à autre chose. Ses mains habiles découvraient à tâtons la peau douce du bambin.

« De quelle couleur sont ses cheveux, pour l'instant ? » demanda-t-elle. Son visage d'aveugle était rempli de joie.

« Il a la même couleur de cheveux que moi à son âge, si tu t'en souviens », répondit-il, en observant la façon dont sa sœur détournait son regard sans vie.

« Et vous fichez la paix à Benjamin avec vos foutues prières, vous m'entendez ? » conclut-il avant de leur donner l'argent.

Il les vit hocher la tête, mais leur silence en disait long sur le peu de cas qu'ils comptaient faire de cette recommandation.

Dans vingt-quatre heures, l'argent allait tomber. Un million de couronnes en jolis billets usagés. Il n'en doutait pas une seconde.

Maintenant, il fallait retourner au hangar à bateaux et s'assurer que les enfants se portaient à peu près bien, et demain, quand les parents auraient payé, il y reviendrait pour tuer la fillette. Il endormirait le garçon avec un tampon de chloroforme et le déposerait au milieu d'un champ dans la nuit de lundi à mardi, à proximité de Frederiks.

Il donnerait à Samuel quelques instructions à l'intention de ses parents, afin qu'ils sachent à quoi s'attendre. Il devrait les prévenir que le meurtrier de leur fille avait des indicateurs partout, et qu'il saurait en permanence où ils se trouvaient. Ils avaient encore assez d'enfants pour qu'il puisse refaire un prélèvement, et ils ne seraient plus jamais en sécurité nulle part. Samuel leur ferait comprendre que la plus petite indiscrétion de leur part leur coûterait un enfant supplémentaire. Et que la menace n'était pas limitée dans le temps. Ils apprendraient aussi que l'homme qu'ils croyaient connaître n'existait pas, qu'il était toujours déguisé et n'utilisait jamais deux fois le même personnage.

La méthode était infaillible. Les familles qu'il frappait avaient la foi et la pratique quotidienne de leur religion les aidait à se consoler. Ils pleuraient l'enfant mort et protégeaient les vivants. Le récit des épreuves de Job dans la Bible devenait leur bouée.

Aux yeux de la communauté, l'enfant disparu passerait pour banni. Et plus que jamais auparavant, la version serait crédible. Car Magdalena était spéciale et brillante, ce qui chez ces gens-là n'était pas considéré comme des qualités. Ses parents laisseraient entendre qu'elle avait été mise en famille d'accueil. La communauté l'oublierait et lui n'aurait pas de problèmes.

Il sourit, content de lui.

Une fois encore il allait débarrasser la terre d'un individu qui n'avait d'autre fonction que de la dénaturer en faisant passer Dieu avant les hommes.

La famille du pasteur se désintégra un jour d'hiver, quelques semaines après l'anniversaire de ses quinze ans. Des choses étranges et inexplicables s'étaient produites en lui ces derniers mois. Il était envahi malgré lui par des pensées inavouables et contre lesquelles la communauté l'avait prévenu. Il avait vu un jour une femme vêtue d'une jupe moulante se pencher en avant, et le soir même il avait éjaculé pour la première fois en quelques secondes en pensant à ses fesses.

Ses aisselles étaient constamment trempées de sueur et sa voix avait une fâcheuse tendance à faire l'ascenseur entre les aigus et les graves. Les muscles de sa nuque durcissaient et des poils drus et noirs apparaissaient un peu partout sur son corps.

Il se sentait subitement comme une taupinière au milieu d'une pelouse bien tondue.

Parfois il reconnaissait vaguement des symptômes similaires chez d'autres garçons de la communauté, mais il n'avait aucune idée de ce qui lui arrivait. En tout cas, ce n'était pas un sujet qu'on pouvait aborder dans ce foyer qui, si l'on en croyait son père, était uniquement composé d'Élus de Dieu.

Depuis trois ans, ses parents ne lui adressaient la parole que si c'était absolument indispensable. Ils ne remarquaient jamais ses efforts et ne voyaient pas le mal qu'il se donnait aux réunions de prière. Pour eux, il était Chaplin, le reflet du Malin parmi eux et rien d'autre. Quoi qu'il fît, quoi qu'il inventât pour leur plaire, ils ne le voyaient pas.

La communauté le considérait comme *à part*, ou *possédé*, et se contentait de prier pour que les autres enfants ne deviennent pas comme lui.

Il n'avait plus qu'Eva, sa petite sœur, même si parfois, sous la menace paternelle, elle avouait l'avoir entendu dire du mal de ses parents derrière leur dos et affirmer que jamais il n'accepterait de se soumettre, ni à eux ni à la parole du Seigneur.

Depuis la minute où il avait appris cela, la deuxième mission sur terre de son géniteur était devenue de le briser. Il se mit à lui ordonner n'importe quoi, n'importe quand, et sans aucune raison. Les humiliations et les injures devinrent son lot quotidien avec les coups et le harcèlement moral en prime.

Au début, il pouvait encore chercher consolation auprès de quelques rares membres de la communauté, mais bientôt, ceux-là aussi lui tournèrent le dos. Dans ce milieu, la colère de Dieu et ses malédictions trônent au-dessus de la miséricorde des hommes, et quand on vit dans l'ombre d'une telle menace, il vaut mieux faire passer ses intérêts et ceux de son créateur en priorité.

Ils choisirent leur camp et l'abandonnèrent. Il ne lui resta plus qu'à tendre l'autre joue.

Comme le lui avait enseigné la Bible.

Et dans ce foyer sans lumière, à l'atmosphère étouffante, l'amour qui le liait à Eva s'étiolait lentement. Cent fois elle lui avait demandé pardon de l'avoir trahi, et elle l'avait supplié de rentrer dans le rang. Mais il avait toujours refusé d'écouter ses conseils.

À la fin, il l'avait perdue elle aussi. Et en cette fameuse journée d'hiver, cela avait mal tourné.

« Quand tu parles, on dirait qu'on égorge un cochon », lui dit son père, alors qu'ils passaient à table dans la cuisine. « D'ailleurs, c'est à cela que tu ressembles. À un porc. Regarde-toi dans la glace. Regarde comme tes traits sont laids et grossiers. Colle ton horrible groin sous tes aisselles et sens comme tu pues. Va te laver, créature répugnante. »

C'était toujours ainsi qu'il procédait pour lui assener ses méchancetés et ses ordres. Sournoisement. Par petites touches. Comme on enfile des perles. Un détail, comme le fait de lui demander d'aller se laver, était toujours prétexte à ces petites piques cruelles avant d'en arriver au fait. Après cette première attaque, il exigerait sans doute de lui qu'il aille récurer tous les murs de sa chambre pour débarrasser la maison de son odeur nauséabonde.

Il se dit qu'il ferait aussi bien de le devancer.

« Je suppose que tu vas m'ordonner d'aller lessiver mes murs à la soude pour en terminer avec ton besoin maladif de me donner des ordres ? Eh bien tu sais quoi ? Tu n'as qu'à aller les lessiver toi-même, vieux con », lui hurla-t-il.

Son père se mit à transpirer et sa mère le réprimanda sévèrement. De quel droit osait-il s'adresser à son père sur ce ton ?

Sa mère allait essayer de le pousser dans ses retranchements, il la connaissait par cœur. Elle allait le supplier de disparaître de leur vie et insisterait jusqu'à ce que, lassé de tant d'injustice, il finisse par claquer la porte et aille passer la moitié de la nuit dehors. Elle avait souvent employé cette méthode avec succès, quand la situation venait à s'envenimer, mais cette fois il n'allait pas la laisser faire.

Il sentit son nouveau corps se tendre comme un arc. La veine de son cou battait fort et ses muscles chauffaient. Si son père avait le malheur de l'approcher avec ce poing tendu, il allait trouver à qui parler.

« Fous-moi la paix, espèce de monstre, le prévint-il. Je te hais comme la peste. Je voudrais te voir vomir ton sang, fils de pute. Ne t'avise pas de me toucher. »

Eva ne supporta pas de voir son père, le saint homme, terrassé par une averse de mots sortis tout droit de la bouche du Diable. La timide violette qui se réfugiait derrière son tablier et ses corvées quotidiennes se jeta sur lui et se mit à le secouer.

Elle cria à son frère qu'il fallait qu'il cesse de détruire leur existence, tandis que leur mère tentait de les séparer et que son père faisait un pas de côté pour aller sortir deux bouteilles de détergent du placard qui se trouvait sous l'évier de la cuisine.

« Effectivement, tu vas aller laver les murs de ta chambre à la soude comme tu l'as toi-même suggéré, petit Chaplin, suppôt de Belzébuth », feula-t-il, le visage d'un gris de cendre. « Et si tu refuses, je te jure que je veillerai à ce que tu ne puisses plus te lever de ton lit pendant des semaines, est-ce que tu m'as bien compris ? »

Son père lui cracha au visage, pressant l'une des deux bouteilles contre son ventre tout en regardant sa salive dégouliner sur la joue de son fils d'un air méprisant.

Alors, il s'empara de la bouteille, dévissa le bouchon et fit couler le liquide sur le sol de la cuisine.

« Mais Dieu du ciel, qu'est-ce que tu fais, enfant ? » s'exclama son père, essayant de lui arracher la bouteille des mains, projetant le jet caustique dans tous les coins de la pièce.

Mais les rugissements de son père ne furent rien comparés au hurlement d'Eva qui fut assourdissant.

Son corps s'agita de soubresauts, ses mains tremblant violemment à quelques millimètres de son visage comme si elle n'osait pas le toucher. Et pendant ces quelques secondes, la soude se déposa sur ses globes oculaires, la plongeant à jamais dans l'obscurité.

Tandis que la pièce résonnait des pleurs de sa mère, des cris de sa sœur et de sa propre horreur devant le mal qu'il avait causé, il vit son père baisser les yeux vers ses mains, qui se boursouflaient sous l'effet du puissant détergent, et son visage passer du rouge au bleu.

Tout à coup, il écarquilla les yeux et porta les deux mains à sa poitrine. Son corps sembla se briser en deux par le milieu, il suffoqua et sa bouche se déforma en un rictus incrédule.

Il tomba mais sa vie ici-bas était déjà terminée avant qu'il ne touche le sol.

« Seigneur Jésus, Dieu tout-puissant, je m'en remets à toi », dit le père dans un râle d'agonie. Et il mourut, les mains croisées sur sa poitrine et le sourire aux lèvres.

Il resta un moment à contempler ce sourire sur le visage de son père figé par la mort. Sa mère implorait la grâce du Tout-Puissant et Eva hurlait toujours.

La soif de vengeance qui le faisait avancer depuis des années était devenue sans objet. Son père venait de trépasser d'une crise cardiaque en confiant son âme à Dieu.

Il était déçu.

Cinq heures plus tard, sa famille avait éclaté. Eva et sa mère étaient à l'hôpital à Odense et lui en maison de redressement. Les membres de la communauté s'étaient chargés de son placement et ce fut tout ce qu'il gagna à avoir vécu en bon chrétien.

Maintenant, il ne lui restait plus qu'à se venger.

## 23

C'était une soirée parfaite. Calme et sombre.

On voyait encore briller les feux verts et rouges de quelques voiliers sur le fjord, et dans la prairie au sud de la maison, la première herbe de printemps frémissait dans la brise. Bientôt, on y mettrait les vaches et l'été serait là.

C'était la saison qu'il préférait à Vibegården.

Il adorait cet endroit. Un jour, quand il aurait le temps, il ravalerait les murs de briques rouges, abattrait le hangar à bateaux et dégagerait la vue sur le fjord.

C'était une jolie petite ferme qu'il avait là. Il aimerait bien y finir ses jours.

Il ouvrit la porte de la dépendance, alluma la lampe torche suspendue à une poutre et vida dans le groupe électrogène la majeure partie du bidon de dix litres qu'il avait apporté.

Chaque fois qu'il arrivait à ce stade de son programme, et qu'il tirait sur le cordon du démarreur, il se disait qu'il avait fait du bon boulot.

Il alluma la lumière et éteignit la lampe torche. Devant lui se dressait l'énorme cuve à fuel d'époque qu'il avait recyclée.

Il tendit le bras au-dessus de la cuve et souleva le couvercle en métal dans la partie supérieure du container. C'était sec et sain à l'intérieur, ce qui signifiait qu'elle avait été correctement vidée la dernière fois. Tout allait pour le mieux.

Ensuite il prit le sac rangé sur l'étagère au-dessus de la porte. L'objet qui se trouvait à l'intérieur lui avait coûté plus de quinze mille couronnes, mais pour lui il valait de l'or. Avec un Gen HPT 54 Night Vision comme celui-là, on voyait la nuit comme en plein jour. Il s'agissait de jumelles infrarouges en tous points identiques à celles que les soldats utilisaient à la guerre. Il passa les lanières au-dessus de sa tête, ajusta les lentilles à ses yeux et appuya sur le commutateur.

Puis il sortit dans l'allée pavée et, piétinant des limaces à chaque pas, il tira jusqu'au lac le tuyau d'arrosage accroché à l'angle de la remise. Avec ces lunettes, il pouvait voir sans difficulté le hangar à bateaux à travers les broussailles et les joncs. En fait, il voyait absolument tout.

Les granges d'un gris verdâtre, les grenouilles qui fuyaient, terrorisées, sur son passage.

Hormis le clapotis des vagues et le ronronnement du générateur, le silence était total quand il s'avança dans l'eau, le tuyau à la main. Ce groupe électrogène était le maillon faible de son plan. Quelques années plus tôt, il fonctionnait à la perfection pendant tout le processus mais, depuis quelque temps, la turbine s'était mise à couiner, et il était parfois obligé de remonter à la maison pour le faire repartir. Il envisageait sérieusement de le changer.

La pompe, en revanche, marchait très bien. À ses débuts, il devait remplir la cuve d'eau à la main, mais ce n'était plus le cas. Il hocha la tête avec satisfaction, écoutant le bruit du jet puissant accompagné par le rythme sourd du générateur de courant. À présent il ne fallait pas plus de trente minutes pour remplir la cuve avec l'eau prélevée dans le fjord. C'était déjà bien assez long.

Soudain il entendit un bruit venant de la cabane sur pilotis.

Depuis qu'il avait acheté la Mercedes, il parvenait aisément à surprendre ses prisonniers. Elle lui avait coûté cher, mais c'était le prix à payer pour le confort et un moteur silencieux. Grâce à elle, il pouvait maintenant s'approcher discrètement du hangar à bateaux et être sûr que ceux qui s'y trouvaient ignoraient sa présence.

Comme il était en train de le faire en ce moment.

Samuel et Magdalena n'étaient pas des victimes comme les autres. Samuel était semblable à lui quand il était enfant. Physiquement souple et moralement révolté et coléreux. Magdalena était l'inverse. La première fois qu'il l'avait observée à travers deux planches disjointes de la cabane, il avait été bouleversé de voir à quel point elle lui faisait penser à son premier amour contrarié, à ce qui avait découlé de sa déception, des événements qui avaient définitivement marqué son existence. Oui. Quand il regardait Magdalena, il revoyait cette jeune fille comme si c'était hier. Elle avait les mêmes yeux, le même air douloureux, la même peau translucide à travers laquelle on apercevait le fin réseau de ses veines.

À deux reprises déjà, il s'était glissé jusqu'au hangar et avait retiré le morceau de toile goudronnée qui occultait une fente dans la paroi.

En collant son visage contre les rondins, il voyait tout ce qui se passait à l'intérieur. Les deux enfants attachés à deux mètres l'un de l'autre. Samuel au fond et Magdalena près de la porte.

Magdalena pleurait beaucoup, mais en silence. Quand il voyait tressauter les frêles épaules de sa sœur dans la pénombre de leur geôle, Samuel secouait la sangle qui le tenait fixé au mur pour attirer son attention afin qu'elle puisse trouver quelque réconfort dans la chaleur de son regard.

Il était son grand frère et il aurait donné n'importe quoi pour détacher les liens de cuir qui la tenaient prisonnière, mais il était impuissant. Alors il pleurait aussi, discrètement. Il ne voulait surtout pas qu'elle le voie pleurer. Il détournait son visage, faisait un effort pour se ressaisir et se tournait vers elle à nouveau pour faire le clown, oscillant du chef et gigotant comme un pantin.

Exactement comme lui quand il imitait Chaplin pour amuser Eva.

Il avait entendu Magdalena rire derrière l'adhésif qui lui fermait la bouche. Juste quelques secondes… avant que la réalité et la terreur ne la submergent à nouveau. Ce soir, alors qu'il venait pour la dernière fois étancher leur soif, il entendit la jeune fille fredonner doucement.

Il colla son oreille contre le mur de la cabane. Malgré le bâillon, il se rendit compte combien sa voix était pure et limpide. Il connaissait les paroles. Elles l'avaient poursuivi toute son enfance, et il en détestait chaque syllabe.

*Plus près de toi, mon Dieu,*
*Plus près de toi !*
*C'est le cri de ma foi*
*Plus près de toi !*
*Dans les jours où l'épreuve*
*Déborde comme un fleuve,*
*Tiens-moi plus près de toi,*
*Plus près de toi !*

Il retira le morceau de toile et regarda à travers le trou avec ses lunettes de vision nocturne.

Elle avait la tête penchée en avant et les épaules tombantes, ce qui la faisait paraître plus petite qu'elle ne l'était en réalité.

Son corps se balançait lentement de gauche à droite au rythme du psaume.

Quand elle eut fini de chanter, elle se mit à respirer par à-coups par le nez. À l'instar des tout petits animaux quand ils sont effrayés, on sentait presque les efforts que son cœur devait faire pour tout supporter. La peur, la faim et la soif, et surtout l'insupportable angoisse de ce qui l'attendait. Il tourna ses yeux en direction de Samuel et vit tout de suite qu'il n'avait pas du tout l'attitude avachie de sa sœur.

Au contraire, il bougeait le torse de façon ininterrompue, de haut en bas, contre le mur du fond. Et cette fois, ce n'était pas pour faire le pitre.

À présent, il distinguait le bruit aussi. Tout à l'heure, il l'avait pris pour un nouveau dysfonctionnement du groupe électrogène.

Les intentions du jeune homme ne faisaient aucun doute. Il était en train d'essayer de limer ses liens contre la paroi, frottant de toutes ses forces pour les faire céder.

Il devait avoir découvert une petite aspérité dans une planche, une écharde dans le bois.

Il distinguait clairement le visage du garçon à présent. On aurait dit qu'il souriait. Ses efforts étaient-ils tellement concluants qu'il ait des raisons de sourire ?

La fille toussa un peu. Les dernières nuits avaient été fraîches et humides, et elle avait dû prendre froid.

La chair est faible, songea-t-il tandis qu'elle s'éclaircissait la voix derrière son bâillon et se remettait à fredonner.

Il eut un choc. Le psaume qu'elle venait d'attaquer était celui que son père chantait chaque fois qu'il enterrait un membre de la communauté.

*Reste avec nous, Seigneur,*
*Le jour décline,*
*La nuit approche et nous menace.*
*Nous implorons ta présence divine.*
*Reste avec nous, Seigneur, reste avec nous !*

*Et quand, au bout du pèlerinage,*
*Nous partirons pour le grand rendez-vous,*
*Pour nous guider dans ce dernier passage.*
*Reste avec nous, Seigneur, reste avec nous !*

Il se détourna avec horreur et marcha à grands pas vers la grange. Il décrocha deux lourdes chaînes d'un mètre cinquante de long suspendues à un clou dans le mur et prit deux gros cadenas dans le tiroir de l'établi. Il avait bien remarqué que les sangles de cuir autour de la taille des enfants commençaient à être un peu usées. Il faut dire qu'elles avaient déjà beaucoup servi. Si Samuel avait décidé de se donner autant de mal pour en venir à bout, il allait devoir employer les grands moyens pour les empêcher de se libérer l'un et l'autre.

Lorsqu'il alluma la lumière et entra dans la cabane, les enfants le regardèrent d'un air affolé. Le garçon, assis dans un coin, fit une ultime tentative pour se débarrasser de ses liens, mais c'était peine perdue. Quand il lui ceintura la taille avec la chaîne et la fixa à un anneau dans le mur à l'aide du cadenas, il donna des coups de pied et protesta autant qu'il put derrière son bâillon. Mais il n'avait plus assez de forces pour lutter vraiment. La faim dont il souffrait depuis des jours et la position inconfortable qui était la sienne étaient venues à bout de sa résistance. Il faisait pitié, assis là, les jambes repliées sous ses fesses.

Comme ses autres victimes avaient fait peine à voir avant lui.

La fille s'était arrêtée de chanter. Sa présence l'avait instantanément vidée de toute énergie. Elle espérait peut-être que son frère les sauverait ? À présent, elle savait qu'elle s'était trompée.

Il remplit la tasse d'eau et arracha le chatterton collé sur sa bouche.

Elle gémit mais tendit tout de même le cou pour boire. Ses réflexes de survie étaient les plus forts.

« Ne bois pas aussi vite, Magdalena », murmura-t-il.

Elle leva le visage vers lui et le regarda dans les yeux. Perdue et effrayée.

« Quand allons-nous rentrer chez nous ? » lui demanda-t-elle simplement, les lèvres tremblantes. Aucune réaction excessive. Juste cette question et puis sa nuque qui se tendait pour demander un peu plus d'eau.

« Dans un jour ou deux », lui répondit-il.

Ses yeux s'embuèrent de larmes. « Je voudrais retourner chez mon père et ma mère », dit-elle.

Il sourit et leva la tasse à nouveau.

Peut-être devina-t-elle ses pensées à ce moment-là. En tout cas elle cessa de boire, fixa un instant son regard brillant sur lui et se tourna vers son frère.

« Il a l'intention de nous tuer, Samuel », dit-elle d'une voix qui manquait de fermeté. « J'en suis sûre. »

Il tourna la tête vers le frère.

« Ta sœur perd la tête, Samuel », lui dit-il d'une voix grave. « Je ne vais évidemment pas vous tuer. Tout va bien se passer. Vos parents sont riches. Et je ne suis pas un monstre. »

Il s'adressa de nouveau à Magdalena, qui s'était recroquevillée sur elle-même, la tête basse, comme si elle s'était déjà résignée à mourir. « Je te connais si bien, Magdalena. » Il lui caressa la tête. « Je sais par exemple que tu rêves de te couper les cheveux. Et que tu aimerais pouvoir décider de plus de choses dans ta vie. »

Il plongea la main dans sa poche. « Tiens, il y a une chose que j'aimerais te montrer », ajouta-t-il en lui tendant la feuille de papier multicolore. « Tu reconnais ceci ? »

Il la vit sursauter imperceptiblement mais elle se contint de façon remarquable.

« Non, répondit-elle simplement.

– Mais si, Magdalena, tu sais très bien ce que c'est. Je te surveillais, figure-toi, quand tu te cachais au fond du jardin et que tu regardais dans ton trou. Tu y allais chaque fois que tu en avais l'occasion. »

Elle détourna les yeux. Il l'avait blessée dans son amour-propre. Elle avait honte.

Il brandit le morceau de papier devant ses yeux. C'était une page arrachée à un magazine.

« Cinq femmes célèbres aux cheveux courts », lut-il à haute voix. « Sharon Stone, Natalie Portman, Halle Berry, Winona Ryder et Keira Knightley. Bon, je ne les connais pas toutes mais ce sont des stars de cinéma, non ? »

Il prit Magdalena par le menton et la força à le regarder. « Pourquoi n'aurais-tu pas le droit de regarder cette photo ? Est-ce que c'est parce qu'elles ont les cheveux courts ? Et parce qu'on n'a pas le droit d'avoir ce genre de coiffure quand on appartient à l'Église de la Sainte-Vierge ? J'ai raison, n'est-ce pas ? » Il hocha la tête. « Oui je vois à ton visage que c'est pour cela. Tu aimerais bien être coiffée comme ça, toi aussi ? Tu secoues la tête pour dire non, mais je crois quand même que tu aimerais bien pouvoir te couper les cheveux comme ces femmes-là. Alors écoute-moi, Magdalena. Suis-je allé raconter ton petit secret à tes parents ? Non ? Alors, tu vois bien que je ne suis pas si méchant ! »

Il s'écarta un peu, sortit son couteau de sa poche et le déplia. Comme à l'accoutumée, il était propre et parfaitement affûté.

« Avec ce couteau, je pourrais te couper les cheveux en un clin d'œil. »

Il saisit une mèche de ses cheveux et la coupa. Elle sursauta et son frère se mit à gigoter inutilement comme s'il pouvait lui venir en aide.

« Et voilà ! »

À la voir, on aurait cru qu'il avait taillé directement dans sa chair. Les cheveux courts étaient un tabou absolu pour une jeune fille qui avait vécu toute son existence en croyant au dogme qui affirme que les cheveux d'une femme sont sanctifiés.

Elle sanglotait quand il remit le chatterton sur sa bouche. Il vit qu'elle avait mouillé sa culotte et la coupure de magazine.

Il se tourna vers son frère et lui donna à boire à son tour.

« Toi aussi, Samuel, tu as tes petits secrets. Tu regardes des filles qui n'appartiennent pas à la communauté. Je t'ai vu faire quand tu rentrais de l'école avec ton grand frère l'autre jour. Tu crois que c'est autorisé, ça ? lui demanda-t-il.

– Je vous exterminerai à la première occasion, que Dieu me vienne en aide ! » eut le temps de proférer Samuel avant qu'il ne lui ferme à nouveau la bouche avec l'adhésif.

À présent il ne lui restait presque plus rien à faire.

Son premier choix avait été le bon. C'était la fille qui devait être éliminée.

En dépit de ses rêves, elle respectait la parole de Dieu. Elle était la plus endoctrinée des deux. C'était elle qui deviendrait une nouvelle Rakel ou une nouvelle Eva.

Il n'avait pas besoin d'en savoir plus.

Après leur avoir promis de revenir les libérer aussitôt que leur père aurait payé la rançon, il retourna au garage pour constater que la cuve était presque pleine. Il éteignit la pompe, enroula et rangea le tuyau d'arrosage, brancha la résistance à la prise du groupe électrogène, la plongea dans la cuve et pressa l'interrupteur. Il avait remarqué que la soude était plus efficace dans une eau à plus de vingt degrés et les nuits étaient encore froides.

Il alla prendre le bidon de soude caustique et se fit la réflexion qu'il devrait en racheter, pour la prochaine fois. Pour finir, il versa la totalité du contenu du jerrycan dans le container.

Quand il aurait tué la fille, son corps plongé dans la solution chimique mettrait moins de deux semaines à se dissoudre totalement.

Ensuite, il lui suffirait d'emmener le bout du tuyau à une vingtaine de mètres dans le fjord et de vidanger la cuve.

Par une journée un peu venteuse, l'eau souillée était rapidement emportée loin de la côte.

Ensuite il n'y avait plus qu'à effectuer deux rinçages successifs du container pour effacer les dernières traces.

Une simple question de chimie.

## 24

C'était un couple improbable qui se tenait face à Carl dans son bureau. Yrsa avec ses lèvres rouge sang et Assad avec une barbe si drue qu'une simple bise se transformait en arme fatale.

Assad avait l'air particulièrement mécontent. Carl se dit qu'il ne l'avait jamais vu aussi fâché.

« J'espère que ce n'est pas vrai, Chef ! Yrsa m'a dit que ce Tryggve, le frère de Poul, ne va pas venir à Copenhague ? Et comment on va faire le procès-verbal, alors ? »

Carl cligna des yeux deux, trois fois de suite. L'image de Mona ouvrant la porte de sa chambre à coucher revenait régulièrement sur l'écran de sa mémoire et l'empêchait de se concentrer. En réalité, il n'avait pensé à rien d'autre toute la matinée. Tryggve et la folie des hommes pouvaient attendre, au moins jusqu'à ce qu'il soit de nouveau opérationnel.

« Hmmm, tu disais ? » Carl s'étira dans son fauteuil de bureau. Il y avait bien longtemps qu'il ne s'était pas senti aussi courbatu. « Ah oui, Tryggve. Non, il est toujours à Blekinge. Je lui ai demandé de venir à Copenhague. Je lui ai même proposé de faire le chauffeur, mais il m'a répondu qu'il ne s'en sentait pas capable. Je ne peux pas le forcer, tu comprends ? N'oublie pas qu'il est en Suède, Assad. S'il ne vient pas de son plein gré, à ce stade de l'enquête nous ne pouvons pas demander à la police suédoise de nous aider. »

Il s'attendait à une réaction de la part d'Assad, mais il en fut pour ses frais. « Je ferai mon rapport à Marcus, d'accord ? Et puis on verra ce qui se passe. Mais j'avoue que je ne sais pas très bien ce qu'on peut faire à partir de maintenant. L'affaire a plus de treize ans, et elle n'a jamais été instruite. C'est à Marcus Jacobsen de décider quel département elle concerne. »

Assad fronça les sourcils, et Yrsa en fit autant. Le département A n'allait tout de même pas récolter les lauriers de leur travail ? Il ne parlait pas sérieusement ?

Assad jeta un coup d'œil à sa montre. « Alors, allons-y maintenant et finissons-en. Jacobsen arrive de bonne heure le lundi.

– Si tu veux. » Carl se redressa. « Mais d'abord, j'ai deux mots à te dire. »

Il se tourna vers Yrsa qui commençait déjà à tanguer d'excitation.

« C'est à Assad que je veux parler, Yrsa. » Il pointa son index et son majeur vers ses yeux. « Entre quatre-z-yeux, si tu vois ce que je veux dire ?

– Ah oui... » Elle lui fit un clin d'œil entendu. « *Men's talk* », commenta-t-elle en quittant le bureau, laissant derrière elle une traînée de parfum capiteux.

Carl braqua sur son assistant un regard sombre, sous deux sourcils qui étaient venus se rejoindre juste au-dessus de la racine de son nez. Il se disait que son air sévère pousserait peut-être Assad à passer aux aveux de son plein gré, mais celui-ci se contenta de le regarder avec l'innocence d'un type qui s'apprêterait à lui proposer du bicarbonate de soude contre ses aigreurs d'estomac.

« Je suis passé chez toi hier, Assad. À Heimdalsgade, au numéro 62. Tu n'y étais pas. »

Une ride se forma sur la joue d'Assad, qu'il réussit miraculeusement à transformer instantanément en ride de sourire. « C'est bête. Vous auriez dû me téléphoner avant de venir.

– J'ai essayé, figure-toi. Tu n'as pas décroché, Assad.

– C'est vraiment dommage. Ç'aurait été bien de se voir en dehors du boulot, Chef. Une autre fois alors !

– Peut-être qu'on devrait se donner rendez-vous ailleurs, qu'en penses-tu ? »

Assad acquiesça. Se composa un masque enthousiaste. « Vous voulez dire qu'on pourrait se voir en ville ? Ce serait sympa, alors.

– Tu viendras avec ta femme, n'est-ce pas, Assad ? Ça me ferait plaisir de la rencontrer. Et tes filles aussi. »

Assad releva un sourcil, à peine. Comme si sa femme était la dernière personne au monde qu'il lui viendrait à l'idée d'amener dans un lieu public.

« J'ai parlé avec quelqu'un là-bas à Heimdalsgade, Assad. »

Le deuxième sourcil vint rejoindre le premier.

« Tu ne résides pas à cette adresse, Assad. Et il y a très longtemps que tu n'y vis plus, d'ailleurs. Et en ce qui concerne ta famille, elle n'y a jamais vécu, je pense. On peut savoir où tu habites ? »

Assad écarta les bras d'un geste fataliste. « C'est un tout petit appartement, vous comprenez, Chef. Il n'y avait pas assez de place pour toute la famille.

– Est-ce que tu ne penses pas que tu aurais pu m'informer de ton changement d'adresse et qu'il serait temps de te débarrasser de ce petit appartement ? »

Assad prit un air pensif. « Vous avez raison, Chef. Je vais m'en occuper.

– Et au fait, tu habites où maintenant ?

– On a loué une maison. L'immobilier n'est pas cher en ce moment. Il y a plein de gens qui ont deux maisons en même temps.

– Excellent. Je suis ravi pour vous. Mais j'aimerais bien avoir l'adresse, Assad ! »

Il baissa le menton imperceptiblement. « Écoutez, Chef. Ça m'ennuie un peu de vous la donner. C'est une sous-location. C'est pour ça que ce n'est pas trop cher, mais ce n'est pas très légal. Je ne pourrais pas vous laisser l'autre adresse comme boîte à lettres pour le moment ?

– Où se trouve cette maison, Assad ?

– Bon d'accord. Elle est à Holte, Chef. C'est juste une petite bicoque sur Kongevejen. Mais soyez gentil d'appeler avant de venir, Chef ! Ma femme n'aime pas trop voir les gens débarquer comme ça. »

Carl hocha la tête pendant quelques secondes. Il reviendrait sur ce sujet à un autre moment. « Une petite chose encore : Pourquoi leur as-tu fait croire, là-bas à Heimdalsgade, que tu étais chiite ? Je croyais que tu étais syrien ? »

Ses lèvres charnues se tordirent vers le bas en une moue vaguement agacée. « Oui, et alors ?

– Je ne savais pas qu'il y avait des musulmans chiites en Syrie, Assad. »

Ses sourcils en broussaille firent cette fois un bond jusqu'au milieu de son front. « Mais enfin, Chef, des musulmans chiites, il y en a partout ! » répliqua-t-il avec un grand sourire.

Une demi-heure plus tard, ils étaient dans la salle de réunion en compagnie d'une quinzaine de collègues remontés comme des horloges. Lars Bjørn et le chef de la Crim' Marcus Jacobsen se tenaient au milieu du cercle.

L'ambiance n'était pas à la rigolade.

Marcus Jacobsen exposa les faits tels que Carl les lui avait racontés, car c'était ainsi que les choses se passaient au sein du département A. Si quelqu'un avait une question, il était libre de la poser en cours de route.

« Tryggve Holt, le petit frère de la victime Poul Holt, a dit à Carl Mørck que sa famille connaissait le kidnappeur, en l'occurrence je devrais dire l'assassin », expliqua Marcus Jacobsen à un moment de son compte rendu. « Le meurtrier est venu à plusieurs reprises participer aux réunions de prière organisées par Martin Holt pour les membres de la communauté locale des Témoins de Jéhovah. Tous croyaient que cet homme envisageait de devenir l'un d'entre eux.

– On a des photos du type ? » s'enquit le vice-commissaire Bente Hansen, l'une des anciennes collègues de Carl.

L'adjoint Bjørn secoua la tête. « Non, mais nous avons une description de l'individu et un nom : Freddy Brink. Il s'agit probablement d'une fausse identité. Le département V a d'ores et déjà fait des recherches et il semble impossible de trouver quelqu'un de ce nom qui corresponde à l'âge présumé du suspect. Par l'intermédiaire du commissariat de Karlshamn, nous avons fait envoyer chez Tryggve Holt un technicien spécialisé dans les portraits-robots. On va voir ce que ça donne. »

Le chef de la Crim' nota quelques points sur le Whiteboard.

« Nous savons donc que les deux victimes ont été enlevées le 16 février. C'est un vendredi. Ce jour-là, Poul, le plus grand, emmène son petit frère Tryggve à son école d'ingénieurs à Ballerup. Le dénommé Freddy Brink les prend à bord de sa fourgonnette bleu ciel et s'amuse du fait qu'ils se rencontrent par hasard, aussi loin de Græsted. Il leur propose de les raccompagner. Malheureusement, Tryggve n'a pas été capable de décrire précisément la voiture, en dehors du fait qu'elle était arrondie devant et carrée à l'arrière. Les garçons s'installent sur le siège avant. Peu après, il stationne dans un endroit à l'abri des regards et les paralyse par électrochoc. Nous n'avons pas de description de l'arme employée mais il s'agit vraisemblablement d'une sorte de Taser. Ensuite il les jette à l'arrière du fourgon et leur applique un chiffon sur le visage, sans doute imbibé de chloroforme ou d'éther.

– Si je peux me permettre, Tryggve n'est pas absolument certain que les choses se soient passées comme ça, précisa Carl. Il était à moitié inconscient à cause de l'électrochoc, et son frère et lui n'ont pas pu communiquer beaucoup par la suite puisqu'ils avaient tous deux du chatterton sur la bouche.

– Effectivement, poursuivit Marcus Jacobsen. Mais si j'ai bien compris, Poul a tout de même fait remarquer à son frère qu'ils avaient roulé environ une heure avant d'arriver à destination. Je ne crois pas que nous devions nous attacher trop à cette information, cela dit, car Poul souffrait d'une forme d'autisme, et sa perception de la réalité est sujette à caution, même si par ailleurs le garçon était supérieurement intelligent.

– Est-ce qu'il était atteint du syndrome d'Asperger ? » s'enquit Bente Hansen, le stylo en suspens au-dessus de son bloc-notes. « Je pense au contenu de la lettre et au fait que Poul ait éprouvé le besoin de préciser la date exacte, alors même qu'il se trouvait dans une situation dramatique ! Est-ce que sa réaction n'est pas typique de cette pathologie ?

– C'est possible. » Le chef de la criminelle hocha la tête. « Après un trajet en voiture, les garçons ont été enfermés dans un hangar à bateaux qui sentait le goudron et l'eau croupie. Il s'agissait d'un hangar minuscule dans lequel ils pouvaient à peine tenir debout en courbant l'échine, vraisemblablement destiné à entreposer des canoës et des kayaks plutôt que des barques ou des dériveurs. Ils sont restés là-dedans pendant quatre ou cinq jours avant que Poul ne soit tué. La durée de leur captivité nous a été rapportée par Tryggve. Il ne faut pas oublier qu'il n'avait que treize ans à l'époque des faits et qu'il était très effrayé. Il a dormi une grande partie du temps et sa mémoire peut le trahir sur ce point.

– Avons-nous des repères géographiques ? » demanda Peter Vestervig, l'un des hommes de Viggo.

« Non, répondit le chef de la criminelle. Les garçons avaient les yeux bandés quand on les a conduits à la cabane. Cependant, bien qu'ils n'aient rien pu voir, Tryggve déclare avoir entendu un ronronnement sourd et régulier qui lui faisait penser à une éolienne. Parfois le son était plus faible, peut-être en fonction des variations de la météo et de la direction du vent. »

Le regard de Marcus Jacobsen s'arrêta un instant sur son paquet de cigarettes posé sur la table. À présent, il n'en fallait pas plus pour lui redonner un coup de fouet. Le veinard !

« Nous savons, reprit-il, que le hangar est au bord de l'eau, probablement construit sur pilotis puisque l'eau clapotait sous le plancher. La porte avait environ cinquante centimètres de hauteur et il fallait ramper pour entrer dans le local dont le plafond était bas. Tryggve a remarqué qu'il y avait des pagaies dans un coin, ce qui confirme l'hypothèse selon laquelle le bâtiment était à l'origine destiné à y ranger des embarcations légères. Il dit en outre que le hangar était bâti dans un bois qu'on ne trouve généralement pas dans les constructions traditionnelles au Danemark. Il s'agissait d'une essence claire et assez dure. Nous reviendrons sur ce sujet un peu plus tard. Laursen, notre ancien collègue de la scientifique, a trouvé une écharde provenant de l'éclat que Poul a utilisé en guise de plume. Elle est actuellement entre les mains des experts. Elle permettra peut-être d'établir l'origine du bois ayant servi pour la construction de la cabane.

— Comment Poul est-il mort ? demanda un policier au fond de la salle.

— Tryggve l'ignore. Le kidnappeur lui a mis un sac sur la tête pendant qu'il tuait son frère. Il a entendu un ramdam, et quand on lui a retiré le sac, son frère n'était plus là.

— Comment sait-il dans ce cas que son frère a été assassiné ? » s'étonna le même inspecteur.

Marcus respira un grand coup. « Les bruits étaient assez explicites.

— Quel genre de bruits ?

— Des gémissements, des bruits de lutte, un coup sourd, et puis plus rien.

— On l'a frappé avec un objet contondant ?

— Probablement. Tu continues, Carl ? »

Tous se tournèrent vers lui. Le chef de la criminelle lui faisait une faveur en lui laissant la parole et il n'y avait pas grand monde dans cette assemblée qui cautionne son geste. La plupart d'entre eux auraient préféré le voir partir au diable et pourrir dans un trou à dix mille lieues de là.

Ils avaient eu le temps de se lasser du personnage au fil des ans.

Carl n'en avait rien à foutre. Quelque part dans son hypophyse, les séquelles hormonales de sa nuit d'amour étaient toujours en effervescence. Et à voir la tronche des gens qui l'entouraient, il devait être le seul à avoir fait des folies de son corps la nuit précédente.

Il s'éclaircit la voix avant de commencer : « Après avoir tué Poul, le kidnappeur a donné des consignes à Tryggve. Il devait prévenir ses parents que Poul était mort et qu'il n'hésiterait pas à tuer un autre membre de la famille s'ils racontaient ce qui s'était passé à qui que ce soit. »

Il croisa le regard de Bente Hansen. Elle fut la seule à réagir à cette information. Il lui répondit par un hochement de tête. Il avait toujours trouvé que c'était une fille bien.

« En effet », ajouta-t-il en s'adressant à elle directement, « ç'a dû être assez traumatisant pour un garçon de treize ans. En rentrant chez lui, Tryggve a appris que le meurtrier avait contacté ses parents avant de tuer Poul pour exiger une rançon d'un million de couronnes. Somme qu'ils lui ont d'ailleurs versée.

— Ah bon ? Ils ont payé… s'étonna Bente Hansen. Avant ou après la mort du grand frère ?

— Avant, apparemment.

— Je ne comprends rien à cette histoire, Carl. Tu peux nous expliquer ? » demanda Vestervig. Il était rare dans cette corporation de voir quelqu'un oser dire qu'il ne comprenait pas quelque chose. C'était tout à son honneur.

« Avec plaisir, répondit Carl. La famille savait à quoi ressemblait l'assassin de leur fils puisqu'il avait participé à plusieurs de leurs réunions. Ils étaient donc en mesure de décrire l'individu, sa voiture et sûrement un tas d'autres éléments susceptibles de permettre à la police de l'identifier. Le criminel a donc fait en sorte qu'ils n'envisagent même pas de porter plainte. La méthode est simple et d'une cruauté absolue. »

Quelques personnes dans la salle s'adossèrent au mur. Ils étaient déjà retournés en pensée aux autres affaires qui s'empilaient sur leurs bureaux. Ces temps-ci, les bandes de voyous étaient surexcitées. Il y avait eu encore une fusillade dans le quartier de Nørrebro la veille, la troisième en une semaine, et la brigade criminelle avait largement de quoi s'occuper. Même les ambulances n'osaient plus s'aventurer dans le quartier. Le danger était omniprésent. Plusieurs d'entre eux s'étaient acheté des gilets pare-balles sur leurs deniers personnels et Carl avait remarqué qu'ils les portaient déjà sous leurs polos, à cette heure matinale.

Dans un sens, il les comprenait. Qu'est-ce que cela pouvait leur faire qu'un gars ait jeté une bouteille à la mer en 1996 alors qu'ils avaient du boulot par-dessus les oreilles ? Mais après tout, ils ne pouvaient s'en prendre qu'à eux-mêmes. Plus de la moitié des types qui se trouvaient dans cette pièce avaient voté pour les partis politiques qui avaient mis le bordel dans le pays. Réforme de la police et politique d'immigration dénuée de bon sens. C'était bien fait pour eux. Carl se demandait s'ils s'en rendaient compte quand ils faisaient des patrouilles de nuit en serrant les fesses, pendant que leurs bonnes femmes rêvaient d'un mec dans leur lit pour leur faire des câlins.

« Le kidnappeur choisit une famille avec beaucoup d'enfants », poursuivit Carl en cherchant dans la pièce des interlocuteurs dignes de ce nom. « De préférence une famille qui, à bien des points de vue, vit en marge de la société. Une famille qui a des habitudes et une façon de vivre extrêmement austères et régulières. Dans le cas qui nous intéresse, il s'agit d'une famille fortunée, membre de la communauté des Témoins de Jéhovah. Pas réellement riche mais relativement aisée. Le kidnappeur choisit deux des enfants, qui pour une raison ou une autre ont un statut particulier dans la fratrie. Il les enlève tous les deux, et une fois qu'il a touché la rançon, il en libère un. La famille sait désormais qu'il est prêt à tout. Le meurtrier devient donc crédible quand il les menace d'enlever un autre de leurs enfants, à n'importe quel moment, sans préavis, dans le cas où les parents s'aviseraient de prévenir la police ou un autre membre de la communauté, ou s'ils essayaient de retrouver eux-mêmes sa trace. La famille récupère le deuxième enfant. Il l'a soulagée d'un petit million de couronnes mais le reste de la tribu est en vie. Alors elle ne raconte à personne ce qui lui est arrivé. Elle se tait pour avoir une chance de vivre ensuite une vie à peu près normale.

— Mais le fils, lui, a définitivement disparu ! fit remarquer Bente Hansen. Comment a réagi l'entourage ? Quelqu'un a bien dû s'apercevoir que Poul s'était volatilisé ?

— Très juste. Il y a des gens qui s'en sont inquiétés. Mais dans ces milieux très fermés, personne ne fait de commentaire si les parents expliquent que l'enfant a été banni pour des motifs religieux, même si en théorie il existe au sein de ces communautés un conseil qui se réunit pour prendre ce genre de décision. En fait, il n'y a pas de meilleur moyen que l'exclusion pour expliquer une disparition chez ces gens-là. Dans certaines sectes, il est carrément interdit de garder le contact avec une personne qui a été bannie, et donc les gens n'essayent même pas. Dans ce cas de figure, les membres de la communauté restent solidaires. Après son assassinat, les parents de Poul ont tout simplement fait savoir qu'il avait été chassé de chez lui en attendant de revenir à de meilleurs sentiments, et personne n'a posé de questions.

— Et en dehors des Témoins de Jéhovah ? Quelqu'un a tout de même dû s'étonner de ne plus le voir du jour au lendemain ?

— On est en droit de le penser. Mais en fait ces gens-là vivent pratiquement en vase clos. C'est ce qui rend le choix du meurtrier si diabolique. La seule personne qui se soit inquiétée de la disparition de Poul est son professeur principal. Elle s'est mise en relation avec la famille mais ses questions sont restées lettre morte. On ne peut pas forcer un étudiant à reprendre ses études s'il a décidé de les interrompre, n'est-ce pas ? »

À ce stade du récit de Carl, on aurait pu entendre une épingle tomber au sol. Tous venaient de comprendre à quoi ils avaient affaire.

« Je sais ce que vous pensez », dit Lars Bjørn, l'adjoint de Marcus, en regardant l'assemblée muette. « Et nous le pensons également. » Comme à son habitude, il cherchait à se donner plus d'importance qu'il n'en avait. « Si ce crime n'a pas fait l'objet d'une plainte, et si le coupable frappe toujours au sein de sociétés aussi repliées sur elles-mêmes, il a pu recommencer plusieurs fois sans que personne le sache.

— C'est monstrueux ! s'exclama un jeune inspecteur.

— Bienvenue dans la police ! répliqua Vestervig, regrettant instantanément sa plaisanterie quand Marcus Jacobsen le fusilla du regard.

— Je suggère que nous évitions les conclusions hâtives à ce stade de l'enquête, déclara ce dernier. En tout cas pas un mot à la presse avant que nous en sachions un peu plus, nous sommes d'accord ? »

Tout le monde acquiesça, et Assad plus que les autres.

« La vie de la famille Holt pendant les années qui ont suivi le drame et jusqu'à aujourd'hui montre clairement l'emprise psychologique que le meurtrier a gardée sur elle », fit remarquer le chef de la brigade criminelle. « Carl ? Tu veux continuer ?

— Oui. Selon Tryggve Holt, ils sont tous partis vivre à Lund, une semaine après que Tryggve a été libéré. Plus aucun d'entre eux n'a eu le droit de prononcer le nom de Poul à partir de ce jour-là.

— Ça n'a pas dû être facile pour son petit frère », suggéra Bente Hansen.

Carl se remémora le visage de Tryggve. Effectivement, ça n'avait pas dû être simple.

« Obsédés par la menace du tueur, ils devenaient complètement paranoïaques aussitôt qu'ils entendaient quelqu'un parler danois. Ils ont déménagé de Scanie pour s'installer à Blekinge, et ils ont encore changé deux fois d'adresse avant de s'établir à Hallabro où ils résident actuellement. Tous les membres de la famille ont reçu des instructions très sévères de la part du père, leur interdisant d'ouvrir la porte à quelqu'un qui parle danois. De manière générale, il leur est formellement interdit de fréquenter qui que ce soit en dehors de la communauté.

— Et Tryggve n'a pas voulu respecter cet ordre-là ? conclut Bente Hansen.

— C'est exact, et ce pour deux raisons. D'abord, il a refusé d'effacer Poul de sa mémoire parce qu'il l'aimait et que, pour une raison ou pour une autre, il s'était mis dans la tête que son grand frère avait sacrifié sa vie pour lui. Et ensuite parce qu'il est tombé fou amoureux d'une fille qui n'est pas témoin de Jéhovah.

— C'est pourquoi Tryggve a été exclu de la communauté, précisa Lars Bjørn. Il y a trois ans de cela. Il s'est installé deux kilomètres plus au sud, avec la fille en question, et il est entré comme apprenti dans une scierie à Belganet. Ni sa famille ni les autres témoins de Jéhovah ne lui adressent plus la parole, alors que son lieu de travail se trouve tout près de chez ses parents. La seule fois qu'ils lui ont parlé, c'est le jour où je leur ai rendu visite. Le père de Tryggve a tout fait pour l'empêcher de répondre à mes questions, et Tryggve a dans un premier temps promis de se taire. Il a changé d'avis quand je lui ai donné la copie de la lettre écrite par son frère.

Ça l'a mis K-O debout. Non d'ailleurs. Plutôt l'inverse. C'est comme si, d'une certaine manière, cela l'avait réveillé.

– La famille a-t-elle été en contact avec le kidnappeur depuis le meurtre ? » demanda quelqu'un.

Carl secoua la tête.

« Non, et je ne pense pas que cela arrivera.

– Pourquoi pas ?

– Parce que treize années se sont écoulées et que ce salaud doit avoir d'autres chats à fouetter. »

Un lourd silence s'abattit à nouveau sur l'assemblée. On n'entendit plus que le bavardage incessant de Lis à l'accueil. Il fallait bien que quelqu'un réponde au téléphone.

« Se peut-il qu'il y ait eu d'autres affaires de ce genre, Carl ? Vous avez enquêté là-dessus ? »

Carl regarda Bente Hansen avec gratitude. Elle était la seule parmi les personnes présentes dans la pièce avec qui il n'avait jamais eu de contentieux et, comme par hasard, elle était aussi la seule qui n'éprouvait jamais le besoin de se faire mousser. C'était juste une super bonne inspectrice. « Oui. J'ai demandé à Assad et à Yrsa, l'intérimaire qui remplace Rose, de contacter des organisations de soutien pour les transfuges de diverses sectes. De cette façon, nous parviendrons peut-être à entrer en contact avec des enfants qui ont été bannis ou qui se sont échappés de certaines communautés. La piste est mince mais si nous nous adressons directement aux sectes, nous n'obtiendrons rien du tout. »

Deux ou trois personnes se tournèrent vers Assad qui avait l'air de sortir de son lit. Sauf qu'il était habillé.

« Vous ne croyez pas que vous devriez laisser faire des gens dont c'est le métier ? » demanda quelqu'un.

Carl leva la main. « Je peux savoir qui a dit ça ? »

Un type s'avança. Un dénommé Pasgård, une brute. Très bon flic, mais du genre qui jouait des coudes pour passer à la télé quand les journalistes débarquaient sur une scène de crime. Il s'imaginait sans doute dans un fauteuil de commissaire d'ici quelques années.

Carl le regarda droit dans les yeux. « Eh bien, puisque tu es expert, je t'invite à nous faire profiter de tes lumières en matière de sectes et de groupements assimilés à des sectes ici au Danemark, au sein desquels le meurtrier de Poul Holt aurait pu sévir. Cites-en juste quelques-unes si tu veux. Disons cinq ? »

L'homme allait protester mais le sourire narquois de Marcus Jacobsen l'obligea à s'exécuter.

« Hmm ! » commença-t-il en balayant la pièce du regard. « Les Témoins de Jéhovah. Je ne sais pas si on peut considérer les Baptistes comme une secte, la secte Moon... la Scientologie... euh... les Satanistes et le Logis de Dieu. » Il jeta un regard triomphant à Carl et hocha fièrement la tête à la cantonade.

Carl s'efforça d'avoir l'air admiratif. « Pas mal, Pasgård, sauf qu'on ne peut pas considérer les Baptistes comme une secte, ni d'ailleurs les Satanistes à moins que tu ne fasses référence au mouvement appelé Church of Satan. Alors trouve-m'en encore une, tu veux bien ? »

L'inspecteur fit la grimace. Toute l'assistance avait les yeux braqués sur lui. Toutes les religions du monde lui traversèrent l'esprit mais il n'osait en citer aucune. On voyait presque ses lèvres les énoncer en silence. Et enfin il s'écria : « Les Enfants de Dieu ! » Ce qui déclencha quelques applaudissements sporadiques.

Carl frappa dans ses mains. Deux fois. « Bien joué, Pasgård, tu as gagné, j'enterre la hache de guerre. En fait il y a de très nombreuses sectes au Danemark et autant d'Églises dites *libres*, et qu'on pourrait aussi considérer comme des sectes. Ce serait *mission impossible* de se les rappeler toutes. N'est-ce pas, Assad ? »

Le petit homme hocha énergiquement la tête. « Enfin, sauf si on a révisé sa leçon avant.

– Tu as révisé, toi ?

– Je n'ai pas tout à fait fini, mais je devrais pouvoir en citer quelques-unes de plus. Vous voulez que j'essaye ? »

Assad se tourna vers le chef de la Crim' qui acquiesça.

« Bon. Alors il me semble qu'il faut mentionner les Quakers, la Cosmologie de Martinus, les Pentecôtistes, Sathya Sai Baba, l'Église de la Sainte-Vierge, les Évangélistes, la Maison du Christ, Sri Ram Shandra, les Théosophes, Hare Krishna, la Méditation transcendantale, le shamanisme, la fondation Emin, la Citadelle, Ananda Marga, le mouvement Jes Bertelsen, les adeptes de Brahma Kumaris, la secte Moon, les Davidsoniens, la secte New Age, le Groupement, l'ordre du Temple du Soleil, le Logis de Dieu et peut-être la Mission intérieure. » Il s'arrêta pour reprendre son souffle.

Cette fois, personne n'applaudit. Ils venaient de réaliser que l'excellence pouvait prendre bien des visages.

« Oui. » Carl eut un léger sourire. « Il existe de nombreuses communautés religieuses. Beaucoup d'entre elles vivent sous l'influence d'un gourou ou selon des préceptes de vie qui au bout d'un moment tendent à les isoler du reste de la société. Et elles réunissent souvent toutes les conditions pour constituer un fabuleux terrain de chasse pour notre psychopathe. »

Marcus Jacobsen prit la parole : « Vous avez maintenant connaissance d'une affaire d'enlèvement qui s'est soldée par un meurtre. Elle ne s'est pas produite dans notre juridiction mais pas loin. Et pourtant aucun d'entre nous n'en a jamais entendu parler. Nous reviendrons là-dessus. Carl et ses assistants vont continuer l'enquête qu'ils ont commencée. » Puis, à l'adresse de Carl : « Tu n'hésites pas à demander de l'aide si tu en as besoin. »

Jacobsen se tourna vers Pasgård, qui affichait déjà un masque d'indifférence totale, ses lourdes paupières à moitié fermées sur son regard froid. « Je dois dire, Pasgård, que ton zèle m'a impressionné. Je suis ravi que tu penses que nous disposons des compétences et des ressources humaines que requiert cette affaire, mais je suggère que nous les mettions en œuvre sur les dossiers que nous avons déjà, là-haut, au deuxième étage. Et il y a de quoi faire, tu ne trouves pas ? »

Et le crétin acquiesça. Toute autre réaction aurait été encore plus stupide.

« Cela dit, si tu crois vraiment que nous sommes plus aptes à résoudre cette affaire que le département V, tu as peut-être raison. J'ai donc décidé d'augmenter leurs effectifs. Et comme tu sembles t'intéresser tout particulièrement à cette enquête, tu vas aller leur donner un coup de main. »

La mâchoire de Carl tomba et il sentit la colère monter. Il n'allait pas se retrouver avec ce con dans les pattes !

En une seconde, Marcus sentit le vent venir. « Je crois savoir qu'on a trouvé une écaille de poisson sur le papier qui a servi de support à la lettre. Est-ce que tu pourrais essayer de découvrir de quel poisson il s'agit et où on peut pêcher le poisson en question, à une heure de route de Ballerup ? »

Le chef de la Crim' fit semblant de ne pas remarquer l'air ébahi de Carl. « Ah oui, et encore un détail, Pasgård. Il est possible qu'il y ait une éolienne à proximité de l'endroit que nous recherchons, ou en tout cas quelque chose qui produise le même genre de bruit. Et, bien sûr, qui produisait déjà ce bruit en 1996. »

Carl poussa un soupir de soulagement. Voilà des missions qu'il laissait bien volontiers à Pasgård.

« Je n'ai pas le temps, répliqua ce dernier. Jørgen et moi faisons du porte-à-porte à Sundby en ce moment. »

Jacobsen jeta un coup d'œil au grand gaillard qui se tenait dans l'angle de la pièce. Pas de problème.

« Eh bien, Jørgen se débrouillera sans toi un jour ou deux, dit-il. N'est-ce pas, Jørgen ? »

Le grand bonhomme haussa les épaules. Il n'était pas enchanté. Et les parents du gamin qui s'était fait agresser, impatients de faire payer le coupable, ne le seraient pas non plus.

Jacobsen s'adressa de nouveau à Pasgård. « Je compte sur toi pour nous résoudre cette petite enquête en deux jours, d'accord ? »

Le chef de la criminelle avait statué.

Qui pisse contre le vent se rince les dents.

## 25

Le pire était arrivé et Rakel était sous le choc.

Le Diable était apparu en leur sein et il les avait punis pour leur insouciance. Comment avait-elle pu laisser un parfait étranger emmener avec lui les deux prunelles de ses yeux, et de surcroît en ce jour béni ? Hier, ils auraient dû lire la Bible tous ensemble et purifier leurs âmes, comme ils le faisaient chaque semaine au moment du shabbat. Ils auraient joint leurs mains à l'heure du repos et laissé l'esprit de la Sainte Mère de Dieu descendre sur eux et leur donner la paix.

Et au lieu de cela ? Le Créateur se dressait à sa place, la foudre à la main. Toutes les tentations auxquelles la Vierge Marie avait résisté, ils y avaient succombé. La séduction, la flagornerie, Belzébuth et ses masques.

La punition divine les avait frappés. Magdalena et Samuel étaient entre les mains du Malin. Une nuit et une journée avaient passé, et il n'y avait rien qu'ils puissent faire.

Rakel, plus que les autres, était anéantie. Comme lorsqu'elle s'était fait violer et que personne n'était venu à son secours. Sauf qu'à l'époque, elle avait pu agir, alors que cette fois elle était réduite à l'impuissance.

« Tu dois trouver cet argent, Joshua », répétait-elle à son mari. « Il le faut !

— Mais nous ne l'avons pas, Rakel. Tu sais bien que j'ai

payé nos impôts avant-hier. J'ai versé un million de couronnes d'avance pour bénéficier d'un taux plus bas, comme chaque année, au nom du Ciel. Comme chaque année !

— Joshua ! Tu as entendu ce qu'il a dit au téléphone. Si nous ne trouvons pas l'argent, il les tuera.

— Alors, il nous faudra l'emprunter à quelqu'un de la communauté.

— Non ! » hurla-t-elle si fort que leur plus jeune fille se mit à pleurer dans la pièce à côté. « Il a pris nos enfants et *toi*, tu vas faire en sorte qu'ils nous soient rendus, tu m'entends ? Si tu parles aux autres, nous ne les reverrons plus jamais. »

Il la regarda droit dans les yeux. « Comment peux-tu en être sûre, Rakel ? Peut-être qu'il bluffe ? Nous devrions aller voir la police.

— La police ? Que sais-tu de la police, toi ? Comment peux-tu affirmer qu'il n'y a pas parmi eux quelque suppôt du Diable ? Es-tu prêt à me jurer qu'il n'en saura jamais rien ? Es-tu prêt à me le jurer, Joshua ?

— Alors, demandons à nos amis de nous aider. Les membres de la communauté savent tenir leur langue. Tous ensemble, nous pourrons réunir cette somme.

— Et s'il était là, dehors, à t'espionner, au moment où tu iras les voir ? Et s'il avait des complices ? Des gens de la communauté que nous ne soupçonnons pas et qui travaillent pour lui ? Il était si proche de nous et pourtant, nous n'avons pas su voir son vrai visage. Comment sais-tu qu'ils ne sont pas plusieurs ? Comment le sais-tu, Joshua ? »

Elle tourna furtivement le regard vers sa benjamine qui les regardait, les yeux rougis et les mains agrippées au montant de la porte.

Il allait devoir trouver une solution.

« Joshua, il faut que tu trouves un moyen », déclara-t-elle en se levant de table. Elle alla s'accroupir devant sa petite fille et prit sa tête entre ses bras.

« Il ne faut pas désespérer, Sarah. La mère de l'Enfant Jésus veillera sur Samuel et Magdalena. Toi, tu dois juste prier beaucoup, c'est ainsi que tu les aideras. Et si cette chose est arrivée parce que nous avons fait quelque chose de mal, nos prières nous vaudront le pardon. C'est tout ce que tu as à faire, ma petite fille. Prier. »

Elle vit sa fille sursauter en entendant le mot pardon. Ses yeux imploraient l'absolution. Elle avait quelque chose sur le cœur, mais les mots se refusaient à franchir ses lèvres.

« Qu'y a-t-il, Sarah ? Tu as quelque chose à dire à maman ? »

Les commissures des lèvres de Sarah tombèrent et sa bouche se mit à trembler.

« Cela a-t-il quelque chose à voir avec le monsieur ? »

La petite fille hocha la tête, et ses larmes se mirent doucement à couler.

Rakel retenait son souffle sans s'en rendre compte. « Qu'est-ce que c'est ? *Dis-le-moi !* »

La petite fille s'effraya de la dureté du ton de sa mère, mais elle passa aux aveux. « J'ai fait une chose que vous m'aviez interdite.

— Qu'as-tu fait, Sarah ?

— J'ai feuilleté l'album photos à l'heure de la sieste, quand vous étiez dans la cuisine en train de lire la Bible. Je suis désolée, maman. Je sais que ce n'est pas bien.

— C'est tout ? »

Rakel soupira, déçue.

Sa fille secoua la tête. « Et dans l'album, j'ai regardé la photographie du monsieur qui a emmené Samuel et Magdalena. C'est pour cela que c'est arrivé ? Je n'aurais pas dû le regarder, s'il est le Diable ? »

Rakel respira profondément. Elle venait d'apprendre quelque chose. « Il y a une photo de lui dans l'album ? »

Sarah renifla un peu. « Oui, maman. Elle a été prise le jour où nous étions tous rassemblés devant la salle de culte pour l'intronisation de Johanna et de Dina. »

Il apparaissait sur cette photo-là ?

« Où est-elle, Sarah ? Montre-moi cette photo tout de suite ! »

Obéissante, elle alla chercher l'album et montra le cliché.

À quoi bon ? se dit Rakel. Qu'est-ce que ça va changer ?

Elle regarda la photo avec dégoût, la détacha des encoches qui la retenaient. Caressa la tête de sa fille et la consola en lui disant qu'elle était pardonnée. Ensuite elle emporta la photographie dans la cuisine et la posa violemment devant son mari qui n'avait toujours pas bougé.

« Tiens, Joshua. Regarde le visage de ton ennemi. » Elle désigna une tête, au dernier rang. Toute petite. L'homme avait réussi à se cacher à moitié derrière la personne qui se trouvait devant lui, et à détourner le regard de l'objectif. Il aurait pu s'agir de n'importe qui.

« Je veux que tu ailles voir le Trésor public dès demain matin et que tu leur dises que tu as versé cette avance suite à une erreur comptable. Tu leur expliqueras que nous risquons la faillite si nous ne récupérons pas cet argent. Tu comprends ce que je dis, Joshua ? Demain à la première heure, tu iras les voir. »

Le lundi matin, Rakel était postée devant sa fenêtre et elle regardait le jour se lever derrière le clocher de l'église de Dollerup. De longs rayons frémissants illuminaient le paysage à travers la brume matinale. La puissance divine dans toute sa splendeur. Comment pouvait-*Il* à la fois être le créateur de toute cette beauté et poser une croix aussi lourde sur ses épaules ? Et comment osait-elle se poser la question ? Elle savait pourtant que les voies du Seigneur sont impénétrables.

Elle pinça les lèvres pour retenir ses larmes, joignit les mains et ferma les yeux.

Rakel avait passé toute la nuit à prier, comme elle l'avait fait si souvent dans l'atmosphère rassurante de leur salle de culte, mais cette fois elle n'avait pas trouvé la paix. Car à l'instar de Job, c'était l'heure de sa mise à l'épreuve, Satan lui avait été envoyé pour éprouver sa foi, et sa douleur était immense.

Quand le soleil eut disparu derrière les nuages et que Joshua fut parti à la trésorerie pour essayer de récupérer un trop-perçu d'impôts, elle était presque à bout de forces.

« Joseph, je vais devoir te demander de rester à la maison aujourd'hui pour garder tes sœurs », avait-elle dit au plus grand qui allait au lycée. Elle devait se ressaisir et elle n'y parviendrait pas si elle avait Miriam et Sarah dans les jambes.

Joshua avait intérêt à avoir l'argent quand il reviendrait. Avec l'aide de Dieu ! Ils étaient convenus qu'il déposerait le chèque à la Vestjysk Bank et leur demanderait de répartir la somme entre leurs comptes à la Nordea, la Danske Bank, la Jyske bank, la Caisse d'épargne Kronjylland et la Brand Bank. Ce qui leur permettrait d'effectuer un retrait en liquide d'environ cent soixante-cinq mille couronnes dans chaque établissement bancaire, sans qu'on leur pose trop de questions. Si certaines banques remettaient à Joshua des billets neufs, ils les froisseraient et les saliraient avant de les mélanger avec les liasses venant des autres banques. De cette façon, ils pourraient d'une part s'assurer qu'il y avait bien la somme demandée et d'autre part, prouver au monstre qui leur avait pris leurs enfants qu'ils ne lui remettaient pas des billets numérotés.

Elle réserva des places dans le train régional qui arrivait à Odense à 19 h 29 et également dans l'express de Copenhague, puis elle attendit le retour de son mari. Il pensait rentrer aux alentours de midi ou treize heures, mais à dix heures et demie, il était déjà là.

« As-tu l'argent, Joshua ? lui demanda-t-elle inutilement car son visage disait qu'il ne l'avait pas.

– Ce n'est pas si simple, Rakel. Mais je m'y attendais, dit-il d'un ton veule. Ils auraient bien voulu nous aider à la mairie, mais le chèque était à l'ordre du Trésor public et dès qu'il s'agit des impôts, les choses deviennent très compliquées.

– Tu as essayé de les convaincre, n'est-ce pas Joshua ? Dis-moi que tu as fait tout ce que tu as pu ! Nous n'avons pas beaucoup de temps. Les banques ferment à seize heures. » Elle était aux abois, à présent. « Qu'est-ce que tu leur as dit ? Je veux le savoir.

– Je leur ai dit qu'il me fallait cet argent absolument. Que j'avais commis une erreur comptable et que si cela n'avait pas été le cas, je ne leur aurais jamais versé cet acompte. Qu'en raison d'un problème informatique, j'ai été induit en erreur quant aux liquidités de la société. Que nous étions en attente de virements de nos débiteurs, et qu'un certain nombre de factures ont disparu dans le système. J'ai raconté que j'avais reçu des relances de plusieurs fournisseurs et que je devais absolument honorer les créances des plus gros si je ne voulais pas les perdre. Que les concessionnaires sont eux-mêmes en difficulté en raison de la crise financière et menacent de reprendre leurs moissonneuses-batteuses pour les vendre en direct et au rabais. Je leur ai expliqué que nous risquions de perdre notre agrément de crédit-bail, ce qui nous fragiliserait énormément dans l'avenir. Je leur ai dit que nous aussi subissions la crise économique.

– Oh mon Dieu, Joshua, étais-tu vraiment obligé de rentrer à ce point dans les détails ? Je n'en vois pas l'intérêt.

– Écoute, j'ai dit tout ce qui me passait par la tête. » Il s'assit lourdement sur une chaise et jeta la mallette vide sur la table de la cuisine. « Cette situation me stresse également, figure-toi, Rakel. Je n'arrive plus à réfléchir. Je n'ai pas dormi plus que toi la nuit dernière.

– Dieu du ciel, Joshua. Qu'allons-nous faire ?

– Nous allons aller exposer notre problème à nos amis de la communauté. Que veux-tu que nous fassions ? »

Elle pinça les lèvres et pensa à Samuel et à Magdalena. Pauvres enfants innocents. Quels péchés avaient-ils commis pour mériter un tel sort ?

Ils s'étaient assurés qu'ils trouveraient le père chez lui. Il venaient de mettre leurs manteaux et s'apprêtaient à aller lui demander son aide quand on sonna à la porte.

Rakel n'aurait jamais eu l'idée d'aller ouvrir, mais son mari n'était pas tout à fait dans son état normal.

Ils ne connaissaient pas la femme qui se tenait sur le seuil, un dossier à la main, et ils n'avaient pas envie de la connaître.

« Je m'appelle Isabel Jønsson. Je travaille à la mairie », dit-elle en entrant dans le vestibule.

Rakel se prit à espérer. Cette femme leur apportait peut-être des documents à signer. Elle avait tout arrangé. Son mari n'était peut-être pas si bête après tout.

« Entrez, nous allons nous installer à la table de la cuisine, lui dit-elle, infiniment soulagée.

– Mais vous étiez sur le point de sortir. Je ne vais pas vous retarder. Je reviendrai demain, si vous voulez. »

Rakel sentit le ciel d'orage se refermer au-dessus de sa tête tandis qu'ils s'asseyaient. Elle n'était donc pas là pour les aider à récupérer l'argent ? Sinon elle aurait compris pourquoi ils étaient si pressés. Pourquoi ne pas en finir tout de suite ? *Je ne veux pas vous retarder.* Comment pouvait-elle dire une phrase comme celle-là en un pareil moment ?

« Je suis déléguée aux problèmes informatiques des entreprises auprès de la commune. Si mes collègues m'ont bien informée, vous avez de graves soucis dans ce domaine. C'est pour ça que je suis là. » Elle sourit et leur tendit sa carte de visite. « Isabel Jønsson, consultante en informatique, mairie de Viborg », annonçait le petit carton rectangulaire. C'était la dernière chose dont ils avaient besoin aujourd'hui.

« Écoutez madame », dit finalement Rakel, voyant que Joshua ne réagissait pas. « C'est très gentil à vous d'être venue mais le moment est mal choisi, nous avons à faire. »

Elle pensait que cela suffirait, que la femme se lèverait et s'en irait, mais au lieu de cela, elle sembla se figer, les yeux dans le vide. On aurait dit qu'elle était ligotée à la chaise. Comme si elle voulait à tout prix asseoir l'autorité de l'administration et son droit à se mêler des affaires d'autrui. Mais là, elle était mal tombée.

Rakel se leva et regarda fermement son mari. « Viens, Joshua. On y va. » Et, s'adressant à l'intruse : « Si vous voulez bien nous excuser. »

La femme refusait toujours de se lever. C'est alors que Rakel remarqua qu'elle ne regardait pas du tout dans le vide comme elle l'avait cru, mais qu'au contraire, elle avait les yeux fixés sur la photo qu'elle avait sortie de l'album tout à l'heure. Cette photo qui était restée posée au milieu de la table de la cuisine pour leur rappeler que dans tout groupe humain se trouve un Judas.

« Vous connaissez cet homme ? » demanda Isabel Jønsson.

Ils la regardèrent sans comprendre. « Quel homme ? répondit Rakel.

– Celui-là », dit l'employée de mairie en posant le doigt sous la tête du kidnappeur.

Rakel flaira le piège. Comme ce terrible après-midi dans le village près de Baobli où les soldats lui avaient demandé leur chemin.

Le ton de la voix, la situation.

Il y avait quelque chose qui n'allait pas.

« Vous devez partir à présent, dit Rakel. Nous sommes en retard. »

Mais la femme ne bougea pas d'un pouce. « Vous le connaissez ? » se contenta-t-elle de répéter.

C'était donc ça. On leur envoyait encore un démon. Un envoyé du Diable sous les traits d'un ange.

Elle serra les poings et se planta devant elle. « Je sais qui vous êtes ! Je sais que c'est ce salaud qui vous a envoyée ici ! Allez-vous-en. Vous êtes bien placée pour savoir que nous n'avons pas une minute à perdre. »

Brusquement, elle sentit qu'elle craquait et qu'elle était incapable de retenir ses larmes plus longtemps. La colère et l'impuissance la terrassèrent. « ALLEZ-VOUS-EN ! » cria-t-elle, les yeux clos et les mains crispées sur sa poitrine.

La femme se leva enfin et s'approcha d'elle presque à la toucher. Elle la prit par les épaules et la secoua doucement. « Je ne sais pas de quoi vous parlez, mais croyez-moi, si quelqu'un sur cette terre déteste cet homme, c'est bien moi. »

Rakel ouvrit les yeux. La femme la regardait intensément et derrière son regard froid, Rakel lut une haine brûlante.

« Qu'est-ce qu'il a fait ? demanda la femme. Dites-moi ce que cet homme vous a fait. Et moi je vous dirai tout ce que je sais sur lui. »

Isabel Jønsson le connaissait, et visiblement pas en bien. Mais cela pouvait-il les aider ? Rakel n'en était pas sûre. Seul l'argent pouvait sauver ses enfants, et il serait bientôt trop tard pour le trouver.

« Que savez-vous ? Dites-le-nous tout de suite, ou nous partons.

– Il s'appelle Mads Fog. Mads Christian Fog. »

Rakel secoua la tête. « Il nous a dit qu'il s'appelait Lars. Lars Sørensen. »

La femme hocha lentement la tête. « Je vois. Alors, il est probable qu'il ne s'appelle ni l'un ni l'autre. Il s'est présenté sous un troisième nom quand je l'ai rencontré la première fois, Mikkel Laust. Mais je suis tombée sur des papiers lui appartenant. Il y avait une adresse et la maison correspondant à cette adresse appartient à un certain Mads Fog. Je crois que c'est son vrai nom. »

Rakel s'arrêta de respirer. La Sainte Mère de Dieu avait-elle entendu ses prières ? Elle regarda son interlocutrice. Pouvait-elle réellement lui faire confiance ?

« Quelle est cette adresse ? Où se trouve cette maison ? » Joshua était livide à présent. Il semblait totalement abasourdi.

« Quelque part dans le nord du Sealand, pas très loin de Skibby. L'endroit s'appelle Ferslev. J'ai l'adresse exacte chez moi.

– Comment savez-vous tout cela ? » demanda Rakel d'une voix tremblante.

Elle avait envie de la croire. Mais elle n'osait pas encore.

« Il a habité chez moi jusqu'à samedi dernier. Je l'ai mis à la porte samedi matin. »

Rakel posa une main sur sa bouche pour ne pas se mettre à hurler. Quelle horreur ! Alors, il était parti de chez elle pour venir directement chez eux.

Elle regarda sa montre avec inquiétude mais se força à écouter comment l'homme s'était servi de la femme qui se trouvait maintenant dans sa cuisine. Comment il l'avait séduite avec ses mots menteurs. Et comment tout à coup il avait changé de personnalité.

Rakel reconnaissait en tous points la description qu'Isabel Jønsson faisait de l'homme et elle hochait la tête en l'écoutant. Quand elle eut terminé, Rakel se tourna vers son mari. Il avait l'air absent, comme s'il réfléchissait, mais au bout d'un moment il acquiesça à sa demande muette. Oui. Elle pouvait tout raconter à cette femme, disaient ses yeux. Ils faisaient cause commune.

Rakel prit Isabel par la main. « Ce que je vais vous dire maintenant, vous ne devrez jamais le raconter à qui que ce soit, d'accord ? Pas pour l'instant en tout cas. Nous allons vous le dire parce que nous pensons que vous pouvez nous aider.

– Je ne peux rien vous promettre s'il s'agit de quelque chose d'illégal.

– C'est le cas, mais ce n'est pas nous qui avons commis un crime. C'est l'homme que vous avez jeté dehors. Et c'est... » Elle respira à fond et tâcha de maîtriser le tremblement dans sa voix. « Et c'est la pire chose qui puisse nous arriver. Il a enlevé deux... deux de nos enfants, et si vous le répétez à quelqu'un, il les tuera, vous comprenez ? »


Vingt minutes venaient de s'écouler. Isabel Jønsson n'avait jamais passé autant de temps en état de choc. Elle venait de comprendre que l'homme qui avait brièvement partagé sa vie, l'homme avec qui elle avait, pendant un court mais intense moment, envisagé de passer le restant de ses jours, était un monstre capable du pire. A posteriori, elle le sentait dans sa chair. Elle se souvenait de la pression un peu trop forte, un peu trop précise, de ses mains sur sa gorge. Elle réalisa que son incursion dans sa vie aurait pu lui être fatale, si la chance n'avait pas été de son côté. Elle sentit sa bouche s'assécher en pensant à l'instant où elle lui avait avoué qu'elle avait pris des renseignements sur son compte. Il aurait pu la tuer à ce moment-là. Que serait-il arrivé si elle ne s'était pas empressée d'ajouter qu'elle avait communiqué ces renseignements à son frère ? Et s'il s'était aperçu qu'elle bluffait ? S'il avait su que jamais elle ne mêlerait son frère à ses déboires amoureux ?

Elle n'osait même pas y penser.

Elle regarda les deux êtres sur qui le malheur s'était abattu et elle compatit. Dieu qu'elle pouvait haïr cet homme ! Elle se jura qu'il ne s'en sortirait pas comme ça, quel que soit le prix à payer.

« D'accord. Je vais vous aider. Mon frère travaille dans la police. Certes, il est agent de la circulation, mais il peut au moins diffuser un avis de recherche. C'est un bon moyen. Nous pouvons passer le message au pays tout entier en l'espace de quelques minutes. J'ai le numéro de la plaque d'immatriculation de sa fourgonnette. Je suis un témoin très fiable. Je peux tout décrire avec précision. »

Mais Rakel secoua la tête. Elle aurait aimé pouvoir le faire, mais elle avait peur. « Je vous ai dit que nous ne pouvions en parler à personne, et vous m'avez fait une promesse, lui dit-elle. Les banques ferment dans quatre heures, et nous devons rassembler un million de couronnes d'ici là. Nous ne pouvons pas rester ici plus longtemps.

— Écoutez. Il faut moins de quatre heures pour arriver chez lui en voiture. Nous pouvons partir tout de suite. »

Rakel refusa également cette proposition. « Pourquoi aurait-il ramené les enfants chez lui ? Ç'aurait été parfaitement stupide. Mes enfants peuvent se trouver n'importe où au Danemark. Il a même pu les conduire à l'étranger. Il n'y a plus le moindre contrôle aux frontières à présent. Vous comprenez mon raisonnement ? »

Isabel hocha la tête. « Vous avez raison. » Elle se tourna vers le mari. « Avez-vous un téléphone portable ? »

Joshua sortit son mobile de sa poche. « Celui-ci, répondit-il.

— Il est chargé ? »

Il acquiesça.

« Vous en avez un également, Rakel ?

— Oui, répondit-elle simplement.

— Je suggère que nous nous séparions en deux équipes. Joshua essaye de trouver l'argent et vous et moi filons dans le Sealand, tout de suite ! »

Les époux se regardèrent. Ce couple mal assorti qu'elle comprenait si bien. Elle n'avait jamais eu d'enfants et elle souffrait de ce manque. Ce devait être terrible d'en avoir et de se dire qu'on allait les perdre. Et pire encore de savoir qu'on tenait peut-être leur destin entre ses mains.

« Il faut que nous trouvions un million de couronnes, dit le mari. Nous possédons bien plus que cela, mais nous ne pouvons pas aller à la banque et leur demander de nous remettre une telle somme en liquide. Il fut un temps où l'on pouvait faire ce genre de choses. Il y a un an ou deux, ç'aurait encore été possible. Mais plus maintenant. Nous allons devoir demander à la communauté de nous aider. C'est une solution très risquée mais c'est la seule qui nous permette de payer cette rançon à temps. » Il la regarda d'un air suppliant. Il avait le souffle court, ses lèvres avaient une couleur légèrement bleutée. « À moins que vous ne nous aidiez à convaincre le Trésor public. Je crois que vous le pourriez, si vous le vouliez. »

Pour la première fois, elle voyait qui se cachait derrière l'homme d'affaires qui avait la réputation de diriger son entreprise à la perfection et qui était aussi l'un des plus riches contribuables de Viborg.

« Appelez votre supérieur », poursuivit-il, au bord des larmes. « Demandez-lui de passer un coup de fil. Expliquezlui que nous avons payé nos impôts par erreur, et qu'ils doivent recréditer notre compte immédiatement. Vous pouvez faire ça ? »

La balle était dans son camp.

Quand elle avait embauché trois heures plus tôt, elle était déstabilisée, triste et déprimée. Elle pleurait sur son propre sort. À présent, elle ne se souvenait même plus des sentiments qui l'animaient ce matin encore. Elle se sentait omnipotente et prête à tout, même à perdre sa place s'il le fallait.

Elle était disposée à perdre plus encore.

« Je vais m'installer dans la pièce à côté, répondit-elle. Je ferai le plus vite possible, mais ça risque quand même de prendre un peu de temps. »

## 26

« OK, Laursen », déclara Carl en guise de conclusion. « Maintenant on sait qui a écrit cette lettre.

– Oui. Quelle épouvantable histoire. » Laursen marqua un temps. « Tu me dis que tu as récupéré des affaires ayant appartenu à Poul Holt. Si nous parvenons à trouver des traces ADN sur ces objets, nous essaierons d'établir la relation entre cet ADN et celui présent dans le sang avec lequel la lettre a été écrite. Le résultat de cette analyse et le témoignage de son frère selon lequel il aurait été assassiné nous permettraient en théorie d'ouvrir une instruction, à condition bien sûr d'avoir un suspect. Mais tu sais comme moi qu'une affaire de meurtre sans cadavre aboutit rarement, Carl. »

Il jeta un coup d'œil aux sacs en plastique que Carl sortait du tiroir de son bureau.

« Tryggve a gardé plusieurs objets appartenant à son frère. Ils étaient très proches tous les deux, et il les a emportés quand il s'est fait renvoyer de chez lui. Je lui ai demandé de me les confier. »

Laursen entoura sa grosse main avec un mouchoir et examina les affaires de Poul Holt.

« Ça, on n'en sortira rien du tout, à mon avis », dit-il en mettant de côté une paire de sandales et une chemise, « mais avec ça, on a une petite chance. »

Il regarda la casquette sous toutes ses coutures. Elle était tout ce qu'il y a de plus ordinaire, blanche avec une visière bleue sur laquelle était écrit : *Jésus gouverne le monde !*

« Les parents de Poul lui avaient interdit de la porter mais d'après Tryggve, Poul adorait cette casquette. Il paraît qu'il la cachait sous son lit pendant la journée et qu'il la mettait pour dormir.

— Est-ce que quelqu'un d'autre que Poul l'a utilisée ?

— Non. Tu penses bien que c'est la première question que j'ai posée à son frère.

— Parfait. Alors, on a son ADN là-dessus. » Laursen désigna de son gros doigt deux cheveux accrochés au fond de la casquette.

« C'est super, alors », s'exclama Assad qui venait de les rejoindre, une liasse de documents à la main.

Il avait l'air radieux et ce n'était sans doute pas lié à la présence de Laursen. Carl se demanda ce qu'il avait encore inventé.

« Je te remercie, Laursen, dit-il. Je sais que tes fourneaux t'appellent là-haut et je ne veux pas te déranger plus longtemps, mais je t'avoue franchement que cette enquête avance nettement plus vite quand tu t'en mêles. »

Carl lui tendit la main. Il fallait vraiment qu'il traîne sa carcasse jusqu'à la cantine bientôt, ne serait-ce que pour faire savoir à ses collègues qu'ils avaient une sacrée pointure parmi eux.

« Aaah ! » s'écria Laursen tandis que son regard se perdait dans le vide. Mais tout à coup il envoya en l'air la massue qui lui servait de bras, et fit le geste de saisir quelque chose. Il resta ensuite une seconde ou deux le poing fermé et l'air triomphant. Puis il fit comme s'il jetait violemment une balle par terre. Un millième de seconde plus tard, il tapa le sol avec son pied et son visage s'éclaira d'un immense sourire. « J'ai horreur de ces sales bêtes », expliqua-t-il en levant son pied sous lequel gisait la mouche verte, complètement écrabouillée.

Et il s'en alla.

Quand le bruit des pas de Laursen se fut éteint dans l'escalier, Assad se frotta les mains. « C'est incroyable comme tout roule, alors, Chef. Regardez. »

Il abattit la pile de documents sur le bureau de Carl et lui fit voir la première feuille. « C'est le diviseur commun entre les différents incendies, Chef.

— Le quoi ?

— Le diviseur commun ?

— Le dénominateur commun, Assad. C'est comme ça qu'on dit. Bon. Je t'écoute.

— J'ai tout compris, alors, quand j'ai épluché la comptabilité de la société JPP. Ils ont emprunté l'argent à un organisme bancaire qui s'appelle RJ-Invest, et c'est ce détail qui est très important. »

Carl secoua la tête. Il y avait trop de sigles à son goût dans l'exposé d'Assad. « JPP ?

— Mais oui, Chef, vous savez bien ! JPP, la quincaillerie en gros qui a brûlé à Emdrup. »

Il tapota à nouveau le nom du bout de l'index tout en se tournant vers la porte pour appeler sa collègue. « Yrsa, tu viens, alors ? Je montre au Chef ce qu'on a trouvé. »

Carl sentit ses sourcils se contracter. Cette étrange créature prénommée Yrsa s'était une fois de plus occupée de tout sauf de ce qu'il lui avait demandé ?

Il entendit résonner dans le couloir un pas pesant, qui aurait donné des complexes à un régiment de GI's. Il se demanda comment on pouvait faire autant de bruit quand on pesait cinquante-cinq kilos tout habillée.

Elle entra, et jeta une deuxième liasse de papiers sur le bureau avant même de s'être immobilisée. « Tu lui as dit pour RJ-Invest, Assad ? »

Il acquiesça.

« Ce sont eux qui ont prêté de l'argent à JPP peu de temps avant l'incendie.

— Je lui ai déjà dit ça, Yrsa, alors, dit Assad.

— OK. La société RJ-Invest a énormément d'argent, poursuivit-elle. Actuellement ils disposent d'un portefeuille de crédits supérieur à cinq cents millions d'euros. Pas mal, non ? Pour une boîte qui a été inscrite au registre du commerce en 2004 !

— Cinq cents millions d'euros ! Une misère par les temps qui courent ! » commenta Carl.

Devant l'absence de réaction de ses collaborateurs, il se dit que la plaisanterie aurait été plus drôle s'il avait retourné les poches vides de sa veste en même temps.

« En tout cas, RJ-Invest n'avait pas cette somme-là en capital quand ils ont démarré en 2004. Ils ont dû emprunter cet argent à un autre organisme financier qui s'appelle AIJ Limited, qui lui-même a emprunté son capital de départ en 1995 à une société de crédit baptisée MJ AG, qui elle-même avait emprunté à la TJ Holding. Vous me suivez ? »

Elle le prenait pour un imbécile ou quoi ?

« Pas du tout, Yrsa. Enfin, à part que toutes ces sociétés ont en commun la lettre J. Tu as vérifié à quoi correspond ce J ? »

Carl sourit méchamment. À tous les coups, elle n'en savait rien.

« Jankovic », répondirent Assad et Yrsa en un chœur parfait.

Assad posa les papiers en éventail devant lui. La comptabilité des quatre entreprises ayant subi un incendie avec découverte de cadavre dans les décombres était étalée sur le bureau de Carl. Il y avait tous leurs bilans entre 1992 et 2009. Dans les quatre dossiers, le nom de l'organisme prêteur avait été surligné au Stabilo rouge.

Tous commençaient par un J.

« Ce que vous essayez de me dire, c'est que d'une façon ou d'une autre, c'est le même organisme financier qui se trouve derrière les prêts à court terme que ces entreprises ont contractés peu de temps avant de brûler.

– Oui ! » reprit le chœur.

Il étudia les chiffres avec un peu plus d'attention. Ils tenaient une piste. Cela ne faisait aucun doute.

« Bon. Yrsa, déclara Carl, tu vas me trouver tous les renseignements que tu peux sur ces quatre sociétés de crédit. À quoi correspondent les autres lettres, vous avez une idée ou pas ? »

Yrsa le gratifia d'un sourire en coin digne d'un comédien de l'Actors Studio. « RJ : Radomir Jankovic, AIJ : Abram Ilija Jankovic, MJ : Milica Jankovic et TJ : Tomislav Jankovic. Tous frères et sœurs. Trois garçons et une fille, Milica.

– Parfait. Et ils habitent au Danemark ?

– Non.

– Et où habitent-ils ?

– Je dirais... nulle part », répondit-elle en haussant les épaules jusqu'aux oreilles.

Regardant Yrsa et Assad, Carl se dit qu'ils avaient l'air de deux écoliers qui ont deux kilos de pétards planqués dans leur sac à dos.

« En fait, Chef, ils sont morts tous les quatre depuis plusieurs années. »

Évidemment qu'ils étaient tous morts, sinon ce ne serait pas rigolo.

« On retrouve leur trace en Serbie, au moment de la guerre, enchaîna Yrsa. Ils étaient connus pour livrer des armes au plus offrant, sans délai d'attente. C'étaient des sacrés loustics, si vous voulez mon avis. »

Elle émit un grognement qui se voulait un rire, et Assad prit le relais.

« Oui alors. *L'euphémisme renforce le propos*, comme on dit », crut-il bon d'ajouter.

Celle-là n'engageait que lui !

Carl se tourna vers Yrsa qui se bidonnait. Où cette bizarre femelle avait-elle déniché tous ces renseignements ? Elle parlait serbe aussi ?

« Dois-je comprendre que des sommes d'argent astronomiques, d'origine peu avouable, ont été blanchies dans des sociétés de financement occidentales ? demanda Carl. Dans ce cas, vous allez bien m'écouter tous les deux. S'il s'agit de ce genre d'affaires, on va la refiler à quelqu'un d'autre à l'étage. Quelqu'un qui touche un peu sa bille en criminalité financière.

— Avant, je voudrais vous montrer quelque chose, Carl. » Yrsa chercha un document dans la pile qu'elle avait apportée. « Nous avons une photo des quatre frères. Elle n'est pas récente, mais quand même. »

Elle posa la photo devant lui.

« Nom de Dieu ! » s'exclama-t-il en voyant la brochette de bovins Angus qui répondaient au patronyme de Jankovic. « Jolis baigneurs, dites donc ! On dirait des lutteurs de sumo.

— Regardez bien, Chef, dit Assad. Vous allez comprendre. »

Carl suivit le regard d'Assad jusqu'au bas du cliché. Les quatre bonshommes Michelin étaient sagement assis côte à côte, un verre en cristal devant eux, à une table recouverte d'une nappe blanche. Leurs mains étaient posées sur le bord de la table, comme des enfants sages sous l'œil vigilant de leur maman qui se trouverait juste à l'extérieur du cadre. Quatre solides pognes qui toutes portaient une bague à l'auriculaire de la main gauche. Des bagues qui s'étaient enfoncées profondément dans leur chair.

Carl leva les yeux vers ses assistants, probablement les deux personnes les plus étranges à avoir arpenté les couloirs de l'imposante bâtisse qu'était l'hôtel de police. Et ces deux individus bizarres venaient de donner une toute nouvelle perspective à cette enquête. Une enquête qui en théorie n'était même pas la leur.

Merde. C'était carrément surréaliste.

Une heure plus tard, Carl dut une fois de plus bousculer ses priorités après avoir reçu un appel de Lars Bjørn, l'adjoint de Marcus. Un de ses gars avait surpris par hasard une conversation entre Assad et la nouvelle. Et qu'est-ce que c'était que cette histoire ? Bla bla bla. Est-ce que ses assistants avaient réellement trouvé un lien entre les incendies ?

Carl lui fit un bref résumé pendant lequel le pisse-froid à l'autre bout du fil grognait tous les deux-trois mots pour montrer qu'il suivait.

« Sois gentil d'envoyer Hafez el-Assad à Rødovre mettre Antonsen au courant de ce qu'ils ont trouvé. La brigade criminelle s'occupera des incendies qui ont eu lieu à Copenhague, et toi et tes assistants vous vous occuperez de la vieille affaire, puisque vous avez commencé », annonça l'adjoint.

Fini la tranquillité.

« Pour être franc, cela m'étonnerait qu'Assad soit d'accord.

– Alors il va falloir que tu y ailles, Carl. »

Salopard de Bjørn, il le connaissait par cœur.

« Vous ne parlez pas sérieusement, Chef ! Hein, dites, c'est pour rire ? » Assad le regardait avec de grandes fossettes dans sa barbe de vingt-quatre heures. Elles ne tardèrent pas à s'effacer.

« Tu n'auras qu'à prendre le véhicule de service, Assad. Fais gaffe de ne pas rouler trop vite sur l'autoroute de Roskilde. Les cow-boys ont sorti les jumelles radars aujourd'hui.

– Je trouve ça complètement stupide, alors. Soit on s'occupe de tous les incendies, soit on ne s'occupe d'aucun. »

Il hocha la tête avec conviction.

Carl ne releva pas. Se contenta de lui balancer les clés de la voiture.

Quand la logorrhée et les malédictions incompréhensibles d'Assad se furent éteintes dans l'escalier, Carl resta un moment prostré dans son fauteuil à écouter la sérénade sur cinq octaves qu'Yrsa déversait de sa voix suraiguë dans le couloir. Dieu que le mutisme quasi total de Rose pouvait lui manquer de temps en temps ! Et puis d'ailleurs, qu'est-ce que cette nana était en train de fabriquer ?

Il se leva péniblement et sortit de son bureau.

Naturellement. Elle était de nouveau occupée à regarder la giga-lettre sur le mur.

« Tu as un métro de retard, Yrsa, lui dit-il. Tryggve Holt nous a donné sa version du contenu de la lettre. Tu ne crois pas qu'il est le mieux placé pour le faire ? On en sait assez maintenant, non ? Je ne vois pas ce que tu pourrais découvrir de plus et qui nous aiderait à avancer dans cette enquête. Nous sommes d'accord ? Alors sois gentille d'aller faire quelque chose d'utile, tu me ferais plaisir. »

Elle ne s'arrêta de chanter qu'une fois qu'il eut fini de parler. « Suivez-moi, Carl », dit-elle en l'entraînant dans son paradis rose bonbon.

Elle le planta devant le bureau de Rose sur lequel était posée une copie de la lettre telle que Tryggve se la figurait.

« Regardez. Nous sommes tous d'accord en ce qui concerne les premières lignes :

Le .6 févrié 1996 nous avons été enlevé –
il nous a pris près de l'arré de bus de Lautropvang à Ballerup
– l'homme mesure 1,8. il a des cheveu courts

– OK ? »

Carl opina du chef.

« Ensuite Tryggve propose ceci :

Des yeux foncés mais bleus – Il a une cicatrice derrière .
....... droite.

– Exact. Et nous ne savons toujours pas où se trouve cette cicatrice, précisa Carl. Tryggve n'a pas remarqué ce détail et Poul et lui n'en ont pas parlé ensemble pendant leur captivité. Mais Tryggve dit que c'est typiquement le genre de chose que Poul remarquait. Les petites imperfections des autres l'aidaient peut-être à mieux supporter les siennes. Continue. »

Elle hocha la tête.

il roule dans un fourgon bleu papa et maman le connaissent
– il s'appelle Freddy et quelque chose avec un B – il nous
a menacé et électrocuté – il va nous tué

« Rien à dire là-dessus. »

Carl leva la tête vers le plafond. Une répugnante mouche

verte le narguait à nouveau. Il la regarda de plus près. Est-ce qu'il n'y avait pas une minuscule tache de correcteur sur l'une de ses ailes ? Il secoua la tête, perplexe. Mais si. C'était bien la mouche qu'il avait bombardée de Blanco. Où diable était-elle allée se cacher tout ce temps ?

« Nous sommes convenus que Tryggve était présent au moment des faits et qu'il était conscient, n'est-ce pas ? » poursuivait Yrsa, imperturbable. « Ce passage-là nous donne des indications physiques sur l'homme, et si nous les complétons avec ce que Tryggve nous a dit, nous disposons d'un signalement assez précis. Il ne nous manque plus que le portrait-robot des Suédois et nous saurons grosso modo à quoi il ressemble. »

Elle passa aux lignes suivantes. « Je ne sais pas quoi penser des phrases qui viennent ensuite. Est-ce qu'il a vraiment écrit ce que nous pensons ? Lisez le passage, s'il vous plaît, Carl.

– Pourquoi moi ? Tu ne peux pas le faire toi-même ? »

Elle le prenait pour qui ? Un membre de l'Académie royale de théâtre ?

Elle lui donna une tape sur l'épaule et le pinça aussi, histoire de faire bonne mesure. « Allez, Carl, ne soyez pas timide. En lisant à haute voix, vous ressentirez mieux le texte. »

Il secoua la tête, résigné, et s'éclaircit la gorge. Elle était vraiment cinglée.

il a posé un chiffon sur mon visage et ensuite sur celui de mon frère – nous avons roulé presque 1 heure pour arrivé prè de l'eau Il y a des éoliennes pas loin – ça ne sent pas bon – venez vite nous chercher – Mon frère s'appelle Tryggve, il a 13 ans Je m'appelle Poul, j'ai 18 ans
Poul Holt

Elle applaudit silencieusement sa prestation du bout des doigts.

« Magnifique, Carl. Bon. Je sais bien que Tryggve affirme que tout cela correspond exactement à ce qui s'est passé. Mais cette histoire d'éolienne ? Est-ce qu'il n'a pas pu confondre avec autre chose ? Et les autres mots qui ont été effacés... Ne peut-on pas imaginer qu'il se cache d'autres indices derrière ces pointillés ?

– Tryggve et Poul n'ont à aucun moment discuté de l'origine du bruit qu'ils entendaient. Comment auraient-ils pu en parler avec du chatterton collé sur la bouche ? En tout cas, Tryggve est certain d'avoir entendu un ronronnement sourd par intermittence, dit Carl. Tryggve dit aussi que Poul était très doué pour tout ce qui concerne le son et la technologie. Mais ce bruit pouvait provenir de tout autre chose, je suis d'accord. »

Carl se remémora Tryggve quand, le visage ravagé par les pleurs, il lut pour la deuxième fois le message de son frère dans la lumière matinale.

« La lettre a beaucoup impressionné Tryggve. Il m'a répété plusieurs fois qu'elle était typique de son frère. Le fait qu'il n'y ait aucune ponctuation en dehors des quelques tirets de réflexion et aussi cette façon qu'il avait d'écrire exactement comme il parlait. Il paraît qu'en lisant cette lettre, il avait l'impression d'entendre Poul parler. »

Carl effaça de son esprit l'image du jeune homme. Quand il se serait remis de ses émotions, il faudrait le faire venir à Copenhague.

Yrsa fronça les sourcils. « Avez-vous demandé à Tryggve s'il y avait du vent dehors quand il était enfermé dans le hangar ? Avez-vous regardé l'almanach, Assad ou vous ? Vous êtes-vous renseignés auprès de l'institut météorologique ?

– C'était en plein mois de février. Il y avait sûrement du vent ! Il n'en faut pas beaucoup pour mettre en route une éolienne.

– Oui, mais quand même. Vous auriez pu poser la question.

– Tu n'as qu'à demander à Pasgård de s'en occuper, Yrsa. C'est lui le préposé aux éoliennes. J'ai autre chose à te faire faire. »

Elle posa ses fesses sur le bord de sa table. « Je sais ce que vous allez me demander. Vous allez m'envoyer démarcher les associations de soutien pour les dissidents de sectes, je me trompe ? » Elle se pencha pour prendre son sac et en sortit un paquet de chips. Et avant même que Carl ait eu le temps de formuler sa réponse, le paquet était ouvert et elle en dévorait bruyamment le contenu.

Très déstabilisant.

En retournant dans son bureau, il alla consulter les archives de la météo. Malheureusement, elles ne remontaient qu'à 1997. Il appela la météorologie nationale, se présenta, posa son unique et élémentaire question, s'attendant à une réponse simple et concise.

« Pouvez-vous me dire quel temps il faisait pendant les quelques jours qui suivirent le 16 février 1996 ? » demanda-t-il.

Il n'eut pas à attendre longtemps.

« Le 18 février 1996, le Danemark a été frappé par une grosse tempête de neige qui a quasiment bloqué le pays pendant trois ou quatre jours. Elle fut d'une telle violence qu'on a dû fermer la frontière entre le Danemark et l'Allemagne.

– Vraiment ? Le nord du Sealand a été touché aussi ?

– Partout, mais c'était pire dans le Sud. Dans le nord du pays, on pouvait quand même circuler sur certains axes routiers. »

Merde ! Pourquoi personne n'avait-il pas pensé à se renseigner sur la météo avant ?

« Donc, vous me dites qu'il y avait beaucoup de vent ?

– C'est un euphémisme !

– Que se passe-t-il avec les éoliennes quand il fait un temps pareil ? »

La femme réfléchit. « Vous voulez savoir si le vent était trop violent pour qu'on puisse produire de l'énergie électrique avec ?

– Euh… Oui, je suppose que c'est ce que je voulais dire. Est-ce qu'on arrête les éoliennes quand les conditions climatiques deviennent trop extrêmes ?

– Certainement. Je ne suis pas spécialiste en énergies renouvelables, mais en l'occurrence, je peux vous répondre oui sans hésiter. On a évidemment stoppé toutes les éoliennes pendant cette période. Sinon, elles auraient été complètement vrillées. »

Carl sortit une cigarette de son paquet et remercia la femme au bout du fil. Qu'est-ce que les garçons avaient bien pu entendre ? Bien sûr, il y avait les bruits liés à la tempête. Ils étaient frigorifiés à l'intérieur de la cabane et ils ne voyaient rien dehors, c'était peut-être simplement ça. Ils ne s'étaient peut-être même pas aperçus qu'il y avait eu une tempête.

Carl trouva le numéro de Pasgård et appela son collègue.

« Allô », répondit ce dernier. Il avait réussi à prendre un ton désagréable sur un seul tout petit mot. Très fort.

« Salut, c'est Carl Mørck. Est-ce que tu as vérifié la météo au moment de la captivité des garçons ?

– Pas encore. Je vais le faire.

– Laisse tomber. Il y a eu une tempête de neige les trois derniers jours sur les cinq qu'ils ont passés enfermés dans ce hangar.

– Voyez-vous ça. »

Voyez-vous quoi, ça ? Quelle expression à la con ! Typique d'un abruti comme lui.

« Donc tu laisses tomber les éoliennes, Pasgård. Il y avait trop de vent.

– D'accord, mais tu dis que la tempête n'a commencé que le troisième jour. Quid des deux premiers ?

– Tryggve m'a dit avoir entendu le ronronnement les cinq jours. Et il a précisé que le bruit lui avait semblé moins fort les trois derniers jours, ce qui peut s'expliquer par la tempête. Elle a sans doute couvert l'autre bruit.

– C'est possible.

– Je voulais simplement te mettre au courant. »

Carl gloussa in petto. Pasgård était probablement vert de rage de ne pas avoir été le premier à aller chercher l'information.

« Tu vas devoir te mettre en quête d'une autre source de bruit, poursuivit Carl. Mais le son reste un ronronnement sourd. Où en es-tu avec l'écaille de poisson, au fait ?

– N'essaye pas d'aller plus vite que la musique, vieux. Elle est au microscopage au département de biologie marine de l'institut de biologie.

– Microscopage ?

– Oui enfin, je ne sais pas ce qu'ils font au juste, c'est leur boulot. On sait déjà qu'il s'agit d'une écaille de truite. Maintenant, apparemment, ils cherchent à savoir si c'est une truite de mer ou une truite de rivière.

– Ça doit être des poissons assez différents l'un de l'autre, non ?

– Il semblerait que non. Une truite de rivière est juste une truite de mer qui n'avait plus le courage de nager plus loin et qui est restée où elle était. »

Pfff, se dit Carl. Yrsa, Assad et maintenant Pasgård. Ça commençait à faire beaucoup pour un seul vice-commissaire de police.

« Une dernière chose, Pasgård : Je trouve que tu devrais essayer de passer un coup de fil à Tryggve Holt pour lui demander s'il se souvient du temps qu'il faisait pendant les jours qu'il a passés en captivité. »

Le téléphone sonna à nouveau dès qu'il eut raccroché.

« Antonsen. » Le ton de sa voix suffit à inquiéter Carl.

« Ton assistant et Samir Ghazi se sont battus dans mon commissariat tout à l'heure. Si nous n'avions pas été des flics nous-mêmes, nous aurions été obligés de composer le 17. Tu vas me déplacer ta carcasse jusqu'ici et venir récupérer ton pitbull. »

## 27

Quand par extraordinaire quelqu'un demandait à Isabel Jønsson de parler de son passé, elle disait toujours qu'elle avait grandi au pays de Tupperware. Élevée par des parents propres sur eux, propriétaires d'une berline Opel et d'une maison en lotissement. Ils avaient fait des études moyennes et leurs opinions divergeaient rarement de celles des autres petits-bourgeois de leur entourage. Une enfance protégée, sans bactéries, emballée sous vide. Dans sa famille tout le monde jouait la même partition. Jamais de coudes sur la table et les cartes de bridge bien rangées dans le buffet. Et quand Isabel avait passé son brevet des écoles et que son frère s'était engagé volontaire alors qu'il avait été exempté par tirage au sort, les parents s'étaient contentés d'un hochement de tête et d'une poignée de main.

Adulte, elle avait vécu selon les mêmes codes, solidement ancrés en elle, sauf dans les rares moments où elle s'abandonnait, en nage, dans les bras d'un amant plus habile que les autres, et aujourd'hui où elle roulait à tombeau ouvert dans sa Ford Mondeo de 2002 à la carrosserie repeinte à neuf. La vitesse maximale indiquée au compteur était de deux cent vingt kilomètres-heure, mais sa voiture ne dépassait pas les deux cent dix, vitesse à laquelle elle roulait justement en quittant la nationale 13 pour s'engager sur l'autoroute E45, Rakel à la place du passager.

Le GPS indiquait une arrivée à 17 h 30. Elle avait bien l'intention de le faire mentir.

« J'ai une proposition à vous faire », dit-elle à Rakel, qui se cramponnait à son portable. « Ne soyez pas choquée, d'accord ?

– Je vais essayer, répondit Rakel d'une toute petite voix.

– Si nous ne trouvons ni lui ni vos enfants à cette adresse à Ferslev, je suppose que nous n'aurons pas d'autre solution que de faire ce qu'il demande.

– Non, je sais. C'est ce qui était décidé.

– Oui, sauf si nous parvenons à gagner un peu de temps.

– Que voulez-vous dire ? »

Isabel ignora une série de doigts d'honneur tandis qu'elle zigzaguait entre les voitures pleins phares, clignotant allumé et sans jamais réduire sa vitesse.

« Ce que je veux dire c'est que… c'est maintenant que je vous demande de ne pas craquer, Rakel. Alors écoutez-moi. Nous ne savons pas s'il vous rendra vos enfants en vie, même si vous lui donnez l'agent. Vous comprenez ?

– Je pense que mes enfants sont en sécurité. » Rakel martelait chaque mot avec conviction. « Si nous lui donnons l'argent, il les relâchera. Nous en savons déjà trop sur lui. Il n'osera jamais trahir sa parole.

– Écoutez-moi, Rakel. C'est justement à cela que je voulais en venir. Si vous lui donnez la rançon et qu'il vous rend les enfants, qu'est-ce qui vous empêchera d'aller voir la police ensuite ? Vous comprenez où je veux en venir ?

– Je suis sûre qu'il quittera le pays une demi-heure après avoir touché l'argent. Il se fiche de ce que nous ferons ensuite.

– Vous en êtes sûre ? Il n'est pas bête, Rakel ! Vous le savez comme moi. S'enfuir à l'étranger n'est pas une bonne solution. La plupart du temps, ils se font prendre quand même.

— Alors qu'est-ce que vous proposez ? » demanda Rakel en bougeant nerveusement sur son siège. « Vous ne voulez pas rouler un peu moins vite s'il vous plaît ? supplia-t-elle. Si on se fait arrêter, ils vont vous retirer votre permis.

— Et alors ? Vous prendrez le volant ! Vous avez votre permis de conduire, Rakel, n'est-ce pas ?

— Oui.

— Parfait », dit Isabel en doublant une BMW aux chromes rutilants pleine de jeunes immigrés coiffés de casquettes portées à l'envers.

« Nous n'avons pas le temps, poursuivit-elle. Je vais vous expliquer où je veux en venir. Nous n'avons aucune idée de ce qu'il va faire s'il obtient ce qu'il veut et nous ne savons pas non plus ce qu'il fera dans le cas contraire. Et c'est pour cela que nous devons en permanence avoir une longueur d'avance sur lui. C'est à nous de mener la partie, pas à lui. C'est clair pour vous ? »

Rakel secoua la tête si énergiquement qu'Isabel sentit son mouvement bien qu'elle ait les yeux rivés sur la route.

« Non, je ne comprends rien du tout à ce que vous dites. »

Isabel humecta ses lèvres. Si cette histoire tournait mal, ce serait sa faute. Et en même temps, elle avait l'impression de maîtriser totalement la situation et elle se sentait terriblement indispensable.

« S'il s'avère que ce salopard a effectivement une maison à l'endroit où nous allons maintenant, nous serons plus près de le retrouver qu'il ne se l'imagine dans ses pires cauchemars. Et il va se mettre à réfléchir de toutes ses forces dans sa pauvre tête de psychopathe afin de comprendre où il a commis une erreur. Et cela le déstabilisera de ne pas savoir quel sera notre prochain coup, ce qui le rendra vulnérable. Et c'est exactement ce que nous voulons. »

La voiture eut le temps d'en doubler quinze autres avant que Rakel ne réponde.

« Nous en parlerons un peu plus tard, si vous voulez bien. À présent je voudrais juste être un peu tranquille. »

Isabel tourna brièvement la tête vers elle alors qu'elles traversaient à toute allure le pont de Storebælt. Pas un mot ne sortait des lèvres de Rakel, mais en regardant bien, Isabel vit qu'elles bougeaient. Elle avait les yeux fermés, et ses mains serraient si fort son téléphone que ses jointures étaient blanches.

« Vous croyez réellement en Dieu, n'est-ce pas ? »

Elle mit quelques secondes, sans doute le temps qu'il fallait pour achever sa prière, avant d'ouvrir les yeux.

« Oui. Je crois en la Sainte Vierge qui a pour mission de protéger les femmes qui souffrent comme moi. C'est pourquoi je lui envoie mes prières. Et je sais qu'elle les entendra. »

Isabel fronça les sourcils, mais elle hocha la tête et se tut. Toute autre réaction eût été cruelle.

Le village de Ferslev se trouvait au milieu d'une grande mosaïque de champs cultivés à proximité de l'Isefjord. Il émanait de cet endroit idyllique une atmosphère de paix qui jurait considérablement avec l'horreur qu'elles croyaient cachée en ces lieux.

Isabel sentit son cœur accélérer au fur et à mesure qu'elles approchaient de leur destination. Elles arrivèrent près de la maison et virent qu'elle était dissimulée derrière une grande haie et presque invisible depuis la route. Rakel prit Isabel par le bras et lui demanda de se ranger sur le côté.

Elle était d'une pâleur alarmante et se frottait les joues sans arrêt comme si elle avait voulu ramener le sang à son visage. Son front était en sueur et ses lèvres serrées.

« Garez-vous là, Isabel », dit-elle quand elles furent parvenues à la haie. Elle sortit en titubant de la voiture et tomba à genoux dans le fossé. Elle n'allait visiblement pas bien du tout. Elle gémissait à fendre l'âme à chaque nouveau spasme et ne s'arrêta pas avant que son estomac soit parfaitement vide.

« Ça va ? » lui demanda Isabel, tandis qu'une grosse Mercedes noire passait à leur hauteur à toute vitesse.

Question idiote, la pauvre femme était en train de rendre tripes et boyaux. Mais bon, c'est le genre de questions qu'on pose dans ces cas-là.

« Alors », demanda Rakel en se glissant à nouveau sur la banquette avant en s'essuyant la bouche du revers de la main. « Maintenant, on fait quoi ?

– On va jusqu'à la maison. Il est convaincu que j'ai parlé de lui à mon frère. Si ce salaud est à l'intérieur, il va libérer les enfants dès qu'il me verra. Il n'osera pas faire autrement. Il sera obligé de s'enfuir.

– Je crois qu'il vaut mieux garer la voiture de manière à ne pas lui couper la route, dit Rakel. Sinon, il risque de commettre un acte désespéré.

– Je pense que vous avez tort. Au contraire, nous allons mettre la voiture en travers de son chemin, ce qui l'obligera à partir à pied par le champ. S'il s'échappe en voiture, il risque d'emmener vos enfants avec lui. »

Rakel eut l'air de se sentir mal à nouveau. Elle déglutit une ou deux fois, essayant de contrôler la nausée.

« Je sais bien, Rakel, que cette situation est très angoissante pour vous, et pour moi aussi. Je ne me sens pas beaucoup mieux que vous. Mais on ne peut plus reculer maintenant. »

Rakel la regarda. Ses yeux étaient humides mais froids. « Je suis passée par bien plus de choses que vous ne croyez », dit-elle d'une voix étonnamment dure. « C'est vrai que j'ai peur, mais pas pour moi. Il ne faut surtout pas que ça tourne mal. »

Isabel arrêta la voiture en travers du chemin vicinal et elles allèrent se planter au milieu de la cour, pour voir ce qui arriverait.

Elles entendirent roucouler des tourterelles sur le toit et une douce brise vint agiter les herbes folles dans la prairie avec un léger sifflement. Mais à part cela, leur propre respiration semblait être l'unique signe de vie alentour.

Les fenêtres de la maison étaient sombres. Soit parce qu'elles étaient très sales, soit parce qu'on avait tiré un rideau à l'intérieur, il était difficile d'en juger depuis l'endroit où elles se trouvaient. Divers outils de jardin usés et rouillés étaient appuyés contre le mur et la peinture des boiseries était écaillée. La maison avait un air triste et abandonné. Très inquiétant.

« Allez, venez ! » dit Isabel en se dirigeant vers la porte d'entrée. Elle frappa à plusieurs reprises et à intervalles réguliers. Puis elle alla cogner à une fenêtre. Rien ne se produisit. La maison resta silencieuse et personne ne bougea à l'intérieur.

« Sainte Mère de Dieu ! Ils sont peut-être là-dedans, bâillonnés et incapables de nous signaler leur présence », dit Rakel qui commençait à sortir de son état d'hébétude. Tout à coup, à la surprise d'Isabel, elle s'empara d'une pioche au manche cassé qui traînait par terre et la lança violemment contre la vitre.

Isabel cessa de douter de son sens pratique quand elle la vit jeter l'outil sur son épaule, avec l'aisance que donne l'habitude, et passer une main à l'intérieur pour lever l'espagnolette. Elle n'hésiterait sûrement pas à se servir de l'outil une deuxième fois s'il s'avérait que le monstre était dans la maison avec les enfants. Elle était prête à lui montrer qu'il avait intérêt à bien réfléchir avant de leur faire du mal.

Isabel lui emboîta le pas et elles entrèrent. Hormis les quatre ou cinq bouteilles de gaz alignées dans l'entrée et quelques meubles posés de façon stratégique dans l'axe de la fenêtre, certainement pour faire croire que les lieux étaient habités, le rez-de-chaussée était complètement vide. À part la poussière qui recouvrait le sol et toutes les surfaces planes, il n'y avait rien. Pas de papiers, de dépliants publicitaires ou de magazines, pas d'ustensiles de cuisine, pas de vaisselle, de draps ou de cartons vides. Il n'y avait même pas de papier-toilette.

Personne ne vivait dans cet endroit et il n'était vraisemblablement pas prévu pour cela.

Elles découvrirent un escalier très raide menant au premier étage et le gravirent à pas prudents.

Tous les murs étaient habillés de panneaux d'aggloméré, collés à même les papiers peints ornés de divers motifs de toutes les couleurs. Les cloisons étaient minces. La décoration n'était qu'un mélange hétéroclite de styles divers et sentait cruellement le manque de moyens. Il y avait un seul meuble dans les trois pièces de l'étage : une armoire vide à la porte entrouverte, revêtue d'une peinture vert clair qui se détachait par plaques.

Isabel ouvrit les rideaux et la lumière tamisée de l'après-midi éclaira la pièce. Elle alla examiner le contenu de l'armoire et eut un instant le souffle coupé.

Il était venu récemment car elle reconnut la plupart des vêtements qui s'y trouvaient. C'étaient ceux qu'il portait quand il vivait chez elle. Le blouson en daim, le jean gris clair de marque Wrangler et les chemises de chez Esprit et Morgan.

Pas le genre de vêtements qu'on se serait attendu à trouver dans cette demeure modeste.

Rakel gémit et Isabel comprit pourquoi. Un relent d'after-shave avait suffi à déclencher un nouveau malaise.

Isabel prit une chemise accrochée sur un cintre et l'examina rapidement. « Ses vêtements n'ont pas été lavés. Nous avons son ADN, si nécessaire », dit-elle en montrant un cheveu, resté sur le col. Vu la couleur, ça ne pouvait pas être l'un des siens.

« Allez, on embarque tout ça. C'est peu probable, mais on va quand même voir si par hasard il n'aurait pas laissé quelque chose dans l'une de ses poches. »

Quand elles eurent rassemblé les affaires, Isabel jeta un coup d'œil par la fenêtre. On voyait une partie de la cour et l'entrée de la grange. Quand elle était dehors, elle n'avait pas remarqué les traces de roues sur les graviers. D'ici, elle les vit clairement. Elles conduisaient à la dépendance et semblaient toutes fraîches.

Elle referma le rideau.

Elles ne se donnèrent pas la peine de ramasser les morceaux de verre dans le vestibule, claquèrent la porte derrière elles et examinèrent rapidement les environs. Le potager était désert, rien à signaler dans le champ non plus, et en regardant à travers les nombreux arbres, elles ne perçurent aucun mouvement. Elles purent se concentrer sur le gros cadenas fixé à une chaîne qui fermait la porte de la grange.

Isabel fit un geste du menton vers la pioche que Rakel portait toujours sur son épaule. Elle comprit. En moins de cinq secondes elle avait fait céder le cadenas.

Elles sursautèrent toutes les deux quand la porte s'ouvrit brusquement.

La fourgonnette était garée à l'intérieur. Une Peugeot Partner bleu ciel dont la plaque d'immatriculation correspondait à celle qu'Isabel avait relevée.

À côté d'elle, Rakel se mit à prier à voix basse : « Pitié, Sainte Mère de Dieu, faites que les corps de mes enfants morts ne soient pas dans cette voiture. S'il vous plaît. S'il vous plaît. »

Isabel, quant à elle, était persuadée que l'oiseau s'était envolé et qu'il avait emporté sa proie. Elle ouvrit la porte arrière du fourgon. Il ne s'était pas même donné le mal de le fermer à clé tant il était sûr de sa cachette.

Ensuite elle alla poser la main sur le radiateur. Il était encore chaud, très chaud.

Elle retourna dans la cour et regarda à travers les arbres. Elle voyait l'endroit où Rakel avait vomi. Il pouvait être parti dans cette direction ou à l'opposé, c'est-à-dire vers la côte. En tout cas, il n'était pas très loin.

Elles l'avaient manqué de peu.

Rakel, à côté d'elle, s'était mise à trembler. Toute l'émotion qu'elle avait réussi à contenir pendant leur long trajet en voiture, toute cette peine qui ne pouvait s'exprimer par des mots, toute la douleur qui s'était accumulée sur les traits de son visage et dans son attitude se concentrèrent en un long cri qui fit s'envoler les tourterelles jusque dans la haie d'arbres qui bordait la route. Lorsqu'elle s'arrêta enfin de hurler, la morve coulait de son nez et ses commissures étaient blanches de salive. Elles avaient joué leur unique carte et elles avaient perdu.

Le kidnappeur était parti, et ses enfants aussi malgré toutes ses prières.

Isabel secouait la tête d'un air désolé en la regardant.

C'était terrible, en effet.

« Rakel. Je regrette de vous dire ça, mais je crois que j'ai vu passer la voiture au moment où vous vomissiez dans le fossé, dit-elle prudemment. C'était une Mercedes. Noire. Une Mercedes banale, comme il y en a des millions. »

Elles restèrent un long moment immobiles tandis que la nuit tombait peu à peu.

Et maintenant ?

« Il ne faut pas que vous et Joshua lui donniez l'argent, dit enfin Isabel. Ce n'est pas à lui de vous dicter les règles. Il faut gagner du temps. »

Rakel regarda Isabel comme si elle contemplait une âme perdue. Quelqu'un qui crachait sur tout ce en quoi elle croyait. « Gagner du temps ? Je ne sais pas de quoi vous parlez, et je ne suis pas certaine d'avoir envie de le savoir. »

Elle consulta sa montre. Elles pensaient à la même chose.

Joshua allait très bientôt monter à bord d'un train à la gare de Viborg avec un sac plein de billets de banque. Pour Rakel, c'était la fin de l'histoire. Il aurait son argent et il relâcherait les enfants. Un million de couronnes était une grosse somme mais ils s'en remettraient. Et Isabel n'avait pas intérêt à mettre son grain de sable dans cet engrenage. Le regard de Rakel le lui signifiait clairement.

Isabel soupira. « Écoutez, Rakel. Vous l'avez vu comme moi et vous savez qu'il n'y a pas plus dangereux que cet homme-là. Pensez à la façon dont il nous a trompées toutes les deux. Tout ce qu'il a dit et prétendu était aussi loin de la vérité qu'on peut l'être. » Elle saisit les mains de Rakel. « Il s'est servi de votre foi et de mon aveuglement puéril pour arriver à ses fins. Il a su taper précisément à l'endroit où nous étions le plus vulnérables. Au cœur de nos sentiments les plus profonds. Et nous l'avons cru. Vous comprenez ce que je veux dire ? Nous l'avons cru alors qu'il mentait, OK ? Vous ne pouvez pas le nier, n'est-ce pas ? Est-ce que vous voyez ce que j'essaye de vous expliquer ? »

Bien sûr ! Elle n'était pas stupide. Mais Rakel n'avait pas les moyens de craquer maintenant. Isabel voyait bien que ce n'était pas le moment pour elle de questionner sa foi. C'est pourquoi elle était obligée d'aller chercher au plus profond d'elle-même, là où résident les plus archaïques de nos instincts, pour libérer sa pensée de tout ce que le monde lui avait inculqué au fil du temps. C'était un travail terriblement douloureux et Isabel souffrait pour elle.

Quand Rakel rouvrit les yeux, Isabel vit qu'elle se savait au bord de l'abîme. Elle avait même admis que ses enfants étaient peut-être déjà morts.

Elle prit une longue respiration et serra les mains d'Isabel. Elle était prête. « Que suggérez-vous ? demanda-t-elle.

– Nous allons faire ce qu'il a dit, répondit Isabel. Quand la torche clignotera, nous jetterons le sac de la fenêtre du train comme il nous l'a ordonné, mais l'argent ne sera pas à l'intérieur. Lorsqu'il l'ouvrira, il découvrira les affaires que nous avons prises dans cette maison. Ainsi il comprendra que nous sommes venues ici. »

Elle ramassa le cadenas et le soupesa.

« On va mettre ça, la chaîne et quelques-uns de ses vêtements dans le sac avec une lettre dans laquelle nous le préviendrons que nous le marquons à la culotte. Que nous connaissons son adresse ainsi que les différentes identités derrière lesquelles il se cache, et que nous le surveillons en permanence. Il faut qu'il sache que nous ne sommes plus très loin et que ce n'est plus qu'une question de temps avant que nous le rattrapions. Nous lui dirons de ne pas s'inquiéter pour son argent. Nous promettrons de le lui remettre dès qu'il aura trouvé un moyen de nous assurer qu'il nous rendra effectivement les enfants. Pas avant. Nous devons le pousser dans ses retranchements, sinon c'est lui qui mènera la danse. »

Rakel baissa les yeux. « Isabel, dit-elle. Vous vous souvenez que nous sommes ici dans le nord du Sealand et que le sac contenant ses affaires est ici avec nous ? Nous ne pouvons pas monter dans ce train à Viborg. Et nous ne serons pas à bord quand le signal clignotera quelque part sur le tronçon entre Odense et Roskilde. » Elle releva la tête et jeta sa frustration à la figure d'Isabel. « Comment pourrions-nous lui jeter ce sac ? Vous avez une idée ? »

Isabel lui prit la main. Elle était glacée. « Rakel, lui dit-elle calmement. Nous y arriverons. Nous allons rejoindre Joshua sur le quai de la gare d'Odense. Nous avons largement le temps. »

C'est alors qu'Isabel découvrit une Rakel qu'elle ne connaissait pas. Elle cessa d'être une mère qui a perdu ses enfants, et la femme d'un paysan de Dollerup. Soudain, elle n'eut plus rien à voir avec la provinciale entre deux âges qu'Isabel avait vue en elle. En une seconde elle était devenue une autre. Une inconnue.

« Vous êtes-vous demandé pourquoi il a voulu que nous changions de train à Odense ? demanda Rakel. Il y avait des tas d'autres possibilités, n'est-ce pas ? Moi, je crois qu'on nous surveille. Il a un complice à la gare de Viborg et un autre à la gare d'Odense. » Son regard s'éteignit à nouveau, comme si elle le tournait... vers l'intérieur. Elle faisait les questions et les réponses avec une assurance toute nouvelle.

Isabel réfléchit. « Non, je n'y crois pas. Il cherche juste à vous déstabiliser. Je suis persuadée qu'il a monté ce coup tout seul.

— Comment pouvez-vous en être aussi sûre ? demanda Rakel sans la regarder.

– Parce qu'il est comme ça. C'est le genre d'homme à vouloir garder le contrôle absolu. Il sait exactement ce qu'il a à faire et il sait aussi à quel moment il doit le faire. Il calcule tout. Il n'a pas eu besoin de passer plus de dix minutes dans ce bar avant de me choisir comme victime. Il a su me faire jouir à la minute où il l'avait décidé, alors qu'il ne me connaissait que depuis quelques heures. Il était capable de me servir le petit déjeuner et de me dire juste les mots que j'avais envie d'entendre et il savait qu'ils me trotteraient dans la tête toute la journée. Chacun de ses gestes faisait partie de son plan, et il les a tous accomplis en virtuose. Il est incapable de travailler avec quelqu'un d'autre et en outre la rançon n'est pas assez élevée pour qu'il ait envie de la partager avec qui que ce soit.

– Et si vous vous trompez sur son compte, qu'arrivera-t-il ?

– Rien. Que voulez-vous que cela change ? C'est nous qui allons lui poser un ultimatum ce soir, et pas l'inverse. Le sac servira juste à lui donner la preuve que nous l'avons débusqué. »

Isabel regarda une fois encore l'état d'abandon de la maison. Qui était-il ? Comment était-il devenu à ce point machiavélique ? Qu'est-ce qui le poussait à faire tout cela ? Avec son physique, son immense intelligence et ses talents de manipulateur, il aurait pu réussir dans n'importe quel domaine.

C'était incompréhensible.

« On y va ? proposa-t-elle. Pendant que je conduis, vous appellerez votre mari pour le mettre au courant de notre nouveau plan. Et nous lui dicterons le texte de la lettre que nous allons mettre dans le sac. »

Rakel secoua la tête. « Je ne sais pas trop. Tout cela m'effraie un peu. Je suis d'accord en partie, mais j'ai peur de le braquer. Je crains qu'il ne laisse tout tomber et qu'il ne disparaisse ». Ses lèvres tremblaient à présent. « Et dans ce cas, qu'adviendrat-il de mes enfants ? Est-ce que nous ne jouons pas avec la vie de Samuel et de Magdalena ? Je suis terrifiée à l'idée qu'il nous menace de prélever des morceaux de leur corps, ou une horreur de ce genre. On entend tellement de choses. » Elle pleurait. « S'il fait ça, que ferons-nous ? Dites-le-moi, Isabel ! Que ferons-nous s'il décide de découper mes enfants en morceaux ? »

## 28

« Tu peux m'expliquer ce qui s'est passé à Rødovre, Assad ? Je n'ai jamais entendu Antonsen aussi en colère. »

Assad se redressa sur sa chaise. « Ne vous occupez pas de ça, Chef. C'est un simple malentendu. »

Un malentendu ! Alors la Révolution française devait être due à un simple malentendu elle aussi !

« Dans ce cas, pourrais-tu avoir l'amabilité de m'expliquer pourquoi ce *simple malentendu* a pu amener deux adultes de sexe masculin à se rouler par terre dans un commissariat danois en s'envoyant des coups de poing dans la tronche ?

– Des coups de poing dans quoi ?

– La tronche, la gueule, la figure, quoi ! Putain, mec, tu dois savoir mieux que moi où tu as cogné ce flic ! Allez, Assad, crache le morceau maintenant. J'ai besoin de savoir. Comment est-ce que tu connais Samir Ghazi ?

– Je ne le connais pas.

– Arrête de te foutre de moi, Assad. Tu sais bien que c'est faux ! On ne tabasse pas un parfait étranger sans raison. Si c'est une histoire de mariage forcé ou de regroupement familial d'immigrés ou de je ne sais quelle vendetta, il faut que tu m'en parles. On doit tirer cela au clair, sinon tu ne pourras pas rester au département V. N'oublie pas, Assad, que Samir est flic et pas toi. »

Assad lança à Carl un regard blessé. « Je peux partir tout de suite, si c'est ce que vous voulez.

— J'espère sincèrement que la vieille amitié qui me lie à Antonsen l'empêchera de prendre cette décision. » Carl se pencha au-dessus du bureau. « En revanche, quand je te pose une question, Assad, il faut que tu me répondes. Et si tu refuses, je suis obligé d'en conclure qu'il y a un problème. Et même un problème suffisamment grave pour qu'il compromette non seulement ton foutu boulot chez nous mais aussi ton séjour dans ce pays, mon vieux.

— Vous allez me poursuivre en justice, Chef ? »

Dire qu'Assad était blessé serait très en deçà de la vérité.

« Est-ce que Samir et toi avez un contentieux qui remonte au passé ? En Syrie, par exemple ?

— Non, pas en Syrie. Samir est irakien.

— Donc, tu admets que Samir et toi avez un contentieux ? Et pourtant, tu prétends ne pas le connaître ?

— C'est ça, Chef. Et maintenant vous voulez bien arrêter de me poser des questions ?

— Je ne sais pas. Mais à moins que tu ne préfères me voir exiger un rapport de la part de Samir Ghazi sur la bagarre qui a eu lieu entre vous, il va falloir que tu me donnes un os à ronger. Et surtout, tu vas te tenir à l'écart de ce type à l'avenir. »

Assad passa un long moment à réfléchir, le regard vide, avant de répondre : « Je suis responsable de la mort d'un membre de la famille de Samir. Je ne voulais pas que cette personne soit tuée. Je vous le jure, alors, Chef. Il faut me croire. Je n'étais même pas au courant, en fait. »

Carl ferma un instant les yeux.

« As-tu commis un acte criminel dans ce pays à un moment ou à un autre, Assad ?

– Non. Je vous rassure que non, Chef.

– Tu m'assures que non, tu veux dire ?

– Oui, c'est ça.

– Ce dont tu viens de me parler est arrivé il y a longtemps ?

– Oui. »

Carl soupira. Est-ce qu'un jour Assad finirait par lui en révéler un peu plus sur son compte ?

« Je peux vous montrer un truc ? Enfin, si vous avez le temps ? » Yrsa venait d'entrer dans le bureau sans prévenir et pour une fois, elle avait l'air sérieux. Elle avait un fax dans la main. « Le commissariat de Ronneby nous a envoyé cette photo il y a deux minutes. Voilà à quoi il ressemble. »

Elle posa la télécopie devant eux sur la table. Il ne s'agissait pas du genre de portrait-robot qu'on peut réaliser en juxtaposant divers traits d'un visage sur un ordinateur. C'était de la très belle ouvrage. Un véritable travail de dessinateur avec des plats et des reliefs. Le portrait d'un homme au visage harmonieux mais qui, en y regardant de plus près, présentait une certaine dissymétrie.

« On dirait mon cousin, déclara Yrsa sèchement. Celui qui élève des porcs à Randers.

– Ce n'était pas du tout comme ça que je le voyais dans ma tête, alors », commenta Assad.

Carl se disait la même chose. Les pattes bien taillées. Une moustache brune, fine, coupée juste au-dessus de la lèvre supérieure. Des cheveux plus clairs que la moustache avec une raie bien droite. Des sourcils épais qui se rejoignaient presque à la racine du nez. Des lèvres normales, ni trop étroites ni trop charnues.

« Il ne faut pas oublier que ce dessin peut être assez loin de la réalité. Tryggve n'avait que treize ans quand Poul et lui ont été enlevés et treize autres années ont passé depuis.

Sans compter que l'homme a pu changer énormément entre-temps. Mais à part ça, vous lui donneriez quel âge, vous ? »

Ses deux collaborateurs s'apprêtaient à répondre mais il les coupa. « Observez-le bien. Sa moustache le vieillit peut-être un peu. Inscrivez le chiffre là-dessus. »

Il arracha deux feuilles de son bloc et les leur tendit.

« Dire que c'est ce type qui a tué Poul, soupira Yrsa. C'est comme s'il avait tué quelqu'un qu'on connaissait. »

Carl nota sa proposition également et prit connaissance de celles des deux autres.

Deux d'entre eux avaient parié pour vingt-sept ans et le troisième pour trente-deux.

« Yrsa et moi pensons qu'il a vingt-sept ans, Assad. Qu'est-ce qui te fait croire qu'il en a plus ?

– C'est à cause de ça, là. » Il désigna une ligne qui partait en biais du sourcil droit sur le portrait. « Ce n'est pas une ride de sourire, ça, alors ! »

Il montra du doigt son propre visage et fit un immense sourire tout en désignant les coins de ses propres yeux presque entièrement fermés. « Regardez les rides. Elles partent tout droit vers les joues. Et maintenant, regardez ça. »

Les commissures de ses lèvres s'affaissèrent et il reprit l'expression qu'il avait pendant que Carl l'interrogeait avant l'arrivée d'Yrsa. « Il n'y a pas une nouvelle ride ? leur demanda-t-il en désignant le point près de son sourcil.

– Si, en regardant bien », répondit Yrsa en imitant sa mimique et en touchant du doigt la région de son sourcil.

« C'est parce que je suis un homme heureux, alors. Et l'assassin ne l'est pas. Pour avoir une ride comme celle-là, il faut être né avec. Sinon elle n'apparaît que chez les gens qui ont une vie malheureuse. Et elle met très longtemps à se creuser. Ma mère n'était pas heureuse et elle n'a eu la ride qu'à l'âge de cinquante ans.

– Tu as peut-être raison, et peut-être pas, dit Carl. Enfin en tout cas, à quelques années près, nous sommes d'accord. C'est aussi l'âge que lui donnait Tryggve. Ce qui signifie qu'il a entre quarante et quarante-cinq ans, s'il est encore en vie aujourd'hui.

– On ne pourrait pas rentrer ce portrait dans notre système informatique et le vieillir de quelques années ? Il y a des logiciels qui font ça, non ? s'enquit Yrsa.

– C'est exact, mais cela peut aussi avoir l'effet inverse et nous induire en erreur. Je pense qu'il vaut mieux commencer avec ça. Il est assez bel homme. D'une séduction plutôt au-dessus de la moyenne et très viril. Et en même temps, il a un côté vieux jeu et discret de petit fonctionnaire.

– Je trouve qu'il ressemble plutôt à un flic ou à un militaire de carrière », ajouta Yrsa.

Carl hocha la tête. Ce type pouvait être n'importe qui. Comme c'était souvent le cas avec les tueurs en série.

Il leva les yeux au plafond. Cette satanée mouche était revenue. L'administration allait peut-être devoir dégager un crédit en vue de l'acquisition d'une bombe d'insecticide. Elle préférerait sans doute ce moyen d'extermination à une balle tirée avec son arme de service.

Il s'arracha à sa réflexion et, s'adressant à Yrsa, il ordonna : « Tu vas faire des copies de ce portrait et les diffuser à tous les districts. Tu sais comment on fait ? »

Yrsa haussa les épaules.

« Et sois gentille de me montrer le texte avant de l'envoyer.

– Quel texte ? »

Carl poussa un soupir. Dans certains domaines, elle était extraordinaire, mais tout de même, elle n'arrivait pas à la cheville de Rose. « Il faut joindre au portrait-robot un résumé de l'affaire, Yrsa. Et préciser que nous soupçonnons cet homme d'avoir commis un meurtre, et que nous voulons savoir si une personne lui ressemblant aurait eu des ennuis avec la police quelque part. »

« Où cela va-t-il nous mener, Carl ? Et quel rapport avec notre enquête, tu peux me le dire ? » Lars Bjørn fronça les sourcils et repoussa la photo de la fratrie Jankovic vers le chef de la criminelle.

« Où cela va vous mener ? Éventuellement un peu plus loin ! Je crois que vous devriez chercher dans nos archives pénales des Serbes avec une bague à l'annulaire, du genre de celles que portent les quatre tas de graisse que tu vois sur cette photo. Il est possible que tu en trouves ici au Danemark, mais je serais toi, je m'empresserais de contacter la direction de la police à Belgrade.

— Tu veux dire que les dépouilles que nous avons retrouvées sur les lieux de ces sinistres pourraient toutes appartenir à des Serbes, et qu'ils seraient tous liés d'une façon ou d'une autre à la famille Jankovic ? Et tu penses que les bagues sont un signe d'appartenance à ce clan ? demanda le chef de la Crim'.

— Exactement. Et ils doivent quasiment être nés avec cette bague au doigt, si l'on en croit la malformation de leur phalange.

— On aurait affaire à une sorte de mafia, alors ? » résuma Lars Bjørn.

Carl le regarda d'un air attendri. Il était drôlement vif pour un lundi.

Marcus jeta un regard affamé sur son paquet de cigarettes, aplati sur son bureau. « OK, on va aller fouiner un peu chez nos collègues serbes. Si ce que tu dis est vrai, on devient pratiquement membre de cette confrérie le jour de sa naissance. Est-ce que tu sais qui dirige ces sociétés de crédit aujourd'hui, puisque apparemment les quatre membres fondateurs ne sont plus de ce monde ?

– Yrsa travaille là-dessus en ce moment. C'est une société anonyme mais la majorité appartient encore aujourd'hui à des actionnaires qui s'appellent Jankovic.

– Une mafia serbe qui prête de l'argent à des entreprises danoises, donc.

– C'est ça. Nous savons que toutes les entreprises sinistrées avaient emprunté à un moment donné de l'argent à la famille Jankovic. Ce que nous ne savons pas, c'est ce que ces cadavres faisaient sur les lieux. Ça, on vous laisse le découvrir. »

Carl sourit et posa une autre photo sur le bureau.

« Et maintenant je vous présente l'homme qui a kidnappé les frères Holt et le meurtrier présumé de l'aîné, Poul. Joli garçon, n'est-ce pas ? »

Marcus Jacobsen jeta un regard indifférent au dessin. Il avait vu assez de meurtriers dans sa vie pour être blasé.

« Il semblerait que Pasgård ait découvert plusieurs éléments importants pour votre enquête aujourd'hui, annonça sèchement Jacobsen. J'ai bien fait de vous donner un peu de renfort finalement. »

Carl fronça les sourcils. De quoi parlait-il ?

« On peut savoir ?

– Ah ! On ne t'a pas mis au courant encore ? Il doit être en train de rédiger son rapport, alors. »

Vingt secondes plus tard, Carl entrait en trombe dans le bureau de Pasgård, une petite pièce sinistre, qu'une photo des trois membres de sa petite famille était supposée égayer, mais qui produisait l'effet inverse, soulignant à quel point le lieu de travail d'un fonctionnaire peut être froid et impersonnel.

« Tu as du nouveau ? » demanda Carl à Pasgård qui était en train de marteler énergiquement les touches de son clavier, exactement comme le patron l'avait prédit.

« Tu auras mon rapport dans deux minutes, Carl. Et ensuite, j'en aurai fini avec cette enquête. »

Une affaire rondement menée. Un peu trop même. Mais quoi qu'il en soit, deux minutes après Pasgård faisait pivoter son fauteuil de bureau en disant : « Tu n'as qu'à le lire à l'écran avant que j'imprime. Comme ça, tu feras les corrections si certains passages ne sont pas parfaitement clairs. »

Pasgård et Carl étaient entrés à l'hôtel de police à peu près en même temps, mais bien que Carl ne soit pas du genre à caresser les gens dans le sens du poil, c'était toujours à lui qu'on avait confié les cas les plus intéressants. Un caillou dans la chaussure d'un lèche-bottes comme Pasgård.

Le petit sourire en coin de son collègue ne parvenait pas à masquer sa jubilation intérieure tandis que Carl lisait son rapport.

Quand il eut fini sa lecture, Carl se tourna vers Pasgård et dit simplement :

« C'est du bon boulot. »


« Tu dois rentrer ou tu peux bosser encore une heure ou deux, Assad ? » Carl était prêt à parier à cent contre un qu'il n'oserait pas refuser.

Assad sourit. Il devait prendre la proposition de Carl pour un traité de paix. Ils allaient pouvoir reprendre les choses où ils les avaient laissées. Samir Ghazi et sa véritable adresse seraient mis entre parenthèses.

« Yrsa, tu viens avec nous. Je vais te déposer chez toi. C'est sur notre route.

— Vous n'allez pas passer par Stenløse ! Je vais prendre le train. J'adore prendre le train. »

Elle boutonna son manteau et attrapa son joli petit sac en imitation croco. L'accessoire devait être inspiré des vieux films anglais, au même titre que les grosses chaussures de marche en cuir marron à talons larges.

« Non, Yrsa. Aujourd'hui, tu ne prends pas le train. J'ai des choses à vous dire en chemin à tous les deux, si vous n'y voyez pas d'inconvénient. »

Elle s'installa de mauvaise grâce sur le siège arrière avec la dignité d'une altesse royale à qui on aurait fait l'affront de la véhiculer dans une simple malle-poste. Jambes croisées et sac posé sur les genoux. Bientôt les effluves de son parfum montèrent jusqu'au ciel de toit jauni par la fumée de cigarette.

« Le département de biologie marine de l'institut a renvoyé ses conclusions à notre ami Pasgård. Elles contiennent plusieurs informations importantes. Tout d'abord, ils sont sûrs à présent que l'écaille de poisson provient d'une variété appelée truite de fjord que l'on trouve, comme son nom l'indique, dans les fjords et plus précisément à la limite entre l'eau douce et l'eau de mer.

— Et la colle de poisson ? s'enquit Yrsa.

— Elle peut provenir de moules ou de crevettes de fjord. Sur ce point, le doute persiste. »

Assad, assis à l'avant, hocha la tête. Il ouvrit la carte routière du Sealand à la première page. Au bout de quelques secondes, il pointa l'index au milieu de la carte générale. « Je vois ici le fjord de Roskilde et l'Isefjord. Je ne savais pas qu'ils se rejoignaient du côté de Hundested, alors.

– Seigneur Dieu ! » s'exclama la passagère à l'arrière. « Vous avez l'intention de faire tout le tour des deux fjords ? Eh bien dites donc, vous allez en avoir pour un moment !

– Pas faux. » Carl lui jeta un coup d'œil dans le rétroviseur. « Mais nous le ferons en compagnie d'un plaisancier qui connaît le secteur comme sa poche et qui habite Stenløse, lui aussi. Tu te souviens sans doute que nous avons eu affaire à lui au moment du double meurtre de Rørvig, Assad. C'est Thomasen. Celui qui connaissait le père des victimes.

– Ah oui. Je me rappelle. Il avait un prénom qui commençait par K. Et un gros ventre.

– Tout à fait. Il s'appelait Klaes. Klaes Thomasen, du commissariat de Nykøbing. Il a un bateau au port de Frederikssund et les fjords n'ont aucun secret pour lui. Il va nous emmener. Il nous reste deux heures avant qu'il fasse nuit.

– Vous voulez dire qu'on va monter sur son bateau ? demanda Assad d'une voix blanche.

– Il faut bien puisque c'est un hangar à bateaux au bord de l'eau qu'on cherche.

– Ça ne me plaît pas beaucoup, Chef, alors. »

Carl ignora la remarque. « En dehors de l'indice que nous avons sur le milieu naturel des truites de fjord, nous savons aussi que ce hangar se trouve quelque part à proximité des embouchures. Ça m'ennuie de l'admettre, mais Pasgård a fait du bon boulot. Une fois que les experts en biologie marine ont fait leurs prélèvements, il a renvoyé la lettre à la police scientifique pour leur demander d'examiner les zones d'ombre dont Laursen a parlé. Et il s'agit bien d'encre d'imprimerie. En quantité infinitésimale, mais tout de même.

– Je croyais que les Écossais avaient déjà fait toutes ces analyses ? s'étonna Yrsa.

– Les Écossais ont travaillé principalement sur le contenu de la lettre. Ils n'ont pas travaillé sur le support. Et quand nos techniciens se sont penchés là-dessus ce matin, ils ont trouvé des traces d'encre sur toute la feuille.

– Le papier a été taché avec de l'encre ou bien c'étaient des traces de quelque chose qui avait été imprimé sur le papier et qui s'était effacé ? »

Carl eut un petit sourire pour lui-même. Il venait de se revoir gamin avec ses potes à quatre pattes en train d'examiner des traces de pas sur la place du marché. Elles avaient été effacées en partie par la pluie et pourtant, elles se distinguaient nettement des autres. Il y avait des lettres gravées au bout de la semelle, mais ils avaient mis un certain temps à réaliser qu'elles s'étaient imprimées à l'envers sur le sol. Ils finirent par comprendre qu'elles formaient le prénom PEDRO et en déduisirent qu'un ouvrier de l'usine de matériel agricole voisine devait craindre de se faire voler son unique paire de chaussures de sécurité et les avait gardées aux pieds pour rentrer chez lui. À partir de ce jour-là, chaque fois que les garçons rangeaient leurs vêtements dans les casiers du vestiaire de la piscine municipale, ils pensaient à ce pauvre Pedro.

C'est ainsi que Carl s'était pris de passion pour le métier de détective, et ces derniers temps, il avait un peu l'impression de revenir à ses premières amours.

« Les traces d'encre sont des caractères imprimés à l'envers. Le papier d'emballage, blanc à l'origine, a dû être en contact avec du papier journal pendant assez longtemps pour que les lettres déteignent dessus.

– Dieu du ciel ! » s'exclama Yrsa en se penchant autant que le lui permettaient ses jambes croisées. « Et alors ? Qu'est-ce qui était écrit ?

– On a eu de la chance que ce soient des gros caractères, sinon ça n'aurait probablement rien donné, mais si j'ai bien compris, ils sont arrivés à la conclusion qu'il s'agissait du journal de Frederikssund, journal qui, après vérification, s'avère être un hebdomadaire local gratuit. »

Carl pensait voir Assad sauter de joie à cette nouvelle mais, étrangement, il ne réagit pas.

« Vous n'avez pas l'air de vous rendre compte que cela réduit énormément le secteur géographique si nous considérons que ce morceau de papier se trouvait dans la zone où le journal est distribué dans les boîtes aux lettres. Sinon, il aurait fallu fouiller toute la côte du Nord-Sealand. Vous avez une idée du nombre de kilomètres que cela représente ?

– Non », répondit sèchement la voix en provenance de la banquette arrière.

Il n'en avait aucune idée non plus, à vrai dire.

Son portable sonna. Il vérifia la provenance de l'appel et devint tout chose.

« Mona », dit-il d'une voix altérée. « Ça me fait plaisir de t'entendre. »

Il sentit Assad se trémousser un peu sur le siège à côté de lui. Il devait se dire que son patron n'était pas encore bon à jeter à la poubelle.

Carl tenta de prendre rendez-vous avec Mona le soir même, mais apparemment elle avait une autre idée en tête. Elle lui déclara avec un petit rire que son appel était plutôt d'ordre professionnel cette fois. Le pouls de Carl s'affola un peu. Elle lui expliqua qu'elle voulait lui faire rencontrer un de ses confrères de passage, pour évoquer son traumatisme.

Carl se rembrunit. Il n'était pas sûr du tout d'avoir envie de parler de ses problèmes avec les confrères de Mona. Il s'était donné un mal fou pour en constituer un stock afin d'avoir des excuses pour la voir.

« Je vais très bien, Mona. Je te remercie. Je n'ai pas besoin de consulter », répondit-il en pensant à son beau regard tendre.

Elle rit à nouveau. « Je vois que notre soirée d'avant-hier t'a fait du bien au moral, ça me fait plaisir. Mais avoue qu'avant cela, tu ne tenais pas la grande forme, je me trompe ? Et je ne peux pas m'occuper de toi H24, tu comprends ? »

Il déglutit péniblement à l'évocation de leur dernière... entrevue. Il faillit lui répliquer que rien ne l'empêchait de devenir sa psy à plein temps, mais il se retint au dernier moment.

« OK, alors c'est d'accord. » Il faillit ajouter « mon amour » mais s'abstint en croisant le regard attentif et hilare d'Yrsa dans le rétroviseur.

« Tu peux dire à ton collègue de venir demain. Mais on a du boulot, alors préviens-le que je n'aurai pas beaucoup de temps à lui accorder. »

Elle ne lui avait pas donné rendez-vous chez elle. Merde alors !

Il espérait bien remédier à ça dès le lendemain.

Il referma le clapet du mobile et fit un sourire de circonstance à l'intention d'Assad. Quand il s'était regardé dans la glace ce matin, il se prenait pour Don Juan. C'était ce matin.

« Mona, ô Mona ! Quand oserai-je enfin te prendre la main ? Et t'enlever sur mon cheval blanc ! » chanta Yrsa.

Assad sursauta. S'il ne l'avait jamais entendue chanter auparavant, c'était chose faite. Et sa voix valait le détour !

« Je ne la connaissais pas celle-là », s'exclama-t-il. Il se retourna et hocha la tête avec un sourire appréciateur. Puis il retomba dans son mutisme.

Carl soupira. Zut ! Maintenant Yrsa était au courant pour
Mona et tout le monde allait le savoir. Il aurait mieux fait
de s'abstenir de prendre ce fichu appel.

« Je n'arrive pas à y croire ! » s'exclama soudain Yrsa.

Carl tourna brusquement les yeux vers le rétroviseur.
« Qu'est-ce que vous n'arrivez pas à croire, Yrsa ? siffla-t-il,
sur la défensive.

— Frederikssund. Vous vous rendez compte que ce type a
peut-être tué Poul Holt tout près de Frederikssund ? » Le
regard d'Yrsa devint flou.

Ouf ! Le sujet Mona semblait déjà oublié. Eh oui, il comprenait où elle voulait en venir. Frederikssund n'était pas très
loin de chez elle.

Le Mal peut se manifester n'importe où.

« Donc vous allez vous mettre en quête d'un hangar à
bateaux qui devrait se trouver à l'embouchure d'un des fjords,
poursuivit-elle. Et qu'est-ce qui vous fait dire qu'il ne se
trouve pas plus au sud ? On doit bien y lire les gratuits de
temps en temps, non ?

— Tu as raison. Le journal a pu atterrir dans un autre secteur que Frederikssund pour une raison ou pour une autre.
Mais il faut bien commencer quelque part et cela paraît assez
logique de partir d'ici. N'est-ce pas, Assad ? »

Son voisin était toujours muet. Peut-être souffrait-il déjà
d'une sorte de mal de mer par anticipation.

« Stop ! s'écria Yrsa tout à coup. Vous n'avez qu'à me laisser ici. »

Carl consulta son GPS. Il ne lui restait plus qu'à prendre
Byvej et à tourner dans Ejner Thygesens Vej pour atteindre
Sandalparken où elle habitait. Pourquoi voulait-elle qu'il la
dépose ici ?

« Nous sommes presque arrivés, Yrsa. Je te jure que ça ne me dérange pas du tout de te laisser devant ta porte. »

Il sentit qu'elle s'apprêtait à décliner poliment. Elle allait probablement prétendre qu'elle avait une course à faire, mais sa course attendrait.

« Je veux juste entrer une minute, Yrsa. Je voudrais voir Rose, j'ai quelque chose à lui dire. »

Une profonde ride se creusa dans le front trop maquillé de son assistante intérimaire. « Je ne serai pas long », poursuivit-il pour ne pas lui laisser le temps de riposter.

Il se gara devant le numéro dix-neuf et sortit de la voiture. « Attends-moi ici, s'il te plaît, Assad, dit-il en ouvrant la porte à Yrsa.

– Je ne crois pas que Rose soit à la maison », prévint-elle dans l'entrée de l'immeuble avec une tête qu'il ne lui connaissait pas.

Calme et légèrement abattue, elle avait l'expression d'un étudiant sortant d'une salle d'examen en sachant qu'il n'a pas fait des étincelles.

« Attendez un peu sur le palier, s'il vous plaît, Carl », lui demanda-t-elle en ouvrant la porte de l'appartement. « Elle est peut-être encore au lit. Ça lui arrive parfois quand elle ne va pas bien. »

Carl regarda la plaque sur la porte d'entrée pendant qu'Yrsa appelait Rose à l'intérieur. Il lut seulement : Knudsen.

Yrsa cria encore une fois ou deux et revint à la porte.

« Désolée, Carl. Apparemment elle n'est pas là. Elle est sûrement sortie faire des courses. Je peux lui transmettre un message de votre part ? »

Carl poussa légèrement la porte, de façon à mettre un pied dans le vestibule. « Non, merci. Je vais lui écrire un mot. Tu n'aurais pas un bout de papier à me prêter ? »

Fort de ses nombreuses années d'expérience et de son habi-
leté naturelle, il pénétra plus avant dans l'appartement.
Comme un escargot se déplace en un imperceptible glisse-
ment. Personne n'aurait pu affirmer avoir vu ses pieds bouger
et pourtant, il ne faisait aucun doute qu'il avait parcouru plusieurs dizaines de centimètres et qu'il était devenu tout à fait
impossible de se débarrasser de lui.

« Ne regardez pas le désordre », s'excusa Yrsa, qui n'avait
toujours pas enlevé son manteau. « Rose peut faire beaucoup
de désordre parfois. Surtout quand elle reste seule toute la
journée. »

Elle n'avait pas tort. Tout le corridor était encombré de
manteaux, de cartons vides et de vieux journaux.

Carl jeta un rapide coup d'œil dans le séjour. Si vraiment
cette pièce était le domaine de Rose, elle ne ressemblait pas
du tout au décor dans lequel Carl aurait imaginé une dure
à cuire comme elle, coiffure de punk et venin au bord des
lèvres. Non. La personne qui avait décoré cet endroit ne pouvait être qu'une hippie de la première heure, tout juste descendue d'un trek au Népal avec son sac à dos plein de
babioles ethniques. Carl n'avait pas eu l'occasion de voir un
intérieur comme celui-là depuis l'époque où il s'était envoyé
la résidente d'un squat à Christiania. Coupelles à encens,
grand plat en laiton orné de têtes d'éléphants et de toutes
sortes de motifs vaudous. Coupon de batik au mur, coussins
recouverts de peau de vache. Il ne manquait plus qu'un drapeau américain déchiré pour se croire revenu dans les années
soixante-dix. Le tout soigneusement recouvert d'une épaisse
couche de poussière. Mis à part les journaux et les magazines
empilés çà et là, rien ne permettait de deviner que les sœurs
Knudsen avaient été les architectes de ce capharnaüm ana-
chronique.

« Oh ! Tu exagères, Yrsa. C'est plutôt bien rangé, je trouve », dit Carl en survolant du regard les piles d'assiettes et les vieux cartons de pizza. « Vous avez combien de mètres carrés ici ?

– Quatre-vingt-trois. Nous avons une chambre chacune en plus du salon. En fait, vous avez raison, ça pourrait être pire. Par contre, vous verriez nos chambres ! »

Elle éclata de rire mais il voyait bien qu'elle aurait préféré lui fracasser le crâne à la hache plutôt que de le laisser approcher des portes de leur jardin secret. C'était en tout cas le message qu'elle venait de lui transmettre à sa manière très personnelle. Il avait tout de même assez d'expérience des femmes pour avoir compris cela.

Carl refit un rapide inventaire visuel du mobilier du salon, cherchant quelque objet sortant du lot. Quand on veut découvrir les secrets des gens, ce sont toujours les détails insolites qui en disent le plus.

Il ne mit pas longtemps à le trouver. Une tête de flamant rose, du genre de celles qu'on utilise pour y poser une perruque ou un chapeau et un saladier en porcelaine rempli de flacons de pilules. Il s'approcha pour lire les noms des médicaments et aussi pour voir, si possible, à qui ils avaient été prescrits, mais Yrsa lui barra le chemin et lui tendit la feuille de papier.

« Installez-vous là pour écrire, Carl. » Elle désignait la seule chaise sans pile de linge à repasser. « Je donnerai le message à Rose dès qu'elle rentrera. »


« Il nous reste à peine une heure et demie de jour, Carl, la prochaine fois essayez d'arriver un peu plus tôt. »

Carl hocha la tête à l'intention de Klaes Thomasen et reporta son attention sur Assad, qui, assis dans la cabine du bateau, ressemblait à une petite souris prise au piège. Il avait l'air totalement perdu dans son gilet de sauvetage rouge vif. On aurait dit un môme terrifié le jour de sa première rentrée scolaire. Visiblement, il ne croyait pas une seconde que ce vieux skipper grassouillet, tirant sur sa pipe et sur son gouvernail, avait la moindre chance de lui épargner la mort par noyade que les vagues de cinq centimètres lui réservaient à coup sûr.

Carl regarda la carte sous plastique.

« Une heure et demie, répéta Klaes Thomasen. Et on cherche quoi au juste ?

– On cherche un petit hangar à bateaux, avec une avancée sur le fjord, que nous supposons accessible par un chemin normalement praticable. Il est possible que la construction soit pratiquement invisible depuis l'eau. Aujourd'hui je propose que nous allions du pont Kronprins Frederik jusqu'à Kulhuse. C'est faisable ? »

Le policier à la retraite fit une moue et coinça la pipe entre ses dents. « C'est pas un bateau de course, mon rafiot, dis donc ! grommela-t-il. Je devrais pouvoir le pousser à sept nœuds, mais je ne suis pas certain que notre passager appréciera. Qu'est-ce que t'en dis, Assad ? Ça va là-dedans ? »

Le teint basané d'Assad avait déjà l'air d'être passé à l'eau de Javel. Il allait déguster.

« Sept nœuds ? Ça fait trente kilomètres à l'heure, c'est ça ? répondit Carl. On n'aura pas le temps d'aller jusqu'à Kulhuse et de revenir avant la nuit, alors. Dommage. J'espérais faire le tour de Hornsherred, passer au large d'Orø et rentrer. »

Thomasen secoua la tête. « Je peux demander à ma femme de venir nous chercher à Dalby Huse de l'autre côté, mais on n'arrivera pas plus loin. Et encore, on n'y verra pas grand-chose sur la dernière partie du trajet.

– Et qu'est-ce que tu fais du bateau ? »

Il haussa les épaules. « Bah. Si on n'a pas trouvé ce qu'on cherche aujourd'hui, je pourrais toujours continuer demain, juste pour le fun, tu vois ? Tu connais le proverbe : un flic reste un flic toute sa vie. »

Il avait dû l'inventer tout seul, celui-là.

« On a un autre indice, Klaes. Les deux frères qui étaient enfermés dans le hangar ont entendu un ronronnement sourd et constant. Un peu comme une éolienne ou un truc de ce genre. Ça ne te dit rien ? »

Klaes Thomasen sortit la pipe de sa bouche et regarda Carl avec des yeux de chien pisteur.

« Il y a eu une grosse polémique à propos des infrasons dans le secteur. Je ne serais pas surpris qu'elle remonte jusqu'aux années soixante-dix.

– Et c'est quoi les infrasons ?

– Justement, c'est le genre de bourdonnement dont tu viens de parler. Un son très grave et très agaçant. On a long-temps cru que cela venait de l'aciérie de Frederiksværk, mais l'hypothèse a été abandonnée quand l'usine a fermé pour une raison quelconque et que le bruit a continué.

– L'usine de sidérurgie ? Elle n'est pas construite sur une presqu'île ?

– Oui, plus ou moins. Mais on peut entendre un infrason à une très grande distance de sa source. Il paraît que le son se propage à plus de vingt kilomètres. En tout cas il y a eu des plaintes à ce sujet à la fois à Frederiksværk, à Frederikssund et de l'autre côté du fjord, à Jægerspris. »

Le regard de Carl se perdit sur l'étendue d'eau où crépitait la pluie. Tout semblait si paisible, ici. Maisons cachées à l'abri des bosquets, eux-mêmes entourés de prairies verdoyantes et de champs fertiles. Voiliers flottant mollement, volées de mouettes, quand elles étaient assez nombreuses pour voler à plusieurs. Et tapie dans ce paysage romantique et détrempé, grondait quelque part une note sourde et insupportable. Derrière les façades proprettes de ces maisons idylliques couvait peut-être la folie meurtrière.

« Sans connaître la provenance du bruit ni sa distance de propagation, l'information ne nous est d'aucune utilité, donc, conclut Carl. J'avais l'intention de m'intéresser de plus près aux éoliennes du secteur, mais en fait, nous ne sommes même pas sûrs que le bruit vienne effectivement d'une éolienne. En plus, il semblerait que tous les moulins à vent du pays aient été stoppés justement cette semaine-là. Ça ne va pas être du tout cuit.

– On rentre alors ! » demanda une voix venant du cockpit.

Carl regarda Assad, perplexe. Était-ce vraiment l'homme qui se roulait par terre il y a quelques heures en administrant de solides coups de poing à Samir Ghazi ? Celui qui d'un coup de pied pouvait ouvrir une porte fermée à clé, en lui sauvant la vie ? Si c'était bien lui, les cinq dernières minutes l'avaient considérablement diminué.

« Tu vas vomir, Assad ? » lui demanda Thomasen.

Assad secoua la tête, ce qui en disait long sur la méconnaissance qu'il avait du mal de mer et de ses délicieux effets.

« Tiens », lui dit Carl en lui tendant des jumelles. « Respire lentement et laisse aller ton corps en suivant les mouvements du bateau. Et en même temps, surveille la côte avec ça, s'il te plaît.

– Je ne bougerai pas de la cabine, alors, répondit-il.

– Pas de problème. Tu peux regarder par le hublot.

– Ça ne sert à rien de surveiller cette partie-là », dit Thomasen en mettant le cap sur le milieu du fjord. Tout ce qu'il y a par là c'est une plage de sable, ou des champs cultivés qui descendent jusqu'à l'eau. À mon avis, si on veut avoir une chance de trouver quelque chose, il faut qu'on s'approche de la pinède de Norskoven. La forêt est assez dense jusqu'à la rive. Cela dit, il y a aussi beaucoup de maisons habitées et je ne vois pas comment un hangar à bateaux pourrait échapper au regard des passants dans ce coin-là. »

L'ancien policier attira l'attention de Carl sur la route nationale qui longeait la berge à l'est dans un axe nord-sud, traversant plusieurs villages dans un paysage champêtre. Il y avait effectivement peu de chances que le meurtrier de Poul Holt ait pu se cacher sur cette rive du fjord.

Carl consulta la carte. « Si on doit croire à l'hypothèse selon laquelle les truites de fjord se trouvent dans la partie supérieure des plans d'eau, et si le hangar ne peut pas se trouver dans le fjord de Roskilde, il ne peut être que de l'autre côté de Hornsherred dans l'Isefjord. Mais où ? Sur la carte, je ne vois pas beaucoup de possibilités. Il y a des champs cultivés partout. Je ne vois pas où pourrait se cacher un hangar à bateaux. Et ça ne peut pas non plus être près de Holbæk ou dans la région d'Odsherred, car il aurait fallu beaucoup plus d'une heure pour arriver là en partant de Ballerup où les enfants ont été enlevés. » Il eut un doute tout à coup. « J'ai raison, non ? »

Thomasen haussa les épaules. « Euh, oui, je suppose. Odsherred est à plus d'une heure d'ici en tout cas. »

Carl respira profondément. « Alors, espérons que cette histoire de journal local est une vraie piste, sinon notre quête va être très, très compliquée. »

Il s'assit sur le banc à l'intérieur du cockpit à côté d'un Assad très mal en point. Il était secoué de tremblements et sa figure avait pris une affreuse teinte vert-de-gris. Son double menton tressautait régulièrement sous l'effet des spasmes, mais il gardait stoïquement les jumelles collées contre ses orbites.

« Donne-lui du thé, Carl. Ma femme va me faire la tête s'il vomit sur ses housses de coussins. »

Carl approcha le panier de pique-nique et remplit une tasse qu'il tendit à son assistant.

« Tiens, Assad. »

Celui-ci baissa un peu les jumelles, tourna le regard vers la tasse et secoua la tête. « Je ne vais pas vomir, Carl. Quand ça remonte, j'avale, alors. »

Carl écarquilla les yeux.

« C'est pareil quand on voyage à dos de chameau dans le désert. Ça dérange le ventre aussi. Et si on vomit, on perd trop d'eau. C'est dangereux de se déshydrater dans le désert, alors on fait comme ça. »

Carl lui donna une petite tape sur l'épaule. « C'est bien, Assad. Continue à surveiller la rive pour trouver ce hangar à bateaux. Et je te laisse tranquille.

– Je ne cherche pas le hangar à bateaux, parce qu'on ne le trouvera pas.

– Qu'est-ce que tu veux dire ?

– Je crois qu'il est trop difficile à voir. Il n'est peut-être pas seulement derrière des arbres. Il peut être caché par un tas de terre ou de sable, alors. Ou sous une maison ou derrière un buisson. Il n'est pas très haut, vous vous rappelez ? »

Carl s'empara de la deuxième paire de jumelles. Il valait mieux qu'il s'en occupe. Son coéquipier ne semblait pas très opérationnel.

« Si ce n'est pas le hangar à bateaux que tu cherches, qu'est-ce que tu regardes, Assad ?

– Je cherche ce qui bourdonne. Un moulin à vent ou autre chose. Un truc qui fasse ce bruit de bourdonnement.

– Ça va être difficile, Assad. »

Assad lui jeta un regard qui disait clairement son ras-le-bol. Sur ce, il eut un spasme si violent que Carl préféra s'écarter un peu. Quand il fut passé, il dit d'une voix si basse que c'était presque un chuchotement : « Est-ce que vous saviez, Chef, que le record de celui qui est capable de se tenir en position assise appuyé contre un mur comme s'il était sur une chaise n'est que de douze heures et quelques minutes ?

– Non, je l'ignorais. »

Carl se dit qu'il devait ressembler à un grand point d'interrogation sur pattes.

« Et est-ce que vous saviez que le record de la station debout est de dix-sept ans et deux mois ?

– C'est impossible.

– Pourtant c'est la vérité, alors. C'est un gourou indien qui a fait ça. Il restait debout la nuit pour dormir.

– Vraiment. Eh bien non, Assad, je ne savais pas ça. Mais qu'est-ce que tu cherches à démontrer ?

– Simplement que certaines choses sont plus faciles qu'elles n'en ont l'air et que d'autres sont plus difficiles alors qu'elles semblent faciles.

– Mais encore ?

– Maintenant on va trouver ce qui fait ce bruit et puis c'est tout. »

Sacré Assad !

« D'accord. Mais je ne crois toujours pas à ton histoire de type qui est resté debout pendant dix-sept ans, riposta Carl.

– OK. Eh bien vous savez quoi, Chef ? »

Son assistant le regarda d'un air grave en ravalant un nouveau renvoi.

« Non. »

Assad remit les jumelles sur ses yeux. « C'est votre problème. »

Ils tendirent l'oreille et entendirent des ronronnements de moteurs de hors-bord et de bateaux de pêche, de motos sur la route, d'un petit avion monomoteur au-dessus de leurs têtes qui photographiait les propriétés du secteur pour permettre au fisc de mieux les tondre. Mais aucun de ces bruits n'était assez constant ni assez régulier pour mettre en émoi l'association régionale des ennemis de l'infrason.

L'épouse de Klaes Thomasen vint les chercher à Hundested et le vieux policier promit de demander partout autour de lui si quelqu'un avait connaissance d'un hangar à bateaux correspondant à la description. Le garde-chasse de Nordskoven aurait peut-être une idée, précisa-t-il, ainsi que les membres du club de voile. Quant à lui, il continuerait ses recherches le lendemain. La météo prévoyait un beau temps, sec et ensoleillé.

Lorsqu'ils reprirent la route de la capitale, Assad n'allait pas mieux.

Carl se sentait dans une certaine communion de pensée avec la femme de Thomasen. Il n'avait pas la moindre envie de voir ses belles garnitures de sièges maculées de vomi.

« Tu préviens si tu as envie de gerber, OK, Assad ? »

Celui-ci acquiesça d'un air absent. Il y avait de fortes chances qu'il ne sente rien venir.

Carl réitéra sa suggestion alors qu'ils traversaient Ballerup.

Au bout de deux minutes, Assad dit :

« Je veux bien faire une petite halte, alors.

– D'accord. Et moi, j'ai une petite chose à faire sur la route. C'est sur notre chemin pour aller à Holte. Je te dépose chez toi ensuite. »

Assad ne répondit pas.

Carl regardait la route. Il faisait nuit noire à présent. Il se demanda si on le laisserait entrer.

« Je voudrais passer dire bonjour à la mère de Vigga. J'ai promis à mon ex-femme que j'irais la voir dès que je pourrais. Ça ne t'ennuie pas ? Elle est dans une maison de retraite tout près d'ici. »

Il hocha la tête. « Je ne savais pas que Vigga avait une mère. Elle est comment ? Elle est gentille, alors ? »

Carl eut tant de mal à répondre à cette question en apparence très simple qu'il faillit brûler le feu au croisement de Bagsværd Hovedgade.

« Quand vous l'aurez vue, vous pourrez me déposer à la gare, Chef ? Il y a un bus qui m'emmène juste en face de chez moi. Comme ça vous pourrez repartir directement vers le nord et rentrer chez vous, alors. »

Décidément, Assad tenait à protéger sa vie privée et celle de sa famille.


« Non, désolée, vous ne verrez pas Mme Alsing à cette heure-ci. Il est beaucoup trop tard pour la déranger. Revenez demain avant quatorze heures et de préférence à onze heures du matin, c'est le moment où elle est le plus en forme », déclara l'infirmière de garde.

Carl sortit sa carte de police. « Je ne suis pas là à titre privé, mademoiselle. Je vous présente mon assistant, M. Hafez el-Assad. Je n'en ai que pour une minute. »

La jeune femme examina le document d'un air surpris, puis elle regarda le drôle d'individu qui titubait légèrement sur ses jambes à côté de l'inspecteur. La maison de retraite de Bakkegård ne recevait pas tous les jours ce genre de visiteurs.

« Je pense qu'elle dort. Elle décline rapidement ces temps-ci. »

Carl regarda l'horloge sur le mur. Il était vingt et une heures dix. Habituellement, c'était l'heure où la mère de Vigga commençait sa journée. Cette fille ne savait pas de quoi elle parlait. Plus de cinquante années de service derrière un bar de la capitale laissent des traces. Carl refusait de croire que la démence sénile pouvait frapper quelqu'un à ce point.

Avec une courtoisie teintée de réprobation, l'infirmière les guida jusqu'à la porte de la chambre de Karla Margrethe Alsing.

« Vous me ferez signe quand vous voudrez que je vous ouvre pour ressortir. Le bureau des infirmières est au fond du couloir. »

Ils trouvèrent Karla noyée sous une montagne de boîtes de chocolats vides et la tête hérissée de barrettes. Avec sa longue chevelure grise et hirsute et son déshabillé vaporeux, elle faisait penser à une star hollywoodienne qui n'a pas encore compris que sa carrière est derrière elle. Elle reconnut Carl tout de suite et prit une pose avantageuse, appuyée sur une énorme pile d'oreillers, roucoulant son nom en lui exprimant sa joie de le voir. Vigga avait de qui tenir.

La vieille dame n'accorda pas un regard à Assad.

« Café ? » demanda Karla en attrapant une bouteille thermos sans bouchon avec laquelle elle remplit une tasse qui devait avoir servi plus d'une fois. Carl déclina, bien conscient que cela ne servirait à rien. Puis il se tourna vers Assad et la lui tendit. Si quelqu'un avait besoin de boire du café froid préparé il y a plusieurs heures, c'était plutôt lui.

« Tu es bien installée, dis donc », dit Carl en jetant un regard circulaire dans la chambre. Cadres dorés sur les murs, meubles en acajou aux pieds tournés, tapisseries de brocart

sur les chaises. Dans les milieux que fréquentait Karla Margrethe Alsing, on ne faisait pas dans la sobriété.

« Que fais-tu de tes journées ? » lui demanda-t-il, s'attendant à ce qu'elle lui parle des difficultés qu'elle avait à se
concentrer sur un livre et des mauvais programmes que proposait la télévision.

« Mes journées ? » Elle prit une expression rêveuse. « Oh,
tu sais, à part changer les piles de ce truc-là de temps en
temps... »

Elle s'arrêta au milieu de sa phrase, fouilla sous le tas
d'oreillers et brandit un godemiché orange fluo avec des boutons partout.

« ... il n'y a pas grand-chose à faire ici, tu sais. »

Carl entendit parfaitement le bruit de déglutition d'Assad
derrière lui.

## 29

Ses forces déclinaient d'heure en heure. Après avoir entendu la voiture de son mari s'éloigner, elle avait hurlé aussi fort qu'elle pouvait pour demander de l'aide, mais chaque fois qu'elle vidait ses poumons, elle avait du mal à les remplir à nouveau. Les cartons pesaient trop lourd sur sa cage thoracique. Sa respiration devenait de plus en plus superficielle.

Elle tordit tant qu'elle put sa main droite, coincée à la hauteur de son visage, et essaya de gratter avec ses ongles le carton qui se trouvait devant elle. Le bruit à lui seul lui donnait de l'espoir. Au moins, elle faisait quelque chose.

Au bout de quelques heures, elle cessa de crier. Elle devait garder le peu d'énergie qui lui restait pour rester en vie.

Il aurait peut-être pitié d'elle.

Deux heures plus tard, la sensation d'étouffer était devenue insupportable. Elle lui rappelait de cruels souvenirs. Elle avait ressenti au moins une dizaine de fois dans sa vie ce mélange de panique, d'impuissance mais aussi de soulagement. Chaque fois que son grand gaillard de père s'asseyait sur sa poitrine quand elle était toute petite, l'écrasant sous son poids.

« Alors ? Tu arrives à te dégager, là ? » lui demandait-il en riant. Pour lui ce n'était qu'un jeu, mais elle était terrifiée.

Elle adorait son père, et ne se plaignait jamais.

Et puis tout à coup, il ne fut plus là. Les jeux cessèrent

mais le poids sur sa poitrine ne disparut pas pour autant. « Parti avec une pouffiasse », racontait sa mère à qui voulait l'entendre. Son merveilleux papa si gentil était parti avec une pouffiasse. Et désormais, il chahutait quelque part avec d'autres enfants qu'elle.

Quand elle avait rencontré son mari, elle avait dit à tout le monde qu'il lui faisait penser à son père.

« C'est la pire chose qui pourrait t'arriver. »

Voilà ce que lui avait dit sa propre mère.

Après vingt-quatre heures coincée sous les cartons, elle avait compris qu'elle allait mourir.

Elle l'avait entendu marcher dans le corridor. Il s'était arrêté devant la porte du débarras pour écouter s'il y avait du bruit à l'intérieur, et puis il était reparti.

Tu aurais dû pleurnicher, s'était-elle reproché. Peut-être qu'il t'aurait achevée.

Son épaule gauche bloquée sous elle ne lui faisait plus mal. Elle était devenue aussi insensible que son bras. Sa hanche, au contraire, qui supportait presque tout le poids, lui faisait souffrir le martyre. Elle avait sué abondamment pendant les premières heures de sa claustration, mais maintenant elle ne transpirait plus. La seule fonction corporelle qu'elle ressentit ce jour-là fut l'écoulement tiède de son urine sur sa cuisse.

Couchée dans une flaque de pipi, elle tenta de bouger de quelques millimètres afin de ramener sur sa cuisse le poids des cartons qui broyaient son genou droit. C'était impossible et pourtant elle eut l'impression que cela avait marché. Comme lorsqu'elle s'était cassé le bras et qu'elle ne pouvait se gratter que par-dessus le plâtre.

Elle pensait aux jours et aux semaines de bonheur qu'elle avait vécus avec son époux. Au tout début, quand il était fou d'elle et qu'il lui faisait l'amour sans arrêt.

Et maintenant il était en train de la tuer. De l'assassiner sans hésitation et sans le moindre regret.

Combien de personnes avait-il tuées avant elle ? Elle l'ignorait.

Elle ne savait rien.

Elle n'était rien.

Qui se souviendrait d'elle quand elle serait morte ? Elle se posait la question en étirant les doigts de sa main droite comme si elle caressait son enfant. Pas Benjamin, il était si petit. Sa mère bien sûr. Mais dans dix ans, quand elle aussi serait partie ? Qui se rappellerait son existence ? À part celui qui lui aurait pris sa vie ? Lui, et puis peut-être Kenneth.

Hormis le fait de mourir, c'était ce qui lui faisait le plus de peine. Ce qui, malgré sa bouche desséchée, lui fit avaler des larmes qui ne coulaient plus et secoua son plexus de sanglots douloureux.

Dans quelques années, tout le monde l'aurait oubliée.

Son mobile sonna plusieurs fois. Et les vibrations dans sa poche arrière faisaient chaque fois renaître l'espoir.

Quand la sonnerie s'arrêtait, elle passait une heure ou deux à écouter les bruits à l'extérieur. Et si Kenneth était là, en bas ? S'il se doutait de quelque chose ? Il en était bien capable. Il avait forcément remarqué à quel point elle était bouleversée la dernière fois qu'ils s'étaient vus.

Elle dormit un peu. Se réveilla en sursaut. Son corps était totalement engourdi. Elle n'était plus qu'un visage. Des narines sèches, une démangeaison à proximité des yeux, des paupières qui s'ouvraient et se refermaient dans la pénombre. Voilà tout ce qui restait de sa vie.

Soudain, elle réalisa ce qui l'avait réveillée. Était-ce vraiment Kenneth ou bien avait-elle rêvé ? Elle ferma les yeux et écouta intensément. Il y avait quelque chose.

Elle retint sa respiration et écouta encore. Oui, c'était bien lui. Elle ouvrit la bouche et haleta. Il était devant la porte d'entrée. Il criait son nom, si fort que tout le quartier allait le connaître désormais. Elle sentit ses lèvres se fendre en un sourire et mit tout ce qui lui restait d'instinct de survie dans ce dernier cri. Celui qui allait la sauver. Celui qui pousserait le militaire, là dehors, à réagir.

Elle hurla de toutes ses forces.

Mais son cri était si faible qu'elle-même ne l'entendit pas.

## 30

Les soldats étaient arrivés en fin de journée dans une vieille jeep toute cabossée et l'un d'eux s'était mis à crier que des partisans de Doe avaient dissimulé des armes dans l'école du village. On lui ordonna de révéler à quel endroit.

Leur peau était luisante et leur attitude glacée. Elle leur avait répondu qu'elle n'avait rien à voir avec le parti de Samuel Doe et qu'elle ne savait rien sur la présence d'éventuelles armes.

Rakel, qui à l'époque s'appelait encore Lisa, et son compagnon avaient entendu des coups de feu toute la journée. La rumeur disait que les guérilleros de l'arrière-garde de Taylor avaient été particulièrement efficaces et qu'ils se préparaient à fuir après le carnage. Personne n'avait envie d'attendre pour voir si la soif de sang du nouveau régime épargnerait ou non les gens selon la couleur de leur peau.

Son fiancé était monté au premier étage pour prendre le fusil de chasse. Les soldats s'étaient jetés sur elle tandis qu'elle tentait de sauver quelques livres scolaires en les emportant dans les bâtiments annexes. Tant de maisons avaient été réduites en cendres ce jour-là qu'elle avait préféré anticiper.

Ces hommes qui tuaient depuis le matin, et qui avaient maintenant besoin de libérer la tension qui battait dans leurs veines comme une bombe à retardement, se retrouvèrent tout à coup face à elle.

Ils échangèrent quelques mots qu'elle ne comprit pas, mais leurs yeux en disaient assez long.

Elle avait simplement eu la malchance de se trouver au mauvais endroit, au mauvais moment. Et d'être trop jeune et trop exposée toute seule dans cette salle de classe.

Elle bondit vers la fenêtre pour essayer de leur échapper mais ils lui saisirent les chevilles. Ils la ramenèrent au centre de la pièce et lui donnèrent quelques vigoureux coups de pied pour la faire tenir tranquille.

Trois visages dansèrent quelques instants devant ses yeux avant que deux corps s'abattent sur elle.

Le troisième soldat appuya sa kalachnikov contre un mur et vint aider ses camarades à lui écarter les cuisses. Ils la bâillonnèrent et la pénétrèrent l'un après l'autre en riant comme des fous. Elle respirait fébrilement par le nez malgré ses narines obstruées de sang et à un moment elle entendit son ami gémir sur le seuil de la porte. Elle eut peur pour lui. Peur que les soldats ne l'entendent et ne l'éliminent sans autre forme de procès.

Mais son gémissement avait été presque inaudible et en dehors de ce timide miaulement, il n'avait rien fait pour attirer l'attention de ses agresseurs.

Cinq minutes plus tard, elle était allongée dans la poussière, les yeux levés vers le tableau noir où deux heures auparavant elle avait écrit : *I can hop, I can run.* Son fiancé, lui, avait disparu avec le fusil. Il aurait pu tirer sur les trois soldats en nage et les tuer sur le coup tandis qu'ils reprenaient leur souffle, vautrés au sol à côté d'elle avec leurs braguettes ouvertes.

Mais il n'était pas là pour elle quand elle avait eu besoin de lui et il n'était plus là quand elle s'était emparée de la mitraillette contre le mur et qu'elle avait tiré une interminable salve qui désintégra les trois hommes à la peau noire et remplit la salle de classe d'un concert de hurlements et d'une âpre odeur de poudre et de sang.

Son fiancé avait été à ses côtés pour le meilleur. Il était là quand la vie était simple et les matins pleins de promesses. Il n'était pas là pour l'aider à transporter les corps déchirés sur le tas de fumier et les recouvrir de feuilles de palmier. C'est toute seule aussi qu'elle avait lessivé les murs maculés de sang et de morceaux de chair.

C'est pour cela qu'elle avait dû partir.

Dès le lendemain, elle avait confessé sa faute à Dieu et s'était sincèrement repentie. Mais elle n'avait jamais oublié la promesse qu'elle s'était faite la veille en déchirant les restes de sa robe pour la brûler, et en se nettoyant l'entrejambe jusqu'à s'arracher la peau.

Elle avait juré que si un jour le Diable croisait encore sa route, elle se ferait de nouveau justice elle-même.

Si, dans sa vie, elle était amenée à transgresser une autre fois les lois du Seigneur, ce serait une affaire entre elle et Lui.

Tandis qu'Isabel écrasait la pédale d'accélérateur et que son regard passait alternativement de la route au rétroviseur et du rétroviseur au GPS, Rakel cessait peu à peu de transpirer. De seconde en seconde, ses lèvres s'arrêtaient de trembler, son cœur battait moins vite et moins fort. Elle était en train de se rappeler comment on transforme la peur en colère.

Le terrible souvenir de l'haleine diabolique des soldats du Front national patriotique du Liberia et de leurs yeux jaunes et sans pitié envahit son organisme et lui fit serrer les dents.

Elle avait une fois pris sa vie en main, elle pouvait le refaire.

Elle se tourna vers la conductrice. « Quand nous aurons donné les affaires à Joshua, je prendrai le volant, d'accord ? »

Isabel secoua la tête. « Non, Rakel, je ne peux pas vous laisser faire ça. Vous ne connaissez pas ma voiture. Il y a plein de trucs dessus qui ne fonctionnent pas. Les codes sont en panne. Le frein à main est cassé. Elle tire à droite. »

Elle cita encore plusieurs autres défauts de son véhicule, mais Rakel s'en fichait. Isabel croyait peut-être que la très sainte Rakel était incapable de rivaliser avec elle au volant d'une voiture. Mais elle se trompait.

Elles retrouvèrent Joshua sur le quai de la gare à Odense. Il avait le teint gris et semblait au bord de la syncope.

« Je n'aime pas du tout ce que vous êtes en train de me dire !

– Je sais, Joshua, mais Isabel a raison. Nous allons faire ce qu'elle a dit. Il faut qu'il sache que nous le suivons de près. Tu as apporté le GPS que je t'ai demandé ? »

Il hocha la tête à contrecœur et la regarda avec des yeux rougis de larmes. « Je me fiche complètement de cet argent, tu sais ? »

Elle lui serra le bras avec force. « Ça n'a rien à voir avec l'argent, Joshua. Plus maintenant. Toi, tu vas faire exactement ce qu'il nous a demandé. Quand il enverra le signal, tu jetteras le baluchon. Quant à l'argent, tu le garderas dans le sac de sport. Pendant ce temps-là nous essayerons de rattraper le train. Tu n'auras pas à réfléchir, je te demande juste de nous dire où se trouve le train, chaque fois que nous t'appellerons, d'accord ? »

Il hocha la tête à nouveau, mais elle vit qu'il n'adhérait pas à leur plan.

« Donne-moi l'argent, dit-elle tout à coup. Je ne te fais pas confiance. »

Il refusa. Elle avait eu raison de ne pas compter sur lui. Son instinct ne l'avait pas trompée.

« Donne-moi ce sac tout de suite », cria-t-elle. Il refusa encore. Alors elle lui envoya une violente gifle, juste au-dessous de l'œil droit, et lui arracha le sac de sport. Avant qu'il ait eu le temps de comprendre ce qui lui était arrivé, elle avait passé le sac à Isabel.

Rakel prit le sac de toile vide et y fourra les vêtements du kidnappeur, sauf la chemise sur le col de laquelle elles avaient trouvé ses cheveux. Elle mit le cadenas, la chaîne et la lettre en dernier.

« Tiens. Et maintenant tu fais ce qu'on t'a dit. Sinon, nous ne reverrons jamais nos enfants. Crois-moi. Je sais ce que je fais. »

Rester à la hauteur du train s'avéra beaucoup plus difficile que prévu. Malgré l'avance qu'elles avaient prise au départ d'Odense, à Langeskov, il les avait déjà dépassées. Les informations que leur transmettait Joshua étaient alarmantes et Isabel devenait de plus en plus fébrile quand elle comparait les points GPS de la voiture et du train.

« Redonnez-moi le volant, Rakel, coassa Isabel. Vous n'avez pas les nerfs assez solides. »

Ses mots eurent sur Rakel un effet fulgurant. Elle écrasa la pédale d'accélérateur et pendant au moins cinq minutes, on n'entendit plus dans la voiture que les claquements du moteur poussé à la limite de ses possibilités.

« Ça y est, je vois le train ! » cria Isabel. L'adrénaline retomba un peu quand l'autoroute E20 sur laquelle elles roulaient passa au-dessus de la voie ferrée. Elle pressa le bouton d'appel du téléphone et une seconde plus tard, elle avait Joshua en ligne.

« Regardez du côté gauche, Joshua, nous sommes légèrement devant vous, dit-elle. Mais l'autoroute fait une grande courbe sur quelques kilomètres, et vous allez nous doubler à nouveau. Nous essaierons de rattraper le train avant le pont, mais il n'est pas certain que nous y arrivions. Et puis, il va y avoir le péage. » Elle écouta les commentaires de Joshua et, avant de raccrocher, elle demanda : « Il vous a appelé ?

— Qu'est-ce qu'il a répondu ? s'enquit Rakel.

— Aucun appel à part nous… Franchement, Rakel, je ne voudrais pas vous inquiéter mais Joshua n'avait pas l'air d'aller bien du tout. Il refusait de croire que nous arriverions à temps. Il bégayait, il disait que ça revenait au même que nous le rattrapions ou non. Du moment que le type comprenait le message de la lettre. »

Rakel pinça les lèvres. Il allait voir si ça revenait au même ! Elle serait sur place au moment où il ferait clignoter sa torche et alors, l'ordure qui lui avait pris ses enfants verrait de quoi elle était capable.

« Vous ne dites rien, Rakel, fit remarquer Isabel. Joshua a raison, vous savez ! Jamais nous n'arriverons à temps. » Sa voisine avait de nouveau les yeux rivés sur le compteur. Il était au maximum. Qu'est-ce qu'elle voulait de plus ?

« Que ferez-vous quand nous serons sur le pont de Storebælt, Rakel ? Il y a des caméras partout et des tas de voitures. Et ensuite, comment allez-vous passer le péage sans perdre de temps ? »

Rakel réfléchit quelques instants tout en jouant activement du clignotant sur la voie de gauche.

« Ne vous inquiétez pas, Isabel. Je gère. »

## 31

Isabel était terrifiée. Par la conduite démente de Rakel bien sûr, mais aussi par sa propre impuissance.

Dans trois cents mètres environ, elles atteindraient les barrières de péage du pont de Storebælt et Rakel n'avait visiblement pas la moindre intention de lever le pied. Dans quelques secondes, la vitesse maximale autorisée serait de trente kilomètres-heure, et elles roulaient à cent cinquante. Juste devant eux, le train dans lequel se trouvait Joshua filait à travers le paysage et Rakel avait tout simplement décidé qu'elle arriverait à temps.

« Ralentissez, Rakel ! » hurla Isabel tandis que les guichets de la gare de péage fonçaient sur elles. « MAINTENANT ! »

Mais Rakel était ailleurs, les mains agrippées au volant. Elle était partie pour sauver ses enfants.

Rien n'avait plus d'importance en dehors de cela.

Elles virent les agents de péage préposés aux poids lourds agiter frénétiquement les bras et plusieurs voitures faire de brusques embardées pour s'écarter de leur route.

Avec un bruit énorme, la barrière explosa contre le pare-chocs avant et une pluie de fragments s'abattit sur le capot et le pare-brise.

Si sa vieille poubelle de Ford Mondeo avait été d'un modèle un peu plus récent ou si elle avait été mise aux normes, elles auraient été stoppées net par l'explosion des deux airbags. « Vos airbags sont défectueux », avait dit le mécanicien la dernière fois qu'elle avait fait la vidange. « Vous voulez que je les remplace ? » L'intervention coûtait une fortune. Isabel s'en était longtemps voulu de ne pas avoir dit oui, mais à présent, elle s'en félicitait. Si les airbags leur avaient éclaté à la figure à cette vitesse, ç'aurait été la catastrophe. En l'état, la seule conséquence de cet acte de dégradation d'un bien public serait une énorme bosse sur le capot et une vilaine fente sur le pare-brise, qui s'agrandissait de seconde en seconde.

Derrière elles, l'affolement était général. Si les forces de l'ordre n'étaient pas encore informées qu'une voiture enregistrée à son nom venait de fracasser une barrière de péage au pont de Storebælt, c'est que ça roupillait ferme dans les commissariats.

Isabel soupira et composa une fois de plus le numéro de Joshua. « On a passé le pont, où êtes-vous ? »

Il lui donna ses coordonnées GPS qu'elle compara avec celles qu'elle avait sous les yeux. Il ne devait plus être très loin.

« Je me sens très mal, dit-il. Nous avons tort de faire ça, j'en suis sûr. »

Elle le rassura du mieux qu'elle put mais ses arguments n'eurent pas l'air de le convaincre.

« Appelez-moi dès que vous verrez le signal », lui dit-elle avant de raccrocher.

Elles virent le train sur leur gauche juste avant la sortie 41. Une guirlande de lumière glissant dans un paysage plongé dans la nuit. Là-bas, dans le troisième wagon, un homme était assis, le cœur soumis à une insupportable tension.

Quand le Diable personnifié allait-il se mettre en contact avec eux ?

Isabel serra le mobile contre son cœur tandis que la voiture continuait sa course folle sur le tronçon d'autoroute entre Halskov et la sortie 40, et toujours pas le moindre signal lumineux à l'horizon.

« Les flics vont nous arrêter à Slagelse. Vous pouvez compter là-dessus, Rakel. Pourquoi a-t-il fallu que vous cassiez cette barrière ?

– Vous voyez le train, non ? Eh bien, si j'avais ralenti, même vingt secondes, vous ne le verriez pas. Voilà pourquoi !

– Je ne vois plus le train. » Isabel examina la carte, posée sur ses genoux. « Merde ! La voie ferrée fait une courbe vers le nord et traverse le centre-ville de Slagelse. S'il envoie le signal à Joshua entre Forlev et Slagelse, c'est fichu, sauf si on sort de l'autoroute, MAINTENANT ! »

La sortie 40 disparut de son champ de vision à l'instant où Isabel tournait la tête.

Elle se mordit la lèvre. « Rakel, j'ai l'intuition que Joshua va voir le signal dans quelques secondes. Il y a trois routes qui traversent la voie ferrée juste avant l'entrée de Slagelse. Ce serait un endroit idéal pour lancer le sac. Mais nous ne pouvons plus quitter l'autoroute parce que nous venons de rater la bretelle de sortie. »

La nouvelle frappa Rakel de plein fouet. L'expression de désespoir qui avait quitté son visage depuis qu'elle était dans l'action était subitement revenue. La sonnerie du portable devint tout à coup la chose au monde qu'elle avait le moins envie d'entendre pendant les quelques minutes à venir.

Elle écrasa le frein et alla se garer sur la voie d'arrêt d'urgence.

« Je vais faire marche arrière », déclara-t-elle.

Est-ce qu'elle était devenue folle ? Isabel appuya violemment sur le bouton du warning et s'efforça de respirer calmement pour réguler son rythme cardiaque.

« Écoutez, Rakel », dit-elle le plus posément possible. « Joshua va très bien s'en sortir tout seul. Nous n'avons pas besoin d'être là au moment où il jettera le sac par la fenêtre du train. Joshua a raison. Ce salopard va nous contacter de toute façon quand il découvrira ce que le sac contient. »

Rakel s'en fichait. L'ordre de ses priorités était très différent et Isabel la comprenait parfaitement.

« Je vais faire marche arrière sur la voie d'arrêt d'urgence, dit-elle encore une fois.

– Non Rakel, je vous l'interdis ! »

Rakel passa outre.

Isabel enleva sa ceinture de sécurité et se retourna dans son siège. Des colonnes de phares de voiture semblaient bondir sur elle. « Vous êtes complètement folle, Rakel ! Vous allez nous tuer. En quoi est-ce que cela va aider Samuel et Magdalena ? »

Rakel ne répondit pas. Elle raclait le bas-côté de l'autoroute, en marche arrière, tournant le dos au moteur qui hurlait.

C'est à ce moment-là qu'Isabel remarqua les gyrophares bleus qui clignotaient sur une hauteur, à cinq ou six cents mètres derrière elles.

« STOP ! » cria-t-elle.

Rakel leva le pied de l'accélérateur.

Elle vit la lumière bleue et comprit le problème tout de suite. La boîte de vitesses protesta bruyamment quand elle passa directement de la marche arrière en première. En quelques secondes, elles roulaient de nouveau à cent cinquante.

« Priez pour que Joshua n'appelle pas maintenant pour nous annoncer qu'il a lancé le sac. On a encore une chance d'être dans la course. Mais prenez la sortie 38. Il est possible que les flics nous attendent à la sortie 39, gémit Isabel. Ils y sont probablement déjà. À partir de la sortie 38, on roulera sur la nationale. Elle longe la voie ferrée, ce sera plus facile. Jusqu'à Ringsted le train traverse la campagne, loin de l'autoroute. »

Elle remit sa ceinture et passa les dix kilomètres suivants les yeux rivés sur le compteur. Les voitures aux clignotants bleus qui étaient à leur poursuite ne semblaient pas disposées à adopter une conduite aussi suicidaire qu'elles et Dieu sait si elle les comprenait.

Lorsqu'elles atteignirent la sortie 39 vers Slagelse Centre, elles virent la route s'éclairer en bleu. Les renforts en provenance de Slagelse ne tarderaient pas.

Elle ne s'était malheureusement pas trompée. « On y est presque, je le sens, Rakel. Accélérez encore si vous pouvez », cria-t-elle tout en rappelant Joshua.

Où en êtes-vous, Joshua ?

Mais Joshua ne décrocha pas. Qu'est-ce que cela signifiait ? Est-ce qu'il avait déjà jeté le sac par la fenêtre ? Ou bien, pire : est-ce que le kidnappeur était à bord du train ? Cette possibilité ne l'avait pas effleurée jusqu'ici. Mais elle n'avait rien d'absurde. Cette histoire de signal lumineux et de sac jeté par la vitre du train pouvait être une simple manœuvre de diversion. Peut-être était-il déjà en possession du sac, auquel cas, il savait que l'argent ne se trouvait pas à l'intérieur.

Elle jeta un coup d'œil sur la banquette arrière où se trouvait le sac de toile contenant la rançon.

Qu'allait-il faire à Joshua si les choses s'étaient passées de cette façon ?

Elles prirent la sortie 38 au moment où les voitures de police se matérialisaient un peu plus loin, sur la voie opposée. Rakel n'effleura même pas la pédale de frein quand les pneus de la Mondeo s'engagèrent en hurlant sur la nationale 150, manquant d'emboutir la voiture d'un particulier qui roulait devant elles. Si le conducteur n'avait pas eu le réflexe de donner un grand coup de volant, leur folle course se serait arrêtée là.

Isabel sentait la sueur dégouliner dans son dos. Rakel n'était pas seulement folle de désespoir, elle était folle tout court.

« Vous n'avez aucune chance de semer les flics sur cette route. Dès qu'ils seront sortis de l'autoroute, ils n'auront qu'à suivre nos feux arrière ! » la prévint Isabel.

La conductrice secoua la tête et alla se coller tout près du véhicule devant elle, qui n'avait pas encore tout à fait réussi à rétablir sa trajectoire. On aurait dit qu'elle cherchait à s'accrocher à son pare-chocs.

« Non, répondit-elle. Pas si je fais ça. » Et elle éteignit les feux de la Mondeo. C'était astucieux. Heureusement que les codes automatiques étaient défectueux !

Par la lunette arrière, Isabel vit les passagers de la voiture qu'elles avaient failli percuter. Deux personnes âgées dont le langage corporel disait clairement leur terreur.

« Je tourne dès que je peux, annonça Rakel.

— Vous allez être obligée de rallumer les phares !

— On verra. Regardez sur le GPS s'il y a bientôt une route où je peux tourner, et qui ne soit pas une voie sans issue. Il faut qu'on dégage. La police est derrière nous. »

Isabel se retourna. Elle avait raison. Ils étaient là. Les voitures, gyrophares allumés, roulaient à cinq cents mètres derrière environ, arrivant de la bretelle de sortie.

« Là, hurla Isabel. Le panneau juste devant ! »

Rakel hocha la tête. La voiture qui les précédait venait d'attraper un poteau indicateur dans le faisceau de ses phares. Vedbysønder.

Elle écrasa le frein et tourna le volant. Tous feux éteints dans l'obscurité.

« OK », dit-elle en passant au point mort devant une grange et quelques constructions. « Nous allons nous garer derrière cette ferme, ils ne nous verront pas. Vous, essayez de rappeler Joshua s'il vous plaît. »

Isabel se tourna pour regarder approcher la lumière bleue des véhicules de police qui donnait au paysage une atmosphère sinistre.

Elle composa le numéro de Joshua, cette fois avec un mauvais pressentiment.

Au bout de deux sonneries, il décrocha.

« Oui », dit-il simplement.

Isabel fit un signe de tête à Rakel pour lui faire savoir que Joshua avait répondu.

« Vous lui avez remis le sac ? demanda-t-elle à Joshua.

— Non, répondit-il après un silence.

— Quelque chose ne va pas, Joshua ? Vous n'êtes pas seul ?

— Il y a un passager dans le compartiment avec moi, mais il travaille avec des écouteurs sur la tête. Pas de problème de ce côté-là. C'est juste que je ne me sens pas bien du tout. Je pense constamment aux enfants, c'est horrible. »

Il était essoufflé et semblait épuisé. Ce qui n'avait rien d'étonnant en la circonstance.

« Essayez de vous calmer, Joshua. » C'était facile à dire, bien sûr. « C'est bientôt fini. Où se trouve le train, actuellement ? Donnez-moi les points GPS. »

Il les énonça. « Nous sortons de la ville », ajouta-t-il.

C'était bien ce qu'elle pensait. Il ne devait plus être très loin.

« Baissez-vous », lui ordonna Rakel, tandis que les voitures dépassaient à toute allure la route où elles étaient cachées. Comme si on avait pu les voir à cette distance.

Mais dans quelques minutes, les flics intercepteraient les deux vieilles personnes. Elles leur parleraient des fous furieux qui leur avaient collé au train, tous feux éteints, et leur diraient que la voiture avait tout à coup quitté la nationale. Et la police ferait demi-tour.

« Regardez ! Voilà le train ! » s'écria Isabel.

Rakel bondit : « Où ça ? »

Isabel pointa l'index en direction du sud, dans la direction opposée à la nationale. Cela ne pouvait pas mieux tomber. « Allons-y ! Vite ! »

Rakel démarra, ralluma les phares et passa la troisième en moins de cinq secondes. Elles traversèrent un village en trombe, sans ralentir, et tout à coup le faisceau halogène de la Mondeo croisa les feux avant du train arrivant droit sur elles quelque part en contrebas.

« Mon Dieu, ça y est, je vois le signal », hurla Joshua complètement bouleversé au téléphone. « Seigneur, ayez pitié de nous ! »

« Il l'a vu ? » demanda Rakel. Elle avait entendu la voix surexcitée de son mari.

Isabel acquiesça. Rakel inclina légèrement la tête. « Sainte Marie, Mère de Dieu. Reçois-nous dans ta lumière et montre-nous le chemin. Accepte-nous dans ton amour, nous qui sommes tes enfants, et réchauffe nos cœurs par ton infinie bonté. » Elle souffla un grand coup puis inspira profondément, le pied enfoncé sur la pédale d'accélérateur.

« Le signal lumineux est juste devant moi à présent, j'ouvre la fenêtre », dit la voix dans le téléphone portable. « Je pose le mobile sur la banquette. Oh mon Dieu. Oh mon Dieu. »

Joshua respirait bruyamment. On aurait dit un vieil homme en fin de vie. Essoufflé à l'idée de tout ce qui lui reste à faire, incapable de mettre de l'ordre dans ses pensées.

Les yeux d'Isabel fouillaient l'obscurité. Elle ne voyait aucun signal lumineux. Il devait être caché par le convoi.

« La route traverse deux fois la voie ferrée en bas de la côte, Rakel. Je pense qu'il est sur la même route que nous », s'exclama-t-elle. Au bout du fil, Joshua soufflait comme un bœuf. Il devait être en train d'essayer de faire passer le sac par l'étroite fenêtre du train.

Elles l'entendirent annoncer : « Ça y est, je le lâche.

– Où est-il ? Est-ce que vous le voyez, Joshua ? s'écria Isabel.

– Oui. Je vois la voiture. Elle est garée juste avant un fourré à un endroit où la route se rapproche des rails. »

Il avait repris le mobile et sa voix était à nouveau claire et distincte.

« Regardez par la fenêtre de l'autre côté, Joshua. Rakel va vous faire un appel de phares. » Elle fit un signe à Rakel qui se penchait sur le volant, scrutant la nuit pour essayer d'apercevoir quelque chose entre les wagons qui défilaient.

« Vous nous voyez ? Joshua ?

– OUI ! cria-t-il. Je vous vois en haut de la côte, avant un pont. Vous descendez vers nous. Vous y serez dans... »

Elle l'entendit pousser un gémissement et puis un choc comme s'il avait fait tomber le portable.

« La police arrive, je vois les gyrophares ! », hurla Rakel. Elle passa le pont et la petite route de campagne étroite. Plus que deux cents mètres et elles l'auraient rejoint.

« Qu'est-ce qu'il est en train de faire, Joshua ? » cria Isabel dans le téléphone, mais Joshua ne répondit pas. Il avait dû couper la communication en faisant tomber le mobile.

« Je vous salue, Marie, Vierge sainte, pardonnez-moi mes offenses », marmonnait Rakel, les mains crispées sur le volant, tandis qu'elles dépassaient quelques maisons et une ferme dans un virage, puis une maison isolée construite au bord de la voie ferrée. Tout à coup la voiture qu'elles cherchaient apparut dans la lumière des phares de la Mondeo.

Elle était garée dans une courbe, deux cents mètres plus loin, à moins de cinquante mètres des rails, et debout devant le coffre, le salopard examinait le contenu du sac. Il portait un anorak et un pantalon de couleur claire. On aurait pu le prendre pour un touriste égaré.

Il leva la tête dès qu'il sentit sur lui la lumière des phares. À cette distance, il était impossible de distinguer l'expression de son visage, mais Isabel se dit que dix mille pensées devaient se bousculer dans sa tête en ce moment. Comment ses vêtements pouvaient-ils se trouver dans ce sac ? Peut-être avait-il vu la lettre aussi. En tout cas, il avait déjà compris que la rançon n'y était pas. Et qu'est-ce que c'était maintenant que cette voiture qui fonçait droit sur lui ?

« Je vais lui rentrer dedans », cria Rakel, tandis que l'homme s'engouffrait précipitamment dans la voiture.

Elles n'étaient qu'à quelques mètres de lui quand ses roues trouvèrent de l'adhérence et l'entraînèrent sur le bitume, le moteur de son véhicule poussé à plein régime.

Comme Isabel l'avait deviné, il conduisait une Mercedes noire. Celle qu'elle avait vue devant la maison de Ferslev. C'était bien lui qui était passé devant elles pendant que Rakel vomissait dans le fossé.

Quelques centaines de mètres plus loin, la route traversait une épaisse forêt et le vacarme des deux moteurs se répercuta sur les troncs des sapins. La Mercedes était beaucoup plus récente que la Ford. Elles auraient du mal à la rattraper, et de toute façon, à quoi cela aurait-il servi ?

Elle se tourna vers Rakel, accrochée au volant, absorbée par la poursuite. Elle croyait au Père Noël ou quoi ?

« Restez à distance, Rakel, lui commanda-t-elle. Les voitures d'intervention derrière nous vont appeler du renfort. Ils vont nous aider. Je vous promets qu'ils vont l'arrêter. Ils mettront des barrages partout sur les routes. »

« Allô », dit soudain une voix dans le téléphone qu'elle tenait encore dans sa main.

Une voix d'homme qu'elle ne connaissait pas.

« Oui. » Isabel gardait les yeux braqués sur les feux arrière de la Mercedes, mais son attention se concentra brusquement sur cette voix. Des années de désillusions et d'échecs l'avaient habituée à craindre le pire à la moindre alerte. Pourquoi n'était-ce pas Joshua qui venait de dire allô ?

« Qui êtes-vous ? demanda-t-elle, glaciale. Vous êtes le complice de cette ordure ? C'est ça ?

– Euh... excusez-moi, je ne sais pas de quoi vous voulez parler. Est-ce vous qui étiez en communication avec le propriétaire de ce mobile ? »

Isabel sentit le sang quitter son visage. « Oui, c'est moi. »

Elle sentit Rakel bouger dans son siège. Tout son corps exprimait son inquiétude pour son mari tandis qu'elle tentait de contrôler la trajectoire de la voiture sur l'étroite départementale et que la distance avec le kidnappeur augmentait de minute en minute.

« J'ai peur de devoir vous annoncer qu'il a eu un malaise, dit la voix inconnue.

– Qu'est-ce que vous dites ? Qui êtes-vous ?

– J'étais assis dans le même compartiment que lui, en train de travailler, quand cela s'est produit. En fait, je suis désolé de vous dire ça aussi brutalement, mais je crois bien que ce monsieur est mort.

– Oh ! Je suis là ! s'écria Rakel. On peut savoir ce qui se passe ? Avec qui parlez-vous, Isabel ? »

« Merci », dit simplement Isabel à l'inconnu au bout du fil. Et elle raccrocha.

Elle regarda Rakel, puis les arbres qui se rassemblaient au-dessus de leurs têtes en une masse grisâtre à cause de la vitesse. Un animal sortant des fourrés, un tas de feuilles en putréfaction entassées sur la route, et ce serait l'accident. Leur vie ne tenait plus qu'à un petit détail de rien du tout. Comment pouvait-elle révéler à Rakel ce qu'elle venait d'apprendre ? Qui sait comment elle allait réagir ? Son mari venait de mourir tandis qu'elle roulait à tombeau ouvert dans l'obscurité.

Il était souvent arrivé à Isabel de trouver sa vie déprimante. Sa solitude était comme une ombre qui pesait constamment au-dessus de sa tête. Les longues soirées d'hiver lui avaient parfois inspiré des idées noires. Mais pas en ce moment. Elle avait soif de vengeance, elle se sentait responsable de la vie de deux grands enfants, elle était en train de poursuivre un monstre, le Diable personnifié, et elle avait terriblement envie de vivre. Elle était sûre que malgré les horreurs qu'on pouvait voir en ce bas monde, elle y avait sa place.

Mais elle n'était pas certaine que Rakel partage son avis.

Rakel tourna la tête vers elle. « Répondez-moi, Isabel. Que se passe-t-il ?

– Je crois que votre mari a eu une crise cardiaque, Rakel. »

Elle n'avait pas trouvé d'autre formule pour lui annoncer la nouvelle.

Mais Rakel sentit qu'elle ne lui disait pas tout.

« Il est mort ? dit-elle. Dites-moi la vérité. Oh mon Dieu, c'est ça ? Il est mort ?

— Je n'en sais rien.

— Parlez-moi franchement. Je veux savoir, sinon... »

Ses yeux brûlaient d'une lueur démente. La voiture commençait à zigzaguer.

Isabel leva la main pour toucher le bras de Rakel mais n'acheva pas son geste. « Gardez les yeux sur la route s'il vous plaît, Rakel, dit-elle doucement. L'important pour l'instant, c'est de retrouver vos enfants, n'est-ce pas ? »

La phrase déclencha comme une vibration dans le corps de Rakel. « NOOON ! hurla-t-elle. Nooon ! Ce n'est pas vrai. Sainte Marie, Mère de Dieu, faites que ce ne soit pas vrai ! »

Les mains agrippées au volant, elle sanglotait, la salive lui dégoulinant des lèvres. L'espace d'une seconde, Isabel crut qu'elle allait renoncer et stopper la voiture, mais tout à coup elle se redressa et appuya de toutes ses forces sur la pédale d'accélérateur.

Une pancarte indiquant l'entrée d'un village, LINDEBJERG LYNGE, apparut au bord de la départementale, mais Rakel ne ralentit pas. La route dessina une courbe flanquée de maisons des deux côtés, et s'enfonça de nouveau dans la forêt.

Elles sentirent que le kidnappeur était sous pression. Il faillit perdre le contrôle de la Mercedes dans un virage. Rakel pria la Vierge de bien vouloir lui pardonner car elle allait rompre le septième commandement et tuer un être humain pour la bonne cause.

« Vous êtes complètement cinglée. On roule à plus de deux cents kilomètres à l'heure, Rakel. Vous allez nous tuer », cria Isabel en se demandant si elle ne devrait pas arracher la clé du contact.

Mon Dieu, non, ça bloquerait la direction, se dit-elle. Elle s'accrocha à son siège des deux mains, se préparant au pire.

La première fois qu'elles percutèrent le pare-chocs de la Mercedes, la tête d'Isabel fut projetée en avant, puis en arrière avec une brutalité inouïe. La Mercedes quant à elle ne dévia pas de sa trajectoire.

« D'accord », vociféra Rakel derrière son volant. « Ça ne te fait aucun effet, ordure, alors prends ça ! » et elle lui rentra dedans une deuxième fois avec une violence qui fendit le pare-chocs de la Ford. Cette fois-ci, Isabel avait tendu les muscles de son cou avant l'impact, mais elle n'avait pas pensé à l'effet de la ceinture de sécurité.

« ARRÊTEZ ! » ordonna-t-elle à Rakel quand elle sentit la douleur dans sa cage thoracique, mais l'autre n'écoutait plus. Elle était ailleurs.

La Mercedes accrocha le bas-côté et fit une embardée, mais son chauffeur réussit à la redresser. Ils dépassèrent une ferme sur la droite. L'éclairage extérieur enveloppa un instant la route d'un halo orangé.

C'est à ce moment-là que la chose arriva.

Alors que Rakel s'apprêtait à percuter une troisième fois la Mercedes noire par-derrière, l'homme donna un brusque coup de volant, se mit sur la voie de gauche et freina brutalement dans un grand crissement de pneus.

La Mondeo bondit en avant et elles se retrouvèrent devant lui.

Isabel sentit la panique s'emparer de Rakel. Leur vitesse était soudain devenue beaucoup trop grande sans le pare-chocs de la Mercedes pour les freiner à chaque collision. Les pneus avant dérapèrent, elle les redressa, freina un peu, mais pas assez, et tout à coup un bruit de tôle froissée et de verre brisé leur explosa aux oreilles. Rakel ralentit.

Isabel se tourna affolée vers la vitre brisée et vit la portière enfoncée jusqu'à la moitié de la banquette arrière, et la Mercedes qui leur rentrait dedans à nouveau. Le bas du visage du salopard était dans l'ombre mais elle distingua clairement son regard. Elle vit qu'il avait compris. Toutes les pièces du puzzle se mirent en place en même temps.

Ce qui n'aurait jamais dû arriver était arrivé.

Il vint cogner violemment la Ford une dernière fois et Rakel perdit le contrôle de la voiture. Elle se laissa couler dans sa douleur immense avec un dernier regard sur le paysage qui se mit à tourner, tourner, tourner dans la nuit noire.

Quand le vacarme cessa enfin, Isabel vit qu'elle était accrochée par sa ceinture de sécurité, la tête en bas. Rakel était inerte, la colonne de direction encastrée dans son torse sanguinolent.

Isabel essaya de bouger, mais ses membres refusèrent d'obéir. Elle toussa et sentit le sang couler de son nez et dans sa gorge.

C'est bizarre, je n'ai pas mal, eut-elle le temps de penser avant que les signaux de douleur n'explosent dans son corps tout entier. Elle voulut crier, mais aucun son ne sortit de sa bouche. Je meurs, se dit-elle en crachant une giclée de sang.

Elle perçut plus qu'elle ne la vit la silhouette sombre qui approchait de la voiture. Elle entendit son pas décidé sur le verre brisé qui couvrait le sol. Il venait finir le boulot.

Elle essaya d'ajuster ses yeux sur le visage de son ennemi, mais le sang qui coulait de sa bouche et de son nez l'aveuglait. Quand elle clignait des yeux, elle avait l'impression que ses paupières étaient tapissées de toile émeri.

Quand il fut arrivé près de la voiture, elle vit l'objet métallique qu'il tenait à la main et entendit sa voix.

« Isabel, murmura-t-il. Tu es la dernière personne que j'aurais imaginé voir aujourd'hui. Pourquoi a-t-il fallu que tu te mêles de ça ? Tu as vu le résultat ? »

Il s'accroupit et passa la tête à travers la vitre, sans doute pour évaluer de quelle façon il allait pouvoir lui porter le coup fatal. Elle essaya de tourner la tête afin de mieux le voir, mais décidément ses muscles ne voulaient pas ce que voulait son cerveau.

« Il y a d'autres gens qui savent qui tu es », gémit-elle, avec de terribles élancements dans sa mâchoire.

Il sourit. « Personne ne sait qui je suis. »

Il fit le tour de la Mondeo et contempla le corps de Rakel. « Celle-là ne me causera plus de problème. Excellente nouvelle. Elle aurait pu me faire du tort. »

Tout à coup, il se redressa et Isabel entendit les sirènes. La lumière bleue qui éclaira les jambes du monstre le fit reculer de deux pas.

Elle s'évanouit.

## 32

L'odeur de caoutchouc brûlé devenait de plus en plus forte à l'intérieur de l'habitacle et il dut s'arrêter sur une aire de repos un peu avant Roskilde. Quand il eut redressé l'aile droite tordue qui frottait contre sa roue avant, il fit le tour de la Mercedes pour voir l'étendue des dégâts. Évidemment, elle ne s'en était pas sortie indemne, mais il fut tout de même étonné de constater à quel point elle avait résisté aux chocs répétés qu'elle avait subis.

Quand les choses se seraient un peu tassées, il la porterait chez le carrossier. Il allait devoir faire disparaître toutes les traces de collision. À Kiel ou à Ystad, ce qui serait le plus pratique.

Il alluma une cigarette et lut la lettre trouvée dans le sac.

Habituellement, c'était le moment qu'il préférait. Celui où il se retrouvait tout seul dans la nuit, à un endroit quelconque, les voitures passant à toute vitesse, avec la sensation d'avoir rempli sa mission. L'argent était en sa possession, il restait juste une dernière formalité à accomplir au hangar à bateaux.

Cette fois, c'était très différent. Il y avait ce malaise en lui. Il avait commencé là-bas, sur la petite route au bord de la voie ferrée, lorsqu'il avait découvert ses propres vêtements et cette lettre dans le sac qui aurait dû contenir la rançon, et ce sentiment désagréable ne s'était pas dissipé.

Ils s'étaient moqués de lui. L'argent n'était pas là et ce n'était pas bien.

Il se remémora la Ford Mondeo disloquée. Ça, c'était bien. Cette fermière exaltée n'avait eu que ce qu'elle méritait. En revanche, l'histoire avec Isabel le contrariait.

Depuis le départ tout était allé de travers par sa propre faute. Si seulement il avait écouté son instinct, il l'aurait tuée quand elle l'avait démasqué à Viborg.

Mais comment aurait-il pu deviner que Rakel et Isabel se connaissaient ? Il y avait une certaine distance entre le hameau de Frederiks et le lotissement de la banlieue de Viborg où vivait l'employée de mairie. Qu'est-ce qui lui avait échappé ?

Il inspira une grande bouffée de cigarette et la garda au fond de ses poumons aussi longtemps que possible. Pas de rançon, et tout ça à cause d'une série d'erreurs stupides. Des erreurs et aussi certains concours de circonstances qui avaient tous un rapport avec Isabel. Et à présent il ne savait même pas si elle était morte. Si seulement il avait pu rester dix minutes de plus à côté de cette voiture, il aurait eu le temps de lui mettre un grand coup de cric derrière la tête.

Au moins il aurait été sûr.

Maintenant, il pouvait juste espérer que la nature ferait bien les choses. L'accident avait été d'une grande violence. La Mondeo était rentrée dans un arbre avant d'effectuer une bonne dizaine de tonneaux. Le bruit strident du métal contre l'asphalte lui résonnait encore dans les oreilles au moment où il sortait de sa Mercedes. Comment auraient-elles pu survivre à un choc pareil ?

Il massa sa nuque douloureuse. Merde ! Pourquoi ne s'étaient-ils pas contentés de suivre ses instructions ?

D'une pichenette, il expédia son mégot dans une haie, ouvrit la porte du côté passager et s'installa sur le siège. Il attrapa le sac de sport à l'arrière et entreprit d'en examiner le contenu encore une fois.

Le cadenas et la chaîne de la grange de Ferslev, une partie des vêtements rangés dans l'armoire de sa chambre, et puis cette lettre. Rien d'autre.

Il relut la lettre. Pas étonnant qu'il se sente aussi déstabilisé. Ceux qui avaient rédigé ce message en savaient vraiment trop sur son compte.

Mais ils avaient eu tort de se croire les plus forts. Ils pensaient que les rôles s'étaient inversés et qu'ils avaient la main. À présent, les deux femmes étaient certainement mortes mais il allait tout de même devoir s'en assurer.

Et puis il y avait le mari, Joshua, et peut-être le frère d'Isabel, le fameux policier. Ces deux-là représentaient peut-être encore un danger.

Peut-être. Locution funeste !

Il examina la situation tandis que les phares du flot des véhicules circulant sur l'autoroute éclairaient l'aire de repos par vagues.

Il ne craignait pas que la police soit à sa poursuite. Il se trouvait déjà à plusieurs centaines de mètres du lieu de l'accident quand elle était arrivée, et bien qu'il ait croisé deux ou trois autres véhicules munis de feux et de sirènes d'urgence avant d'atteindre l'autoroute, aucun d'entre eux n'avait prêté attention à une Mercedes solitaire roulant paisiblement sur une route départementale.

L'enquête révélerait bien sûr des traces de collision sur la voiture d'Isabel, mais avec qui ? Rien ne permettait de remonter jusqu'à lui.

Pour l'instant, son principal souci était le mari de Rakel, Joshua. Et puis aussi de récupérer l'argent. Ensuite, il allait devoir se débarrasser de tout ce qui pouvait mettre les enquêteurs sur sa piste. Il lui faudrait tout bonnement reconstruire son entreprise de A à Z.

Il soupira. Mauvaise année.

Il avait prévu de monter dix coups comme celui-là avant de raccrocher les gants. Et jusqu'ici il avait bien travaillé. Les millions de couronnes récoltés les premières années avaient été investis judicieusement et ils avaient fait des petits. Ensuite la crise économique était passée par là et ses portefeuilles d'actions avaient chuté.

Un kidnappeur et meurtrier étant logé à la même enseigne que n'importe qui, il devait maintenant tout recommencer à zéro.

Merde, dit-il à nouveau. Un autre aspect du problème venait de lui apparaître.

S'il ne versait pas à sa sœur l'argent de sa pension, les conséquences pourraient être fâcheuses. De vieilles histoires du passé remonteraient à la surface. Certains noms seraient prononcés, qui ne devaient pas l'être.

Il ne manquerait plus que ça.

Quand il était sorti de la maison de redressement, sa mère avait un nouveau mari, choisi parmi les veufs par les anciens de la communauté. Il avait une entreprise de ramonage et deux filles de l'âge d'Eva. Un homme respectable, avait dit le nouveau pasteur qui n'avait aucun sens des réalités.

Au début, le beau-père ne s'était pas montré violent, mais quand sa mère avait décidé d'arrêter les somnifères et de ne plus lui céder au lit, sa vraie nature avait commencé à s'exprimer.

« Puisse le Seigneur baisser les yeux sur ta personne et te pardonner », disait-il chaque fois qu'il battait ses filles, ce qui arrivait souvent. Si quelqu'un de la maisonnée transgressait les lois de Dieu, lois que ce crétin croyait être le seul à savoir interpréter dans le Livre, il punissait la chair de sa chair. La plupart du temps ce n'était pas elles qui faisaient des bêtises, mais leur frère par alliance. Il est vrai qu'il lui arrivait parfois d'oublier un amen à la fin de la prière ou de sourire pendant le bénédicité. Le délit était rarement plus grave que cela. Mais le ramoneur n'osait pas porter la main sur ce grand garçon costaud. Son courage n'allait pas jusque-là.

Ensuite venaient les remords, et c'était presque pire que les coups. Son père à lui ne s'était jamais encombré de remords. C'était un homme conséquent. Le beau-père, lui, se mettait alors à caresser les joues de ses filles et leur demandait d'excuser son accès de colère et d'accorder leur pardon à leur méchant frère, responsable de leur douleur. Puis il allait dans le bureau et revêtait la soutane que son père appelait son uniforme de pasteur et il priait Dieu de bien vouloir protéger ces jeunes filles vulnérables et innocentes, comme si elles avaient été des anges descendus sur terre.

Quant à Eva, il ne lui accordait jamais un regard. Ses yeux blancs et opaques qui ne voyaient pas le dégoûtaient et elle s'en rendait compte.

Aucun des enfants ne parvenait à le comprendre. Pourquoi s'en prenait-il à ses propres enfants, alors qu'il méprisait sa belle-fille et détestait son beau-fils ? Pourquoi sa femme n'intervenait-elle jamais et comment Dieu pouvait-Il se montrer aussi injuste envers eux tous, en laissant cet homme agir de la sorte ?

À une période, Eva avait essayé de trouver des excuses à son beau-père, mais elle y renonça quand les marques de coups sur ses belles-sœurs furent devenues si importantes qu'elle-même pouvait les sentir du bout des doigts.

Son frère attendait son heure. Il prenait mentalement des notes en vue du règlement de comptes final, qui surviendrait quand on s'y attendrait le moins.

À l'époque, ils étaient encore une famille composée de quatre enfants, un père et une mère. Maintenant il ne restait plus que lui et Eva.

Il sortit de la boîte à gants le dossier de renseignements sur la famille et trouva tout de suite le numéro de portable de Joshua.

Il allait l'appeler et le confronter avec la réalité. Il allait lui dire que sa femme et son amie avaient été neutralisées et qu'à présent, il allait devoir s'en prendre à ses enfants si l'argent ne lui était pas remis avant vingt-quatre heures à un nouveau lieu de rendez-vous. Il allait le prévenir qu'il était un homme mort si quelqu'un d'autre qu'Isabel avait été informé de l'enlèvement.

Il n'avait aucun mal à s'imaginer la face rougeaude et débonnaire du type. Il craquerait immédiatement et céderait à toutes ses exigences.

Il connaissait son boulot.

Il composa le numéro et dut attendre ce qui lui parut une éternité avant qu'on décroche.

« Allô, dit quelqu'un au bout du fil qui n'avait pas la voix de Joshua.

— Pourrais-je parler à Joshua ? demanda-t-il tandis que le faisceau des phares d'une voiture entrant sur l'aire de repos l'éclairait par la lunette arrière.

— Qui est à l'appareil ? répondit la voix.

— Je ne suis pas sur le portable de Joshua ? s'enquit-il.

— Non. Vous avez dû vous tromper de numéro. »

Il revérifia. C'était pourtant bien ça. Qu'est-ce que c'était encore que cette histoire ?

Et puis il comprit. Le nom bien sûr !

« Ah oui, pardon. Je l'appelle Joshua parce que nous l'appelons tous comme ça chez nous. Excusez-moi. On a tendance à oublier. Je parle de Jens Krogh, évidemment. Je peux lui parler ? »

Il resta un instant immobile, le regard dans le vide. Son interlocuteur se taisait obstinément. Ce n'était pas bon signe. Qui pouvait-il bien être ?

« Je vois, dit enfin la voix inconnue. Et peut-on savoir qui vous êtes ?

— Son beau-frère, répondit-il du tac au tac. Vous voulez bien me le passer, s'il vous plaît ?

— Non, je regrette. Je suis l'agent Leif Sindal du commissariat de police de Roskilde. Vous dites que vous êtes son beau-frère. Je peux vous demander votre nom ? »

La police ? Ce con avait appelé la police ? Il était complètement cinglé ou quoi ?

« La police ? Il lui est arrivé quelque chose ?

— Je ne peux pas répondre à cette question, à moins que vous ne me donniez votre nom. »

Donc, il y avait un gros souci. Aïe !

« Je m'appelle Søren Gormsen », déclara-t-il. Ça marchait chaque fois. Il fallait toujours donner aux flics un nom un peu spécial. Ils vous croient à tous les coups. Parce qu'ils savent qu'ils n'auront aucun mal à vérifier.

« Parfait, commenta l'agent Sindal. Et maintenant, Søren Gormsen, puis-je vous demander de me décrire votre beau-frère ?

— Bien sûr. C'est un homme de grande taille. Presque chauve, cinquante-huit ans. Il porte généralement un gilet vert olive et...

– Écoutez, Søren Gormsen, l'interrompit le policier. On nous a appelés parce que Jens Krogh a eu un malaise à bord d'un train. Le cardiologue est là en ce moment et j'ai le regret de vous annoncer qu'il vient de déclarer votre beau-frère décédé. »

Il laissa le mot décédé en suspens pendant quelques secondes avant de réagir. « Mon Dieu. Mais c'est terrible. Qu'est-il arrivé ?

– Nous l'ignorons. D'après un autre passager qui se trouvait sur place, il s'est écroulé et c'était fini. »

Il se demanda s'il s'agissait d'un piège.

« Où l'emmenez-vous ? » voulut-il savoir.

Il entendit le policier et le médecin se concerter un moment. « Une ambulance va venir le chercher. Apparemment, il va falloir procéder à une autopsie.

– Joshua va être transporté à l'hôpital de Roskilde, dans ce cas ?

– Effectivement, nous ne descendrons du train qu'à Roskilde. »

Il remercia le policier, exprima sa peine d'avoir appris cette pénible nouvelle, raccrocha et sortit de la voiture pour essuyer soigneusement le mobile avant de le jeter dans les buissons. En tout cas, ce ne serait pas ce téléphone qui les conduirait jusqu'à lui si c'était un coup monté.

« Eh ! » entendit-il derrière son dos. Il se retourna et vit deux hommes sortir de la voiture qu'il avait vue arriver pendant qu'il parlait au flic. La plaque était lituanienne. Les types étaient vêtus de joggings défraîchis et leurs visages taillés à la serpe disaient clairement leurs mauvaises intentions.

Ils marchèrent droit sur lui. Dans un instant, ils l'auraient mis à terre, tabassé et lui auraient vidé les poches. C'était ainsi qu'ils gagnaient leur vie, apparemment.

En guise de mise en garde, il brandit le mobile qu'il avait encore dans la main. « Tenez », leur cria-t-il, le lançant brusquement vers l'un des deux, tout en bondissant sur le deuxième pour lui administrer un grand coup de talon dans les testicules. La maigre carcasse s'écroula au sol et fit tomber son cran d'arrêt.

En moins de temps qu'il n'en faut pour le dire, il s'était emparé du couteau et l'avait enfoncé à deux reprises dans le ventre de l'homme allongé, puis dans le flanc de celui qui était encore debout.

Après quoi il avait ramassé son portable et jeté téléphone et couteau aussi loin que possible dans les fourrés.

La vie lui avait appris à frapper le premier.

Il abandonna les deux avortons sanglants à leur sort et rentra *Hôpital de Roskilde* sur le GPS de sa voiture.

Il y serait dans huit minutes.

L'ambulance était garée sur le parking depuis un bon moment quand ils arrivèrent avec le brancard. Il se joignit au groupe des badauds qui contemplaient avec fascination le renflement du corps de Joshua sous la couverture. Quand il vit le policier en uniforme escorter le brancard avec le manteau et la sacoche de Joshua à la main, il se rendit à l'évidence. Joshua était mort et l'argent perdu.

« Merde, merde, merde ! » répétait-il, tandis que la Mercedes roulait en direction de Ferslev. Ferslev, sa fabuleuse planque depuis des années. Son adresse, son nom, sa camionnette, tout ce qui lui permettait d'être celui qu'il était sans prendre le risque d'être découvert était rattaché à cette maison. Et à présent c'était terminé. Isabel connaissait le numéro de série de sa voiture et elle l'avait communiqué à son frère.

Et ce numéro mènerait au propriétaire de la maison. Sa couverture n'était tout simplement plus sûre.

Le village était calme quand il s'engagea dans l'allée bordée d'arbres qui conduisait chez lui. Les habitants étaient depuis longtemps dans l'état de léthargie auquel invite à cette heure l'écran de télévision. Il ne vit qu'une seule ferme au loin dont les volets étaient encore ouverts et les fenêtres éclairées. Ce serait probablement de là-bas que l'alarme serait donnée.

Il vit comment Rakel et Isabel avaient pénétré dans la grange et dans la maison. Il fit le tour complet et élimina tous les indices. Les objets qui risquaient de résister aux flammes. Un petit miroir, une boîte à couture, la trousse de premiers secours dans son coffret métallique.

Puis il sortit la camionnette du garage, et la conduisit en marche arrière jusqu'à la grande baie vitrée du salon qui donnait sur les champs à perte de vue.

Le bruit du verre brisé effraya quelques oiseaux qui s'envolèrent en piaillant, mais ce fut tout.

Enfin, il retourna dans la maison par la porte principale en s'éclairant avec une lampe de poche. Parfait, se dit-il quand il vit la Peugeot à moitié à l'intérieur, les pneus crevés sur le parquet flottant. Il marcha avec précaution sur les débris de verre, ouvrit le hayon pour prendre son jerrycan à l'intérieur. Il renversa de l'essence partout, de la cuisine au salon, dans le couloir et dans les chambres au premier étage.

Il ouvrit le bouchon du réservoir de la camionnette, arracha un rideau et le déchira en deux. Il laissa tremper une extrémité du tissu dans une flaque d'essence et enfonça l'autre bout dans l'orifice du réservoir.

Il resta un petit moment dans la cour pour tout vérifier avant de mettre le feu à la deuxième moitié du rideau qu'il jeta dans le vestibule où étaient entreposées les bouteilles de gaz.

Il roulait déjà à fond sur la route départementale quand le réservoir de la voiture explosa avec un bruit énorme. Une minute et demie plus tard, les bouteilles de gaz explosèrent à leur tour. La déflagration fut si violente qu'elle souleva le toit de la maison.

Il n'arrêta la Mercedes que lorsqu'il eut dépassé le centre commercial. À cet endroit il avait une vue dégagée sur les champs.

Tel un gigantesque feu de la Saint-Jean, la maison flambait derrière le rideau d'arbres, projetant des étincelles dans la nuit. On pouvait déjà voir l'incendie à des kilomètres à la ronde. Bientôt les flammes atteindraient la cime des arbres et détruiraient tout.

Il n'avait plus rien à craindre de ce côté-là.

Quand les pompiers arriveraient sur place, il n'y aurait déjà plus rien à sauver.

On mettrait ça sur le compte d'une bêtise de gosses qui aurait viré à la catastrophe.

Ça arrivait souvent à la campagne.

Il se posta devant la porte de la pièce où il tenait sa femme séquestrée sous une pile de cartons et constata à nouveau, avec un mélange de tristesse et de satisfaction, qu'il y régnait un silence de mort. Ils avaient été heureux tous les deux. Elle était belle et douce et c'était une bonne mère. Il aurait aimé que les choses se terminent autrement. Là encore, il ne pouvait s'en prendre qu'à lui-même si ça n'avait pas marché. Avant de s'installer avec une autre femme, il se débarrasserait de tout ce que contenait cette pièce. Son passé avait lourdement pesé sur sa vie jusqu'à aujourd'hui, il ne le laisserait pas lui prendre son avenir. Il organiserait encore un ou deux enlèvements, vendrait la maison et s'en irait vivre loin de tout ça. Peut-être que, d'ici là, il aurait trouvé la recette du bonheur.

Il passa quelques heures allongé sur le canapé du salon à faire le point. Il garderait Vibegården et le hangar à bateaux. Mais il fallait qu'il trouve quelque chose pour remplacer la maison de Ferslev. Une petite maison isolée, dans un trou paumé. Un endroit où personne ne passait jamais. De préférence un lieu ayant appartenu à quelque solitaire, en marge de la population locale. Le genre de type qui s'occupait de ses affaires sans déranger personne. Il faudrait probablement qu'il concentre ses recherches sur le sud du pays cette fois. Il avait vu une ou deux maisons dans la région de Næstved qui pourraient convenir, mais il savait qu'il ne serait pas facile de trouver celle qui rassemblerait tous les critères.

L'ancien propriétaire de la ferme de Ferslev avait le profil idéal. Personne ne s'intéressait à lui et il s'en fichait complètement. Il avait travaillé au Groenland presque toute sa vie et, d'après les gens du village, il avait peut-être une petite amie en Suède. C'est ce *peut-être* délicieusement évasif qui lui avait mis l'eau à la bouche. En plus le type était rentier. On l'avait baptisé l'Original, et ce surnom avait été son arrêt de mort.

Il y avait plus de dix ans qu'il avait tué l'Original, et depuis lors, il avait scrupuleusement honoré toutes les factures qui atterrissaient de loin en loin dans sa boîte aux lettres. Deux ans après la mort de l'ermite, il avait résilié son abonnement auprès de la compagnie d'électricité et de la mairie pour le ramassage des ordures, et à partir de ce moment-là, plus personne n'avait mis les pieds dans la maison, à part lui. Il s'était fait faire un passeport et un permis de conduire en utilisant le nom du mort mais ses propres photos. Il avait aussi fait modifier la date de naissance pour la rendre plus plausible. Les faux papiers avaient été fabriqués par un photographe du quartier de Vesterbro à Copenhague. Talentueux et discret, il exerçait son métier avec la même exigence que les élèves de Rembrandt mettaient à contrefaire les œuvres du maître. Un véritable artiste.

Il était Mads Christian Fog depuis dix ans, mais ça aussi, désormais, c'était terminé.

Il ne restait plus que Chaplin.

À l'âge de seize ans et demi, il était tombé amoureux de l'une de ses demi-sœurs. Elle était fragile, d'une beauté éthérée, avec un grand front pur et de fines veines bleues aux tempes. Elle n'avait rien en commun avec son père, aux traits grossiers, ni avec leur mère, une femme lourde et trapue.

Il avait envie de l'embrasser, de disparaître dans ses yeux et de plonger dans son ventre, mais il savait qu'il n'en avait pas le droit. Au regard de Dieu, ils étaient frère et sœur pour de vrai, et le Tout-Puissant surveillait tout dans cette maison.

Il dut se contenter des plaisirs interdits qu'on se prodigue tout seul sous la couette. Parfois aussi, il l'espionnait le soir à travers les lattes disjointes du plancher du grenier.

C'est là qu'ils le prirent en flagrant délit un soir. Il était en train d'admirer l'objet de son désir dans sa mince chemise de nuit, quand soudain elle avait levé les yeux et croisé son regard. Il fut si surpris qu'il recula brusquement la tête et se cogna contre les solives du plafond, où un vieux clou vint lui écorcher le cou juste au-dessous de l'oreille.

Ils entendirent son cri de douleur et c'en fut fait de lui.

Prise d'un soudain accès de crainte devant le Seigneur, Eva le dénonça à sa mère et à son beau-père. Ses yeux aveugles ne virent pas la colère haineuse des deux adultes devant l'innommable souillure qu'il avait infligée à la jeune fille.

Ils commencèrent par le questionner, le menaçant des flammes de l'enfer, mais il refusa obstinément de parler. Il n'avoua jamais qu'il passait son temps à espionner sa jeune demi-sœur et qu'il rêvait de la voir nue. Comment leurs malédictions auraient-elles pu le convaincre de confesser quoi que ce soit ? Il les avait entendues beaucoup trop souvent.

« Tu l'auras voulu », vociféra son beau-père en l'empoignant par le col. Il était certes moins fort que lui, mais il l'immobilisa dans une prise imparable, les bras passés sous ses aisselles et les doigts solidement noués derrière sa nuque.

« Prends le crucifix, cria-t-il à sa femme. Et frappe-le jusqu'à ce que tous les démons du péché sortent de son corps. »

Il vit la croix dressée et le regard fou de sa mère, sentit sur son visage son haleine fétide au moment où elle abattit le lourd objet sur lui.

« À la gloire de Dieu ! » hurla-t-elle en levant le crucifix pour le frapper une deuxième fois. La sueur perlait sur sa lèvre supérieure et son mari l'encourageait à continuer tout en psalmodiant d'une voix sourde : « Au nom du Tout-Puissant, au nom du Tout-Puissant… »

Après lui avoir administré vingt coups sur les épaules et sur les bras, sa mère fit un pas en arrière. À bout de souffle et épuisée.

Il comprit ce jour-là qu'ils avaient atteint le point de non-retour.

Ses deux demi-sœurs pleuraient dans la pièce à côté. Elles avaient tout entendu et elles étaient en état de choc. Eva, elle, ne semblait nullement affectée, bien qu'elle ait tout entendu elle aussi. Elle continua, l'air de rien, sa leçon d'écriture en braille. Mais le pli amer de sa bouche démentait son indifférence apparente.

Le soir même, il mit deux somnifères dans le café de sa mère et de son beau-père. Quand ils furent couchés et profondément endormis, il dilua le reste du flacon dans un grand verre d'eau. Il mit un certain temps à les retourner sur le dos, et il eut du mal à verser la bouillie de sédatifs dans leurs gorges, mais du temps, il en avait à revendre.

Ensuite, il essuya soigneusement le flacon de somnifère, pressa fermement les doigts de son beau-père autour. Il alla chercher deux verres à eau, imprima les empreintes des deux dormeurs dessus et les posa soigneusement sur leurs tables de nuit. Il versa un peu d'eau dans le fond de chacun des verres et sortit de la chambre en fermant doucement la porte.

« Qu'est-ce que tu faisais là-dedans ? » dit une voix dans le couloir.

Il scruta l'obscurité. Eva avait un avantage sur lui. Elle était familiarisée avec la nuit et son ouïe était aussi développée que celle d'un chien de garde.

« Je n'ai rien fait, Eva. Je voulais leur demander pardon, mais ils dormaient trop profondément. Je crois qu'ils ont pris un somnifère.

– Bon. J'espère qu'ils vont passer une bonne nuit », dit-elle simplement.

On vint chercher leurs dépouilles le lendemain matin. Le double suicide fit un énorme scandale dans la petite ville, et Eva se tut. Peut-être pressentit-elle déjà ce jour-là que son silence, ajouté au fait que son frère se sentait responsable de sa cécité et en souffrait, serait son assurance contre la pauvreté.

Quant aux jeunes demi-sœurs, elles choisirent la vie éternelle deux ans plus tard. Elles se prirent par la main un jour
et marchèrent tout droit dans le lac. Et le lac les accueillit.
Elles échappèrent de cette façon à tous les souvenirs douloureux de leur existence. Eva et lui tâchèrent de s'en accom-
moder.

Il y avait maintenant plus de vingt-cinq ans que ses parents
étaient morts. Le fanatisme religieux faisait toujours autant
d'adeptes qui, à l'instar de ses parents, se montraient incapables de comprendre ce qu'aimer son prochain signifie vraiment.

Qu'ils aillent tous au diable. Il les haïssait plus que tout
au monde. Qu'ils aillent pourrir en enfer, tous ceux qui se
croyaient meilleurs que les autres parce qu'ils étaient portés
par leur foi.

S'il le pouvait, il les éliminerait tous de la surface de la Terre.

Il détacha la clé de la Peugeot et celle de la maison de
Ferslev de son porte-clés et les jeta dans la poubelle de sa
voisine, prenant soin de les glisser dans le sac du dessous et
de vérifier que personne ne le surveillait.

Puis il retourna chez lui et prit le courrier dans la boîte
aux lettres.

Les dépliants publicitaires finirent au vide-ordures et le reste
sur la table basse du séjour. Deux factures, deux quotidiens
et un message griffonné à la main sur un morceau de papier
portant l'en-tête de son club de bowling.

Il ne lut rien le concernant dans les journaux, ce qui n'était
pas étonnant. La radio locale en revanche parla de deux Litua-
niens gravement blessés suite à une violente bagarre... entre
eux. Puis il entendit un reportage sur l'accident des deux
femmes. Le journaliste donna peu de détails, mais c'était déjà

assez. Il parla du lieu de l'accident, de l'âge des victimes, de leurs multiples blessures et de leur folle équipée en voiture qui avait duré plusieurs heures durant lesquelles elles avaient entre autres pulvérisé une barrière de péage sur le pont de Storebælt. Il ne cita aucun nom mais évoqua la possibilité qu'une autre voiture soit impliquée dans l'accident et que son conducteur ait pris la fuite.

Il alla se connecter sur Internet. Sur le site d'un journal du soir, il était précisé que le pronostic vital des deux victimes était toujours engagé après les opérations qu'elles avaient subies durant la nuit. Tous les journaux s'étonnaient de leur conduite insensée sur le pont de Storebælt. Un médecin du service de traumatologie du Rigshospital, dont on citait le nom, se déclarait très pessimiste quant à leurs chances de survie.

Cela ne suffit pas à le rassurer.

Il alla sur un site qui présentait le service de traumatologie de l'hôpital avec une vidéo. Il y trouva une description précise de l'activité de chacun des services et leur emplacement. Pour finir, il consulta un plan de l'hôpital. Il était prêt.

Il allait devoir suivre de près l'état des deux patientes.

Il lut ensuite le message sur le papier avec le logo du bowling.

*Je suis passé, il n'y avait personne. La compétition par équipes mercredi à 19 h 30 a été avancée d'une demi-heure. On t'attend un peu avant, à 19 heures. N'oublie pas qu'il y a une boule à gagner ! Enfin tu as peut-être assez de boules comme ça ! LOL ! Tu viens avec ta femme ? re-LOL ! Xx le Pape.*

Il leva les yeux vers le plafond où se trouvait sa femme. S'il attendait deux jours pour emporter le cadavre au hangar à bateaux, il pourrait disposer des trois corps en même temps.

Encore deux jours sans boire et les enfants seraient morts sans qu'il ait besoin de les achever. Leurs parents en avaient décidé ainsi.

Quelle connerie. Il s'était donné tellement de mal. Et tout ça pour rien.

## 33

Il avait entendu que la nuit avait été agitée en bas, mais pas que le médecin de nuit avait dû intervenir auprès de son ancien coéquipier.

« Hardy a un peu d'eau dans les poumons, lui expliqua Morten. Il a du mal à respirer. » Il avait l'air inquiet. C'était comme si son visage rond et jovial s'était affaissé.

« C'est grave ? demanda Carl.

– Le médecin dit qu'il faut l'hospitaliser au Rigshospital et le garder en observation pendant deux jours, le temps de faire des examens cardiaques et tout ça. Il craint aussi une pneumonie. Ce qui dans le cas d'Hardy pourrait être très mauvais. »

Carl hocha la tête. Évidemment qu'il fallait prendre toutes les précautions nécessaires.

Il caressa les cheveux de son ami.

« Merde alors, je suis désolé pour toi, Hardy. Pourquoi ne m'avez-vous pas réveillé ?

– C'est moi qui ai dit à Morten de ne pas le faire », murmurat-il, l'air triste. Plus triste encore que d'ordinaire. « Vous me laisserez revenir ici quand je sortirai, hein ?

– Bien entendu, vieux frère. Qu'est-ce qu'on ferait ici sans toi ? »

Hardy sourit timidement. « Je ne suis pas certain que Jesper soit de ton avis. Je crois qu'il va être très content d'avoir le séjour pour lui quand il rentrera cet après-midi. »

Cet après-midi ! Zut, Carl avait oublié ça. Alors qu'il commençait tout juste à s'habituer au calme relatif de la maisonnée !

« Bon, en tout cas je ne serai pas là quand tu rentreras du boulot ce soir, Carl. Morten va me conduire à l'hôpital, je serai en bonnes mains. Qui sait ? Je reviendrai peut-être un de ces jours. » Il tenta de sourire, luttant pour reprendre son souffle. « Carl, il y a un truc qui me turlupine.

– Vas-y. Je t'écoute.

– Tu te souviens de cette affaire dont s'occupait Børge Bak à une époque ? Celle de la prostituée qu'on avait retrouvée sous le pont de Langebro ? Qui faisait penser à une noyade ou à un suicide mais qui n'était ni l'un ni l'autre ? »

Carl s'en souvenait parfaitement. Une femme noire. À peine dix-huit ans. Complètement nue à part un bracelet de cheville en cuivre tressé. Un détail sans importance puisque de nombreuses femmes africaines portent ce genre de bijoux. Ce qui avait retenu l'attention des enquêteurs, c'était les innombrables traces de piqûres qu'elle avait sur les avant-bras. Typique des prostituées toxicomanes, mais peu répandu parmi les Africaines qui racolaient dans le quartier de Vesterbro.

« Elle avait été tuée par son mac, si ma mémoire est bonne ? répondit Carl.

– Non, je crois que les types qui l'avaient vendue à son mac s'étaient débarrassés d'elle. »

Exact. Carl se rappelait l'affaire maintenant.

« Votre enquête sur les cadavres calcinés retrouvés dans les entreprises sinistrées me fait penser à cette affaire-là.

– Ah bon ? Tu penses au bracelet de cuivre qu'elle avait à la cheville ?

– Exactement. » Il cligna des yeux deux fois de suite, le code pour un hochement de tête. « La fille voulait arrêter, rentrer chez elle. Mais elle n'avait pas assez rapporté.

– Alors, ils l'ont tuée.

– Oui. Les prostituées africaines croient au vaudou, mais pas celle-ci, ce qui mettait tout le système en péril. Il fallait qu'elle disparaisse.

– Et ils lui ont mis la chevillère pour rappeler aux autres filles qu'on ne s'oppose pas impunément à ses maîtres et au vaudou. »

Hardy cligna deux fois des yeux à nouveau. « Oui. Quelqu'un avait emberlificoté des plumes et des cheveux et toutes sortes de bricoles dans le bracelet. Les autres Africaines n'ont eu aucun mal à saisir le message. »

Carl se gratta le menton. Hardy avait mis le point sur quelque chose, indéniablement.

Jacobsen regardait par la fenêtre, tournant le dos à Carl. Il faisait souvent ça quand il avait besoin de se concentrer. « Tu me dis que selon Hardy, les types trouvés morts sur les lieux des incendies étaient là pour recouvrir des créances. Tu penses qu'ils avaient pour fonction de suivre et de récupérer les traites de ces trois sociétés et qu'ils n'ont pas donné satisfaction à leurs employeurs ? Et comme l'argent ne rentrait pas comme il aurait dû, on les a tués ?

– C'est ça. Ils ont servi d'exemples vis-à-vis des autres recouvreurs de créances. Quant aux sociétés débitrices, elles ont remboursé ce qu'elles devaient avec l'argent de l'assurance. La ligue faisait d'une pierre deux coups.

– Si ces Serbes ont empoché l'argent de l'assurance, les sociétés sinistrées n'ont pas pu reconstruire leurs locaux ? dit Jacobsen.

– Exact. »

Le chef de la Crim' hocha la tête. Une explication simple à un problème simple. Assez radical, certes, mais les bandes organisées des pays de l'Est et de la région des Balkans n'étaient pas connues pour faire du sentiment.

« Tu sais quoi, Carl ? Je crois qu'on va continuer l'enquête sur ces bases-là. » Il fit une moue approbatrice. « Je vais tout de suite contacter Interpol. Ils nous aideront à faire parler les Serbes. Tu remercieras Hardy de ma part. Comment va-t-il au fait ? Il a trouvé ses marques chez toi ? »

Trouvé ses marques ? Ce n'était peut-être pas l'expression qui convenait le mieux.

« Ah oui, au fait, je voulais te prévenir. » Marcus Jacobsen arrêta Carl sur le pas de la porte de son bureau. « Vous allez avoir une visite de l'inspection du travail aujourd'hui.

– OK. Et comment se fait-il que tu sois au courant ? Je croyais que ces gens-là étaient supposés venir à l'improviste ? »

Le patron sourit. « On est de la police, quand même ! On est payé pour savoir des choses ! »

« Yrsa, tu vas devoir aller travailler au deuxième étage aujourd'hui ! » dit Carl en arrivant au sous-sol.

Pas de commentaire. Elle n'avait peut-être pas entendu. « Il fallait que je vous remercie pour le petit mot que vous avez laissé hier à l'appartement, Carl. De la part de Rose, je veux dire.

– Bon. Et qu'est-ce qu'elle a répondu ? Elle revient bientôt ?

– Je ne sais pas. Elle ne m'a rien dit. »

C'était une réponse.

Il allait devoir se contenter d'Yrsa.

« Tu sais où je peux trouver Assad ? lui demanda-t-il.

— Dans son bureau. Il téléphone à des rescapés de sectes. Moi, je m'occupe de contacter les organismes de soutien.

— Ils sont nombreux ?

— Non. Je vais bientôt devoir me rabattre sur les transfuges, comme Assad.

— Bonne idée. Comment faites-vous pour les retrouver ?

— En lisant de vieux articles dans la presse. Il y a de quoi faire.

— Quand tu monteras, tu emmèneras Assad avec toi. L'inspection du travail ne va pas tarder.

— Qui ça ?

— L'inspection du travail. Tu sais, le type qui est venu pour l'amiante. »

Elle n'eut pas l'air de comprendre.

« Ohé ! » Il claqua des doigts. « Tu es réveillée ?

— Ohé vous-même. Au risque de vous décevoir, je ne suis absolument pas au courant de cette histoire d'amiante. Vous ne me confondez pas avec Rose ? »

Ah bon ? C'était Rose ?

Nom de Dieu, il ne savait bientôt plus qui était qui ! Elles allaient le rendre fou.


Tryggve Holt appela Carl au moment où il s'apprêtait à poser une chaise au milieu de son bureau pour pouvoir grimper dessus et écraser la mouche la prochaine fois qu'elle se poserait dans son endroit favori, au centre du plafond.

« Alors, vous êtes satisfait du portrait-robot ? demanda-t-il.

— Oui. Nous oui. Mais c'est plutôt à vous qu'il faut demander ça. Il vous a paru ressemblant ?

— Oui. Mais ce n'est pas pour ça que je vous appelle. Il y a un policier danois qui me harcèle. Il s'appelle Pasgård. Je lui ai déjà raconté tout ce que je sais. Vous ne voudriez pas lui dire qu'il commence à m'énerver et que j'aimerais bien qu'il me foute la paix ? »

Rien ne pourrait me faire plus plaisir, pensa Carl.

« Est-ce que vous m'autorisez à vous poser encore deux ou trois questions, Tryggve ? Après je vous promets qu'on ne vous embêtera plus. »

Le garçon n'eut pas l'air emballé, mais il ne refusa pas non plus.

« Nous ne croyons pas que ce soient des éoliennes que vous avez entendues quand vous étiez enfermés dans ce hangar. Est-ce que vous pourriez nous décrire le bruit un peu plus précisément ?

— Comment voulez-vous que je le décrive ?

— Était-ce un son plutôt grave ?

— Je n'en sais rien. Qu'est-ce que vous entendez par là ? » Carl émit un bourdonnement sourd. « Aussi grave que ça ?

— Oui. À peu près, je crois.

— Pas très grave, alors.

— OK, si vous voulez. Moi, je l'ai trouvé grave en tout cas.

— Est-ce qu'il avait une tonalité métallique ?

— Comment ça, métallique ?

— Le son était-il doux ou plutôt tranchant ?

— Je ne me souviens pas. Peut-être un peu tranchant.

— Est-ce que ç'aurait pu être un bruit de moteur ?

— C'est possible. Mais il a tourné en continu pendant plusieurs jours.

— Et il n'a pas faibli pendant la tempête ?

— Si, un peu, mais pas beaucoup. Écoutez, j'ai déjà dit tout cela à votre collègue Pasgård. Enfin presque. Vous ne pourriez pas aller lui poser la question à lui ? Ça me fait beaucoup de mal de me replonger dans ces souvenirs. »

Allez voir un psy, pensa Carl, mais il dit : « Je comprends, Tryggve. Ça ne doit pas être facile pour vous.

– Il y a une autre raison à mon appel. Mon père est à Copenhague aujourd'hui.

– Vraiment ? » dit Carl en attrapant son bloc-notes et son stylo. « Où ça ?

– Il est en rendez-vous au siège des Témoins de Jéhovah à Holbæk. Je crois qu'il est allé leur demander de le muter ailleurs. Vous lui avez fait peur. Il ne supporte pas qu'on fouille dans cette vieille affaire. »

J'en connais un autre ! songea Carl. « Je comprends. Mais en quoi les Témoins de Jéhovah au Danemark peuvent-ils l'aider ? demanda-t-il.

– Eh bien, ils peuvent l'envoyer au Groenland ou aux îles Féroé par exemple. »

Carl fonça les sourcils. « Comment savez-vous tout cela, au fait ? Vous vous êtes réconcilié avec votre père, Tryggve ?

– Non. C'est mon petit frère Henrik qui me l'a dit. Et je vous demande de ne le répéter à personne, parce qu'il risque de gros ennuis. »

Carl raccrocha et fixa l'horloge murale pendant quelques instants. Dans une heure et vingt minutes, Mona serait là avec son super-psychologue-ultra-clairvoyant. Pourquoi tenait-elle à lui infliger ce calvaire ? Est-ce qu'elle espérait qu'il allait sauter en l'air comme un lapin de six semaines en criant : Alléluia, je n'ai plus de sueurs froides en pensant à mon vieux coéquipier qui se fait tirer dessus sous mes yeux pendant que moi, je ne lève pas le petit doigt pour lui venir en aide !

Si Mona n'avait pas été là, il y a longtemps que je lui aurais ôté l'envie de poser des questions indiscrètes, à ce pseudo-psychiatre de mes deux, songea Carl.

On frappa à la porte de son bureau quelques coups discrets. C'était Laursen avec à la main une petite pochette en plastique.

« Du cèdre », dit-il en jetant sur la table le sachet contenant l'écharde retrouvée sur la lettre de Poul Holt. « Tu dois te mettre en quête d'un hangar à bateaux construit en bois de cèdre. Combien crois-tu qu'il y ait de constructions de ce genre dans le nord du Sealand, datant d'avant l'époque de cet enlèvement ? Pas beaucoup, tu peux me croire ! En ce temps-là tout le monde utilisait du pin traité à cœur. C'était bien avant que Silvan et les autres constructeurs bois qui ont envahi le marché n'expliquent à nos compatriotes qu'il fallait *absolument* utiliser des essences nobles. »

Carl baissa les yeux vers le minuscule éclat de bois. Du cèdre !?

« Qu'est-ce qui te fait croire que le morceau que Poul Holt a utilisé pour écrire sa lettre vient nécessairement du hangar ?

– Rien. Mais c'est une possibilité. Je trouve que tu devrais interroger les marchands de bois du secteur.

– C'est du bon boulot, Tomas. Mais la maison et le hangar sont peut-être là depuis une centaine d'années, voire plus. Tu sais bien qu'au Danemark, on n'est tenu de conserver les livres comptables que pendant cinq ans. À mon avis, pas un constructeur ou marchand de bois ne sera capable de se rappeler avoir vendu du bois à un particulier, dix années en arrière, en quantité somme toute assez réduite. Et encore moins si ça remonte à vingt ans. C'est le genre de choses qu'on ne voit que dans les films. Jamais dans la vraie vie.

– Je me suis donné du mal pour rien, alors », dit Tomas Laursen en souriant.

Comme s'il ne savait pas que son ancien collègue avait déjà la tête au court-bouillon. Comment allait-il exploiter cette information ? Comment ?

« Au fait, pour info, ils sont excités comme des puces là-haut au département A, poursuivit Laursen.

– Pourquoi ?

– Ils ont réussi à faire craquer le propriétaire de l'une des entreprises qui ont brûlé. Ils l'interrogent en ce moment au deuxième étage et il est mort de trouille. Il croit que ceux qui lui ont prêté de l'argent vont le tuer s'il parle. »

Carl rumina la nouvelle quelques secondes : « Je pense qu'il a raison de s'inquiéter.

– À part ça, tu ne vas pas me voir pendant quelques jours. Je m'en vais faire un stage.

– Ah bon ? Tu vas faire une formation en restauration d'entreprise ? »

Carl rit un peu trop fort à sa propre plaisanterie.

« Exactement. Comment as-tu deviné ? »

Carl remarqua à cet instant le regard de Laursen. Un regard qu'il lui avait déjà vu sur les scènes de crime, quand ça grouillait encore de combinaisons blanches autour de lui.

L'expression douloureuse que son ancien collègue avait remisée depuis longtemps était tout à coup revenue.

« Qu'est-ce qui t'arrive, Tomas. Ils t'ont viré ? »

Il hocha rapidement la tête. « Mais pas pour les raisons que tu crois. La cantine ne marche pas. Il y a huit cents personnes qui travaillent dans le bâtiment et personne ne semble avoir envie de venir manger à la cantine. Alors on va fermer. »

Carl fronça les sourcils. Il n'avait jamais fait partie des piliers de la cantine à qui on donnait une tranche de citron supplémentaire sur son poisson pané pour le remercier de sa fidélité, mais quand même. S'ils fermaient le mess, la gargote, le restau du personnel, le réfectoire, la cantine, enfin quel que soit le nom pour désigner le fatras de tables bancales dans la salle aménagée sous les combles du bâtiment où il était pratiquement impossible de ne pas se cogner la tête, c'était la fin des haricots.

« Ils ferment ? s'exclama-t-il.

– Ouais. Mais le patron veut quand même qu'il y ait une cantine dans l'établissement, et du coup l'exploitation du local fait l'objet d'un appel d'offres. Lone et les autres, moi y compris, allons devoir rester pour faire des sandwichs en attendant qu'un salopard quelconque nous mette au chômage au nom du néolibéralisme. À moins qu'il ne nous garde pour découper de la salade à longueur de journée.

– Donc tu as décidé de partir de ton plein gré ? »

Tomas Laursen s'efforça de plaquer un sourire sur son visage de gros dur. « Partir, tu rigoles ? Non, j'ai demandé à être envoyé en formation pour répondre moi-même à l'appel d'offres. Et je les emmerde. »

Carl raccompagna Laursen dans l'escalier. Au deuxième étage il tomba sur Yrsa, en grande conversation avec Lis sur les charmes comparés de George Clooney et de Johnny Depp. C'était qui ces types d'abord ?

« Ça bosse dur, dites donc », grogna-t-il en passant. Puis il croisa Pasgård en plein sprint entre la machine à café et son bureau.

Il lui emboîta le pas. « Beau travail, Pasgård ! le complimenta-t-il. Je t'annonce que tu es maintenant relevé de tes fonctions au sein du département V. »

L'homme lui jeta un regard incrédule. Il s'imaginait peut-être que tout le monde était aussi prompt à la plaisanterie que lui.

« J'ai juste un dernier truc à te demander avant que tu retournes tirer des sonnettes à Sundby avec ton copain Jørgen. Sois gentil de convoquer le père de Poul Holt à l'hôtel de police pour interrogatoire. Martin Holt devrait se trouver actuellement au siège national des Témoins de Jéhovah à Holbæk. C'est au 28 de la Stenhusvej, au cas où tu l'ignorerais. » Il regarda sa montre. « J'aimerais l'interroger dans deux heures. Il va sans doute se rebiffer un peu, mais il faudra bien qu'il s'exécute. Il est tout de même témoin principal dans une affaire de meurtre. »

Sur ce, Carl s'en alla. Il entendait d'ici les cris d'orfraie qu'on allait pousser au commissariat de Holbæk. Pénétrer au siège des Témoins de Jéhovah ! Dieu du ciel ! Mais Martin Holt viendrait sans faire d'histoires. De deux maux il choisirait le moindre. Il n'avait sûrement pas envie d'avouer aux membres de sa communauté qu'il leur avait menti à propos de l'excommunication de son fils.

Mentir à tous ceux qui ne faisaient pas partie de la secte, passe encore, mais mentir à ses frères était impardonnable.

Il trouva Assad installé à une table dans le couloir, devant la porte du grand patron. Un ordinateur minable, d'un modèle que Carl croyait mis au rebut depuis au moins cinq ans, ronronnait sur son bureau. En revanche, on l'avait équipé d'un téléphone portable assez récent pour qu'il puisse communiquer avec le reste du monde. On pouvait dire qu'il travaillait dans des conditions optimales.

« Tu as des touches, Assad ? »

Il leva une main en l'air. Apparemment il voulait finir d'écrire quelque chose et Carl l'avait interrompu. Il avait besoin de calme pour mettre ses pensées sur le papier avant qu'elles ne s'échappent. Carl avait le même problème.

« C'est bizarre, Chef. Chaque fois que je parle à une personne qui s'est évadée d'une secte, elle pense que je cherche à l'enrôler dans une autre. Vous croyez que c'est à cause de mon accent ?

– Tu as un accent, Assad ? Je n'avais pas remarqué. »

Son assistant leva sur lui un regard amusé. « Ha ha, vous me faites une blague, Chef. Mais vous ne m'avez pas eu ! » Il agita un index réprobateur. « On n'apprend pas à un vieux singe à faire des grimaces.

– Bref, tu n'as rien trouvé ? conclut Carl, déçu. Tu sais, Assad, peut-être que cela signifie simplement qu'il n'y a rien à trouver. Après tout, il n'est pas certain qu'il ait recommencé. »

Assad lui fit un grand sourire. « Et voilà, vous vous moquez de moi encore une fois. Bien sûr qu'il a recommencé. J'ai vu dans vos yeux que vous le saviez aussi bien que moi. »

Et il avait raison. Il n'y avait aucun doute sur ce point. Un million de couronnes représente beaucoup d'argent mais pas tant que ça, finalement. Pas quand on gagne sa vie de cette façon.

Bien sûr que l'assassin avait récidivé. Pourquoi s'en serait-il privé ?

« Tu n'as qu'à continuer, Assad. De toute façon, on n'a pas d'autre piste pour l'instant. »

Quand il repassa devant l'accueil, Lis et Yrsa étaient toujours en train de discuter du physique masculin idéal et il dut leur signaler sa présence en frappant discrètement sur le comptoir.

« Assad semble capable de s'en sortir tout seul avec les anciens membres de sectes, alors je vais te confier une nouvelle mission, Yrsa. Et si tu n'y arrives pas toute seule, je suis sûr que Lis sera ravie de te donner un coup de main. N'est-ce pas, ma belle ?

– Refuse, Lis », grogna Mme Sørensen dans son coin. « M. Mørck appartient à un autre département et ton contrat ne prévoit pas que tu travailles pour lui.

– Ça dépend », minauda Lis, en lui assenant le genre de regard qu'elle avait dû utiliser à outrance avec son nouveau mari pendant leur virée torride à travers les États-Unis.

Carl aurait voulu que Mona voie ce regard. Peut-être que cela l'inciterait à se battre un peu plus pour garder sa proie.

Par réflexe d'autodéfense, il braqua le sien sur les lèvres rouge carmin d'Yrsa.

« Yrsa. Tu vas essayer de me retrouver ce hangar à bateaux sur une photo aérienne. Je veux que tu épluches toutes les bases de données des cadastres de Frederikssund, Halsnæs, Roskilde et Lejre. Tu devrais pouvoir y avoir accès par Internet, et sinon, tu leur demanderas de te les communiquer par e-mail. Tu leur demanderas des photos des parcelles qui bordent les plages dans tout le secteur de Hornsherred, avec la meilleure définition possible. Et pendant que tu y es, demande-leur aussi des cartes topographiques indiquant l'emplacement de toutes les éoliennes.

– Je croyais qu'on avait dit qu'elles étaient arrêtées à cause de la tempête ?

– Et alors ? Ce n'est pas une raison pour ne pas savoir où elles sont !

– Bon, c'est un jeu d'enfants, ça, dit Lis. Elle va pouvoir se débrouiller toute seule. Alors moi, qu'est-ce que je peux faire pour toi ? »

Elle le fixait avec ce regard qui descendait tout droit dans son pantalon. Que voulait-elle qu'il réponde à une question aussi ambiguë ? Et devant tout le monde en plus ! Quelques réponses se bousculèrent dans sa tête. Il sélectionna la plus innocente.

« Euh. Tu pourrais demander aux services des permis de construire de ces mêmes communes s'ils ont donné un permis de travaux pour la construction d'un hangar à bateaux sur cette côte, avant 1996, et le cas échéant, d'où émanait la demande. »

Elle roula des hanches. « C'est tout ? Tu n'es pas très exigeant ! » dit-elle avant de tourner les talons pour se diriger vers le standard téléphonique, lui laissant admirer son très bel arrière-train moulé dans un jean.

Elle ne se laissait pas démonter, la bougresse.

## 34

La province du Helmand avait été l'enfer personnel de Kenneth. La poussière du désert, son cauchemar. Une fois en Irak et deux fois en Afghanistan. Il en avait plus qu'assez.

Ses camarades lui envoyaient tous les jours des messages sur sa boîte mail. Ils lui parlaient d'amitié, du bon temps passé ensemble, mais jamais de ce qui se passait vraiment là-bas. En fait chacun, individuellement, essayait de survivre. C'était la seule chose vraiment importante.

Pour lui, tout cela était terminé. Là-bas, il suffisait d'un tas de ferraille suspect au bord d'une route. Ou simplement de se trouver au mauvais endroit au mauvais moment. Les bombes tombaient n'importe où. Il fallait garder l'œil ouvert en permanence, et les jumelles à portée de main. Et surtout ne pas compter sur sa chance.

Et c'est pour cette raison qu'aujourd'hui il était là, dans sa petite maison de Roskilde, à tenter de calmer ses sens constamment en éveil, à essayer d'oublier et de continuer à vivre.

Il avait tué et il ne l'avait jamais dit à personne. C'était arrivé très vite et de façon inattendue. Les soldats de son unité n'avaient rien vu. Un mort à l'écart des autres morts. Son mort. Tué d'une balle dans la trachée. Très jeune. Les signes distinctifs des talibans, dont ils avaient appris à se méfier, se limitaient chez lui à un peu de duvet sur le menton et sur les joues.

Il n'avait raconté ça à personne. Pas même à Mia.

Ce n'est pas la première chose qui vous vient à l'esprit quand vous tombez fou amoureux d'une fille.

La première fois qu'il l'avait rencontrée, il savait qu'il serait prêt à lui donner sa vie si elle le lui demandait.

Elle l'avait regardé tout au fond des yeux quand il lui avait pris la main. Et c'était arrivé. Il l'avait aimée sur-le-champ, d'un amour inconditionnel. Toutes ses attentes et tous ses espoirs s'étaient libérés en sa présence. Ils s'étaient ouverts l'un à l'autre sans retenue et tous deux avaient su qu'ils se reverraient.

Elle avait tremblé en évoquant le retour de son mari. Elle aussi était prête à changer de vie.

Ils s'étaient vus samedi pour la dernière fois. Il était venu chez elle, ouvertement, et comme convenu il avait apporté un journal, qu'il tenait plié sous son bras.

Elle était seule mais bouleversée. Elle l'avait invité à entrer à contrecœur sans lui dire ce qui l'avait mise dans cet état. Il se dit qu'elle était inquiète à la perspective de ce qui allait inéluctablement se passer.

S'ils avaient eu quelques secondes de plus, il lui aurait demandé de le suivre. De prendre le strict minimum, d'attraper Benjamin et de s'enfuir avec lui, tout de suite.

Une fois arrivés chez lui, ils auraient eu tout le temps de dénouer ensemble les nœuds de leurs pauvres vies. Il était certain qu'elle aurait accepté si la voiture ne s'était pas engagée dans l'allée au même instant.

Au lieu de cela, il avait dû partir. Parce qu'elle le lui avait demandé. Par la porte de la cuisine. La queue entre les pattes, dans le noir, comme un chien qui a peur. Et sans son vélo.

Et depuis, le souvenir de ce moment ne l'avait pas lâché une seule seconde.

Trois jours s'étaient écoulés. On était mardi et depuis l'épisode du samedi, il était retourné plusieurs fois à la maison. Il savait qu'il risquait de tomber sur le mari de Mia. Il savait aussi que la rencontre pourrait mal se passer. Mais il y avait bien longtemps qu'il n'avait plus peur des autres. À présent il n'avait peur que de lui-même. Car il ne savait pas ce qu'il ferait à cet homme s'il s'avérait qu'il avait fait du mal à Mia.

Mais chaque fois qu'il y était allé, il avait trouvé la maison déserte. Et pourtant, il ne pouvait pas s'empêcher d'y retourner encore et encore. Un pressentiment, une certitude née de son instinct grandissait en lui. La même que celle qu'il avait eue quand son camarade de combat lui avait désigné une rue dans laquelle dix civils seraient tués quelques minutes plus tard. Il avait eu la conviction qu'il ne devait pas emprunter cette rue, et de la même manière il savait que cette maison renfermait de terribles secrets qui ne seraient jamais révélés s'il n'agissait pas.

Alors il restait debout devant cette porte et il appelait Mia. S'ils avaient eu l'intention de partir en vacances, elle le lui aurait dit. Si elle n'avait plus voulu de lui, son regard brillant de larmes se serait détourné.

Elle voulait partir avec lui, et maintenant elle avait disparu. Elle ne répondait même plus sur son portable. Au début, il avait pensé qu'elle ne décrochait pas parce que son mari était là. Ensuite, il s'était figuré que le mari avait confisqué le portable et qu'il connaissait son existence.

S'il connaît mon adresse, il n'a qu'à venir, se disait-il. Il trouvera à qui parler.

La veille, il avait pour la première fois eu l'intuition qu'il pouvait y avoir une troisième explication.

À cause d'un bruit qui l'avait surpris. Et c'était justement ce genre de bruits surprenants qu'on avait entraîné le soldat qu'il était à entendre. Ces bruits à peine perceptibles qui peuvent faire la différence en une seconde. Ces bruits qui peuvent conduire à une mort certaine quand on ne les entend pas.

Et ce qu'il avait perçu alors qu'il se tenait devant la porte de la maison de Mia et qu'il essayait une fois de plus de la joindre sur son mobile était de ces bruits-là.

En tendant l'oreille, il avait entendu une sonnerie très faible, venant de quelque part derrière les murs.

Il avait raccroché et écouté à nouveau. La sonnerie s'était arrêtée.

Il avait composé le numéro à nouveau. Et le bruit était revenu. Le téléphone qu'il venait d'appeler sonnait là-haut dans une pièce sous la fenêtre du toit.

Il avait réfléchi.

Elle pouvait l'avoir laissé là volontairement, bien sûr. Mais c'était peu probable.

Elle en parlait comme de sa *ligne de vie*, qui la reliait au monde. Et on ne lâche pas une ligne de vie comme ça quand on tient à l'existence.

Et il savait de quoi il parlait.

Il y était retourné une dernière fois, et cette fois encore, il avait entendu sonner le portable sous le Velux qui se trouvait dans l'axe de la porte d'entrée. Rien d'autre, seulement cette sonnerie. Alors pourquoi avait-il toujours le pressentiment que quelque chose clochait ?

Était-ce le chien de chasse en lui qui flairait le danger ? Était-ce le soldat ? Ou bien simplement l'amoureux qui, aveuglé par ses sentiments, refusait d'admettre qu'il n'avait été qu'une parenthèse dans la vie de la jeune femme ?

Et malgré toutes ces questions, malgré toutes les réponses possibles, le mauvais pressentiment était toujours là.

Derrière les rideaux de la maison voisine, un couple de personnes âgées le surveillait. Dès qu'il appelait Mia, ils se mettaient à leur fenêtre. Il décida d'aller leur demander s'ils avaient vu quelque chose.

Ils mirent un certain temps avant d'ouvrir la porte. Ils n'avaient pas l'air très contents de le voir.

La femme lui demanda pourquoi il ne laissait pas cette famille tranquille.

Il se força à sourire et leur fit voir comme ses mains tremblaient. Il n'hésita pas à leur montrer combien il avait peur et à quel point il avait besoin de leur aide.

Ils lui dirent que l'homme était rentré chez lui à plusieurs reprises au cours de ces derniers jours, car ils avaient vu sa Mercedes garée devant la maison. Mais il y avait un certain temps qu'ils n'avaient pas vu la femme et l'enfant.

Il les remercia et leur demanda de jeter un coup d'œil à ce qui se passait en face. Avant de partir, il leur donna son numéro de téléphone.

Quand ils claquèrent la porte, il sut qu'ils ne s'en serviraient pas. Après tout, elle n'était pas sa femme.

Il composa une dernière fois le numéro de Mia et une dernière fois, il entendit sonner là-haut.

Mia, où es-tu ? se demanda-t-il au comble du désarroi.

À partir d'aujourd'hui, je passerai devant cette maison plusieurs fois par jour, se promit-il.

S'il ne se produisait aucun événement susceptible de le rassurer, il irait voir la police.

Il savait qu'il n'avait rien de concret à leur dire.

Mais que pouvait-il faire d'autre ?

## 35

Un pas élastique. Des rides viriles placées au bon endroit. Des vêtements ostensiblement coûteux.

Une habile combinaison de tout ce qui donnait à Carl l'impression de ressembler à un résidu de fond de poubelle.

« Je te présente Kris », dit Mona en répondant un peu trop furtivement au baiser de Carl. « Kris et moi étions ensemble au Darfour. Kris est un spécialiste des traumatismes de guerre et fait quasiment partie à plein temps de Médecins sans frontières, n'est-ce pas Kris ? »

Elle avait dit « étions ensemble » et pas « travaillions ensemble ». Pas besoin d'être psychologue pour savoir ce que cela signifiait. Il haïssait d'ores et déjà ce fat qui puait la cocotte.

« Je suis déjà bien informé de votre problème », dit l'imbécile en dévoilant une rangée de dents un peu trop régulières et un peu trop blanches. « Mona a obtenu l'aval de sa hiérarchie pour me transmettre votre dossier. »

L'aval de sa hiérarchie, quelle connerie, songea Carl. Et à moi, on ne me demande pas mon avis ?

« Vous êtes d'accord, j'espère ? »

Ah, quand même, ce n'était pas trop tôt ! La gravure de mode se tourna vers Mona qui lui fit un sourire adorable. Merde, alors.

« Mais certainement, répondit Carl. Je ne doute pas que Mona prenne en toutes circonstances les meilleures décisions pour le bien de chacun. »

Il décocha un grand sourire à l'importun, pendant que Mona avait encore les yeux sur lui. Timing parfait.

« On m'a accordé trente heures de consultation pour vous remettre en selle. Votre patron semble dire que vous êtes une pointure. » Il rit. Encore un qui devait être trop payé.

« Trente heures, dites-vous ? » Cet ahuri s'imaginait vraiment qu'il allait passer plus d'une journée, en tout, en sa compagnie ? Il devait être tombé sur la tête !

« Cela dépendra bien sûr de la gravité de votre état. Mais dans la majorité des cas, trente heures suffisent pour arriver à un résultat. »

Ben voyons ! Même pas en rêve !

Ils s'assirent tous les deux face à lui. Mona lui fit un sourire totalement désarmant.

« Que ressentez-vous quand vous pensez à Anker Høyer, Hardy Henningsen et vous-même dans cette maison où on vous a tiré dessus à Amager ? » demanda le psychologue.

Carl eut des frissons glacés dans le dos. Ce qu'il ressentait ?

État de transe. Des images qui défilent au ralenti. Les bras tétanisés.

« Ça fait un bail que c'est arrivé », répondit-il.

Le beau Kris hocha la tête et lui donna un aperçu du sourire qui lui avait valu ses jolies rides. « Toujours sur la défensive, Carl ? On m'avait prévenu. Je voulais juste m'en assurer par moi-même. »

Non mais je rêve, se dit Carl. Ce type veut jouer ? On va se marrer !

« Saviez-vous que l'épouse d'Hardy Henningsen a demandé le divorce ?

– Non. Hardy ne m'en a rien dit.

– D'après ce qu'on raconte, elle aurait un faible pour vous. Mais vous auriez repoussé ses avances. Vous seriez allé lui rendre visite pour lui apporter votre soutien, selon ses propres dires. Voilà qui révèle une facette de votre personnalité qui ne va pas avec le personnage de dur à cuire que vous affichez volontiers. Qu'en pensez-vous ? »

Carl fronça les sourcils. « Qu'est-ce que Minna Henningsen vient faire là-dedans ? De quel droit est-ce que vous allez interroger mes amis derrière mon dos ? Je n'aime pas ça du tout, vous savez ? »

L'homme se tourna vers Mona. « Tu vois. Il réagit exactement comme j'avais prévu. » Ils échangèrent un sourire entendu.

S'il disait encore un mot de travers, il allait lui enrouler la langue trois ou quatre fois autour du cou. Ce serait du meilleur effet à côté de la chaîne en or qui pendait dans le col en V de son pull-over.

« En ce moment vous avez très envie de me taper dessus, Carl, n'est-ce pas ? Vous voudriez m'administrer quelques solides coups de poing dans la figure et m'envoyer au diable ? Je le lis sur votre visage. » Il le regarda avec une telle intensité que Carl eut l'impression de se noyer dans tout ce bleu.

Puis l'expression du psychologue changea. Il devint grave. « Calmez-vous, Carl. Je suis de votre côté, et je sais à quel point vous vous sentez mal. » Il leva une main comme pour l'arrêter net. « Et accessoirement, vous n'avez rien à craindre. S'il y a quelqu'un dans cette pièce que j'aurais éventuellement envie de baiser, c'est vous et pas Mona. »

Carl en resta bouche bée.

Il était certes rassuré de connaître les préférences de ce connard, mais jusqu'à un certain point tout de même.

Ils prirent congé après avoir mis en place un calendrier de rendez-vous, et Mona vint près de lui, si près qu'il sentit ses genoux se transformer en gelée.

« On se voit chez moi, ce soir ? Je t'attends à dix heures, d'accord ? Tu vas pouvoir t'échapper ou tu dois rester chez toi à t'occuper de tes garçons ? » lui murmura-t-elle à l'oreille.

Carl n'eut aucun mal à substituer le corps nu de Mona à la mine récalcitrante de Jesper.

Il n'avait jamais eu de choix plus facile à faire de toute sa vie.

« Ah, je pensais bien que j'allais encore trouver du monde au sous-sol », dit le rond-de-cuir, en tendant à Carl sa minuscule main de gratte-papier. « John Studsgaard. Inspection du travail. »

Est-ce que ce type le prenait pour un débile ? Il était déjà venu il y avait à peine une semaine.

« Carl Mørck, vice-commissaire de police, département V, pour vous servir ! Que puis-je faire pour vous être agréable, monsieur Studsgaard ?

— Eh bien, il y a le problème de l'amiante, bien sûr », dit l'autre en désignant la cloison provisoire au fond du couloir. « Et puis il y a le fait que ces locaux ne sont pas adaptés et ne peuvent en aucun cas être considérés comme un lieu de travail acceptable pour un fonctionnaire de police. Et voilà que je vous trouve ici à nouveau !

— Écoutez, Studsgaard, parlons peu mais parlons bien. Depuis votre dernière visite, il y a eu dix fusillades dans les rues de Copenhague. Deux morts. Le commerce du haschisch a littéralement explosé. Le ministère de l'Intérieur a détaché deux cents policiers que nous n'avons pas. Deux mille personnes ont perdu leur emploi, le fisc continue à tondre les plus démunis, des instituteurs se sont fait tabasser par leurs élèves, de jeunes soldats ont été massacrés en Afghanistan, des gens ont dû quitter leurs maisons, vendues par adjudication, les pensions de retraite ne valent plus un clou, les banques font faillite lorsqu'elles n'escroquent pas leurs clients. Pendant ce temps-là, le Premier ministre est en train d'essayer de se trouver un autre job tout en bouffant tranquillement aux frais du contribuable. Comment pouvez-vous vous préoccuper de savoir si je travaille ici ou cent mètres plus loin, dans un autre sous-sol où n'importe quelle activité est permise ? » Il prit une longue respiration et cria : « QU'EST-CE QUE ÇA PEUT VOUS FOUTRE du moment que je fais mon boulot ? »

Studsgaard l'avait laissé finir sa tirade, imperturbable. Il ouvrit son cartable dont il sortit une feuille de papier. « Je peux m'asseoir ici ? » demanda-t-il poliment en désignant l'une des deux chaises qui se trouvaient devant la table de travail de Carl. « Il faut que je fasse mon rapport », expliqua-t-il d'un ton sec. « Il est possible que tout aille de travers dans ce pays, mais heureusement il y a encore des gens qui marchent dans les clous. »

Carl soupira. Le gars n'avait pas complètement tort.

« OK, Studsgaard. Excusez-moi si je me suis un peu emporté. Je suis plutôt stressé en ce moment. Vous avez absolument raison, bien sûr. »

Le fonctionnaire leva les yeux.

« Je serais content de coopérer avec vous. Pouvez-vous me dire ce qu'il faut faire pour que ces locaux puissent recevoir un agrément de vos services ? »

L'homme posa son stylo. Il allait probablement se lancer dans un long discours, expliquer les raisons pour lesquelles ce n'était pas possible, attirant son attention sur l'incidence des mauvaises conditions de travail sur le trou de la sécurité sociale.

« C'est très simple. Il faut que votre patron en fasse la demande. Ensuite on vous enverra un inspecteur qui vous donnera ses instructions. »

Carl tombait des nues. Ce type était vraiment incroyable.

« Et vous pourriez m'aider à rédiger cette demande ? s'enquit Carl, avec plus d'humilité qu'il n'aurait voulu.

– Alors je vais devoir plonger à nouveau dans ce cartable », répondit l'inspecteur du travail.

Une seconde plus tard, il tendait à Carl le formulaire requis.

« Comment ça s'est passé avec l'inspection du travail, alors ? » s'enquit Assad.

Carl haussa les épaules. « J'ai passé un savon au type et il a fermé sa gueule. »

Un savon ? Assad était perplexe. Ce fonctionnaire lui avait pourtant semblé être d'une hygiène irréprochable la première fois.

« Et toi, Assad, où en es-tu ?

– Yrsa m'a donné les coordonnées d'un homme et j'ai appelé. C'était quelqu'un qui avait fait partie de l'Église du Christ. Vous en avez déjà entendu parler ? »

Carl secoua la tête. Le nom ne lui disait rien.

« Il faut dire qu'ils sont un peu bizarres. Ils croient que le Christ va revenir sur terre dans une soucoupe volante et qu'il va disperser sur terre d'autres formes de vie pour qu'elles se produisent.

– Se reproduisent, plutôt. C'est ça que tu veux dire, Assad ? »

Assad haussa les épaules. « Il m'a dit que de nombreux membres de la secte l'avaient quittée de leur plein gré l'année dernière et que ça avait fait des tas d'histoires. Mais à sa connaissance personne n'avait été banni. Après il m'a dit qu'il avait entendu parler d'un couple, qui fait encore partie de cette secte aujourd'hui, et dont l'enfant avait été excommunié. D'après lui, c'était il y a cinq ou six ans.

– Et en quoi cette information est-elle intéressante ?

– Le gosse n'avait que quatorze ans. »

Carl pensa à son beau-fils. Il savait déjà ce qu'il voulait à cet âge-là.

« OK, admettons que ce garçon ait été un peu jeune pour se révolter, Assad. Mais je vois bien à ta figure qu'il y a autre chose qui te travaille.

– Je ne sais pas, Chef. C'est juste une sensation ici », dit-il en tapotant son ventre rebondi. « Vous savez qu'en dehors des Témoins de Jéhovah, aucune secte danoise ne pratique l'excommunication ? »

Carl haussa les épaules. Excommunié ou simplement exclu, il ne voyait pas la différence. Il connaissait une personne, dans la ville d'où il venait, qui n'était pas du tout la bienvenue dans sa famille, composée de membres fervents de la Mission intérieure. Comment appelait-on ça ?

« Mais certains se font virer quand même, d'une façon ou d'une autre, dit Carl. Officiellement ou officieusement.

– Officieusement. C'est ça. » Assad leva l'index en l'air. « Il faut savoir que l'Église du Christ est une secte de fanatiques. Ils menacent leurs membres de toutes sortes de châtiments plus terribles les uns que les autres, mais jamais d'excommunication.

– Et alors ?

– Et alors, ce sont les parents eux-mêmes qui ont exclu leur enfant, d'après l'homme à qui j'ai parlé. La communauté a eu beau le leur reprocher, ils s'en fichaient. »

Assad et Carl échangèrent un regard. Carl commençait à avoir la même sensation dans le ventre qu'Assad.

« Tu as l'adresse de ce couple, Assad ?

– Oui. Mais ils n'habitent plus là. C'est une ancienne adresse, alors. Lis est en train de chercher la nouvelle. »

À deux heures moins le quart, le poste de garde appela Carl dans son bureau. À sa requête, le commissariat de Holbæk venait d'amener un homme pour interrogatoire, et maintenant ils voulaient savoir ce qu'ils devaient en faire. Il s'agissait du père de Poul Holt.

« Demandez-leur de me l'amener au sous-sol mais dites-leur de faire attention qu'il ne s'échappe pas. »

Cinq longues minutes plus tard, deux jeunes policiers légèrement ahuris se pointaient avec le témoin à la porte de son bureau.

« Ben dites donc, c'est pas facile de vous trouver, vous, alors », dit l'un des deux avec un accent qui sentait le Jutland occidental à plein nez.

Carl les remercia d'un signe de tête et invita Martin Holt à s'asseoir. « Je vous en prie », dit-il en désignant une chaise en face de lui.

Il leva à nouveau la tête vers les agents. « Si vous traversez le couloir, mon assistant va vous offrir une tasse de thé. Je vous déconseille de goûter son café. Je pense que vous feriez aussi bien d'attendre que j'aie fini et vous ramènerez M. Holt ensuite. »

Ni l'offre d'une tasse de thé ni la perspective d'attendre ne sembla déranger les deux jeunes recrues.

Le Martin Holt qu'il avait devant lui n'avait plus rien à voir avec celui qu'il avait rencontré sur le pas de sa porte à

Hallabro, il y avait quelques jours. La dernière fois, il était agressif. Cette fois, il avait plutôt l'air secoué.

« Comment avez-vous su que j'étais au Danemark ? » fut sa première question. « Vous me surveillez ?

— Écoutez, monsieur Holt. Je peux m'imaginer ce que vous et votre famille avez vécu depuis treize ans. Je veux que vous sachiez que mes collaborateurs et moi-même sommes infiniment désolés pour vous et vos enfants. Nous ne voulons vous faire aucun tort. Vous avez bien assez de problèmes comme ça. Mais vous devez savoir aussi que nous ne reculerons devant aucun moyen pour trouver l'assassin de Poul.

— Poul n'est pas mort. Il est quelque part aux États-Unis, je vous l'ai déjà dit. »

Si cet homme avait su combien de détails chez lui révélaient qu'il mentait, il se serait tu. Ses mains crispées. Le tic nerveux qu'il avait au coin de l'œil. La petite hésitation qu'il avait eue avant de prononcer le mot États-Unis. Tout cela, et cinq ou six autres choses, auxquelles des années de travail avec une catégorie de la population danoise pour qui la vérité n'est pas un choix naturel avaient rendu Carl particulièrement sensible.

« Vous est-il déjà venu à l'idée que d'autres que vous puissent être dans la même situation ? lui demanda Carl. Que le meurtrier de Poul est toujours en liberté et qu'il a pu tuer des enfants, avant et après avoir tué le vôtre ?

— Je vous ai dit et répété que Poul est en Amérique. Si j'étais en contact avec lui, je vous donnerais son adresse. Est-ce que je peux m'en aller maintenant ?

— Écoutez, monsieur Holt. On va essayer d'oublier ce qui se passe à l'extérieur de ce bureau. Je sais que vous avez certains dogmes et certaines règles, mais je sais aussi que si vous pouviez vous débarrasser de moi une bonne fois pour toutes, vous n'hésiteriez pas une seconde. Je me trompe ?

– Vous pouvez appeler les deux policiers qui sont là pour me raccompagner. Il s'agit d'un terrible malentendu, ainsi que j'ai déjà essayé de vous le faire comprendre à Hallabro. »

Carl hocha la tête. L'homme avait peur. Treize ans de terreur l'avaient rendu imperméable à tout ce qui pouvait mettre en danger la bulle dans laquelle il se cachait avec ce qui restait de sa famille.

« Nous avons parlé avec Tryggve », annonça Carl, en poussant le portrait-robot vers Martin Holt. « Comme vous voyez, nous avons pu établir le portrait-robot du criminel. J'aimerais beaucoup que vous nous donniez votre version des faits. Peut-être nous permettra-t-elle de continuer à avancer dans notre enquête. Nous savons que cet homme vous menace. » Il posa si violemment le bout de son index sur le dessin que l'homme sursauta. « Je peux vous promettre que personne en dehors de nous ne sait que nous le poursuivons. Vous n'avez pas de raison d'avoir peur. »

Il s'arracha à la contemplation du dessin et braqua les yeux sur Carl. D'une voix tremblante, il lui dit : « Comment voulez-vous que j'explique aux frères directeurs chez les Témoins de Jéhovah pourquoi je suis parti de chez eux entre deux agents ? Et vous osez m'affirmer que personne n'est au courant ? On ne peut pourtant pas dire que vous soyez très discrets.

– Ne vous en prenez qu'à vous-même. Si vous m'aviez laissé entrer chez vous à Hallabro, nous n'aurions pas été obligés d'aller vous chercher. J'avais fait ce long voyage pour vous demander votre aide. Je veux retrouver l'assassin de Poul, vous comprenez ? »

Les épaules de Martin Holt s'affaissèrent et ses yeux revinrent sur le portrait. « C'est assez ressemblant, dit-il. Mais ses yeux étaient plus clairs. Je ne vous dirai rien de plus. »

Carl se leva. « Venez avec moi, je vais vous montrer quelque chose. »

Ils sortirent de son bureau. De grands éclats de rire sortaient du cagibi d'Assad. Carl reconnut le rire tonitruant, particulier aux habitants du Jutland occidental, prévu pour dominer le bruit du moteur diesel sur un chalutier en pleine tempête. Assad avait décidément du talent pour amuser n'importe quel auditoire. Tant mieux. Carl pouvait prendre son temps.

« Regardez combien d'affaires non résolues nous avons ici », dit-il à Martin Holt en lui montrant le système de classement d'Assad sur le mur. « Chacun de ces dossiers représente un épisode terrible dans la vie de quelqu'un, et le chagrin que ces personnes ont ressenti est probablement très proche du vôtre. »

Il se tourna vers son interlocuteur, mais son visage était de marbre. Ces histoires n'étaient pas la sienne et ces gens n'étaient pas ses frères. Il était tellement étranger à tout ce qui pouvait se passer en dehors du cercle des Témoins de Jéhovah que pour lui cela n'existait pas.

« Nous aurions pu travailler sur n'importe laquelle de ces vieilles affaires, vous comprenez ? Mais nous avons choisi de nous occuper de l'enlèvement de votre fils. Et maintenant, je vais vous montrer pourquoi. »

L'homme suivit Carl à contrecœur sur les derniers mètres. Tel un condamné marchant vers l'échafaud.

Carl pointa le doigt vers le travail d'Assad et de Rose, l'immense copie de la lettre trouvée dans une bouteille à la mer. « Pour ça ! » dit-il, laconique, avant de faire deux pas en arrière dans l'étroit couloir.

Martin Holt mit longtemps à déchiffrer la lettre de son fils. Ses yeux glissaient si lentement sur les lignes qu'on pouvait suivre sa lecture. Et quand il fut arrivé au bout, il reprit depuis le début. Sa carapace se craquelait. Il était un homme de principes mais surtout un père qui avait essayé de toutes ses forces de protéger, par ses mensonges et ses silences, les enfants qu'il avait encore.

Et maintenant, il laissait entrer en lui les mots de son fils mort. Et ces mots lui brisaient le cœur dans toute leur mala- dresse. Soudain, il fit un pas en arrière et vint s'appuyer contre le mur du couloir. Si le mur n'avait pas été là, il se serait écroulé. Car il venait d'entendre résonner la prière de son fils plus fort que les trompettes de Jéricho. Et lui, son propre père, n'avait pas été capable de l'aider.

Carl laissa Martin Holt tranquille pendant qu'il versait des larmes silencieuses. Au bout d'un moment, il s'avança et posa doucement la main sur la lettre de son enfant. Ses doigts tremblèrent en la touchant et très lentement, il refit le chemin à l'envers, mot après mot, aussi haut qu'il le put.

Sa tête s'inclina sur le côté. Et treize années de souffrance rompirent d'un seul coup les digues édifiées par sa volonté.

Carl le ramena dans son bureau, Martin Holt lui demanda un verre d'eau.

Et puis, il lui raconta tout ce qu'il savait.

## 36

« Et voilà, les troupes sont de nouveau rassemblées », claironna Yrsa dans le couloir, avant même d'avoir franchi la
porte du bureau de Carl. À en croire l'état de sa mise en
plis, elle avait dû descendre l'escalier quatre à quatre.

« Dites-moi que vous m'aimez, chantonna-t-elle en posant
une pile de photos aériennes sur la table avec un claquement
sec.

— Tu as trouvé la maison, Yrsa, alors ? s'écria Assad qui
arrivait ventre à terre de son placard à balais.

— Non. J'ai trouvé plusieurs endroits qui pourraient correspondre, mais pas de hangar à bateaux. J'ai classé les photos
dans l'ordre. Et si j'étais vous, j'irais voir de plus près celles
que j'ai mises sur le haut du tas. J'ai tracé un cercle autour
des maisons qui me paraissent les plus plausibles. »

Carl souleva les photos et les compta. Il y en avait quinze
et aucun hangar à bateaux. Merde alors.

Il contrôla les dates auxquelles elles avaient été prises. La
plupart des clichés dataient de juin 2005.

« Dis donc. Ces photos ont presque toutes été prises neuf
ans après la mort de Poul Holt, Yrsa. Le hangar a eu le temps
d'être abattu dix-sept fois entre-temps.

— Mais non, pas dix-sept fois ! s'exclama Assad. Ce n'est
pas possible, Chef !

– C'est une façon de parler, Assad. » Carl poussa un gros soupir. « Est-ce qu'il existe des photos plus anciennes que celles-là ? »

Yrsa cligna des yeux deux fois de suite. Peut-être cela signifiait-il un truc du genre : « Vous vous fichez de moi ? »

« Vous savez, monsieur l'inspecteur, dit-elle, si le hangar a été détruit entre-temps, ça ne nous avancera pas beaucoup.

– Si, Yrsa, car le meurtrier possède peut-être encore la maison, et dans ce cas, nous aurions une chance de le trouver là-bas, tu comprends ? » riposta Carl en parlant lentement et très distinctement. « Alors tu vas être gentille de remonter voir Lis, et de me trouver des photos plus anciennes, d'accord ?

– Des quinze parcelles qui sont là ?

– Non, Yrsa. Nous avons besoin de photos de toute la côte autour des fjords, et elles doivent être antérieures à 1996. Ce n'est pas très difficile à comprendre, si ? »

Elle tripota un peu sa mise en plis et elle fanfaronnait un peu moins que tout à l'heure en remontant l'escalier dans ses godillots de marche.

« Elle va faire la tête un moment, Chef ! » s'exclama Assad en secouant la main comme s'il s'était brûlé. « Vous avez vu comme elle était vexée de ne pas avoir pensé toute seule à cette histoire de date, alors ? »

Carl entendit un bourdonnement et vit la mouche se poser sur le plafond au-dessus de sa tête. Et voilà, c'était parti pour une nouvelle séance de provocation !

« Ne t'en fais pas, Assad. Elle va se calmer. »

Assad secoua la tête, désolé. « Vous savez, Chef, peu importe comment on s'assied sur le poteau de la clôture, on a mal au cul pareil en se relevant. »

Carl regarda son assistant, incrédule. Encore un dicton qu'il avait dû comprendre de travers.

« Explique-moi une chose, Assad. Pourquoi tes dictons ont-ils toujours un rapport avec le trou du cul ? »

Assad rigola. « Oh, j'en connais d'autres, Chef. Mais ils sont nettement moins bons. »

Je vois, se dit Carl. Si c'était ça l'humour syrien, ses zygomatiques allaient prendre du repos le jour où il aurait le malheur d'être invité là-bas.

« Qu'est-ce que Martin Holt vous a raconté, alors, Chef ? »

Carl prit son bloc. Il n'avait pas pris beaucoup de notes mais ce qu'il avait noté allait leur être utile.

« Contrairement à ce que je croyais, Martin Holt n'est pas un mauvais bougre, dit-il. Votre lettre géante dans le couloir l'a mis KO.

— Il a accepté de parler de Poul Holt, alors ?

— Oui. Il en a parlé non-stop pendant une demi-heure. Il avait du mal à retenir ses larmes. » Carl prit une cigarette dans sa poche de poitrine et la tripota un peu. « Incroyable à quel point ce type avait besoin de parler. Il n'avait pas prononcé le nom de son fils aîné depuis des années. Ça lui aurait fait trop mal.

— Et sur votre calepin, vous avez écrit quoi, Chef ? »

Carl alluma sa cigarette tout en pensant avec une bonne dose de sadisme à Jacobsen et à son sevrage de nicotine. À quoi bon se mettre dans tous ses états sous prétexte qu'il ne fallait pas être esclave de ses pulsions ? Carl avait choisi son esclavage.

« Il semblerait que le portrait-robot soit assez ressemblant, à part que dans son souvenir les yeux du kidnappeur étaient un peu moins rapprochés, sa moustache un peu plus petite et ses cheveux légèrement plus longs au-dessus des oreilles.

« – Il faut qu'on le fasse modifier, alors, Chef ? » demanda Assad tout en agitant la main pour dissiper la fumée.

Carl secoua la tête. La description de Tryggve avait autant de chances de correspondre à la réalité que celle de son père. Chaque individu a sa propre perception des choses.

« Le plus important dans le témoignage de Martin Holt est qu'il a pu nous expliquer la façon dont le kidnappeur récupère la rançon. Il attend tout simplement le long d'une voie ferrée qu'on lui jette l'argent par la fenêtre d'un train. Il allume une lanterne stroboscopique pour signaler sa présence, et…

– C'est quoi une lanterne stroboscopique ?

– Voyons… comment t'expliquer… » Carl inhala une grande bouffée de cigarette. « C'est une lumière qui clignote, comme dans une discothèque, tu vois ? Ça fait comme un flash.

– Ah oui, je vois », commenta Assad avec un sourire. « Et les gens ont l'air de danser comme dans un vieux film muet, alors ! »

Carl baissa les yeux sur la cigarette qu'il avait à la main. N'avait-elle pas un léger goût de sirop de sucre ?

« Holt m'a décrit le lieu exact où l'argent a changé de mains, poursuivit Carl. Ça s'est passé sur une départementale qui va de Slagelse à Sorø, à un endroit où elle passe juste à côté de la voie de chemin de fer. » Carl étala une carte devant lui. « Voilà, c'est là, entre Vedbysønder et Lindebjerg Lynge.

– L'endroit est bien choisi, alors. Tout près des rails et pas loin de la nationale pour s'échapper en vitesse. »

Carl examina de nouveau la carte. Assad avait raison. C'était l'emplacement idéal.

« Comment le meurtrier a-t-il fait venir le père de Poul, alors ? » se demanda Assad à voix haute.

Carl sortit son paquet de cigarettes et le regarda sous toutes les coutures. Le fond du paquet devait avoir trempé dans du miel.

« Il lui a fait prendre un train partant de Copenhague, à destination de Korsør, à une heure précise, en lui disant de guetter son signal. Il lui a demandé de s'asseoir dans un compartiment de première classe du côté gauche du train et lui a ordonné de jeter l'argent par la fenêtre au moment où il apercevrait le flash.

— Quand est-ce qu'il lui a dit que Poul avait été assassiné, alors ?

— Il a reçu un message sur sa boîte vocale lui indiquant l'endroit où il pouvait aller chercher ses enfants. Mais quand sa femme et lui sont arrivés sur place, ils n'ont trouvé que Tryggve, allongé dans un champ. Il était sans connaissance. Le salopard l'avait probablement endormi avec du chloroforme. C'est Tryggve qui a annoncé à ses parents que Poul avait été assassiné et qu'ils perdraient d'autres enfants s'ils parlaient à qui que ce soit de ce qui s'était passé. La terrible nouvelle de la mort de leur fils et l'état de choc de son frère Tryggve ont laissé une marque indélébile dans la mémoire de Martin Holt et de sa femme. »

Assad enfonça la tête dans ses épaules et fut pris d'une espèce de frisson. « Si c'était mes enfants, alors… » Il fit glisser l'index de sa main droite sur sa gorge d'un geste éloquent.

Et Carl ne doutait pas un instant qu'il le pensait vraiment. Il baissa les yeux sur son carnet. « Martin Holt m'a donné un dernier renseignement qui pourrait peut-être nous être utile.

— Lequel, Chef ?

— Sur son trousseau de clés, le kidnappeur avait une boule de bowling marquée d'un grand 1. »

Le téléphone sonna sur le bureau de Carl. C'était sûrement Mona qui l'appelait pour le remercier de s'être montré si conciliant avec son ami Kris.

« Allô, vice-commissaire Mørck ? Klaes Thomasen à l'appareil », dit la grosse voix rocailleuse très différente de celle de la douce Mona. « Je voulais juste vous dire que ma femme et moi avons profité du beau temps pour partir ce matin aux aurores et finir la balade. On ne voit pas grand-chose depuis le fjord, mais il y a plusieurs endroits sur la côte où la végétation est dense, et nous avons repéré sur la carte ceux qui nous paraissaient le plus susceptibles de dissimuler une construction du genre de celle que vous cherchez. »

Il allait encore une fois falloir compter sur le bon vieux facteur chance.

« Et tu as déjà une idée du secteur le plus probable ? s'enquit Carl en écrasant la cigarette imbibée de sirop dans un cendrier.

— Mouais. » Carl entendit un bruit de drisses claquant dans le vent. Thomasen devait encore être en salopette de voile sur son ponton. « Je pense que nous devrions nous concentrer sur Østskov à l'est, près de Sønderby, sur Bognæs et sur Nordskoven, plus au nord. Il y a plusieurs endroits où la forêt pousse jusqu'au bord de l'eau, mais, comme je te l'ai dit tout à l'heure, nous n'avons rien trouvé de vraiment concluant jusqu'à maintenant. J'irai questionner le garde forestier de Nordskoven plus tard dans la journée. On verra ce que ça donne. »

Carl nota les trois noms et remercia Klaes Thomasen. Il promit de passer le bonjour à ses anciens collègues. Il y avait un moment qu'ils avaient quitté l'hôtel de police, mais Carl n'était pas obligé de le lui dire. Sur ce, l'échange de politesses s'acheva.

« Niet », conclut Carl en se tournant vers Assad. « Thomasen ne nous apprend rien de nouveau. Mais il pense qu'on devrait aller faire un tour dans ces trois localités-là. » Il les situa sur la carte. « Attendons de voir si Yrsa nous apporte quelque chose d'un peu plus solide et on comparera ses données avec celles de Thomasen. En attendant, tu n'as qu'à continuer ce que tu étais en train de faire. »

Carl put s'offrir trois quarts d'heure de repos bien mérité, les pieds sur la table, avant qu'un chatouillis au sommet du nez ne le ramène à la réalité. Il secoua la tête, ouvrit les yeux et constata qu'il était devenu l'épicentre d'une tornade de mouches vertes et brillantes, tournoyant à la recherche d'une nourriture plus substantielle que la glu sucrée qui tapissait le fond de son paquet de cigarettes.

« Qu'est-ce que c'est que ce bordel ? » s'écria-t-il en se débattant dans tous les sens, ce qui eut pour effet d'envoyer deux ou trois de ces répugnants insectes à terre, les six pattes en l'air.

Il commençait à en avoir marre.

Il alla inspecter le contenu de sa corbeille à papier. Il y avait une éternité qu'il ne l'avait pas vidée, mais a priori elle ne contenait aucune matière organique susceptible d'attirer une mouche à viande digne de ce nom.

Carl jeta un coup d'œil dans le couloir. Il y en avait là aussi. Est-ce que par hasard l'une des préparations exotiques d'Assad avait repris vie ? Était-ce sa purée de sésame qui avait commencé à fermenter ? Ou ses épouvantables Turkish Delight parfumés à la rose qui avaient importé des œufs d'insectes autochtones ?

« Tu sais d'où viennent toutes ces mouches ? » lança-t-il à Assad avant même d'avoir pénétré dans la boîte à chaussures qui lui servait de bureau.

Il régnait dans la pièce une odeur puissante. Rien à voir avec le parfum sucré auquel il s'était désormais accoutumé. On aurait dit que son occupant avait joué avec un briquet Zippo.

Assad leva le bras pour l'interrompre. Il était en pleine conversation téléphonique. « Oui », répéta-t-il dans le combiné à plusieurs reprises. « Mais nous allons devoir venir vérifier sur place », ajouta-t-il d'une voix posée, avec une expression plus grave qu'à l'ordinaire. Il convint d'un rendez-vous et raccrocha.

« Je te demande si tu sais pourquoi il y a des mouches partout dans le sous-sol », réitéra Carl en désignant au hasard les trois spécimens en train de se promener tranquillement sur une belle affiche représentant des dromadaires marchant à la queue leu leu sur une étendue de sable sans fin.

« Chef, je crois que je nous ai trouvé une famille, alors. » Il avait l'air presque surpris de son succès. Comme quelqu'un qui tient à la main un billet de la loterie nationale et s'aperçoit que ses numéros correspondent au gros lot de dix millions de couronnes.

« Tu as trouvé quoi ?

– Une famille qui a été victime de notre kidnappeur, je crois.

– Est-ce que c'est celle de la Maison du Christ dont tu m'as déjà parlé ? »

Assad hocha la tête. « Oui. Lis a retrouvé leur trace. Ils ont changé de nom et d'adresse. Mais c'est bien eux, alors. Elle a vérifié leur état civil. Ils ont quatre enfants, et le plus jeune, Flemming, avait quatorze ans il y a cinq ans.

– Et tu leur as demandé où se trouve le garçon en ce moment ?

– Non, je me suis dit que ce ne serait pas très adroit, alors.

– Qu'est-ce que tu as voulu dire par : Nous allons devoir venir vérifier sur place ?

– En fait, j'ai dit à la femme que j'étais contrôleur fiscal et que nos services s'étonnaient que leur plus jeune fils, qui semblait être le seul à ne pas avoir émigré, n'ait pas fait sa propre déclaration de revenus alors qu'il a dix-huit ans révolus.

– Tu ne peux pas faire une chose pareille, Assad. Nous ne pouvons pas nous faire passer pour des agents du fisc. Et d'ailleurs, comment peux-tu être au courant pour cette déclaration ?

– Je ne suis au courant de rien. C'est juste une idée que j'ai lancée comme ça, alors. »

Il se toucha le bout du nez.

Carl secoua la tête, mais il était bien forcé d'admettre qu'Assad tenait le bon bout. Pour faire perdre leurs moyens aux gens qui n'avaient rien fait de mal, il n'y avait rien de tel que le Trésor public.

« Où et quand as-tu pris rendez-vous ?

– La femme a dit que son mari rentrait à quatre heures et demie, et ils habitent dans une ville qui s'appelle Tølløse. »

Carl consulta sa montre. « OK. Je t'accompagne. C'est du bon boulot, Assad. Vraiment. »

Carl se fendit d'un sourire qui dura environ un millième de seconde et montra à nouveau du doigt la surprise-partie qu'avaient organisée les mouches sur le poster. « Allez, Assad, avoue. Tu caches quelque chose ici qui fait croire à ces saletés qu'elles sont chez elles ? »

Assad fit un geste d'impuissance. « Je n'en sais rien, Chef. » Son regard se figea soudain. « Mais celui-là par contre, je sais d'où il vient ! » s'exclama-t-il en désignant un insecte insignifiant, beaucoup plus petit que les mouches vertes qui inquiétaient Carl. Une pauvre petite chose inconsciente qui passa de vie à trépas en se retrouvant brutalement coincée entre les deux mains noueuses et brunes de son assistant.

« *Got you !* » s'écria le petit homme d'un ton triomphant en essuyant ce qui restait de la mite sur la première feuille de son bloc-notes. « J'en ai trouvé plein là-dessus », se plaignit-il en montrant son tapis de prière. Dans la même seconde, il lut dans les yeux de Carl la condamnation dudit tapis et regretta sa dernière phrase.

« Mais il n'y en a presque plus, Chef. C'était le tapis de mon père et il y tenait beaucoup. Je l'ai secoué ce matin, vous savez, derrière la porte, là où il paraît qu'il y a de l'amiante. »

Carl retourna un coin du tapis de prière. Apparemment l'opération de sauvetage avait été entreprise in extremis. Il ne restait pratiquement plus que des franges.

Carl pensa soudain avec horreur aux archives entreposées au pays de l'amiante derrière la nouvelle cloison. Qui sait combien de criminels allaient échapper à leur châtiment si tout à coup les mites prenaient goût aux paperasses ?

« Tu l'as traité avec un produit ou quoi ? Je trouve qu'il y a une drôle d'odeur ici », demanda-t-il.

Assad sourit. « Avec du pétrole. Ça marche bien. »

L'odeur ne semblait pas le gêner. Peut-être parce qu'il avait grandi avec du pétrole sous les pieds ! D'ailleurs y avait-il du pétrole dans le sous-sol en Syrie ? Carl n'en savait fichtre rien.

Il poussa un soupir découragé et s'éloigna de la puanteur. Donc, départ pour Tølløse dans deux heures. Cela lui laissait un peu de temps pour résoudre le mystère des mouches.

Il s'arrêta un moment au milieu du couloir, attentif. Il entendit d'abord un bourdonnement sourd au-dessus des tuyaux qui sillonnaient le plafond. Il leva la tête et aperçut une fois encore sa mouche Alpha, marquée au blanco. Elle était décidément partout, celle-là.

« Qu'est-ce que vous fabriquez, Carl ? » croassa Yrsa dans son dos. « Venez avec moi. Je voudrais vous montrer quelque chose », commanda-t-elle, le tirant par le bras.

Elle déplaça un nombre incalculable de flacons de vernis à ongles, de pinces à cuticules, de bouteilles de dissolvant, de laque pour cheveux et autres produits à forte teneur en essence, qui vinrent embouteiller dangereusement le bord de sa table de travail.

« Voilà les photos aériennes que vous m'avez réclamées, et j'aime autant vous dire que vous m'avez fait perdre mon temps. » Elle haussa les sourcils, ce qui la fit ressembler comme deux gouttes d'eau à sa vieille tante Ada, la grincheuse. « La côte est exactement identique à ce qu'elle était sur la première série de clichés. »

Carl vit une autre mouche se glisser à travers la porte et monter directement vers le plafond où elle se mit à tourner en rond.

« Pareil pour les éoliennes. » Elle poussa de côté une tasse à café à moitié pleine, et pas très propre. « Si vous affirmez qu'un son en basse fréquence est audible dans un rayon de vingt kilomètres, on peut les oublier. » Elle désigna une série de croix tracées sur une carte.

Il comprit ce qu'elle voulait dire. C'était le pays des éoliennes. Il y en avait beaucoup trop pour qu'ils puissent affiner leur recherche à partir de ça.

Tout à coup, *sa* mouche, celle qu'il avait aspergée de correcteur, vint se poser sur le rebord de la tasse d'Yrsa. On pouvait dire qu'elle voyait du pays celle-là.

« Fiche-moi le camp », dit Yrsa. Et presque sans la regarder, elle propulsa la mouche au fond de la tasse d'une pichenette de ses ongles carmin. « Lis a passé des tas de coups de fil dans les services d'urbanisme des communes du secteur », poursuivit-elle, impassible. « Aucun permis de construire n'a été délivré pour la construction d'un hangar à bateaux dans la zone qui nous intéresse. Le bord du fjord est classé patrimoine naturel et tout ça. Vous voyez ce que je veux dire ?

– Lis est remontée combien de temps en arrière ? » demanda Carl en regardant *sa* mouche faire du dos crawlé dans le café.

Cette Yrsa était tout de même sacrément efficace. Lui qui avait passé toute la journée à...

« Jusqu'à la réforme du code de l'urbanisme en 1970. »

1970, ça faisait un bail. En tout cas, ce n'était plus la peine qu'il s'occupe de démarcher les négociants en bois de cèdre.

Il contempla avec un peu de tristesse l'agonie de la mouche mais se félicita que son problème soit résolu.

Soudain, Yrsa abattit la main sur l'une des vues aériennes. « À mon avis, c'est là qu'il faut chercher ! »

Elle avait tracé un cercle rouge autour d'un terrain au milieu de Nordskoven. La propriété s'appelait Vibegården. Il s'agissait d'une jolie maison bâtie non loin de la route qui traversait la forêt de part en part. Mais autant qu'il puisse en juger, il n'y avait aucun hangar à bateaux aux environs. Il est vrai qu'elle était très bien située, à proximité immédiate du lac et bien protégée des regards par de nombreuses haies vives.

« Je sais ce que vous pensez, Carl. Mais il peut très bien se trouver ici », répliqua-t-elle à la remarque qu'il n'avait pas exprimée. Elle martelait du doigt une zone d'un vert opaque située au fond du terrain.

« Putain, qu'est-ce qu'... » Autour d'eux plusieurs mouches s'étaient mises à virevolter, dérangées par le martèlement d'Yrsa sur la table.

Il donna à son tour un coup de poing sur la table, ce qui eut pour effet de rendre l'air mobile autour de leurs têtes.

« Qu'est-ce qui vous prend ? » s'écria Yrsa, surprise, en exterminant quelques mouches avec son tapis de souris.

Carl se pencha pour regarder sous la table. Il n'avait encore jamais eu l'occasion de voir une telle activité sur une aussi petite surface. S'il leur avait brusquement pris l'envie de créer un syndicat, elles auraient sans difficulté pu soulever la corbeille à papier métallique à partir de laquelle elles proliféraient.

« Qu'est-ce que tu as foutu dans cette poubelle, nom de Dieu ? demanda-t-il, effaré.

– Je n'en sais rien, je ne m'en sers jamais. C'est la corbeille de Rose. »

Bon. En tout cas, maintenant il savait qui ne faisait *pas* le ménage chez Rose et Yrsa, à supposer que quelqu'un le fasse.

Il regarda Yrsa qui écrasait des drosophiles à tour de bras avec un air concentré et une précision remarquable. Assad allait pouvoir remettre ses gants de caoutchouc et reprendre du service comme homme de ménage.

Deux minutes plus tard, il s'était effectivement mis à l'œuvre, un grand sac poubelle noir à la main, pour récupérer les cadavres et le contenu de la corbeille à papier.

« Dégueulasse », commenta Yrsa en voyant la purée de mouche qui lui collait encore aux doigts, et Carl avait tendance à être de son avis.

Elle prit une bouteille d'acétone sur sa table, imbiba un bout de coton et entreprit de se désinfecter les mains. Son bureau se mit à empester si fort qu'on se serait cru dans un chantier naval après un bombardement. Pourvu que l'inspection du travail ne décide pas de revenir ce jour-là.

C'est alors que Carl remarqua les ongles d'Yrsa. Le dissolvant avait accidentellement effacé le vernis rouge sang de son index et de son majeur.

Il resta cloué sur place. Assad, qui œuvrait sous la table dans l'enfer des mouches, réapparut et intercepta son regard.

Et ils la fixèrent tous deux avec des yeux ronds.

« Viens », dit Carl, traînant Assad dans le corridor, dès qu'il eut fini de nouer le sac poubelle.

« Tu as vu ce que j'ai vu ? »

Assad acquiesça avec une grimace qu'il aurait à la rigueur pu arborer lors d'une sévère crise d'acidité gastrique.

« En dessous du vernis, elle a les ongles tachés au marqueur noir, comme Rose. Ce sont les mêmes taches que celles de Rose quand elle a repassé la grande lettre au stylo-feutre, tu as remarqué ? »

Assad hocha la tête de nouveau.

Comment avaient-ils pu ne rien voir ?

Car à moins qu'une nouvelle mode consistant à se décorer les ongles au marqueur noir ait envahi le pays, il n'y avait aucun doute possible.

Yrsa et Rose étaient une seule et même personne.

## 37

« Regardez ce que je vous apporte », claironna Lis en tendant à Carl un énorme bouquet de roses enveloppé dans du
papier de cellophane.

Carl raccrocha le téléphone. Qu'est-ce que c'était que ça ?

« C'est une demande en mariage, Lis ? Je suis content que
tu aies enfin pris conscience de mes qualités. »

Elle lui fit un clin d'œil mutin. « Ce sont des fleurs qui
sont arrivées au département A. Mais Marcus pense qu'elles
vous reviennent. »

Carl fronça les sourcils. « Pourquoi ?

– Arrête, Carl ! Tu le sais très bien. »

Il haussa les épaules et secoua la tête.

« Ils ont retrouvé le dernier petit doigt, avec une rainure
sur l'os. Ils ont fouillé les lieux à nouveau et ils sont tombés
dessus dans un tas de cendres.

– Et du coup on nous offre des roses. Je ne vois pas le
rapport ! »

Carl se gratta la nuque.

« Mais non, les roses, ce n'est pas pour ça. Marcus t'expli-
quera lui-même. Mais, pour faire court : le bouquet a été
envoyé par Torben Christensen, le gars des assurances.
L'enquête a fait économiser un gros paquet de fric à sa compagnie. »

Elle pinça la joue de Carl comme si elle avait été un vieil oncle qui ne sait pas trop de quelle manière féliciter son neveu, et elle repartit d'un pas dansant.

Carl se pencha un peu sur son fauteuil pour suivre des yeux son cul magnifique, le plus longtemps possible.

« Qu'est-ce qui se passe ? » demanda Assad depuis la porte. « Vous savez qu'on part dans une minute, alors ? »

Carl acquiesça et tapa le numéro de poste du chef de la Crim'.

« Assad voudrait savoir pourquoi on nous a fait porter des roses », demanda-t-il quand Marcus Jacobsen décrocha.

Au bout du fil, une exclamation de joie lui répondit. « Ah ! C'est toi, Carl ! On vient d'interroger les propriétaires des trois sociétés sinistrées, et ils ont tous signé leur déposition. Vous aviez totalement raison, Assad et toi. On les a forcés à contracter des emprunts à des taux d'intérêt scandaleusement élevés, et dès qu'ils ont eu du mal à payer leurs traites, la société de crédit leur a réclamé le capital. Chantage, intimidations par téléphone pour commencer. Ensuite menaces plus lourdes, créanciers de plus en plus nerveux, mais à quoi bon. On ne peut pas tondre un œuf ! Et de nos jours une entreprise qui rencontre des problèmes de trésorerie n'a pas d'autre recours que de se tourner vers ce genre de voyous.

— Et on sait ce qui est arrivé aux recouvreurs de créances ?

— Nous ne sommes sûrs de rien, mais il n'est pas impossible que les commanditaires les aient liquidés. La police serbe connaît leurs méthodes. Ils versent de grosses primes à ceux qui réussissent à ramener le fric en temps et en heure, et ils coupent la gorge à ceux qui rentrent bredouilles.

— Ils ne pourraient pas se contenter de foutre le feu chez leurs débiteurs au lieu de tuer leur personnel ?

– Si bien sûr, mais selon une autre théorie, ils enverraient leurs plus mauvais éléments en Scandinavie où nous avons la réputation d'être plus faciles à intimider. Et chaque fois que les choses se sont mal passées, ils en ont profité pour éliminer leurs agents à titre d'exemple, histoire de remotiver les troupes à Belgrade. Il n'y a rien de plus dangereux pour ces requins qu'un mauvais recouvreur, inefficace ou peu fiable. Une petite exécution de temps en temps leur permet de maintenir la discipline dans leurs rangs.

– Hmm. Je vois. Alors ils zigouillent leurs mauvais éléments sur le territoire danois. Et si par hasard les assassins se faisaient choper, j'imagine qu'il vaut mieux que cela arrive dans un pays de droit, où la justice est plus clémente que chez eux. »

Carl voyait d'ici l'expression de Marcus en l'entendant dire tout haut ce que lui avait pensé tout bas.

« Enfin, quoi qu'il en soit, aujourd'hui nous avons réussi à éviter à plusieurs compagnies d'assurances de verser la totalité des indemnisations qui avaient été réclamées. Et comme cela représentait de grosses sommes, l'un des assureurs nous a fait envoyer des roses. Et vous les avez méritées plus que quiconque. »

Voilà un aveu qui avait dû lui coûter cher.

« Super. Et en plus ça va te libérer du monde ! Tu ne veux pas nous envoyer un ou deux gars ici pour nous donner un coup de main ? »

Le chef de la Crim' rit jaune à l'autre bout du fil. L'idée de Carl ne devait pas correspondre à ses projets immédiats. « Oui, enfin, Carl, il y a quand même encore un peu de boulot sur ces affaires-là. On n'a pas attrapé les coupables, par exemple. Alors c'est vrai que ça va dégager quelques enquêteurs, mais n'oublie pas qu'on a toujours une guerre des gangs sur les bras, dans les rues de Copenhague ! Tu ne crois pas plutôt que je ferais mieux de mettre plus de monde là-dessus ? »

Assad entrait dans le bureau de Carl au moment où il rac-crochait le téléphone. Apparemment, il avait enfin pris la mesure du climat de son pays d'adoption. En tout cas la doudoune qu'il avait sur le dos était la plus grosse que Carl ait jamais vue portée par qui que ce soit en plein mois de mars.

« Je suis prêt, annonça Assad.

– Donne-moi une minute », répliqua Carl en tapant le numéro de Brandur Isaksen, appelé aussi le Glaçon de Halmtorvet en raison de son caractère particulièrement taciturne.

Il savait absolument tout ce qui se passait au sein de Station City, et Station City était le commissariat où travaillait Rose avant d'être transférée au département V.

« Oui », répondit Isaksen, laconique.

Carl lui exposa la raison de son appel et avant qu'il ait eu le temps de terminer sa phrase, son interlocuteur explosait de rire.

« Je serais incapable de dire ce qui n'allait pas chez Rose, mais en tout cas, c'était un sacré personnage. Elle buvait trop, couchait avec tous les petits nouveaux qui arrivaient de l'école de police. Enfin tu vois ce que je veux dire ? Le genre de fille qui a le feu au cul et qui ne tient pas en place. Pourquoi tu me demandes ça ?

– Pour rien », dit Carl en coupant la communication.

Il entra ensuite sur le site de l'état civil et tapa « Sandalparken 19 » à côté du nom de Rose.

La réponse ne tarda pas : « Rose Marie Yrsa Knudsen », puis son numéro national d'identité.

Carl soupira. Il n'avait plus qu'à espérer qu'ils n'allaient pas voir débarquer la dénommée Marie un jour ou l'autre. Deux exemplaires de Rose suffisaient amplement.

« Aïe ! commenta Assad qui regardait l'écran au-dessus de son épaule.

– Tu peux aller me la chercher s'il te plaît, Assad ?

– Vous n'allez pas lui balancer ça comme ça, alors, Chef ?

– Non, tu as raison ! Je préfère encore me jeter dans une fosse remplie de cobras », répliqua Carl.

Dire comme ça, de but en blanc, à Yrsa qu'ils savaient qu'elle était Rose ? Il faudrait être un fou kamikaze.

Quand ils la rejoignirent dans son bureau, Yrsa était prête à partir, elle aussi. Manteau, moufles, écharpe et bonnet. Carl eut l'impression que ses assistants lui proposaient chacun sa version très personnelle du port de la burka.

Il vérifia l'heure sur l'horloge murale. Ouf ! Fausse alerte. C'était simplement l'heure de la fermeture. Yrsa s'était habillée pour rentrer chez elle.

« Je voulais vous dire, Carl… ! » Elle s'interrompit au milieu de sa phrase en voyant le bouquet entre ses mains. « Mais qu'est-ce que c'est que ces fleurs ? Elles sont ravissantes !

– Alors je trouve que tu devrais les rapporter à Rose de notre part à tous les deux, Assad et moi », lui dit Carl en lui tendant l'orgie florale. « Souhaite-lui un prompt rétablissement et dis-lui que nous serions contents de la revoir très bientôt. Tu n'as qu'à lui dire que ce sont des roses offertes à une Rose. Je voudrais qu'elle sache que nous avons beaucoup pensé à elle. »

Yrsa se raidit un peu. La surprise, peut-être.

Il était l'heure de fermer boutique.

« Alors elle est malade pour de vrai, Chef ? » s'inquiéta Assad, tandis que l'autoroute conduisant à Holbæk se déroulait à toute allure sous les roues de la voiture.

Carl haussa les épaules. Il avait des connaissances dans beaucoup de domaines, mais pour ce qui était du dédoublement de la personnalité, le seul cas qu'il ait véritablement pu expérimenter était celui de son beau-fils par alliance qui pouvait être un gentil garçon souriant quand il avait besoin de cent couronnes et devenir en moins de dix secondes un adolescent geignard si on lui demandait de ranger sa chambre.

« On ne va rien dire à personne », répondit-il simplement.

Chacun s'enferma dans ses pensées jusqu'à ce qu'apparaisse au bord de la route une pancarte indiquant qu'ils entraient dans la commune de Tølløse. Une ville connue pour sa gare, son usine de jus de pomme et un coureur cycliste suspecté de dopage qui avait dû renoncer à son maillot jaune alors qu'il participait au Tour de France.

« Ça ne pourra pas durer, alors », commenta Assad en indiquant à son chef la grand-rue qui était aussi le centre-ville, comme dans toute ville de province qui se respecte. À part qu'à cette heure-là, le pouls de la ville ne battait pas très fort. Les habitants devaient tous faire la queue à la caisse du supermarché local, ou alors ils étaient tous partis. On sentait que la ville avait connu des périodes plus glorieuses.

« Là-bas, en face de l'usine », signala Assad, montrant une maison de briques rouges qui semblait aussi animée qu'une mue d'orvet sur une route de campagne.

Une femme d'environ un mètre cinquante avec des yeux encore plus ronds que ceux d'Assad leur ouvrit la porte. Quand elle vit le teint basané et la barbe d'un jour du petit homme, elle fit un pas en arrière dans le vestibule et appela son mari d'une voix effrayée. Elle devait avoir entendu parler de cette nouvelle mode qui voulait qu'on cambriole les gens en leur présence et elle se voyait déjà dans la peau d'une victime.

« C'est pour quoi ? » dit l'homme sans faire mine de leur offrir le café ni même d'avoir l'intention de se montrer courtois.

Bon, se dit Carl en remettant sa carte de police dans la poche. Assad avait raison, il vaut mieux jouer tout de suite les inspecteurs du fisc.

« Vous avez un fils, Flemming Emil Madsen, qui, sauf erreur de nos services, n'a jamais payé ses impôts. Sachant qu'il n'apparaît pas non plus dans les fichiers de l'aide sociale et qu'il n'est pas étudiant, nous sommes venus lui poser quelques questions. »

Assad enchaîna :

« Vous êtes marchand de légumes, monsieur Madsen. Flemming travaille-t-il dans votre boutique, alors ? »

Carl admira la stratégie. Autant pousser tout de suite le gars dans ses retranchements.

« Vous êtes musulman ? » demanda Madsen en guise de contre-attaque. La question prit Assad de court. Pour une fois, il était échec et mat en deux coups.

« Je pense que cela ne concerne que lui, dit Carl.

– Pas tant que je suis maître chez moi », répondit l'homme en s'apprêtant à leur claquer la porte au nez.

Alors, Carl sortit quand même sa carte de police de sa poche.

« Hafez el-Assad et moi-même enquêtons sur une série de meurtres. Si vous continuez à nous prendre de haut comme vous le faites, ne serait-ce qu'une seconde de plus, je vous arrêterai immédiatement pour le meurtre de votre fils, qui a disparu il y a cinq ans. Qu'avez-vous à répondre à cela ? »

Le type ne répondit rien mais l'attaque de Carl l'avait déstabilisé. Et sa réaction ne ressemblait pas à celle de quelqu'un qu'on vient d'accuser à tort, mais plutôt à celle d'un vrai coupable. On les fit entrer dans la maison et on les invita à s'asseoir à une table en acajou qui aurait été le rêve de n'importe quel ménage cinquante ans auparavant. Il ne manquait que la nappe en toile cirée. Mais le plateau était orné de ravissants sets de table.

« Nous n'avons rien fait de mal », se défendit la femme en tripotant la croix qu'elle portait en pendentif.

Carl explora la pièce des yeux. Sur toutes les surfaces horizontales des meubles en chêne massif s'alignaient au moins trois douzaines de photos encadrées d'enfants de tous les âges. Enfants et petits-enfants. Tous souriants sous un ciel parfaitement bleu.

« Ce sont vos autres enfants ? » demanda Carl.

Ils hochèrent la tête.

« Ils ont tous émigré ? »

Ils hochèrent la tête à nouveau. Ce n'étaient pas des clients très bavards.

« En Australie ? suggéra Assad.

– Alors, vous êtes musulman, oui ou non ? » redemanda l'homme.

Le type était têtu. Craignait-il d'être changé en statue de sel simplement parce qu'il se trouvait dans la même pièce qu'un adepte d'une autre religion ?

« Je suis ce que Dieu a voulu que je sois, répliqua Assad. Et vous ? »

Les yeux du bonhomme se transformèrent en deux petites fentes dans son visage peu avenant. Il devait avoir l'habitude de ce genre de conversations sur le palier des gens, pas dans sa propre salle à manger.

« Je vous ai demandé si c'était en Australie que vos enfants avaient émigré », reprit Assad.

Cette fois, ce fut la femme qui acquiesça. Le cou, bien qu'un peu raide, fonctionnait tout de même.

« Tenez, dit Carl en posant le portrait-robot du kidnappeur sous leurs yeux.

– Seigneur Jésus », murmura la femme en se signant discrètement.

L'homme pinça les lèvres.

« Nous ne l'avons jamais dit à personne », dit l'homme.

Carl plissa les yeux. « Si vous croyez que nous avons quelque chose à voir avec lui, vous vous trompez. Mais nous sommes à sa recherche. Voulez-vous nous aider à le capturer, oui ou non ? »

La femme hoqueta. Elle avait de la peine à respirer.

« Je suis désolé d'avoir été aussi brutal. Mais nous devions absolument vous faire réagir. » Il montra le dessin. « Pouvez-vous nous confirmer que c'est bien cet homme qui a enlevé votre fils Flemming et probablement un autre de vos enfants, et qu'il a tué Flemming après que vous lui avez remis une importante rançon ? »

L'homme pâlit. Toute la force qu'il lui avait fallu pour tenir le coup toutes ces années s'échappa de lui comme l'air d'un ballon de baudruche. La force de vivre avec son chagrin, la force de mentir aux membres de sa communauté religieuse, la force de tout quitter, de vivre en exil, de se séparer de ses autres enfants, de renoncer à sa fortune. Et plus que tout le reste, la force d'avoir à vivre avec l'idée que le meurtrier de leur Flemming bien-aimé courait toujours et les surveillait où qu'ils aillent.

En un instant, tout son courage l'abandonna.

Ils restèrent un long moment dans la voiture sans rien dire avant que Carl ne prenne la parole :

« Je crois que je n'avais jamais rencontré deux personnes plus éteintes que ces deux-là de toute ma vie.

— Le pire moment, c'est quand ils ont sorti la photo de Flemming du tiroir, alors. Vous croyez vraiment qu'ils ne l'avaient jamais regardée depuis son enlèvement ? » demanda Assad en retirant sa doudoune.

Il avait moins froid tout à coup.

Carl haussa les épaules. « Je n'en sais rien. Une chose est sûre, ils ne voulaient en aucun cas risquer que quelqu'un qui aurait un peu plus de flair que les autres s'aperçoive à quel point ils aimaient encore ce gamin, puisqu'ils étaient censés l'avoir eux-mêmes banni.

— Du flair ? Je ne comprends pas ce que vous voulez dire, Chef !

— Du flair, un chien de chasse a du flair par exemple.

— Un chien de chasse ? Je ne vois pas le rapport.

— Un chien de chasse sent le gibier avec son flair.

— Quel gibier, Chef ?

— Laisse tomber, Assad. Ce que je veux dire, c'est qu'ils faisaient tout pour ne pas montrer l'amour qu'ils avaient pour leur fils. Personne n'avait le droit d'être au courant. Ils n'avaient aucun moyen de savoir qui était leur ami et qui ne l'était pas. »

Assad réfléchissait, contemplant les champs labourés où la vie grouillait en secret. « Alors, Chef, combien de fois il l'a fait à votre avis ? »

Que voulait-il qu'il réponde à ça ? Le kidnappeur seul connaissait la réponse.

Assad gratta ses joues bleuâtres de barbe naissante. « On va l'arrêter, hein, Chef ? Il faut qu'on l'arrête. »

Carl serra les dents. Oui. Il fallait qu'ils l'arrêtent. Le couple de Tølløse leur avait révélé un nouveau nom sous lequel opérait le criminel. Quand eux l'avaient rencontré, il s'était présenté sous celui de Birger Sloth. Et pour la troisième fois, son signalement leur avait été confirmé. Martin Holt avait raison. Ils devaient chercher un homme avec les yeux un peu moins rapprochés que sur le portrait-robot. Ils ne pouvaient pas se fier au reste, moustache, cheveux, regard. En tout cas c'était un homme aux traits assez nets et malgré tout un peu passe-partout. La seule chose dont ils étaient absolument sûrs, c'était qu'à deux reprises il avait récupéré la rançon au même endroit. Au bord d'un petit tronçon de voie de chemin de fer, entre Sorø et Ringsted. Ils savaient exactement où. Martin Holt avait été très précis.

En vingt minutes au maximum, ils auraient pu être sur place. Mais il faisait quasiment nuit. Quelle barbe.

Ils iraient demain à la première heure.

« Qu'est-ce qu'on fait à propos d'Yrsa et de Rose ? demanda Assad.

– On ne fait rien du tout. On vit avec. »

Assad hocha la tête. « Ça doit être un chameau à trois bosses, alors ! déclara Assad.

– Un quoi ?

– C'est ce qu'on dit dans mon pays. Un peu spécial. Pas facile à monter, mais rigolo à voir.

– Un chameau à trois bosses… Oui, c'est un peu ça. Et puis c'est plus sympa que de dire qu'elle est schizophrène.

– Schizophrène ! C'est ce qu'on dit chez moi d'un type qui sourit sur sa tribune tout en chiant sur les gens à qui il est en train de parler. »

Et rebelote !

## 38

Tout lui semblait lointain et confus. Comme un rêve qui s'achève. Comme la voix d'une mère dont on se souvient à peine.

« Isabel. Isabel Jønsson, réveillez-vous ! » Les mots résonnaient dans sa tête, mais sa tête était trop petite pour les contenir tous et les assembler en phrases.

Elle essaya de bouger son corps et ne sentit rien d'autre que la lourde emprise du sommeil. La sensation molle de flotter dans les limbes.

Quelqu'un la secoua par l'épaule. Plusieurs fois. Avec douceur et délicatesse.

« Vous êtes réveillée, Isabel ? demanda la voix. Essayez de respirer à fond. »

Elle sentit qu'on claquait des doigts devant son visage, mais ne comprenait toujours pas ce qui lui arrivait.

« Vous avez eu un accident, Isabel. »

De cela, elle avait une vague idée.

Mais quand était-ce arrivé ? Tout s'était mis à tourner et le monstre s'était approché d'elle dans le noir. Ce n'était pas comme ça que ça s'était passé ?

On lui piqua le bras. Était-ce la réalité ou une chose qu'elle s'imaginait ?

Soudain elle sentit le sang lui monter à la tête. Elle commençait à retrouver ses esprits. Le chaos reprenait forme. Une forme qu'elle n'aimait pas.

Et puis tout revint d'un seul coup. Lui ! L'homme ! À présent, elle se le rappelait plus ou moins.

Elle crut qu'elle allait s'étrangler. Sa gorge s'irrita, l'envie de tousser l'étouffait.

« Calmez-vous, Isabel », dit la voix. Une main se referma sur la sienne et la serra doucement. « Nous venons de vous faire une injection pour vous aider à vous réveiller. Ce n'est rien du tout. » La main inconnue pressa sa main à nouveau.

Tout en elle lui commandait de serrer la main à son tour. Allez, Isabel, montre-leur que tu es vivante. Fais-leur savoir que tu es encore là.

« Vous êtes gravement blessée, Isabel. Vous avez été admise aux soins intensifs du Rigshospital. Est-ce que vous comprenez ce que je vous dis ? »

Elle retint sa respiration, concentra toute son énergie et répondit par un hochement de tête. Un tout petit mouvement de la tête. Simplement pour se prouver à elle-même qu'elle en était capable.

« C'est bien, Isabel. Nous avons vu votre signe de tête. » Encore une petite pression de la main étrangère.

« Nous vous avons mise sous contention pour que vous ne puissiez pas bouger, au cas où vous essaieriez. Vous avez de très nombreuses fractures, Isabel, mais vous allez vous en remettre. Nous avons beaucoup de travail en ce moment, mais dès que nous aurons un peu de temps, une infirmière viendra vous préparer pour que vous soyez transférée dans un autre service. D'accord ? »

Les muscles de son cou se tendirent légèrement.

« Très bien. Nous savons combien il vous est difficile de communiquer avec nous, Isabel, mais je vous promets que bientôt vous pourrez parler à nouveau. Vous avez la mâchoire cassée et nous avons dû l'immobiliser par mesure de précaution. »

Elle prit conscience de l'étau qui lui entourait le crâne. Des poches qui enfermaient ses hanches et lui donnaient l'impression d'être enterrée dans le sable. Elle voulut ouvrir les yeux mais ça non plus, elle n'y arrivait pas.

« Je vois à vos sourcils que vous essayez d'ouvrir les yeux, Isabel, mais pour l'instant, ils sont bandés. Vous aviez de nombreux éclats de verre plantés dans les globes oculaires. Mais faites-nous confiance, dans quelques semaines vous verrez briller le soleil à nouveau. »

Quelques semaines ! Pourquoi ce délai lui paraissait-il inacceptable ? Pourquoi avait-elle l'impression que tout son organisme se révoltait à cette idée ? Pourquoi ce sentiment d'urgence ?

Allez, Isabel, essaye de te rappeler, chuchotait une voix dans sa tête. Qu'est-ce qu'il faut empêcher à tout prix ? L'homme. Oui, c'est ça. Mais encore ?

Et elle se mit à penser à toutes les choses les plus importantes et les plus réelles de son existence. Le fiancé qui n'avait jamais croisé sa route et qu'elle voyait si nettement dans ses rêves. La corde lisse dans le gymnase de son école et dont elle ne parvenait jamais à atteindre le sommet. Mais la réalité pouvait aussi être un événement qui ne s'était pas encore produit. Le passé et l'avenir prenaient la même place dans sa tête. Et lui paraissaient aussi tangibles l'un que l'autre.

Elle respira aussi calmement que possible, tâchant d'analyser les méandres fluctuants de sa conscience. Et puis elle sentit venir le malaise, puis l'inquiétude et enfin un tremblement irrépressible de tout le corps pendant que défilaient dans sa tête des visages, des sons et des mots.

Le sang lui monta de nouveau à la tête, ce qui semblait aller de pair avec le retour de sa mémoire.

Les enfants.

L'homme. Le monstre qui les avait enlevés.

Et Rakel.

« Hum, s'entendit-elle ânonner derrière ses dents verrouillées.

– Oui, Isabel ? »

Elle sentit que la main lâchait sa main et qu'un souffle chaud passait sur son visage.

« Qu'est-ce que vous dites ? demanda la bouche dans la figure qui se penchait au-dessus d'elle.

– Raarghll…

– Vous avez dit Rakel ? »

Elle répondit par un son bref. Oui, elle avait dit Rakel.

« C'est comme ça que vous appelez la personne avec qui vous êtes arrivée ici ? »

Le son bref à nouveau.

« Rakel est en vie, Isabel. Elle est couchée dans le lit juste à côté du vôtre », dit une autre voix qui venait du pied de son lit. « Elle est plus gravement blessée que vous. Beaucoup plus. Je ne sais pas si elle va s'en tirer mais, pour l'instant, elle vit et elle semble être d'une constitution robuste. Nous gardons espoir. »

Il pouvait y avoir une heure, ou une minute, ou même une journée entière qu'ils étaient venus la voir, tellement le temps lui paraissait élastique. Elle entendait, assourdi, le bruit des moniteurs près de son lit et le bip-bip régulier de son cœur. Ses draps étaient moites, et la chambre surchauffée. Mais peut-être cela venait-il des médicaments qu'on lui avait injectés. Ou peut-être était-ce dans son imagination.

Dans le couloir, elle entendait des chariots, et des voix qui faisaient le même bruit que les chariots. Était-ce l'heure du repas ou bien le milieu de la nuit ? Elle l'ignorait.

Elle essaya de se racler la gorge, sans succès. Alors elle se concentra sur l'intervalle entre un battement de son cœur et une pulsation dans son majeur auquel on avait fixé un dispositif dont elle ne connaissait pas la fonction. Elle aurait été incapable de dire s'il se passait un millième de seconde ou une seconde entière entre les deux.

Elle réalisa alors que l'appareil qu'elle entendait ne battait pas au rythme de son cœur à elle. Elle était assez consciente pour se rendre compte de ça.

Elle retint son souffle pendant quelques secondes. Isola les sons : bip-bip, et puis une autre machine qui faisait un bruit chuintant. C'était une sorte d'aspiration, brusquement interrompue, suivie d'un bruissement, comme une porte d'autobus qui se referme.

Elle connaissait bien ce bruit-là. Elle l'avait écouté des heures durant, assise au chevet de sa mère mourante, jusqu'à ce qu'enfin ils décident de la débrancher et de la laisser partir en paix.

La patiente qui partageait sa chambre ne pouvait donc pas respirer toute seule. Ils avaient dit que c'était Rakel. Enfin, c'est ce qu'elle croyait avoir entendu.

Elle aurait voulu se tourner vers elle. Ouvrir les yeux et tenter de percer l'obscurité. Voir l'être humain qui, couché à quelques mètres d'elle, luttait pour survivre.

Si elle l'avait pu, elle lui aurait dit : « Rakel, on va s'en sortir », même si elle ne le pensait pas.

D'ailleurs, pourquoi Rakel voudrait-elle s'en sortir ? se dit-elle à présent que la mémoire lui revenait.

Son mari était mort. Deux enfants l'attendaient, dehors, Dieu sait où. Et l'homme qui les avait enlevés n'avait plus aucune raison de les garder en vie.

C'était une tragédie. Et il n'y avait rien qu'elle puisse faire.

Isabel sentit une matière liquide couler aux coins de ses yeux. Plus épaisse que des larmes et pourtant si fluide. La gaze enroulée autour de sa tête lui comprima encore un peu plus les yeux.

Est-ce que je suis en train de pleurer du sang ? se demanda-t-elle, luttant pour ne pas céder au chagrin et au désespoir. Car à quoi lui servirait-il de pleurer ? À augmenter sa douleur, voilà tout. Et pour cette douleur-là, il n'y avait pas de remède.

Elle entendit la porte s'ouvrir tout doucement et perçut l'air et les sons du couloir qui entraient dans la chambre silencieuse.

Des pas résonnèrent sur le sol dur. Des pas mesurés et hésitants. Beaucoup trop hésitants.

S'agissait-il d'un médecin venu surveiller le rythme cardiaque de Rakel ? D'une infirmière en train de se demander si le respirateur artificiel était encore de quelque utilité ?

« Tu es réveillée, Isabel ? » chuchota une voix au milieu du concert ininterrompu des appareils.

Elle sursauta. Elle ne savait pas pourquoi. Le tutoiement peut-être.

Elle hocha la tête. Imperceptiblement, mais cela suffit.

On lui prit la main. Comme quand elle était petite et qu'on la laissait seule dans un coin de la cour de récréation. Comme le jour où elle s'était retrouvée devant l'entrée de l'école de danse et n'avait pas osé en franchir le seuil.

Elle reconnut la main qui déjà en ce temps-là lui apportait soutien et consolation. Une main chaleureuse, tendre et généreuse. La main de son frère. Son frère bien-aimé qui avait toujours été là pour elle quand elle avait besoin de lui.

Et à l'instant où elle sentit qu'elle était enfin en sécurité, une irrépressible envie de hurler s'empara d'elle.

« Vas-y, pleure, Isabel, lui dit-il. Pleure autant que tu veux. Ça fait du bien de pleurer. Tout va s'arranger. Vous allez guérir toutes les deux. Toi et ton amie. »

Guérir ? songeait-elle tout en essayant de retrouver le contrôle de sa voix, de sa langue, de sa respiration.

Aide-nous, aurait-elle voulu dire. Fouille ma voiture. Tu trouveras son adresse dans la boîte à gants. En consultant mon GPS, tu verras où nous sommes allées. Tu vas faire la plus belle arrestation de ta vie.

Elle aurait été prête à se mettre à genoux devant le Dieu de Rakel, s'il avait bien voulu lui accorder la parole, juste un tout petit moment, juste le temps d'une phrase qui sauverait peut-être la vie de Samuel et de Magdalena.

Mais elle était impuissante, condamnée à écouter le râle qui sortait de sa gorge, les mots qui en passant ses lèvres se changeaient en une suite de consonnes dépourvues de sens, puis en bulles de salive dégoulinant entre ses dents serrées.

Comment avait-elle pu être assez stupide pour ne pas appeler son frère pendant qu'il était encore temps ? Pourquoi n'avait-elle pas su prendre les bonnes décisions ? Quel orgueil de s'être crue capable d'affronter toute seule le diable en personne !

« Heureusement que ce n'était pas toi qui conduisais, Isabel. Malheureusement, tu seras obligée d'aller au tribunal quand même. Cela dit, je ne pense pas qu'on puisse t'accuser de complicité de conduite irresponsable ayant provoqué un accident de la route. Mais je crois que tu vas être obligée de

te trouver une nouvelle voiture », lui dit son frère pour plai-
santer, bien qu'il n'y eût vraiment pas de quoi.

« Qu'est-ce qui vous est passé par la tête ? » poursuivit son
frère, comme s'il n'avait pas compris qu'elle ne pouvait pas
lui répondre.

Elle crispa la bouche. Peut-être parviendrait-elle à lui faire
comprendre quelque chose.

Mais une voix grave venant de quelqu'un qui se tenait près
du lit de Rakel la coupa dans son effort.

« Je suis désolé, mais vous allez devoir vous en aller, monsieur Jønsson. Nous allons transférer Isabel dans un autre service. Je vous invite à aller patienter à la cafétéria. Quand vous
reviendrez nous vous dirons où elle se trouve. Revenez dans
une demi-heure, si vous voulez. »

La voix n'appartenait à aucune des personnes qui l'entouraient à son réveil.

L'homme réitéra son ordre et son frère accepta de se lever
en promettant à Isabel de revenir un peu plus tard. Il lui
caressa affectueusement le dos de la main. Mais elle avait compris que ce ne serait pas la peine.

Car elle avait reconnu sa voix. Et à présent, il était seul
avec elles dans la chambre.

Cette voix qu'elle aurait préféré ne pas connaître.

Cette voix qui lui avait redonné goût à la vie.

Et qui signifiait désormais qu'elle allait mourir.

## 39

Carl avait passé la nuit chez Mona à faire des folies de son corps. Cette fois, elle n'avait pas eu besoin qu'il la berce de mots doux et de serments, ni qu'il lui dise qu'elle était la femme de sa vie. Elle semblait n'avoir aucun doute là-dessus en passant son pull-over par-dessus sa tête tout en arrachant sa petite culotte avec une impressionnante maîtrise de l'équilibre.

Quand ce fut fini, il mit au moins trente minutes à réaliser où il était, et trente autres à se demander s'il survivrait à un deuxième assaut.

Elle n'était plus la même femme que celle qu'il avait laissée partir en Afrique. Elle était désormais présente et disponible. Et elle avait rapporté de son voyage de fines rides au coin des yeux, qu'il trouvait absolument irrésistibles. Elle avait aussi de temps à autre comme un frémissement à la lisière de son rouge à lèvres qui, l'instant d'après, se transformait en un sourire à lui faire perdre la tête.

S'il y avait une femme au monde avec qui il avait envie de parcourir un bout de chemin, c'était celle-là, se disait-il quand elle l'enveloppa à nouveau dans son haleine tiède et se mit à le griffer doucement.

Le lendemain, quand elle le réveilla, elle était déjà habillée et prête à attaquer sa journée. Sensuelle, souriante et légère comme une fée.

A-t-on besoin d'une preuve plus flagrante quand l'édredon vous cloue au lit et que vos jambes vous donnent l'impression d'avoir été transformées en plomb durant la nuit ?

Cette femme le dominait complètement.

« Qu'est-ce qui vous arrive, Chef ? » lui demanda Assad quand ils partirent ensemble dans le véhicule de service.

Carl ne répondit pas. Comment trouver la force de parler quand on a l'impression d'être passé sous un camion et les couilles qui vous lancent comme deux abcès dentaires ?

« Voilà, on est à Vedbysønder, alors », annonça Assad après une demi-heure de slalom injustifié sur la ligne médiane entre les deux voies.

Carl déplaça mollement son regard de l'écran du GPS à un groupe de fermes et de maisons entourées de champs. Peu d'habitations, une route en parfait état. Quelques bosquets çà et là, et des buissons épars. L'endroit idéal en effet pour récupérer discrètement une rançon.

« Il faut que vous descendiez jusqu'au bâtiment qui est en bas de la côte. » Assad montrait du doigt la direction. « Ensuite il faudra passer le pont et ouvrir l'œil très grand. »

Aussitôt qu'ils eurent atteint la première ferme le long de la voie ferrée, Carl reconnut les lieux que lui avait décrits Martin Holt. Des maisons de part et d'autre de la route. La voie ferrée passant derrière celles qui se trouvaient sur la droite. Quelques bâtisses isolées un peu plus loin et un chemin de traverse qui s'incurvait pour aller longer la voie. Ensuite une étroite rangée d'arbres et un bois plus dense dans un virage. Ils étaient arrivés à l'emplacement où au moins deux des parents qui avaient eu affaire au kidnappeur avaient jeté leur argent par les fenêtres d'un train. Ils allèrent se garer dans le chemin, près d'un étroit viaduc, allumant le gyrophare pour signaler leur présence aux improbables automobilistes qui emprunteraient cette route par ce matin brumeux.

Carl s'extirpa de son siège avec difficulté, décidé à s'en griller une petite pour reprendre du poil de la bête, tandis qu'Assad examinait les touffes d'herbe à ses pieds.

« L'herbe est un peu mouillée, alors », commenta-t-il, principalement pour lui-même. « Juste un peu, comme s'il avait plu, mais pas beaucoup. Regardez, Chef. »

Il montrait à Carl des traces de pneus qu'on distinguait parfaitement sur le bas-côté.

« La voiture s'est avancée jusqu'ici, bien tranquillement, alors », expliqua-t-il en s'accroupissant. « Et à partir d'ici, elle a accéléré, comme si le conducteur était drôlement pressé, tout à coup. »

Carl hocha la tête. « Oui, ou alors les roues se sont mises à patiner au moment où il a voulu repartir, parce que l'herbe était humide. »

Il alluma sa cigarette et regarda autour de lui. Deux personnes avaient affirmé avoir jeté une rançon par la fenêtre d'un train à cet endroit et aucun des deux n'avait vu la voiture. L'un comme l'autre n'avaient vu que le clignotement du signal lumineux.

Dans les deux cas, le train arrivait par l'est. Les sacs avaient pu atterrir sur tout le tronçon allant jusqu'à la maison isolée à quelques centaines de mètres de là. Mais la maison en question semblait avoir été rénovée récemment. Peut-être ses occupants étaient-ils arrivés après 2005, année où le père de Flemming Emil Madsen avait payé la rançon. Quoi qu'il en soit, son expérience lui disait qu'il n'y avait aucune chance que ces gens puissent lui dire quoi que ce soit qui fasse progresser son enquête.

Carl mit les deux mains derrière la nuque et s'étira. La fumée de sa cigarette, qui pendait au coin de sa bouche, se mélangeait avec l'air humide que la tiédeur du mois de mars faisait remonter de la terre. Il avait encore le parfum de Mona dans les narines. Comment aurait-il pu se concentrer sur autre chose alors qu'il ne parvenait à penser qu'au moment où il allait la revoir ?

« Chef, il y a une voiture qui s'en va de la maison. Vous ne voulez pas qu'on l'intercepte ? »

Carl laissa tomber sa cigarette et l'écrasa sur l'asphalte.

La femme au volant avait l'air effrayé quand elle vint stopper sa voiture derrière la voiture de police avec son gyrophare bleu.

« Que se passe-t-il ? Il y a un problème avec mes codes ? »

Carl haussa les épaules. Qu'est-ce qu'elle voulait qu'il en sache ? Il n'était pas mécanicien. « Nous nous intéressons à ce terrain. Il est à vous ?

— Oui. Jusqu'au petit bois que vous voyez là-bas.

— Bonjour. Je m'appelle Hafez el-Assad », dit Assad en lui tendant sa main poilue à travers la vitre ouverte de la voiture. « Est-ce que par hasard vous auriez vu quelqu'un jeter quelque chose par la fenêtre d'un train, ici ?

— Non. Ce serait arrivé quand ? »

Son visage s'était détendu. Ouf, elle n'était pas en cause.

« Plusieurs fois. Il y a quelques années, peut-être. Est-ce que vous auriez vu une voiture stationner ici, éventuellement ?

— Non. Plusieurs années en arrière, non. Il n'y a pas longtemps que nous avons emménagé. » À présent, elle était parfaitement à l'aise. « Nous venons de terminer les travaux de rénovation. Nous n'avons même pas encore démonté l'écha-faudage à l'arrière. »

Elle tendit le bras vers la maison et se tourna vers Carl. Il avait peut-être la tête de quelqu'un qui s'y connaît mieux en échafaudages qu'Assad.

Il s'apprêtait à la remercier. À faire un pas de côté, comme un douanier, pour la laisser reprendre la route. Il avait envie d'allumer une autre cigarette et de se remettre à penser à Mona.

« Par contre, il y a une voiture qui est restée garée là un bon moment avant-hier. Le jour où il y a eu ce terrible acci-dent du côté de Lindebjerg Lynge », reprit la femme.

Carl hocha la tête d'un air satisfait. Voilà qui expliquait les traces de roues dans l'herbe.

L'expression du visage de leur interlocutrice changea à nou-veau. « J'ai entendu dire qu'il y avait eu une course-poursuite. Les deux femmes qui se trouvaient dans l'une des voitures ont été grièvement blessées. Mon beau-frère a un cousin pom-pier qui est intervenu sur les lieux de l'accident. Il paraît qu'elles ont peu de chances de s'en tirer. »

Eh oui, ma pauv' dame, se dit Carl. Les routes de cam-pagne ne sont plus sûres de nos jours. Mais en même temps, les gens n'ont rien d'autre à faire pour s'offrir un petit shoot d'adrénaline que d'appuyer un peu sur le champignon de temps en temps.

« Vous pourriez me décrire la voiture qui est restée garée ici ? » demanda Assad.

La femme fit la moue. « Vous savez, on n'a vu que ses feux arrière. Et ensuite, ils se sont éteints. Quand on est dans le salon, devant la télé, on peut voir jusqu'ici par la baie vitrée. On s'est dit que c'étaient des amoureux qui s'étaient arrêtés pour s'embrasser. » Elle secoua la tête d'un air attendri. Ils avaient bien le droit. Elle aussi avait fait ça quand elle était plus jeune.

« Et tout à coup, la voiture est repartie. On a vu les phares d'un autre véhicule qui arrivait et puis les deux voitures ont disparu. Après, mon mari a dit que c'était peut-être l'une des deux qui avait eu l'accident. » Elle fit un petit sourire comme si elle voulait l'excuser. « Mais il voit des drames partout, mon mari.

– Vous avez bien dit lundi ? » Carl se tourna à nouveau vers les traces de roues. Celui qui s'était garé là avait choisi un endroit particulièrement stratégique. Une visibilité parfaite. La proximité immédiate des rails et, en cas d'imprévu, la possibilité de dégager en quelques secondes. « Vous avez parlé d'un accident de la route, reprit-il. À quel endroit disiez-vous qu'il s'était produit ?

– À la sortie de Lindebjerg Lynge. Avant, ma sœur habitait juste à côté. » Elle secoua la tête avec regret. « Mais maintenant, elle est partie vivre en Australie. »

La femme leur proposa de les y conduire, s'ils voulaient voir l'endroit où s'était produit l'accident. Elle allait dans cette direction de toute façon.

Elle ne dépassa pas les cinquante kilomètres-heure en traversant la forêt et Carl lui colla au train tranquillement.

« Vous n'éteignez pas le gyrophare, Chef ? » s'étonna Assad au bout de quelques kilomètres.

Carl secoua la tête, un peu penaud. Bonne idée ! À quoi pensait-il ? Ce cortège avançant à la vitesse d'une course d'escargots devait avoir l'air franchement comique.

« Regardez. » Assad désignait une partie de la route où le soleil commençait à assécher la rosée du matin.

Carl vit tout de suite ce qui avait attiré le regard de son assistant. Une longue trace de freinage sur la voie de gauche, puis, dix mètres plus loin, une autre, du côté droit cette fois.

Assad se pencha vers le pare-brise et plissa les yeux. Dans sa tête, il se repassait une course-poursuite imaginaire. C'est tout juste s'il ne se mettait pas à tourner un volant fictif et à piétiner le tapis de sol.

« Il y en a d'autres », s'écria-t-il en montrant sur la route deux belles parallèles de caoutchouc brûlé, qui suggéraient un freinage violent.

Leur guide s'arrêta et descendit de la voiture.

« C'est là que ça s'est passé », annonça-t-elle en pointant l'index sur un tronc d'arbre dont la base était presque dépourvue d'écorce.

Ils fouillèrent un peu à droite, à gauche et trouvèrent quelques débris de phares et plusieurs rayures impressionnantes dans le bitume. L'accident devait avoir été violent, et il semblait totalement inexplicable. Ils allaient devoir se rapprocher de leurs collègues de la police routière pour entendre leurs conclusions.

« Allons-nous-en, dit Carl.

– Je peux conduire, alors, Chef ? »

Carl se tourna vers son coéquipier. L'exemple qu'ils avaient sous les yeux des conséquences de l'utilisation hasardeuse d'une pédale d'accélérateur ne plaidait pas en faveur de son assistant basané. Pas du tout, en fait. « Écoute, on verra ça quand on aura rendu visite à la brigade autoroutière, d'accord ? » répondit Carl en s'installant au volant.

Carl ne connaissait pas le policier qui s'était chargé de l'affaire et qui avait pris les mesures sur les lieux de l'accident, mais l'homme était loin d'être bête.

« Nous avons fait transporter l'épave à Kongstedsvej, où il nous était plus facile de procéder à une inspection en règle, expliqua-t-il. Nous avons trouvé des traces de peinture provenant d'un autre véhicule sur plusieurs points d'impact, mais nous n'avons pas encore pu déterminer de quel type de peinture il s'agit. Couleur sombre, probablement anthracite, mais le frottement au moment de la collision a évidemment pu modifier la teinte.

– Et les victimes ? Elles sont encore en vie ? »

L'inspecteur transmit à Carl leurs numéros d'identité nationale. Il vérifierait lui-même.

« Vous pensez donc qu'une autre voiture est impliquée dans l'accident ? poursuivit Carl.

– Je ne le pense pas, je l'affirme. Simplement, nous n'avons pas encore rendu l'information officielle. Il y a plusieurs indices qui nous font croire qu'une course-poursuite s'est engagée au moins deux kilomètres et demi avant l'endroit de l'accident. Allure excessive et conduite irresponsable. C'est un véritable miracle si ces deux femmes sont encore en vie.

– Et vous n'avez aucune idée de l'identité du conducteur qui s'est enfui ?

– Aucune pour l'instant.

– Demandez-lui des renseignements sur les femmes, Chef », souffla Assad à Carl.

Et c'est ce qu'il fit. Qui étaient-elles ? Quel lien avaient-elles l'une avec l'autre ? Ce genre de questions.

« En fait », commença le policier au bout du fil, « toutes les deux viennent de la région de Viborg, et évidemment, nous trouvons un peu surprenant qu'elles soient allées percuter un arbre sur une petite route de campagne, dans un trou paumé du Sealand du Sud. Nous avons pu constater qu'elles ont traversé le pont à plusieurs reprises ce jour-là, mais ce n'est pas le plus bizarre. »

Carl sentit que son interlocuteur avait gardé le meilleur pour la fin. Les flics de la police routière faisaient toujours ça. C'était leur façon de montrer à leurs collègues de la criminelle qu'ils n'étaient pas les seuls à faire un métier excitant.

« Ne me faites pas languir ! s'exclama Carl, magnanime.

— Le plus bizarre, c'est que peu de temps auparavant, elles avaient pulvérisé la barrière de péage du pont de Storebælt, et qu'ensuite elles ont tout fait pour semer la police qui essayait de les arrêter. »

Carl regarda à nouveau la route autour de lui. Ça alors !

« Je peux vous demander de m'envoyer votre rapport par mail ? Je voudrais le consulter tranquillement sur l'ordinateur de la voiture.

— Tout de suite ? Je vais devoir demander à mon chef de brigade s'il est d'accord. »

Sur ce, il raccrocha.

Cinq minutes plus tard, ils lisaient le compte rendu du périple des deux femmes, et ce n'était pas de la petite bière. Elles s'étaient fait flasher par quatre radars, deux fois chacune en une seule journée. Elles avaient effectivement traversé le péage du pont de Storebælt sans se préoccuper de la barrière fermée, puis elles avaient roulé comme des folles sur la E20 avec plusieurs voitures de patrouille aux fesses. On supposait qu'elles avaient dû circuler sans lumières pendant un long moment, et le tout s'était terminé par ce terrible accident, sur une petite route perdue au milieu d'un bois.

« Qu'est-ce qui a pu pousser ces nanas à quitter Viborg pour se rendre dans le Sealand, revenir en Fionie pour repartir dans le Sealand, pied au plancher ? Tu saurais expliquer ça, toi, Assad ?

— Je ne sais pas trop, Chef. Pour l'instant, je m'intéresse plutôt à ce passage-là, alors. »

Il montrait la liste des radars de vitesse où les femmes s'étaient fait photographier. Ils étaient situés à des endroits aussi divers que le sud de Vejle sur la E45, à mi-chemin entre Odense et Nyborg sur la E20, et plus tard sur la même autoroute au sud de Slagelse.

Son index glissa quelques lignes plus bas dans le procès-verbal.

Carl lut l'adresse de la localité. Apparemment les deux femmes avaient aussi été chopées par plusieurs radars expérimentaux installés en rase campagne. Il n'avait jamais entendu le nom du lieu-dit en question : Ferslev. Elles avaient traversé le hameau à quatre-vingt-cinq kilomètres-heure au lieu de cinquante. Si l'on additionnait toutes les infractions et que l'on divisait la sanction par deux sachant qu'elles avaient conduit à tour de rôle, on arrivait de toute façon à deux retraits de permis à vie.

Carl tapa Ferslev sur le GPS et consulta la carte. Le lieu-dit se trouvait juste après Skibby. À peu près à mi-chemin entre Roskilde et Frederikssund.

Le doigt d'Assad remonta lentement sur la carte en direction de Nordskoven. L'endroit où Yrsa était convaincue qu'ils trouveraient un hangar à bateaux.

Tout cela était décidément très étrange.

« Appelle Yrsa », dit Carl en passant la première. « Dis-lui de trouver tout ce qu'elle peut sur les deux femmes. Donne-lui leurs numéros d'identité et dis-lui de faire vite. Demande-lui aussi de nous rappeler dès qu'elle saura où elles ont été hospitalisées et dans quel état elles sont. Je sens que ça commence à me gratter de partout ! »

Il entendit vaguement qu'Assad parlait au téléphone, mais il était ailleurs. L'image de ces deux femmes roulant à tombeau ouvert à travers tout le pays l'obsédait.

Ce devaient être deux toxicos, lui soufflait la raison. Des toxicomanes, ou en tout cas des convoyeuses de drogue. C'était forcément un truc comme ça, et elles étaient toutes les deux complètement shootées. Il hochait la tête pour lui-même, tâchant de se convaincre. C'était évident. Sinon pourquoi auraient-elles conduit de cette façon ? D'ailleurs qu'est-ce qui prouvait que le chauffeur du deuxième véhicule s'était enfui après avoir provoqué l'accident ? Si ça se trouve, il avait mis le turbo, mort de trouille, après s'être fait rentrer dedans par deux folles hystériques droguées à mort ?

« OK », entendit-il Assad conclure avant de rabattre le clapet de son téléphone.

« Alors ? Tu as pu la joindre ? Elle a compris ce qu'elle avait à faire ? »

Carl essaya en vain d'établir un contact avec le regard extrêmement pensif de son assistant.

« Allô ? Assad ? Tu me reçois ? Je peux savoir ce qu'a dit Yrsa ?

– Yrsa ? Je ne sais pas ce qu'elle a dit, alors. C'est Rose qui m'a répondu. »

## 40

Il n'était pas content. Pas content du tout.

L'accident s'était produit depuis à peine deux jours et d'après les informations, l'une des deux femmes commençait déjà à aller mieux. L'autre avait peu de chances de s'en sortir, mais les journalistes ne disaient pas laquelle des deux était dans un état critique.

Quoi qu'il en soit, il ne pouvait pas attendre plus longtemps pour passer à l'action.

La veille, il s'était remis au travail et avait commencé à rassembler des informations sur une nouvelle famille. Il avait aussi envisagé de cambrioler la maison d'Isabel à Viborg pour faire disparaître son ordinateur, mais ensuite il s'était dit que cela ne servirait pas à grand-chose si elle avait déjà transmis à son frère policier tout ce qu'elle savait sur lui.

Une autre inconnue était ce que Rakel savait ou ne savait pas. Est-ce qu'Isabel lui avait tout raconté ?

Oui. Elle lui avait forcément donné tous les détails.

Il devait les éliminer toutes les deux. Sa décision était prise.

Il leva les yeux au ciel. Comme d'habitude, il se retrouvait dans une partie de bras de fer avec Dieu. Il en avait toujours été ainsi. Depuis qu'il était tout petit.

Pourquoi Dieu ne pouvait-il pas lui ficher la paix une bonne fois pour toutes ?

Il fit le point sur sa situation, alluma l'ordinateur, releva le numéro des urgences du Rigshospital et appela. Il tomba sur une infirmière à la voix compétente qui ne lui apprit rien de neuf.

Elle savait seulement que les deux blessées avaient été transférées en soins intensifs.

Il nota les coordonnées du service sur son calepin.

Soins intensifs.

ITA 4131.

Numéro de téléphone : 35 45 41 31.

Trois petites informations de rien du tout qui allaient signifier la mort pour elles et la vie pour lui. C'était aussi simple que cela, quel que soit le point de vue où l'on se place, y compris celui du Tout-Puissant qui le regardait depuis là-haut dans le ciel immense.

Il tapa les coordonnées sur Google et ouvrit le tout premier lien. Il s'agissait de la page d'accueil du service des grands blessés du Rigshospital.

Le site était clair et limpide. Propre et efficace comme l'hôpital lui-même. Un clic sur INFORMATIONS PRATIQUES, un autre sur INFORMATION AUX PROCHES.pdf, et il se retrouva avec un document lui fournissant tous les renseignements dont il avait besoin.

Il l'étudia attentivement.

CHANGEMENT DES ÉQUIPES JOUR/NUIT : ENTRE 15 H 30 ET 16 HEURES. C'était à cette heure-là qu'il allait devoir agir. Au moment où il y aurait le plus de confusion dans le service.

Dans ce guide providentiel, il était même précisé que les visites de leurs proches constituaient pour les malades une importante consolation et un grand soutien. Il sourit pour lui-même. À partir de maintenant, il allait donc être un *proche*. Il leur achèterait des fleurs, ça console toujours, les fleurs. Et il prendrait une mine de circonstance pour bien montrer au personnel de l'hôpital à quel point il était affecté.

Il poursuivit sa lecture. Ça devenait de mieux en mieux. Il était écrit que les visites aux patients étaient autorisées pour les membres de la famille et les amis proches vingt-quatre heures sur vingt-quatre.

Amis proches et vingt-quatre heures sur vingt-quatre !

Il réfléchit un peu. Il ferait mieux de se faire passer pour un ami. C'était plus compliqué à vérifier. Un ami intime de Rakel, par exemple. Un membre de sa communauté. Il adopterait un accent du centre du Jutland qui justifierait un séjour prolongé dans la chambre. Il pourrait ainsi rester aussi longtemps qu'il le faudrait. On n'allait tout de même pas mettre à la porte quelqu'un qui était venu de si loin !

Voilà le genre d'informations que contenait le site. Celles-là et des tas d'autres : dans quelles circonstances on pouvait être prié de patienter dans la salle d'attente réservée aux visiteurs ; où on pouvait aller se faire du thé ou du café ; la possibilité qu'on avait de s'entretenir avec les médecins aux heures ouvrables. Il y avait de jolies photos sur l'aménagement des chambres de malades avec des explications précises sur l'utilité des appareils de surveillance médicale qui s'y trouvaient.

Il regarda les photos et elles lui firent comprendre qu'il allait devoir agir vite et disparaître encore plus vite, car à la seconde où un patient mourait dans un service de soins intensifs comme celui-là, tous les instruments auxquels il était relié étaient programmés pour alerter le personnel. Les infirmières de garde dans la salle de contrôle sauraient immédiatement que quelque chose n'allait pas et elles rappliqueraient en moins de temps qu'il n'en faut pour le dire. En quelques secondes toutes les méthodes de réanimation seraient mises

D É L I V R A N C E

en œuvre. C'étaient des professionnels de la santé et c'était ce qu'on attendait d'eux.

Il ne devait pas seulement tuer vite, il devait également s'assurer que toute tentative de réanimation resterait vaine et, plus important que tout, faire en sorte qu'on puisse croire à une mort naturelle.

Il passa trente minutes devant la glace à se préparer. Se fit des rides sur le front, mit une nouvelle perruque, maquilla ses yeux.

Quand il eut fini, c'est avec satisfaction qu'il contempla le résultat. Le miroir lui renvoyait l'image d'un homme brisé par le chagrin. Un vieil homme avec des lunettes, des cheveux poivre et sel et un teint maladif. Un homme qui ne lui ressemblait pas du tout.

Il ouvrit la porte de l'armoire à pharmacie et sortit cinq emballages en plastique d'un petit tiroir qui en contenait de nombreux autres.

Il s'agissait de seringues tout ce qu'il y a de plus ordinaire, du genre de celles qu'on achète en vente libre dans n'importe quelle pharmacie, et avec lesquelles des milliers de toxicomanes se piquent tous les jours avec la bénédiction de la société.

Il n'aurait besoin de rien d'autre.

Il lui suffirait de remplir la seringue d'air, de l'enfoncer dans une veine et d'appuyer. La mort ne tarderait pas. Il aurait le temps d'aller dans les deux chambres et d'en finir avec elles avant même que les alarmes se mettent à sonner.

C'était une simple question de timing.

Il chercha le service 4131. Il pensait avoir toutes les informations nécessaires pour atteindre sa destination sans l'aide de personne. Le plan figurant dans le site semblait indiquer qu'il suffisait de connaître le numéro du service pour s'orienter dans l'hôpital.

Escalier 4, 13ᵉ étage, section 1. Sauf que l'ascenseur ne montait qu'au 7ᵉ étage.

Il consulta sa montre. L'équipe de nuit allait bientôt venir remplacer l'équipe de jour, il n'avait pas de temps à perdre.

Il croisa quelques patients en déambulateur et demanda son chemin à un type derrière un guichet avec hygiaphone dans le hall d'accueil. L'homme avait l'air trop compétent pour le poste, mais il se montra efficace et aimable.

« C'est parce que vous ne lisez pas les chiffres comme il faut. Vous devez prendre l'escalier 41, monter au troisième étage, section 1. »

Il lui indiqua la direction qu'il devait prendre, et lui tendit un morceau de papier à travers la fente du guichet, sur lequel il avait noté les numéros au stylo avec les bons intervalles. Il avait écrit : la patiente se trouve 41 - 3 - 1.

Pour le lieu du crime, suivez le guide !

Arrivé au troisième étage, il vit tout de suite le panneau indiquant SOINS INTENSIFS SECTION 4131. Une porte vitrée occultée par un rideau blanc permettait d'y accéder. On se serait cru dans un magasin de pompes funèbres.

Il sourit. Dans un sens, ce n'était pas faux.

Si le service ressemblait au couloir dans lequel il se trouvait, cela arrangerait bien ses affaires. À part des chariots vides un peu partout, l'endroit était complètement désert.

Il ouvrit la porte à double battant.

Le département des soins intensifs n'était pas très grand, mais l'énergie fébrile qui y régnait donnait le sentiment inverse. Il s'attendait à une atmosphère calme et presque recueillie, et c'était exactement le contraire. En tout cas à cet instant précis.

Il se dit qu'il n'avait peut-être pas choisi le bon moment pour agir, après tout.

Il dépassa deux salles d'attente réservées aux visiteurs et se dirigea vers la réception. Un comptoir très coloré en forme de fer à cheval qui remplissait à la perfection son rôle de poste frontière.

La secrétaire hocha rapidement la tête pour le saluer et se plongea à nouveau dans ses papiers.

Il en profita pour examiner les lieux.

Il y avait des médecins et des infirmières partout. Il y en avait dans les salles communes et d'autres dans des bureaux équipés d'ordinateurs qui faisaient office de sas à l'entrée des salles où se trouvaient les malades. Et puis il y avait tous ceux qui déambulaient dans les couloirs d'un air affairé.

Cette activité trépidante était sans doute due au changement de garde.

« Je tombe mal ? » demanda-t-il à la secrétaire avec un accent du Jutland à couper au couteau.

Elle consulta son bracelet-montre et lui répondit avec un sourire charmant : « Oui, un peu. Qui êtes-vous venu voir ? »

Il plaqua sur son visage l'expression tragique qu'il avait longuement étudiée dans la glace. « Je suis un ami de Rakel Krogh », répondit-il.

Elle inclina la tête sur le côté, l'air surpris. « Il n'y a pas de Rakel Krogh chez nous. Vous voulez dire Lisa Krogh, je suppose ? » Elle regarda l'écran de son ordinateur. « Lisa Karin Krogh, c'est le nom que j'ai ici, en tout cas. »

Quel imbécile. Rakel était le nom dont elle se servait au sein de la communauté, mais ce n'était pas son vrai nom. Il le savait bien, pourtant.

« Oui. Pardon. Lisa, bien sûr. Vous comprenez, nous faisons partie de la même communauté religieuse, et là-bas nous utilisons nos prénoms bibliques. Chez nous, Lisa s'appelle Rakel. »

L'attitude de la secrétaire changea imperceptiblement. Il se demanda si elle doutait de ce qu'il était en train de lui dire, ou bien si elle avait des préjugés contre les pratiquants. Il craignit un instant qu'elle ne lui réclame sa carte d'identité.

« Je connais aussi Isabel Jønsson », ajouta-t-il avant qu'elle n'en arrive là. « Nous sommes amis, tous les trois. J'ai appris par vos collègues des urgences qu'elles ont été transférées dans votre service. C'est bien ça, non ? »

Elle acquiesça. Un peu sur la défensive, mais elle acquiesça.

« C'est ça, oui. Elles sont toutes les deux dans cette chambre », dit-elle en désignant une porte et en lui donnant le numéro.

Elles étaient dans la même chambre. C'était inespéré.

« Vous allez devoir patienter un peu. Isabel Jønsson doit être déplacée dans un autre service. Le médecin et les infirmières sont avec elle en ce moment pour la préparer. Au fait, elle a un autre visiteur qui attend pour aller la voir. Il vaut mieux que vous entriez à tour de rôle. Nous préférons éviter qu'il y ait trop de monde dans les chambres en même temps. Il est dans la première salle d'attente, juste avant la porte par laquelle vous êtes arrivé. Peut-être que vous le connaissez. »

Aïe. Voilà qui n'était pas prévu.

Il se tourna vers la salle d'attente et vit un homme assis tout seul, les bras croisés. Il portait un uniforme de policier. Le frère d'Isabel, probablement. Les pommettes hautes, la même forme de visage et presque le même nez. Ce n'était vraiment pas de chance.

Le visage plein d'espoir feint, il dit à la secrétaire : « Isabel va mieux, alors ?

– Je pense que oui. Il est rare que les patients quittent les soins intensifs avant que leur état s'améliore. »

Elle *pensait que oui* ! Tu parles. Elle savait qu'Isabel allait mieux, puisqu'elle allait être changée de service d'un moment à l'autre.

Quelle barbe. Et son frère qui venait lui rendre visite justement maintenant.

« Est-ce que je pourrais voir Rakel au moins ? Est-ce qu'elle est réveillée ? Enfin, je veux dire Lisa, bien entendu. »

La secrétaire secoua la tête. « Non. Je suis désolée, Lisa Krogh est encore dans le coma. »

Il baissa la tête, l'air profondément abattu. « Mais Isabel est consciente, n'est-ce pas ?

– Je ne sais pas. Mais vous pouvez poser la question à cette infirmière. »

D'un léger mouvement du menton, elle lui montra une femme blonde, à l'air épuisé, qui passait dans le couloir avec une pile de dossiers médicaux sous le bras. Après quoi elle se tourna vers un autre visiteur qui venait d'arriver. L'audience était terminée.

« Excusez-moi ! » Il intercepta l'infirmière d'un geste du bras. Le badge sur sa poche de poitrine indiquait qu'elle s'appelait Mette Frigaard Rasmussen. « Pourriez-vous me dire si Isabel Jønsson est réveillée, s'il vous plaît ? Et si je peux lui parler. »

Isabel n'était peut-être pas l'une de ses patientes, ou bien elle avait terminé son service, ou peut-être qu'elle était simplement épuisée, quoi qu'il en soit elle le regarda avec des yeux qui n'étaient plus que deux minuscules fentes dans son visage et lui répondit avec une bouche plus étroite encore.

« Isabel Jønsson ? Oui. Elle... » Elle sembla réfléchir pendant quelques secondes à ce qu'elle allait lui répondre. « Oui, elle est réveillée, mais elle est sous sédatifs et elle a la mâchoire brisée, alors elle a du mal à parler. En fait, elle ne communique pas du tout pour l'instant. Mais ça viendra. »

Elle lui fit un sourire qui parut lui coûter un terrible effort, il la remercia, et elle repartit, visiblement au bout du rouleau.

Isabel était incapable de s'exprimer. Enfin une bonne nouvelle. Il fallait en profiter.

Il serra les mâchoires, plus déterminé que jamais, et s'éloigna des salles d'attente pour s'engager dans le couloir. Dans quelques minutes, il lui faudrait refaire le chemin en sens inverse pour s'enfuir le plus rapidement possible. Il préférerait évidemment prendre tranquillement l'ascenseur, mais si cela s'avérait risqué, il valait mieux qu'il ait un plan B.

Il passa devant plusieurs chambres à l'intérieur desquelles des êtres humains reposaient dans de terribles souffrances, cependant que des médecins et des infirmières faisaient tranquillement leur travail. Dans la salle de contrôle, des hommes et des femmes en blouse blanche surveillaient des écrans en parlant à voix basse. Une mécanique bien huilée.

Une infirmière le croisa, se demandant peut-être ce qu'il faisait là. Il lui sourit et poursuivit sa route.

Partout sur les murs, il y avait de la couleur. Des tableaux aux teintes éclatantes. Des peintures sur verre. Tout dans cet endroit évoquait la vie. La mort n'y était pas la bienvenue.

Il tourna à l'angle d'un mur rouge vif et constata qu'un deuxième couloir courait parallèlement à celui qu'il venait d'emprunter. À gauche de ce corridor, une série de petites pièces étaient réservées au personnel de l'hôpital. Sur chacune des portes était fixée une plaque avec un nom suivi de la fonction de l'intéressé. Il regarda vers la droite et supposa qu'en partant dans cette direction, il reviendrait à l'accueil. Mais après vérification, il s'aperçut que l'accès était condamné.

En revanche, au bout de ce couloir se trouvait un ascenseur qui pourrait bien lui être utile tout à l'heure.

Il repéra la blouse blanche accrochée derrière la porte d'une pièce dans laquelle étaient entreposés du linge sale et divers produits d'entretien. Elle était sans doute destinée à partir au lavage.

Il s'en empara, la posa sur son bras, attendit un instant et reprit le chemin de la réception.

Il croisa la même infirmière qu'à l'aller et ils se saluèrent à nouveau. Puis il vérifia que les seringues étaient toujours à leur place dans la poche de sa veste. Elles y étaient.

Il s'assit sur un canapé bleu dans la plus petite des deux salles d'attente, celle qui était la plus éloignée de la porte. Le policier dans la salle voisine ne lui jeta pas un regard. Cinq minutes plus tard, ce dernier se leva et se dirigea vers le comptoir de la réception. Deux médecins accompagnés de leurs assistants venaient de sortir de la chambre où se trouvait sa sœur. Au même moment le service fut envahi par l'équipe de nuit qui venait prendre son tour de garde.

Le frère d'Isabel interrogea la secrétaire du regard, et elle hocha la tête. La voie était libre. Il pouvait entrer dans la chambre de sa sœur.

Il le suivit des yeux. Il craignait qu'un brancardier ne vienne chercher Isabel sous peu, ce qui ficherait son plan par terre.

Si Isabel était assez rétablie pour qu'on la transfère, il fallait qu'il la tue la première. D'ailleurs, il n'aurait peut-être pas le temps de les tuer toutes les deux.

La pierre angulaire de son projet était *le temps*. Et c'est pour cela qu'il devait se débarrasser du frère importun le plus vite possible, quels qu'en soient les risques. Il n'aimait pas du tout l'idée de devoir s'approcher de cet homme. Il était possible qu'Isabel lui ait parlé de lui. Et quoi qu'elle lui ait dit, c'était déjà trop. Il faudrait qu'il dissimule son visage en passant à côté de lui.

Il attendit que la secrétaire commence à ranger ses affaires pour céder la place à des troupes plus fraîches.

Puis il enfila la blouse blanche.

Au travail.

Il n'aurait pas pu distinguer les deux femmes l'une de l'autre si le policier ne s'était pas assis sur une chaise à côté du lit d'Isabel. Il lui parlait en lui tenant la main.

La femme couchée dans le lit le plus près de la porte, avec son masque, ses sondes et ses perfusions, devait donc être Rakel.

Derrière elle, un échafaudage d'appareils sophistiqués émettait des bips et des signaux lumineux en continu. Son visage et son corps étaient presque entièrement recouverts. La couverture dissimulait sans doute toutes sortes de lésions et de traumatismes irréversibles.

Il tourna la tête vers Isabel puis vers son frère. « Que s'est-il passé ? » lui demandait ce dernier.

« Je regrette, mais je vais devoir vous demander de sortir de la chambre, monsieur Jønsson », dit-il tout en se penchant au-dessus de Rakel, à qui il souleva les paupières comme s'il voulait examiner ses pupilles. Effectivement, elle était inconsciente.

« Je suis désolé, mais vous allez devoir vous en aller, monsieur Jønsson. Nous allons transférer Isabel dans un autre service. Je vous invite à aller patienter à la cafétéria. Quand vous reviendrez nous vous dirons où elle se trouve. Revenez dans une demi-heure, si vous voulez. »

Il entendit le frère d'Isabel se lever et dire quelques mots à sa sœur pour prendre congé. Un homme qui savait obéir aux ordres.

Il le salua d'un bref signe de tête, le visage légèrement détourné quand il passa près de lui. Il contempla la femme allongée dans le lit. Il y avait fort à parier qu'elle ne représenterait plus jamais le moindre danger pour lui.

Au moment où il se fit cette réflexion, Rakel ouvrit les yeux. Elle le fixa, comme si elle était parfaitement réveillée. Elle avait un regard si vide et si intense à la fois qu'il ne l'oublierait probablement jamais. Cela ne dura qu'un instant, puis ses paupières se refermèrent. Il attendit un peu pour voir si le phénomène se reproduisait, mais ce ne fut pas le cas. Il devait s'agir d'une sorte de mouvement réflexe. Il écouta le moniteur ECG. Le son régulier de son électrocardiogramme s'était indiscutablement accéléré au cours de la minute qui venait de s'écouler.

Il s'approcha d'Isabel. Il remarqua que sa cage thoracique montait et descendait sous le drap à une allure de plus en plus rapide ; elle savait qu'il était là. Elle avait reconnu sa voix. Mais à quoi cela allait-il lui servir à présent ? Sa mâchoire était immobilisée et son visage recouvert d'un pansement de gaze. Elle était reliée à plusieurs appareils par un écheveau de fils et de tuyaux, mais elle n'avait pas de sonde dans la bouche et elle respirait sans aide extérieure. Bientôt, elle retrouverait la parole. Son pronostic vital n'était plus engagé, comme on dit.

Quelle ironie de penser que tous ces éléments encourageants aux yeux des médecins signaient son arrêt de mort, songea-t-il en cherchant sur son bras une veine dans laquelle le sang pulsait assez fort pour servir son dessein.

Il sortit une seringue de sa poche. Extirpa une canule de son emballage stérile et relia les deux. Puis il tira le piston à fond, pour remplir la seringue d'air.

« Tu aurais dû te contenter de ce que je t'ai donné, Isabel », murmura-t-il, constatant que sa respiration et son rythme cardiaque s'accéléraient de plus en plus.

Ce n'est pas bon, se dit-il, en passant de l'autre côté du lit pour enlever l'oreiller qui surélevait son bras droit. Les réactions de la patiente devaient apparaître sur leurs moniteurs dans la salle de contrôle.

« Calme-toi, Isabel. Je ne vais pas te faire de mal. Je suis venu te dire que je m'occupe bien des enfants. Quand tu seras complètement remise, je te ferai savoir où ils sont. Crois-moi. Je n'ai fait ça que pour l'argent, je ne suis pas un meurtrier. C'est pour ça que je suis là. Je voulais que tu le saches. »

Elle respirait toujours très vite, mais son cœur battait un peu moins fort. Bien.

Il regarda à nouveau les moniteurs de Rakel. Les bips de son ECG avaient soudain pris un rythme démentiel. Elle était en pleine crise de tachycardie.

Il n'avait plus une seconde à perdre.

Alors il attrapa rudement le bras d'Isabel, trouva une veine et y planta l'aiguille qui pénétra comme dans du beurre.

Elle n'eut aucune réaction. Elle devait être tellement abrutie par les médicaments qu'il aurait pu traverser son bras de part en part sans qu'elle sente quoi que ce soit.

Il essaya d'appuyer sur le piston mais il ne se passa rien. Il avait raté la veine.

Il ressortit la canule et piqua à nouveau. Cette fois, Isabel sursauta. Elle avait compris ce qu'il était en train de faire. Et aussi qu'il avait menti une fois de plus. Les battements de son cœur s'accélérèrent à nouveau. Il pressa le piston qui ne s'enfonça pas plus que la première fois. Merde. Il fallait qu'il trouve une meilleure veine.

À cet instant, la porte de la chambre s'ouvrit.

« Qu'est-ce qui se passe ici ? » s'exclama une infirmière, regardant alternativement les moniteurs affolés de Rakel et l'inconnu en blouse blanche qui tenait une seringue dirigée vers le bras d'Isabel.

Il mit la seringue dans sa poche et se redressa. Avant que l'infirmière ait eu le temps de comprendre ce qui lui arrivait, il l'avait violemment frappée au cou et elle s'écroulait sur le seuil de la porte encore ouverte.

« Occupez-vous d'elle, elle s'est évanouie. Je pense que c'est du surmenage », ordonna-t-il à une deuxième infirmière qui arrivait en courant de la salle d'observation. En une seconde tout le service avait pris des allures de fourmilière. Une horde de blouses blanches accourait vers la chambre tandis que lui se dirigeait vers les ascenseurs.

Ça n'allait pas du tout, cette histoire. Une fois de plus, le temps avait joué en faveur d'Isabel. Il aurait suffi de dix secondes. Dix petites secondes et il aurait eu le temps de trouver la bonne veine et de la remplir d'air. Dix putains de secondes ! Et sa vie tout entière risquait de s'écrouler à cause de ça.

Il entendit qu'on l'interpellait au moment où il passa la porte à double battant. Devant les ascenseurs, un type tout maigre avec des cernes noirs sous les yeux attendait d'être pris en charge par le service de chirurgie plastique. Il le salua de la tête avec respect. Prestige de l'uniforme.

Il appuya sur le bouton d'appel de l'ascenseur tout en cherchant des yeux l'escalier de secours, mais l'ascenseur arriva rapidement. Il échangea des regards polis avec un groupe de médecins et quelques visiteurs à la mine lugubre qui se trouvaient dans l'ascenseur, puis il se tourna contre la paroi, afin que personne ne remarque qu'il ne portait pas de badge.

Au rez-de-chaussée, il faillit percuter le frère d'Isabel.

Les deux hommes avec qui il était en train de parler avaient tout l'air d'être des collègues à lui. Enfin peut-être pas le petit basané, mais le Danois, sûrement. Ils avaient tous les trois des têtes d'enterrement.

Cela dit, lui non plus n'avait pas de quoi rire.

Quand il fut dehors, il vit au-dessus de sa tête un hélicoptère qui se préparait à atterrir. Le service des urgences allait de nouveau avoir de quoi s'occuper.

Allez-y, songea-t-il, amenez-en autant que vous voulez. Plus il y aura d'accidentés, moins le personnel aura de temps pour s'occuper des deux que j'ai conduites ici.

Il ne retira la blouse que lorsqu'il eut atteint le parking où il avait garé sa voiture à l'ombre des arbres.

Il s'assit au volant et jeta la perruque sur le siège arrière.

## 41

Carl vit qu'il y avait quelque chose de changé à la seconde où Assad et lui arrivèrent au sous-sol. Et ce changement ne lui disait rien qui vaille. Au pied de l'escalier, dans la rotonde, s'entassaient des cartons et tout un fatras d'objets apparemment destinés à la décharge. Des piles d'étagères en métal étaient entreposées contre les murs, et le vacarme qui venait du fond du corridor laissait à penser que le déménagement n'était pas terminé.

« Qu'est-ce que c'est que ce bordel ! » s'exclama-t-il en s'engageant dans le couloir du département V. Où était passée la porte derrière laquelle se cachait l'amiante fatal ? Et où était la cloison qu'ils venaient de faire installer ? Ce n'était tout de même pas ces panneaux qui s'appuyaient contre leur tout nouveau système d'archivage et la giga-copie de la lettre ?

« On peut savoir ce qui se passe, ici ? » brailla-t-il, quand il vit la tête de Rose émerger de son bureau. Dieu soit loué, elle au moins n'avait pas changé. Cheveux noir corbeau coupés court. Teint livide couvert d'une épaisse couche de poudre et yeux trop maquillés. Et toujours ce regard assassin dont elle avait fait sa marque de fabrique.

« Ils sont en train de vider le sous-sol. La cloison les gênait », répondit-elle, laconique.

Ce fut Assad qui pensa à lui souhaiter la bienvenue.

« On est contents de te voir de retour, alors, Rose. Tu es... » Il chercha les mots justes pendant quelques secondes. Puis il sourit. « Tu es toujours aussi jolie qu'avant ! »

Ce n'est pas le premier compliment qui serait venu à l'esprit de Carl.

« Merci pour les roses », dit-elle. Ses sourcils épilés remontèrent légèrement. Pour marquer son émotion sans doute.

Carl se fendit d'un bref sourire. « Je t'en prie. Tu nous as manqué. Yrsa est une fille super, s'empressa-t-il d'ajouter. Mais quand même. »

Il fit un signe de tête vers le fond du couloir. « On va se retaper une visite de l'inspection du travail, avec leurs conneries ! se plaignit-il. Qu'est-ce qu'ils fabriquent ? Et ça veut dire quoi : Ils sont en train de vider le sous-sol ?

– Tout doit disparaître à part nous. Les archives, les objets trouvés, le service courrier et le local utilisé par la caisse de prévoyance. Vous avez entendu parler de la fameuse réforme de la police ? Eh bien voilà, on y est : on casse tout et on recommence. »

Ma foi, ça allait faire de la place.

« OK », dit-il en se tournant vers Rose. « Et à part ça, tu as quelque chose pour nous ? Qui sont les deux femmes impliquées dans cet accident, et comment vont-elles ? »

Rose haussa les épaules. « Ah ça. Je n'ai pas eu le temps de m'en occuper. Il fallait que je vire les affaires d'Yrsa d'abord. Pourquoi, c'était urgent ? »

Carl vit la mimique d'Assad qui semblait dire : *Fais gaffe, elle va se tirer à nouveau,* et il tourna sept fois sa langue dans sa bouche avant de répondre.

Quelle emmerdeuse ! Une fois de plus, elle n'avait pas fait ce qu'il lui avait demandé. Elle avait vraiment l'intention de recommencer comme avant ?

« Je te fais mes plus plates excuses, Rose », dit-il en prenant sur lui. « Désormais, nous ferons en sorte d'être plus explicites dans nos demandes. Mais, s'il te plaît, pourrais-tu avoir l'extrême amabilité de nous fournir ces informations ? Car c'est un tout petit peu urgent, je ne te le cache pas. »

Il jeta un coup d'œil discret à Assad qui lui répondit en levant le pouce.

Rose ricana, mais ne trouva pas de parade.

Ils avaient enfin compris comment la prendre.

« Au fait, vous avez rendez-vous chez le psychiatre dans trois minutes, Carl. Vous n'avez pas oublié, j'espère ? » dit-elle en regardant sa montre. « Vous n'êtes pas en avance, si je peux me permettre.

– Ah bon ? »

Elle lui tendit un papier sur lequel elle avait noté l'adresse. « Si vous partez maintenant, vous serez juste à l'heure. Et puis il fallait que je vous dise aussi de la part de Mona Ibsen qu'elle est vachement fière de vous. »

Touché-coulé. Il n'avait plus qu'à s'exécuter.


La Anker Heegaardsgade se trouvait à seulement deux rues de l'hôtel de police, mais la distance suffit à donner à Carl l'impression qu'on lui avait collé un tuyau d'aspirateur dans le gosier dans l'intention de lui vider l'air des poumons. Si c'était comme ça que Mona croyait lui rendre service, elle pouvait lever le pied un petit peu.

« Content que vous ayez pu venir », l'accueillit le psychologue qui répondait au nom de Kris. « Vous avez trouvé facilement ? »

Que répondre ? À deux rues de son boulot actuel, dans le bâtiment de l'immigration où il était venu environ trois mille fois.

La vraie question était : qu'est-ce que lui faisait là ?

« Blague à part, Carl. Je sais bien que c'est votre métier de trouver à peu près n'importe quoi. Et vous vous demandez sans doute en ce moment ce que moi je fais ici. Eh bien, sachez que dans ce service, beaucoup de dossiers nécessitent l'intervention d'un psychologue. »

Ce type lui donnait froid dans le dos. Il lisait dans ses pensées, ou quoi ?

« Je n'ai qu'une demi-heure à vous accorder, dit Carl. Nous sommes sur une affaire extrêmement urgente. »

Et en plus, c'était vrai.

« Je comprends. » Kris nota l'information sur son calepin. « Essayez tout de même, la prochaine fois, de me réserver assez de temps pour une séance complète. »

Il alla chercher un dossier si épais qu'il avait dû falloir au moins deux heures pour le photocopier.

« Vous savez ce que j'ai là ? On vous a mis au courant ? »

Carl secoua la tête, mais à vrai dire, il avait une petite idée.

« Vous avez votre petite idée, je vois. Il s'agit de votre dossier personnel et de la totalité des procès-verbaux concernant l'enquête qui a conduit à cette fusillade à Amager dont vous et vos coéquipiers avez été victimes. Dans ce contexte, je dois vous dire que ce dossier contient un certain nombre d'informations confidentielles que je ne serai pas en mesure de vous communiquer.

– Pardon ?

– J'ai ici les rapports d'Hardy Henningsen et d'Anker Høyer, qui étaient avec vous sur cette affaire. Je constate en lisant ces pièces que vous étiez plus au courant des détails de l'enquête qu'ils ne l'étaient.

– Ah bon, première nouvelle ! Qu'est-ce qui a pu leur faire dire ça ? Nous avons travaillé ensemble dès le premier jour.

— Justement, cela fait partie des sujets que nous aborderons au cours de nos séances. Je crois que vous n'êtes pas à l'aise avec certains aspects de cette histoire et que vous les avez occultés, volontairement ou involontairement. »

Carl secoua la tête, incrédule. Qu'est-ce que c'était que ce délire ? Il était sur le banc des accusés ou quoi ?

« Je n'ai aucun problème avec cette affaire », se défendit-il, sentant que la colère lui faisait monter le rouge aux joues. « C'était une enquête comme les autres, si l'on fait abstraction de la fusillade. À quoi vous jouez, là ?

— Vous savez ce qui vous fait réagir aussi violemment à l'évocation de cette affaire, aussi longtemps après, Carl ?

— Parfaitement ! Et je crois que vous réagiriez exactement de la même manière si vous aviez été à deux doigts de vous faire tuer et que deux de vos meilleurs amis n'avaient pas eu la même chance.

— Vous considérez Hardy et Anker comme vos meilleurs amis ?

— Oui. C'étaient mes potes. Et d'excellents coéquipiers.

— Ce n'est pas tout à fait la même chose que des amis.

— Cela n'engage que vous. Je ne sais pas si vous accepteriez de vivre avec un homme tétraplégique au milieu de votre salon. Moi oui. Vous ne pensez pas qu'il faut être un véritable ami pour supporter ça ?

— Ne vous méprenez pas, Carl. Je suis persuadé que vous êtes un type bien à de nombreux égards. Je pense aussi que vous ressentez une grande culpabilité vis-à-vis d'Hardy Henningsen et je comprends que vous ayez éprouvé le besoin de vous occuper de lui. Mais êtes-vous sûr que vous vous entendiez si bien que cela à l'époque où vous travailliez ensemble ?

— Absolument. »

Ce mec lui tapait sur le système.

« On a trouvé des traces de cocaïne dans le sang d'Anker Høyer lors de son autopsie. Vous le saviez ? »

Carl s'affala au fond de ce qui était supposé être un fauteuil. Non. Il n'en avait aucune idée.

« Vous prenez de la cocaïne, vous aussi, Carl ? »

Tout à coup, les yeux bleus qui le scrutaient lui semblèrent beaucoup moins gentils. Il avait flirté ouvertement avec lui devant Mona. Petits clins d'œil de pédé et lèvres légèrement pincées et souriantes à la fois. Et voilà que maintenant, il se comportait comme s'il dirigeait un tribunal d'inquisition.

« De la cocaïne ? Vous êtes dingue ou quoi ? J'ai horreur de ces saloperies ! »

Kris le super-psy leva un bras en l'air. « OK ! On va aborder les choses différemment. Connaissiez-vous la femme d'Hardy avant qu'elle ne se marie avec lui ?

— On va encore parler d'elle, maintenant ? »

Il marqua un temps, regardant Kris qui attendait, immobile comme une statue.

« Oui, dit enfin Carl. Elle était copine avec une de mes ex-petites amies. C'est comme ça qu'Hardy et elle se sont rencontrés.

— Vous couchiez avec elle ? »

On pouvait dire qu'il explorait toutes les pistes. Mais Carl avait du mal à voir en quoi toutes ces questions allaient le débarrasser de ses crises d'angoisse.

« Vous hésitez à répondre. Pourquoi ?

— Parce que c'est la psychothérapie la plus bizarre dont j'aie jamais entendu parler. Je suis en train de me demander à quel moment vous allez commencer à me brûler la pointe des seins. Non, en dehors de quelques tripotages adolescents, il ne s'est jamais rien passé entre nous.

— Qu'entendez-vous par *tripotages adolescents* ?

– Putain, Kris. Même si vous êtes homo, vous devez avoir une vague idée de la façon dont deux hétéros peuvent se toucher mutuellement.

– Donc vous avez…

– Non, Kris, désolé. Je refuse de vous donner des détails. Nous nous sommes embrassés et caressés un peu, mais nous n'avons jamais baisé. OK ? »

Kris nota la réponse de Carl sur son petit calepin.

Puis il ramena son regard bleu d'azur sur Carl. « Concernant l'affaire que nous appelons *l'affaire du pistolet à clous*, le rapport d'Hardy stipule que vous connaissiez ceux qui vous ont tiré dessus. Exact ?

– C'est absurde. Il doit s'agir d'un malentendu.

– Je vois. » Il posa sur Carl un regard qui devait avoir pour but de le pousser à la confidence. « Mais le truc, Carl, c'est que lorsqu'on a le cul qui gratte le soir, on a les doigts qui puent le lendemain. »

C'est pas vrai. Ce con allait se mettre à lui parler par métaphores, maintenant.


« Alors, ça y est, vous êtes guéri ? » lui demanda Rose quand il revint au bureau. Elle arborait un grand sourire. Un peu trop grand à son goût.

« Très drôle, Rose. Quand tu auras un moment, je trouve que tu devrais t'inscrire à un cours accéléré de tact et de diplomatie.

– On se calme ! » répondit-elle du tac au tac. Le cessez-le-feu était terminé apparemment. « Vous ne pouvez pas me demander d'être à la fois aimable et politiquement correcte ! »

Aimable ? Elle ?

« Bon, mais sinon, qu'est-ce que tu as pu découvrir sur ces deux femmes, Rose ? »

DÉLIVRANCE    523

Elle débita leurs nom, prénom, adresse et âge respectifs. Quinquagénaires toutes les deux, inconnues des services de police, des femmes tout ce qu'il y a de plus normal.

« Je n'ai pas encore eu les soins intensifs de l'hôpital mais ça ne saurait tarder.

— J'ai oublié de te le demander, mais est-ce que par hasard tu saurais à qui appartenait la voiture qu'elles conduisaient ?

— Vous n'avez pas lu le procès-verbal ou quoi ? C'était celle d'Isabel Jønsson. Mais c'était l'autre, Lisa Karin Krogh, qui conduisait.

— Oui, ça je le savais. Elles sont membres de l'Église nationale ?

— Vos questions partent un peu dans tous les sens aujourd'hui, Carl.

— Elles en sont membres ou pas ? »

Rose haussa les épaules.

« Débrouille-toi pour le savoir. Et si ce n'est pas le cas, tâche de savoir si elles appartiennent à une autre communauté religieuse.

— Vous me prenez pour une journaliste ou quoi ? »

Il allait se mettre en colère, quand il fut interrompu par des cris et des hurlements venant des locaux du tri postal.

« Qu'est-ce qui se passe, alors ? s'écria Assad, sortant la tête de son cagibi.

— Aucune idée », répondit Carl.

Tout ce qu'il voyait, c'est un homme brandissant le montant d'une étagère métallique au-dessus de sa tête et un policier en uniforme qui courait vers lui. Et puis la barre de fer s'abattit sur le policier qui tomba à la renverse.

Apercevant le trio du département V, l'agresseur fonça alors droit sur eux, la barre tendue devant lui comme la lance d'un écuyer. Rose s'effaça, mais Assad ne bougea pas d'un pouce et se posta à côté de Carl pour attendre le forcené.

« Tu ne crois pas qu'on devrait laisser les gars de l'étage s'occuper de son cas, Assad ? » demanda Carl tandis que l'homme se mettait à crier quelque chose dans une langue qu'ils ne comprirent pas.

Mais Assad ignora sa suggestion et se campa sur ses pieds, le corps légèrement en avant, dans la position du lutteur de sumo. Une attitude qui n'intimida pas du tout l'agresseur, malheureusement pour lui. Car à l'instant précis où il allait assener un coup sur la tête d'Assad, celui-ci esquiva la barre de fer et bondit, s'emparant des deux mains de l'arme improvisée. Le résultat fut saisissant.

Il tordit brutalement les bras de l'homme à la hauteur du coude, le montant de l'étagère bascula vers l'arrière et s'abattit sur ses épaules. On entendit ses os craquer.

Par mesure de précaution, Assad acheva sa manœuvre de défense en administrant un solide coup de pied dans le plexus solaire du tas de muscles déjà bien amoché. Sa pauvre victime émit quelques sons peu ragoûtants. Qu'une force de la nature comme lui puisse se briser aussi facilement tenait du miracle.

Plusieurs policiers arrivèrent à la rescousse quand tout fut fini et que le type se retrouva la clavicule cassée et pétant littéralement de trouille, recroquevillé par terre en position fœtale.

Carl n'avait pas encore remarqué jusque-là les menottes qui pendaient à son poignet droit.

« On venait de le faire sortir du panier à salade dans la cour numéro quatre. Il avait rendez-vous avec le juge », dit l'un des policiers en remettant les menottes au prévenu. « Je ne sais pas comment il est arrivé à se détacher, mais le fait est qu'en moins de temps qu'il n'en faut pour le dire, il avait sauté dans la trémie par laquelle on jette les sacs postaux.

– De toute façon, on ne l'aurait pas laissé filer », ajouta le deuxième agent.

Carl le connaissait. Un excellent tireur.

Les policiers félicitèrent Assad à coup de claques dans le dos. Cela n'avait pas l'air de les perturber particulièrement qu'il ait détourné leur prisonnier vers l'hôpital.

« Qu'est-ce qu'il a fait ? demanda Carl.

– Lui ? Il semblerait qu'il ait tué trois recouvreurs de créances serbes en quinze jours. »

Carl baissa les yeux vers la main de l'homme et remarqua alors la bague qui s'enfonçait dans la chair de son auriculaire.

Il releva la tête et croisa le regard d'Assad. Il n'avait pas du tout l'air surpris.

« Joli travail », dit une voix derrière Carl, tandis que les policiers ramenaient le prisonnier d'où il venait.

Carl se retourna. C'était Valde, un retraité de la police, qui s'occupait maintenant de la caisse de prévoyance. Vice-président, si Carl avait bonne mémoire.

« Qu'est-ce que tu fous ici un mercredi, Valde ? Vous ne vous retrouvez pas le mardi en général ? »

Valde rigola en se grattant la barbe. « Si, tu as raison, mais on a fêté les soixante-dix ans de Jannik, hier. Alors, on a fait une petite entorse aux traditions, tu comprends. » Il se tourna vers Assad. « Sacré nom d'un chien, j'aimerais bien que tu me la refasses, celle-là ! Où est-ce que t'as appris un coup pareil ? »

Assad haussa les épaules. « Action, réaction… c'est tout. »

Valde hocha la tête. « Viens nous voir, tu as bien mérité un Gammel Dansk.

– Un quoi ? »

Assad avait l'air perplexe.

« Assad ne boit pas d'alcool, Valde. Il est musulman. Mais moi j'en boirais bien un petit. »

Ils étaient tous là. Des anciens de la circulation pour la plupart, mais aussi le mécanicien Jannik et un ancien chauffeur du chef de la Crim'.

Sandwichs, clopes, café noir et Gammel Dansk. Les retraités de la police savaient se payer du bon temps.

« Tu vas mieux, au fait, Carl ? » s'enquit l'un d'entre eux, un gars à qui il avait eu affaire quelquefois au commissariat de Gladsaxe.

Carl acquiesça.

« C'est vraiment dégueulasse ce qui est arrivé à Anker et à Hardy. D'ailleurs, toute cette affaire était une belle saloperie. Tu as réussi à la résoudre, finalement ?

– Malheureusement, non. » Il regarda la fenêtre au fond de la pièce. « Vous avez du pot d'avoir une fenêtre. On aimerait bien en avoir une chez nous. »

Les cinq retraités froncèrent tous les sourcils.

« Qu'est-ce qu'il y a ? Qu'est-ce que j'ai dit ? »

L'un d'entre eux lui répondit : « Toutes les caves de l'hôtel de police ont des fenêtres.

– Pas la nôtre, c'est sûr », répliqua Carl.

Jannik, le chef-mécanicien, se leva. « Il y a trente-sept ans que je travaille ici et je connais cette bâtisse comme ma poche. Tu veux bien me faire visiter ton sous-sol tout de suite, s'il te plaît ? Parce que je dois partir bientôt. »

Tant pis pour le Gammel Dansk.

« Voilà », dit Carl une minute plus tard en montrant le mur sur lequel était fixé son écran plat. « Tu vois une fenêtre quelque part ? »

Le vieux mécano inclina légèrement la tête sur le côté. « Et ça, tu appelles ça comment ? » Il désignait le mur.

« Euh… un mur ?

– Du placo, Carl Mørck. Ce sont des plaques de Placoplâtre. Ce sont des gars à moi qui les ont posées parce qu'on avait besoin d'un débarras. Il y avait des étagères partout à l'époque. Dans cette pièce-là et aussi dans celle où travaille ta gentille petite secrétaire. Les mêmes étagères qui servaient jadis à ranger les képis et les casques de la brigade d'intervention avant qu'ils ne se mettent à les laisser traîner un peu partout dans la maison. » Il éclata de rire. « Tu n'es pas très dégourdi, Carl Mørck. Tu veux que je vienne te percer un trou, ou tu vas savoir le faire tout seul, histoire de pouvoir profiter de la vue ? »

Incroyable ! « Et de l'autre côté du couloir ? » Carl montrait la minuscule pièce où travaillait Assad.

« Ça, ce n'est pas un bureau, Carl. C'est un placard à balais. Et dans un placard à balais, il n'y a pas de fenêtre.

– OK. Alors, je crois que Rose et moi pourrons nous en passer aussi. On verra plus tard, quand ils auront fini de tout déménager et qu'Assad sera installé ailleurs. »

Le mécanicien secoua la tête et rit un peu pour lui-même.

« Dis donc, c'est le bordel, là », dit-il quand ils furent tous les deux dans le couloir. « Qu'est-ce que vous avez fichu ? » demanda-t-il en parlant de ce qui restait de la cloison, des planches empilées devant le classement mural d'Assad jusqu'au bureau de Rose.

« On avait monté une cloison à cause de ces tuyaux-là. Il paraît qu'ils contiennent de l'amiante floqué. L'inspection du travail nous a fait un pataquès pour ça.

– Ces tuyaux-là ? » Le mécanicien montra d'un geste du menton les conduites incriminées en partant rejoindre son

Gammel Dansk. « Vous pouvez les démonter. Tous les tuyaux du chauffage passent dans le vide sanitaire. Il y a longtemps que ceux-là ne servent plus à rien. »

Son rire sonore résonna dans tout le sous-sol.

Carl était encore en train de jurer comme un charretier, quand Rose entra dans son bureau. Qui sait, elle avait peut-être fait son boulot pour une fois.

« Elles sont en vie toutes les deux, Carl. Celle qui s'appelle Lisa Karin Krogh n'est pas encore tirée d'affaire, mais ils affirment que la seconde va s'en sortir. »

Bon. Ils feraient peut-être mieux d'aller faire un tour là-bas pour lui parler.

« En ce qui concerne leur appartenance religieuse, Isabel Jønsson est membre de l'Église luthérienne d'État et Lisa Krogh appartient à une communauté qui s'appelle l'Église de la Sainte-Vierge. J'ai appelé un de ses voisins à Frederiks. D'après lui, c'est un truc bizarre, une sorte de secte. Ceux qui en font partie vivent entre eux et ne se mélangent jamais aux autres. D'après la femme du voisin, c'est Lisa Krogh qui y a fait rentrer son mari. Ils ont même changé de nom. Lui se fait appeler Joshua et elle, Rakel. »

Carl sentit ses démangeaisons le reprendre.

« Mais ce n'est pas tout, poursuivit Rose. Nos collègues de Slagelse ont trouvé un sac de sport dans les buissons à proximité du lieu de l'accident. Apparemment, il a été éjecté à plusieurs dizaines de mètres de la voiture. Et à votre avis, qu'est-ce qu'il contenait ? Un million de couronnes en coupures usagées.

– J'ai tout entendu, alors ! » s'exclama Assad qui arrivait derrière elle. « *Allah Akbar !* »

*Allah Akbar*, en effet. Carl n'aurait pu mieux dire.

Mais Rose n'avait pas terminé. « J'ai aussi appris que le mari de Lisa Karin Krogh est décédé dans un train sur le parcours entre Slagelse et Sorø dans la soirée de lundi. Plus ou moins au moment où sa femme a eu l'accident. L'autopsie a conclu à une crise cardiaque.

– Eh ben merde alors ! »

Carl se dit que tout cela commençait à puer sérieusement. Une horde de mauvais pressentiments se bousculaient dans sa tête. Il en avait des sueurs froides.

« Avant d'aller parler avec Isabel Jønsson, je voudrais passer voir comment va Hardy », dit Carl à Assad. Il sortit le bâton de police de la boîte à gants et le posa sur le tableau de bord. Un truc qu'il avait trouvé pour calmer les agents de la circulation quand il se garait n'importe comment.

« Ça ne t'ennuie pas d'attendre dehors ? J'ai une ou deux questions à lui poser. »

Hardy était installé dans une chambre avec vue, comme on dit. De grandes fenêtres ouvrant sur un large morceau de ciel où les nuages se disloquaient au gré du vent comme les pièces d'un puzzle qui tombe par terre.

Hardy affirma qu'il allait bien. On avait drainé ses poumons, et on l'avait examiné sous toutes les coutures. « Mais ils ne me croient pas quand je dis que j'arrive à bouger le poignet », dit-il.

Carl ne fit pas de commentaire. Si Hardy se faisait des illusions, ce n'était sûrement pas lui qui allait le détromper.

« Je suis allé chez le psy, aujourd'hui, Hardy. Pas chez Mona, chez un petit connard qui s'appelle Kris. Il paraît que tu aurais fait un rapport dans lequel tu as dit certaines choses dont je n'ai pas été informé. Tu vois de quoi je veux parler ?

– Très bien. J'ai dit que tu connaissais mieux l'affaire qu'Anker et moi.

– Et pourquoi as-tu dit ça ?

– Parce que c'était vrai. Tu savais qui était le vieux qui a été tué, Georg Madsen.

– C'est faux, Hardy. Je ne connaissais pas Georg Madsen.

– Mais si. Il avait été ton témoin dans une autre affaire, je ne me rappelle pas laquelle, mais je suis sûr de ne pas me tromper.

– Je suis désolé, Hardy, mais tu fais erreur. » Il secoua la tête. « Oh, et puis, ça n'a aucune importance. Ce n'est pas pour ça que je suis là. Je voulais juste voir comment tu allais. Tu as le bonjour d'Assad. Il m'attend. »

Hardy leva les sourcils. « Avant de partir, il faut que tu me promettes quelque chose.

– Dis toujours, vieux frère, et je verrai ce que je peux faire. »

Hardy déglutit deux ou trois fois avant de parler. « Il faut que tu me reprennes chez toi. Sinon je vais crever. »

Carl plongea son regard dans celui d'Hardy. S'il y avait une personne au monde qui était capable de mettre fin à ses jours par la simple force de sa volonté, c'était lui.

« Je te le promets, Hardy », répondit Carl, tout doucement.

Il n'avait plus qu'à espérer que Vigga resterait à la colle avec son cornichon enturbanné.

Ils attendaient l'ascenseur dans le hall numéro trois quand la porte s'ouvrit, cédant le passage à un ancien instructeur de Carl à l'école de police.

« Karsten ! Si je m'attendais ! » s'écria Carl en tendant la main. L'autre mit quelques secondes à le reconnaître, mais finit par tendre la sienne également.

« Carl Mørck ! » s'exclama-t-il après avoir fouillé un peu dans sa mémoire. « Tu n'as pas rajeuni, on dirait ! »

Carl rigola. Karsten Jønsson. Encore l'un de ces flics à la carrière prometteuse qui avaient fini derrière un bureau. Un homme assez malin pour comprendre comment on évitait de s'user la santé dans ce job.

Ils parlèrent quelques minutes du bon vieux temps et de la difficulté qu'il y avait à travailler dans la police de nos jours, puis ils se serrèrent la main à nouveau pour se dire au revoir.

D'une façon qu'il n'arrivait pas à s'expliquer, la poignée de main de Karsten transmit à Carl une information que son cerveau n'avait pas encore enregistrée. Un message de ce fameux instinct qui prenait le pas sur tout le reste. Cela commençait toujours comme ça, pour se muer rapidement en une certitude qui lui ordonnait de creuser encore.

Soudain, tout se mit en place. Bien sûr. C'était évident. Il ne pouvait pas s'agir d'un simple hasard.

Il a l'air triste, il sort de l'ascenseur qui conduit au service des soins intensifs. Il s'appelle Jønsson. Tout colle parfaitement.

« Dis-moi, Karsten. Tu es venu voir Isabel Jønsson ? »

Il acquiesça. « Oui, c'est ma petite sœur. Pourquoi, tu t'occupes de son cas ? » Il secoua la tête. Il ne comprenait plus rien. « Tu ne fais plus partie du département A ?

– Non. Je t'expliquerai. Mais ne t'inquiète pas. J'ai juste quelques questions à lui poser.

– Tu vas avoir du mal. Elle a la mâchoire immobilisée et elle est sous sédatifs. J'en viens et elle n'a pas dit un mot. On m'a mis dehors parce qu'on va la déplacer dans un autre service. On m'a demandé d'attendre une demi-heure à la cafétéria.

– Bon. Eh bien je crois qu'on va essayer de la voir avant. J'ai été content de te rencontrer, Karsten. »

Un autre ascenseur venait d'arriver. Un homme en blouse blanche en sortit.

Il leur jeta un regard sombre.

Carl et Assad entrèrent dans l'ascenseur dont il était sorti.

Carl était souvent venu aux soins intensifs du Rigshospital. C'était là qu'on emmenait les gens qui avaient malencontreusement croisé le chemin d'un cinglé quelconque muni d'une arme à feu. Ce service était l'avant-dernière conséquence de la criminalité.

Le personnel y était extrêmement compétent. C'était sans nul doute l'endroit où il voudrait aller s'il lui arrivait quelque chose de grave.

Quand Assad et lui ouvrirent la porte à double battant, le service grouillait de médecins et d'infirmières courant dans tous les sens. Apparemment, ils étaient confrontés à une urgence. De toute évidence, ils n'arrivaient pas au bon moment.

Carl montra sa carte de police au comptoir d'accueil et présenta Assad. « Nous sommes venus poser quelques questions à Isabel Jønsson. J'ai peur que cela ne soit assez urgent.

– Et moi j'ai peur que ce ne soit pas possible dans l'immédiat. Lisa Karin Krogh, qui se trouve dans la même chambre qu'Isabel Jønsson, vient de décéder et sa compagne de chambre ne va pas très bien non plus. L'une de nos infirmières s'est fait agresser, vraisemblablement par un homme qui a tenté de tuer les deux femmes. Nous n'en sommes pas encore sûrs. L'infirmière est toujours sans connaissance. »

## 42

Ils attendirent une demi-heure dans la salle d'attente du service en plein branle-bas de combat.

Puis Carl se décida à retourner parler à la réceptionniste. Ils ne pouvaient tout simplement pas patienter plus longtemps.

« Est-ce que par hasard vous pourriez me donner quelques informations sur la défunte Lisa Karin Krogh ? » dit-il à la secrétaire en lui tendant sa carte. « J'aurais besoin du numéro de téléphone de son domicile. »

La secrétaire lui remit presque immédiatement un bout de papier avec le renseignement demandé.

Il prit son portable et alla rejoindre Assad dont la jambe bougeait au rythme d'un marteau-piqueur.

« Reste ici pour surveiller ce qui se passe. Je vais téléphoner près des ascenseurs. Viens me chercher dès que nous pourrons aller dans la chambre, d'accord ? »

Il appela Rose. « J'ai besoin que tu me trouves tout ce que tu peux en relation avec ce numéro de téléphone. L'état civil complet et le numéro d'identité nationale de toutes les personnes vivant à cette adresse. Et je voudrais que tu t'en occupes tout de suite, Rose, s'il te plaît. »

Rose maugréa mais promit de voir ce qu'elle pouvait faire.

Carl pressa le bouton d'appel de l'ascenseur et descendit dans le hall.

Il avait dû passer au moins une cinquantaine de fois dans sa vie devant cette cafétéria sans jamais s'arrêter. Principalement à cause des sandwichs au pâté trop gras et des prix trop salés pour son maigre salaire de fonctionnaire. Fidèle à ses convictions, il n'entra pas non plus cette fois-ci. En fait, il aurait bien mangé quelque chose mais il avait mieux à faire.

« Karsten Jønsson ! » lança-t-il, et l'homme aux cheveux blonds tendit le cou pour voir d'où venait l'appel.

Il lui demanda de l'accompagner et lui raconta en chemin ce qui s'était passé dans le service où se trouvait sa sœur depuis qu'on lui avait demandé de sortir de la chambre.

Après avoir entendu ces nouvelles, le vieux policier accusa le coup. L'inquiétude creusait ses traits.

« Une seconde, je te prie », s'excusa Carl quand ils arrivèrent au troisième étage. Son portable sonnait. « Vas-y, Karsten, et viens me chercher s'il y a du nouveau. »

Carl se mit à genoux contre le mur, cala le mobile entre l'épaule et l'oreille et posa son bloc-notes sur le sol. « Alors, dis-moi, Rose. Qu'est-ce que tu as découvert ? »

Elle lui donna l'adresse de la famille et le nom des sept membres qui la composaient, avec leurs numéros d'identité nationale. Le père, la mère et les cinq enfants. Joseph, dix-huit ans, Samuel, seize, Miriam, quatorze, Magdalena, douze, et Sarah, dix ans. Il nota tout cela.

Y avait-il autre chose qu'il souhaitait savoir ?

Il secoua la tête et ferma le clapet du mobile sans lui avoir répondu vraiment.

Il faut dire qu'il y avait de quoi être bouleversé.

Cinq enfants qui venaient de perdre leur père et leur mère. Le même scénario que les autres fois. Le kidnappeur avait frappé au sein d'une famille nombreuse et appartenant à une secte. La seule différence étant que, cette fois, il n'avait aucune raison d'épargner l'un des deux enfants comme il en avait l'habitude. Pourquoi le ferait-il ?

Carl avait maintenant plusieurs vies humaines entre les mains, son intuition le lui criait. Il avait le pouvoir d'empêcher d'autres meurtres et le destin de toute une famille dépendait en grande partie de la progression de son enquête. Il n'y avait pas une seconde à perdre, mais que faire ? À part les enfants de la défunte et la réceptionniste qui avait accueilli le meurtrier et qui était en route vers son domicile avec son portable éteint, la seule personne en mesure de l'aider se trouvait derrière l'une de ces portes. Aveugle, muette et dans un état de choc qui pouvait la tuer.

L'assassin était venu ce jour-là. Une infirmière l'avait vu aussi, mais elle était encore évanouie. La situation semblait plus que désespérée.

Carl relut le numéro sur son calepin et appela la maison de Frederiks. Il y avait des moments où il détestait son job.

« Allô, bonjour, Joseph à l'appareil », répondit la voix au bout du fil. Carl jeta un coup d'œil à ses notes. L'aîné, Dieu soit loué.

« Bonjour Joseph. Je suis le vice-commissaire Carl Mørck du département V à l'hôtel de police de Copenhague. Je... »

Son interlocuteur raccrocha doucement le téléphone.

Carl réfléchit pendant quelques instants à l'erreur qu'il avait commise. Il n'aurait peut-être pas dû se présenter de cette façon-là. La police l'avait sûrement déjà prévenu de la mort de son père. Joseph, son frère et ses sœurs étaient totalement bouleversés.

Il se creusa la cervelle. Comment allait-il faire pour établir le dialogue avec ce garçon maintenant ?

Il téléphona à Rose.

« Attrape ton sac, Rose, lui dit-il. Saute dans un taxi et rapplique au Rigshospital le plus vite possible. »

« C'est une situation extrêmement regrettable, déclara le médecin. Jusqu'à avant-hier, nous avions un policier en faction vingt-quatre heures sur vingt-quatre dans le service, parce que nous soignions des victimes de la guerre des gangs qui sévit en ville actuellement. Rien ne serait arrivé s'il avait encore été là. Mais malheureusement, si j'ose m'exprimer ainsi, nous avons remis les deux derniers criminels aux mains de la justice hier soir. »

Carl écoutait le praticien. L'homme avait une bonne tête et l'air gentil. Sans prétention.

« Nous comprenons très bien que la police souhaite établir l'identité de l'agresseur le plus rapidement possible, et nous aimerions bien entendu pouvoir vous aider dans la mesure de nos moyens. Mais la santé de l'infirmière que cet homme a frappée reste notre priorité. Elle a une vertèbre cervicale cassée et elle est en état de choc. Vous allez devoir attendre demain en fin de matinée pour l'interroger. J'espère que nous parviendrons à joindre la réceptionniste qui l'a vu également. Elle habite Ishøj et devrait être arrivée chez elle dans une vingtaine de minutes si elle rentre directement.

– Nous avons déjà envoyé quelqu'un là-bas, pour gagner du temps. Et en ce qui concerne Isabel Jønsson ? »

Carl se tourna vers son frère pour vérifier qu'il avait son accord. Karsten Jønsson hocha la tête. Il ne lui en voulait pas d'avoir posé la question à sa place.

« Elle est sous le choc, évidemment. Sa respiration et son rythme cardiaque sont encore irréguliers, mais nous pensons que voir son frère lui fera du bien. Dans une dizaine de minutes, quand nous aurons fini de l'examiner, il pourra y aller. »

Carl entendit un tohu-bohu venant de la porte d'entrée. C'était Rose qui embarquait le rideau avec son énorme sac.

« Venez avec moi. On va aller dehors », dit Carl en faisant un geste qui s'adressait à la fois à Assad et à Rose.

« Je peux savoir ce que vous attendez de moi ? » demanda cette dernière une fois qu'ils furent arrivés dans le couloir. On voyait clairement qu'elle aurait préféré se trouver n'importe où ailleurs qu'en train d'attendre un ascenseur devant la porte d'un service de soins intensifs. Elle avait peut-être un problème avec les hôpitaux.

« J'ai une mission très difficile à te confier, lui répondit Carl.

— C'est quoi ? dit-elle, se préparant déjà à refuser.

— J'ai besoin que tu téléphones à un jeune homme pour le convaincre de nous aider sous peine de voir mourir deux de ses frères et sœurs. Enfin, je crois. Il s'appelle Joseph et il a dix-huit ans. Son père est mort avant-hier et sa mère est hospitalisée ici, en soins intensifs. Ça, la police de Viborg a déjà dû le lui dire. Ce qu'il ne sait pas, en revanche, c'est que sa mère est décédée elle aussi il y a quelques minutes. Il serait assez maladroit de lui apprendre cette nouvelle par téléphone, mais il faudra sans doute le faire malgré tout. À toi de voir, Rose. L'important, c'est qu'il réponde à tes questions. Tu as carte blanche. »

Elle eut l'air abasourdi. Essaya de protester à plusieurs reprises, mais les mots restèrent coincés dans sa gorge. L'appréhension et le sentiment du devoir se livraient bataille dans son esprit. Elle avait compris à l'expression de Carl à quel point c'était important.

« Pourquoi moi ? Pourquoi pas vous ou Assad ? »

Il lui avoua que le garçon venait de lui raccrocher au nez. « Il nous faut une personne neutre. Et une voix douce et féminine comme la tienne. »

En toute autre circonstance, il n'aurait pas pu s'empêcher de rire en qualifiant la voix de Rose de douce et féminine. Mais en l'occurrence, il n'avait vraiment pas envie de rire. Il fallait qu'elle obtempère.

Il lui expliqua ce qu'il cherchait à savoir, puis il s'éloigna en entraînant Assad.

Il n'avait encore jamais vu les mains de Rose trembler. Yrsa aurait peut-être été plus adéquate. Il avait remarqué que les gens qui se faisaient passer pour des durs à cuire étaient souvent les plus sensibles en fin de compte.

Ils la regardèrent parler d'une voix basse et lente à son interlocuteur. Puis elle leva la main comme si elle voulait l'empêcher de raccrocher. Plusieurs fois, ils la virent lever les yeux vers le plafond pour contenir son émotion et ne pas fondre en larmes. Une scène difficilement supportable. Même à distance. C'était un tel cataclysme dans la vie de ce garçon. Elle venait de lui dire que lui, son frère et ses sœurs ne pourraient plus jamais retrouver leur vie d'avant. Carl ne comprenait que trop ce qu'elle devait ressentir.

Et puis elle resta la bouche entrouverte, très concentrée, écoutant parler Joseph en s'essuyant les yeux. Elle se mit à respirer plus calmement. Recommença à poser question après question, laissant au garçon le temps de répondre, et au bout d'un moment, elle fit signe à Carl de la rejoindre.

Elle mit la main sur le micro. « Il ne veut parler qu'avec moi. Pas avec vous. Il est très bouleversé. Mais vous pouvez lui poser des questions par mon intermédiaire.

– Vous vous en êtes admirablement bien tirés tous les deux. Tu lui as demandé tout ce que je t'avais dit de lui demander ?

– Oui.

– On a un nom et une description du kidnappeur ?

– Oui.

– Des éléments qui pourraient nous permettre de le retrouver ? »

Elle secoua la tête.

Carl posa une main sur son front. « Bon. Alors je crois que je n'ai pas d'autre question à lui poser. Donne-lui ton numéro, et demande-lui de t'appeler s'il pense à quelque chose. »

Elle hocha la tête et Carl alla retrouver Assad.

« On n'a rien du tout », bougonna-t-il en s'appuyant contre le mur. « On est dans la merde.

– On va le trouver, Chef », le rassura Assad.

Mais Carl savait qu'il nourrissait les mêmes craintes que lui. Ils le trouveraient peut-être, oui. Mais trop tard pour sauver la vie des enfants.

« Vous m'accordez une minute », dit Rose.

Son regard devint flou, comme si elle avait aperçu l'envers du monde pour la première fois et qu'elle ne voulait plus rien voir.

Elle resta un long moment ainsi, complètement perdue dans ses pensées, les larmes coulant sur ses joues tandis que Carl essayait d'arrêter la course de la trotteuse de sa montre par la force de la volonté.

Mais enfin, elle se ressaisit et déclara : « C'est bon, je suis prête. Le salopard a enlevé deux des enfants. Samuel, seize ans, et Magdalena, douze ans. Il est parti avec eux samedi. Son père et sa mère ont réussi à rassembler la rançon. Isabel Jønsson leur a offert son aide mais Joseph ignore comment elle s'est trouvée mêlée à cette histoire. Elle n'est venue les voir que lundi. Il ne sait rien d'autre. Ses parents ne lui ont pas dit grand-chose.

— Et que sait-il du kidnappeur ?

— Joseph a décrit le même homme que celui du portrait-robot. Il a plus de quarante ans et il est plutôt grand. Il n'a pas une démarche particulière, pas de claudication, rien, et Joseph pense qu'il teint ses cheveux et ses sourcils. Il a dit aussi que l'homme sait beaucoup de choses sur les questions religieuses. » Son regard se voila. « Si je croise ce monstre, je vous jure que je… »

Elle n'acheva pas sa phrase. Son visage en disait assez long.

« Qui s'occupe des enfants en ce moment ?

— Des membres de la communauté.

— Comment Joseph a-t-il réagi à l'annonce de la mort de sa mère ? »

Elle agita la main devant son visage. Elle ne voulait pas parler de ça. Pas tout de suite en tout cas.

« Il a dit que le type chantait faux », reprit-elle, ses lèvres peintes en noir se mettant à trembler. « Il l'a entendu chanter au cours des réunions de prière auxquelles il a participé et il paraît que c'était horrible. Il conduit une fourgonnette. Avec un moteur à essence. C'est moi qui lui ai posé la question. Enfin, en tout cas d'après lui, elle ne faisait pas le bruit d'un véhicule diesel. Une camionnette bleu ciel sans aucun signe particulier. Il n'a pas relevé le numéro de la plaque et n'a pas fait attention à la marque. Ce genre de choses ne l'intéresse pas.

— Il n'a rien dit d'autre ?

— Si, le kidnappeur se fait appeler Lars Sørensen, mais Joseph raconte qu'un jour son père l'a appelé et qu'il n'a pas réagi. Il pense que ce n'était pas son vrai nom. »

Carl nota le nom sur son calepin.

« Et la cicatrice ?

– Il n'a pas remarqué de cicatrice. » Rose pinça les lèvres. « Elle ne devait pas être très visible.

– Autre chose ? »

Elle secoua la tête d'un air affligé.

« Merci, Rose. Tu peux rentrer chez toi. À demain. »

Rose acquiesça, mais ne bougea pas. Elle devait avoir besoin d'encore un peu de temps pour se remettre.

Carl se tourna vers Assad. « Maintenant, notre seule chance, c'est la femme qui est couchée dans cette chambre là-bas. »

Ils pénétrèrent discrètement dans la chambre où Karsten Jønsson parlait à sa sœur à voix basse. Une infirmière était en train de tripoter son poignet. Sur le moniteur son rythme cardiaque affichait une courbe tranquille et régulière. Le calme semblait revenu.

Carl regarda le lit voisin du sien. Une silhouette dissimulée par un drap blanc. Pas une mère de cinq enfants, ni une femme qui a quitté ce monde avec au cœur un immense chagrin. Juste un corps sous un drap. Un dixième de seconde au volant d'une automobile et puis *ça*. THE END.

« On peut venir plus près d'elle ? » demanda Carl à Karsten Jønsson.

Le frère acquiesça. « Isabel voudrait nous parler, mais il est très difficile de comprendre ce qu'elle dit. Il faudrait qu'on trouve une tablette tactile. L'infirmière va essayer d'enlever les pansements de sa main droite. Mais Isabel a de multiples fractures aux doigts et aux avant-bras. Il n'est pas certain qu'elle puisse tenir un stylet. »

Carl observa la femme allongée dans le lit d'hôpital. Son menton ressemblait à celui de son frère, mais à part ça, il était impossible de se faire une idée de son apparence tellement elle était abîmée.

« Bonjour, mademoiselle Jønsson. Je suis le vice-commissaire Mørck. J'appartiens au département V de la police criminelle de Copenhague. Est-ce que vous comprenez ce que je dis ? »

Elle répondit par un « Mumm », et l'infirmière hocha la tête.

« Je vais vous expliquer en deux mots ce qui m'amène. » Il lui parla du message dans la bouteille jetée à la mer, et des autres rapts d'enfants. Il lui dit qu'il travaillait actuellement sur une affaire similaire qui, elle, semblait être d'actualité. Toutes les personnes présentes dans la chambre notèrent à quel point ses paroles affectaient les courbes des appareils auxquels elle était reliée.

« Je suis désolé de devoir vous infliger tout cela, Isabel. Je sais que vous êtes déjà très éprouvée, mais c'est absolument nécessaire. Ai-je raison de penser que Lisa Karin Krogh et vous êtes impliquées de près dans un drame qui ressemble à ceux dont je viens de vous parler ? »

Elle hocha imperceptiblement la tête et grommela quelque chose qu'elle dut répéter à plusieurs reprises avant que son frère ne se redresse pour le leur rapporter. « Je crois qu'elle dit que la femme s'appelle Rakel.

– Vous avez raison, dit Carl. Elle avait pris un nouveau nom dans la communauté religieuse dont elle faisait partie. Nous sommes au courant de cela. »

La momie acquiesça.

« Ai-je raison de penser que, lundi dernier, Rakel et vous avez essayé de sauver Samuel et Magdalena, les enfants de Rakel, et que c'est au cours de cette tentative que vous avez eu cet accident ? » demanda-t-il alors.

Ici, ses lèvres se mirent à trembler. Elle confirma à nouveau par un minuscule mouvement de la tête.

« Nous allons vous donner de quoi écrire, Isabel. Votre frère va vous aider. » L'infirmière essaya de faire tenir le crayon entre les doigts de la blessée, sans y parvenir.

Elle leva les yeux vers Carl en secouant la tête.

« Ça ne va pas être simple, dit Karsten Jønsson.

– Laissez-moi essayer, alors », proposa une voix derrière eux.

Assad s'approcha du lit.

« Je vous demande pardon, mais mon père est devenu aphasique quand j'avais dix ans. Un AVC et pfuiit ! Tous les mots ont disparu d'un seul coup. J'étais le seul à comprendre ce qu'il disait. Jusqu'à sa mort. »

Carl fronça les sourcils. Ce n'était donc pas avec son père qu'Assad parlait l'autre matin sur Skype.

L'infirmière se leva et céda sa chaise à Assad.

« Excusez-moi, alors, mademoiselle Jønsson. Je m'appelle Assad et je viens de Syrie. Je suis l'assistant de Carl Mørck et on va parler ensemble. Carl Mørck pose les questions et moi j'écoute votre bouche, d'accord ? »

Un tout petit hochement de tête accueillit la suggestion.

« Est-ce que vous avez identifié la voiture qui vous est rentrée dedans ? demanda Carl. Sa marque et sa couleur ? Ancienne ou récente ? »

Assad approcha l'oreille de ses lèvres. Ses yeux réagissaient à chacun des sifflements qui passaient les dents de la femme.

« Une Mercedes, couleur foncée. Un peu ancienne, répéta Assad.

– Est-ce que vous vous rappelez le numéro d'immatriculation de la voiture, Isabel ? »

Si elle avait mémorisé ce numéro, ils avaient une petite chance.

« La plaque était sale. Et il faisait noir. Elle ne voyait pas bien », répondit Assad au bout d'un certain temps. « Mais Isabel pense que le numéro se terminait par 433, même si elle n'est pas tout à fait sûre des trois, non plus. C'était peut-être des huit, ou un huit et un trois. »

Carl réfléchit. 433, 438, 483, 488. Quatre possibilités seulement. C'était jouable.

« Tu as noté ça, Karsten ? Mercedes de couleur sombre, ancien modèle avec un numéro se terminant par 433, 438, 483, 488. Ce n'est pas un travail pour un commissaire de police chargé de la sécurité routière, ça ? »

Il hocha la tête. « C'est vrai, Carl. On va vite voir combien de Mercedes ancien modèle circulent avec une plaque se terminant par ces numéros-là, mais pour la couleur, on n'aura aucun moyen de savoir. Et puis, des vieilles Mercedes, il y en a un paquet sur les routes au Danemark. On risque d'en trouver pas mal avec ces numéros-là. »

Il avait raison. Trouver les voitures était une chose. Retrouver leurs propriétaires en était une autre. Ils n'avaient tout simplement pas le temps.

« Est-ce que vous avez autre chose à nous dire qui pourrait nous aider, Isabel ? Un nom par exemple. »

Elle acquiesça à nouveau. Ce fut long et très difficile pour elle. À plusieurs reprises, Assad dut lui demander de répéter.

Elle leur donna finalement trois noms. Mads Christian Fog, Lars Sørensen et Mikkel Laust. Si l'on y ajoutait le quatrième, celui de l'affaire Poul Holt, Freddy Brink, et le cinquième, Birger Sloth, utilisé dans l'affaire Flemming Emil Madsen, ils avaient onze noms et prénoms sur lesquels travailler. Une gageure.

« Je ne crois pas qu'un seul de ces noms soit le sien, dit Carl. À mon avis, si on veut savoir comment il s'appelle, il va falloir chercher ailleurs. »

Pendant que Carl parlait, Assad continuait à écouter tout ce qu'Isabel tentait de leur révéler pour leur venir en aide.

« L'un des noms est celui qui figure sur son permis de conduire. Elle sait aussi où il habite, alors », dit Assad.

Carl se redressa sur sa chaise. « Ah bon ? Elle a une adresse ?

– Oui. Et autre chose aussi », répondit Assad après quelques secondes d'écoute attentive. « Il avait effectivement une fourgonnette bleu clair. Et elle a retenu le numéro. »

Carl s'empressa de noter ces informations et transmit à Karsten tout ce dont il pouvait avoir besoin.

« Je me mets au travail immédiatement. »

Karsten se leva et sortit de la chambre.

« Isabel affirme que l'homme a une adresse quelque part dans le Sealand », poursuivit Assad. Il se pencha à nouveau sur le visage de la femme. « Isabel, je n'arrive pas à bien comprendre le nom de la ville, alors. Ça finit par *løv*, c'est ça ? Non, pas *løv*, *slev*, alors ? J'ai bien entendu ? »

Cette fois, ce fut Assad qui acquiesça quand Isabel répondit par l'affirmative.

L'endroit se terminait par *slev*, mais Assad ne parvenait pas à entendre le début.

« On va faire une petite pause jusqu'à ce que Karsten revienne, d'accord ? » proposa Carl, s'adressant à l'infirmière.

Elle hocha la tête. Il était grand temps de laisser la patiente se reposer.

« Je croyais que Mlle Jønsson devait être transférée dans un autre service ? » reprit Carl.

L'infirmière hocha la tête à nouveau. « Étant donné les circonstances, je crois que nous allons attendre quelques heures. »

On frappa à la porte, et une femme entra. « J'ai une communication pour un M. Carl Mørck. Il est ici ? »

Carl leva le doigt et la femme lui tendit un combiné sans fil.
« Allô, dit-il.

– Allô. Je m'appelle Bettina Bjelke. Je crois que vous avez cherché à me joindre. Je suis la personne qui tenait l'accueil lors de la dernière garde dans le service ITA 4131. »

Carl fit signe à Assad de s'approcher pour qu'il puisse entendre aussi.

« Pouvez-vous nous décrire l'homme qui est venu rendre visite à Isabel Jønsson juste au moment de la rotation du personnel ? lui demanda-t-il. Je ne parle pas du policier, mais de l'autre. Est-ce que vous vous souvenez de quoi il avait l'air ? »

Assad plissa les yeux en écoutant. Quand elle eut fini de parler et qu'elle eut raccroché, ils échangèrent un regard perplexe.

L'homme qui avait agressé Isabel Jønsson et l'infirmière ressemblait en tous points à celui qui était sorti de l'ascenseur pendant qu'ils étaient en train de discuter avec Karsten Jønsson.

Cheveux grisonnants, cinquante-cinq ans environ, le teint brouillé, légèrement voûté et portant des lunettes. Rien à voir avec le quadragénaire athlétique au cheveu dru que Joseph leur avait décrit.

« Il s'était déguisé, alors », proposa Assad.

Carl était de son avis. Ils ne l'avaient pas reconnu alors qu'ils avaient contemplé son portrait-robot une bonne centaine de fois. Malgré son large visage, malgré ses sourcils qui se rejoignaient presque au milieu du front.

« C'est trop bête », s'exclama Assad.

Un euphémisme. Ils l'avaient vu. Ils auraient presque pu le toucher. Ils auraient pu l'appréhender et sauver la vie de deux gamins. Juste en tendant la main et en l'agrippant.

« Je crois qu'Isabel voudrait vous dire autre chose, dit l'infirmière. Mais ensuite, on va vraiment faire une pause. Elle est épuisée. » Elle leur montra les courbes sur les moniteurs. Le rythme cardiaque avait beaucoup ralenti par rapport à tout à l'heure.

Assad retourna auprès du lit et colla son oreille à la bouche d'Isabel pendant deux bonnes minutes.

« Oui, Isabel, promit-il. Je vais le lui dire. »

Il se tourna vers Carl.

« Il devrait y avoir des vêtements appartenant au kidnappeur sur le siège arrière de la voiture accidentée. Des vêtements avec des cheveux dessus, alors. Qu'est-ce que vous dites de ça, Chef ? »

Carl ne disait rien. Peut-être d'ici un petit moment. Mais là, tout de suite, il ne disait rien du tout.

« Elle se rappelle aussi qu'il a un porte-clés avec une boule de bowling accrochée dessus portant le numéro 1. »

Carl fit une grimace. La boule de bowling ! Il la possédait donc toujours. Il avait gardé cette boule de bowling sur son porte-clés de voiture pendant treize ans. C'est qu'elle devait vraiment compter pour lui.

« J'ai l'adresse », claironna Karsten en entrant dans la chambre, un calepin à la main. « Ferslev, au nord de Roskilde. » Il tendit le carnet à Carl. « Le propriétaire s'appelle Mads Christian Fog, ce qui correspond à l'un des noms cités par Isabel tout à l'heure. »

Carl bondit de sa chaise. « C'est parti, dit-il en faisant signe à Assad de le suivre.

– C'est-à-dire que… », commença Karsten un peu gêné. « Je crains qu'il n'y ait pas d'urgence. J'ai également eu vent d'une intervention de pompiers à cette même adresse lundi soir. Il semblerait que la propriété soit réduite en cendres à l'heure qu'il est. »

Un incendie ! Merde. Le salaud avait encore une fois une longueur d'avance.

Carl souffla rageusement. « Est-ce que tu sais si la maison dont tu parles se trouve au bord de l'eau ? »

Jønsson sortit son iPhone de sa poche et tapa l'adresse sur le GPS. Un instant plus tard il secouait la tête en montrant l'écran à Carl. Non. Ce n'était donc pas là que se trouvait le hangar à bateaux. Le village de Ferslev se trouvait à plusieurs kilomètres du fjord.

Mais si ce hangar n'était pas là, où était-il ?

« Il faut quand même qu'on y aille, Assad. Il doit y avoir des gens dans le coin qui connaissent ce type. »

Et, s'adressant à Karsten Jønsson :

« Est-ce que par hasard tu aurais remarqué un homme qui sortait de l'ascenseur, au moment où nous sommes montés dedans, juste après qu'on s'est parlé dans le hall ? Cheveux poivre et sel, lunettes. C'est le gars qui s'en est pris à ta sœur. »

Jønsson eut l'air bouleversé. « Mon Dieu, non ! Vous en êtes sûrs ?

– Tu ne m'as pas dit qu'on t'a demandé de sortir de la chambre à un moment, parce que Isabel devait être transférée ailleurs ? Je pense que c'est lui qui t'a demandé de t'en aller. Tu n'as pas fait attention ? »

Il secoua la tête d'un air terriblement abattu. « Non, je suis vraiment désolé. Il était penché sur Rakel. Je ne me suis pas douté une seconde… Il portait une blouse blanche. »

Ils se tournèrent tous les trois en même temps vers la silhouette étendue sous le drap. Quelle tragédie.

« Bon, Karsten », dit Carl en tendant la main pour lui dire au revoir. « J'aurais préféré que nos retrouvailles se passent en d'autres circonstances, mais je suis content de t'avoir revu et tu nous as bien aidés. »

Ils se serrèrent la main.

Soudain une idée traversa la tête de Carl. « Au fait, Assad et Isabel, j'ai encore une question. Il semble que notre homme ait une cicatrice visible quelque part. Est-ce que vous pouvez me dire où elle se trouve ? »

Il jeta un coup d'œil à l'infirmière qui, assise au chevet de la blessée, secoua la tête. Isabel Jønsson dormait profondément. Tant pis. Ils lui poseraient la question plus tard.

« Maintenant, il faut qu'on fasse trois choses, Chef », résuma Assad quand ils furent sortis de la chambre. « Il faut qu'on aille voir de plus près tous les endroits qu'Yrsa a repérés. Il faut peut-être aussi qu'on pense à tout ce que nous a dit Klaes Thomasen, alors. On peut faire ça, non ? Et puis il y a le bowling. Il faut qu'on montre le portrait-robot dans tous les endroits où on joue au bowling. Et aussi, on doit interroger les voisins autour de la maison qui a brûlé. »

Carl acquiesça distraitement. Il venait de s'apercevoir que Rose était toujours appuyée au mur à côté de la porte de l'ascenseur. Elle n'avait pas bougé depuis tout à l'heure.

« Tu es sûre que ça va, Rose ? » lui demanda-t-il en arrivant près de son assistante.

Elle haussa les épaules. « Ce n'était pas facile d'annoncer à ce garçon ce qui était arrivé à sa mère », dit-elle à voix basse. À en juger par les rigoles de mascara qui striaient ses joues, elle avait dû beaucoup pleurer.

« Oh, Rose. Je suis désolé », lui dit Assad plein de compassion. Il la prit tendrement dans ses bras et ils restèrent un long moment comme ça, sans bouger, jusqu'à ce que Rose le repousse doucement et qu'elle essuie son nez dans les manches trop longues de son pull en disant à Carl :

« On va arrêter cette ordure, vous m'entendez, Chef ? Je ne rentre pas chez moi. Dites-moi ce que je dois faire et il va voir un peu, ce salaud. » Ses yeux lançaient des éclairs.

Rose était de retour.

Lorsqu'ils eurent confié à Rose la tâche de répertorier tous les clubs de bowling du nord du Sealand et de leur faxer le portrait-robot et les différents noms sous lesquels ils connaissaient désormais le meurtrier, Assad et Carl remontèrent à bord de la voiture de service et rentrèrent le nom de la commune de Ferslev dans le GPS.

La journée de travail tirait à sa fin. Une notion très importante pour le commun des mortels. Mais pas pour eux. Pas aujourd'hui en tout cas.

Ils arrivèrent sur les lieux au moment où le soleil tirait sa révérence. Une demi-heure plus tard, ils n'auraient rien pu voir.

L'incendie avait dû être d'une grande violence. De la maison d'habitation, il ne restait que les murs extérieurs, de même que pour les dépendances. En fait, tout ce qui se trouvait dans un périmètre de trente à quarante mètres de la maison avait été détruit. Les arbres se dressaient tels des totems carbonisés et le feu avait attaqué les chaumes d'hiver sur plusieurs dizaines de mètres dans les champs avoisinants.

Pas étonnant que l'incendie ait déplacé les casernes de Lejre, de Roskilde, de Skibby et de Frederikssund. Il aurait pu être à l'origine d'une véritable catastrophe.

Ils firent plusieurs fois le tour de la maison, et quand Assad vit la carcasse de la fourgonnette au milieu du séjour, il s'exclama qu'on se serait cru au Moyen-Orient.

Carl, pour sa part, n'avait jamais vu une chose pareille.

« On ne trouvera rien ici, Assad. Il a soigneusement effacé toutes ses traces. Allons voir le voisin le plus proche pour en savoir un peu plus sur ce Mads Christian Fog. »

Le téléphone de Carl sonna. C'était Rose.

« Vous voulez savoir ce que j'ai trouvé ? » lui demanda-t-elle.

Il n'eut pas le temps de lui répondre qu'elle énumérait déjà :

« Ballerup, Tårnby, Glostrup, Gladsaxe, Nordvest, Rødovre, Hillerød, Valby, Axeltorv et le centre DGI à Copenhague, Bryggen à Amager, le centre commercial de Stenløse, Holbæk, Tåstrup, Frederikssund, Roskilde, Helsingør et Allerød, la ville où vous habitez. Ce sont tous les bowlings qui se trouvent dans le secteur où vous m'avez demandé de chercher. J'ai envoyé les éléments partout et dans deux minutes, je les rappelle tous. Je vous tiens au courant. Je vais les faire bouger, vous pouvez me croire. »

Carl eut presque pitié des tenanciers de bowling qui allaient avoir affaire à elle.

Les agriculteurs de la ferme voisine, qui se trouvait à plusieurs centaines de mètres, les firent entrer alors qu'ils étaient en train de dîner. La table était garnie d'une marmite de patates et de viande de porc, le tout produit sur place, selon toute vraisemblance. C'étaient des gens robustes avec des sourires francs et sincères. Ici, on ne manquait de rien.

« Mads Christian ? Il y a un paquet d'années que je ne l'ai pas vu, ce vieux grincheux. Je sais qu'il avait une petite amie

en Suède, c'est sûrement là-bas qu'il faut aller le chercher »,
dit le maître de maison, un amateur de chemises de bûcheron.
« De temps en temps, on voit passer à toute allure son affreuse
fourgonnette bleu ciel, précisa sa femme. Et puis sa Mercedes.
Il a gagné tout son argent au Groenland, alors vous pensez,
il a les moyens ! Ils ne payent pas d'impôts, ceux qui travaillent
là-bas, vous savez ? » Elle sourit.

Appuyé sur ses coudes, Carl se pencha au-dessus de l'imposante table de ferme. Si Assad et lui ne trouvaient pas bientôt
un endroit où se restaurer, la chasse à l'homme allait devoir
s'arrêter pour ce soir. L'odeur du rôti de porc était à deux
doigts de le pousser à porter atteinte à la propriété d'autrui.

« Vous avez dit *vieux grincheux*. Je ne suis pas sûr que
nous parlions du même homme ! » dit Carl qui salivait maintenant abondamment. « Il s'agit bien de Mads Christian Fog ?
D'après les renseignements que nous avons, il ne devrait pas
avoir plus de quarante-cinq ans. »

Le paysan et sa femme éclatèrent de rire.

« Je ne sais pas s'il a un neveu ou quelque chose comme
ça, dit le fermier. Mais j'imagine qu'il vous suffit de vous
asseoir deux minutes devant un ordinateur pour le savoir. »
Il hocha la tête pour lui-même quelques instants. « C'est possible qu'il ait prêté sa maison à quelqu'un. On en a souvent
parlé avec ma femme, hein, Mette ? »

La femme acquiesça. « Ce qu'on trouvait bizarre, c'était
de voir la camionnette arriver et la Mercedes repartir tout de
suite après. Ensuite il ne se passait rien pendant quelque
temps, et puis la Mercedes revenait et c'était la camionnette
qui repartait. » Elle secoua la tête plusieurs fois. « Je me suis
souvent dit que Mads Christian était bien trop vieux pour
toutes ces allées et venues.

– L'homme qu'on cherche ressemble à ça, alors », dit Assad en sortant le portrait-robot de sa poche.

Le couple contempla le dessin sans qu'il éveille chez eux la moindre lueur de reconnaissance.

Il était clair que ce n'était pas Mads Christian. Mads Christian avait près de quatre-vingts ans et il était un vrai souillon. Celui-là était propre sur lui et presque distingué.

« Bon. Et l'incendie ? Vous l'avez vu ? » leur demanda Carl.

Ils sourirent. Drôle de réaction.

« À mon avis, commenta l'agriculteur, on a dû le voir jusqu'à Orø, et même jusqu'à Nykøbing, au nord du Sealand.

– Je comprends. Est-ce que vous avez vu quelqu'un s'approcher de la maison ce soir-là ou bien en repartir ? »

Ils secouèrent la tête à l'unisson. « Non, dit l'homme. À cette heure-là, on était déjà couchés. On se lève tôt à la campagne, vous savez ? Pas comme ces gens de la capitale qui font la grasse matinée jusqu'à des six heures du matin ! »

« Il faut qu'on s'arrête dans une station-service, Assad. Je meurs de faim, pas toi ? » dit Carl quand ils remontèrent à bord de la voiture de service.

Assad haussa les épaules. « Non ça va. Je vais manger ça. »

Il plongea la main dans la poche de sa veste et en sortit quelques paquets dont l'apparence évoquait nettement l'Orient. Si Carl en croyait les illustrations sur l'emballage, il devait s'agir de dattes et de figues. « Vous voulez goûter ? » lui demanda Assad.

Carl soupira d'aise en mâchant les fruits secs, assis derrière son volant. C'était vachement bon.

« Alors, vous croyez qu'il lui est arrivé quoi, au type qui habitait là ? » lui demanda Assad en montrant les ruines de la maison incendiée. « Moi, je crois qu'il ne va pas trop bien en ce moment, alors. »

Carl hocha la tête et déglutit. « Je pense qu'on devrait envoyer du monde sur place pour fouiller le terrain, répondit-il. En cherchant bien, ils devraient tomber sur le squelette d'un type d'environ quatre-vingts ans. »

Assad posa les pieds sur le tableau de bord. « Vous lisez dans mes pensées, Chef. Et maintenant, on fait quoi, alors ?

— Je n'en sais rien. Il faut qu'on téléphone à Klaes Tho-masen pour lui demander s'il s'est renseigné auprès des clubs de voile et du garde-chasse. Et puis ensuite, on pourrait appeler Karsten Jønsson pour qu'il vérifie si une Mercedes de cou-leur sombre s'est fait choper par un radar dans la région. Comme Rakel et Isabel. »

Assad hocha la tête. « On va peut-être retrouver la Mer-cedes avec les numéros que nous a donnés Isabel Jønsson ? Même si elle n'était pas très sûre, on ne sait jamais. »

Carl démarra la voiture. Il doutait fort de s'en tirer à si bon compte.

Son portable sonna. « Il n'aurait pas pu sonner il y a dix secondes », grogna-t-il en remettant la voiture au point mort.

C'était Rose et elle avait l'air très excitée.

« J'ai appelé tous les clubs de bowling, et personne ne connaît l'homme de notre portrait-robot.

— Merde ! s'exclama Carl.

— Qu'est-ce qui se passe ? s'inquiéta Assad en reposant les pieds par terre.

— Mais ce n'est pas tout, Carl, poursuivit-elle. Bien entendu les noms ne leur disaient rien non plus, à part Lars Sørensen. Mais des types qui s'appellent comme ça, on va en trouver des wagons.

— Bien sûr.

– Par contre, à Roskilde, j'ai parlé au téléphone à un gars un peu plus futé que les autres. C'était un petit nouveau et il m'a passé un des vieux joueurs qui étaient en train de boire un coup au bar. Il a commencé par me dire qu'il y avait une compétition ce soir. Ensuite il a dit que le dessin lui faisait penser à plusieurs personnes, mais il a surtout remarqué une chose.

– Oui, Rose. Je suis tout ouïe. »

C'est dingue cette manie qu'elle avait de le faire languir.

« Mads Christian Fog, Lars Sørensen, Mikkel Laust, Freddy Brink et Birger Sloth. Il a rigolé quand j'ai énuméré les noms.

– Qu'est-ce que tu me racontes ?

– Il ne connaissait aucun des noms de famille mais dans l'équipe avec laquelle il doit jouer ce soir, il y a à la fois un Lars, un Mikkel et un Birger. D'ailleurs, c'est lui qui s'appelle Lars. Il avait aussi connu un Freddy il y a quelques années, avec qui ils jouaient dans un autre club, mais il était devenu trop vieux. Il n'y avait pas de Mads Christian, mais quand même, c'était surprenant. Vous croyez que c'est un hasard ? »

Carl posa la moitié de sa barre à la pâte de dattes sur le tableau de bord. Il était de nouveau en pleine forme. Ça n'aurait pas été la première fois qu'un criminel se serait inspiré de son entourage proche pour choisir ses noms d'emprunt. Parfois ils se contentaient d'utiliser le deuxième prénom en premier, ou un K devenait un C, ou ils inversaient le nom et le prénom. Les psys pourraient sûrement trouver des tas de bonnes explications à cela, Carl y voyait surtout un manque total d'imagination.

« Pour finir, je lui ai demandé s'il connaissait quelqu'un qui avait un porte-clés avec une boule de bowling miniature avec le numéro 1 inscrit dessus et il a recommencé à se marrer. Tous les membres de son équipe en ont un, il paraît.

Ça fait des années qu'ils jouent ensemble dans divers clubs ici et là. »

Carl avait les yeux braqués sur le faisceau des phares transperçant la nuit, il réfléchissait à tout ce qu'il venait d'entendre !

Il ramena les yeux sur le GPS. Quelle distance pouvait-il y avoir entre ici et Roskilde ? Trente-cinq kilomètres ?

« Alors, Carl ? Vous croyez qu'on tient quelque chose ? Même si le type ne connaît pas de Mads Christian ?

– Aucune importance, Rose. Il a pris le nom de Mads Christian ailleurs. Nous savons qui il est. Et pour répondre à ta question : oui, putain, bien sûr qu'on tient quelque chose, Rose ! Dépêche-toi de me donner l'adresse de ce club de bowling. »

Il l'entendit éplucher ses notes et agita la main vers le GPS pour qu'Assad se tienne prêt.

« OK, dit-il dans le combiné. D'accord, Rose. Oui. Oui. Promis, on t'appelle tout à l'heure pour te dire comment ça s'est passé. »

Et, s'adressant à Assad, il dit en écrasant la pédale d'accélérateur : « Københavnsvej 51 à Roskilde. Bon Dieu, Assad, rentre-moi cette adresse dans le GPS, vite ! »

## 43

Concentre-toi, se recommanda-t-il à lui-même plusieurs fois. Fais ce que tu as à faire. Ne te précipite pas, ne fais rien que tu risques de regretter.

Il remonta lentement la rue en voiture. Rendit leur salut aux gens qui hochaient la tête sur son passage et remonta l'allée de la maison avec le terrible pressentiment d'une catastrophe imminente.

Il était à découvert. Comme un mulot au milieu d'un champ, à la merci du premier oiseau de proie. Sa visite au Rigshospital n'aurait pas pu se passer plus mal.

Il jeta un coup d'œil à la balançoire qui pendait mollement au bout de ses cordes. Il y avait moins de trois semaines qu'il l'avait accrochée dans le bouleau. L'image d'Épinal d'un couple en train de pousser un petit garçon sur une balançoire en plein été lui avait été arrachée à jamais. Il ramassa une pelle en plastique dans le bac à sable et sentit le chagrin le submerger. Il n'avait pas connu ce sentiment depuis qu'il était tout petit.

Il s'assit un moment sur le banc et ferma les yeux. Il y a quelques mois à peine, ce jardin embaumait du parfum des roses et d'une présence féminine.

Il sentait encore autour de son cou la douce chaleur des bras de l'enfant, son souffle calme contre sa joue.

Allez, arrête ça. Il devait se secouer. C'était du passé maintenant, comme tout le reste.

C'était la faute de ses parents si sa vie avait pris un tel tour. La faute de ses parents et celle de son beau-père. Mais il s'était vengé d'eux maintes et maintes fois. Bien souvent, il s'en était pris à des hommes et à des femmes uniquement parce qu'ils lui faisaient penser à ces trois-là. Il ne regrettait rien.

On ne fait pas d'omelette sans casser des œufs. Il fallait en prendre son parti.

Il jeta la pelle en plastique dans l'herbe et se leva. Il y avait d'autres femmes sur cette terre. Il trouverait une bonne mère à Benjamin. S'il vendait tout ce qu'il avait, ils pourraient se construire une belle vie tous les deux quelque part, en attendant qu'il reprenne sa mission et recommence à gagner de l'argent.

Mais pour l'instant, il devait regarder la réalité en face.

Isabel était en vie et en voie de guérison. Son frère était policier et il l'avait croisé à l'hôpital. Le plus grave danger venait de ces deux-là. Il connaissait ce genre d'individus. Ils étaient fichus de démarrer leur propre enquête pour le retrouver. Mais il ferait en sorte que cela n'arrive pas.

L'infirmière qu'il avait assommée se souviendrait de lui. Le coup qu'il lui avait porté à la gorge resterait pour toujours gravé dans sa mémoire. Elle ne ferait plus jamais confiance à personne. Elle ne l'oublierait jamais. La réceptionniste non plus ne l'oublierait pas. Mais il ne craignait ni l'une ni l'autre.

Parce que, en réalité, aucune ne savait à quoi il ressemblait.

Il contempla son visage dans le miroir en se démaquillant.

Tout se passerait bien. Il savait mieux que personne comment fonctionne la mémoire visuelle. Si quelqu'un a des rides profondes, on ne voit que ses rides. Un regard fixe derrière des lunettes, et on ne le reconnaît plus sans ce détail.

Les gens remarquent toujours une horrible verrue, mais étrangement, si la verrue disparaît, ils ne s'en aperçoivent pas.

Certaines choses modifient l'apparence, d'autres non, mais le meilleur déguisement est celui qui vous donne l'aspect de la normalité, tout simplement parce qu'on ne remarque pas ce qui est normal. Et il excellait justement à recréer cette normalité. En plaçant des rides au bon endroit, en ajoutant quelques ombres sur les joues ou autour des yeux, en coiffant différemment ses cheveux, en modifiant la courbe des sourcils, la couleur du teint et la brillance des cheveux, il donnait des indications sur l'âge et l'état de santé de son personnage. Le résultat était infaillible.

Aujourd'hui, il s'était déguisé en Monsieur Tout-le-monde. On se souviendrait de son âge, de son accent et de ses lunettes noires. Personne ne saurait dire si ses lèvres étaient fines ou épaisses, s'il avait les traits effacés ou marqués. Il ne se faisait pas de souci. Évidemment, ils n'oublieraient pas ce qu'il avait fait, ni son apparence générale, mais ils seraient incapables de le reconnaître s'ils le rencontraient sous son aspect véritable.

Ils pouvaient enquêter tant qu'ils voulaient, ils ne savaient rien. Ferslev et la fourgonnette n'existaient plus, et lui-même ne tarderait pas à disparaître de la circulation. Exit l'homme ordinaire, vivant dans une maison ordinaire dans un quartier résidentiel de Roskilde, un homme comme il y en avait des millions dans ce petit pays.

Dans quelques jours, quand Isabel aurait retrouvé la parole, ils sauraient ce que cet homme-là avait fait toutes ces années, mais cela ne leur apprendrait rien sur lui. Il n'y avait que lui qui savait qui il était, et il en serait toujours ainsi. Bien sûr on parlerait de lui dans les journaux et à la télévision. Il allait défrayer la chronique. Ce battage médiatique alerterait certaines de ses victimes potentielles et c'est pourquoi il avait l'intention de se faire oublier pendant quelque temps. En attendant, il allait vivre chichement sur ses économies et mettre en place de nouveaux camps de base.

Il contempla sa coquette demeure. Bien que sa femme l'ait bien entretenue, et qu'ils aient dépensé pas mal d'argent en travaux divers, le moment était mal choisi pour la vendre en cette période de crise, mais il allait devoir le faire quand même.

L'expérience lui avait appris que, pour disparaître, il ne suffisait pas de saborder quelques-uns de ses navires. Il fallait tout changer. Nouvelle voiture, nouvelle banque, nouveau nom, nouvelle adresse, nouveaux amis. Il fallait juste trouver une excuse valable vis-à-vis de son entourage pour justifier son choix de tout plaquer. Une offre d'emploi alléchante dans un pays étranger, un pont d'or, un meilleur climat. Des raisons que n'importe qui pouvait comprendre. Et qui ne surprendraient personne.

Bref, aucun comportement trop soudain ou irrationnel.

Il ouvrit la porte du débarras et se posta devant la montagne de cartons de déménagement. Il appela sa femme plusieurs fois de suite. Au bout de quelques minutes sans qu'elle ait donné signe de vie, il s'en alla.

Il était soulagé. Personne n'aime tuer un animal de compagnie auquel il s'est attaché. C'était ainsi qu'il ressentait la chose.

C'était terminé maintenant. Et c'était tant mieux.

Ce soir, après le tournoi de bowling, il mettrait le cadavre dans la voiture et se rendrait à Vibegården pour en finir. Il devait faire disparaître la femme et les enfants.

Quand les corps seraient dissous et qu'il aurait nettoyé la cuve, il serait prêt à partir.

Sa belle-mère recevrait une lettre de sa fille dans laquelle elle lui expliquerait que leurs mauvais rapports avaient contribué à sa décision de s'expatrier avec son mari, et qu'elle reprendrait contact avec elle quand elle se sentirait moins affectée.

Et quand l'inévitable moment viendrait où sa belle-mère se manifesterait, ou commencerait à avoir des soupçons, il irait lui rendre visite et la forcerait à écrire sa propre lettre d'adieu. Ce ne serait pas la première fois qu'il aiderait quelqu'un à se suicider aux barbituriques.

Avant tout, il devait se débarrasser de tous ces cartons, faire réparer la voiture, la vendre, et enfin trouver un acquéreur pour la maison. Il se mettrait en quête d'une maisonnette confortable aux Philippines, irait chercher Benjamin en promettant à sa sœur de continuer à lui donner de l'argent. Puis il traverserait l'Europe jusqu'en Roumanie à bord d'une vieille voiture qu'il pourrait abandonner là-bas, dans n'importe quelle rue, en sachant qu'au bout de quelques jours elle serait désossée par les autochtones.

Les billets d'avion achetés sous des faux noms qu'il n'aurait encore jamais utilisés ne renseigneraient personne sur leur identité. Qui irait s'intéresser à un petit garçon qui voyage avec son père entre Bucarest et Manille ? Dans le sens inverse, ç'aurait peut-être été plus compliqué.

L'avenir l'attendait au bout de quatorze heures d'avion.

Il alla chercher le coffret en ébonite qui contenait ses boules de bowling. Du matériel de vainqueur, et vainqueur il l'avait souvent été au fil des années. C'était la seule chose qui lui manquerait dans la vie qu'il allait laisser derrière lui.

562 D É L I V R A N C E

À y réfléchir, il n'appréciait aucun de ses camarades de bowling. Deux d'entre eux étaient de véritables crétins, qu'il aurait
bien aimé remplacer par d'autres joueurs. Tous étaient des
hommes sans intérêt qui avaient des vies banales et des pensées ordinaires. Leur physique était médiocre et leurs noms,
communs. Ils auraient pu être n'importe qui, s'ils ne s'étaient
pas distingués de la masse en atteignant la tête du classement
avec une moyenne de scores supérieure à deux cent vingt-
cinq points. Le vacarme de ces dix quilles abattues en un
seul *strike* leur procurait à tous les six le même bonheur, et
c'était ce qui les unissait.

Quand ils allaient au club, c'était pour gagner. Et c'est pour
ça qu'il répondait présent à chaque rencontre importante.
Pour ça et puis à cause du Pape, son ami très particulier.

« Salut », dit-il en arrivant au bar. « Vous êtes là ? » Où
voulait-il qu'ils soient ?

Ils levèrent tous la main et il leur fit un tchek à chacun,
en un seul mouvement.

« Qu'est-ce que vous buvez ? » leur demanda-t-il. C'était,
chaque fois qu'ils se retrouvaient, l'incontournable entrée en
matière.

À l'instar des autres, il s'en tenait toujours à l'eau gazeuse
avant un tournoi. Leurs adversaires ne prenaient pas cette précaution. Grave erreur.

Ils discutèrent pendant quelques minutes des points forts
et moins forts de l'équipe qu'ils s'apprêtaient à affronter, et
des chances sérieuses qu'ils avaient de remporter les championnats régionaux qui allaient avoir lieu pendant le week-
end de l'Ascension.

C'est le moment qu'il choisit pour leur annoncer la
nouvelle.

« J'ai peur que vous ne soyez obligés de vous trouver un nouveau coéquipier d'ici là », dit-il en prenant une mine désolée.

Leurs regards accusateurs lui reprochaient cette trahison inexcusable. Personne ne dit le moindre mot pendant de longues secondes. Svend mâchait son chewing-gum avec rage. Lui et Birger avaient l'air furieux. Rien d'étonnant à cela d'ailleurs.

Enfin Lars rompit le silence. « C'est emmerdant, ça, René. Qu'est-ce qui s'est passé ? Tu as un problème avec ta femme ? C'est toujours la faute des femmes quand il y a un problème. »

Un murmure d'assentiment traversa le groupe.

« Non, ce n'est pas à cause de ma femme. » Il s'autorisa un petit rire. « Rien à voir avec elle. En fait, j'ai été nommé directeur administratif d'une société qui travaille pour les énergies renouvelables à Tripoli, en Libye. Mais ne vous inquiétez pas, c'est juste un contrat pour cinq ans. Ensuite je reviendrai, si vous voulez bien de moi pour aller mettre la pâtée aux vétérans ? »

Personne ne rit de son trait d'humour, et il ne s'attendait pas à ce qu'ils le fassent. Il venait de commettre un sacrilège. Le pire qu'on puisse faire à une équipe juste avant un tournoi. Parce que, pour lancer droit au bowling, il faut avoir l'esprit libre.

Il leur demanda de l'excuser pour sa maladresse alors qu'il l'avait fait sciemment.

Il prenait ses distances avec son équipe. Exactement comme prévu.

Il les connaissait par cœur. Le bowling était leur exutoire. Il n'y avait pas de risque qu'on leur propose un poste de directeur à l'étranger. À présent qu'il avait marqué sa différence avec eux, ils se sentaient comme des souris prises au piège. Il savait l'effet que ça faisait pour l'avoir expérimenté lui-même. Mais c'était le passé.

Maintenant, c'était lui le chat.

## 44

Elle avait vu trois fois le jour se lever à travers les cartons entassés et elle savait qu'elle ne le verrait pas une quatrième.

Elle avait beaucoup pleuré, mais elle ne pleurait plus. Elle n'en avait plus la force.

Lorsqu'elle essayait d'ouvrir la bouche, ses lèvres restaient collées. Sa langue était soudée à son palais. Il y avait plus de vingt-quatre heures qu'elle avait eu assez de salive pour déglutir une dernière fois.

L'idée qu'elle allait mourir était désormais un soulagement. Dormir pour l'éternité, échapper à la souffrance, à la solitude.

« Que celui qui se tient au seuil de la mort, celui qui sait qu'il ne lui reste qu'un instant, celui qui la voit se jeter sur lui, emportant tout sur son passage, que celui-là nous parle de la vie. » C'était son mari qui lui avait dit cette phrase un jour, citant son propre père.

Son mari ! Cet homme qui n'avait jamais vraiment vécu, de quel droit avait-il osé revendiquer ces mots ? Elle allait mourir bientôt, elle le sentait, mais au moins elle avait vécu. Enfin, elle avait l'impression d'avoir vécu.

Non ?

Elle essaya de se rappeler quand, mais tout se mélangeait dans sa tête. Les années devenaient des semaines et des bribes de souvenirs envahirent sa mémoire en une constellation improbable où le temps et l'espace étaient devenus parfaitement incohérents.

« Ma tête mourra avant mon corps », se dit-elle.

Elle ne sentait plus sa respiration qui était devenue si faible qu'elle ne faisait même plus trembler les poils de ses narines. La seule chose qui tremblait encore, c'étaient les doigts de sa main libre. Ces doigts qui étaient parvenus à creuser un trou dans un carton placé au-dessus d'elle et avaient senti un objet métallique. Elle s'était demandé ce que c'était. Mais elle n'avait pas trouvé de réponse à sa question.

Ses doigts tremblaient. On aurait dit des mouvements commandés par des fils animés par le Grand Marionnettiste lui-même. Ils tremblaient et venaient battre doucement les uns contre les autres comme des ailes de papillon.

Tu as quelque chose à me dire, Dieu ? demanda-t-elle dans sa tête. C'est ta façon de signaler ta présence avant de me rappeler à toi ?

Elle sourit intérieurement. Elle ne s'était jamais sentie aussi proche de Dieu. Elle ne s'était jamais sentie aussi proche de qui que ce soit, d'ailleurs. Tout à coup, elle ne ressentait plus ni la peur ni la solitude, seulement une immense fatigue. Elle ne sentait même plus le poids des cartons. Juste cette extrême fatigue.

Mais tout à coup, une douleur atroce lui transperça la poitrine. Elle eut si mal que ses yeux s'écarquillèrent dans l'obscurité. La journée est terminée, eut-elle le temps de penser. Ma dernière journée.

Elle s'entendit gémir quand tous les muscles de sa cage thoracique vinrent comprimer son cœur. Ses doigts se rétractèrent sous l'effet d'une crampe et les muscles de son visage se tétanisèrent.

Oh, comme ça fait mal, mon Dieu ! Pourquoi ne me laissez-vous pas mourir ? supplia-t-elle encore et encore, jusqu'à ce que, aussi soudainement qu'ils étaient arrivés, les signes annonciateurs de sa mort s'arrêtent brusquement, provoquant une douleur presque plus intense que celle qui avait précédé.

Les secondes qui suivirent, elle fut persuadée que son cœur avait cessé de battre. Elle s'attendait à ce que l'obscurité vienne l'engloutir une fois pour toutes. Et puis ses lèvres s'entrouvrirent dans une tentative désespérée d'avaler un dernier souffle d'air. Elle gémit et son gémissement se répercuta tout au fond d'elle-même, en cet endroit mystérieux où se cachait le dernier atome de son instinct de survie.

Elle sentit battre son pouls dans ses tempes. Elle sentit le sang circuler dans l'un de ses mollets. Son organisme était encore trop fort pour lâcher prise. Dieu n'avait pas fini de la mettre à l'épreuve.

La terreur de ce qu'il lui réservait encore lui inspira une prière. Une toute petite prière à Dieu dans laquelle elle lui demandait de la prendre vite et de ne pas lui faire trop mal.

C'est alors qu'elle entendit son mari ouvrir la porte et dire son nom, mais elle n'était plus en état de répondre depuis bien longtemps. Et puis, à quoi bon ?

L'index et le majeur de sa main libre se dressèrent tout à coup en un mouvement réflexe.

Ils frôlèrent l'orifice dans le carton au-dessus d'elle, l'ongle de l'index heurta le petit objet métallique qu'elle avait senti tout à l'heure. Lisse et dénué de signification jusqu'à ce qu'une crampe raidisse ses doigts qui vinrent effleurer l'objet et perçurent, sur la surface lisse, une aspérité en forme de V.

Elle fit un effort surhumain pour faire appel à ce qui restait de sa capacité à penser. Il lui fallait dissocier les choses dans sa tête et permettre à l'image qu'elle devait absolument comprendre de remonter au-dessus des messages de panique que lui envoyaient ses intestins bloqués, ses cellules déshydratées, sa peau anesthésiée. L'image d'un objet métallique sur lequel était gravé un V.

Elle perdit connaissance. Retomba dans le néant qui s'emparait petit à petit de son esprit. Ce vide dans lequel elle sombrait à intervalles de plus en plus rapprochés.

Mais enfin les images revinrent la submerger. Des images d'objets lisses, la touche Menu de son portable, l'écran de sa montre, le miroir dans sa table de nuit, montèrent à la surface de sa mémoire, jouant à cache-cache dans sa cervelle. Tous les objets lisses qu'elle avait eu l'occasion de voir et de toucher dans sa vie se bousculèrent pour se faire reconnaître d'elle. Et l'objet était parmi eux. Elle ne s'en était jamais servie elle-même, mais elle revit les hommes de son enfance le tirer fièrement de leur poche. Son mari avait lui aussi brièvement succombé à ce signe extérieur de richesse, ce briquet Ronson estampillé de la lettre V, qu'il avait ensuite jeté au fond d'un carton, peut-être dans l'unique but qu'elle le retrouve un jour et qu'il la réveille de sa torpeur. Et même qu'il joue un rôle décisif dans la suite de ce qui restait de son existence.

Si je parvenais à l'attraper et à l'actionner, je pourrais en finir plus vite, se disait-elle. Et tout ce qu'il possède disparaîtrait avec moi.

Cette idée la fit sourire intérieurement. Elle avait quelque chose de réjouissant. Tout brûler pour laisser une trace de son passage dans la vie de son mari. Pour planter un chardon dans son cœur dont il ne pourrait plus jamais se débarrasser. Pour détruire tous les souvenirs qui l'avaient amené à commettre ses crimes.

Quelle superbe vengeance.

Elle retint son souffle et se remit à gratter le carton. Elle n'avait jamais réalisé auparavant à quel point cette matière était dure. Incroyablement dure. Elle arrachait de minuscules morceaux à la fois. Comme cette guêpe qui grattait la surface de leur table de jardin quand elle était toute petite. Elle tentait de s'imaginer la poussière de papier tombant sur son visage. Particules de la taille d'une tête d'épingle qui peu à peu dégageraient un trou assez grand pour que le briquet tombe. Et si elle avait de la chance, qu'il tombe dans sa main.

Mais finalement, alors que le trou était devenu assez grand pour que le briquet glisse de quelques millimètres, elle perdit courage.

Elle ferma les yeux et pensa à Benjamin. Elle le vit plus grand qu'il ne l'était, debout sur ses jambes et parlant déjà. Un beau petit garçon courant vers elle avec un beau ballon en cuir dans les bras et un regard coquin. Elle aurait tant aimé vivre cela. Entendre sa première vraie phrase. Assister à son premier jour d'école. Être là la première fois où il lui dirait en la regardant au fond des yeux qu'elle était la meilleure maman du monde.

Elle eut l'impression que l'émotion faisait monter un soupçon d'humidité au coin de son œil. Elle pouvait encore s'émouvoir. Pleurer sur Benjamin. Son enfant qui grandirait sans elle.

Benjamin qui devrait vivre seul avec... lui.

NON ! hurla quelque chose à l'intérieur d'elle, mais à quoi bon ?

Cependant, cette pensée revint encore et encore. Avec chaque fois plus de force. IL allait voir grandir Benjamin et pas elle. Et elle allait devoir quitter ce monde avec cette certitude.

Alors ses doigts se remirent à bouger et l'ongle de son majeur s'accrocha à un petit morceau de carton qui retenait le briquet et elle gratta avec cet ongle jusqu'à ce qu'il se brise. Elle venait de perdre son seul outil. Elle s'évanouit encore, terrassée par le désespoir.

Les cris venant de l'extérieur lui parvinrent en même temps que la sonnerie de son téléphone dans sa poche arrière. Le son était moins fort maintenant. La batterie devait être quasiment à plat.

C'était la voix de Kenneth. Son mari était peut-être encore là. Il allait peut-être ouvrir la porte. Peut-être que Kenneth devinerait qu'il y avait un problème. Peut-être...

Ses doigts remuèrent un peu. C'était le seul moyen dont elle disposait encore pour communiquer avec le monde.

Mais la porte de la maison resta fermée. L'affrontement n'eut pas lieu. En revanche son téléphone continua à sonner, quoique la sonnerie devienne de plus en plus faible. Quant au briquet, il glissa tout doucement hors de son recoin et dans sa main.

À présent il oscillait au bout de son pouce. Un faux mouvement et il continuerait sa course le long de son bras pour disparaître quelque part dans le noir au-dessous.

Elle cessa d'écouter les appels de Kenneth, cessa de penser aux vibrations du portable qui s'atténuaient de seconde en seconde. Un minuscule mouvement de l'index et sa main se referma sur le briquet.

Quand elle fut certaine de l'avoir bien en main, elle tourna le poignet autant qu'elle le pouvait. Ce n'était qu'un tout petit centimètre mais le soulagement fut immense. Bien qu'elle n'ait plus la moindre sensation dans le petit doigt et dans l'annulaire, elle se mit à croire à son entreprise.

Elle appuya le plus fort possible et entendit le gaz sortir faiblement du briquet quand il s'ouvrit. Mais elle n'avait pas appuyé assez fort.

Comment allait-elle trouver assez d'énergie pour actionner le mécanisme qui déclencherait l'étincelle ?

Elle alla puiser dans ses dernières ressources et les rassembla dans le bout de son pouce. Ce serait la dernière manifestation volontaire de son existence aux yeux du monde. Elle voulait qu'on sache comment elle avait passé les dernières heures de sa vie et où elle était morte.

Et elle appuya. Tout ce qui restait d'elle se concentra dans cet acte ultime. Et tel un feu d'artifice, l'étincelle jaillit dans le noir, enflamma le gaz et lui permit de voir autour d'elle.

Elle recula la main d'un tout petit centimètre et la flamme se mit à lécher paresseusement le flanc du carton. Elle relâcha la pression et suivit des yeux la petite flamme bleue qui devenait jaune en grandissant, grimpant lentement vers le haut comme un rai de lumière. Au fur et à mesure de son ascension, elle laissait derrière elle une trace noire de suie. Ce qui était consumé s'éteignait aussitôt. Comme une traînée de poudre qui ne mènerait nulle part.

Quand la flamme eut atteint le haut du carton, elle mourut.

Il ne resta qu'une ligne d'un rouge sombre, vaguement incandescente, qui elle aussi disparut.

Elle entendit Kenneth l'appeler à nouveau et sut que cette fois, tout était terminé.

Elle n'avait tout simplement pas la force nécessaire pour allumer la flamme du briquet une nouvelle fois.

Elle ferma les yeux en pensant au jeune homme debout dans la rue devant la maison. Quels beaux enfants il lui aurait donnés pour grandir avec Benjamin. Quelle belle vie elle aurait pu avoir.

Elle respira l'odeur de la fumée et d'autres images défilèrent dans sa tête. Les campements au bord du lac quand elle était scoute. Les feux de la Saint-Jean en compagnie de garçons qui avaient un ou deux ans de plus qu'elle. Les odeurs du marché à Vitrolles la seule et unique fois où ils étaient partis camper, son frère et elle, avec leurs parents.

Et puis l'odeur devint plus forte.

Elle rouvrit les yeux et vit une lueur jaune tout en haut de la montagne de cartons qui se mélangeait à des étincelles bleues.

Et puis elle vit les flammes.

La montagne de cartons était en train de brûler.

Elle avait entendu dire que la plupart des gens qui périssaient dans un incendie mouraient asphyxiés par la fumée et que le seul moyen d'y échapper était de ramper le long du sol.

Mais cela ne la dérangeait pas de mourir asphyxiée. Ce devait être une mort douce et indolore et, de toute façon, elle n'aurait pu ramper nulle part quand bien même elle l'aurait voulu.

Malheureusement la fumée montait vers le plafond. Ce seraient les flammes qui l'atteindraient en premier. Elle mourrait brûlée vive.

Et elle eut peur. La peur terrible qu'on ressent quand on regarde la mort en face.

## 45

« Là, Chef ! » Assad montrait un immeuble coquet, en cours de rénovation, donnant sur Københavnsvej.

Une banderole en travers de la porte annonçait :

NOUS SOMMES OUVERTS, DÉSOLÉS POUR LE DÉRANGEMENT

En tout cas, on ne pouvait pas entrer par là.

« Prenez la direction de Ro's Torv, le centre commercial, et après, vous prendrez la première à droite, Chef. On va se garer derrière », conseilla Assad, en désignant une zone peu éclairée au milieu du quartier rénové.

Ils stationnèrent dans le parking bondé et sombre à l'arrière du bâtiment qui abritait le bowling. Ils virent au moins trois Mercedes mais aucune ne semblait avoir été accidentée.

Est-ce qu'il est possible de faire réparer une voiture aussi vite ? se demanda Carl. Il en doutait. Puis il pensa à son arme de service qu'il avait laissée à l'armurerie de l'hôtel de police. Il aurait dû la prendre. Mais comment aurait-il pu savoir ce matin qu'il allait en avoir besoin ? La journée avait été longue et mouvementée.

Il examina les lieux.

En dehors d'une pancarte ornée de deux énormes boules, rien n'indiquait, de ce côté-là de la bâtisse, qu'elle abritait un club de bowling.

La cage d'escalier, encombrée d'armoires métalliques, faisait penser à une consigne de gare et ne révélait rien non plus sur l'activité pratiquée en ces lieux. Pour le reste, le décor était composé de murs nus, de quelques portes sans écriteau et d'un escalier peint aux couleurs du drapeau suédois. Et il n'y avait personne pour les renseigner.

« Je crois qu'il faut descendre vers le sous-sol, alors », déclara Assad.

MERCI DE VOTRE VISITE ET AU PLAISIR DE VOUS REVOIR AU BOWLING DE ROSKILDE. DU SPORT, DE L'AMUSEMENT ET DU SUSPENSE, disait une affiche placardée sur la porte.

Carl se demanda si vraiment c'était de bowling qu'il s'agissait. Pour lui, l'activité n'était ni sportive ni amusante, et elle n'avait rien d'excitant. Il associait plutôt le bowling aux fessiers ramollis, à la bière au fût et aux frites grasses.

Ils se rendirent d'abord à l'accueil où un homme en pleine conversation téléphonique se découpait sur fond de paquets de bonbons, règlement intérieur et panneau rappelant aux usagers de ne pas oublier leur disque de stationnement.

Pendant qu'il finissait sa communication, Carl observa la salle. Le bar était plein de monde. Des sacs de sport traînaient un peu partout, et des joueurs en effervescence étaient groupés par équipes à l'extrémité des dix-huit ou vingt pistes qu'offrait le local. Une ambiance de tournoi. Partout il y avait des hommes et femmes vêtus de pantalons souples et de polos de couleur unie, ornés du logo de leur club.

« Nous aimerions parler à un dénommé Lars Brande. Ça vous dit quelque chose ? » demanda Carl au type dès qu'il eut raccroché le téléphone.

Il leur indiqua un homme debout près du bar. « C'est celui qui a des lunettes sur la tête. Vous n'avez qu'à l'appeler Pupe, et vous allez voir comment il va réagir.

– Pupe ?

– Oui. C'est son surnom. »

Ils allèrent rejoindre le groupe d'hommes rassemblés devant le bar, bien conscients des regards fixés sur leur tenue et leurs chaussures. Tous devaient se demander ce qu'ils fichaient là.

« Vous êtes Lars Brande, alias Pupe ? » demanda Carl en tendant la main. « Je me présente : Carl Mørck du département V, police criminelle de Copenhague. Je peux vous dire un mot ? »

Lars Brande sourit et lui serra la main. « Je vous avais oublié, excusez-moi. Nous venons juste d'apprendre une mauvaise nouvelle. L'un de nos coéquipiers a décidé de nous laisser tomber alors qu'on ne va pas tarder à disputer les championnats régionaux ! Du coup vous m'êtes complètement sorti de la tête. »

Il donna une claque dans le dos de son voisin le plus proche. Sans doute le lâcheur en question.

« C'est votre équipe ? » demanda Carl en saluant du menton les cinq hommes qui l'entouraient.

« Les meilleurs éléments de tout Roskilde », répondit Lars Brande en levant le pouce.

Carl fit un signe de tête à Assad. Il comptait sur lui pour surveiller les autres, au cas où il viendrait à l'un d'entre eux l'idée de s'enfuir. Ils ne pouvaient prendre aucun risque.

Lars Brande était grand, sec et mince. Il avait le visage distingué d'un homme qui exerce une fonction assise, à l'intérieur d'une maison, comme un horloger ou un dentiste, mais sa peau était burinée et ses mains exceptionnellement larges et calleuses. L'ensemble était assez déroutant.

Ils se rendirent au fond du local et regardèrent les parties en cours pendant quelques instants, avant que Carl ne prenne la parole.

« Vous avez parlé à mon assistante, Rose Knudsen. Les différents prénoms utilisés par l'homme que nous recherchons vous ont surpris parce qu'ils correspondent pour la plupart à ceux des membres de votre équipe, bien que les noms de famille soient différents. Vous avez également trouvé très drôle sa question à propos d'un porte-clés en forme de boule de bowling. Mais vous devez savoir que je ne suis pas là pour m'amuser. Ce qui m'amène ici est d'une extrême gravité et tout ce que vous direz pourra être retenu contre vous. »

Lars Brande eut l'air mal à l'aise tout à coup. Ses lunettes semblèrent s'enfoncer dans ses cheveux.

« Est-ce qu'on me soupçonne de quelque chose ? De quoi s'agit-il ? » Il avait l'air très inquiet. Bizarre. Pourtant Carl ne l'avait accusé de rien. Comment avait-il pu se montrer aussi coopératif avec Rose s'il n'avait pas la conscience tranquille ? Ça n'avait aucun sens.

« Vous soupçonner ? De quoi ? Non, je veux juste vous poser quelques questions. Cela ne vous ennuie pas, j'espère ? »

Il regarda sa montre. « Un petit peu, en fait. Vous comprenez, nous devons jouer dans vingt minutes et nous avons l'habitude de nous mettre en condition tous ensemble. Est-ce qu'on ne pourrait pas remettre ça à un peu plus tard, même si je suis très impatient de savoir ce qui se passe ?

– Désolé. Vous voulez bien m'accompagner à la tribune du jury ? »

Il jeta à Carl un regard incrédule, mais obtempéra.

Les membres du jury ne semblèrent pas enchantés, mais ils se montrèrent plus conciliants dès que Carl leur eut montré sa carte de police.

Carl et Lars Brande retournèrent au fond de la salle. Ils passaient à côté d'un groupe de tables quand l'annonce résonna dans les haut-parleurs.

« Pour des raisons pratiques, nous avons modifié l'ordre de passage », dit un membre du jury avant d'énumérer les équipes qui démarreraient la compétition.

Carl tourna les yeux vers le bar où cinq paires d'yeux les surveillaient, l'air étonné et soucieux, tandis que, derrière eux, Assad surveillait leurs nuques telle une hyène.

L'un de ces hommes était celui que Carl poursuivait, il en était convaincu. Et tant qu'ils restaient tous là, les enfants ne risquaient rien. À condition qu'ils soient encore en vie.

« Vous connaissez bien vos joueurs ? Vous êtes le capitaine de l'équipe, n'est-ce pas ? »

Il hocha la tête et répondit sans regarder Carl. « Nous avons commencé à jouer ensemble avant que ce club existe. À l'époque, on se retrouvait au bowling de Rødovre. Ici, ça nous fait moins loin pour venir. On était un peu plus nombreux là-bas, mais tous ceux d'entre nous qui habitent Roskilde et les environs ont choisi de continuer ici. Et pour répondre à votre question, oui, je les connais tous très bien. En particulier, La Ruche, celui avec la montre en or, puisque c'est mon frère, Jonas. »

Carl trouvait son interlocuteur nerveux. Est-ce qu'il savait quelque chose ? « La Ruche et Pupe. Drôles de noms », commenta-t-il. Il espérait détendre l'atmosphère en changeant de sujet. Il fallait qu'il réussisse à faire parler ce type le plus vite possible. C'était une question de vie ou de mort.

Lars Brande fit une grimace amusée, ça avait marché.

« Jonas et moi sommes apiculteurs, ce qui explique nos surnoms. On en a tous un dans l'équipe. Vous savez ce que c'est quand on est une bande de copains ! »

Carl acquiesça bien qu'il n'en ait pas la moindre idée. « Vous êtes tous très grands. Vous êtes plus ou moins cousins, ou quoi ? »

Si c'était le cas, ils se couvriraient mutuellement en toutes circonstances.

« Non », répondit Lars Brande en souriant. « Il n'y a que Jonas et moi qui soyons de la même famille. Mais je vous accorde que nous avons tous une taille un peu supérieure à la moyenne. On tire mieux quand on a de grands bras, voyez-vous. Je rigole, mais en fait, c'est juste un hasard. Je n'y avais même pas fait attention.

— Je vais vous demander vos numéros d'identité nationale tout à l'heure, mais je vais vous poser franchement la question d'abord : est-ce qu'à votre connaissance l'un d'entre vous a un casier judiciaire ? »

L'homme eut l'air choqué. Il venait peut-être tout juste de se rendre compte de la gravité de la situation.

Il respira profondément. « C'est-à-dire que nous ne nous connaissons pas vraiment dans ce sens-là, répondit-il, ce qui ressemblait à un pieux mensonge.

— Combien d'entre vous ont une Mercedes ?

— Jonas et moi, non. Quant aux voitures que conduisent les autres, vous devriez leur poser la question à eux. »

Est-ce qu'il était en train de couvrir quelqu'un ?

« Vous devez bien connaître la marque des véhicules de vos camarades. Vous partez bien disputer des tournois à l'extérieur de temps en temps, non ?

— C'est exact. Mais nous nous retrouvons ici. Certains d'entre nous laissent leur matériel dans les casiers que vous avez dû voir à l'étage. Jonas et moi avons un fourgon Volks-wagen dans lequel il y a de la place pour tous les six. Comme ça, on économise le carburant. »

Ses réponses étaient cohérentes, mais ce type avait décidé-ment l'air de quelqu'un qui a quelque chose à se reprocher.

« Pouvez-vous me donner les noms de vos coéquipiers en me les désignant un par un ? » Carl se reprit. « Non d'ailleurs. Parlez-moi d'abord de vos porte-clés avec une boule de bowling. D'où viennent-ils ? En existe-t-il beaucoup d'exemplaires ? Est-ce qu'on peut les acheter n'importe où ? »

Il secoua la tête. « Non. Pas ceux-là. Les nôtres portent le chiffre 1, parce que nous sommes les plus forts. » Il eut un petit sourire en biais. « Normalement, il n'y a rien du tout sur la boule, ou alors un numéro qui fait référence à la taille de boule qu'un joueur utilise. Le numéro 1 n'existe pas, parce qu'il n'existe pas de boule aussi petite. L'un de nous a acheté ces porte-clés en Thaïlande il y a très longtemps. » Il sortit son propre trousseau de clés et montra la boule de bowling à Carl. Elle était petite, de couleur sombre et très usée. Elle n'avait rien de remarquable, hormis le chiffre 1 gravé dessus.

« Il n'y a que nous et quelques gars de l'ancienne équipe qui l'avons, poursuivit-il. Je crois qu'il en a acheté dix en tout.

– Qui ça, il ?

– Svend. Celui qui a un blazer bleu marine. Celui qui mâche du chewing-gum et qui ressemble à un vendeur dans une boutique de prêt-à-porter masculin. Je crois que c'était son métier d'ailleurs. »

Carl repéra l'individu dans le groupe. Tout comme les autres, il avait les yeux tournés vers eux, se demandant ce que leur copain pouvait bien raconter à ce flic.

« Je vois. Et, vous vous entraînez ensemble, vu que vous êtes dans la même équipe ? » Carl se disait qu'il pourrait être utile de savoir si l'un d'entre eux se faisait porter pâle régulièrement.

« Jonas et moi, on s'entraîne ensemble, bien sûr, et puis de temps en temps, il y en a un ou deux autres qui se joignent à nous. Mais c'est juste parce que c'est sympa. Dans le temps,

on s'entraînait presque toujours ensemble, mais plus maintenant. » Il sourit. « À vrai dire, à part un ou deux qui éprou-
vent le besoin de s'échauffer juste avant une compétition, on
ne s'entraîne plus beaucoup de manière générale. On devrait
peut-être, mais je ne vois pas vraiment l'intérêt, puisqu'on
arrive à se maintenir à plus de 250 points à chaque compète.

— Est-ce que vous avez remarqué si l'un d'entre vous porte
une cicatrice visible ? »

Il haussa les épaules. Carl vérifierait ça tout à l'heure.

« On pourrait aller s'asseoir là-bas, vous croyez ? »

Carl désignait le restaurant où quelques tables étaient déjà
dressées avec des nappes blanches.

« Il ne devrait pas y avoir de problème.

— Très bien. Alors je vais m'installer là-bas. Je peux vous
demander d'aller chercher votre frère ? »


Jonas Brande avait l'air troublé. C'était quoi cette histoire ?
Qu'est-ce qui pouvait être assez important pour modifier le
programme du tournoi ?

Carl ignora sa question. « Pouvez-vous me dire ce que vous
faisiez aujourd'hui entre quinze heures quinze et quinze
heures quarante-cinq ? »

Carl observa son visage. Viril. Quarante-cinq ans environ.
Pouvait-il être l'homme qu'ils avaient croisé devant l'ascenseur
au Rigshospital ? L'homme du portrait-robot ?

Jonas Brande se pencha légèrement en avant. « Entre
quinze heures quinze et quinze heures quarante-cinq ? Je ne
suis pas sûr d'être capable de vous répondre.

— OK, Jonas. Je comprends. Pourtant vous avez une jolie
montre ? Mais vous ne la regardez peut-être pas très souvent ? »

De façon tout à fait inattendue, Jonas éclata de rire. « Si, bien sûr que je la regarde tout le temps. Mais je ne la porte jamais quand je travaille. Une montre comme ça, ça vaut au moins trente-cinq mille couronnes. Je l'ai héritée de mon père.

– Ce qui veut dire qu'entre quinze heures quinze et quinze heure quarante-cinq vous étiez à votre travail ?

– Oui, bien sûr !

– Alors pourquoi m'avez-vous répondu que vous n'étiez pas capable de me répondre ?

– Ben, je ne sais pas si j'étais à l'atelier, en train de réparer une ruche, ou dans la miellerie pour changer un pignon de la centrifugeuse. »

Apparemment, Jonas n'était pas le plus futé des deux. Ou peut-être que si, justement ?

« Vous vendez beaucoup au black ? »

Jonas ne s'attendait pas du tout à ce que l'interrogatoire prenne ce tour-là et pâlit. Carl s'en fichait de toute façon. Cela n'entrait pas dans sa sphère de compétence. Il avait seulement posé la question pour savoir à qui il avait affaire.

« Avez-vous déjà eu des démêlés avec la justice, Jonas ? Vous savez que je peux contrôler, comme ça ! » dit Carl en essayant de claquer des doigts.

L'homme secoua la tête.

« Y a-t-il quelqu'un dans votre équipe qui en a eu ?

– Pourquoi me demandez-vous ça ?

– C'est le cas ? »

Il hésita un peu. « Je crois que Go-Johnny, Poignée de Gaz et le Pape ont eu quelques soucis. »

Carl marqua un temps. Qu'est-ce que c'était que ces surnoms ? « Vous pouvez me dire qui ils sont ? »

Jonas Brande plissa les yeux en regardant vers le bar. « Birger Nielsen, c'est le chauve. Il est pianiste de bar. C'est pour ça qu'on l'appelle Go-Johnny. Poignée de Gaz, c'est celui qui est à côté. En vrai, il s'appelle Mikkel. Il est mécanicien moto à Copenhague. Je ne crois pas qu'ils aient fait des choses très graves. Birger a dû vendre de l'alcool sans licence, et Mikkel a vendu des voitures volées. Il y a déjà quelques années que ça s'est passé. Pourquoi est-ce que ça vous intéresse ?

— Et le troisième ? Je crois que vous l'avez appelé le Pape ? Je suppose qu'il s'agit de Svend, celui avec le blazer ?

— Oui, il est catholique, je ne sais pas très bien ce qu'il a fait. Je crois que ça s'est passé en Thaïlande.

— Et vous pouvez me parler du dernier ? Celui avec qui votre frère est en train de parler. C'est lui qui quitte l'équipe, non ?

— Oui, c'est ça. C'est René. Notre meilleur joueur. Alors franchement, ça nous fait chier qu'il s'en aille. Il s'appelle René Henriksen, comme l'ancien défenseur de l'équipe nationale de football. C'est pour ça qu'on l'a surnommé Numéro Trois.

— Parce que le joueur dont vous parlez, ce René Henriksen, avait le chiffre trois sur son maillot ?

— À un moment donné, oui.

— Vous avez des papiers sur vous que je pourrais voir, Jonas ? Un document sur lequel figure votre numéro national ? »

Il sortit docilement son portefeuille de sa poche et présenta son permis de conduire.

Carl recopia le numéro.

« Pouvez-vous me dire qui parmi vous conduit une Mercedes ? »

Il haussa les épaules. « Vous savez, en général, on se retrouve… »

Carl n'avait pas la patience d'entendre cette histoire-là une nouvelle fois.

« Merci Jonas. Soyez gentil de demander à René de venir me voir. »

Ils ne se quittèrent pas des yeux entre le moment où René s'écarta du bar et celui où il s'assit en face de Carl.

Un type charmant. Mais peut-être ne fallait-il pas se fier aux apparences. En tout cas il était propre sur lui et il avait le regard franc.

« René Henriksen », se présenta-t-il, relevant légèrement son pantalon aux genoux avant de s'asseoir pour ne pas le froisser. « J'ai compris que vous travailliez sur une enquête ? Non pas que Lars m'ait dit grand-chose, mais c'est ce qu'il m'a semblé deviner. Il s'agit de Svend ? »

Carl observa attentivement son interlocuteur. Il n'était pas exclu qu'il soit l'homme qu'ils recherchaient. Il avait peut-être le visage plus mince, mais il avait pu maigrir un peu avec l'âge. Il venait de se faire couper les cheveux et ses tempes étaient hautes. Mais c'était le genre de détail qu'on pouvait dissimuler avec une perruque. Quelque chose dans son regard donnait à Carl des démangeaisons partout. Ses rides au coin des yeux n'étaient pas que des rides de rire.

« Svend ? Vous voulez dire le Pape ? » dit Carl en souriant, bien qu'il n'en ait pas la moindre envie.

L'homme haussa les sourcils.

« Pourquoi me demandez-vous s'il s'agit de Svend ? » lui demanda Carl.

Henriksen changea radicalement d'expression. D'attentif et prêt à la contre-attaque, il devint l'inverse. Tout à coup, il eut l'air de quelqu'un qui vient d'être pris en flagrant délit d'ignorance.

« Je suis stupide. Je ne sais pas pourquoi j'ai cité le nom de Svend. Faisons comme si je n'avais rien dit, si vous voulez bien ?

– OK. Bon. Alors, il paraît que vous laissez tomber l'équipe. Vous allez déménager ? » demanda Carl.

À nouveau, il observa chez son interlocuteur cette expression désarmée, comme s'il se retrouvait tout nu devant tout le monde.

« Oui. On m'a proposé un travail en Libye. Je dois superviser l'implantation d'un champ solaire en plein désert qui doit à lui seul générer toute l'électricité d'une centrale électrique. Un progrès phénoménal. Mais vous en avez peut-être entendu parler ?

– C'est très intéressant. Comment s'appelle cette société ?

– Vous mettez le doigt sur un problème. » Il sourit. « Pour l'instant elle ne porte que le numéro d'enregistrement de la société anonyme au registre du commerce. Les actionnaires ne parviennent pas à décider si elle aura un nom arabe ou anglais, mais si cela peut vous être utile, actuellement elle s'appelle 773 PB 55. »

Carl hocha la tête. « Et sinon, à part vous, qui d'autre dans l'équipe roule en Mercedes ?

– Qui vous a dit que j'avais une Mercedes ? » Il secoua la tête. « Il me semble que Svend est le seul à rouler en Mercedes, enfin quand il la prend. La plupart du temps, il vient à pied. Il habite tout près.

– Comment savez-vous qu'il a une Mercedes, alors ? D'après Lars et Jonas, vous partez toujours avec eux dans le fourgon Volkswagen.

– Vous êtes bien renseigné. Mais Svend et moi nous voyons souvent en dehors d'ici. Depuis plusieurs années. Enfin, j'aurais dû dire que nous nous voyions, au passé. Il y a bien deux ou trois ans que je ne suis pas allé chez lui, vous vous doutez pourquoi ! Mais dans le temps, j'y allais souvent. Et à ma connaissance, il n'a pas changé de voiture depuis. Une allocation d'adulte handicapé ne permet pas de faire des folies.

– Quand vous me dites que je devrais me douter pourquoi vous ne voyez plus votre ami Svend, vous faites référence à quoi ?

– À ses voyages en Thaïlande, évidemment ! Ce n'est pas pour ça que vous êtes là ? »

Cela ressemblait à une manœuvre de diversion. « Quels voyages ? Je ne suis pas de la brigade des stups, si c'est ce que vous croyez. »

Cette fois l'homme eut l'air complètement désarçonné, mais il était possible aussi qu'il joue la comédie.

« La drogue ! Non ! Ce n'est pas ça du tout ! s'exclamat-il. Je ne voudrais surtout pas lui créer des embêtements. Non, c'est sûrement moi qui ai mal compris.

– Vous allez vous dépêcher de me dire ce que vous avez mal compris, alors. Si vous ne voulez pas que je vous ramène à l'hôtel de police pour interrogatoire. »

Henriksen prit un air traqué. « Mon Dieu, non ! C'est juste que Svend m'a dit un jour que s'il se rendait si souvent en Thaïlande, c'était pour organiser des transports de nouveaunés vers l'Allemagne avec des femmes de là-bas. Des enfants légalement adoptés par des couples qui ne peuvent pas en avoir. C'est lui qui s'occupe des formalités administratives. Je sais qu'il pense travailler pour la bonne cause, mais, à vrai dire, je crois qu'il ne cherche pas trop à savoir comment ces enfants arrivent dans le circuit. C'est seulement ça qui m'embête un peu. » Il se rengorgea. « C'est un bon joueur de bowling et ça ne me dérange pas de continuer à jouer avec lui, mais pour ce qui est de le voir en privé, j'ai préféré arrêter, vous comprenez ? »

Carl jeta un coup d'œil à l'homme au blazer bleu marine. Était-ce une couverture que ce Svend utilisait pour dissimuler d'autres activités ? Cela n'avait rien d'impossible. *Approche-toi le plus possible de la vérité sans y coller tout à fait*, c'était la maxime de la plupart des criminels. Peut-être qu'il n'allait pas du tout en Thaïlande. Peut-être que c'était effectivement lui le kidnappeur et qu'il avait besoin d'un alibi vis-à-vis de ses camarades de bowling pour justifier ses déplacements quand il partait exercer sa coupable industrie.

« Vous pouvez me dire qui chante bien et qui chante mal parmi vos camarades ? »

La question le fit éclater de rire. « Non. Nous n'avons pas souvent l'occasion de chanter.

– Et vous-même ? Vous chantez bien ?

– Assez bien, je dois dire. J'étais enfant de chœur à l'église de Fløng, jadis. Et ensuite, j'ai fait partie de la chorale. Vous voulez que je vous en donne un aperçu ?

– Non merci. C'est gentil. Et Svend ? Il chante bien ? »

Il secoua la tête. « Aucune idée. Mais excusez-moi d'être indiscret. C'est vraiment ça qui vous amène ? »

Carl s'efforça de répondre par un sourire amusé. « Savez-vous si l'un d'entre vous a une cicatrice visible ? »

Il haussa les épaules. Non, décidément, ce type-là ne lui revenait pas.

« Je peux voir vos papiers ? Je voudrais votre numéro national d'identité, s'il vous plaît. »

Il ne répondit pas. Se contenta de plonger la main dans sa poche pour en extraire un petit porte-cartes qui ne devait contenir que des cartes de crédit. Lars Bjørn, l'adjoint de Marcus Jacobsen à l'hôtel de police, avait le même. Ils devaient considérer cela comme une espèce de signe extérieur de richesse !

Carl recopia le numéro d'identité. Quarante-quatre ans. L'âge en tout cas correspondait à leur estimation.

« Vous pourriez me répéter le nom de votre future entreprise, s'il vous plaît ?

– 773 PB 55. Pourquoi ? »

Carl haussa les épaules. Si ç'avait été lui, il aurait choisi n'importe quel nom, au hasard, et il l'aurait oublié deux minutes plus tard. Le gars n'avait peut-être pas menti, après tout.

« Une dernière question : qu'est-ce que vous faisiez aujourd'hui entre quinze heures et seize heures ? »

Il réfléchit un instant.

« Entre quinze et seize ? J'étais chez le coiffeur à Allehelgensgade. J'ai un rendez-vous important demain, il faut que je sois présentable. »

L'homme se passa la main sur la tempe pour illustrer son propos. Effectivement, la coupe semblait récente. Mais ils iraient quand même vérifier son alibi dès que possible.

« René Henriksen, j'aimerais que vous alliez vous asseoir à cette table, là-bas, dans le coin. Je vais probablement avoir besoin de vous poser encore quelques questions tout à l'heure. »

Il hocha la tête et dit qu'il ferait tout ce qui était en son pouvoir pour se rendre utile.

Ils disaient tous ça quand ils avaient affaire à la police.

Carl fit signe à Assad de lui envoyer le type au blazer bleu. Il n'y avait pas de temps à perdre.

Il ressemblait à tout sauf à quelqu'un qui vivait sur une pension d'invalidité. Ses épaules remplissaient bien sa veste et ce n'était pas dû à des épaulettes rescapées des années quatre-vingt. Il avait un visage marqué, des zygomatiques constamment en activité tandis qu'il mâchait son chewing-gum. Une tête massive. Des sourcils épais qui se réunissaient presque au-dessus de son nez. Des cheveux coupés en brosse et une démarche légèrement chaloupée. L'homme avait sans aucun doute plus de cartes dans sa manche qu'il n'y paraissait de prime abord.

Il avait une odeur neutre mais agréable. Son regard était un peu veule et ses yeux, soulignés de cernes noirs, donnaient l'impression d'être plus rapprochés qu'ils ne l'étaient.

De manière globale, son apparence générale et ses caractéristiques physiques méritaient amplement qu'on s'attarde sur son cas.

Il salua René Henriksen, sagement assis dans son coin, avant de s'asseoir en face de Carl.

Bizarrement, son geste eut pour effet de détendre l'atmosphère.

## 46

Il n'était pas très vieux quand il s'aperçut qu'il était capable de contrôler ses émotions au point de les cacher totalement.

Sa vie au presbytère accéléra le processus. C'était un endroit où l'on ne vivait pas dans la lumière de Dieu mais dans son ombre et où les sentiments étaient le plus souvent interprétés de travers. La joie était confondue avec la superficialité, la colère avec du défi et de la mauvaise volonté. Et chacun de ces malentendus lui valait une punition. Alors il ne laissait jamais voir ce qu'il ressentait. Et cela lui épargnait pas mal de problèmes.

Plus tard dans sa vie, ça lui avait servi. Quand les injustices et les déceptions s'acharnèrent sur lui.

C'est pourquoi personne ne savait ce qu'il pensait.

Et aujourd'hui, ça l'avait sauvé.

Il avait eu un choc en voyant arriver les deux policiers. Un véritable choc. Mais il n'avait rien montré.

Il les avait remarqués à la seconde où ils s'étaient présentés à la réception du club de bowling. C'étaient les deux hommes qu'il avait vus en train de discuter avec le frère d'Isabel devant l'ascenseur, au rez-de-chaussée du Rigshospital cet après-midi tandis que lui ne pensait qu'à s'enfuir au plus vite. Ce tandem mal assorti ne passait pas inaperçu.

La question était de savoir si eux l'avaient reconnu.

Il était à peu près sûr que non. Car si c'était le cas, leurs questions auraient été nettement plus pressantes. L'inspecteur l'aurait cuisiné autrement qu'il ne l'avait fait.

Il regarda autour de lui. Il y avait deux issues possibles, si ça commençait à sentir le roussi. Soit il descendait dans la salle des machines et sortait par la porte de derrière pour remonter ensuite l'escalier de secours, en passant devant la grotesque chaise sans pieds qu'on avait placée là pour indiquer qu'il n'y avait pas de sortie à cet endroit, soit il devrait passer devant l'assistant de police. Les toilettes étaient situées juste entre la réception et la sortie, et il n'y aurait rien d'étonnant à ce qu'il s'en aille dans cette direction.

S'il choisissait cette option, le petit homme basané le verrait dépasser la porte des toilettes. Il serait obligé d'abandonner sa voiture qu'il avait comme d'habitude garée dans le parking du centre commercial Ro. Il n'aurait pas le temps de s'enfuir du parking. Ils lui barreraient la route avant.

Non, cette solution-là l'obligerait à partir en courant, sans voiture, et même s'il connaissait des tas de raccourcis dans cette ville qui était la sienne, il n'était pas certain qu'il soit assez rapide. Loin de là.

Sa seule chance était de détourner l'attention de lui. S'il devait parvenir à s'échapper tout en restant maître de la situation, et il le fallait absolument, il allait devoir recourir aux grands moyens.

Et avant tout, prendre des distances avec ces policiers qui avaient réussi à le suivre jusqu'ici. Il ne comprenait même pas comment ils avaient fait.

De toute évidence, ils le soupçonnaient. Sinon pourquoi se seraient-ils intéressés à la fois à sa Mercedes et à sa façon de chanter ? Sans compter qu'ils lui avaient demandé deux fois le nom de la future société qu'il avait inventée. Heureusement qu'il s'était donné la peine d'apprendre ce numéro par cœur.

Il avait montré à l'inspecteur son faux permis de conduire et lui avait donné le nom sous lequel il était connu depuis des années au club, et apparemment c'était passé comme une lettre à la poste. Finalement, ils étaient loin de tout savoir sur son compte.

Le problème, c'est qu'ils étaient en train de le pousser dans les cordes. Certains sujets sur lesquels il avait menti étaient facilement vérifiables, et surtout il était bientôt à court de fausses identités et de camps de base, ce qui allait compliquer sa fuite. Et enfin, il se trouvait dans un lieu public où tout le monde le verrait s'il tentait de s'échapper.

Il jeta un coup d'œil au Pape, qui mâchait du chewing-gum à un rythme effréné avec l'air de s'excuser d'être là.

Ce type était vraiment l'incarnation de la tête de Turc. Il s'était souvent inspiré de lui quand il devait modifier son apparence. Le Pape était le prototype de Monsieur Tout-le-monde. Il avait exactement le physique qu'il faut avoir quand on ne doit pas se faire remarquer. Normal. Comme lui. À vrai dire, ils se ressemblaient beaucoup tous les deux. Même forme de tête, même taille, même poids et même gabarit. Des hommes très présentables, qui inspiraient confiance, presque ennuyeux. Des hommes qui prenaient soin d'eux-mêmes, mais sans ostentation. C'est le Pape qui lui avait inspiré l'idée de maquiller ses yeux pour qu'ils aient l'air plus rapprochés et d'augmenter le volume de ses sourcils pour qu'ils n'en fassent qu'un. Avec un peu de fard pour accuser le méplat des joues, son visage paraissait aussi large que celui du Pape.

Il avait utilisé ce grimage maintes et maintes fois.

Mais outre ses caractéristiques physiques, le Pape avait une autre particularité dont il allait se servir contre lui.

Svend allait en Thaïlande plusieurs fois par an, et ce n'était pas pour la beauté du paysage.

L'inspecteur de police envoya le Pape s'asseoir à la table à côté de la sienne. Il était pâle, et à en juger par l'expression de son visage, il se sentait profondément blessé et humilié.

C'était le tour de Birger d'être interrogé. Après lui, il n'en resterait plus qu'un. Les interrogatoires n'allaient pas tarder à se terminer et il n'avait plus beaucoup de temps.

Il se leva et vint s'installer à la table où le Pape était assis. Si le flic avait essayé de l'en empêcher, il l'aurait fait quand même. Il se serait contenté de protester contre leurs méthodes dignes d'un État policier, et si l'échange s'était encore envenimé, il se serait levé et serait sorti du bowling en leur disant qu'ils n'avaient qu'à le contacter à son domicile. Puisqu'ils avaient pris son numéro national d'identité, ils ne devraient pas avoir de mal à trouver son adresse s'ils avaient d'autres questions à lui poser.

C'était une autre issue possible. Ils ne pouvaient pas l'arrêter sans une bonne raison, et s'il y avait une chose dont il était sûr, c'est qu'ils ne disposaient d'aucune preuve concrète de sa culpabilité. Et bien que les choses aient beaucoup changé dans ce pays, on n'arrêtait pas les gens sans un motif valable sur lequel on pouvait fonder une accusation, et ça, Isabel n'avait pas encore eu la possibilité de le leur fournir.

Cela viendrait. Cela viendrait forcément. Mais pas tout de suite.

Il avait vu dans quel état elle était.

Non. Ils n'avaient aucune preuve. Ils n'avaient pas de cadavre et ils ignoraient l'existence du hangar à bateaux. Bientôt le fjord aurait avalé toute trace de ses crimes.

En fait, il fallait juste qu'il se tienne à distance de la police pendant quelques semaines, le temps de faire disparaître toutes les preuves.

Le Pape le regardait d'un air furieux. Il avait les poings serrés, les muscles du cou tendus, et il respirait vite et fort. Exactement le comportement dont il avait besoin dans la situation présente. S'il s'y prenait bien, tout serait terminé dans moins de trois minutes.

« Qu'est-ce que tu lui as raconté, ordure ! lui chuchota le Pape quand il vint s'asseoir en face de lui.

— Rien qu'il ne sache déjà, Svend », murmura-t-il en retour. « Je t'assure. Il sait déjà tout, apparemment. Et n'oublie pas qu'ils ont ton casier judiciaire. »

Il vit que l'homme avait de plus en plus de mal à respirer.

« Tu ne peux t'en prendre qu'à toi, Svend. Les pédophiles n'ont pas bonne presse de nos jours, dit-il un peu plus fort.

— Je ne suis pas pédophile ! C'est ça que tu es allé lui raconter ? dit le Pape d'une voix qui avait grimpé dans les aigus.

— Il sait déjà tout, je te dis. Ils enquêtent sur toi depuis un moment. Ils ont trouvé les films porno sur ton PC. »

Ses mains tremblaient.

« Il ne peut pas savoir *ça.* » Il dit cette dernière phrase d'une voix contrôlée mais un peu plus forte qu'il ne l'aurait voulu. Il regarda autour de lui d'un air inquiet.

Impeccable. L'inspecteur les surveillait, comme il s'y attendait. Il était malin ce flic. Il les avait placés l'un à côté de l'autre exprès pour voir ce qui allait se passer. Il les soupçonnait visiblement l'un et l'autre.

Il se tourna vers le bar pour constater qu'il ne parvenait pas à apercevoir le petit assistant. Donc, lui ne devait pas le voir non plus.

« Ne t'inquiète pas, Svend. L'inspecteur sait parfaitement que tu ne télécharges pas les films pédophiles sur Internet. Il est au courant que ce sont des amis à toi qui te les refilent sur une clé USB, dit-il tranquillement.

– Mais c'est faux !

– Je ne sais pas, moi, Svend. Je te répète simplement ce qu'il m'a dit.

– Mais pourquoi est-ce qu'il vous interroge tous, si c'est de moi qu'il s'agit ? Comment peux-tu en être certain, d'ailleurs ? »

L'espace d'une seconde, il en oublia son chewing-gum.

« Il a sûrement déjà interrogé d'autres personnes de ton entourage, Svend. Et maintenant il vient te confronter en public pour t'obliger à te dévoiler. »

Svend se mit à trembler de partout. « Je n'ai rien à cacher. Je ne fais rien d'autre que ce qu'ils font tous. C'est comme ça que ça se passe en Thaïlande. Je ne touche pas les enfants. Je passe seulement du temps en leur compagnie. Rien de sexuel. Pas pendant que je suis avec eux.

– Je sais, Svend, tu me l'as déjà dit. Mais il prétend que tu utilises ces gosses pour faire une espèce de trafic. Et qu'il y a plein de preuves sur ton ordinateur. Il paraît que tu vends des photos et même des enfants de temps en temps. Il ne t'a pas interrogé à propos de ça ? » Il fronça les sourcils. « Il y a du vrai dans tout ça, Svend ? Tu as tellement à faire quand tu es là-bas. C'est toi qui nous l'as dit.

– Il dit que je VENDS des enfants ? » s'écria le Pape un peu trop fort, après quoi il regarda nerveusement autour de lui. Puis il se calma. « C'est pour ça alors qu'il m'a demandé si je m'y connaissais en formulaires et tout ça. Et c'est pour ça aussi qu'il s'étonnait que je puisse voyager autant sur une simple pension d'invalidité ? C'est toi qui lui as mis ça dans la tête, René. Je ne touche pas de pension d'invalidité. Il prétend que c'est ce que tu lui as raconté. Je lui ai dit que c'était faux. Tu sais bien pourtant que j'ai vendu mes sociétés.

– Fais gaffe, il te regarde, là. Ne te retourne pas. Je serais toi, je me lèverais tranquillement et je m'en irais. Ça m'étonnerait beaucoup qu'ils essayent de t'arrêter. »

Il mit la main dans sa poche et ouvrit son couteau. Ensuite seulement, il le sortit tout doucement.

« Rentre chez toi et détruis toutes les preuves, Svend. Ne garde rien qui puisse te compromettre, d'accord ? Écoute le conseil d'un véritable ami. Efface les noms de tous tes contacts, les billets d'avion, tout. Tu as bien compris ? Dépêche-toi. Lève-toi et va-t'en. Tout de suite. Sinon, tu vas aller moisir en prison. Est-ce que tu as la moindre idée de ce qu'ils font à des types comme toi dans les prisons ? »

Le Pape le regarda quelques secondes avec des yeux exorbités puis, peu à peu, il se détendit. Il repoussa sa chaise et se leva. Message reçu.

Il se leva en même temps que lui et tendit la main vers le Pape comme s'il voulait lui dire au revoir. Il tenait fermement le couteau, le dos de sa main dissimulant l'arme, le manche tourné vers Svend.

Ce dernier eut un instant d'hésitation en regardant la main, et puis il sourit. Ses réticences s'évanouirent d'un seul coup. Il n'était plus que le pauvre bougre, animé par des pulsions qu'il ne savait pas contrôler. Un homme qui croit en Dieu et qui toute sa vie a porté sa culpabilité et la malédiction de toute l'Église catholique sur ses frêles épaules. Et voilà qu'enfin, un ami lui tendait la main. Qui ne voulait que son bien.

À la seconde où le Pape voulut répondre à sa poignée de main, il réagit. Pressa le couteau dans sa paume et referma ses doigts dessus pour que Svend serre le manche sans le vouloir, puis il tira rapidement la main de l'homme qui ne comprenait plus rien vers son ventre, où la lame s'enfonça superficiellement mais de façon très nette dans le muscle au-dessus de sa hanche. Il ne sentit presque rien, mais pour la galerie, il allait pouvoir faire comme s'il avait très mal.

« Tu es fou ! Aïe ! Aïe ! hurla-t-il. Attention, il a un couteau ! » s'écria-t-il encore en tirant à nouveau la main du Pape vers son ventre. Les deux blessures étaient parfaitement placées. Le sang imbibait déjà son polo de façon spectaculaire.

L'inspecteur se leva si vite que sa chaise tomba à la renverse. Tous ceux qui se trouvaient dans cette partie de la salle de bowling se tournèrent pour voir ce qui se passait.

Il écarta au même moment son supposé agresseur qui fit quelques pas de côté en titubant et vit le sang sur ses mains. Il était en état de choc. Tout était allé si vite. Il n'avait pas eu le temps de réaliser ce qui venait de se passer.

« Fous le camp, assassin », murmura René en se tenant le flanc.

Alors le Pape, pris de panique, se retourna et se mit à courir en direction des pistes, renversant quelques tables.

Il connaissait visiblement le bâtiment comme sa poche et il avait décidé de s'enfuir par la salle des machines.

« Attention, il est armé », cria René à nouveau, tandis que les gens s'écartaient sur le passage du fugitif.

Il vit le Pape s'élancer sur la piste numéro dix-neuf et le petit policier basané arriver du bar avec l'agilité d'un félin. Le combat allait être inégal.

Il s'avança vers le support de boules et en prit une.

L'assistant de l'inspecteur avait rattrapé Svend, au bout de la piste, qui agitait le couteau dans tous les sens. Il avait complètement pété les plombs. L'assistant plongea sur ses tibias et tous les deux tombèrent pêle-mêle dans les gouttières entre les deux dernières pistes.

Son supérieur les avait déjà presque rejoints, mais la boule de bowling lancée par le plus habile joueur du club arriva la première.

Tous entendirent clairement le bruit qu'elle fit en atteignant le Pape à la tempe. On aurait dit qu'on écrasait un paquet de chips.

Le couteau s'échappa de la main du Pape et tomba sur la surface polie de la piste en bois.

Des dizaines de regards se détournèrent de la silhouette sans vie de Svend pour se fixer sur lui. Ceux qui se trouvaient le plus près et qui avaient assisté à l'altercation savaient que c'était lui qui avait envoyé la boule. Quelques-uns d'entre eux savaient aussi pourquoi il tomba à genoux en se tenant le flanc.

Tout était exactement comme cela devait être.

L'inspecteur de police était bouleversé quand il vint l'aider à se relever.

« Votre ami est dans un état critique, dit-il. Je crains qu'il ne survive pas à sa fracture du crâne. Espérons que les urgentistes fassent bien leur travail. »

Il regarda vers le bout de la piste où l'on prodiguait les premiers soins au Pape. Le flic avait dit : Espérons qu'ils fassent bien leur travail. Pour sa part, il espérait l'inverse.

À présent les ambulanciers vidaient les poches du Pape et en remettaient le contenu à l'assistant de police. Ces flics ne laissaient rien au hasard. Ils n'allaient pas tarder à demander du renfort et à téléphoner à droite à gauche pour réunir toutes sortes d'informations. Ils allaient vérifier son état civil et son numéro d'identité ainsi que celui de Svend. Leurs alibis respectifs. Ils allaient appeler un coiffeur qu'il n'avait jamais vu de sa vie. Dans très peu de temps, leurs soupçons se reporteraient sur lui, mais ce peu de temps était tout ce dont il disposait.

L'inspecteur de police se tenait à côté de lui, les sourcils froncés. Il réfléchissait. Soudain, il le regarda droit dans les yeux.

« L'homme que vous venez peut-être de tuer a kidnappé deux enfants. Il se peut qu'il les ait déjà assassinés, mais si ce n'est pas le cas, ils vont mourir de faim ou de soif si nous ne les trouvons pas très bientôt. Nous allons maintenant nous rendre chez lui pour fouiller sa maison de fond en comble. Vous pourriez sans doute nous être utile. Savez-vous s'il possède une maison de campagne ou une propriété isolée quelque part ? Un endroit où se trouverait également un hangar à bateaux ? »

Il réussit tant bien que mal à dissimuler le choc que lui causa cette question. Comment ce flic pouvait-il connaître l'existence du hangar à bateaux ? Il ne s'y attendait pas du tout. Par quel biais avait-il pu obtenir cette information ? C'était tout simplement impossible.

« Je suis désolé », dit-il en maîtrisant sa voix autant qu'il pouvait. Il se tourna vers l'homme gisant au bout de la piste. « Vraiment, j'aimerais pouvoir vous aider, mais je ne sais rien. »

Le policier secoua la tête. « Malgré les circonstances, vous savez que vous allez devoir répondre de vos actes ? »

Il hocha la tête très lentement. Pourquoi s'insurger contre une chose aussi évidente ? Il devait se monter coopératif. Cela les calmerait un peu.

L'assistant basané arrivait vers eux, l'air mécontent.

« Vous êtes stupide ou quoi ? » s'écria-t-il en le fusillant du regard. « Il n'y avait pas de danger ! Je le tenais, alors ! Pourquoi vous avez fait ça avec la boule ? Vous vous rendez compte, alors, de ce que vous avez fait ? »

Il secoua la tête d'un air désolé et leva ses mains ensanglantées vers le policier. « Mais enfin, ce type était devenu fou, dit-il. J'ai bien vu qu'il allait vous attaquer avec son couteau. »

Il remit les mains sur sa blessure. Fit une grimace pour leur montrer à quel point il souffrait.

Puis il fixa l'assistant d'un air fâché, blessé par tant d'injustice.

« Vous devriez me remercier et vous féliciter que je vise aussi bien. »

Les deux flics s'éloignèrent pour échanger quelques mots.

« La police locale va arriver. Vous leur ferez votre déposition, dit l'inspecteur. On va s'occuper de vous. La deuxième ambulance est déjà en route. Restez tranquille. Vous saignerez moins. À mon avis, votre blessure est assez superficielle. »

Il inclina la tête et se retira.

C'était le moment de jouer son coup suivant.

Quelques annonces retentirent dans les haut-parleurs. Les juges avaient décidé d'annuler la compétition en raison des événements dramatiques qui venaient de se produire.

Il jeta un coup d'œil vers ses coéquipiers qui étaient aussi immobiles que des statues et semblaient à peine entendre les instructions de l'inspecteur qui leur demandait de rester à disposition.

Les flics avaient de quoi s'occuper. La situation leur avait échappé et ils allaient devoir rendre des comptes à leur hiérarchie avant la fin de cette soirée.

Il se dirigea tranquillement vers les secouristes au bout de la piste vingt en longeant le mur du fond.

Il les salua brièvement du menton et, derrière leur dos, s'accroupit et ramassa le couteau. Et, quand il fut certain que personne ne regardait dans sa direction, il se faufila dans l'étroit passage et disparut dans la salle des machines.

Vingt secondes plus tard, il traversait le parking qui se trouvait en haut de l'escalier de secours et continuait sa route vers le parking souterrain de la galerie marchande de Ro.

La Mercedes s'engagea sur la Københavnsvej au moment où les gyrophares de la deuxième ambulance apparaissaient au bout de l'avenue.

Encore trois carrefours à traverser et il aurait disparu.

## 47

Quel rebondissement tragique. Tragique, il n'y avait pas d'autre mot.

Il avait laissé les deux hommes assis à la même table et ça avait mal tourné.

Carl était abattu. Il s'était probablement montré trop fébrile, trop acharné. Mais comment aurait-il pu deviner qu'il provoquerait des réactions aussi violentes ? Il cherchait simplement à les déstabiliser.

L'un et l'autre pouvaient être le kidnappeur. Alors lequel ? Là était la question. D'une certaine façon ils ressemblaient tous les deux au portrait-robot. Et il avait voulu voir comment ils réagiraient respectivement s'il les mettait sous pression. Il était expert en la matière, ou du moins il croyait l'être.

Et maintenant, tout allait de travers. La seule personne qui savait où se trouvaient les enfants était sur un brancard, à l'article de la mort. Et il ne pouvait s'en prendre qu'à lui-même. C'était une catastrophe.

« Regardez, Chef. »

Carl se tourna vers Assad qui tenait à la main le portefeuille du Pape. Il n'avait pas l'air content.

« Qu'est-ce qu'il y a, Assad ? Je vois à ta tête que tu n'as pas trouvé ce que tu cherchais. Son adresse n'y est pas, ou quoi ?

– Si. Mais il y a autre chose, alors. Et ce n'est pas bon, Chef. Regardez ! »

Il lui tendait un ticket de caisse de chez Kvickly. « Regardez l'heure, Chef. »

Carl examina le ticket quelques instants et sentit soudain la sueur lui dégouliner dans la nuque.

Assad avait raison. Ce n'était pas bon. Mais alors pas bon du tout. Une fois de plus.

Le bon de caisse venait du supermarché Kvickly à Roskilde. Un ticket portant un tout petit montant. Un coupon de loterie, le journal *BT* et un paquet de Stimorol. Tout cela acheté aujourd'hui à quinze heures vingt-cinq. À quelques minutes près, l'heure où Isabel s'était fait agresser dans sa chambre du Rigshospital, à Copenhague, à trente kilomètres de là.

Si le Pape était au supermarché, il ne pouvait pas être le kidnappeur. Et pourquoi ce ticket de caisse appartiendrait-il à quelqu'un d'autre s'il se trouvait dans son portefeuille à lui ?

« Oh, putain de merde ! grommela Carl entre ses dents.

– Les pompiers ont trouvé un demi-paquet de Stimorol dans ses poches tout à l'heure quand je leur ai demandé de les vider », dit Assad en regardant autour de lui d'un air sombre.

Et puis tout à coup l'expression de son visage changea. « Où est passé René Henriksen ? » s'exclama-t-il.

Carl regarda partout. Merde ! Où est-ce qu'il avait disparu ?

« Là ! » s'écria Assad en désignant l'étroit passage conduisant à la salle des machines dans laquelle on actionnait et entretenait les mécanismes des quilles.

Carl la vit tout de suite. Une trace sur le mur d'une largeur d'environ cinq centimètres, à hauteur de hanche. Du sang.

« Merde, merde et re-merde ! jura Carl en s'élançant sur la piste.

– Faites attention, Chef. Le couteau n'est plus là. Il l'a ramassé », cria Assad derrière lui.

Pourvu qu'il soit encore là-dedans ! se dit Carl en pénétrant dans le local de deux mètres de large, encombré de machines, d'outils et de ferraille et où régnait un silence peu encourageant.

Il dépassa des systèmes de ventilation, des échelles et une table en teck sur laquelle étaient posés bombes de peinture et rouleaux de ruban adhésif de couleur, et arriva devant une porte.

Il actionna la poignée avec un mauvais pressentiment, l'entrouvrit et ne vit rien d'autre que l'escalier de secours menant à la nuit noire.

L'homme s'était enfui.

Assad revint au bout de dix minutes. En nage et presque bredouille.

« J'ai vu une tache de sang près de l'entrée du parking », dit-il.

Carl expira très lentement. Il venait d'avoir une très mauvaise nouvelle. La réponse du policier de garde à Copenhague venait tout juste de tomber.

*Désolé, ce numéro d'identité ne correspond à personne.*

Un numéro d'identité nationale qui ne correspondait à personne ! René Henriksen n'existait pas et il fallait qu'ils le retrouvent.

« OK, Assad. Merci, dit-il d'une voix lasse. J'ai fait venir une patrouille de maîtres-chiens, ils arrivent. Au moins ils auront un début de piste. Mais c'est notre seul espoir. »

Carl mit Assad au courant. Ils ne disposaient d'aucun renseignement sur l'identité de l'homme qui s'était présenté sous le nom de René Henriksen. Ils avaient un serial killer dans la nature.

« Trouve-moi le numéro de l'inspecteur Damgaard du commissariat de Roskilde, s'il te plaît, Assad. Pendant ce temps, j'appelle Marcus Jacobsen. »

Il lui était déjà arrivé de déranger son supérieur chez lui. Le chef de la police criminelle était joignable nuit et jour. C'était la coutume.

« Le crime ne dort jamais dans une grande ville comme Copenhague, pourquoi dormirais-je ? » disait-il toujours.

Cependant Marcus eut l'air tout sauf ravi d'être tiré de son lit quand il sut de quoi il s'agissait.

« Nom de Dieu, Carl. Il va falloir que tu appelles Damgaard. Roskilde est en dehors de ma juridiction.

— Je sais, Marcus. J'ai déjà envoyé Assad chercher son numéro, mais je voulais être le premier à t'apprendre qu'un de tes subalternes avait fait des conneries ce soir.

— Eh bien, si on m'avait dit qu'un jour j'entendrais une phrase pareille dans la bouche de Carl Mørck ! »

Il avait presque l'air de se réjouir.

Carl se dit qu'il avait dû se tromper. « Les journalistes ne vont pas tarder à se pointer. Qu'est-ce que je leur dis ?

— Explique toute l'affaire à Damgaard et ressaisis-toi, Carl ! Tu as laissé ce type t'échapper et tu vas te bouger les fesses pour le rattraper. Fais-toi aider par la police locale, tu m'entends ? Bonne nuit Carl, et bonne chasse. On parlera de tout ça demain. »

Carl sentit un début de tension dans sa poitrine. En résumé, Assad et lui étaient tout seuls sur ce coup-là et ils n'avaient pas l'ombre d'une piste.

« Tenez, voilà le numéro privé de l'inspecteur Damgaard », dit Assad en lui tendant son mobile. Il n'avait plus qu'à appuyer sur la touche appel.

Carl écouta les sonneries et sentit augmenter la pression à l'intérieur de sa poitrine. Pitié, non. Pas maintenant !

« Vous êtes sur la messagerie du commissaire Damgaard. Je ne suis malheureusement pas disponible pour l'instant. Merci de me laisser un message », dit la voix sur le répondeur.

Carl raccrocha rageusement. Ce foutu inspecteur du commissariat de Roskilde n'était donc jamais joignable ?

Il soupira, fataliste. Il n'avait plus qu'à se débrouiller avec les policiers du secteur qui voudraient bien se donner la peine de rappliquer. Il y en avait peut-être un parmi eux qui saurait comment arrêter ce cirque. Mais ils avaient intérêt à faire fissa avant que tous les journalistes du Sealand déboulent. Leurs confrères de Roskilde avaient déjà commencé à mitrailler dans tous les sens et à poser des questions. Nom de Dieu ! La rumeur allait bientôt plus vite que les événements dans cette société d'hyper-communication. Une bonne centaine de personnes avaient assisté à l'épisode et tous avaient un téléphone portable. Pas étonnant que les vautours soient déjà sur les lieux.

Il salua les deux enquêteurs venus du commissariat voisin, que le service d'ordre à l'entrée avait laissés passer.

« Carl Mørck. » Il leur montra sa carte de police et vit que tous les deux avaient déjà entendu parler de lui, bien qu'ils ne fassent aucun commentaire. Il les mit au courant de la situation, ce qui n'était pas une mince affaire.

« Nous sommes donc à la recherche d'un homme qui sait se rendre méconnaissable, dont nous ignorons la véritable identité, et qui possède une Mercedes. Cette voiture est notre unique piste.

– Ça sent un peu la mission impossible, votre histoire, dit l'un des deux policiers. On va commencer par récupérer ses empreintes sur sa bouteille d'eau minérale, en espérant que cela serve à quelque chose. Et votre rapport, vous voulez qu'on s'en occupe maintenant ? »

Carl donna une tape amicale à son homologue en regardant par-dessus son épaule. « Ça peut attendre. Vous savez où me trouver. Je préfère que vous interrogiez le personnel pendant que je m'occupe de ses copains de bowling. »

Ils le laissèrent s'éloigner à contrecœur. Mais après tout, c'était lui qui avait raison.

Carl alla voir Lars Brande en premier. Il avait l'air particulièrement secoué. Il venait de perdre deux joueurs d'un coup. Coups de couteau et mort d'homme. Son équipe tombait en ruine. Des gens qu'il pensait connaître l'avaient trahi de façon impardonnable.

Il était déprimé. Son frère et le pianiste aussi. Tous les trois arboraient des mines lugubres.

« Il faut absolument que nous sachions qui est réellement René Henriksen, alors réfléchissez bien. Est-ce que vous pouvez nous aider ? Par tous les moyens ? A-t-il des enfants ? Comment s'appellent-ils ? Est-il marié ? Où travaillait-il ? Où fait-il ses courses ? Lui est-il arrivé d'apporter des gâteaux ou des viennoiseries venant d'une pâtisserie en particulier ? Tout peut nous être utile. »

Trois des joueurs demeurèrent sans réaction, mais le quatrième, le mécanicien, celui qui se faisait appeler Poignée de Gaz, sembla s'animer. Il avait l'air légèrement moins affecté par les événements que les autres.

« Je me suis souvent demandé pourquoi il ne parlait jamais de son travail, dit-il. Nous, on en parlait de temps en temps.

– Mais encore ?

– Eh bien… il avait l'air d'avoir plus d'argent que nous, donc il devait avoir un meilleur boulot, vous ne croyez pas ? Il payait sa tournée de bière plus souvent que nous après les compétitions. Ouais, c'est sûr, il était plus riche que nous. Il n'y a qu'à voir son sac. »

Il pointait le doigt par terre derrière le tabouret de bar sur lequel il était assis.

Carl fit un brusque pas en arrière et vit un sac étrange composé de plusieurs compartiments accolés.

« C'est un Ebonite Fastbreak, commenta le mécano. Vous avez une idée de ce que ça coûte, un truc pareil ? Au moins mille trois cents couronnes. Vous verriez le mien en comparaison ! Et je ne vous parle même pas de ses boules ! Elles… »

Carl ne l'écoutait plus. C'était tout simplement incroyable. Bien sûr. Comment avaient-ils pu ne pas y penser ? Son sac de bowling était resté là.

Il poussa le tabouret et tira le sac vers lui. C'était comme une petite valise sur roulettes avec plusieurs rangements distincts.

« Vous êtes sûr que c'est le sien ? »

Le mécanicien acquiesça. Un peu surpris que cette information puisse paraître aussi importante.

Carl fit un signe à ses collègues de Roskilde. « Des gants en latex, vite ! » cria-t-il.

L'un des policiers lui tendit les siens.

Carl sentait la sueur couler de son front. Une goutte tomba sur le sac bleu tandis qu'il l'ouvrait. Il avait un peu l'impression de pénétrer dans un tombeau oublié depuis des lustres.

Il vit d'abord une boule de bowling. Polie et très colorée. Puis une paire de chaussures de rechange. Une petite bouteille de talc. Et un flacon d'huile de menthe japonaise.

Il montra le flacon aux autres joueurs. « Vous savez à quoi ça lui servait, ça ? »

Le mécanicien examina le flacon. « C'était une manie qu'il avait. Avant de jouer, il mettait une goutte de ce truc-là dans chaque narine. Il avait l'impression que ça l'aidait à respirer. Et à oxygéner son cerveau pour mieux se concentrer. Je ne vous conseille pas d'essayer, c'est une horreur. »

Carl ouvrit les autres compartiments. Dans le suivant, il y avait une autre boule. Le dernier était vide. Et c'était tout.

« Je peux voir, Chef ? » lui demanda Assad, quand Carl se redressa. « Qu'est-ce qu'il y a dans les compartiments de devant ? Vous avez vérifié ?

– J'allais le faire », répondit Carl.

En réalité, il pensait déjà à autre chose.

« Est-ce que vous savez où il a acheté ce sac ? demanda-t-il sans s'adresser à quelqu'un en particulier.

– Sur Internet », répondirent trois voix à l'unisson.

Sur Internet, bien sûr. Au diable cette invention de malheur.

« Et les chaussures et tout le reste ? demanda-t-il pendant qu'Assad sortait un stylo de sa poche, prenait la première boule de bowling et se mettait à gratter le fond d'un des trous pour les doigts.

– Nous achetons toujours tout sur le Net. C'est moins cher, expliqua le mécanicien.

– Vous ne parliez jamais de sujets privés quand vous étiez ensemble ? Votre enfance, votre jeunesse, quand vous avez commencé à jouer au bowling ? Les premières fois où vous avez dépassé le score de 200 points ? »

Allez les gars, suppliait Carl intérieurement. Donnez-moi quelque chose, n'importe quoi. Ce n'est pas possible que vous ne sachiez rien du tout.

« Ben non. En fait, on ne parlait que des choses qu'on faisait ici et maintenant, reprit le mécanicien. Et une fois qu'on avait fini de jouer, on parlait de la partie qu'on venait de faire.

– Tenez, Chef », dit Assad.

Carl regarda le petit bout de papier qu'Assad lui tendait. Il était froissé à l'extrême et dur comme une petite bille de bois.

« Je l'ai trouvé dans le fond du trou où on met le pouce. »

Carl le regarda d'un air perplexe. Il ne percutait pas du tout. Dans le trou où on met le pouce ?

« Ah oui, c'est vrai, dit Lars Brande. René bourrait toujours le fond du trou du pouce sur ses boules. Il avait les pouces assez courts, et il s'était mis dans la tête que le pouce devait absolument être en contact avec le fond. Il disait que ça lui permettait d'avoir une meilleure maîtrise de la boule quand il lui donnait de l'effet. »

Son frère Jonas renchérit : « Il avait des tas de petits rituels. L'huile de menthe, le bourrage du trou du pouce, la couleur de ses boules. Par exemple, il était incapable de jouer avec des boules rouges. Il disait que ça brouillait sa vision des quilles au moment où il lançait le bras. »

– C'est vrai », commenta le pianiste. C'était la première fois qu'il ouvrait la bouche. « Et puis, il restait toujours deux à trois secondes en équilibre sur une jambe avant de prendre son élan. Ce n'est pas Numéro Trois qu'on aurait dû l'appeler, c'est La Cigogne ! On s'est souvent fichus de lui à cause de ça. »

Ils rirent un peu, puis s'interrompirent.

« Tenez. C'est ce qu'il y avait dans la deuxième », dit Assad en tendant à Carl une deuxième boulette de papier. « J'ai fait très attention en la retirant. »

Carl étala les deux morceaux de papier sur le bar.

Puis il leva les yeux vers Assad. Qu'est-ce qu'il ferait sans lui ?

« On dirait un ticket de caisse et des reçus de distributeurs automatiques, Chef. »

Carl hocha la tête. Il y avait des employés de banque qui allaient faire des heures supplémentaires.

Il avait sous les yeux un ticket du supermarché Kvickly et deux tickets de retrait de la Danske Bank. Trois petits morceaux de papier de rien du tout.

Et grâce à eux, ils étaient à nouveau dans la course.

## 48

Il s'efforçait de respirer calmement. C'est de cette façon qu'il réussirait le mieux à contrôler les réflexes de défense de son organisme. Si l'adrénaline commençait à se propager dans ses veines, son cœur se mettrait à battre plus vite et il devait éviter cela à tout prix à cause de la plaie de sa hanche qui saignait encore abondamment.

Il refit un bilan de sa situation.

Il avait réussi à s'enfuir. Et ça, c'était très bien. Il ne comprenait toujours pas comment ils avaient pu arriver jusqu'à lui, mais il réfléchirait à cette question plus tard. Pour l'instant, l'essentiel était que rien dans son rétroviseur ne lui laissait à penser qu'ils étaient à ses trousses.

Maintenant, il cherchait à deviner quel serait le prochain coup de l'adversaire afin de l'anticiper.

Il y avait des milliers de Mercedes comme la sienne. Rien qu'en comptant les anciens taxis rachetés par des particuliers, le chiffre devait être énorme. Mais s'ils décidaient de bloquer toutes les routes autour de Roskilde, ils n'auraient aucun mal à arrêter toutes les Mercedes en circulation dans le secteur.

Il fallait donc qu'il s'éloigne le plus rapidement possible, qu'il rentre chez lui jeter le cadavre de sa femme dans le coffre de la voiture ainsi que les cartons les plus compromettants, qu'il ferme la maison et file à la propriété au bord du fjord.

Il se cacherait là-bas pendant quelques semaines. S'il était obligé de sortir pour une raison ou pour une autre, il modifierait son apparence. Chaque fois qu'il avait gagné des coupes et qu'on avait voulu photographier l'équipe, il avait refusé et il avait presque toujours pu y échapper. Mais si les flics se donnaient un peu de mal, ils parviendraient quand même à trouver des photos de lui. Et il ne doutait pas qu'ils le feraient.

C'est pour ça qu'un petit séjour à Vibegården était une bonne idée. Et une fois qu'il aurait fait dissoudre les corps, il disparaîtrait.

Il allait devoir renoncer à la maison de Roskilde et laisser Benjamin chez sa sœur. Il le récupérerait lorsque les choses se seraient tassées. Quand cette affaire aurait passé deux ou trois ans à moisir dans les archives de la police, tout le monde l'aurait oublié.

Il avait anticipé une situation comme celle-ci et entreposé à Vibegården tout ce dont il avait besoin. Des nouveaux papiers, une importante somme d'argent. Pas de quoi faire des folies, mais suffisamment pour vivre confortablement et tout reconstruire si nécessaire. Finalement, ça n'allait pas lui faire de mal de se mettre au vert pendant un an ou deux.

Il jeta un coup d'œil dans le rétroviseur et éclata de rire. Cet inspecteur lui avait demandé s'il savait chanter.

« Bien sûr que je sais chanteeeeeer », entonna-t-il à en faire vibrer l'habitacle. Il pensa aux réunions de prière au sein de la communauté de la Sainte-Vierge à Frederiks. On se souvient toujours des gens qui chantent faux. Et c'est pour ça qu'il l'avait fait. Ainsi, ils pensaient savoir une chose essentielle sur lui, mais ils se trompaient.

La vérité était qu'il avait un organe vocal très supérieur à la moyenne.

En revanche, il y avait une chose dont il devait s'occuper. Il fallait qu'il trouve un chirurgien esthétique pour faire disparaître la cicatrice qu'il avait sous l'oreille droite. Là où le clou était presque entré dans son crâne quand ils l'avaient surpris en train de mater sa demi-sœur. Comment diable pouvaient-ils connaître l'existence de cette cicatrice ? Est-ce qu'il avait omis un seul jour de la cacher sous une épaisse couche de maquillage ? Il le faisait pourtant depuis le jour où cet étrange garçon qu'il avait tué lui avait demandé comment il l'avait eue. Comment s'appelait-il déjà ? Il les confondait un peu, à force.

Il décida de laisser tomber et de penser plutôt à ce qui s'était passé au bowling.

Ils ne trouveraient pas ses empreintes sur sa bouteille d'eau minérale, parce qu'il avait pensé à l'essuyer avec une serviette en papier pendant qu'ils interrogeaient Lars Brande. Ils ne trouveraient rien non plus sur son tabouret ou sur les tables, parce qu'il avait fait bien attention de ne pas les toucher.

Il eut un petit sourire satisfait. Il avait vraiment pris ses précautions. Mais tout à coup il pensa à sa mallette de bowling. Il y avait ses empreintes sur les boules et des reçus dans les trous des pouces qui pouvaient les conduire jusqu'à son adresse à Roskilde.

Il respira tout doucement et fit son possible pour garder son calme.

Conneries, se dit-il. Ils ne trouveront jamais ces tickets. Enfin, pas tout de suite en tout cas.

Il avait le temps. Ils trouveraient peut-être sa maison de Roskilde dans un jour ou deux. Et il n'avait besoin que d'une demi-heure.

Il tourna dans sa rue et vit le jeune homme debout sur la pelouse devant chez lui en train de crier le nom de Mia.

Elle avait vraiment mérité son sort, cette garce.

Il faut que je me débarrasse de lui au plus vite, songea-t-il. Il décida d'aller se garer dans la rue perpendiculaire.

Il plongea la main dans la boîte à gants et s'empara du couteau déjà ensanglanté.

Il passa lentement devant la maison en détournant la tête. Le type feulait comme un chat en rut. Est-ce qu'elle lui avait vraiment préféré ce gamin ?

C'est alors qu'il aperçut les deux vieux de la maison d'en face en train d'espionner derrière leurs rideaux. Leur vie était derrière eux, mais leur curiosité était encore intacte.

Il accéléra.

Il ne pouvait rien faire. Il y aurait des témoins s'il s'en prenait au jeune type maintenant.

Tant pis, les flics retrouveraient le cadavre dans la maison. Qu'est-ce que ça changeait de toute manière ? On le soupçonnait déjà d'avoir commis des choses graves. Il ignorait ce que la police savait précisément, mais quoi qu'il en soit, elle devait déjà le considérer comme un criminel.

En fouillant un peu, ils trouveraient peut-être une brochure avec des annonces de maisons de campagne à vendre, mais cela ne leur serait d'aucune utilité. Ils ne sauraient rien de plus. Il n'avait laissé aucun document qui puisse les renseigner sur celle qu'il avait finalement achetée.

Rien de ce qu'ils allaient trouver dans la maison ne constituait une véritable menace. Le titre de propriété de Vibegården était sur place, dans le coffre-fort avec l'argent et les passeports. Il ne risquait rien.

Il fallait juste qu'il stoppe l'hémorragie de sa hanche et qu'il ne se fasse pas arrêter sur la route. Ensuite tout irait bien.

Il sortit sa trousse de premiers secours et se déshabilla jusqu'à la taille.

Les coups de couteau étaient plus profonds qu'il ne croyait. Surtout le deuxième. Il avait calculé avec quelle force il devrait tirer sur le bras de Svend mais il avait surestimé sa résistance.

Il saignait beaucoup plus que prévu et il mettrait aussi beaucoup plus de temps à nettoyer les sièges de la Mercedes avant de pouvoir la mettre en vente.

Il désinfecta les plaies et prit la seringue et le flacon d'anesthésique. Il se piqua.

Il regarda autour de lui dans le salon en attendant que le produit agisse. Il espérait vivement qu'ils ne trouveraient jamais cette maison. Vibegården était l'endroit où il se sentait le mieux. Loin du monde, loin des tromperies et des mensonges.

Il prépara l'aiguille et le fil. Au bout d'une minute, il put piquer dans les lèvres de ses plaies sans rien sentir.

Je demanderai au chirurgien esthétique de me faire un prix de gros ! songea-t-il en souriant.

Quand il eut terminé, il examina son œuvre et sourit. Il était content de lui. Le résultat n'était pas très beau, mais au moins ça ne saignait plus.

Il posa une compresse qu'il fixa avec du sparadrap, puis il s'allongea sur le canapé. Quand il se sentirait prêt, il irait tuer les enfants. Plus vite il le ferait et plus vite les cadavres auraient fondu, plus vite il pourrait s'en aller.

Il s'accorda dix petites minutes de répit avant d'aller chercher la masse dans l'atelier.

## 49

Vingt minutes après avoir découvert les reçus des retraits de la carte de crédit, ils savaient qui avait tiré de l'argent et où il habitait. Il s'appelait Claus Larsen et habitait si près qu'ils seraient chez lui en moins de cinq minutes.

« À quoi pensez-vous, Chef ? demanda Assad tandis que Carl faisait le tour du rond-point sur la Kong Valdemars Vej.

– Je suis en train de me dire que c'est une bonne chose qu'il y ait juste derrière nous une voiture remplie de flics moins cons que nous, qui pensent à prendre leur arme de service quand ils sortent.

– Vous croyez que ce sera nécessaire, alors ? »

Assad connaissait déjà la réponse à cette question.

Ils s'engagèrent dans la rue et, à cent mètres de distance, ils virent une silhouette dans la pénombre en train de hurler sous un réverbère, devant une maison qui pouvait bien être celle qu'ils cherchaient.

À première vue, l'homme n'était pas celui qu'ils poursuivaient. Il était plus jeune, plus mince et complètement affolé.

« S'il vous plaît, faites quelque chose, vite, il y a le feu là-haut », cria-t-il alors qu'ils couraient vers lui.

Carl vit ses collègues stopper leur véhicule et appeler du secours. Mais le couple de personnes âgées qui regardaient la scène depuis le trottoir d'en face, emmitouflées dans leurs robes de chambre, l'avaient sûrement déjà fait.

« Est-ce que vous savez s'il y a quelqu'un à l'intérieur ? demanda Carl.

– Oui, je crois. Il y a un truc qui ne va pas du tout là-dedans. » Le jeune homme parlait d'une voix essoufflée. « Ça fait plusieurs jours de suite que je viens, mais personne n'ouvre la porte. Quand j'appelle sur le mobile de mon amie, je l'entends sonner à l'étage, mais elle ne décroche pas. »

Il désigna une fenêtre de toit et posa la main sur son front, paniqué.

« Alors vous pouvez m'expliquer comment ça peut brûler là-haut, subitement ? » gémit-il.

Carl regarda les flammes derrière le Velux que lui montrait le jeune homme, et qui se trouvait juste au-dessus de la porte d'entrée.

« Vous n'avez vu personne entrer dans la maison il y a quelques minutes de cela ? » lui demanda-t-il.

Le garçon secoua la tête. Il ne tenait pas en place. « Je vais défoncer cette porte ! Je vous jure, je vais le faire ! s'écria-t-il, désespéré. Je la défonce maintenant, d'accord ? »

Carl se tourna vers ses collègues qui donnèrent leur accord d'un hochement de tête.

Le type était grand et costaud, visiblement entraîné et il savait ce qu'il faisait. Il prit son élan et à l'instant où il atteignait la porte, il sauta en l'air et administra à la hauteur de la serrure un violent coup de pied. Il grogna et jura quand il se retrouva les quatre fers en l'air devant la porte intacte.

« Merde, elle est trop solide pour moi. » Il se tourna vers la voiture de police derrière lui. « Aidez-moi, je vous en supplie. Je crois que Mia est à l'intérieur. »

À cette seconde, un bruit de verre brisé leur fit tourner la tête. Assad disparaissait à l'intérieur de la baie vitrée cassée en mille morceaux.

Il courut le rejoindre, le jeune homme sur ses talons. Assad n'y était pas allé de main morte. La roue de secours qu'il avait utilisée comme projectile avait emporté les montants et la vitre en même temps.

Ils entrèrent.

« C'est par là », dit le garçon, entraînant Assad et Carl vers le vestibule.

Il n'y avait pas beaucoup de fumée dans l'escalier, mais il y en avait énormément à l'étage. En fait, on n'y voyait pas à un mètre.

Carl mit les pans de sa chemise devant son visage et ordonna aux deux autres de l'imiter. Il entendait déjà Assad qui s'étouffait derrière lui.

« Redescends, Assad », lui cria-t-il. Mais son assistant refusa d'obéir.

Le camion de pompiers arrivait, mais le jeune homme continuait à avancer, longeant le mur à tâtons.

« Je crois qu'elle est là-dedans. Elle m'a dit qu'elle avait toujours son portable sur elle », leur expliqua-t-il en toussant dans l'épaisse fumée. « Écoutez », dit-il en composant un numéro sur son téléphone. Le son à peine perceptible d'une sonnerie se fit entendre derrière une porte à quelques mètres de l'endroit où ils se trouvaient.

Le garçon se jeta sur la poignée. Au même moment, le Velux à l'intérieur de la pièce éclata sous l'effet de la chaleur de l'incendie.

L'un de leurs collègues de Roskilde arriva en toussant dans l'escalier. « J'ai un petit extincteur ! s'écria-t-il. Où est-ce que ça brûle ? »

Il n'eut pas à attendre longtemps la réponse. Le jeune homme avait ouvert la porte à toute volée et les flammes bondirent vers eux à l'horizontale. La mousse sortit en sifflant de l'extincteur mais ne fut pas d'une grande efficacité, sauf qu'elle rabattit suffisamment les flammes pour qu'ils puissent distinguer vaguement l'intérieur de la pièce.

Le spectacle était apocalyptique. L'énorme tas de cartons entreposés dans ce qui semblait être un débarras brûlait jusqu'au plafond.

« Mia », appela le jeune homme d'une voix pleine d'appréhension. « Tu es là, Mia ? »

Tout à coup une énorme gerbe d'eau inonda la pièce depuis l'extérieur, envoyant dans leur direction un nuage de vapeur.

Carl se jeta au sol. Il ressentit une violente brûlure à l'épaule et au bras qu'il avait instinctivement levé pour se protéger le visage.

Les pompiers crièrent quelque chose et la neige carbonique arriva.

Ce fut terminé en quelques secondes.

« Il faut ouvrir les fenêtres », s'étranglait le policier de Roskilde. Carl se releva et courut vers une porte tandis que son collègue allait vers une autre pièce.

Quand la fumée se fut dissipée, Carl put enfin voir le lieu où le feu avait pris. Le jeune homme pataugeait sur le seuil, lançant fébrilement des restes de cartons dans le corridor derrière lui. Certains étaient encore en train de se consumer, mais cela ne le freinait nullement.

Carl s'approchait pour l'aider quand il trébucha sur un corps allongé en travers du palier.

Assad.

« Poussez-vous », hurla-t-il en bousculant l'un des agents.

Il descendit quelques marches pour se trouver au-dessous de lui et l'attrapa par une jambe afin de le charger sur son épaule valide.

« Aidez-le », cria-t-il encore à l'intention de deux pompiers qui se trouvaient sur la pelouse devant la maison, alors qu'ils avaient déjà posé un masque à oxygène sur le visage de son assistant.

Non, non, non, pas ça ! Aidez-le, je vous en prie, continua-t-il à répéter dans sa tête tandis que des cris lui parvenaient du premier étage.

Il ne vit pas la jeune femme lorsqu'ils la sortirent de la maison. Il ne la remarqua qu'au moment où ils la couchèrent sur un brancard à côté d'Assad. Elle était complètement recroquevillée, comme si la rigidité cadavérique avait déjà envahi son corps.

Puis les pompiers amenèrent le jeune homme. Il était noir de suie, et la moitié de ses cheveux avait brûlé, mais son visage était intact.

Il pleurait.

Carl quitta Assad des yeux et se dirigea vers le garçon. Il semblait sur le point de s'écrouler d'un instant à l'autre.

« Vous avez fait ce que vous avez pu », dit Carl, désolé.

Mais le garçon se mit à rire et à pleurer en même temps.

« Elle est vivante », dit-il en tombant à genoux. « J'ai senti son cœur battre. »

Carl entendit Assad tousser derrière son dos.

« Qu'est-ce qui se passe ? » braillait-il en se débattant comme un pantin désarticulé.

« Restez tranquille, lui ordonna le secouriste. Vous avez été asphyxié, votre état est peut-être grave.

– Je n'ai pas été asphyxié, je suis tombé dans l'escalier et j'ai pris un coup sur la tête. On n'aurait pas pu voir le cul d'un éléphant avec toute cette fumée. »

Dix minutes plus tard, la jeune femme ouvrit les yeux. L'oxygène et les gouttes administrées par le médecin urgentiste avaient fait des miracles.

Grâce aux pompiers, l'incendie était maîtrisé. Assad, Carl et leurs collègues de Roskilde avaient fouillé toute la maison, mais ils n'avaient découvert aucun papier appartenant à René Henriksen, alias Claus Larsen. Et malheureusement rien non plus sur une maison au bord de l'eau.

Ils n'avaient trouvé que le titre de propriété de la maison dans laquelle ils étaient actuellement et elle était au nom de quelqu'un d'autre.

Le document mentionnait un certain Benjamin Larsen.

Ils vérifièrent s'il existait une Mercedes immatriculée à cette adresse et firent chou blanc, une fois encore.

L'homme s'était ménagé tant de portes de sortie que c'en était incroyable.

Dans la pièce de séjour, ils avaient vu quelques photos du couple datant du jour du mariage. Elle, souriante et un gros bouquet de fleurs à la main, lui, élégant et indifférent. La jeune femme sur le brancard était donc son épouse. Leurs noms étaient inscrits sur la boîte aux lettres, Mia et Claus Larsen.

Pauvre Mia.

« Heureusement que vous étiez là quand nous sommes arrivés, sinon il y aurait eu un drame », dit Carl au jeune homme qui les avait accompagnés dans l'ambulance et qui était maintenant assis au chevet de Mia, lui tenant la main. « Quelle est votre relation avec cette jeune femme ? Qui êtes-vous ? » ajouta-t-il.

Il répondit qu'il s'appelait Kenneth mais ne leur donna pas d'autre renseignement. Ses collègues de Roskilde se débrouilleraient pour en savoir un peu plus.

« Je vais vous demander de vous pousser un peu, Kenneth. Je dois poser à Mia Larsen quelques questions qui ne peuvent pas attendre. » Carl interrogea du regard l'urgentiste qui leva deux doigts en l'air.

Deux minutes, c'est tout le temps dont il disposait.

Carl prit une grande respiration. C'était peut-être leur dernière chance.

« Mia, commença-t-il. Je suis inspecteur de police. Vous êtes en de bonnes mains à présent et vous n'avez plus de raison d'avoir peur. Nous sommes à la recherche de votre mari. Est-ce lui qui vous a fait ça ? »

Elle hocha doucement la tête.

« Il faut que nous sachions si votre mari possède, loue ou emprunte une maison qui se trouverait au bord de l'eau. Probablement à la campagne. Est-ce que vous sauriez quelque chose à ce sujet ? »

Elle pinça les lèvres. « Peut-être, dit-elle, très faiblement.

– Où se trouve cette maison ? demanda Carl en essayant de contenir son impatience.

– Je ne sais pas. Les brochures dans les cartons. »

Elle fit un geste du menton en direction de la maison à travers les portes ouvertes à l'arrière de l'ambulance.

Une tâche impossible.

Carl se tourna vers ses confrères de Roskilde et leur expliqua ce qu'ils devaient chercher. Une propriété à proximité d'un fjord, dans laquelle se trouvait un hangar à bateaux. S'ils trouvaient un dépliant ou une fiche descriptive sur ce genre de bien dans un des cartons que Kenneth avait éparpillés dans le corridor, ils devraient le contacter immédiatement. Ils pouvaient laisser tomber les cartons qui étaient encore dans le débarras, ceux-là ne révéleraient probablement plus rien.

« Mia, puis-je vous demander si vous connaissiez votre mari sous d'autres identités que celle de Claus Larsen ? » demanda-t-il enfin.

Elle secoua la tête.

Puis elle leva le bras. Très, très lentement, en direction du visage de Carl. L'effort que cela lui coûtait la fit trembler, mais elle alla tout de même au bout de son geste et posa doucement la main sur sa joue.

« Retrouvez Benjamin, s'il vous plaît. » Puis elle laissa retomber sa main et ferma les yeux, épuisée.

Carl tourna les yeux vers Kenneth.

« Benjamin est leur petit garçon, expliqua-t-il. Mia n'a que lui. Il doit avoir à peu près un an et demi. »

Carl poussa un soupir et pressa doucement l'avant-bras de la jeune femme.

Cet homme avait fait tellement de mal autour de lui. Qui allait l'arrêter, à présent ?

Il se leva, le médecin soigna sa brûlure au bras et à l'épaule et le prévint qu'il allait avoir très mal pendant plusieurs jours.

C'était le moindre de ses soucis.

« Ça va, Assad ? » demanda-t-il à son coéquipier tandis que les pompiers enroulaient le tuyau de la lance d'incendie et que l'ambulance disparaissait au coin de la rue.

Assad roula des yeux. Il avait un peu mal à la tête et de la suie partout, mais à part ça, il allait bien.

« Il nous a échappé, Assad. »

Assad hocha la tête.

« Qu'est-ce qu'on a pour continuer ? »

Il haussa les épaules. « Il fait nuit, mais je trouve qu'on devrait quand même aller voir de plus près les maisons qu'Yrsa a marquées sur les vues aériennes.

— On a les photos avec nous ? »

Il hocha la tête à nouveau et se retourna pour prendre un dossier plastifié sur la banquette arrière. Toutes les photos de la rive du fjord. Quinze vues en tout. Et encore plus de cercles.

« Comment ça se fait qu'il n'ait pas rappelé, ce Klaes Thomasen, alors ? Il avait dit qu'il téléphonerait quand il aurait vu l'homme des bois.

— Tu parles du garde forestier ? C'est vrai, il a dit ça. Je ne sais pas. Il n'a peut-être pas réussi à le joindre.

— Vous voulez que j'appelle Klaes Thomasen pour lui demander, alors, Chef ? »

Carl acquiesça et tendit son mobile à Assad.

Assad passa un moment au téléphone avec l'ancien policier. Visiblement il y avait un problème.

Assad lui jeta un regard sombre. « Klaes Thomasen était très surpris. Il a appelé Yrsa hier pour lui dire que le garde forestier de Nordskoven avait confirmé la présence d'un hangar à bateaux dans son secteur de surveillance. Il a dit à Yrsa de vous faire passer le message. Ça doit être à cause des roses, Chef. Elle a dû être troublée et elle a oublié. »

Oublié ! Mais comment pouvait-elle avoir oublié de lui transmettre une information aussi importante ? Cette femme était complètement folle, bon sang !

Il réalisa l'ironie de sa réflexion. Il le savait très bien qu'elle était folle. Il aurait été malvenu de s'en plaindre maintenant.

« Bon. Et où est-il, ce hangar, Assad ? »

Assad étala la carte devant Carl sur le tableau de bord et posa le doigt sur un cercle tracé au marqueur. Yrsa avait même fait deux cercles l'un au-dessus de l'autre, comme pour insister sur cette maison en particulier. Vibegården, Dyrnæsvej, Nordskoven. C'était presque insupportable.

Mais comment auraient-ils pu deviner qu'elle avait tapé dans le mille ? Et comment auraient-ils pu savoir à l'époque qu'il y avait urgence à ce point ? Et qu'un nouveau kidnapping était en cours ?

Carl secoua la tête. Oui, un nouvel enlèvement était en cours. Quant à l'issue de celui-là... Il n'osait même pas aller au bout de sa pensée.

Car tout prêtait à croire que deux enfants se trouvaient aujourd'hui dans la même situation que Poul et Tryggve Holt treize ans plus tôt. Deux enfants en très grand danger ! En ce moment même.

## 50

Arrivés dans le centre de Jægerspris, ils tournèrent à l'angle d'une bâtisse chaulée en rouge, sur laquelle était fixée une pancarte qui disait : SCULPTURE ET PEINTURE. Ils entrèrent dans la forêt.

Ils roulèrent un bon moment sur une route goudronnée trempée de pluie avant d'arriver à un panneau annonçant un chemin RÉSERVÉ AUX RIVERAINS, ET INTERDIT AUX VÉHICULES MOTORISÉS. Une adresse parfaite pour quelqu'un qui ne voudrait pas être dérangé.

Ils réduisirent leur vitesse. D'après le GPS, la maison n'était pas toute proche, mais les phares éclairaient loin devant. S'ils se trouvaient tout à coup à découvert, sur un morceau de chemin avec vue sur le lac, ils allaient devoir éteindre les lumières de la voiture. Dans quelques semaines, il y aurait à nouveau des feuilles sur les arbres, mais pour le moment, la forêt n'avait pas grand-chose à offrir en matière de camouflage.

« On arrive à un chemin qui s'appelle Badevej, Chef. Éteignez les lumières. On va être à découvert. »

Carl désigna la boîte à gants et Assad sortit la torche.

Carl éteignit les phares.

Ils avancèrent lentement dans le faisceau de la torche. Il y voyait tout juste assez pour rester sur le chemin.

Ils longèrent une zone marécageuse au bord du fjord. Ils devinèrent aussi les contours d'un troupeau de vaches couchées dans l'herbe. Sur la gauche, ils virent un transformateur électrique. En passant à côté, ils l'entendirent ronronner faiblement.

« Vous croyez que c'est ça que les enfants Holt entendaient à l'époque ? » demanda Assad.

Carl secoua la tête. Non, le son n'était pas assez fort. D'ailleurs, il s'était déjà éteint dans le silence de la nuit.

« Regardez, Chef. » Assad montrait une silhouette sombre, qu'ils identifièrent rapidement. Il s'agissait d'une haie vive qui allait de la route jusqu'au bord de l'eau. Vibegården se trouvait juste derrière.

Ils se garèrent le long du fossé et restèrent quelques secondes debout sur le chemin pour se donner du courage.

« À quoi pensez-vous, Chef ? demanda Assad.

– Je me demande sur quoi on va tomber et je pense à mon arme qui est restée à l'hôtel de police. »

De l'autre côté de la haie ils découvrirent une clairière et, juste après, de nouveau un petit bois qui s'étendait jusqu'à la rive. Ce n'était pas une grande propriété, mais elle était idéalement située. Un endroit parfait pour couler des jours heureux. Ou pour dissimuler les actes les plus vils.

« Regardez ! » Assad tendit l'index dans le noir et Carl vit ce qu'il lui montrait : un petit bâtiment tout près de l'eau, une dépendance ou un pavillon.

« Et là-bas aussi », signala encore Assad en pointant le doigt dans une autre direction à travers les arbres.

Une faible lumière brillait dans l'obscurité.

Ils forcèrent le passage à travers les branches de la haie et contemplèrent la maison en briques rouges. Une demeure mal entretenue qui tombait presque en ruine. Deux fenêtres du côté de la route étaient éclairées.

« Ça veut dire qu'il est là, vous ne croyez pas, Chef ? » murmura Assad.

Carl ne répondit pas.

« Il y a une allée un peu plus loin, à l'arrière de la maison. On devrait peut-être aller vérifier si la Mercedes est là », chuchota Assad.

Carl secoua la tête. « Elle y est, tu peux me croire. »

Tout à coup un grondement sourd démarra dans le fond du jardin. Comme le moteur d'un bateau qui rentrerait au port sur une mer d'huile. Un ronronnement tranquille à faible distance de l'endroit où ils se trouvaient.

Carl se mordit la lèvre. Alors, c'était vrai, il y avait bien un bruit sourd et régulier. « Ça vient de la dépendance au fond du terrain. Tu la vois, Assad ? »

Assad grogna. Il la voyait, oui.

« Tu crois que le fameux hangar est caché derrière cette grange ?

– Il est juste au bord de l'eau, alors, commenta Assad.

– Oui, tu as raison. Notre homme doit y être aussi. Je suis terrifié à l'idée de ce qu'il est en train de faire là-bas », dit Carl.

Le silence qui régnait dans la maison et l'étrange bruit en provenance de la grange lui donnaient la chair de poule.

« Il faut qu'on y aille, Assad. »

Son coéquipier hocha la tête et lui tendit la torche. « Prenez ça, Chef, vous vous en servirez comme d'une arme. Moi j'ai plus confiance en mes mains. »

Ils passèrent à travers des buissons qui s'agrippaient au bras brûlé de Carl. Si sa chemise et sa veste n'avaient pas été humides et si la fraîcheur de la bruine n'avait pas eu sur sa douleur un effet un peu apaisant, il n'aurait pas pu continuer tellement il avait mal.

Plus ils approchaient de la grange, plus le bruit s'intensifiait. Monotone, sourd et insistant. Comme un moteur bien huilé qui tourne à bas régime.

En dessous de la porte on devinait un filet de lumière. Il se passait quelque chose à l'intérieur.

Carl fit un geste en direction de la porte et serra fermement les doigts autour de la lourde torche. Si Assad ouvrait brusquement la porte, il foncerait à l'intérieur, prêt à frapper. Et après... *Inch' Allah.*

Ils se regardèrent pendant quelques secondes sans rien dire, puis Carl donna le signal. Assad tira violemment la porte et Carl s'élança dans le bâtiment.

Il regarda autour de lui et laissa retomber son bras armé de la torche. Il n'y avait personne. Il n'y avait rien non plus, à part un tabouret, quelques outils sur un établi, une grosse cuve à mazout, quelques tuyaux et un vieux groupe électrogène qui tournait tranquillement au milieu de la pièce, vestige d'une époque où les choses étaient construites pour durer.

« Qu'est-ce que c'est que cette odeur, Chef ? » murmura Assad.

Il régnait effectivement une odeur très forte dans le hangar et Carl sut tout de suite de quoi il s'agissait. Pourtant, il y avait des années qu'il ne l'avait pas respirée. C'était à l'époque où les meubles en pin devaient absolument passer au décapage, tous, sans exception. Il se souvenait parfaitement de cette odeur gluante, humide, qui vous pinçait les narines. Celle de la soude caustique.

Il se tourna vers la cuve, la tête pleine d'images macabres, et approcha le tabouret. Plein de mauvais pressentiments, il monta sur la cuve et ouvrit le couvercle. Je suis à un clic de

cette torche d'avoir le choc de ma vie, se disait-il. Il alluma
la lampe et la dirigea vers le fond du réservoir.

Grâce au ciel, il n'y avait rien. Juste de l'eau et une résistance de plusieurs mètres de long, fixée à la paroi.

Il n'était pas bien difficile de s'imaginer à quoi le meurtrier
utilisait cette cuve.

Carl éteignit la lampe torche, descendit avec précaution et
se tourna vers Assad.

« Je pense que les enfants sont dans le hangar à bateaux,
dit-il. Ils sont peut-être encore en vie. »

Ils surveillèrent attentivement les alentours avant de ressortir de la grange, puis ils restèrent quelques secondes immobiles pour accoutumer leurs yeux à l'obscurité. Dans trois
mois, à cette heure-ci, il ferait aussi clair qu'en plein jour.
Mais pour l'instant, ils n'arrivaient à distinguer que des
ombres floues entre eux et la rive du fjord. Y avait-il vraiment
un hangar à bateaux caché au milieu de la végétation ?

Il fit signe à Assad de le suivre et, pendant quelques mètres,
ils sentirent s'écraser sous leurs pieds les nombreuses limaces
qu'ils ne pouvaient pas voir. Assad n'aima pas cela du tout.
Carl l'entendait grogner de dégoût dans son dos.

Ils parvinrent à la lisière d'un épais taillis. Carl se baissa,
écarta une branche, et là, sous ses yeux, apparut une porte
qui s'élevait à environ cinquante centimètres au-dessus du sol.
Il toucha les épais rondins dans lesquels elle était encastrée.
Ils étaient lisses et humides.

Ils sentirent une forte odeur de goudron. Celui qui avait
dû servir à boucher les fissures entre les rondins et que Poul
avait utilisé pour sceller la bouteille avant de la jeter à la mer.

Ils entendirent l'eau clapoter juste devant leurs pieds. Le
hangar, sur pilotis, était construit au-dessus du fjord. Ils
avaient enfin trouvé le hangar à bateaux !

Ils étaient au bon endroit.

Carl abaissa la poignée mais la porte refusa de s'ouvrir. À tâtons, il trouva une clenche en ferraille qui venait s'insérer dans une patte boulonnée au cadre de la porte. Il la tira doucement. Le salopard n'était pas ici.

Il ouvrit la porte en faisant le moins de bruit possible et entendit tout de suite quelqu'un qui respirait tout doucement.

Une puanteur d'eau croupie, d'urine et de merde lui sauta aux narines.

« Il y a quelqu'un ? » chuchota-t-il.

Un gémissement lui répondit au bout de quelques secondes.

Il alluma la torche et le spectacle qu'il découvrit lui brisa le cœur.

À deux mètres de distance l'une de l'autre, deux silhouettes étaient recroquevillées dans leurs excréments. Pantalons trempés, cheveux gluants. Deux petits monticules de vie qui n'y croyaient plus.

Le garçon braqua sur lui un regard immense et sauvage. Il était plié en deux, la nuque ployée sous les poutres du plafond, les mains attachées dans le dos et fixées au mur par une chaîne. Sur sa bouche était collée une bande de chatterton que faisait trembler son souffle et son corps tout entier semblait appeler à l'aide. Carl tourna un peu la torche qui vint éclairer la petite fille, affalée en avant au bout de sa chaîne. Sa tête pendait sur son épaule comme si elle dormait, mais elle ne dormait pas. Ses yeux étaient ouverts et elle cligna des paupières quand le faisceau lumineux atteignit son visage, mais elle était si affaiblie qu'elle n'eut même pas la force de relever la tête.

« Nous sommes là pour vous aider », dit Carl en s'avançant vers eux à genoux. « Ne bougez pas. Tout va s'arranger, maintenant. »

Il prit son mobile et tapa un numéro. Quelques secondes plus tard il avait le commissariat de Frederikssund en ligne.

Il exposa rapidement le motif de son appel et demanda des renforts et une ambulance. Puis il raccrocha.

Les épaules du garçon se relâchèrent. Cette communication téléphonique lui permettait enfin de se détendre.

Entre-temps, Assad était entré dans le hangar. Accroupi sous le plafond bas, il retira l'adhésif de la bouche de la jeune fille. Il lui détacha les mains et Carl s'occupa du garçon. Samuel fit tout ce qu'il put pour l'aider. Retint un gémissement de douleur quand Carl arracha son bâillon, se tourna le plus possible pour lui permettre d'atteindre la sangle de cuir dans son dos.

Quand ils eurent détaché leurs liens, ils écartèrent les enfants de la paroi et tentèrent de forcer les chaînes qui étaient enroulées autour de leurs tailles et cadenassées à une autre chaîne, elle-même solidement fixée à une poutre dans le mur.

« Il nous les a mises hier et les a attachées ensemble. Avant, on était juste attachés à la chaîne du mur par les sangles en cuir. Il a gardé les clés », les informa le garçon d'une voix rauque.

Carl interrogea Assad du regard.

« J'ai vu un pied-de-biche dans la grange, Assad. Tu veux bien aller le chercher ?

– Un pied-de-biche, Chef ?

– Mais oui, tu sais bien de quoi je veux parler ! »

Carl vit à la tête d'Assad qu'il avait parfaitement compris, mais qu'il aurait bien voulu ne pas repasser sur toutes ces limaces, s'il pouvait l'éviter.

« OK, ça va. Prends la torche. Je vais y aller moi-même. »

Il rampa hors de la cabane sur pilotis. Ils auraient déjà dû prendre ce pied-de-biche tout à l'heure. En plus, il aurait constitué une arme efficace.

Alors qu'il pataugeait une deuxième fois dans la mélasse de limaces mortes et vivantes, Carl remarqua que l'une des fenêtres côté fjord, dans la maison principale, était maintenant éclairée. Elle ne l'était pas tout à l'heure.

Il s'arrêta et tendit l'oreille.

Il ne perçut aucun mouvement nulle part.

Il poursuivit son chemin jusqu'à la dépendance et ouvrit doucement la porte.

Le pied-de-biche était posé sur l'établi en dessous d'un gros marteau et d'une grosse clé anglaise. Il souleva le marteau, poussa la clé sur le côté. Il sursauta quand elle bascula sur le bord de la table et tomba par terre avec un tintement métallique.

Il resta un moment tétanisé dans le noir, écoutant le silence.

Enfin, il se saisit du pied-de-biche et repartit en prenant soin de ne plus faire de bruit.

Ils l'accueillirent avec un regard soulagé. Comme si chacun des gestes que Carl et Assad faisaient depuis qu'ils étaient arrivés était un miracle. Ce qui n'avait rien d'étonnant, vu leur situation.

Ils brisèrent les chaînes fixées dans le mur.

Le garçon s'éloigna instantanément à quatre pattes de la paroi, mais la fille resta sur place en geignant.

« Qu'est-ce qu'elle a ? demanda Carl. Elle a soif, tu crois ?

– Oui, répondit Samuel. Elle est épuisée. Nous sommes là depuis longtemps.

— Je voudrais que tu la portes, Assad. Tiens bien les chaînes pour ne pas faire de bruit. Moi, je vais aider Samuel. »

Il sentit que le jeune homme se raidissait. Il le vit tourner vers lui son visage souillé et le regarder comme s'il avait vu le diable en personne.

« Vous connaissez mon nom ? dit le garçon d'un ton suspicieux.

— Je suis policier, Samuel. Je sais beaucoup de choses sur vous. »

Il recula un peu. « Comment ? Vous avez parlé à mes parents ? »

Carl marqua un temps. « Non. Je n'ai jamais parlé à tes parents. »

Samuel recula encore. Serra les poings. « Il y a quelque chose qui cloche, dit-il. Vous n'êtes pas policier.

— Si. Je t'assure, Samuel. Tu veux voir ma plaque ?

— Comment avez-vous fait pour nous trouver ? C'est impossible.

— Il y a longtemps que nous cherchons l'homme qui vous a enlevés. Allez, viens. Nous n'avons pas de temps à perdre », supplia Carl tandis qu'Assad sortait du hangar avec la jeune fille.

« Si vous êtes vraiment des policiers, comment se fait-il que vous soyez aussi pressés ? » Il avait l'air terrorisé à présent. Il n'était plus lui-même. Était-il en état de choc ?

« Tu as bien vu que nous avons été obligés de briser vos chaînes. C'est bien la preuve que nous n'avions pas la clé, non ?

— Il y a un problème avec mes parents ? Ils n'ont pas payé la rançon, c'est ça ? Il leur est arrivé quelque chose ? » Il secoua la tête, affolé. « Qu'est-il arrivé à mon père et à ma mère ? demanda-t-il en parlant beaucoup trop fort.

– Chuut ! » dit Carl.

Ils entendirent un bruit sourd à l'extérieur. Assad avait dû glisser sur les limaces. « Ça va ? » appela-t-il à voix basse sans obtenir de réponse. « Allez, maintenant, viens, Samuel. Il faut vraiment partir. »

Le garçon regardait toujours Carl d'un air soupçonneux. « Tout à l'heure, quand vous avez parlé sur le portable, ce n'était pas pour de vrai ? Vous allez nous emmener dehors pour nous tuer, c'est ça ? C'est ça que vous allez faire ? »

Carl secoua la tête. « Écoute. Je vais sortir d'abord. Comme ça tu pourras vérifier dehors que tout va bien », dit-il en le devançant à l'air libre.

Il entendit un bruit, puis il sentit un coup violent sur sa nuque, et tout devint noir.

## 51

Peut-être était-ce à cause d'un bruit à l'extérieur, peut-être à cause de sa douleur à la hanche, à l'endroit de ses points de suture, en tout cas il se réveilla en sursaut, jetant un regard affolé autour de lui dans le salon.

Puis il se souvint de tout et regarda l'heure. Il y avait presque une demi-heure qu'il s'était allongé sur ce divan.

Encore engourdi de sommeil, il se leva et pivota sur le flanc pour voir si le sang avait traversé son pansement.

Il se félicita de ses talents d'infirmier. Tout avait l'air propre et sec. Pas mal pour un coup d'essai.

Il s'étira. Dans la cuisine, il avait stocké des packs de jus de fruits et des conserves. Il se dit qu'un verre de jus de goyave et une tranche de pain grillé avec du thon le retaperaient après tout le sang qu'il avait perdu. Dès qu'il aurait avalé quelques bouchées, il descendrait au hangar à bateaux.

Il alluma la lumière dans la cuisine et resta un petit moment devant la fenêtre à scruter l'obscurité dehors. Puis il tira le store. Il valait mieux qu'on ne voie pas depuis le fjord qu'il y avait quelqu'un dans la maison. Prudence, prudence.

Soudain, il se figea, les sourcils froncés. Est-ce qu'il n'avait pas entendu quelque chose ? Comme un bruit de ferraille ? Il resta un moment immobile, à écouter le silence. Non. Tout était paisible.

Peut-être un cri d'oiseau ? Mais est-ce que les oiseaux criaient après la tombée de la nuit ?

Il souleva très légèrement le store et regarda dans la direction d'où était venu le bruit. Plissa les yeux et attendit.

Alors il vit qu'il ne s'était pas trompé. Une silhouette sombre et indécise se déplaçait dans le noir. Quasiment invisible, mais indéniablement présente.

Il la vit longer la grange, puis elle disparut.

Il s'écarta brusquement de la fenêtre.

Son cœur s'était mis à battre bien plus fort qu'il ne l'aurait voulu.

En prenant garde de ne pas faire de bruit, il ouvrit un tiroir de cuisine et en sortit un long couteau très mince et très affûté qui servait normalement à tailler les filets de poisson. Personne ne survivrait à un coup porté au bon endroit avec cette lame.

Il enfila son pantalon et partit dans le noir, sur la pointe de ses pieds nus.

Maintenant il entendait parfaitement le bruit venant du hangar. Quelqu'un était en train de casser quelque chose à l'intérieur. On donnait des coups violents contre la paroi en bois.

Il resta un instant sans bouger pour écouter. Il savait maintenant ce qui se passait. Ils s'en prenaient aux chaînes. Quelqu'un était en train de faire sauter les tire-fonds avec lesquels il avait fixé les chaînes dans le mur.

Quelqu'un ?

S'il s'agissait de la police, ils avaient des armes plus efficaces que la sienne, mais lui connaissait les lieux par cœur. Il pouvait tirer profit de l'obscurité.

Il passa devant la grange et remarqua que le rai de lumière sous la porte était plus large qu'il n'aurait dû l'être.

La porte était entrouverte alors qu'il était sûr de l'avoir fermée en allant voir la température de l'eau dans le réservoir.

Ils étaient peut-être plusieurs ? Il y avait peut-être encore quelqu'un à l'intérieur ?

Il se colla contre le mur et réfléchit. Il connaissait cette grange comme sa poche. S'il y avait quelqu'un, il pourrait le frapper à mort en moins de temps qu'il n'en faut pour le dire. Il lui suffirait d'enfoncer la lame une seule fois dans la partie molle qui se trouve juste au-dessous du plexus. Il pouvait frapper plusieurs fois et dans plusieurs directions en quelques secondes, et il n'hésiterait pas à le faire. C'était lui ou eux.

Il entra, la lame pointée en avant, et fit du regard le tour du local désert.

Quelqu'un était venu. Le tabouret n'était pas en place, les outils étaient en désordre. Une clé anglaise était tombée par terre. C'était ça qu'il avait entendu tout à l'heure.

Il s'approcha de l'établi et prit le gros marteau. Il se sentait tout de même plus à l'aise avec ça qu'avec le couteau. Il l'avait bien en main. Il l'avait utilisé si souvent par le passé.

Puis il fit quelques pas sur le chemin, sentant les limaces s'écraser entre ses orteils. Saloperies de bestioles. Il fallait qu'il s'occupe un jour de les exterminer pour de bon.

Il s'accroupit et vit de la lumière dans l'entrebâillement de la petite porte du hangar. Il entendait des voix mais ne parvenait à distinguer ni ce qui se disait ni qui était en train de parler. Il s'en fichait d'ailleurs.

Tôt ou tard ils voudraient sortir, et ils ne pouvaient sortir que par la porte. Il lui suffisait de s'approcher sans bruit, de fermer le loquet et ils seraient enfermés à l'intérieur. Même s'ils tiraient dans la porte toutes les balles qu'ils avaient dans leurs armes de service, il aurait le temps d'aller chercher le bidon d'essence dans sa voiture et de mettre le feu avant qu'ils réussissent à se libérer.

Évidemment on verrait les flammes à des kilomètres à la ronde, mais avait-il une autre solution ?

Aucune. Il fallait qu'il fasse brûler le hangar et qu'ensuite il rassemble papiers et argent, pour filer vers la frontière aussi rapidement que possible. À la guerre comme à la guerre. Celui qui ne savait pas s'adapter devait périr.

Il passa le couteau dans la ceinture de son pantalon et s'approcha de la porte. Mais au même instant elle s'ouvrit, et une paire de jambes apparut.

Il fit un rapide pas sur le côté. Tant pis, il les éliminerait au fur et à mesure qu'ils sortiraient. Il ne quitta pas l'individu des yeux tandis qu'il s'extirpait du minuscule cabanon.

« Qu'est-il arrivé à mon père et à ma mère ? » demanda soudain le garçon à haute voix.

Quelqu'un lui intima le silence.

Il reconnut le petit assistant basané qui sortait du hangar avec la fille dans les bras, s'approchant de lui à reculons. C'était le type qu'il avait vu au bowling. Celui qui avait plaqué le Pape sur la piste lors de sa fuite. Mais comment avait-il fait ?

Comment pouvait-il connaître l'existence de cet endroit ?

Sans hésitation, il fit tournoyer le marteau en l'air et frappa l'homme à la nuque avec le plat de l'outil. Il s'écroula sans un bruit, la fille couchée sur lui. Elle le regarda avec des yeux vides. Elle s'était depuis longtemps résignée à son sort. Elle ferma les yeux. À un coup de marteau de sa propre mort, elle avait cessé de lutter. Du coup, il décida de remettre ça à plus tard. De toute façon, elle était quantité négligeable.

Il releva la tête, pour attendre la sortie du collègue du flic basané.

Le policier danois se présenta peu après dans l'ouverture exiguë, parlant au garçon derrière lui pour le convaincre qu'il n'y avait pas de problème.

« Écoute. Je vais sortir d'abord. Comme ça tu pourras vérifier dehors que tout va bien », le rassurait-il.

Il l'assomma.

L'inspecteur de police s'écroula lentement sur le sol.

Il lâcha le marteau et contempla les deux hommes qui gisaient à ses pieds, sans connaissance. Écouta quelques secondes le vent dans les arbres et la pluie sur les pavés de la cour. Hormis le garçon à l'intérieur qui devait déjà avoir compris qu'il s'était passé quelque chose, il n'entendit rien.

Il ramassa la fille, la jeta à nouveau dans le hangar, claqua la porte et referma le loquet de l'extérieur.

Il se redressa et examina les environs. Aucune voiture de police à l'horizon. Aucun bruit de sirène. Rien d'autre que les cris du gamin dans sa prison. Pour l'instant du moins.

Il s'efforça de respirer calmement. À quoi devait-il s'attendre ? Les deux flics allaient-ils être suivis par d'autres ou bien s'agissait-il juste de deux cow-boys qui avaient voulu faire du zèle pour épater leurs supérieurs ? Il fallait absolument qu'il sache à quoi s'en tenir.

Si les deux hommes avaient agi seuls, il pouvait conserver le plan initial. Si ce n'était pas le cas, il fallait qu'il dégage au plus vite. Quoi qu'il en soit, il devait se débarrasser d'eux, aussitôt qu'il les aurait fait parler.

En quelques enjambées il retourna dans la grange et décrocha le rouleau de ficelle à ballots suspendu au-dessus de la porte.

Il avait l'habitude de ligoter des prisonniers, ce serait l'affaire de quelques minutes.

Pendant qu'il était en train d'attacher les deux hommes, le garçon frappait de grands coups à la porte du hangar. Il hurlait pour qu'il les laisse sortir, sa sœur et lui, affirmant que ses parents ne paieraient pas s'ils ne récupéraient pas leurs enfants vivants.

Bravo pour la tentative. Ce garçon était décidément plein de ressources.

Le gamin se mit à donner des coups de pied dans la porte.

Il jeta un coup d'œil au verrou. Il y avait des années qu'il l'avait installé, mais le bois du cadre était encore en bon état. Il résisterait.

Il traîna les deux hommes à distance du hangar pour que la lumière de la grange éclaire leurs visages. Puis il fit basculer le corps du plus grand afin qu'il se retrouve assis sur les pavés, avachi sur lui-même.

Il se mit à genoux en face de lui et le frappa plusieurs fois au visage. « Allez, réveille-toi ! » ordonna-t-il sans cesser de le gifler.

Cela finit par marcher.

Le policier commença par ouvrir des yeux dont on ne voyait que le blanc, cligna plusieurs fois des paupières et recouvra finalement la vue.

Ils se regardèrent longuement sans rien dire. Les rôles étaient inversés. À présent, il n'était plus le type assis devant une table avec une nappe blanche dans le club de bowling, à qui on demandait de rendre des comptes sur son emploi du temps.

« Ordure », dit enfin le flic d'une voix un peu pâteuse. « Tu ne nous échapperas pas, si c'est ce que tu espères. Les renforts sont en route, et nous avons tes empreintes. »

Il examina les yeux du policier. Il était encore groggy après le coup qu'il lui avait donné sur la tête. Il s'écarta de lui et ses pupilles mirent un peu trop longtemps à se rétrécir quand la lumière de la grange vint frapper son visage. C'était peut-être aussi pour ça qu'il paraissait aussi calme. Ou alors il n'avait pas encore compris qu'il allait tous les tuer.

« Des secours ! Voyez-vous ça ! Eh bien qu'ils viennent, si tu n'es pas en train de me mentir. D'ici, on peut surveiller tout le fjord et jusqu'à Frederikssund, ajouta-t-il. Je verrai les gyrophares au moment où les voitures de patrouille traverseront le pont Kronprins Frederiks. Et j'aurai largement le temps de faire ce que j'ai à faire avant qu'ils arrivent.

– Ils viennent de Roskilde et par le sud. Tu ne verras rien du tout, pauvre connard, riposta le policier. Relâche-nous, rends-toi sans faire d'histoires, et tu seras sorti dans quinze ans. Si tu nous tues, tu es un homme mort, je te le garantis. Mes collègues vont t'abattre ou alors tu pourriras en prison jusqu'à la fin de tes jours. Pour toi, ça reviendra au même. Les tueurs de flics ne survivent pas longtemps dans le système qui est le nôtre. »

Il sourit. « Tu dis des conneries et tu mens. Et maintenant, si tu refuses de répondre à mes questions, je vous jette tous les quatre dans le réservoir que vous avez vu dans cette grange dans moins de… » Il regarda sa montre. « … disons vingt minutes. Toi, ton collègue et les enfants. Et tu sais quoi ? »

Il approcha son visage tout contre celui de Carl. « Moi, je m'en irai d'ici. »

Les coups sur le hangar à bateaux étaient plus bruyants à présent. Ils semblaient plus forts et avaient une résonance plus métallique aussi. Instinctivement, il tourna les yeux vers l'endroit où il avait laissé tomber le marteau avant de soulever la fille.

Et son instinct ne l'avait pas trompé. Le marteau n'était plus là. La fille l'avait emporté avec elle sans qu'il s'en rende compte. Elle n'était pas aussi amorphe qu'il l'avait cru, cette petite garce sournoise.

Il prit le couteau dans sa ceinture. C'est avec lui qu'il finirait la besogne.

## 52

Si étrange que cela puisse paraître, Carl n'avait pas peur. Non pas qu'il doute un instant que ce type soit assez cinglé pour le tuer sans hésiter, mais peut-être parce que tout ici était tellement calme. Les nuages qui se déplaçaient paisiblement dans le ciel et qui jouaient à cache-cache avec la lune. Le clapotis des vagues et l'odeur de la nature. Même le groupe électrogène qui ronronnait dans son dos avait un effet apaisant.

Peut-être subissait-il encore les suites du coup qu'il avait reçu. En tout cas, sa tête lui faisait tellement mal qu'il en avait oublié la douleur de son épaule et de son bras.

À l'intérieur du hangar à bateaux, le garçon s'était remis à taper de plus belle.

Carl leva les yeux vers l'homme qui venait juste de tirer le couteau de la ceinture de son pantalon.

« Tu aimerais bien savoir comment on t'a trouvé, hein ? » lui dit Carl. Des picotements lui disaient que la sensibilité revenait peu à peu dans ses mains et dans ses doigts. La bruine tombait toujours. L'humidité était en train de distendre la ficelle. Maintenant, il s'agissait de gagner du temps.

Le regard du meurtrier était glacial, mais ses lèvres le trahirent par un minuscule rictus.

Il avait tapé dans le mille. S'il y avait une question qui

tracassait encore ce salopard, c'était comment il avait été découvert.

« Poul Holt. Ça te dit quelque chose ? » lui demanda Carl tandis qu'il trempait ses poignets dans une flaque derrière son dos. « C'était un garçon un peu spécial », poursuivit-il.

Puis il se tut. Il hocha longuement la tête en ne quittant pas le kidnappeur des yeux. Il allait prendre tout son temps pour lui raconter son histoire, sans cesser de ramollir patiemment ses liens dans l'eau de pluie. Qu'il parvienne à se détacher ou pas, plus il ferait durer, plus longtemps ils resteraient tous en vie. La situation ne manquait pas de sel. Un interrogatoire inversé, en quelque sorte.

« Qu'est-ce qu'il avait de si particulier, ce Poul ? »

Carl ricana. Les coups dans la porte du hangar devenaient plus espacés, mais aussi plus précis.

« Ça ne date pas d'hier, hein ? Tu te souviens maintenant ? La fille qui est enfermée là-dedans n'était même pas née. Mais tu ne repenses peut-être jamais à tes victimes ! Non, bien sûr que non. Pourquoi devrais-tu t'en souvenir ? »

L'expression du visage de l'homme changea tout à coup. Carl en eut des frissons dans le dos.

Il se releva brusquement et posa la lame de son couteau sur la gorge d'Assad. « Tu vas arrêter de tourner autour du pot ou dans une seconde, tu verras ton coéquipier en train d'agoniser dans une mare de sang, tu me suis ? »

Carl acquiesça et tira sur ses liens. Le type ne plaisantait pas.

L'homme se tourna vers le hangar et cria : « Tu vas souffrir avant de mourir, Samuel, si tu continues à taper comme ça, tu peux me croire ! »

Le garçon s'interrompit un instant. Ils entendirent la fillette pleurer. Puis les coups reprirent.

« Poul a jeté une bouteille à la mer. Tu aurais pu trouver mieux qu'une cabane construite au-dessus de l'eau pour enfermer tes victimes », ironisa Carl.

Le kidnappeur fronça les sourcils. Une bouteille à la mer ?

À présent la ficelle était assez lâche pour qu'il puisse passer les doigts entre elle et la peau. Il avait déjà réussi à défaire un nœud. « Elle a été repêchée en Écosse il y a quelques années et a finalement atterri sur mon bureau », continua-t-il en remuant ses poignets.

« Pas de chance ! » dit l'homme, mais Carl voyait bien qu'il ne comprenait toujours pas comment une bouteille à la mer avait pu conduire la police jusqu'ici. Aucun des enfants qui avaient été emprisonnés dans cet endroit ne savait où il se trouvait.

Carl vit soudain l'une des cuisses d'Assad se contracter.

Surtout ne bouge pas, mon ami. Dors. Tu ne peux rien faire pour l'instant, songea-t-il. La seule chose qui pourrait les aider maintenant serait qu'il parvienne à dégager suffisamment ses liens pour se libérer. Et même dans ce cas, l'issue restait incertaine. Très incertaine. L'homme à qui ils avaient affaire était fort et sans scrupule, sans compter qu'il était armé d'un horrible couteau. Le coup que lui-même avait reçu sur la tête avait certainement affecté ses réflexes et sa force. Il avait peu de chances de maîtriser son adversaire. Il aurait dû appeler ses collègues de Roskilde qui seraient venus par le sud, plutôt que ceux de Frederikssund que l'assassin verrait arriver à des kilomètres. Dès que la patrouille s'engagerait sur le pont, dans deux minutes environ, estimait-il, tout serait terminé. Les ficelles étaient encore beaucoup trop serrées.

« Tire-toi d'ici, Claus Larsen, si c'est bien comme ça que tu t'appelles. Tu as encore le temps », tenta Carl à tout hasard tandis que les coups frappés à la porte du hangar à bateaux prenaient une tonalité plus sourde.

« Tu as raison. Je ne m'appelle pas non plus Claus Larsen », répliqua-t-il en regardant le corps à nouveau immobile d'Assad. « Et vous n'avez aucune idée de mon véritable nom. En fait, tu sais ce que je crois ? Je crois que ton petit copain et toi, vous jouez solo ce soir. Alors pourquoi m'enfuirais-je, tu peux me le dire ? Pourquoi aurais-je peur de vous ?

– Va-t'en, qui que tu sois. Il n'est pas trop tard. Tu peux encore refaire ta vie quelque part. On te cherchera, bien sûr, mais tu arriveras peut-être à modifier ton apparence suffisamment pour qu'on ne te retrouve jamais. Tu es très fort pour ça, non ? »

Il avait réussi à détacher un deuxième nœud.

Il gardait les yeux fixés sur l'homme et vit la lumière bleue des gyrophares éclairer ses vêtements. Les renforts étaient en train de passer le pont et cela signifiait que sa dernière heure était venue.

Carl se redressa et ramena ses jambes sous lui. L'homme regarda approcher la lumière bleue qui illuminait maintenant tout le paysage. Il leva le couteau au-dessus du corps sans défense d'Assad. Avant qu'il n'ait eu le temps de frapper, Carl se jeta en avant la tête la première et vint lui percuter les jambes de tout son poids. Étourdi, il bascula en arrière, sans lâcher le couteau, en se tenant la hanche de sa main libre. Il regarda Carl avec tant de fureur que l'inspecteur Mørck ne douta pas que ce serait la dernière image qu'il emporterait de ce monde.

Mais ses liens se détachèrent.

Il s'en débarrassa aussi vite qu'il le put et écarta les bras comme un lutteur. Deux bras contre un couteau. Le combat était joué d'avance ! Il se sentait sonné. Même s'il avait voulu s'enfuir, il en aurait été incapable. Même s'il rêvait d'aller chercher la clé anglaise dans la grange à quelques mètres de là, il savait qu'il n'avait pas assez de coordination pour ça. Son champ de vision se dilatait et se rétrécissait sans arrêt.

Il fit quelques pas en arrière en titubant tandis que l'homme se relevait en brandissant le couteau à fileter vers lui. Son cœur se mit à battre très fort et sa tête à résonner comme un tambour. L'image des yeux magnifiques de Mona passa fugitivement sur sa rétine.

Il se campa sur ses pieds. Les pavés de l'allée étaient glissants et il sentait sous ses semelles la purée de limaces qui était restée collée. Il ne bougea plus et attendit.

On ne voyait plus le reflet des gyrophares. Ses collègues seraient là dans moins de cinq minutes. S'il parvenait à tenir le coup juste un petit moment, il avait une chance de sauver la vie des enfants.

Il leva la tête vers les branches qui se rejoignaient au-dessus du chemin. Si je pouvais sauter jusque-là et me hisser, songea-t-il en reculant encore d'un pas.

Mais il n'avait pas achevé sa pensée que son adversaire bondissait vers lui, l'air enragé et la lame dirigée vers sa poitrine.

Il suffit d'un petit pied, qui devait chausser à peine du quarante, pour le couper dans son élan.

Les courtes jambes d'Assad se détendirent brusquement, ripèrent dans la purée de limaces et l'atteignirent à la hauteur des chevilles. Il ne tomba pas immédiatement, mais ses pieds nus perdirent leur adhérence avec le sol gluant. Sa joue toucha le pavé avec un claquement sec. Carl lui administra un coup de pied dans l'entrejambe qui lui fit lâcher son arme.

Carl s'en empara, attrapa maladroitement le type par le col de sa chemise et le regarda bien au fond des yeux en posant la lame contre sa carotide. Derrière lui, Assad gesticulait, tentait de se lever, se mettait à vomir et retombait. Une bordée de jurons en arabe sortit de sa bouche en même temps que le contenu de son bol alimentaire.

« Vas-y, plante-le, ce couteau, siffla l'homme. De toute façon, j'en ai marre de voir ta sale gueule. »

Il bascula brusquement la tête en avant dans un geste suicidaire, mais Carl eut le temps d'anticiper et de tirer la lame en arrière suffisamment pour que le meurtrier s'en sorte avec une estafilade.

« J'en étais sûr. Tu ne le feras pas », dit-il avec mépris tandis que le sang coulait doucement le long de sa gorge mouillée de pluie. « Tu ne le feras pas parce que tu es un lâche. »

Il venait de faire une grave erreur. Carl eut soudain la certitude que si ce salopard se jetait sur le couteau à nouveau, il ne bougerait pas. Les yeux embrumés d'Assad y verraient assez pour pouvoir témoigner que l'homme était responsable de sa propre mort. Il n'avait qu'à essayer ! Il épargnerait au système judiciaire beaucoup d'heures de travail.

Les coups venant du hangar cessèrent.

Au-dessus de l'épaule de l'homme, Carl vit la porte s'ouvrir avec une telle force qu'on l'aurait crue montée sur ressorts.

Mais le kidnappeur monopolisa à nouveau son attention.

« Tu ne m'as pas encore expliqué comment vous m'avez trouvé. Tant pis, je patienterai jusqu'au procès, dit-il. Tu m'as dit que j'allais prendre combien ? Quinze ans ? C'est pas énorme. »

Il bascula la tête en arrière et éclata de rire. Dans une seconde, il se jetterait sur le couteau à nouveau. *Inch' Allah*, aurait dit Assad.

Carl serra les doigts autour du manche, se préparant à l'issue grand-guignolesque.

Puis il y eut un petit bruit sec, comme lorsqu'on casse un œuf, et l'homme glissa doucement sur le flanc, sans pousser un cri. Samuel était derrière lui, le marteau à la main. Les larmes coulaient sur ses joues. Il avait réussi à casser le verrou de l'intérieur. Comment diable s'était-il procuré cet outil ?

Carl baissa les yeux. Il posa le couteau et se pencha sur l'homme qui tressautait sur le sol. Il respirait encore, mais plus pour longtemps.

Carl venait d'assister à une exécution. Un meurtre avec préméditation. Inutile puisqu'il avait la situation en main. Et le garçon ne pouvait pas l'avoir ignoré.

« Jette ce marteau, Samuel. »

Il prit Assad à témoin.

« C'était de la légitime défense, n'est-ce pas, Assad ? Tu l'as vu comme moi ?

– Nous sommes toujours d'accord, vous et moi, Chef ! » hoqueta Assad entre deux spasmes.

Carl se pencha sur le type gisant la bouche ouverte et les yeux écarquillés sur le pavé gluant.

« Que le diable t'emporte, siffla le mourant.

– À mon avis, c'est toi qui viens de prendre un billet pour l'enfer, ordure », dit Carl.

Ils entendirent les sirènes de la brigade d'intervention qui approchaient.

« La mort te sera plus douce si tu avoues tes crimes, murmura Carl. Combien en as-tu tués ? »

L'homme cligna des yeux.

« Beaucoup.

– Combien ? »

Son corps commençait à se relâcher et sa tête bascula sur le côté, dévoilant l'horrible plaie à l'arrière de son crâne. Mais aussi une longue cicatrice rougeâtre qui lui faisait comme une grande virgule sous l'oreille.

Des glouglous lui sortirent de la bouche.

« Où est Benjamin ? » s'empressa de lui demander Carl.

Ses yeux se fermèrent lentement. « Il est chez Eva.

– Qui est Eva ? »

Ses paupières frémirent sans s'ouvrir tout à fait. « Mon affreuse sœur.

– Il me faut un nom. Donne-moi ton nom de famille. Comment t'appelles-tu vraiment ?

– Mon nom ? Mon nom est Chaplin. »

Et il mourut, le sourire aux lèvres.

# ÉPILOGUE

Carl était fatigué. Il venait de jeter un dossier sur la pile qui occupait l'angle de son bureau.

Affaire résolue, terminée et classée.

Depuis qu'Assad avait neutralisé le Serbe dans le couloir du sous-sol, l'eau avait coulé sous les ponts. Les hommes de Marcus Jacobsen s'étaient occupés des trois sinistres récents, mais c'était le département V qui était resté en charge de la vieille affaire, celle de l'incendie de Rødovre en 1995. La guerre des gangs monopolisait tout simplement trop d'effectifs au deuxième étage.

On avait arrêté des gens aussi bien au Danemark qu'en Serbie, et il ne manquait plus qu'à leur soutirer des aveux. Carl avait toujours dit qu'ils se fichaient le doigt dans l'œil s'ils espéraient les faire parler. En tout cas, ceux qui étaient déjà sous les verrous préféraient moisir quinze ans dans une prison danoise plutôt que de dénoncer leurs commanditaires.

Quant à la suite, elle était entre les mains du procureur général.

Il s'étira et envisagea une petite sieste de quelques minutes, bercé par le son de l'écran plat où TV2 bavassait à propos de ministres incapables de grimper sur un vélo sans tomber et se casser quelque chose.

Mais le téléphone se mit à sonner. Saleté d'invention.

« On a de la visite, Carl, annonça Marcus. Vous voulez bien monter dans mon bureau, tous les trois ? »

Il pleuvait depuis dix jours alors qu'on était en plein mois de juillet. Le soleil lui-même hibernait. Ça ne valait pas la peine de monter au second, il y faisait aussi sombre que dans leur cher sous-sol.

Carl n'adressa la parole ni à Rose ni à Assad en gravissant les marches jusqu'au département A. Il détestait les vacances. Jesper passait ses journées à traîner à la maison avec sa petite amie. Morten était parti faire du vélo avec un dénommé Preben, et il devait prendre du bon temps parce qu'il différait son retour de jour en jour. En attendant, il avait embauché une infirmière à domicile pour s'occuper d'Hardy. Quant à Vigga, elle faisait du tourisme en Inde en compagnie d'un homme qui dissimulait une chevelure d'un mètre cinquante sous son turban.

Et lui était ici, tout seul, pendant que Mona et ses enfants soignaient leur bronzage en Grèce. Si encore Assad et Rose avaient pris leurs vacances maintenant, il aurait pu passer sa journée de travail à regarder tranquillement le Tour de France, les pieds posés sur son bureau.

Décidément, il détestait les vacances. Surtout quand lui n'était pas en congé.

Il jeta un coup d'œil vers la chaise vide de Lis. Elle devait être repartie pour un périple en camping-car avec son fougueux petit ami. C'est à la mère Sørensen que ce genre de vacances aurait fait du bien. Une bonne petite partie de jambes en l'air dans un camping-car, ça doit vous dépoussiérer la plus momifiée des gonzesses !

Il fit un petit salut aimable à la mégère qui lui répondit par un doigt d'honneur. En tout cas, elle vivait avec son temps, cette vieille bique.

Ils ouvrirent la porte du bureau du chef de la criminelle, où attendait une femme que Carl ne connaissait pas.

« Voilà », annonça Marcus depuis son fauteuil. « Mia Larsen est venue nous voir avec son mari pour vous remercier. »

Alors seulement, Carl remarqua l'homme qui se tenait un peu à l'écart. Lui, il le reconnaissait. C'était le jeune homme qui se trouvait devant la maison de Roskilde. Ce Kenneth qui avait fait sortir la femme du débarras en flammes. Est-ce que cette jeune femme qui le regardait timidement était vraiment la pauvre créature recroquevillée à qui il avait parlé dans l'ambulance ?

Rose et Assad leur serrèrent la main à tous les deux et Carl suivit leur exemple avec un peu d'hésitation.

« Je suis désolée, dit Mia Larsen. Je sais que vous avez beaucoup de travail, mais je tenais à vous remercier en personne. Vous m'avez sauvé la vie. »

Ils se regardèrent quelques instants. Carl ne savait pas quoi répondre.

« Je n'ai pas envie de vous dire *de rien*, alors, dit tout à coup Assad.

– Et moi non plus », ajouta Rose.

Tout le monde éclata de rire.

« Vous allez bien, à présent ? » s'enquit Carl.

Elle inspira profondément et se mordit la lèvre. « Je voudrais savoir comment vont les deux enfants. Samuel et Magdalena, je crois ? »

Carl réfléchit un peu avant de répondre. « Je vais être honnête et vous répondre que ce n'est pas facile à dire. Les deux aînés sont partis de chez eux et je crois que Samuel va bien. En ce qui concerne Magdalena et ses deux autres frère et sœur, je sais que la communauté religieuse dont ils font partie les a pris en charge. Peut-être est-ce une bonne chose, peut-être pas. Ce n'est pas à moi d'en juger. C'est dur pour un enfant de ne plus avoir ses parents. »

Elle hocha la tête. « Je comprends. Mon ancien mari a fait beaucoup de mal autour de lui. J'espère que j'aurai un jour la possibilité de faire quelque chose pour cette jeune fille. » Elle essaya de sourire, mais n'eut pas le temps d'aller au bout de cette intention avant que la phrase suivante ne lui échappe. « C'est dur pour un enfant de perdre ses parents, mais c'est dur aussi pour une mère de perdre son enfant. »

Marcus Jacobsen posa la main sur son bras. « Nous continuons les recherches, madame Larsen. La police travaille d'arrache-pied à partir des informations que vous nous avez communiquées. Vous verrez que tôt ou tard l'enquête aboutira. Dans ce pays, il est impossible de faire disparaître un enfant sans laisser de traces. »

La femme baissa la tête en entendant l'expression *faire disparaître*. Carl ne l'aurait peut-être pas formulé comme ça.

Le jeune homme prit alors la parole : « Nous voulions vous dire notre gratitude », dit-il en s'adressant à Carl et à Assad. « Que le fait de ne pas savoir ce qui est arrivé à Benjamin soit en train de détruire Mia, c'est un autre problème. »

Les pauvres. Pourquoi ne pas leur dire les choses comme elles étaient ? Les recherches duraient depuis maintenant quatre mois et le petit garçon restait introuvable. On n'avait tout simplement pas mis assez de moyens pour le retrouver, et à présent, c'était sans doute trop tard.

« Ce qu'il y a, c'est que nous ne savons pas grand-chose. La sœur de votre ex-mari s'appelle Eva. Mais nous ne connaissons pas son nom de famille. Ni celui de votre ex-mari qui est peut-être différent de celui de sa sœur. Et son véritable prénom ? Mystère ! Tout ce dont nous sommes sûrs, c'est que le père de votre ex-mari était pasteur. Les pasteurs appellent souvent leur fille Eva. Nous savons qu'elle a environ quarante ans, mais rien d'autre. Il y a une photo de votre fils dans tous les commissariats danois, et on a demandé aux services sociaux de ce pays de garder l'œil ouvert. Pour l'instant, malheureusement, nous ne pouvons pas faire plus. »

La jeune femme se contenta de hocher la tête. Carl lut sur son visage qu'elle n'avait nulle intention de laisser ces nouvelles affecter l'espoir qu'elle nourrissait et qu'elle continuerait évidemment de nourrir.

Le jeune homme brandit soudain un gros bouquet de roses en leur expliquant que Mia passait ses journées à éplucher tous les journaux de la presse religieuse, espérant toujours y voir une photo du père de son mari. Que c'était devenu pour elle un emploi à plein temps et qu'elle ne manquerait pas de les tenir informés si elle découvrait quelque chose de son côté.

Puis il tendit les fleurs à Carl en lui disant merci.

Quand ils furent partis, Carl se retrouva les roses à la main et un sale goût dans la bouche. Il y avait au moins quarante roses rouge sang qui lui brûlaient les doigts.

Il secoua la tête. Il n'était pas question qu'il mette ces fleurs sur son bureau, mais d'un autre côté, il ne voulait pas non plus les donner à Rose ou à Yrsa. Il avait vu le résultat la dernière fois.

En passant devant l'accueil, il jeta le bouquet sur la table de Mme Sørensen. « C'est gentil de garder la boutique », lui dit-il. Et il la planta là, éberluée et le visage grimaçant de protestations muettes.

Les trois collaborateurs du département V échangèrent un regard en redescendant l'escalier.

« Je sais exactement à quoi vous pensez », dit-il.

Ils allaient, toutes affaires cessantes, envoyer une circulaire à chaque instance et à chaque administration du pays qui pourrait se trouver en contact, pour une raison ou pour une autre, avec un enfant correspondant à l'âge et à l'apparence de Benjamin. Enfant qui se serait tout à coup matérialisé à un endroit où il n'aurait pas dû être. En gros, ils allaient recommencer le travail que la police avait déjà fait avant eux.

Mais cette fois, ils ajouteraient un petit mot dans lequel ils demanderaient aux chefs des services en question de s'occuper personnellement de l'affaire.

Ce qui aurait pour effet de faire remonter instantanément le dossier sur le dessus de la pile, et de le faire circuler dans la hiérarchie jusqu'à atterrir sur le bureau de la personne qui voudrait bien s'en occuper sérieusement. Carl connaissait le système par cœur.

Au cours des dernières semaines, Benjamin avait appris au moins cinquante nouveaux mots, et Eva s'extasiait de ses progrès.

Il est vrai qu'elle et lui parlaient beaucoup ensemble, car Eva aimait ce garçon plus que tout au monde. Ils étaient devenus une vraie petite famille tous les trois. Elle savait que son mari ressentait la même chose.

« Quand est-ce qu'ils arrivent ? » lui demanda-t-il pour la dixième fois ce jour-là. Il n'avait pas arrêté de s'activer depuis le matin. Il avait passé l'aspirateur, il avait fait du pain. C'était lui aussi qui avait préparé Benjamin à l'entrevue. Il fallait que tout soit parfait.

Elle sourit. La présence de cet enfant avait tout changé dans leur existence.

« Ils arrivent. Je les entends. Tu veux bien me donner le petit, Willy, s'il te plaît ? »

Elle sentit la joue si douce de Benjamin contre la sienne.

« Des gens vont venir maintenant pour décider si nous pouvons te garder, Benjamin, murmura-t-elle à son oreille. Je crois qu'ils vont dire qu'ils sont d'accord. Tu veux bien rester chez nous, trésor ? Tu veux bien vivre chez Eva et Willy ? »

Il se blottit contre elle. « Eva », dit-il en riant aux éclats.

Puis elle sentit qu'il pointait sa petite main vers le vestibule. « Gens venir », gazouilla-t-il.

Elle le serra contre elle et rajusta ses vêtements. Willy lui avait conseillé de garder les paupières fermées. D'après lui sa cécité faisait moins peur comme ça. Elle inspira profondément, fit une courte prière et lui donna un petit baiser.

« Tout va bien se passer. »

Les voix étaient chaleureuses. Eva reconnut les deux assistantes sociales qui devaient se prononcer à l'issue de la procédure d'adoption qu'ils avaient engagée. Elle les avait déjà rencontrées.

Les dames vinrent lui serrer la main. Elles avaient de bonnes mains, chaudes. Elles dirent quelques paroles gentilles à l'intention de Benjamin et allèrent s'asseoir.

« Bien, Eva. Nous avons étudié votre dossier, et je dois vous avouer que vous n'êtes pas le cas le plus banal auquel nous ayions eu affaire. Pour commencer, je veux que vous sachiez que nous avons décidé de faire abstraction de votre handicap. Il nous est déjà arrivé de confier un enfant à un aveugle et nous ne voyons aucune contre-indication dans votre cas, ni en ce qui concerne votre capacité à mener une vie normale, ni dans votre façon de réagir à votre handicap. »

Eva sentit une source jaillir au fond d'elle. Aucune contre-indication. C'est ce qu'elles avaient dit. Ses prières avaient été entendues.

« Nous sommes très impressionnées de voir tout ce que vous avez réussi à économiser sur vos revenus, somme toute modiques, et nous en avons déduit que vous gérez votre budget mieux que la plupart. Nous avons aussi constaté à quel point vous avez maigri, Eva, et cela en très peu de temps. D'après Willy, vous avez réussi à perdre vingt-cinq kilos en moins de trois mois, c'est exceptionnel. Cela vous va très bien, Eva. »

La chaleur l'inondait à présent. Elle se mit à trembler d'émotion. Même Benjamin le sentit.

« Eva gentille », dit le petit garçon. Elle perçut le mouvement de son bras, il agitait la main vers les deux dames pour dire coucou. Willy lui avait dit un jour qu'il était très mignon quand il faisait ce geste. Dieu bénisse cet enfant.

« Vous êtes bien installés, ici. Vous avez réussi à créer un foyer dans lequel un enfant va pouvoir grandir dans de bonnes conditions.

— C'est un bon point aussi que Willy ait trouvé un emploi stable », dit l'autre femme. Elle avait la voix un peu plus grave et semblait plus âgée. « Mais est-ce que vous ne pensez pas que votre vie sera plus difficile, maintenant qu'il va passer moins de temps à la maison ? »

Eva sourit. « Vous voulez savoir si je suis capable de m'occuper seule de Benjamin ? » Elle marqua une petite pause et sourit à nouveau. « Je suis aveugle depuis l'adolescence. Et je vous affirme que peu de voyants voient aussi bien que moi.

— Je ne comprends pas, dit la voix la plus grave.

— L'important est de savoir comment vont ceux qui nous sont chers, n'est-ce pas ? Et moi je ressens ce genre de choses mieux que quiconque. Je connais les besoins de Benjamin avant même qu'il ne les exprime. J'entends à leurs voix ce que les gens ont dans le cœur. Par exemple, je peux vous dire que le vôtre est rempli de joie. Vous souriez jusqu'au fond de vous-même. Est-il arrivé un heureux événement dans votre vie ?

– Vous avez raison. Je suis grand-mère depuis ce matin. »

Eva la félicita puis répondit à un tas de questions d'ordre pratique. Elle ne doutait plus à présent qu'en dépit de son handicap et de leur âge à tous les deux, ces femmes allaient donner un avis favorable à leur demande d'adoption. C'était tout ce qu'ils espéraient. Le reste était une simple formalité.

« Pour l'instant nous allons simplement chercher à obtenir votre agrément en tant que famille d'accueil. Tant que nous ignorons ce qu'il est advenu de votre frère, nous ne pouvons pas aller plus loin dans cette procédure. Mais étant donné votre âge à tous les deux, nous considérons cette première étape comme une mesure préalable à une adoption.

– Il y a combien de temps que vous êtes sans nouvelles de votre frère, Eva ? » demanda la première femme.

C'était peut-être la cinquième fois en deux entretiens qu'elle lui posait cette question.

« Je ne l'ai pas vu depuis le mois de mars, quand il nous a déposé Benjamin. Nous craignons que la maman de Benjamin soit morte suite à une maladie. D'après mon frère, elle était gravement malade. » Eva se signa. « Mon frère est d'une nature plutôt sombre. Si la maman de Benjamin est morte, j'ai très peur qu'il ait décidé de la suivre dans l'au-delà.

– Nous n'avons pas réussi à découvrir qui est la mère de Benjamin. Sur l'acte de naissance que vous nous avez fourni, son numéro national d'identité est illisible. Il a dû passer à la machine à laver ou quelque chose comme ça. »

Eva haussa les épaules. Comment aurait-elle pu le savoir ?

« C'est possible. Il était comme ça quand mon beau-frère nous l'a donné », dit son mari depuis le coin de la pièce où il se trouvait.

« Il semble que les parents de Benjamin n'étaient pas mariés. En tout cas les registres de l'état civil ne font état d'aucun mariage. À vrai dire, toute la vie du papa de Benjamin est assez floue. Nous avons appris qu'il avait essayé d'entrer dans les commandos il y a quelques années, mais ensuite il nous a été impossible de retracer son parcours.

– Je comprends. » Elle marqua un temps. « Mais comme je vous l'ai dit tout à l'heure, mon frère est d'une nature sombre. Il ne nous confiait jamais rien sur ce qu'il faisait.

– Il vous a tout de même confié Benjamin !

– Effectivement. »

« Benjamin et Eva », dit le petit garçon en descendant de ses genoux.

Elle l'entendit s'éloigner sur le tapis de son pas encore hésitant.

« Ma voiture, dit-il. Grande voiture. Jolie. »

« Il a l'air très heureux, dit la voix grave. Et il est en avance pour son âge, je trouve.

– C'est vrai. Il me fait penser à son grand-père. C'était un homme intelligent.

– Nous nous sommes renseignés sur votre famille, Eva. Nous savons que vous êtes la fille d'un pasteur. Et que votre père dirigeait une paroisse près d'ici. Il était très apprécié, je crois ?

– Le père d'Eva était un homme extraordinaire », dit Willy.

Eva sourit. Son mari disait souvent ça de son père, alors qu'il ne l'avait jamais rencontré.

« Mon nounours, dit Benjamin. Nounours est joli. Nounours a un ruban bleu. »

Ils rirent tous ensemble. Pas longtemps.

« Notre père nous a élevés en bons chrétiens, dit Eva. Willy et moi souhaitons élever Benjamin de la même façon, si les autorités veulent bien nous le confier. La vision que mon père avait de l'existence ici-bas sera notre fil d'Ariane. »

Elle sentit que les assistantes sociales avaient aimé sa dernière intervention. Leur silence était éloquent.

« Vous allez devoir suivre un stage de formation pour les futurs parents adoptifs sur deux week-ends avant que la commission d'adoption ne prenne sa décision. On ne peut jamais savoir d'avance ce que la vie nous réserve, mais je crois qu'en ce qui concerne les grandes questions que tout le monde se pose, vous êtes plus aptes à y répondre que la majorité des gens, et je ne serais pas étonnée si... »

Elle sentit leur retenue tout à coup. Ce fut comme si toute chaleur était subitement aspirée hors de la pièce. Même Benjamin arrêta de jouer.

« Regarde, dit-il. Lumière bleue, éteindre, allumer, éteindre.

– Je crois que la police est devant la maison, dit Willy. J'espère qu'il n'y a pas eu un accident ! »

Elle pensa tout de suite que cela avait un rapport avec son frère, jusqu'à ce qu'elle entende les voix étrangères dans le couloir, puis celle de son mari qui commença par protester avant de se mettre carrément en colère.

Puis Eva entendit les pas entrant dans le salon et les deux femmes qui se levaient et allaient se réfugier au fond de la pièce.

« Mia Larsen, est-ce que c'est lui ? » demanda une voix d'homme qu'elle ne connaissait pas.

Elle entendit des chuchotements. Ne comprit pas ce qu'ils disaient. Un homme expliquait quelque chose aux deux assistantes sociales.

Dans le corridor, son mari criait toujours. Pourquoi ne revenait-il pas dans le salon ?

Alors elle entendit une jeune femme pleurer. D'abord à quelques mètres, puis plus près.

« Est-ce que quelqu'un peut me dire ce qui se passe, au nom du ciel ! » s'écria-t-elle tout à coup, sans s'adresser à une personne en particulier.

Elle sentit que Benjamin revenait à côté d'elle. Qu'il lui prenait la main et essayait de grimper sur ses genoux. Elle l'y aida.

« Eva Bremer, nous venons du commissariat de police d'Odense. La maman de Benjamin est ici et elle voudrait ramener son fils chez elle. »

Elle retint son souffle. Pria le Seigneur pour qu'ils disparaissent tous autant qu'ils étaient. Supplia qu'Il la réveille de ce cauchemar.

Elle entendit la jeune femme parler à l'enfant.

« Bonjour Benjamin », dit-elle d'une voix tremblante. Une voix qui n'aurait pas dû résonner dans cette pièce. Une voix qu'elle aurait voulu ne pas entendre. « Tu ne reconnais pas ta maman ?

– Maman », dit-il en s'accrochant à son cou à elle. « Benjamin a peur. »

La pièce était plongée dans un profond silence. On n'entendait plus que la respiration du petit garçon. Ce petit garçon qu'elle aimait plus que sa propre vie.

Et puis, elle perçut une deuxième respiration. Aussi profonde et angoissée que la première.

Elle écouta attentivement et sentit que ses mains se mettaient à trembler dans le dos de l'enfant.

Elle entendait cette autre respiration et enfin elle sentit son propre souffle.

Ils étaient maintenant trois dans cette pièce à respirer profondément. Trois êtres en état de choc et terrifiés de ce qui allait se passer dans les secondes qui suivraient.

Elle serra très fort le petit garçon contre elle, se mit en apnée pour ne pas pleurer. Elle le tenait si fermement enlacé qu'ils ne faisaient plus qu'un.

Puis elle le relâcha. Prit sa petite main dans la sienne. Pendant quelques secondes, elle s'employa à lutter contre ses larmes, puis, enfin, elle tendit la main dans laquelle elle tenait celle de l'enfant. Resta comme ça, immobile un instant, avant d'entendre sa propre voix qui, un peu lointaine, disait :

« Tu t'appelles Mia, n'est-ce pas ? »

D'une toute petite voix, la jeune femme répondit : « Oui.

– Alors viens plus près, Mia, que nous te sentions un peu. »

## REMERCIEMENTS

Un grand merci à Hanne Adler Olsen pour avoir été une source quotidienne d'inspiration, et pour ses encouragements et ses conseils judicieux. Merci aussi à Elsebeth Wærhens, Freddy Milton, Eddie Kiran, Hanne Petersen, Micha Schmalstieg et Karlo Andersen pour leurs commentaires essentiels et pertinents, ainsi qu'à Anne C. Andersen pour son énergie et son acuité. Merci à Henrik Gregersen du journal *Lokalavisen/Frederikssund*, à Gitte et Peter Q. Rannes et au Centre danois Hald pour l'écriture et la traduction, ainsi qu'à Steve Schein pour sa merveilleuse hospitalité quand il y avait le feu. Merci à Bo Thisted Simonsen, vice-responsable du fichier national de l'empreinte génétique auprès de la police scientifique. Merci au commissaire Leif Christensen pour la gentillesse avec laquelle il m'a fait partager ses connaissances et suggéré les corrections nécessaires en matière de vocabulaire policier. Merci à l'officier mécanicien Jan Andersen ainsi qu'au vice-commissaire René Kongsgart pour les heures instructives que j'ai eu le loisir de passer en leur compagnie à l'hôtel de police et aussi à l'inspecteur adjoint Knud V. Nielsen pour sa sympathique présence lors de mon séjour à la morgue de la police de Copenhague.

Merci à vous, mes merveilleux lecteurs, qui avez visité mon site Internet, www.jussiadlerolsen.com, et à tous ceux qui m'ont encouragé à continuer à écrire sur mon adresse e-mail : jussi@dbmail.dk

Composition : Nord Compo
Impression : Marquis Imprimeur en février 2013
Éditions Albin Michel
22, rue Huyghens, 75014 Paris
www.albin-michel.fr
ISBN : 978-2-226-24513-7
N° d'édition : 19325/01
Dépôt légal : janvier 2013
Imprimé au Canada